Mariana Zapata
From Lukov with Love
Wenn Liebe das Eis zum Schmelzen bringt

Mariana Zapata

From Lukov with Love

Wenn Liebe das Eis zum Schmelzen bringt

Roman

Deutsch von Anika Klüver

blanvalet

Die Originalausgabe erschien 2018 unter dem Titel
»From Lukov With Love«.

MIX
Papier | Fördert gute Waldnutzung
FSC® C014496

Penguin Random House Verlagsgruppe FSC® N001967

2. Auflage

Redaktion: Susann Rehlein
Umschlaggestaltung: www.buerosued.de nach der Originalvorlage
Umschlagdesign: Letitia Hasser, RBA Designs
DK · Herstellung: sam
Satz: Buch-Werkstatt GmbH, Bad Aibling
Druck und Bindung: GGP Media GmbH, Pößneck
Printed in Germany
ISBN 978-3-7341-1324-6

www.blanvalet.de

Für meine beste Freundin und den besten Menschen,
den ich kenne –
meine Mutter,
die wahre chingona.

Kapitel eins

Nachdem ich fünfmal hintereinander auf den Hintern gefallen war, kam ich zu dem Schluss, dass es genug war.

Zumindest für heute.

Morgen konnten meine Pobacken zwei weitere Stunden voller Stürze ertragen. Wahrscheinlich würden sie das auch müssen, sofern ich nicht herausfand, was ich verdammt noch mal falsch machte. Dies war der zweite Tag in Folge, an dem es mir nicht gelungen war, nach dem Sprung eine saubere Landung hinzulegen.

Frustriert hockte ich auf dem Eis und schaffte es gerade so, nicht laut zu fluchen. Ich neigte den Kopf zurück und starrte mürrisch an die Decke. Ein Fehler. Ich wusste ja, was von der kuppelartigen Decke der Eissporthalle hing. Größtenteils war es das Gleiche, was ich die letzten dreizehn Jahre über gesehen hatte.

Banner.

Banner, die von den Dachsparren hingen.

Banner, auf denen immer derselbe idiotische Name stand.

IVAN LUKOV. IVAN LUKOV. IVAN LUKOV.

Und noch mehr IVAN LUKOV.

Neben seinem Namen gab es noch andere – die der unglücklichen Frauen, mit denen er sich im Laufe der Jahre zusammengeschlossen hatte –, aber seiner war derjenige, der sich mir einbrannte. Nicht weil er den gleichen Nachnamen hatte wie meine allerbeste Freundin, sondern weil mich sein Vorname an

Satan erinnerte. Ich war mir ziemlich sicher, dass ihn seine Eltern direkt aus der Hölle adoptiert hatten.

Doch gerade ging es nur um diese Wandteppiche da oben.

Fünf unterschiedliche blaue Banner kündeten von jeweils einer gewonnenen Landesmeisterschaft. Zwei rote Banner standen für jede Weltmeisterschaft. Zwei buttergelbe Banner für jede Goldmedaille. Ein silbernes Banner erinnerte an die Silbermedaille, die er bei einer Weltmeisterschaft errungen hatte und die sich nun in einer Pokalvitrine im Eingangsbereich der Eishalle befand.

Oh Mann. Streber. Arsch. Satan.

Zum Glück gab es nicht für jeden Pokal oder jeden Wettkampf, den er im Laufe der Jahre außerdem noch gewonnen hatte, ein beschissenes Banner. Ansonsten wäre die gesamte Decke damit zugepflastert gewesen.

All diese Banner … und keins trug meinen Namen. Kein einziges. Egal wie sehr ich es versucht hatte, wie hart ich trainiert hatte, nichts. Denn niemand erinnerte sich jemals an einen zweiten Platz, es sei denn, Ivan Lukov hatte ihn belegt. Und ich war nicht Ivan Lukov.

Eifersucht bohrte sich direkt durch mein Brustbein, und ich hasste das Gefühl. Ich *hasste* es, verdammt noch mal. Sich Gedanken um das zu machen, was andere Leute taten, war Zeit- und Energieverschwendung. Das hatte ich bereits als Kind gelernt, denn damals hatten andere Mädchen hübschere Kostüme und neuere Schlittschuhe als ich gehabt. Eifersüchtig und verbittert waren nur Leute, die nichts Besseres zu tun hatten. Das wusste ich. Im Leben erreichte man nicht das Geringste, indem man sich mit anderen verglich. Auch das wusste ich.

Und ich wollte nicht so sein. Vor allem nicht wegen dieses Idioten. Lieber würde ich diese drei Sekunden Eifersucht mit ins Grab nehmen, bevor ich je irgendjemandem gegenüber zugab, was diese Banner in mir auslösten.

Ich schob mich auf die Knie, damit ich nicht länger diese dämlichen Stofffetzen anstarren musste.

Ich schlug die Hände aufs Eis und schob ächzend meine Füße unter meinen Körper – auf Schlittschuhen das Gleichgewicht zu halten war mir in Fleisch und Blut übergegangen – und rappelte mich auf. *Schon wieder.* Zum fünften verdammten Mal in weniger als fünfzehn Minuten. Meine rechte Hüfte, meine Pobacke und mein Oberschenkel schmerzten, und morgen würde der Schmerz nur noch schlimmer sein.

»Verdammter Mist«, murmelte ich in mich hinein, damit die jüngeren Mädchen, die um mich herum über das Eis glitten, es nicht hörten. Ich hatte wirklich keine Lust darauf, dass mich schon wieder eine von denen bei der Leitung anschwärzte. Diese kleinen Petzen. Als würden sie im Fernsehen, auf der Straße oder in der Schule nicht ständig Schimpfwörter hören.

Ich wischte mir das Eis vom Bein, holte tief Luft, um mich zu sammeln, und brachte die Frustration, die in meinem Körper loderte, unter Kontrolle. Alles frustrierte mich gerade – ich selbst, mein Körper, meine Situation, mein Leben, die anderen Mädchen, in deren Gegenwart ich verdammt noch mal nicht fluchen durfte, und der heutige Tag im Allgemeinen. Zuerst war ich zu spät aufgewacht, und dann hatte ich gleich beim Frühtraining den Sprung nicht sauber hingekriegt. Außerdem hatte ich bei der Arbeit *zweimal* Kaffee auf meinem Oberteil verschüttet und mir beim Öffnen der Autotür beinahe die Kniescheibe zerschmettert. Und nun war auch noch diese zweite Trainingseinheit für die Tonne …

Unter diesen Umständen konnte man schon mal vergessen, dass es nicht schlimm war, wenn ich mal nicht in der Lage war, einen Sprung zu absolvieren, den ich seit zehn Jahren machte. Ich hatte einfach nur einen schlechten Tag. Einen *weiteren* schlechten Tag. Das konnte schon mal vorkommen. Fing man an, die guten Dinge als selbstverständlich anzusehen, beschloss das Leben, einem beizubringen, dass man ein undankbarer Idiot war.

Und heute hatte ich es als selbstverständlich angesehen, dass ich einen fehlerfreien dreifachen Salchow hinlegen würde, einen Sprung, den ich seit Jahren machte. Es war nicht der einfachste Sprung beim Eiskunstlauf – er bestand aus drei Drehungen, die anfingen, während man rückwärts auf der hinteren inneren Kante der Kufe lief, bevor man vom Eis abhob. Und dann musste man auf der hinteren äußeren Kante der Kufe des entgegengesetzten Fußes landen. Das war nicht leicht, aber es war auch definitiv nicht der schwerste Sprung – nicht einmal ansatzweise. Unter normalen Umständen bekam ich ihn problemlos hin.

Aber offensichtlich nicht heute oder gestern.

Ich rieb mir mit dem Handrücken über die Augenlider, holte tief Luft und atmete dann langsam wieder aus. Dabei ließ ich die Schultern kreisen und redete mir gut zu, dass ich mich beruhigen und einfach nach Hause gehen sollte.

Schließlich werde ich so bald in keinem Wettkampf antreten, rief mir der praktisch denkende, aber gemeine Teil meines Hirns ins Gedächtnis.

Wie immer, wenn mir diese großartige Tatsache einfiel, verkrampfte sich auch jetzt mein Bauch vor reiner Wut und Verzweiflung.

Und genau wie jedes Mal, wenn das passierte, verdrängte ich diese beiden Gefühle ganz, ganz, *ganz* tief nach unten. Sie waren *sinnlos*. Das wusste ich. Absolut sinnlos.

Ich würde nicht aufgeben.

Nachdem ich ein weiteres Mal ein- und ausgeatmet und

mir dabei über die Pobacke gerieben hatte, die am stärksten schmerzte, schaute ich mich für heute ein letztes Mal in der Eishalle um. Ich betrachtete die Mädchen, die so viel jünger als ich waren und immer noch trainierten, und verkniff mir ein Stirnrunzeln. Drei von ihnen waren etwa in meinem Alter, aber die anderen waren alle Teenager. Sie waren nicht richtig gut – zumindest nicht so gut, wie ich in ihrem Alter gewesen war –, aber trotzdem. Sie hatten ihr Leben noch vor sich. Lediglich beim Eiskunstlauf und vielleicht noch beim Turnen wurde man mit sechsundzwanzig Jahren schon als uralt angesehen.

Ja, ich musste dringend nach Hause, mich vor dem Fernseher auf die Couch legen und diesen miesen Tag hinter mich bringen. Sich in Selbstmitleid zu suhlen brachte nie etwas. Nicht das Geringste.

Ich brauchte nur ein paar Sekunden, um mich zwischen den Trainierenden hindurch von der Eisfläche zu schlängeln. Ich achtete gerade genug auf meine Umgebung, um mit niemandem zusammenzustoßen, bis ich die Bande erreichte. Ich schnappte mir die Kufenschoner aus Plastik, die sich genau dort befanden, wo ich sie immer ablegte, und steckte sie auf die vier Millimeter breiten Kufen an meinen weißen Schlittschuhen. Dann betrat ich damit festen Boden.

Ich versuchte, die Anspannung in meiner Brust zu ignorieren. Höchstwahrscheinlich war das nur Frustration, weil ich mich immer noch darüber ärgerte, dass ich heute so oft gestürzt war. Aber vielleicht auch nicht.

Ich war nicht bereit, zu glauben, dass ich wahrscheinlich meine Zeit verschwendete, indem ich immer noch zweimal am Tag im Lukov-Eissportkomplex trainierte, weil ich hoffte, eines Tages wieder an Wettkämpfen teilnehmen zu können. Denn einfach aufzugeben hätte eine komplette Verschwendung der letzten sechzehn Jahre meines Lebens bedeutet. Ich hatte im

Grunde genommen meine Kindheit aufgegeben. Ich hatte Beziehungen und normale menschliche Erfahrungen für einen Traum geopfert, der so groß gewesen war, dass nichts und niemand ihn mir hätte wegnehmen können.

Ich war nicht bereit zuzugeben, dass mein Traum von einer Goldmedaille bei einer Weltmeisterschaft oder auch nur einer Landesmeisterschaft … in winzig kleine Stücke zerbrochen war, an die ich mich immer noch klammerte, obwohl einem Teil von mir klar war, dass es mir mehr schadete als half.

Nein.

Diese Gedanken waren einer der Gründe, warum mein Magen beinahe täglich schmerzte und mir ständig übel war.

Ich musste mich entspannen. Oder vielleicht masturbieren. Irgendetwas musste helfen.

Ich atmete das miese Gefühl in meinem Magen weg und umrundete die Eisfläche, um zu den Umkleiden zu gehen. Rund um die Eisfläche befanden sich bereits Eltern und Kinder, die für die Abendkurse gekommen waren. Mit diesen Kursen hatte auch ich mit neun Jahren angefangen, bevor ich mich kleineren Gruppen angeschlossen und schließlich Privatstunden bei Galina erhalten hatte. Das waren die guten alten Tage gewesen.

Ich hielt den Kopf gesenkt, um niemandem in die Augen schauen zu müssen, und ging weiter. Dabei kam ich an anderen Leuten vorbei, die ebenfalls ihr Bestes taten, um meinem Blick auszuweichen. Doch erst als ich den Flur hinunter zur Umkleide ging, entdeckte ich vier Mädchen, die herumstanden und so taten, als würden sie Dehnübungen machen. Ich wusste, dass sie nur so taten, weil man sich nicht richtig dehnen konnte, wenn man damit beschäftigt war, wie ein Wasserfall zu plappern.

Zumindest hatte ich das so gelernt.

»Hi, Jasmine!«, begrüßte mich eine von ihnen, ein nettes

Mädchen, das sich immer die größte Mühe gab, freundlich zu mir zu sein.

»Hi, Jasmine«, sagte nun auch das Mädchen neben ihr.

Ich nickte ihnen zu, zählte aber bereits die Zeit herunter, die ich brauchen würde, um nach Hause zu gelangen, um mir dort entweder etwas zu kochen oder etwas, das meine Mutter gekocht hatte, in der Mikrowelle aufzuwärmen. Und dann würde ich mich vermutlich hinsetzen und fernsehen. Wäre das Training besser gelaufen, hätte ich womöglich etwas anderes machen wollen, vielleicht wäre ich joggen gegangen oder hätte sogar meine Schwester besucht, aber ... das würde nicht passieren.

»Angenehmes Training«, murmelte ich den zwei freundlichen Mädchen zu und warf einen Blick zu den anderen beiden, die ihnen schweigend gegenüberstanden. Sie kamen mir bekannt vor. Gleich fing ein Kurs für fortgeschrittene Eiskunstlaufanfängerinnen an, und ich ging davon aus, dass sie daran teilnahmen. Ich hatte keinen Grund, sie zu beachten.

»Danke, dir auch!«, stieß das erste Mädchen, das mit mir gesprochen hatte, quäkend hervor, bevor es abrupt den Mund zuklappte und knallrot anlief. Eine so tiefe Schamesröte hatte ich bislang nur bei einer einzigen Person gesehen: bei meiner Schwester.

Das Lächeln, das sich auf meine Lippen schlich, war aufrichtig und unerwartet – weil mich das Mädchen an meine Schwester Squirt erinnerte –, und ich schob die Schwingtür zur Umkleide mit der Schulter auf. Ich hatte den Raum kaum betreten und hielt immer noch mit der Schulter die Tür auf, als ich hörte: »Ich weiß nicht, warum du sie so aufregend findest. Sie mag mal eine gute Einzelläuferin gewesen sein, aber ihre Paarkarriere war nicht der Rede wert.«

Ich blieb stehen. Gleich dort. Mitten in der Tür. Und dann

tat ich etwas, von dem ich wusste, dass es eine schlechte Idee war: Ich lauschte.

Andere zu belauschen half für gewöhnlich niemandem, aber ich tat es trotzdem.

»Mary McDonald ist eine bessere Paarläuferin …«

Darum ging es also.

Atme, Jasmine. Atme. Halt die Klappe und atme. Denk nach, bevor du redest. Denk daran, wie weit du gekommen bist. Denk an …

»… ansonsten hätte sich Paul letzte Saison nicht mit ihr zusammengetan«, beendete das Mädchen den Satz.

Tätlicher Angriff verstieß gegen das Gesetz. Es war illegal, eine Minderjährige zu schlagen.

Atme. Denk nach. Sei freundlich.

Ich war alt genug, um es besser zu wissen. Das war mir klar. Ich war alt genug, um keinen Anstoß an der Aussage irgendeiner blöden Göre zu nehmen, die vermutlich noch nicht mal die Pubertät hinter sich hatte, aber …

Tja, meine Paarkarriere war für mich ein wunder Punkt oder eher eine Blutblase, die sich weigerte abzuheilen. Mary McDonald und Paul, das elende Arschloch? Ich hatte guten Grund, ihn zu hassen. Und Mary McDonald hasste ich ebenfalls, hauptsächlich weil sie seine neue Partnerin war, aber auch noch aus zahlreichen anderen Gründen.

»Hast du die Clips gesehen, die von ihr online sind? Meine Mutter sagt, dass sie die falsche Einstellung hat und deswegen nie gewonnen hat. Die Punktrichter mögen sie nicht«, versuchte das andere Mädchen zu flüstern, aber es gelang ihr nicht, denn ich konnte sie klar und deutlich hören.

Ich musste mir das hier nicht antun. Ich musste mir gar nichts antun. Sie waren noch Kinder, versuchte ich mich zu beschwichtigen. Sie kannten nicht die ganze Geschichte. Sie kannten nicht mal einen Teil der Geschichte. Das galt für die meisten Leute, und sie würden auch nie mehr darüber erfahren. Ich hatte es akzeptiert und war darüber hinweg.

Doch dann redete eine von ihnen weiter, und ich wusste, dass ich nicht in der Lage sein würde, den Mund zu halten und sie glauben zu lassen, dass der Schwachsinn, den sie von sich gaben, der Wahrheit entsprach. Selbst an einem guten Tag hatte ein Mensch seine Grenzen, und heute war definitiv kein guter Tag gewesen.

»Meine Mom hat gesagt, dass sie nur deswegen noch hier trainiert, weil sie mit Karina Lukov befreundet ist, aber angeblich können sie und Ivan sich nicht leiden …«

Ich war *so kurz* davor, abfällig zu schnauben. Ivan und ich konnten uns nicht leiden? So nannten sie das? *Okay.*

»Sie ist irgendwie zickig.«

»Niemand war überrascht, dass sie keinen neuen Partner finden konnte, nachdem Paul sie verlassen hatte.«

Jetzt war aber wirklich Schluss.

Wenn sie den P-Namen nicht noch mal erwähnt hätten, hätte ich vielleicht großzügiger sein können, aber offenbar war Großzügigkeit nur etwas für große Menschen, und ich war gerade mal eins sechzig.

Bevor ich mich davon abhalten konnte, machte ich kehrt und streckte den Kopf zur Tür hinaus. Die vier Mädchen standen immer noch genau dort, wo sie eben gestanden hatten. »Was habt ihr gerade gesagt?«, fragte ich langsam. Wenigstens behielt ich das »Ihr talentfreien Mistgören werdet niemals etwas erreichen« für mich. Ich achtete darauf, die beiden anzuschauen, die mich vorhin nicht gegrüßt hatten. Sie ließen die Köpfe quasi gleichzeitig entsetzt zu mir herumschnellen.

»Ich … Ich … Ich …«, stammelte die eine, während die andere aussah, als würde sie sich jeden Moment vor Angst in ihren

Gymnastikanzug und die dazugehörige Strumpfhose machen. Gut. Ich hoffte, dass das passieren würde. Und ich hoffte, dass sie vor Schreck Durchfall bekommen würde.

Ich schaute jede von ihnen gefühlt eine Minute lang an und beobachtete, wie ihre Gesichter knallrot anliefen. Ich genoss den Anblick ein wenig ... aber nicht so sehr, wie es normalerweise der Fall gewesen wäre, denn aktuell war ich auf mich selbst wütender als auf sie. Ich zog die Augenbrauen hoch, neigte den Kopf in Richtung des tunnelartigen Flurs, durch den ich gerade von der Eisfläche zu den Umkleiden gegangen war, und ließ ein Lächeln aufblitzen, das kein richtiges Lächeln war. »Das dachte ich mir. Ihr solltet besser zum Training gehen, sonst kommt ihr zu spät.«

An manchen Tagen hätte ich wirklich einen Orden dafür verdient, dass ich im Umgang mit Idioten so geduldig war. Wenn es doch nur dafür Wettkämpfe gäbe. Die hätte ich gewinnen können.

Die zwei netten Mädchen wirkten entsetzt, warfen mir aber beide hastig ein unbehagliches Lächeln zu, bevor sie den anderen folgten und sich dabei Gott weiß was zuflüsterten.

Mädchen wie die fiesen beiden waren der Grund, warum ich den Versuch, mich mit anderen Eiskunstläuferinnen anzufreunden, schon sehr früh aufgegeben hatte. Das waren kleine Mistmaden. Ich reckte einen Mittelfinger in ihre Richtung, fühlte mich aber nicht wirklich besser.

Ich musste mich zusammenreißen und es gut sein lassen. Das war wirklich dringend nötig.

Ich ging in die Umkleide und ließ mich auf eine der Bänke vor der Reihe aus Spinden sinken. Der Schmerz in meiner Hüfte und meinem Oberschenkel hatte auf dem Weg hierher zugenommen. Ich hatte schon heftigere und deutlich schmerzhaftere Stürze als die heutigen erlebt, aber obwohl ich das wusste,

»gewöhnte« man sich nie wirklich an den Schmerz. Wenn es regelmäßig passierte, zwang man sich dazu, schneller darüber hinwegzukommen. Und die Wahrheit war, dass ich heute nicht mehr so trainierte wie früher. Das konnte ich nicht – nicht ohne Partner und ohne Trainerin, die mich jeden Tag stundenlang korrigierte. Also hatte mein Körper vergessen, was er ertragen konnte.

Das war nur ein weiteres elendes Anzeichen dafür, dass die Zeit und das Leben gegen meinen Willen weiterliefen.

Ich streckte die Beine vor mir aus und ignorierte die paar älteren Mädchen, die sich umzogen, an ihren Schlittschuhen herumfummelten und dabei plauderten. Sie schauten mich nicht an, und ich warf lediglich einen flüchtigen Blick in ihre Richtung. Ich löste die Schnürung meiner Schlittschuhe und spielte eine ganze Sekunde lang mit dem Gedanken zu duschen, bevor ich zu dem Schluss kann, dass das zu viel Aufwand wäre. Zu Hause konnte ich mich in meinem eigenen Badezimmer umziehen und duschen. Ich zog meinen rechten weißen Schlittschuh aus und nahm dann behutsam die hautfarbene Bandage ab, die meinen Knöchel und die Haut ein paar Zentimeter darüber bedeckte.

»Oh mein *Gott*!«, kreischte eines der Mädchen auf der anderen Seite des Raums, womit sie es mir unmöglich machte, sie auszublenden. »Du machst *Witze*, oder?«

»Nein!«, erwiderte eine andere, während ich den linken Schlittschuh aufschnürte und mir große Mühe gab, die Mädchen zu ignorieren.

»Ernsthaft?«, rief wieder eine andere Stimme. Vielleicht war es auch dieselbe wie am Anfang, aber jetzt klang sie schriller. Ich konnte es nicht beurteilen. Es war schließlich nicht so, als würde ich versuchen, sie zu belauschen.

»Ernsthaft!«

»Ernsthaft?«

»Ernsthaft!«

Ich verdrehte die Augen und versuchte weiterhin, sie zu ignorieren.

»Nein!«

»Doch!«

»Nein!«

»Doch!«

Tja, das konnte ich nicht mehr ignorieren. War ich je so nervtötend gewesen? So mädchenhaft?

Auf keinen Fall.

»Wo hast du das gehört?«

Ich war gerade dabei, den Zahlencode in das Kombinationsschloss an meinem Spind einzugeben, als eine Kakofonie schriller Laute ertönte, die dafür sorgte, dass ich einen Blick über meine Schulter warf, um die Mädchen böse anzustarren. Eine von ihnen sah buchstäblich so aus, als wäre sie auf Speed. Sie hatte die Zähne gebleckt und hielt die Hände auf Brusthöhe, während sie hektisch die Handflächen aneinander klatschte. Ein anderes Mädchen hielt sich beide Hände vor den Mund. Womöglich zitterte sie auch.

Was war denn nur mit den beiden los?

»Gehört? Ich *sah* ihn mit Trainerin Lee hereinkommen.«

Oh Mann.

Natürlich. Über wen sollten sie sonst reden?

Ich machte mir nicht die Mühe, zu seufzen oder die Augen zu verdrehen, als ich mich wieder meinem Spind zuwandte und meine Sporttasche herausholte. Ich zog den Reißverschluss auf, damit ich mein Handy, meinen Schlüsselbund, meine Flip-Flops und einen winzigen Schokoriegel herausfischen konnte, den ich für Tage wie den heutigen immer in der Tasche hatte. Ich öffnete die Verpackung und stopfte ihn mir komplett in den

Mund, bevor ich nach meinem Handy griff. Das grüne Licht auf dem Bildschirm blinkte, ich entsperrte das Teil und warf erneut einen Blick über meine Schulter, um zu sehen, ob die Mädchen immer noch wirkten, als wären sie kurz davor, wegen dieses Arschlochs einen Herzinfarkt zu erleiden. Dann las ich die Gruppenchatnachrichten durch, die ich während des Trainings verpasst hatte.

Jojo: Will heute Abend ins Kino. Kommt jemand mit?

Tali: Kommt drauf an. Welcher Film?

Mom: Ben und ich gehen mit.

Seb: Habe eine Verabredung.

Seb: Will James dich nicht begleiten? Da mache ich ihm keinen Vorwurf.

Jojo: Der neue Marvel-Film.

Jojo: Seb, ich hoffe, dass du dir heute Abend eine sexuell übertragbare Krankheit einfängst.

Tali: Marvel? Nein danke.

Tali: Ich hoffe auch, dass du dir eine sexuell übertragbare Krankheit einfängst, Seb.

Mom: WÜRDET IHR ALLE MAL NETT ZUEINANDER SEIN?

Seb: Ihr könnt mich alle mal, bis auf Mom.

Rubes: Ich würde ja mitkommen, aber Aaron fühlt sich nicht gut.

Jojo: Ich weiß, dass du das tun würdest, Squirt. Ich hab dich lieb. Nächstes Mal.

Jojo: Mom, passt 7:30?

Jojo: Seb- [Mittelfinger-Emoji]

Jojo: Jas, bist du dabei?

Ich schaute auf, als die Mädchen in der Umkleide Geräusche machten, bei denen ich mir nicht sicher war, ob ich dazu in der Lage wäre. Ich fragte mich, was mit ihnen los war. Ivan trainierte hier schließlich schon seit einer Million Jahren fünf Tage die Woche. Ihn zu sehen war nicht so aufregend. Da würde ich lieber Farbe beim Trocknen zuschauen.

Ich zog meine Zehen mit den pink lackierten Nägeln zu mir heran und betrachtete sie. Dabei ignorierte ich absichtlich die Quetschung an meinem kleinen Zeh und die Blase, sie sich direkt neben meinem großen Zeh bildete, weil dort die Naht der neuen Strumpfhose gesessen hatte, die ich am Tag zuvor getragen hatte.

»Was *macht* er hier?« Die Mädchen plapperten weiter und erinnerten mich daran, dass ich so schnell wie möglich aus diesem Raum verschwinden musste. Für heute hatte ich die Grenze dessen, was ich ertragen konnte, längst erreicht.

Ich schaute erneut auf mein Handy und versuchte zu entscheiden, was ich tun sollte. Sollte ich nach Hause gehen und einen Film schauen oder mich zusammenreißen und mit meinem Bruder, Mom und Ben – oder wie der Rest von uns ihn insgeheim nannte: Nummer vier – ins Kino gehen?

Ich wollte lieber nach Hause als in einen jetzt am Wochenende sicher gesteckt vollen Kinosaal, aber …

Ich ballte die Hand für eine Sekunde zur Faust, bevor ich eine Antwort tippte.

Ich gehe mit, aber ich muss erst was essen. Ich mache mich jetzt auf den Weg nach Hause.

Dann lächelte ich und fügte eine weitere Nachricht hinzu.

Seb, ich bin ebenfalls dafür, dass du dir eine sexuell übertragbare Krankheit einfängst. Versuch es doch diesmal mit Tripper.

Ich klemmte mir das Handy zwischen die Knie, während ich meine Autoschlüssel aus meiner Tasche holte und meine Sandalen bereitstellte. Dann verstaute ich meine Schlittschuhe vorsichtig in einem Schutzkoffer, der innen mit Fellimitat und darunter mit dünnem Memoryschaum ausgekleidet war. Mein Bruder Jonathan und sein Ehemann hatten ihn vor ein paar Jahren für mich gekauft. Ich zog den Reißverschluss meiner Sporttasche zu, schlüpfte in meine Sandalen und erhob mich mit einem Seufzen.

Heute war nicht der beste Tag gewesen, aber es würde besser werden, redete ich mir gut zu.

Das musste es.

Das Gute war, dass ich morgen nicht arbeiten musste, und normalerweise ging ich sonntags auch nicht zum Eislauftraining. Meine Mutter würde wahrscheinlich Pfannkuchen zum Frühstück machen, und ich könnte mit meinem Bruder und meiner Nichte in den Zoo gehen, da er sie für den Tag hatte. Ich hatte wegen des Eiskunstlaufs schon genug von ihrem Leben verpasst. Nun, da ich mehr Zeit hatte, versuchte ich, das wiedergutzumachen. Das so zu betrachten, war besser, als darüber nachzugrübeln, warum ich jetzt mehr Zeit zur Verfügung hatte. Ich versuchte, positiver zu sein. Ich war nur noch nicht besonders gut darin.

»Keine Ahnung«, sagte eins der Mädchen. »Aber nach dem Ende der Saison kommt er normalerweise ein oder zwei Monate lang nicht her. Und wie viel Zeit ist seitdem vergangen? Eine Woche seit der Weltmeisterschaft?«

»Ich frage mich, ob er sich von Mindy getrennt hat.«

»Warum sollte er das tun?«

»Keine Ahnung. Warum hat er sich von all den anderen getrennt, mit denen er vor ihr zusammen war?«

Seit eine von ihnen Trainerin Lees Namen erwähnt hatte,

wusste ich, von wem sie – immer noch – redeten. Im LK, so nannten die meisten von uns den Lukov-Eissportkomplex, gab es nur einen Mann, der diese Mädchen interessierte. Ivan Lukov.

Oder wie ich ihn gern nannte, vor allem wenn ich ihm direkt gegenüberstand und es ihm ins Gesicht sagen konnte: Satans Sohn.

»Ich habe bloß gesagt, dass ich ihn *gesehen* habe. Ich weiß nicht, was er hier *macht*«, sagte eine Stimme.

»Er kommt nie einfach nur *zufällig* her, Stacy. Zähl doch mal eins und eins zusammen.«

»Oh mein Gott, *trennen* er und Mindy sich?«

»Wenn es so ist, frage ich mich, mit wem er dann laufen wird.«

»Es könnte *jede* sein.«

»Mist, ich würde alles bezahlen, um seine Partnerin zu werden«, sagte ein Mädchen.

»Du hast doch gar keine Ahnung vom Paarlaufen, Dummerchen«, sagte ein anderes Mädchen schnaubend. Ich hörte nicht aktiv zu, aber mein Hirn fügte die Einzelteile ihrer Unterhaltung selbstständig zusammen.

»Wie schwer kann das schon sein?«, plapperte die andere weiter. »Er hat den *tollsten Hintern* im ganzen Land, und er gewinnt mit *jeder* Partnerin. Das klingt für mich nach einem Kinderspiel.«

Ich verdrehte erneut die Augen, vor allem angesichts der Sache mit dem Hintern. Dieser Idiot sollte auf gar keinen Fall hören, wie ihm jemand ein Kompliment wegen seines Hinterns machte. Die wichtigsten Fakten über Ivan hatte sie allerdings vergessen zu erwähnen. Er war gleichzeitig der Liebling und der Traummann der Eiskunstlaufszene. Das Aushängeschild der Internationalen Eislaufunion. Verdammt, eigentlich sogar für den Eiskunstlauf im Allgemeinen. Manche nannten ihn den »Eiskunstlaufkönig«. Als er noch ein Teenager gewesen war, hatten ihn die Leute als »Wunderkind« bezeichnet.

Er war der Mann, dessen Familie der Komplex gehörte, in dem ich seit über einem Jahrzehnt trainierte.

Der Bruder meiner besten Freundin.

Der Mann, der in über zehn Jahren nicht ein einziges freundliches Wort für mich übrig gehabt hatte. So kannte ich ihn. Als den Arsch, den ich jahrelang jeden Tag gesehen und der mich immer wieder wegen irgendeiner dummen Kleinigkeit angezickt hatte. Er war der Mensch, mit dem ich keine Unterhaltung führen konnte, ohne dass am Ende einer von uns den anderen beleidigte.

Tja ... Ich begriff auch nicht, warum er kaum eine Woche, nachdem er seine dritte Weltmeisterschaft gewonnen hatte und nur wenige Tage nach Saisonende im Lukov-Komplex war, wenn er sich doch eigentlich hätte erholen oder Urlaub machen sollen. Zumindest hatte er das jedes Jahr gemacht, solange ich mich zurückerinnern konnte.

Kümmerte es mich, dass er hier war? Nein. Hätte ich wirklich wissen wollen, was los war, hätte ich einfach Karina fragen können. Aber das tat ich nicht.

Denn es war schließlich nicht so, als würden Ivan und ich in absehbarer Zeit gegeneinander antreten ... oder jemals wieder, wenn es bei mir weiterhin so mies lief wie bisher.

Und während ich hier in dieser Umkleide stand, ging mir auf, dass es das für mich gewesen sein könnte. Schluss, aus, Ende.

Kapitel zwei

»Hast du schon gehört?«

In der Umkleide zog ich extra fest an den Schnürsenkeln meiner Schlittschuhe, bevor ich die Enden zu einem Knoten zusammenband, der fest genug war, um die nächste Stunde zu überstehen. Ich musste mich nicht umdrehen, um zu wissen, dass neben mir ein Stück die Bank hinunter wieder die zwei Mädchen vor ihren Spinden herumlungerten. Sie trödelten jeden Morgen. Wenn sie nicht so viel quasseln würden, könnten sie mehr Zeit auf dem Eis verbringen, aber ich war schließlich nicht diejenige, die für ihre Trainingsstunden bezahlte. Wären ihre Mütter wie meine Mutter, wären sie schon auf dem Eis.

»Meine Mom erzählte es mir gestern Abend«, sagte die Größere der beiden und stand auf.

Ich stand ebenfalls auf und konzentrierte mich auf das, was vor mir lag. Ich lockerte meine Schultern, obwohl ich bereits eine Stunde mit Aufwärm- und Dehnübungen zugebracht hatte. Ich war nicht mehr sechs oder sieben Stunden pro Tag auf dem Eis, so wie früher – damals waren Dehnübungen für mindestens eine Stunde Pflicht gewesen –, aber alte Gewohnheiten wurde man nur schwer los.

»Sie sagte, sie hätte zufällig mitbekommen, wie jemand sagte, er werde wohl in den Ruhestand gehen, weil er so viele Probleme mit seinen Partnerinnen gehabt hat.«

Das erregte meine Aufmerksamkeit.

Er. Ruhestand. Probleme.

Es war quasi ein Wunder gewesen, dass ich meinen Highschoolabschluss geschafft hatte, aber sogar ich wusste, von wem sie redeten. Ivan. Von wem auch sonst? Abgesehen von ein paar jüngeren Jungs und Paul, der drei Jahre mit mir zusammen im Lukov-Eissportkomplex trainiert hatte, gab es hier keinen anderen Er.

»Wenn er seine Karriere tatsächlich aufgibt, wird er in Zukunft vielleicht als Trainer arbeiten«, sagte eins der Mädchen. »Ich hätte nichts dagegen, mich den ganzen Tag von ihm anschreien zu lassen.«

Ich lachte beinahe. Ivan sollte seine Karriere aufgeben? Niemals. Nie im Leben würde er schon mit neunundzwanzig in den Ruhestand gehen, zumal er so gut in Form war und fast alle Wettkämpfe gewann. Vor Monaten hatte er eine US-Meisterschaft gewonnen. Und einen Monat davor hatte er den zweiten Platz im Major-Prix-Finale geholt.

Warum hörte ich dieser Unterhaltung überhaupt noch zu? Ich hatte heute nur zwei Stunden fürs Training zur Verfügung. Ich verließ die Umkleide und überließ die beiden ihrem Tratsch. So früh am Morgen waren wie immer nur sechs Leute auf dem Eis.

Galina saß bereits auf einer der Tribünen außerhalb der Eisfläche. Sie hatte ihre Thermoskanne mit Kaffee dabei, von dem ich aus Erfahrung wusste, dass er aussah und schmeckte wie Teer. Sie hatte ihren roten Lieblingsschal um und trug einen Pullover, den ich schon mindestens hundertmal gesehen hatte. Darüber hatte sie noch ein dickes Schaltuch gewickelt. Ich hätte schwören können, dass sie angefangen hatte, ihrem Outfit jedes Jahr ein Kleidungsstück hinzuzufügen. Als sie mich damals vor vierzehn Jahren aus einem Kurs herausgepickt hatte, hatten ihr ein langärmeliges Hemd und ein Halstuch gereicht. Nun würde sie darin vermutlich erfrieren.

Vierzehn Jahre waren eine lange Zeit. Manche dieser Mädchen waren noch nicht einmal so lange auf der Welt.

»Guten Morgen«, sagte ich in dem ungelenken Russisch, das ich im Laufe der Jahre aufgeschnappt hatte.

»Hallo, *yožik*«, begrüßte sie mich. Auf Russisch hieß das kleiner Igel, und ich mochte den Spitznamen. Sie ließ den Blick in Richtung der Eisfläche flackern, bevor sie ihn wieder auf mich richtete. Ihr Gesicht sah immer noch genauso aus wie damals, als ich zwölf gewesen war, verwittert und grimmig, als bestünde ihre Haut aus irgendeinem kugelsicheren Material. »Dein Wochenende war gut, ja?«

Ich nickte und dachte kurz daran zurück, wie ich mit meinem Bruder und meiner Nichte im Zoo gewesen war und dann später in seiner Eigentumswohnung mit ihnen Pizza gegessen hatte – das waren zwei Dinge, die ich früher nie getan hatte, das mit der Pizza vor allem. »Hattest du auch ein gutes Wochenende?«, fragte ich die Frau, die mir so viele Dinge beigebracht hatte, dass ich es ihr niemals würde vergelten können.

Die Grübchen, sie sie nur selten zeigte, traten hervor. Ich kannte ihr Gesicht so gut, dass ich es einem Phantombildzeichner perfekt hätte beschreiben können, falls man sie je entführen sollte. Rund, schmale Augenbrauen, mandelförmige Augen, ein schmaler Mund, eine Narbe auf der Wange, wo damals in ihrer aktiven Zeit die Kufe eines Partners sie im Gesicht erwischt hatte, eine weitere Narbe an der Schläfe, wo sie mit dem Kopf aufs Eis geknallt war. Nicht dass sie je Opfer eines Verbrechens werden würde. Jeder Entführer würde sie vermutlich innerhalb einer Stunde freilassen. »Ich habe meinen Enkel besucht.«

Ich überlegte kurz. »Er hatte Geburtstag, oder?«

Sie nickte und ließ den Blick wieder in Richtung Eis wandern. Ich wusste, dass sie die Eiskunstläuferin beobachtete, mit der sie arbeitete, seit ich sie vor vier Jahren verlassen hatte, um mit dem Paarlauf anzufangen. »Hast du ihm endlich Schlittschuhe gekauft?«, fragte ich.

Meine alte Trainerin neigte den Kopf und zuckte mit den Schultern. Ihre grauen Augen, mit denen sie mich zahllose Male streng gemustert hatte, waren immer noch aufs Eis gerichtet. »Ja. Gebrauchte Schlittschuhe und ein Videospiel. Ich habe bis jetzt damit gewartet. Er ist fast so alt, wie du damals warst. Ein wenig spät, aber immer noch gut.«

Sie hatte es endlich getan. Ich erinnerte mich noch daran, wie er damals geboren wurde – bevor wir getrennte Wege gegangen waren – und wie wir davon geredet hatten, dass er Eiskunstlauf lernen würde, wenn er alt genug wäre. Es war nur eine Frage der Zeit gewesen. Das wussten wir beide. Ihre eigenen Kinder waren nie über den Anfängerkurs hinausgekommen, aber das war nicht wichtig gewesen.

Doch der Gedanke an ihn, ihren Enkel, der gerade erst mit dem Training anfing, löste in mir beinahe ein Gefühl von … Heimweh aus. Ich erinnerte mich daran, wie viel Spaß Eiskunstlauf damals gemacht hatte. Lange vor dem unerträglichen Druck, dem Drama und den verdammten Kritikern. Lange bevor ich lernte, wie widerlich Enttäuschung schmeckte. Beim Eiskunstlauf fühlte ich mich immer unverwundbar. Ich hatte vorher nicht gewusst, dass es möglich war, sich zu fühlen, als könnte man fliegen. So stark zu sein. So schön zu sein. Gut in etwas zu sein. Ich hatte nicht gewusst, dass das Verbiegen von Körperteilen und das Drehen und Wenden zu Formen, die gar nicht möglich sein sollten, so beeindruckend sein konnte. Ich hatte mich besonders gefühlt, weil ich die ovale Eisfläche so schnell umrunden konnte. Damals hatte ich noch keine Ahnung gehabt, wie sehr dieser Sport mein Leben verändern würde.

Galinas Kichern riss mich aus meinen Gedanken. Zumindest für den Moment.

»Eines Tages wirst du ihn trainieren«, bot sie mit einem Schnauben an und stellte sich wohl vor, dass ich ihn behandeln würde, wie sie mich behandelt hatte. Das brachte sie offenbar zum Lachen.

Ich kicherte, als ich mich daran erinnerte, wie sie mir während der zehn Jahre, die wir zusammen waren, viele Hundert Male einen Klaps verpasst hatte. Manche Leute wären nicht in der Lage gewesen, mit ihrer strengen Liebe umzugehen. Aber ich hatte sie geliebt. Ich war bei ihr aufgeblüht.

Das war nicht das erste Mal, dass sie die Möglichkeit erwähnte, dass ich als Trainerin arbeiten könnte. Während der letzten paar Monate, als die Situation immer verzweifelter geworden war, als meine Hoffnung, einen neuen Partner zu finden, versiegt war, hatte sie angefangen, mir gegenüber diese Möglichkeit zu erwähnen. Dabei war sie nicht besonders subtil vorgegangen. Sie hatte einfach nur gesagt: »Jasmine, du könntest Trainerin sein. Ja?«

Aber ich war immer noch nicht bereit dafür.

Aber vielleicht ist es an der Zeit?, flüsterte eine nervige, weinerliche Stimme gleichzeitig in meinem Kopf.

Es schien beinahe so, als könnte Galina die Stimme hören, denn sie gab ein weiteres Schnauben von sich. »Ich bin beschäftigt. Übe deine Sprünge. Du zeigst nicht genug Einsatz, du bist zu sehr in deinem Kopf gefangen. Deswegen bist du immer wieder gestürzt. Erinnere dich daran, wie es vor sieben Jahren war«, sagte sie. Ihre Aufmerksamkeit war nach wie vor aufs Eis gerichtet. »Hör auf zu denken. Du weißt, was zu tun ist.«

Ich hätte nicht gedacht, dass sie meine Probleme bemerkt hatte, da sie damit beschäftigt war, jemand anders zu trainieren.

Vor sieben Jahren war ich neunzehn gewesen. Das war die schlechteste Saison meiner Einzelkarriere gewesen und der Auslöser für die nächsten drei Saisons, die mich auf den Weg zum Paarlauf geführt hatten.

Ich nickte und schluckte diese alte Scham, die mit der Erinnerung an diese schreckliche Saison verbunden war, hinunter. »Du hast recht. Ich werde an meinen Sprüngen arbeiten. Bis später, Galina«, sagte ich zu meiner alten Trainerin.

Galina ließ den Blick flüchtig über mein Gesicht wandern, bevor sie einmal knapp nickte und ihre Aufmerksamkeit wieder auf die Eisfläche richtete. Mit ihrem starken Akzent rief sie ihrer neuen Schülerin zu, dass sie zu langsam in einen Sprung ging.

Ich nahm meine Kufenschoner ab, trat auf das Eis hinaus und konzentrierte mich.

Ich konnte das schaffen.

Genau eine Stunde später war ich genauso verschwitzt und müde wie früher nach der dreistündigen Trainingseinheit. Verdammt, ich wurde weich. Letztendlich hatte ich ein paar Sprungkombinationen geübt – eine Abfolge oder wenigstens einen Sprung, auf den direkt ein weiterer und manchmal noch zwei weitere folgten –, aber ich war nicht mit dem Herzen bei der Sache gewesen. Ich hatte die Landungen hinbekommen, aber es war jedes Mal knapp gewesen. Ich hatte gewankt und darum kämpfen müssen, auf den Beinen zu bleiben.

Galina hatte recht. Ich war abgelenkt, aber ich konnte nicht herausfinden, was genau mich ablenkte. Vielleicht musste ich wirklich mal schnell masturbieren oder eine Runde laufen gehen oder *irgendwas*. Alles, was dabei helfen könnte, einen klaren Kopf zu bekommen oder wenigstens dieses komische Gefühl loszuwerden, das mich verfolgte wie ein Geist.

Nur ein klein wenig frustriert kehrte ich in die Umkleideräume zurück, wo ich einen gelben Klebezettel an der Tür meines Spinds vorfand. Ich dachte mir nichts dabei. Vor einem Monat hatte mich die Geschäftsführerin des LK über eine ähnliche Notiz in ihr Büro gebeten. Sie hatte mir einen Job als Trainerin eines Anfängerkurses anbieten wollen. *Schon wieder.* Warum sie gedacht hatte, dass ich mich gut als Trainerin für junge Mädchen eignen würde – die praktisch noch Babys waren –, wusste ich nicht, aber ich hatte ihr mitgeteilt, dass ich kein Interesse hatte.

Was immer die Geschäftsführerin von mir wollte, würde schnell gehen müssen, denn ich musste zur Arbeit. Ich hatte meine Tage auf die Minute getaktet. Ich hatte so gut wie überall Listen mit meinen Zeitplänen – auf meinem Handy, auf Zetteln in meinem Auto, in meinen Taschen, in meinem Zimmer, an meinem Kühlschrank –, damit ich keine Termine vergaß und nicht durcheinanderkam. Organisiert zu sein, vorbereitet zu sein und ständig die Zeit im Blick zu haben, um pünktlich zu sein, war mir wichtig. Nun würde ich die ausgiebige heiße Dusche und das Schminken weglassen müssen, um es rechtzeitig zur Arbeit zu schaffen.

Ich zog mein Handy aus meiner Tasche, sobald ich meinen Spind aufgeschlossen hatte, und tippte eine Nachricht. Dabei dankte ich wie immer der Rechtschreibprüfung dafür, dass sie existierte und mir das Leben leichter machte. Als ich fertig war, schickte ich die Nachricht an meine Mutter. Sie hatte ihr Handy immer bei sich.

Ich: Die Geschäftsführerin des LK will mit mir reden. Kannst du Matty anrufen und ihm sagen, dass ich mich ein wenig verspäte, aber so bald wie möglich da sein werde?

Sie schrieb sofort zurück.

Mom: Was hast du angestellt?

Ich verdrehte die Augen und tippte eine Antwort: Nichts.

Mom: Warum wurdest du dann ins Büro bestellt?

Mom: Hast du schon wieder jemandes Mutter als dreckige Hure bezeichnet?

Natürlich würde sie das niemals vergessen. Niemand vergaß es.

Von den drei Malen, als mich die Geschäftsführerin in ihr Büro bestellt hatte, um mich zu überreden, eine Trainerstelle zu übernehmen, hatte ich ihr gar nichts erzählt.

Ich: Keine Ahnung. Vielleicht ist mein Scheck von letzter Woche geplatzt.

Das war ein Witz. Sie wusste besser als jeder andere, wie hoch die LK-Gebühren waren. Sie hatte sie über ein Jahrzehnt lang bezahlt.

Ich: Nein. Ich habe niemandes Mutter als dreckige Hure bezeichnet, aber diese andere dreckige Hure hatte es verdient.

Da ich wusste, dass sie sofort zurückschreiben würde, legte ich das Handy zurück in meinen Spind und beschloss, dass ich ihr auch in einer Minute noch antworten konnte. Ich suchte meine Sachen zusammen, duschte schnell und zog mir in Rekordzeit Unterwäsche, Jeans, eine Bluse, Socken und die hübschesten bequemen Schuhe, die ich mir leisten konnte, an. Als ich fertig war, schaute ich erneut auf mein Handy und stellte fest, dass meine Mutter wie erwartet geantwortet hatte.

Mom: Brauchst du Geld?

Mom: Sie hatte es verdient.

Mom: Hast du in letzter Zeit irgendwen geschubst?

Dass sie mich immer noch fragte, ob ich Geld bräuchte, machte mich fertig. Als hätte ich im Laufe der Jahre nicht genug von ihrem Geld genommen. Monat für Monat, eine erfolglose Saison nach der anderen.

Wenigstens bat ich sie jetzt nicht mehr um finanzielle Unterstützung.

Ich: Ich habe genug Geld. Danke.

Ich: Ich habe niemanden mehr geschubst.

Mom: Bist du sicher?

Ich: Ja, ich bin mir sicher.

Mom: Wirklich?

Ich: Ja.

Mom: Sogar ich wollte dich manchmal schlagen. Das kommt vor.

Ich musste lachen.

Ich: Geht mir ähnlich.

Mom: Ha, ha, ha, ha.

Ich nahm meine Tasche und meine Schlüssel und verließ die Umkleide, ging so schnell wie möglich rüber zu den Büros. Ich würde während der Fahrt zur Arbeit das Eiweißsandwich essen müssen, das ich noch in meinem Pausenbeutel im Auto hatte. Als ich die Tür erreichte, tippte ich gerade eine weitere Nachricht ins Handy, nur um sicher zu sein. Meine Tippfehler ignorierte ich dieses Mal, was ich normalerweise nicht tat.

Ich: Ernsthaft, Ma. Kannst du anrufen und ihm sagen?

Mom: JA.

Ich: Danke.

Mom: Hab dich lieb.

Mom: Sag mir Bescheid, falls du Geld brauchst.

Selbst wenn ich Geld brauchen sollte, würde ich es ihr nicht sagen. Die Wahrheit war, dass ich lieber als Stripperin arbeiten würde, wenn ich je wieder in Geldnot sein sollte. Sie hatte genug für mich getan.

Ich unterdrückte ein Seufzen und klopfte an die Bürotür der Geschäftsführerin. Ich wollte diese bevorstehende Unterhaltung, was immer sie auch beinhalten mochte, in maximal zehn Minuten hinter mich bringen, damit ich nicht zu spät zur Arbeit kam. Ich wollte die Tatsache, dass der engste Freund meiner Mutter großzügig mit mir war, nicht ausnutzen.

Das Problem war, dass ich noch nie eine Freundin von Überraschungen gewesen war. Nicht mal als ich noch klein gewesen war. Ich hatte schon immer gern gewusst, worauf ich mich einließ. Ich muss wohl nicht erwähnen, dass niemand je eine Geburtstagsüberraschungsparty für mich veranstaltet hatte. Mein Großvater hatte es ein einziges Mal versucht, und damals hatte mir meine Mutter vorher davon erzählt und mich schwören lassen, dass ich überrascht tun würde. Das hatte ich dann auch getan.

Ich war darauf vorbereitet gewesen, mich der Geschäftsführerin zu stellen, und war ziemlich geschockt, als ich eine mir vertraute Frau in den Fünfzigern statt Georgina in deren Büro sitzen sah. Sie trug einen eleganten schwarzen Pullover, und ihr Haar war zu einem so ordentlichen, perfekten Knoten zusammengebunden, wie man sie sonst nur bei Wettkämpfen sah.

Und noch überraschter war ich, dass die zweite Person in Georginas Büro nicht Georgina war, sondern Ivan Lukov, dessen Familie der Komplex gehörte.

Ivan Lukov also und die Frau, die ihn seit elf Jahren trainierte.

Mit dem einen konnte ich keine Unterhaltung führen, ohne mich mit ihm zu streiten, und die andere hatte im Verlauf dieser elf Jahre vielleicht zwanzig Worte zu mir gesagt.

Ich fragte mich, ob ich die Notiz an meinem Spind vielleicht nicht richtig gelesen hatte. Doch ich hatte sie richtig gelesen … oder? Normalerweise brachte ich beim Lesen nichts mehr durcheinander.

»Ich war auf der Suche nach Georgina«, erklärte ich. Ich hasste es, Fehler zu machen. *Ich hasste es*. Und dass ich es womöglich vor ihnen vermasselt hatte, machte es nur noch schlimmer, verdammt. »Wisst ihr, wo sie ist?«, presste ich hervor.

Die Frau lächelte unbekümmert und wirkte ganz und gar nicht so, als hätte ich sie bei einem wichtigen Gespräch gestört.

Sie wirkte auch kein bisschen so, als wäre ich jemand, den sie im Grunde genommen jahrelang ignoriert hatte. Das machte mich sofort noch nervöser. Sie hatte mich noch nie zuvor angelächelt. Tatsächlich glaubte ich nicht, dass ich sie generell je hatte lächeln sehen. »Komm rein«, sagte sie und lächelte immer noch. »Ich habe die Notiz an deinem Spind hinterlassen, nicht Georgina.«

Später würde ich erleichtert sein, dass ich die Worte nicht falsch gelesen hatte, aber jetzt gerade war ich zu sehr damit beschäftigt, mich zu fragen, warum ich hier stand ... Und warum zur Hölle Ivan dasaß und nichts sagte.

Als hätte sie meine Gedanken gelesen, wurde das Lächeln der Frau breiter, also wollte sie versuchen, mich zu beruhigen. Doch es bewirkte genau das Gegenteil. »Setz dich, Jasmine«, sagte sie in einem Tonfall, der mich daran erinnerte, dass sie den Idioten links von mir mit ihrem Training durch zwei Weltmeisterschaften gebracht hatte. Das Problem war, dass sie nicht meine Trainerin war und ich es nicht leiden konnte, wenn mir Leute Anweisungen erteilten.

Zwei Jahre lang hatte ich an denselben Wettkämpfen teilgenommen wie Ivan. Ich war ehrgeizig, und sie waren es ebenfalls. Es war leichter, jemanden schlagen zu wollen, mit dem man keinen freundlichen Umgang pflegte. Aber das erklärte nicht die Jahre davor, als ich noch als Einzelläuferin unterwegs gewesen war und nichts mit ihnen zu tun gehabt hatte. Damals hätte sie freundlich zu mir sein können ... aber das war sie nicht gewesen. Nicht dass ich das gewollt oder gebraucht hätte, aber trotzdem.

Also hätte sie nicht im Geringsten überrascht sein sollen, als ich sie lediglich mit hochgezogenen Augenbrauen anstarrte.

»Bitte?«, fügte sie hinzu und klang dabei beinahe liebenswürdig.

Ich traute weder ihrem Tonfall noch ihr.

Unwillkürlich blickte ich in Richtung der zwei Stühle, die ihr gegenüberstanden. Auf einem davon saß Ivan, den ich nicht mehr gesehen hatte, seit er zur Weltmeisterschaft aufgebrochen war. Er hatte seine langen Beine vor sich ausgestreckt. Seine Füße, die ich häufiger in Schlittschuhen als in gewöhnlichen Schuhen gesehen hatte, steckten unter dem Schreibtisch, den seine Trainerin mit Beschlag belegt hatte. Doch das, was meine Aufmerksamkeit auf sich zog, war nicht die träge Art, wie er mit vor der Brust verschränkten Armen dasaß und seine Brustmuskeln präsentierte. Es war auch nicht der marineblaue Rollkragenpullover, der die Blässe seines Gesichts betonte.

Was mich innehalten ließ, waren seine graublauen Augen, die er fest auf mich gerichtet hatte. Ich vergaß nie, wie intensiv die Farbe war, aber sie überrumpelte mich dennoch jedes Mal aufs Neue. Ich vergaß auch nie, wie lang die schwarzen Wimpern waren.

Und dann war da alles, was sich um diese Augen herum befand.

Oh Mann.

So viele Mädchen rasteten wegen seines Gesichts, wegen seiner Haare, wegen seiner Augen, wegen seiner Eiskunstlauffähigkeiten, wegen seiner Arme, wegen seiner langen Beine, wegen seiner Art zu atmen oder wegen der Zahnpasta, die er benutzte, völlig aus. Das nervte.

Ich starrte ihn an, und diese böse Schönlingsvisage starrte zurück. Er hatte den Blick fest auf mein Gesicht gerichtet. Er runzelte nicht die Stirn, lächelte nicht und verzog auch sonst keine Miene.

Und das machte mich nervös.

Er schaute mich einfach nur an.

Wäre ich irgendjemand anders gewesen, hätte er mich mit

diesem Blick aus dem Konzept gebracht. Aber ich war nicht sein Groupie. Ich kannte ihn gut genug, um mich nicht von dem menschlich wirkenden Ganzkörperanzug ablenken zu lassen. Er beeindruckte mich nicht.

Außerdem war ich dabei gewesen, als ihn seine Mutter vor Jahren mal heftig zusammengestaucht hatte, weil er ihr Widerworte gegeben hatte, was ebenfalls dabei half, seinem Bann nicht zu verfallen.

»Was soll das hier werden?«, fragte ich und schaute für eine weitere Sekunde in Ivans halb vertrautes Gesicht, bevor ich mich schließlich dazu zwang, den Blick wieder auf Nancy Lee zu richten. Sie war immer noch genauso hübsch wie damals, als sie noch selbst an Wettkämpfen teilgenommen hatte. Ich hatte mir Videoaufnahmen von ihr in den Achtzigern angeschaut, als sie die Landesmeisterschaft gewonnen hatte.

»Es ist nichts Schlimmes, versprochen«, antwortete die ältere Frau behutsam und deutete auf den Stuhl neben Ivan. »Kannst du dich setzen?«

Wenn einen jemand bat, sich zu setzen, passierte immer etwas Schlimmes. Zumal sich der Platz, auf den ich mich setzen sollte, neben Ivan befand. Also konnte sie das vergessen. »Ich stehe lieber«, sagte ich. Meine Stimme klang genauso seltsam, wie ich mich fühlte.

Was ging hier vor? Sie konnten mich nicht aus der Einrichtung werfen. Ich hatte nichts getan.

Es sei denn, diese miesen Gören vom Wochenende hatten mich verpetzt. Verdammt.

»Jasmine, wir brauchen wirklich nur zwei Minuten«, sagte Nancy Lee langsam und deutete dabei immer noch auf den Stuhl.

Tja, das passte irgendwie alles nicht zusammen, und es wurde nur schlimmer. Zwei Minuten? In zwei Minuten konnte man nichts gut hinbekommen. Ich putzte mir sogar zweimal am Tag länger als zwei Minuten die Zähne.

Ich rührte mich nicht vom Fleck. Sie hatten mich verpetzt. Diese kleinen Mistmaden ...

Als wollte sie bestätigen, dass ich meine Gedanken nicht besonders gut verbarg, seufzte Nancy Lee auf ihrem Platz hinter dem Schreibtisch. Mir entging nicht, wie sie kurz zu Ivan schaute, bevor sie den Blick wieder auf mich richtete. Sie setzte sich aufrechter hin und schürzte für einen Moment die Lippen, bevor sie wieder sprach. »Dann werde ich jetzt zum Punkt kommen. Wie entschlossen bist du, deine aktive Karriere zu beenden?«

Wie entschlossen ich war, meine aktive Karriere zu beenden? Dachten das etwa alle von mir? Dass ich in den Ruhestand gehen wollte?

Es war nicht so, als hätte ich mich dafür entschieden, keinen Partner mehr zu haben und eine komplette Saison zu verpassen, aber ... was auch immer. *Was auch immer.* Mein Blutdruck machte etwas Seltsames, was er noch nie zuvor gemacht hatte. »Warum fragen Sie das?«, presste ich hervor. Ich war immer noch besorgt, wenn auch nur ein wenig.

Ich hätte Karina anrufen sollen.

Die Frau redete nicht um den heißen Brei herum, was ich zu jedem anderen Zeitpunkt zu schätzen gewusst hätte. Doch ich rechnete nicht mit dem Satz, der als Nächstes aus ihrem Mund kam. Tatsächlich war das so ziemlich das Letzte, was ich je von ihr zu hören erwartet hätte. Verdammt, es was das Letzte, was ich von *jeder Person* zu hören erwartet hätte.

»Wir wollen, dass du Ivans nächste Partnerin wirst«, sagte die Frau. Einfach. So.

Einfach so.

Im Leben gab es Momente, in denen man sich fragte, ob man Drogen genommen hatte, ohne es zu merken.

Das jetzt gerade, als ich im Büro der Geschäftsführerin im Lukov-Komplex stand, war dieser Moment für mich. Ich konnte nur blinzeln. Und dann noch mal blinzeln.

Denn was zur Hölle sollte das?

»Das heißt, sofern du bereit bist, aus dem Ruhestand zurückzukehren«, fuhr die Frau fort und sprach einmal mehr vom Ende meiner aktiven Karriere, als würde ich nicht direkt vor ihr stehen und mich fragen, wer mir halluzinogene Drogen ins Trinkwasser getan haben könnte, denn das hier passierte *auf keinen Fall* wirklich. Diese Worte konnten auf gar keinen Fall tatsächlich aus Nancy Lees Mund gekommen sein.

Auf gar keinen Fall.

Ich musste sie falsch verstanden oder einen Großteil der Unterhaltung irgendwie nicht mitbekommen haben, denn …

Denn …

Ich und Ivan? Als Partner? Das war unmöglich. Keine Chance.

… oder doch?

Kapitel drei

Ich hatte nicht gerne Angst, aber die Wahrheit war, dass es nicht sehr viel gab, was in mir Angst auslöste. Spinnen, Kakerlaken und Mäuse konnte ich töten. In der Dunkelheit konnte ich das Licht anschalten. Sofern es kein wirklich großer Clown war, standen die Chancen gut, dass ich ihn fertigmachen konnte. Ich war für meine Größe recht stark und hatte im Laufe der Jahre zusammen mit meiner Schwester an ein paar Selbstverteidigungskursen teilgenommen. Höhe machte mir nichts aus. Kohlenhydrate waren toll, und wenn ich zunahm, wusste ich, wie ich die zusätzlichen Pfunde wieder loswurde. Und irgendwann würden wir alle sterben. Nichts davon beunruhigte mich. Nicht mal ein bisschen.

Ich konnte vermutlich an einer Hand abzählen, wie oft ich in meinem Leben wirklich Angst gehabt hatte. Und jeder einzelne dieser Momente drehte sich um Eiskunstlauf. Einer davon war der, als ich mir meine dritte Gehirnerschütterung zugezogen hatte. Der Arzt, der mich damals behandelt hatte, hatte meiner Mutter geraten, mich dazu zu bringen, mit dem Eiskunstlauf aufzuhören – und eine Weile hatte ich ernsthaft gedacht, dass sie mich dazu zwingen würde, meine Karriere an den Nagel zu hängen. An die beiden darauffolgenden Gehirnerschütterungen konnte ich mich auch noch erinnern. Ich hatte stets befürchtet, dass sie ein Machtwort sprechen und verkünden würde, dass mit dem Eiskunstlauf Schluss sei. Dass ich das Risiko all der Konsequenzen, die wiederholtes Hirntrauma nach sich ziehen konnte, nicht eingehen dürfe. Doch das hatte sie nicht getan.

Und die anderen Male, als mein Mund nach Watte geschmeckt und sich mein Magen verkrampft und rumort hatte … über diese Momente würde ich nicht mehr als nötig nachdenken.

Aber das war alles. Mein Vater fand es lustig zu behaupten, dass ich nur zwei Gefühlszustände hätte: gleichgültig und wütend. Das stimmte nicht, aber er kannte mich nicht gut genug, um das zu wissen.

Doch während ich in der Tür des Büros stand und mich fragte, ob ich das hier träumte, ob ich auf Drogen war oder ob das hier wirklich passierte, hatte ich ein klein wenig Angst. Was, wenn es nicht echt war? Was, wenn das hier irgendein kranker Scherz war?

Ich hasste es, mich so unsicher so fühlen.

Aber was ich *wirklich* hasste, war die Tatsache, dass ich Angst davor hatte, dass die Antwort, nach der ich suchte, tatsächlich eine war, für die ich meine Seele verkauft hätte.

Ich zwang mich dazu, die Frage zu stellen, deren Beantwortung ich fürchtete. »Partnerin für was?«, fragte ich und überlegte krampfhaft, für was ich mich in diesem verkorksten Traum, der sich so echt anfühlte, mit ihm zusammentun könnte. Für ein verdammtes Gesellschaftsspiel?

Der Mann, den ich aus einer Entfernung, die sich manchmal zu nah angefühlt hatte, hatte aufwachsen sehen, verdrehte die eisblauen Augen. Und genau wie bei jeder anderen Gelegenheit, bei der er die Augen verdreht hatte, verengte ich meine Augen als Reaktion zu Schlitzen.

»Für den Paarlauf«, antwortete er gelangweilt. »Was dachtest du denn? Für Squaredance?«

Ich blinzelte.

»Vanya!«, zischte Nancy Lee, und ich bildete mir ein, aus dem Augenwinkel zu sehen, wie sie sich mit der flachen Hand auf die Stirn schlug.

Aber ich war mir nicht sicher, weil ich zu sehr damit beschäftigt war, den Klugscheißer auf dem Stuhl anzustarren und mir zu sagen: *Tu es nicht, Jasmine. Sei besser. Halt den Mund ...*

Doch dann flüstere eine kleinere Stimme, die ich wirklich gut kannte: *Zumindest bis du herausgefunden hast, was sie wirklich von dir wollen.* Denn das konnte es nicht sein. Nicht wirklich.

»Was?«, fragte Ivan, der den Blick immer noch direkt auf mich gerichtet hatte. Die einzige Veränderung in seinem beinahe ausdruckslosen Gesicht war der Anflug eines winzigen Lächelns, das seinen Mund umspielte.

»Wir haben das doch besprochen«, sagte seine Trainerin zu ihm und schüttelte den Kopf.

Dieser Kommentar riss mich aus meiner Starre. »Was habt ihr besprochen?« Ich konnte mit dem, was sie sagen würde, umgehen. Egal ob es gut oder schlecht war. »Er hätte den Mund nicht aufmachen sollen, bevor ich mit dir über alles reden konnte.«

»Warum nicht?«

Die andere Frau stieß einen genervten Seufzer aus und antwortete: »Weil wir wollen, dass du Ja sagst. Da wollen wir dir nicht ins Gedächtnis rufen, warum das für dich womöglich nicht infrage kommen könnte.«

Und dann konnte ich nicht anders, als den Kopf zu drehen, um dem Arsch auf dem Bürostuhl ein Grinsen zuzuwerfen. Sein eigenes kleines Grinsen war noch da und verschwand auch dann nicht, als er sah, wie ich das Gesicht verzog.

Blödmann, sagte ich lautlos, bevor ich mich daran erinnern konnte, dass ich das nicht nötig hatte.

Fleischklops, erwiderte er ebenso lautlos.

Das wischte mir sofort das Grinsen vom Gesicht, genau wie sonst immer.

»Also gut«, sagte Nancy Lee mit einem Lachen, das kein bisschen amüsiert klang, während ich dastand und die Augen fest auf den Dämon auf dem Stuhl gerichtet hatte. Ich ärgerte mich über mich selbst, weil ich mich von ihm hatte aus der Spur bringen lassen. »Fangen wir noch mal von vorne an. Jasmine, bitte ignorier du weißt schon wen da drüben. Er sollte den Mund gar nicht erst aufmachen.«

Ich musste mich enorm zusammenreißen, um den Blick wieder auf die Frau zu richten, statt weiterhin die Person links von mir anzustarren.

Nancy Lee schenkte mir ein Lächeln, das ich bei jedem anderen als verzweifelt bezeichnet hätte. »Ivan und ich würden dich gern als seine neue Partnerin haben.« Sie zog die Augenbrauchen hoch und hatte immer noch dieses seltsame Lächeln auf dem Gesicht, dem ich nicht traute. »Falls du interessiert bist.«

Ivan und ich würden dich gern als seine neue Partnerin haben.

Falls du interessiert bist.

Sie – diese beiden Leute, die aussahen und klangen wie Nancy Lee und Ivan – wollten *mich* als seine neue Partnerin haben?

Mich?

Das war ein verdammter Scherz, oder?

Für den Bruchteil einer Sekunde dachte ich, dass Karina etwas damit zu tun hatte, doch dann kam ich zu dem Schluss, dass das unmöglich sein konnte. Wir hatten seit über einem Monat nicht mehr miteinander geredet. Und sie kannte mich zu gut, um etwas wie das hier zu versuchen. Vor allem nicht ausgerechnet mit diesem Lukov.

Erst vor einem Monat hatte er mich gefragt, ob ich je die Pubertät hinter mich bringen würde. Und ich hatte erwidert, dass ich sie hinter mich bringen würde, sobald sich seine Eier dafür entschieden, sich abzusenken.

Nancy Lee hatte die Szene mitbekommen. Sie wusste Bescheid.

»Ich verstehe das nicht«, sagte ich verwirrt.

Mir entging nicht, wie sich die beiden einen Blick zuwarfen. Dann fragte Nancy Lee angespannt: »Was verstehst du nicht?«

Dass es tausend andere Leute gab, an die sie sich wenden konnten. Die meisten von ihnen waren jünger als ich, was bei dieser Sportart das war, was alle haben wollten. Es gab keinen logischen Grund, *mich* zu fragen ... abgesehen von der Tatsache, dass ich besser als all die jüngeren Mädchen war. Zumindest technisch, und mit technisch meinte ich Sprünge und Pirouetten, die beiden Dinge, die ich am besten konnte. Aber manchmal reichte es eben nicht, am höchsten springen und die schnellsten Pirouetten drehen zu können. Die Punkte für die einzelnen Komponenten einer Kür – Eiskunstlauffähigkeiten, Übergänge, Performance und Umsetzung, Choreografie und Interpretation – waren ebenso wichtig wie die Gesamtwertung.

Und in Bezug auf all diese Punkte hatte ich nie besonders gut abgeschnitten. Die Leute hatten meinen Choreografen die Schuld dafür gegeben. Meinen Trainerinnen eine schlechte Musikauswahl vorgeworfen. Mich dafür kritisiert, dass ich »keine Seele« hätte und nicht »künstlerisch genug« sei und »kein Gefühl vermitteln« würde. Mein Expartner und ich hatten uns anhören müssen, dass wir nicht wie eine »Einheit« wirkten. Mir hatte man außerdem vorgeworfen, dass ich ihm nicht genug vertrauen würde. Und vielleicht hatten all diese Dinge einen großen Anteil daran gehabt, dass ich nicht gut abgeschnitten hatte.

Das und die Tatsache, dass ich versagt hatte.

Also.

»Sie wollen, dass ich mich dafür bewerbe, *seine*« – ich deutete mit dem Daumen in Ivans Richtung, um sicherzugehen, dass es keinerlei Missverständnisse gab – »Partnerin zu sein? Ich?«

Die Trainerin nickte. Sie zögerte nicht. Sie wandte den Blick nicht ab. Sie nickte einfach nur knapp und zackig.

»Warum?« Es klang eher wie eine Anschuldigung als wie eine Frage, aber was sollte ich denn bitte machen? So tun, als wäre das hier nicht der Rede wert?

Ivan schnaubte und rutschte auf seinem Stuhl herum. »Du willst eine Erklärung?«

Zeig ihm nicht den Stinkefinger. Zeig ihm nicht den Stinkefinger. Tu es nicht, Jasmine.

Ich tat es nicht.

Tu es nicht.

»Ja«, erwiderte ich trocken, aber deutlich freundlicher, als er es verdiente. »Warum?«, fragte ich erneut.

Keiner der beiden sagte ein Wort. Vielleicht war ich aber auch nur ungeduldig. »Wir alle wissen, dass es jüngere Eiskunstläuferinnen gibt, die ihr fragen könntet«, fügte ich hinzu. Denn was konnte das schon schaden, wenn das hier genau das war, wofür ich es hielt? Totaler Schwachsinn. Ein Trick. Ein Albtraum. Eins der gemeinsten Dinge, die man mir jemals angetan hatte … Und was war mit meinem Blutdruck los? Mir war plötzlich schlecht. Ich tastete mit den Fingern meiner anderen Hand nach meinem Armband. »Ich will wissen, warum ihr ausgerechnet mich fragt. Abgesehen davon, dass es Mädchen gibt, die fünf Jahre jünger als ich sind, gibt es auch einige, die mehr Erfahrung mit Paarlauf haben. Ihr wisst beide, warum ich keinen neuen Partner gefunden habe.« Ich spuckte die Worte aus, bevor ich mich davon abhalten konnte.

Das Schweigen, das mir entgegenschlug, verriet mir, dass ihnen das alles bewusst war. Wie auch nicht? Schon vor Jahren hatte ich mir einen schlechten Ruf eingefangen, und seitdem war es mir nicht gelungen, ihn abzuschütteln, egal was ich tat. Dass die Leute immer das wiederholten, was sie hören wollten, und nicht die ganze Geschichte, war nicht meine Schuld gewesen.

Mit ihr kann man nicht gut arbeiten, hatte Paul gesagt, und jeder, der sich auch nur ein klein wenig für Eiskunstlauf interessierte, hatte es gelesen. Was andere Leute von mir hielten, kümmerte mich aber nicht.

Zumindest hatte es mich nicht gekümmert, bis mir die ganze Sache zum Verhängnis geworden war.

Aber jetzt war es zu spät. Ich konnte nur noch zu meinen Handlungen stehen. Und das tat ich.

Einmal hatte ich so einem Schwachkopf von Eisschnellläufer einen Stoß verpasst, weil er mir an den Hintern gefasst hatte, und natürlich war ich die Böse gewesen.

Einmal hatte ich die Mutter einer Eiskunstläuferin als Hure bezeichnet, nachdem sie einen Kommentar darüber gemacht hatte, dass meine Mutter tolle Blowjobs geben müsse, wenn sie es geschafft hätte, sich einen Ehemann zu angeln, der zwanzig Jahre jünger als sie war, aber natürlich war *ich* das unhöfliche Arschloch gewesen.

Das alles war schwer für mich, weil mir meine Karriere etwas bedeutete und dieser Sport der Grund dafür war, dass ich jeden Morgen freudig aufwachte.

Kleinigkeiten sammelten sich immer weiter an, bis mein Sarkasmus die Oberhand gewann – bis alles, was aus meinem Mund kam, als unhöflicher Kommentar verstanden wurde. Vielleicht wäre mein Leben sehr viel leichter gewesen, wenn ich die Liebenswürdigkeit meiner Schwester und die Persönlichkeit meiner Mutter gehabt hätte, aber das war nun mal nicht der Fall.

Im Leben ist man eben, wer man ist, und entweder verbringt man die Zeit, die einem gegeben ist, mit dem Versuch, sich zu verbiegen, um es anderen Leuten recht zu machen, oder … eben nicht.

Hier saß nun der Mann, der mich nach jedem Wettkampf zu meiner Zeit als Einzelläuferin auf jeden Fehler, den ich während der Kür gemacht hatte, hingewiesen und so sichergestellt hatte, dass ich sehr genau wusste, warum ich verdammt noch mal verloren hatte.

»Bist du so verzweifelt?«, fragte ich ihn geradeheraus und schaute ihm direkt in die graublauen Augen. Meine Worte waren unhöflich, aber das kümmerte mich nicht. Ich wollte die Wahrheit hören. »Will keine andere mehr deine Partnerin sein?«

Er wandte die gletscherkalten Augen nicht ab. Sein muskulöser Körper zuckte nicht zusammen. Er verzog nicht mal das Gesicht, wie er es normalerweise tat, wenn ich den Mund öffnete und das Wort an ihn richtete.

Ivan begegnete einfach nur meinem Blick, als würde er mich im Gegenzug ebenfalls abschätzen. Er schaute mich an, wie es nur jemand tun konnte, der sich seiner selbst, seiner Talente und seines Platzes auf der Welt sowie der Tatsache, dass er derjenige war, der sich in einer Machtposition befand, absolut sicher war. Und dann kam das Arschloch zum Vorschein, das ich kannte.

»Du weißt, wie das ist, nicht wahr?«

Dieser verdammte …

»Vanya«, rief Nancy Lee und schüttelte den Kopf wie eine Mutter, die ihr Kleinkind dafür schalt, dass es einfach nur sagte, was ihm durch den Kopf ging. »Tut mir leid, Jasmine …«

Unter normalen Umständen hätte ich ihm lautlos angedroht, ihm in seinen verdammten Hintern zu treten, aber ich schaffte es, mich zusammenzureißen. Gerade noch so. Stattdessen schaute ich dieses ausdruckslose Gesicht mit seiner perfekten Knochenstruktur an ... und stellte mir vor, wie ich die Hände um seinen Hals legen und so fest wie möglich zudrücken würde. Es kostete eine ungeheure Selbstbeherrschung, in diesem Moment ruhig zu bleiben.

Vielleicht wurde ich so langsam erwachsen.

Dann schaute ich ihn noch eine Sekunde länger an und dachte: *Ich werde ihm in den Mund spucken, sobald ich eine Gelegenheit dazu erhalte.* Vielleicht war Erwachsenwerden doch nichts für mich.

»Ich weiß tatsächlich, wie das ist, Arschgesicht«, sagte ich.

Nancy Lee murmelte etwas in sich hinein, aber als sie nicht sagte, dass ich nicht so mit Ivan reden solle, fuhr ich fort.

»Eigentlich, Satan« – er blähte die Nasenflügel – »will ich nur wissen, ob du dich an mich wendest, weil niemand sonst etwas mit dir zu tun haben will – was eigentlich nicht sein kann –, oder ob da irgendein Hintergedanke versteckt ist, den ich nicht erkenne.« Zum Beispiel, dass er hier gerade den gemeinsten verfrühten Aprilscherz aller Zeiten abzog. Falls es so war, würde ich ihn womöglich wirklich endlich umbringen.

Nancy Lee schüttelte den Kopf und sah ernsthaft so aus, als wollte sie sich die Haare raufen. So einen Ausdruck hatte ich noch nie zuvor auf ihrem Gesicht gesehen, und er machte mich nervös. Vermutlich erkannte sie gerade die Wahrheit: dass Ivan und ich wie Öl und Wasser waren. Wir waren keine gute Kombination, denn wir kamen einfach nicht miteinander klar. Es sei denn, wir sprachen nicht miteinander. Doch selbst dann wechselten wir böse Blicke und zeigten uns gegenseitig den Stinkefinger. Mehr als nur eine Handvoll Abendessen im Haus seiner Eltern waren auf diese Art eskaliert.

Nancy Lee richtete den Blick gen Decke wie zum Gebet, bevor sie schließlich sagte: »Ich vertraue darauf, dass das hier unter uns bleibt.«

»Ich habe niemanden, dem ich hiervon erzählen könnte«, teilte ich ihr mit. Das war die Wahrheit. Ich konnte gut Geheimnisse für mich behalten. Wirklich sehr gut.

Die andere Frau neigte das Kinn und fixierte mich mit ihrem Blick, bevor sie fortfuhr. »Wir …«

Der Idiot auf dem Stuhl gab einen weiteren Laut von sich, bevor er sich aufrechter hinsetzte und ihr ins Wort fiel. »Es gibt niemand anders.«

Ich blinzelte.

Er sprach weiter. »Es wäre nur für ein Jahr …«

Moment.

Ein Jahr?

Verdammt, ich hatte gewusst, dass das hier zu gut war, um wahr zu sein. Ich hatte es *gewusst*.

»Mindy … setzt diese Saison aus«, erklärte er angespannt und klang verärgert, als er von der Partnerin sprach, die er die letzten drei Saisons gehabt hatte. »Also brauche ich bis auf Weiteres eine Partnerin.«

Natürlich. *Natürlich.* Ich schüttelte den Kopf. Ich spürte, wie mich die stumpfe Klinge der Enttäuschung direkt in die Eingeweide traf, um mich daran zu erinnern, dass sie immer da war und nur auf den perfekten Moment gewartet hatte, um mir mitzuteilen, dass sie niemals verschwunden war.

Denn das war sie nicht.

Ich konnte mich nicht erinnern, wann ich das letzte Mal nicht enttäuscht gewesen war – hauptsächlich von mir selbst.

Verdammt. Ich hätte es besser wissen sollen. Warum sollte er sonst zu mir kommen? Weil er mich dauerhaft als Partnerin haben wollte? Natürlich nicht.

Gott, ich war so dämlich. Etwas so Gutes passierte mir nicht. Es war mir noch nie passiert.

»Jasmine.« Nancy Lees Stimme war ruhig, aber ich schaute

sie nicht an. »Das wäre eine großartige Gelegenheit für dich …«

Ich sollte einfach gehen. Warum war ich überhaupt noch hier und verschwendete meine Zeit? Schließlich musste ich zur Arbeit und würde ohnehin schon zu spät kommen.

»… Du könntest mehr Erfahrung sammeln. Du würdest gegen die amtierenden Landes- und Weltmeister antreten«, fuhr sie fort. »Du könntest möglicherweise eine Meisterschaft gewinnen oder wenigstens einen Pokal …«

Nun hatte sie meine Aufmerksamkeit.

Sie zog die Augenbrauen hoch, als hätte sie gewusst, dass sie mich mit diesem Argument kriegen würde, und das aus gutem Grund. »Danach könntest du problemlos einen Partner finden. Ich könnte dir dabei helfen. Ivan könnte dir dabei helfen.«

Ich ignorierte, dass mir Ivan helfen könnte, einen Partner zu finden, denn ich bezweifelte ernsthaft, dass das je passieren würde. Aber den Rest ihrer Worte ignorierte ich nicht.

Eine Meisterschaft. Verdammt, ein Pokal. *Irgendein* Pokal.

Tatsächlich hatte ich seit meiner Zeit als Anfängerin keinen mehr gewonnen.

Und dann war da noch die andere Sache: dass mir Nancy Lee dabei helfen könnte, einen Partner zu finden.

Aber hauptsächlich: *eine verdammte Meisterschaft*. Oder zumindest die Chance darauf, die realistische Möglichkeit. *Hoffnung*.

Das war, als würde ein Fremder einem kleinen Kind Süßigkeiten anbieten, um es zu sich ins Auto zu locken, und ich war das dumme kleine Kind. Allerdings wedelten diese Frau und dieses Arschgesicht nicht mit Süßigkeiten vor meiner Nase herum, sondern mit den zwei Dingen, die ich mehr als alles andere wollte. Das genügte, um mich innehalten zu lassen. Für den Moment war ich sprachlos.

»Es ist ein Risiko, aber mit einer Menge harter Arbeit könnte es unserer Meinung nach funktionieren«, fuhr die Frau fort und blickte mich dabei geradeheraus an. »Wenn ich ehrlich bin, wüsste ich nicht, warum es nicht funktionieren sollte. Ivan hat seit fast einem Jahrzehnt kein schlechtes Jahr mehr gehabt.«

Moment.

Die Realität holte mich ein. Wir sollten in weniger als einem Jahr eine Meisterschaft gewinnen?

Sie hatte gesagt, dass Ivan schon ewig kein schlechtes Jahr mehr gehabt hatte, aber ich hatte wirklich viele schlechte Jahre gehabt, und nun wollte sie, dass wir eine Meisterschaft in weniger als einem Jahr gewannen.

Mist. Die meisten Paare setzten für eine Saison aus, um zu lernen, wie sich der jeweils andere auf dem Eis bewegte, und um an den technischen Elementen zu arbeiten – von Sprüngen über Hebefiguren bis hin zu Würfen –, bis sie sie nahtlos miteinander ausführen konnten ... Und selbst dann war nach zwölf Monaten noch längst nicht alles perfekt. Beim Paarlauf ging es um Einheit, um Vertrauen, um Timing, ums Vorausahnen und um synchrone Bewegungsabläufe. Es ging darum, dass zwei Menschen beinahe zu einer Person wurden, sich aber irgendwie trotzdem noch ihre Individualität bewahrten.

Und dafür würden wir nur wenige Monate Zeit haben, denn dann mussten wir bereits die Choreografie einstudieren und schließlich meistern. *Monate*, um etwas zu schaffen, das normalerweise ein Jahr oder länger dauern würde.

Sie verlangten etwas von mir, das so gut wie unmöglich war.

»Du willst doch eine Meisterschaft gewinnen, oder?« Ivans Frage stach wie ein Messer direkt in meine Brust.

Ich starrte ihn an, wie er da in seiner Stoffhose und seinem dicken Pullover saß. Mit seinem gegelten Undercut. Mit dieser Knochenstruktur, die er Generationen der selektiven Züchtung verdankte, sodass er nun haargenau wie das Treuhandfondsbalg aussah, das er war. Ich schluckte um den grapefruitgroßen Kloß in meinem Hals herum … der mit Nägeln gespickt war.

Wollte ich die eine Sache, für die ich den Großteil meines Lebens geopfert hatte?

Wollte ich die Gelegenheit weiterzumachen? Eine Zukunft zu haben? Meine Familie endlich stolz zu machen?

Natürlich wollte ich sie. Ich wollte sie so sehr, dass meine Handflächen ganz feucht wurden und ich sie heimlich an meiner Hose abwischte. *Verdammt.*

Ein Jahr für die eine Sache, die ich mehr als alles andere wollte. Für die eine Sache, für die meine Mutter beinahe pleitegegangen wäre, für die eine Sache, die sich meine Familie für mich immer erträumt hatte. Die ich immer von mir selbst erwartet, aber nie erreicht hatte: eine Meisterschaft.

Und nun konnte ich mich für ein Jahr mit diesem Arschloch zusammentun, mit jemandem, der mir die beste Chance verschaffen konnte, die ich je gehabt hatte, das zu erreichen, was ich schon nicht mehr für möglich gehalten hatte.

Aber …

Kurzer Faktencheck: Dass wir gewinnen würden, war nicht sicher. Niemand konnte mir versprechen, dass ich hinterher tatsächlich einen eigenen Partner bekommen würde, selbst wenn wir gewannen. Es gab keine Garantie, dass das funktionieren würde. Abgesehen davon, dass eine Verletzung uns jederzeit einen Strich durch die Rechnung machen konnte, konnte ich mir noch nicht einmal ansatzweise vorstellen, wie viel Arbeit wir investieren müssten, um bereit zu sein. Pläne würden mit anderen Plänen kollidieren.

»Wir wollen, dass es ein leichter Wechsel wird. Das ist rein geschäftlich. Mindy hält ihr Privatleben gern privat. Das Gleiche gilt für Ivan«, sagte sie, als wüsste ich das nicht.

»Unser Fokus würde auf dem Sport liegen«, erklärte die Trainerin und beobachtete mich aufmerksam, während ich dastand und versuchte, das alles zu verarbeiten. »Dass du jahrelang in derselben Einrichtung trainiert hast wie Ivan, ist ein Pluspunkt. Außerdem bist du eine Freundin der Familie. Du bist in der Branche ein bekanntes Gesicht, und du bist talentiert. Du hast genug Erfahrung, um in dieser Liga anzutreten, ohne bei null anzufangen, was wir uns aufgrund der zeitlichen Beschränkung nicht leisten können. Mit dem, was du mitbringst, können wir arbeiten.« Sie hielt inne, schaute kurz zu Ivan und brachte noch ein letztes Argument vor. »Der geringe Altersunterschied zwischen euch beiden ist ebenfalls hilfreich. Ich habe das sehr sichere Gefühl, dass du eine gute Partnerin für Ivan abgeben würdest.«

Aha.

Der geringe Altersunterschied also. Ich war sechsundzwanzig und Ivan beinahe dreißig. Das war ein Argument, das mir gar nicht in den Sinn gekommen war. Wenn sich dieser erwachsene Mann ein junges Mädchen als Partnerin suchen würde, würde das in der Tat seltsam wirken. Vermutlich würde ihm das sogar mehr schaden als helfen.

Dann war da noch ihr Kommentar, dass man mit dem, was ich in diese Partnerschaft mitbringen würde, arbeiten konnte, aber darüber würde ich mir später Gedanken machen. Viel später. Wenn ich nicht mehr im Mittelpunkt der Aufmerksamkeit stand und das Gefühl hatte, dass man mir gerade den Boden unter den Füßen weggezogen und gleichzeitig ein großes Geschenk gemacht hatte.

Das würde eine Menge Arbeit bedeuten. Es gab keine Versprechungen. Ich hatte mir widerwillig ein Leben außerhalb dieser Eishalle aufgebaut, das ich pflegen musste.

Aber …

»Würde ich kein Problem für eure Sponsoren darstellen?«, fragte ich. Denn sie konnten versuchen, mich zu rekrutieren, so viel sie wollten, aber wenn mich die Sponsoren ablehnten, würde das zu nichts führen. Immerhin hatte ich im Laufe meiner gesamten Karriere nicht mehr als eine Handvoll Sponsoren gehabt, sofern ich nicht all die Kleider mitzählte, die meine Schwester für mich gemacht hatte. Meine Schlittschuhe bekam ich immer noch umsonst, aber ich wusste, wie viel besser es für die Leute lief, die gewannen, die von den Massen verehrt wurden. Ivan brauchte die finanzielle Unterstützung nicht, aber Sponsoren waren dennoch ein echter und notwendiger Faktor. Die Sponsoren und die Amerikanische Eislaufvereinigung könnten uns als Paar hassen.

Nancy Lee zuckte mit den Schultern. »Das wäre kein Problem. Comebacks sind immer möglich, Jasmine. Da hat es schon schlimmere Beispiele gegeben.«

Warum sorgte dieser Kommentar dafür, dass ich mich wie der letzte Junkie kurz vorm Entzug fühlte?

Bevor ich noch länger über ihre Wortwahl nachdenken konnte, sprach sie bereits weiter. »Ein Image kann man wieder in Ordnung bringen. Das wäre kein Problem. Mit den richtigen Entscheidungen würde es funktionieren. Du müsstest nur ... mit den Veränderungen, die wir vornehmen müssten, einverstanden sein.«

Ihr letzter Satz war nicht ohne. Sie gab zu, dass mit mir etwas nicht stimmte, aber es war nicht so, als ob ich das nicht selbst wüsste. Doch wenn ich zugab, dass ich Probleme hatte, war das etwas vollkommen anderes, als wenn sie mich darauf hinwies.

»Was für Veränderungen?«, fragte ich und schaute zwischen ihr und Ivan hin und her. Denn wenn sie mir mitteilten, dass ich mich einer Typveränderung würde unterziehen müssen oder dass ich anfangen sollte, Babys zu küssen ... oder dass ich der

Öffentlichkeit etwas vorspielen sollte ... dann konnten sie das vergessen. Als ich noch zu jung gewesen war, um es besser zu wissen, hatte ich mal versucht, eine Eisprinzessin zu sein: sittsam, anständig, engelsgleich und süß. Diese Phase hatte etwa dreißig Minuten lang angehalten. Nun war ich zu alt dafür, so zu tun, als wäre ich diese perfekte kleine Schönheitskönigin, die nicht fluchte und Regenbögen kackte, nur damit mich die Leute mochten.

Nancy Lee neige den Kopf. »Nichts Ernstes. Wir können später darüber reden.«

Später? »Reden wir doch jetzt darüber.« Denn ich würde gar nichts in Betracht ziehen, bevor ich wusste, worauf ich mich einließ.

Sie rümpfte die Nase und gab einen genervten Laut von sich. »Keine Ahnung. Ich würde einfach ein paar Vorschläge machen ...«

»Welche?«

»Vielleicht könntest du öfter lächeln«, sagte sie unbehaglich.

Ich bildete mir ein, ein Schnauben von Ivan gehört zu haben, aber ich war mir nicht sicher.

»Ihr könntet euch zusammen fotografieren lassen, eine Gala oder so etwas besuchen. Deine Präsenz in den sozialen Medien muss sich verbessern. Wenn du dort aktiver bist, selbst wenn du nur hin und wieder ein Foto aus deinem Leben abseits der Eisfläche postest, wird das schon einen großen Unterschied machen.«

Sie wollte, dass wir all das taten, obwohl wir nur ein Jahr lang zusammenarbeiten würden? Wollte sie mich verdammt noch mal auf den Arm nehmen?

Ich hatte mal diverse Accounts gehabt, sie letztendlich aber alle gelöscht, weil sie mir irgendwann schlaflose Nächte beschert hatten. Das sollte ich ihr mitteilen, dachte ich.

Ich sollte ihr vermutlich ebenfalls gestehen, dass ich dafür zusätzliche Hilfe benötigen würde. Aber das konnte ich nicht. Nicht wenn es bedeutete, dass ich diese Chance verlieren würde, was durchaus der Fall sein könnte.

Das hier war meine Chance. Höchstwahrscheinlich meine letzte.

Ich konnte das schaffen. Oder? Ich könnte darauf achten, was ich postete. Vorsichtiger sein. Ich könnte klüger reagieren, wenn die Dinge mal aus dem Ruder liefen.

Ich könnte unsere Trainingsstunden aufzeichnen, damit ich die Abläufe später noch einmal allein üben konnte. Das hatte ich früher schon mal gemacht. Meine Mutter und meine Geschwister würden mir helfen, wenn ich sie darum bat. Ich könnte mich besser konzentrieren und Ivan bitten, mir alles erst einmal vorzumachen, sobald das Einüben der Choreografie an der Reihe war. Ich könnte eine Lösung für mich finden. Ich könnte es so hinbekommen, dass ich ihnen nichts von meinem Problem erzählen müsste.

Alles war möglich … oder? Ich war stark, klug und hatte keine Angst vor harter Arbeit.

Nur davor zu versagen.

Also hielt ich meine verdammte Klappe.

»Wir werden dich nicht bitten, irgendwelche großen Veränderungen vorzunehmen, Jasmine. Ich schwöre dir hier und jetzt, dass das nicht passieren wird. Ich muss lediglich wissen, dass du bereit bist, das zu tun, was für das Team das Beste ist. Das wird für uns alle eine Menge Arbeit bedeuten, aber es ist machbar.«

Ich würde alles tun, um zu gewinnen. Sogar einen neuen Social-Media-Account anlegen, wenn es sein musste. Ich würde lügen, betrügen und stehlen … bis zu einem gewissen Ausmaß.

Ich würde keine Konkurrentin verprügeln oder Steroide nehmen oder Ivan einen Blowjob geben, aber zu allem anderen wäre ich vermutlich bereit, wenn diese Chance echt war. Und der Ausdruck auf Nancy Lees Gesicht sowie Ivans beinahe schmerzerfüllte Miene ließen mich vermuten … dass sie es tatsächlich war.

Ivan war der erfolgreichste Paarläufer der letzten zwei Jahrzehnte und hatte in dieser Zeit die meisten Auszeichnungen gewonnen. Ich war nicht mal in der Lage gewesen, ins Finale des Major Prix einzuziehen, und die Landesmeisterschaften waren katastrophal verlaufen. Mein Ex und ich hatten in beiden Wettkämpfen, an denen wir teilgenommen hatten, den fünften und sechsten Platz belegt.

Nachdem ich partnerlos zurückgeblieben war, war das hier eine bessere Gelegenheit, als ich sie mir je hätte erhoffen können.

»Bist du interessiert?«, fragte Lee. Ihre Miene und ihr Tonfall waren kühl und gleichmütig, als wäre das hier in gewisser Weise nicht genau das, was ich wollte.

War ich interessiert? Na klar.

Aber es gab so viele Dinge, die ich nicht ignorieren konnte.

Jeder Paarläufer auf der Welt wusste, dass man seinem Partner vollkommen vertrauen musste. Das galt vor allem für den weiblichen Part. Eine Paarläuferin legte im Grunde genommen jeden einzelnen Tag ihr Leben in die Hände ihres Partners. Das musste ich Nancy Lee oder Ivan nicht erzählen. Vertrauen war die Grundlage jeder Partnerschaft. Egal ob es nun das Vertrauen darauf war, dass einen die andere Person zwar hasste, aber so sehr gewinnen wollte, dass sie die Chance darauf nicht aufs Spiel setzen würde. Oder ob es dieses unverfälschte, reine Vertrauen war, das man Leuten schenkte, die es verdienten. In so einem Fall konnte man nur hoffen, dass dieses Vertrauen nicht enttäuscht wurde.

Aber ich wollte gewinnen. Ich wollte *das hier*. Ich hatte es immer gewollt. Ich hatte dafür geblutet, geweint, mir Prellungen eingefangen, mir Knochen gebrochen, Gehirnerschütterungen erlitten, mir so ziemlich jeden Muskel in meinem Körper gezerrt, nie Freundschaften geschlossen, nie an einer einzigen Schulveranstaltung teilgenommen, nie jemanden geliebt und meine Familie ignoriert. Alles nur *hierfür*. Für diese Liebe, die größer war als so ziemlich alles andere, was ich je gekannt hatte. Für diesen Sport, der mir die Zuversicht gegeben hatte zu wissen, dass ich nach jedem Sturz wieder aufstehen konnte.

Wenn sie mir diese Chance gäben, würde ich ihnen im Gegenzug alles geben, was ich in mir hatte. *Alles.*

Aber …

Ich war Verpflichtungen eingegangen. Ich hatte mich auf Kompromisse eingelassen und hatte Versprechen gegeben, die ich nicht brechen wollte. So gern ich auch Ja sagen wollte, musste ich darüber nachdenken. Nicht alles drehte sich um mich, und ich hatte sehr lange gebraucht, um mich damit abzufinden.

Teilweise kämpfte ich immer noch damit.

»Wenn das hier irgendein Trick ist oder wenn ihr vorhabt, mich auszunutzen, um eine andere Eiskunstläuferin zu überzeugen, an der ihr interessiert seid, dann kann ich nur sagen …« Ich würde mich noch nicht freuen. Ich traute den beiden nicht. Womöglich spielten sie mit mir, egal was sie behaupteten. »Denkt nicht mal daran.« Ivan sollte bereits wissen, dass ich ihn umbringen würde. Verdammt, seine eigene Schwester würde ihn umbringen, wenn er mir das antun würde.

Eine Pause entstand. Fühlten sie sich schuldig? Oder gestanden sie sich ein, dass es ziemlich mies war, dass ich das Thema überhaupt ansprechen musste?

»Nein«, sagte die Trainerin nach einem Augenblick, der so angespannt war, dass die Atmosphäre im Raum drohte, mich zu ersticken. »Das hier ist kein Trick. Wir wollen, dass du das machst, Jasmine.«

Ich schaute den Mann an, der vor dem Schreibtisch saß. Er wirkte so ruhig, so verdammt ruhig – und wachsam ... Und ich fragte mich, was dazu geführt hatte, dass seine alte Partnerin beschlossen hatte, für ein Jahr auszusetzen. Vielleicht wollte sie heiraten. Vielleicht war jemand krank. Vielleicht konnte sie ihn nicht ausstehen und brauchte eine Pause. Leider hatte ich ihre Nummer nicht und konnte ihr keine Textnachricht schicken und sie fragen. Sie war immer nett gewesen.

»Wenn du mich weiter so anstarren willst, kannst du auch einfach ein Foto von mir machen«, sagte Ivan trocken und lehnte sich auf seinem Stuhl zurück.

Ich verdrehte die Augen.

Zum Glück verdrehte auch seine Trainerin die Augen. Sie richtete ihre Aufmerksamkeit auf mich. »Du musst nicht jetzt sofort antworten. Du kannst dir ein wenig Zeit nehmen, um darüber nachzudenken, aber die Uhr tickt, und wenn ihr beide in der nächsten Saison antreten wollt, brauchen wir jede Minute.«

»Hat dich ein Bus gestreift?«, fragte mein Bruder Jonathan nicht mal fünf Minuten, nachdem ich mich mit einem Teller des mit Parmesan überbackenen Hühnchens unserer Mom neben ihn gesetzt hatte. Vor einem Jahr hätte ich das nicht essen dürfen, es sei denn als meine einmal pro Woche erlaubte Schummelmahlzeit. Mittlerweile aß ich fast jeden Tag eine Schummelmahlzeit. Meine Hosen, BHs und Oberteile zeugten von dieser Tatsache. Meine verdammten Brüste waren um eine ganze Körbchengröße gewachsen, nicht, dass das viel bedeutet hätte. Was die Oberweite anging, hatte meine Mutter all ihre Töchter mit winzigen Mäusefäusten »beschenkt«. Der größte genetische Vorzug, den sie uns vererbt hatte, waren schöne Pos. Doch meine minimal größeren Brüste und mein deutlich größerer Hintern waren die einzigen Vorteile der Tatsache, dass ich mein Eiskunstlauftraining ein wenig heruntergefahren hatte. Wenn man statt sechs oder sieben Stunden am Tag nur noch zwei trainierte, machte das einen gewaltigen Unterschied.

Und nun ... Tja, nun würde ich vielleicht schon bald wieder so viel wie einst trainieren.

Vielleicht.

Seit dem Treffen waren zwölf Stunden vergangen, und ich war noch zu keiner Entscheidung gekommen.

Falls ich das Angebot annahm, würde ich mich von der Tüte M&Ms, die ich dreimal die Woche gegessen hatte, verabschieden müssen. Allerdings war das ein Opfer, das ich zu bringen bereit war. *Falls ich das Angebot annahm.*

Aber ich wollte nichts überstürzen. Vielleicht würde ich darüber schlafen und dann zu dem Schluss kommen, dass ich für eine bloße *Möglichkeit* nicht alles aufs Spiel setzen wollte, was ich mir erarbeitet hatte. Seit dem Treffen hatte ich unablässig darüber nachgedacht. Während der Arbeit, während meiner zweiten Trainingseinheit und während des Pilateskurses.

Als ich vor einer halben Stunde zu Hause in die Einfahrt eingebogen war, war ich nicht überrascht gewesen, ein vertrautes Auto vorzufinden, das vor dem Haus auf der Straße parkte. In meiner Familie kamen alle einfach unangekündigt vorbei, nicht nur an den Wochenenden oder an Feiertagen. Und da ich zwei ältere Brüder und zwei ältere Schwestern hatte, war ich nie allein. Meine Brüder und Schwestern tauchten zum Abendessen auf, obwohl sie alle schon vor Jahren ausgezogen waren und mich mit meinen Mitbewohnern zurückgelassen hatten ... auch bekannt als Mom und ihr Ehemann.

Meine Mom, meine Bruder Jonathan und sein Mann James waren im Wohnzimmer, als ich hereinkam.

Das Erste, was ich zu hören bekam, war: »Geh duschen!«

Ich zeigte meinem Bruder den Stinkefinger und lief die Treppe hoch, in mein Zimmer. Ich brauchte nicht lange, um ein paar Klamotten zusammenzusuchen, zu duschen und mich anzuziehen – und die ganze Zeit dachte ich über das Angebot nach. So abgelenkt war ich nicht mehr gewesen, seit ich herausgefunden hatte, dass mich mein letzter Partner abserviert hatte.

Ich kehrte nach unten zurück und fand meine Familie in der Küche vor, wo sie ihre Teller befüllte. Ich gab jedem von ihnen einen Kuss auf die Wange und erhielt im Gegenzug einen ekligen feuchten Kuss von meinem Bruder, einen Schmatzer von seinem Mann und einen Klaps auf den Po von meiner Mutter. Dann nahm ich mir ebenfalls was zu essen.

Meine Mutter balancierte, einen Teller in der einen und ein Weinglas in der anderen Hand, um die Kücheninsel, um sich zu uns zu setzen. Das Weinglas war so groß, dass es mindestens den halben Inhalt einer Flasche enthielt.

»Du hättest einfach die Flasche mit herbringen sollen, statt ein Glas schmutzig zu machen.« Ich kicherte, als sie das Glas vorsichtig abstellte.

»Kümmere dich um deine eigenen Angelegenheiten. Ich hatte einen langen Tag, und Wein ist gut fürs Herz.«

Ich schnaubte und zog die Augenbrauen hoch, als ich sah, was sie anhatte. Sie trug Skinny Jeans, von denen ich mir ziemlich sicher war, dass sie mir gehörten, und eine knallrote Bluse, die meine Schwester getragen hatte, bevor sie ausgezogen war.

»Na, Brummbär, was bedrückt dich?«, fragte sie dann. »Schwierigkeiten im LK?« Den Blick, den ich ihr zuwarf, weil sie sich offensichtlich meine Klamotten »lieh«, bekam sie gar nicht mit.

Am Nachmittag hatte sie mir eine Nachricht geschickt, um zu fragen, wie die Besprechung gelaufen war. Ich hatte nicht geantwortet. Ich wusste noch nicht, ob ich meiner Familie von dem Angebot erzählen wollte oder nicht. Was, wenn nichts draus wurde? Was, wenn ich sie grundlos in Aufregung versetzte? Ich hatte sie im Laufe der Jahre oft genug enttäuscht.

Ich wandte den Blick von der Frau ab, die in einer Woche öfter angebaggert wurde, als ich in meinem ganzen Leben, und konzentrierte mich wieder auf meinen Teller. Ich zuckte mit den Schultern und drehte die Nudeln auf. »Nein«, antwortete ich und merkte sofort, dass ich es damit verbockt hatte.

Um die Kücheninsel herum ertönten drei unterschiedliche höhnische Laute. Ich musste nicht aufschauen, um zu wissen, dass sie alle fanden, dass ich Schwachsinn redete. Und so war es ja auch. Aber mein Bruder war derjenige, der mich schließlich tadelte: »Verdammt, Jas, das war nicht glaubwürdig.«

»Du erzählst es uns nicht, dass dich etwas bedrückt?«, schimpfte meine Mutter und zerschnitt ihr Hähnchen. »Ha! Seit wann das denn?«

Das hatte ich nun davon, dass ich sie zu meinen besten Freunden gemacht hatte. Abgesehen von Karina, mit der ich aber in den letzten paar Jahren immer weniger zu tun hatte, und ein paar anderen Leuten waren meine Familienmitglieder meine engsten Bezugspersonen. Meine Mutter sagte, dass ich Schwierigkeiten hätte zu vertrauen, aber ehrlich, je mehr Menschen ich kennenlernte, desto weniger wollte ich noch weitere kennenlernen.

»Ist alles in Ordnung, Jas?«, fragte James, die sehr viel bessere Hälfte meines Bruders seit etwa zehn Jahren. Er klang besorgt.

Ich drehte die Zinken meiner Gabel noch ein wenig durch die Nudeln, schaute den attraktivsten Mann der Welt an und nickte. Mit seinem dunklen Haar, den glasklaren grünbraunen Augen und seiner honigbraunen Haut, die keinerlei Hinweis auf seine Abstammung gab, hätte er jeden haben können. Jeden. Buchstäblich. Ich hatte schon zahllose Male gesehen, wie ihn Heteromänner interessiert beäugt hatten. Hätte er sich dafür entschieden, Model zu werden, hätte jedes andere männliche Model auf der Welt einpacken können. Sogar meine Schwester, die wirklich nur Frauen im Kopf hatte, hatte schon mal gesagt, dass sie ihn heiraten würde, wenn er sie fragen würde. *Ich* würde ihn heiraten, selbst wenn er mich nicht fragen würde. Er war der netteste Mann, attraktiv, erfolgreich und bodenständig. Wir alle liebten ihn.

Er liebte uns ebenfalls, und er liebte meinen Bruder Jojo.

Die Leute sagen, dass Liebe blind macht, aber *so* blind konnte Liebe einen auf keinen Fall machen. Ich hatte den Versuch, die Beziehung zwischen meinem Bruder und James zu durchschauen, schon vor langer Zeit aufgegeben. Ich begriff einfach nicht, wie dieser tolle Typ an der Seite des größten Idioten der Familie hatte enden können. Mein Bruder hatte riesige Segelohren und eine Lücke zwischen den Schneidezähnen, von der meine Mutter sein ganzes Leben lang behauptet hatte, dass sie bezaubernd sei, also hatte er sich nie eine Zahnspange machen lassen. Ich hatte hingegen einen leichten Überbiss gehabt und für drei Jahre eine Zahnspange tragen müssen.

Nicht dass ich deswegen nachtragend wäre oder so was.

»Es geht mir gut. Hör nicht auf sie«, sagte ich zu James, klang dabei aber so abgelenkt, dass ich wusste, dass ich es wieder verbockte. Also versuchte ich, das Thema zu wechseln, und entschied mich für das offensichtlichste: den Ehemann meiner Mutter, der mit uns hätte am Tisch sitzen sollen … aber nicht anwesend war. »Wo ist denn Ben, Mom?«

»Er ist mit Freunden unterwegs«, erklärte sie schnell, bevor sie den Blick hob und mit ihrer Gabel in meine Richtung stach. »Wechsle nicht das Thema. Was ist los mit dir?«

Ich schob mir ein Stück Hühnchen in den Mund und kaute langsam, bevor ich antwortete: »Es ist alles in Ordnung. Ich … denke nur über etwas nach, und das macht mir schlechte Laune.«

Mein Bruder kicherte neben mir. »Du? Schlechte Laune? *Nein, kann gar nicht sein.*«

Bevor er wusste, wie ihm geschah, streckte ich die Hand aus und zwickte in den Teil seines wabbeligen Arms, den er Bizeps nannte.

»Au!«, jaulte er, riss seinen Arm weg und umfasste ihn schützend.

Ich versuchte, ihn noch mal zu zwicken, doch er wedelte mit seinem Ellbogen, um mich davon abzuhalten.

»Mom! Schau!«, jammerte mein Bruder und deutete auf mich. »James, hilf mir!«

»Petze«, flüsterte ich und versuchte wieder, ihn zu kneifen. »Satan.«

Sein Ehemann lachte, schlug sich aber auf niemandes Seite. Kein Wunder, dass ich ihn so gern hatte.

»Hör auf, deinem Bruder wehzutun«, sagte Mom zum vermutlich tausendsten Mal in meinem Leben.

Als er mit den Händen wedelte, um den Bereich rund um seine Hüfte vor mir zu schützen, griff ich nach oben und versetzte ihm schnell ein paar Fingerflitscher gegen den Hals, woraufhin er den Kopf drehte und versuchte, mich zu beißen. »Muttersöhnchen«, flüsterte ich und zog meine Hand zurück.

Er drehte grinsend den Kopf hin und her und verhöhnte mich, wie er es immer tat, wenn Mom Partei für ihn ergriff. Das tat sie immer. Der kleine Schleimer war ihr Liebling, auch wenn sie es nie zugeben würde, aber der Rest von uns kannte die Wahrheit. Ich liebte meine beiden Brüder, aber ich verstand, warum meine Mutter ihn am meisten liebte. Er sah aus wie Pluto und zauberte anderen stets ein Lächeln aufs Gesicht. Diese riesigen Ohren bewirkten das bei Leuten.

»Kleines, sogar ich weiß, dass mit dir was nicht stimmt. Was ist los?«, fragte der Mann meines Bruders und lehnte sich mit besorgter Miene vor. Das allein löste in mir mehr Schuldgefühle aus, als irgendwelche Äußerungen von Mom oder Jojo es vermocht hätten.

Ich wollte es ihnen erzählen.

Aber …

Ich würde niemals vergessen, wie mein Bruder wie ein Schlosshund geheult hatte, als er damals herausgefunden hatte, dass ich plötzlich ohne Partner dastand. Auch meine Mutter war am Boden zerstört gewesen. Ich kannte sie gut genug, um die Anzeichen zu erkennen. Die gleichen Anzeichen hatte ich bei ihr nach jeder Ehe gesehen, die vor ihrer aktuellen in die Brüche gegangen war. So sah sie immer aus, wenn sie wusste, dass sich ihr Leben für immer verändert hatte und nie wieder so sein würde wie zuvor.

Gleich nachdem ich das Wettkampftraining aufgegeben hatte – denn allein konnte man natürlich nicht wirklich für den Paarlauf trainieren, und mir war vollkommen klar gewesen, wie schlecht meine Chancen beim Dameneinzellauf standen –, hatte ich mich in mich zurückgezogen. Der richtige Ausdruck dafür wäre möglicherweise »Depression« gewesen, aber darüber wollte ich nicht nachdenken. Das war auch nicht zum ersten Mal passiert. Ich war eine schlechte Verliererin.

Wie sehr es mich mitgenommen hatte, meinen Traum zerplatzen zu sehen, war kein Geheimnis. Ich war wütend und verletzt und aufgebracht gewesen und war es im Grunde immer noch. Ehrlich gesagt befürchtete ein Teil von mir, dass ich niemals darüber hinwegkommen würde. Meine Familie hatte die ganze Zeit über an meiner Seite gestanden, Jahr für Jahr, durch all die wenigen Höhen und vielen Tiefen.

Und was noch wichtiger war: Sie waren alle für mich da gewesen, als ich langsam versucht hatte, mir dieses neue Leben jenseits der Eisfläche aufzubauen. Sie hatten mich dazu gezwungen, mich zu Kleinigkeiten aufzuraffen, wie zum Beispiel zu einem gemeinsamen Abendessen mit der Familie, obwohl ich mich am liebsten allein in meinem Zimmer verkrochen hätte. Sie hatten mir so lange gedroht, bis ich eingewilligt hatte, mit ihnen auszugehen, und mir Schuldgefühle eingeredet, damit ich mit ihnen Dinge unternahm, für die ich zuvor nie Zeit gehabt hatte. Das alles hatten sie immer wieder getan, bis es sich für mich irgendwann ganz selbstverständlich angefühlt hatte. All diese Dinge, die ich in der Vergangenheit nicht oft genug gemacht hatte, aber plötzlich machen konnte, nachdem ich meiner Mutter mitgeteilt hatte, dass sie die absurd hohen Gebühren, die mit dem Training einhergingen, nicht mehr zahlen musste, weil ich keinen Trainer mehr hatte. Er hatte mich ebenfalls abserviert.

Dass ich traurig und todunglücklich war, war eine Sache, aber ich wollte nicht, dass es ihnen genauso ging. Nie wieder. Nicht, wenn ich es verhindern konnte.

Der egoistische Teil von mir wollte es ihnen erzählen. Na klar.

Aber der andere Teil, dieser winzige Teil, der kein egoistisches Arschloch sein wollte, wollte diese Leute nicht enttäuschen, indem ich mich in die Person zurückverwandelte, die ich vorher gewesen war. Die, die nie da war. Die, von der jeder dachte, dass die Familie ihr egal war.

Und dann war da noch der Teil von mir, der befürchtete, dass ich nicht in der Lage sein könnte, damit umzugehen, falls es nicht funktionierte … auch wenn mich das zu einem fürchterlichen Feigling machte.

Und dann war da noch die Tatsache, dass Ivan Teil dieses Angebots war.

Ivan. Oh Mann. Ich wollte diese Chance so sehr, dass ich nicht sofort Nein zu der Möglichkeit gesagt hatte, den Großteil meiner Tage ausgerechnet mit ihm zu verbringen.

Ich hatte wirklich keine Ahnung, was ich tun sollte, verdammt.

»Ich glaube, dass ich einfach nur meine Tage bekomme«, redete ich mich heraus.

»Aah«, war Jonathans Reaktion darauf, denn dass Mädchen ihre Tage bekamen, war für ihn nichts Neues, nachdem er sich für achtzehn Jahre seines Lebens ein Badezimmer mit drei Schwestern geteilt hatte.

Meine Mom runzelte die Stirn und musterte mich so lange, dass ich schon glaubte, sie werde meine Lüge auffliegen lassen. Doch dann zuckte sie mit den Schultern und ließ eine weitere Bombe platzen. »Ist es wahr, dass Lukov und seine Partnerin sich getrennt haben?«

Ich blinzelte, war mir aber nicht sicher, warum mich das überraschte.

Sie wusste immer über alles Bescheid. Irgendwie.

James war derjenige, der hörbar nach Luft schnappte. Er war schon so lange mit Jonathan zusammen, dass er mit dem Namen etwas anfangen konnte. Ich konnte mich noch an eine Zeit vor vielen, vielen Jahren erinnern, als James nicht das Geringste über Eiskunstlauf gewusst hatte. Aber mittlerweile war er lange genug ein Mitglied dieser Familie, um mehr über den Sport zu wissen, als er sich wohl je erträumt hätte.

»Er hat sich von seiner Partnerin getrennt?« Auch Jonathan horchte auf und schob seine Brille auf seiner Nase nach oben, als wäre das der beste Tratsch, den er seit einer ganzen Weile gehört hatte.

Mom nickte. »Soweit ich gehört habe, vor ein paar Tagen.«

Ich schob mir ein großes Stück Hühnchen in den Mund.

»Hatten sie sich nicht erst vor ein paar Jahren zusammengetan?«, fragte Jojo unsere Mom, weil er wusste, dass sie über jeglichen Tratsch im Bilde war.

»Ja. Die Partnerin, die er vor ihr hatte, stürzte im Major-Prix-Finale zweimal. Sie gewannen Bronze, aber mit dieser Frau jetzt gewann er einen Landesmeistertitel und Weltmeisterschaften.«

Der Major Prix. Weltmeisterschaften. Landesmeisterschaften. Das waren die drei prestigeträchtigsten Wettkämpfe in der Welt des Eiskunstlaufs. Und nur er konnte in einem Wettkampf so viel verbocken und trotzdem noch eine Medaille gewinnen. Das hätte mir bestätigen sollen, dass ich eine gute Wahl treffen würde, wenn ich sein Angebot annähme. Doch stattdessen sorgte es nur dafür, dass ich mich über mich selbst ärgerte, weil ich noch nie etwas gewonnen hatte.

»Hat dir Karina nichts davon erzählt?« Mom richtete ihre Aufmerksamkeit auf mich.

Ich schüttelte den Kopf und sagte mit vollem Mund: »Sie ist immer noch in Mexiko.« Alle in meiner Familie wussten, dass sie dort aufs College ging.

»Schreib ihr eine E-Mail und finde es heraus«, drängte meine Mutter.

Ich runzelte die Stirn. »Schreib du ihr doch eine E-Mail und frag sie.«

»Das werde ich tun«, sagte meine Mutter.

»Ich vergesse immer, dass Karina seine Schwester ist«, bemerkte James. »Ist er in natura und aus der Nähe betrachtet genauso attraktiv wie im Fernsehen und auf YouTube?«

Ich kicherte. »Nein.«

»Oh doch«, schnaubte Jojo und schaute mir direkt in die

Augen, als er hinzufügte: »Jasmine hat früher immer mit ihm geflirtet. Das hättest du mal sehen sollen.«

Ich verschluckte mich an dem Hühnchen, das ich noch nicht heruntergeschluckt hatte, und würgte hustend hervor: »Was hast du gerade gesagt?«

Sein »Ha!« sorgte dafür, dass ich meinen Mittelfinger bereitmachte. »Versuch gar nicht erst, es abzustreiten. Früher hast du ständig über ihn geredet, wenn du nach Hause kamst«, behauptete der eins siebzig große Mann, der schon immer ein Mittelding aus unterstützendem älterem Bruder und fürchterlicher Nervensäge ohne jeglichen Respekt für persönliche Grenzen gewesen war. »Du hast für ihn geschwärmt. Das wussten wir alle.« Er schaute zu James und zog die Augenbrauen hoch. »Wir wussten es.«

Wollte er mich verarschen? Er wollte mich verarschen, oder? Ich sollte mit Ivan geflirtet haben? Mit *Ivan*?

»Nein«, entgegnete ich betont ruhig. »Ich habe nicht mit ihm geflirtet.« Und nur damit James es richtig verstand, fügte ich noch hinzu: »Niemals. Er sieht aber ganz okay aus.« Ich sagte das nur, weil sie davon ausgehen würden, dass ich etwas verbarg, wenn ich sagen würde, dass er nicht mein Typ sei. Und ich hatte nichts zu verbergen. »Aber zwischen uns war nie etwas. Nicht mal ein bisschen. Er ist ein ziemlicher Idiot. Seine Schwester und ich sind befreundet. Das ist alles.«

»Er ist kein Idiot«, wandte meine Mutter ein. »Er war immer sehr höflich. Er geht sehr gut mit seinen Fans um. Er scheint ein sehr netter Junge zu sein.« Sie warf mir einen Blick zu. »Und du mochtest ihn.«

Ein netter Junge?

Ja, alle liebten ihn und hielten große Stücke auf ihn. Der attraktive, talentierte Ivan Lukov, der die Welt als süßer, zwinkernder, frecher Teenager für sich erobert hatte. Er kannte die

Spielregeln, das musste ich ihm lassen. Aber ich hatte ihn nie *gemocht*. Niemals. »Nein, das stimmt nicht«, widersprach ich. »Ihr bildet euch das ein. Wir wechseln vielleicht einmal im Monat einen Satz miteinander, und der Austausch ist immer sarkastisch und ein wenig gemein.«

»Manche Leute würden das vielleicht als Vorspiel ansehen …«, fing mein Bruder an, doch ich fiel ihm ins Wort. »Verdammt nein …«

Jonathan brach in Gelächter aus. »Warum wirst du dann rot?«, fragte er und haute mir mit der flachen Hand auf den Kopf.

Mom kicherte. »Es ist in Ordnung zuzugeben, dass du mal in ihn verknallt warst. Auf der ganzen Welt gibt es jede Menge Mädchen, denen es nicht anders geht. Vor langer Zeit war sogar ich womöglich mal ein bisschen in ihn verknallt …«

Jojo und ich vergaßen unsere Differenzen für einen Augenblick und würgten beide theatralisch.

Mom stöhnte. »Ach, hört schon auf. So meinte ich das gar nicht!«

Natürlich musste die Frau, die mit einem Mann verheiratet war, der nicht mal zehn Jahre älter als ich war, diesen Verdacht von sich weisen.

»Ich werde so tun, als hättest du das nicht gesagt, damit ich heute Nacht schlafen kann, Ma«, murmelte Jojo mit einem angewiderten Ausdruck. Dann stieß er mich mit dem Ellbogen an. »Aber du hast früher wirklich viel von ihm geredet, Jas.«

Ich blinzelte. »Ich war siebzehn, und schon damals beschwerte ich mich lediglich darüber, dass er sich wie ein Arschloch benahm.«

Mom öffnete den Mund, doch ich sprach weiter.

»Nein, nein. Er führte sich wie ein Arschloch auf. Wirklich, das schwöre ich. Ihr habt ihn alle nie so erlebt, aber es kam oft genug vor. Er sorgte lediglich dafür, dass er nie erwischt wurde. Karina weiß es.«

»Was hat er dir angetan?«, fragte James, der Einzige, der immer noch auf meiner Seite zu sein schien. Wenigstens leugnete er meine Behauptung nicht und schien tatsächlich daran interessiert zu sein, die Fakten zu hören.

Und ich würde sie auch liefern, denn ich wollte auf gar keinen Fall, dass Mom und Jonathan weiterhin von diesem Schwachsinn ausgingen. Vor allem in Anbetracht dessen, was passieren *könnte*. Vielleicht. Möglicherweise.

Also erzählte ich es ihnen.

So richtig ging der Ärger an dem Tag los, an dem Ivan Lukov das hässlichste Kostüm trug, das ich bis zu diesem Zeitpunkt in meinem ganzen Leben gesehen hatte.

Damals war ich sechzehn gewesen, und Ivan war gerade zwanzig geworden. Daran erinnerte ich mich so genau, weil ich immer darüber staunte, dass er nicht mal vier Jahre älter als ich, aber in seiner Karriere schon so viel weiter war. Er hatte als Anfänger mit seiner langjährigen Partnerin bereits mehrere Meisterschaften gewonnen und war dann mit siebzehn zu den Wettkämpfen für die Fortgeschrittenen gewechselt. Mit zwanzig war er bereits ein Star gewesen. Damals hatte ich noch keine Ahnung, dass sich daran in den nächsten zehn Jahren nichts ändern würde.

Zu diesem Zeitpunkt waren seine Schwester und ich bereits seit ein paar Jahren befreundet gewesen. Ich hatte ein paarmal bei ihr zu Hause übernachtet und sie umgekehrt auch bei mir. Ivan war einfach nur ein Familienmitglied gewesen, das ich auf ihren Geburtstagsfeiern und hin und wieder bei ihr zu Hause gesehen hatte. Bis zu diesem Zeitpunkt hatte er nie direkt mit mir *gesprochen*, abgesehen von ein paar widerwilligen Floskeln, die er nur deshalb von sich gegeben hatte, weil seine Eltern von ihm gute Manieren erwarteten.

Als er also an diesem Tag vor vielen Jahren auf das Eis hinausgelaufen war, während ich auf dem Boden Dehnübungen gemacht hatte, war ich nicht in der Lage gewesen, mein Entsetzen zu verbergen. Das Kostüm, das er getragen hatte, hatte wie etwas ausgesehen, das die Frau aus der Chiquita-Bananenwerbung hätte tragen können. Überall Rüschen, gelb, rot, grün … Irgendwo waren sogar ein paar Blumen befestigt gewesen, und diese schreckliche gelbe Hose hatte seine Beine wie echte Bananen aussehen lassen.

Dieses Kostüm war das schlimmste gewesen, das ich je gesehen hatte. Das allerschlimmste. Ich hatte im Laufe meiner Karriere ein paar Gymnastikanzüge getragen, die meine Schwester für mich gemacht hatte und die milde formuliert experimentell gewesen waren, aber ich hatte ihre Gefühle nicht verletzen wollen, also hatte ich sie trotzdem angezogen.

Aber mein schlimmstes Kostüm kam nicht mal ansatzweise an die Scheußlichkeit heran, die er an jenem Tag getragen hatte.

Ivan hatte dann den Paarlauf mit seiner Partnerin begonnen, Bethany irgendwas. Ich hatte in den letzten Wochen Teile ihrer Kür gesehen, wann immer ich nicht zu sehr mit meinem eigenen Training beschäftigt gewesen war. Die Musik, zu der sie laufen würden, hatte ich logischerweise ebenfalls gehört. Aber bis zu diesem Zeitpunkt hatte ich die Kostüme noch nicht gesehen. Es war, als würde man dabei zuschauen, wie jemand Breakdance zu Mozart machte. Es ergab keinen Sinn. Und meiner Meinung nach hatte dieses katastrophale Outfit, das er getragen hatte, von der eigentlichen Kür abgelenkt, die er und seine Partnerin vorgeführt hatten, denn sie war kein Mambo gewesen.

Dass ich an jenem Tag meine große Klappe aufgemacht hatte, konnte ich wohl nur auf mein Entsetzen schieben. Ich ging davon aus, dass ich ihm einen Gefallen tat, indem ich ihn darauf hinwies.

Ich hatte definitiv nicht darüber nachgedacht, was ich tat, als ich zu ihm ging, sobald er am Ende seines Trainings vom Eis kam und seine Kufenschoner an seine schwarzen Schlittschuhe klemmte. Und in diesem Moment teilte ich dem Jungen, der fast schon ein Mann war und bis dahin kaum ein Wort mit mir gewechselt hatte, mit: »Du solltest wirklich dein Kostüm wechseln.«

Er hatte nicht mal geblinzelt, als er den Kopf gewandt hatte, um mich anzusehen, und mit dem einzigen höflichen Satz, den er je an mich gerichtet hatte und je an mich richten würde, gefragt hatte: »Wie bitte?«

Vielleicht konnte ich meiner Mutter oder sogar meinen Geschwistern die Schuld dafür geben, weil sie mir nicht beigebracht hatten, diplomatisch zu sein. Denn obwohl es viele Dinge gegeben hätte, die ich hätte sagen können, um meine Worte abzumildern, entschied ich mich für keins davon. »Es ist hässlich.« Genau das war damals aus meinem Mund gekommen.

Nicht: »Es lenkt von deinen Bewegungen ab und hemmt die Höhe deiner Sprünge.« Nicht: »Es ist ein wenig grell.«

Dann fügte ich hinzu: »Es ist potthässlich.«

Und danach veränderte sich alles.

Der Zwanzigjährige hatte mich angeblinzelt, als hätte er mich zum ersten Mal gesehen, was *nicht stimmte*. Dann war er empört zurückgewichen. »Um *mein* Kostüm solltest du dir keine Gedanken machen«, hatte er gehöhnt und die Augenbrauen hochgezogen. Seine Miene hatte mich an die Blicke erinnert, die mir die anderen Mädchen manchmal zuwarfen … Als wäre ich weniger wert als sie, weil ich keine schicken Klamotten und brandneuen Schlittschuhe trug. Meine Mutter konnte sich dieses ganze Zeug nicht leisten und hatte es nach Möglichkeit immer vermieden, meinen Vater um Geld zu bitten. Damals hätte ich sogar in meiner Unterwäsche trainiert, solange ich nur Zeit auf dem Eis verbringen konnte. Dass ich keine schicken Klamotten hatte, war für mich kein Problem gewesen, sobald sie erklärt hatte, dass wir uns keine leisten konnten.

Allerdings hatte sich nie jemand über mich lustig gemacht, weil ich keine Designerkleider oder -kostüme trug. Damals hatten mich die anderen Mädchen nicht gemocht, weil ich ehrgeizig war und manchmal ausrastete, wenn die Dinge nicht so liefen, wie ich es mir vorgestellt hatte.

Ich war ebenso wie er zurückgewichen und hatte an meine Schwester gedacht, die mein Kostüm gemacht hatte – diesen einfachen, aber hübsche blauen Gymnastikanzug mit Strasssteinen am Ausschnitt und an den Ärmeln –, und war wütend geworden. »Ich sage dir nur die Wahrheit. Es sieht dämlich aus.«

Seine Wangen waren um eine Nuance dunkler geworden. Er war nicht direkt errötet, aber es hatte nicht viel gefehlt. Und für ihn war das wohl im Grunde genommen das Gleiche gewesen. Ivan Lukov hatte sich in meine Richtung gelehnt und mir eine Warnung zugezischt, die mich die nächsten paar Jahre verfolgen sollte: »Pass bloß auf, du Wicht.« Dann war er in Richtung der Umkleiden oder wo auch immer hin verschwunden.

Zwei Wochen später hatte er in seinem Mambo-Outfit seine erste US-Landesmeisterschaft im Paarlauf gewonnen. Die Leute hatten heftig über sein Kostüm hergezogen, aber so hässlich es auch war, hatte es nicht ausgereicht, um sein Talent in den Schatten zu stellen. Er hatte den Sieg verdient gehabt. Selbst wenn er das Stilempfinden der Leute, die ihm zugeschaut hatten, verletzt hatte.

Ich hatte mich ziemlich schlecht gefühlt. Ich hätte gerne irgendetwas getan, um die Sache wieder in Ordnung zu bringen, aber Karina war mir keine Hilfe gewesen, denn sie fand das alles urkomisch. Eine Woche später, an seinem ersten Tag zurück im LK, tat Ivan sein Möglichstes, um mit mir zu reden. Und »reden« heißt, dass er mir im Vorbeigehen zuraunte: »Du kannst ebenso gut sofort aufgeben. Du bist zu alt, um es noch weit zu bringen.«

Ich mit meiner sonst so großen Klappe war zu geschockt gewesen, um mir rechtzeitig eine Erwiderung zu überlegen, bevor er auf seinen Schlittschuhen davongeglitten war.

Danach hatte ich den ganzen Tag lang über seine Worte nachgedacht, denn die Ehrlichkeit, die in ihnen gelegen hatte, hatte meine Gefühle verletzt und mich gleichzeitig wütend gemacht. Damals war es schwer gewesen, mich nicht mit den Mädchen zu vergleichen, die seit ihrem dritten Lebensjahr über das Eis liefen und fortgeschrittener waren als ich, auch wenn mir Galina versichert hatte, dass ich ein Naturtalent sei und eines Tages besser als sie sein könne, wenn ich nur hart genug arbeitete.

Aber ich erzählte niemandem, was er gesagt hatte. Ich hatte den Mund gehalten, bis dieses Arschloch einen Monat später nach dem Training auf mich zugekommen war und mich geradeheraus gefragt hatte: »Soll dieser Gymnastikanzug eine Nummer zu klein sein oder …?« Ohne den geringsten verdammten Grund.

Dieses Mal hatte ich es geschafft, ihn Wichser zu nennen, bevor er verschwunden war.

Und der Rest … war Geschichte.

Als ich fertig erzählt hatte, warf mein Bruder den Kopf zurück und lachte. »Du bist so eine Dramaqueen.«

Hätte ich irgendetwas anderes als Nudeln auf meinem Teller gehabt, hätte ich ihn damit beworfen. »Was?«

»Du bist eine Dramaqueen«, behauptete die drittgrößte Dramaqueen in unserer Familie nach unserer Mutter und unserer ältesten Schwester. »Du sagtest, er hätte dir das Leben schwer gemacht, aber das klang absolut nicht so. Er zog dich nur ein wenig auf«, erklärte er und schüttelte dabei den Kopf. »Da hänseln wir dich in einer Stunde mehr.«

Ich blinzelte, weil er irgendwie recht hatte. Aber das war etwas anderes, weil wir eine Familie waren. Sich in einer Familie gegenseitig zu hänseln war mehr oder weniger verpflichtend.

Dass mir mein Eislaufkollege, der Bruder meiner Freundin, das Leben schwer machte ... war weder verpflichtend noch erwünscht.

»Ja, Brummbär. Das klingt nicht so schlimm«, meldete sich nun auch meine Mutter zu Wort.

Verdammte Verräter. »Er hat auch gesagt, dass ich abnehmen soll, bevor noch die Kufen die Grätsche machen!«

Wie reagierten alle drei Personen, die um die Kücheninsel herumsaßen? Sie lachten. Sie lachten sich kaputt.

»Du warst damals wirklich recht stämmig«, meinte mein verdammter Bruder gackernd, und sein Gesicht lief rot an.

Ich streckte erneut eine Hand nach ihm aus, um ihn zu kneifen, doch er wich mir aus und fiel praktisch in James' Schoß.

»Warum bin ich nie darauf gekommen, dir das zu sagen?« Jonathan lachte immer noch so heftig, dass ihm die Tränen kamen, während er sich immer weiter nach hinten krümmte und sich regelrecht um seinen Ehemann wickelte, um mehr Abstand zwischen uns zu bringen. Ernsthaft, er würde jeden Moment vor Lachen losflennen. Ich hatte das oft genug miterlebt, um die Anzeichen zu erkennen.

»Ich kann echt nicht fassen, wie ihr euch aufführt«, sagte ich. Ich war mir nicht sicher, warum es ihnen immer noch gelang, mich zu überraschen. »Einmal wünschte er mir vor einem

Wettkampf Hals- und Beinbruch und fügte dann hinzu, dass er das wörtlich meinte.«

Eine weitere unhöfliche Äußerung zu wiederholen, die er mir gegenüber fallen gelassen hatte, half nicht dabei, meine Familie davon zu überzeugen, dass Ivan ein Idiot war. Es sorgte lediglich dafür, dass sie noch heftiger lachten. Sogar James, der der Netteste unter ihnen war, kicherte haltlos.

»Er nennt mich seit Jahren Fleischklops«, sagte ich und spürte beinahe, wie mein Augenlid zu zucken anfing. Dieser verdammte Spitzname trieb mich in den Wahnsinn, egal wie oft ich mir einredete, dass ich einfach darüber hinwegkommen sollte.

»Jasmine, Schätzchen«, krächzte James und bedeckte seine Augen mit der flachen Hand, während er vor Lachen fast zusammenbrach. »Ich will eigentlich nur eins wissen: Was hast du darauf erwidert?«

Ich spielte mit dem Gedanken, den Mund zu halten und nichts zu sagen, aber wenn mich irgendjemand auf dieser Welt kannte, dann waren das diese Leute. Wie zur Hölle sollte ich nach der zehnjährigen Feindschaft, die wir miteinander pflegten, mit Ivan zusammenarbeiten? Seine eigene Trainerin zwang ihn, den Mund zu halten, damit er nicht in Versuchung geriet, etwas zu sagen, das dazu führen würde, dass ich ihr Angebot ablehnte.

Wir würden uns vermutlich nach einer Woche gegenseitig an die Gurgel gehen. Falls wir es überhaupt so lange aushielten. Ehrlich gesagt war das nur eine Frage der Zeit. Wir hatten uns über die Jahre hinweg gegenseitig immer weiter hochgeschaukelt und standen nun kurz vor der Eskalation.

Ich musste über eine Menge nachdenken.

»Dinge«, antwortete ich schließlich vage und dachte ganz bewusst nicht über all den Mist nach, den ich ihm entgegengeschleudert hatte.

James lachte und schaffte es kaum, die nächsten Worte auszusprechen. »In Ordnung. Ich werde es fürs Erste gut sein lassen. Aber jetzt werft ihr zwei euch keine Beleidigungen mehr an den Kopf, oder?«

Ich blinzelte. »Doch, eigentlich schon. Heute habe ich ihn Satan genannt.«

»Jasmine!« Meine Mom krümmte sich vor Lachen.

Ich lächelte ... zumindest bis ich mich an das erinnerte, was ich ihnen verschwieg.

War ich bereit, vor Sonnenaufgang aufzustehen und jeden Tag sechs oder sieben Stunden lang mit dem Mann zu trainieren, der mich gefragt hatte, ob ich für die Rolle des hässlichen Entleins besetzt worden sei?

Ich war mir nicht sicher.

Kapitel vier

Ich war nicht überrascht, dass ich in dieser Nacht richtig schlecht schlief.

Ich hätte es auf den Kaffee schieben können, den ich nach dem Abendessen gehabt hatte – normalerweise trank ich am Nachmittag oder später keinen Kaffee mehr, aber in dem Fall war er definitiv nicht schuld.

Schuld war allein meine Mutter. Die Trainerin vielleicht noch. Aber hauptsächlich meine Mutter.

Wann war ich je in der Lage gewesen, ihr etwas zu verheimlichen? Und warum hatte ich erwartet, dass es mir jetzt gelingen würde?

Es passierte, als sie sich neben mich auf die Couch setzte, nachdem mein Bruder und sein Mann gegangen waren. Sie legte mir einen Arm um die Schulter, und in diesem Moment wusste ich ohne jeden Zweifel, dass es mir nicht mal ansatzweise gelungen war, auch nur irgendetwas vor ihr zu verbergen. In meiner Familie gingen wir ziemlich liebevoll miteinander um ... sofern man das Verpassen von blauen Flecken, sowie jede Menge grober Streiche als liebevoll bezeichnen konnte. Aber wir waren nicht der Typ Familie, der sich ständig umarmte und küsste, es sei denn, jemand hatte es nötig. Als ich meinen ältesten Bruder das letzte Mal einfach so umarmt hatte, hatte er mich gefragt, ob ich sterben oder ins Gefängnis müsse.

Als mich Mom also an diesen Abend auf der Couch an sich zog und mein Knie drückte, akzeptierte ich die Tatsache, dass ich den gleichen Fehler gemacht hatte wie die meisten anderen Leute: Ich hatte sie unterschätzt.

»Erzähl mir, was mit dir los ist, Brummbär«, sagte sie und benutzte den Spitznamen, den sie mir gegeben hatte, als ich vier gewesen war. »Du bist heute Abend so still gewesen.«

»Mom, ich habe das halbe Abendessen über geredet«, erwiderte ich und behielt den Blick auf die Wiederholung einer Folge von *Unsolved Mysteries* im Fernsehen gerichtet. Ich schüttelte den Kopf, traute mir aber nicht zu, ihr ins Gesicht zu schauen, denn dann würde ich vermutlich nicht mehr in der Lage sein, mein Dilemma für mich zu behalten.

Sie lehnte ihren Kopf an meinen, nachdem sie ein normal großes Glas Rotwein auf dem Wohnzimmertisch abgestellt hatte. »*Ja*, mit deinem Bruder und James. Mit mir hast du kaum drei Worte gewechselt. Du hast mir nicht mal erzählt, worum es bei deiner Besprechung ging. Denkst du, ich merke nicht, wenn mit dir was nicht stimmt?«

Da hatte sie mich wohl erwischt.

Mom drückte meine Schulter. »Nur weil du vor Jojo und James nichts gesagt hast, bedeutet das nicht, dass ich nichts bemerkt habe.« Sie drückte mich noch einmal, bevor sie total gruselig flüsterte: »Ich weiß *alles*.«

Ich warf ihr aus dem Augenwinkel einen Blick zu. Ich hätte schwören können, dass sie in den letzten fünfzehn Jahren um keinen Tag gealtert war. Es war, als würde die Zeit für sie langsamer vergehen. Um sie zu erhalten. Entweder das oder sie hatte sich irgendwie vor langer Zeit einen Wunsch bei einem Flaschengeist gesichert und war unsterblich oder zumindest so gut wie.

Ich legte die Füße auf den Wohnzimmertisch und murmelte: »Okay, offensichtlich hast du übersinnliche Kräfte.«

Nervensäge, die sie war, schmiegte sie sich dichter an meine

Seite, und ich lehnte mich ein wenig von ihr weg, nur um sie zu ärgern. »Erzähl mir, was mit dir los ist«, sagte sie mir ins Ohr. Ihre Stimme war trügerisch sanft. Ihr Atem, der heftig nach Wein roch, stieg mir in die Nase. »Ich gebe dir auch eine mit Schokolade überzogene Kirsche aus meinem geheimen Vorrat …«

Nicht einmal eine mit Schokolade überzogene Kirsche würde mich dazu bringen, den Mund aufzumachen. Ich lehnte mich sogar noch weiter von ihr weg, doch sie folgte mir und klammerte sich nun regelrecht an mich, warf ein Bein über meins und hielt mich so im Klammergriff. »Meine Güte, Mutter, soll ich dich von jetzt an vielleicht einfach an einen Infusionsbeutel mit Wein anschließen? Ein Weinkenner könnte den Jahrgang vermutlich allein anhand deiner Fahne erraten.«

Sie umklammerte mich sogar noch fester. »Je eher du gestehst, desto eher lasse ich dich in Ruhe.«

Ich konnte nur eine gewisse Anzahl an Misserfolgen auf meinen Schultern mit mir herumtragen … und an den meisten Tagen fühlte es sich so an, als hätte ich mein Maximum vor einem Jahr erreicht.

Meine Mutter wollte ich am dringendsten beschützen, denn sie war diejenige gewesen, die immer allein für alles bezahlt hatte, weil mein Vater Eiskunstlaufen für Zeitverschwendung gehalten hatte. Er hatte gefragt, ob es nicht etwas anderes gäbe, was ich machen könnte. Natürlich hatte er nicht gewusst, dass meine Mutter normalerweise die Lautsprecherfunktion aktiviert gehabt hatte, wenn sie mit ihm telefoniert hatte. Meine Mom hatte ihm kalt mitgeteilt, dass wir seine Unterstützung weder brauchten noch wollten, und ab da war sie jahrelang ständig mit allen Rechnungen in Verzug gewesen. Wenn ich nun auf diese Jahre zurückschaute, war ich mir nicht sicher, wie sie es geschafft hatte, das alles auf die Reihe zu bekommen – wie sie in der Lage gewesen war, uns weiterhin ein Dach über dem Kopf zu bieten und uns mit Essen zu versorgen.

Ich war mir nicht sicher, ob es mir gelungen wäre, das Gleiche zu leisten. Aber sie hatte es für mich getan. Und ich hatte ihr all diese Mühen bislang nur vergelten können, indem ich ein paar zweite Plätze errungen hatte.

Nachdem ich zu den Fortgeschrittenen aufgestiegen war, hatte ich keinerlei Siege mehr davongetragen, und den Grund dafür kannte außer mir keiner so richtig.

Sie verdiente etwas Besseres, und ich wünschte, dass ich es ihr hätte geben können.

»Jasmiiine«, jammerte Mom spielerisch an meinem Ohr, während sie sich dichter an mich schmiegte und mein protestierendes Quäken ignorierte. »Erzähl es mir einfach. Ich werde es niemandem verraten. *Versprochen.*«

»Nein«, schnaubte ich. »Und du bist eine Lügnerin.

»Ich bin eine Lügnerin?«

»Tu nicht so, als hättest du je ein Geheimnis bewahrt«, beharrte ich mit einem Seitenblick.

Sollte ich es ihr erzählen? Sie wusste ja bereits, dass ich etwas verbarg.

»Na schön, aber ich werde es nur ... einer Person verraten. Abgemacht?«

»Wem?«

Sie hielt inne. »Ben.«

Ihr Ehemann, Nummer vier. Ich konnte aus dem Augenwinkel nur ihr rotes Haar sehen, aber ich wusste, dass ich kein besseres Angebot bekommen würde. Sie würde nicht lockerlassen.

Ich seufzte. Jetzt oder nie. »Aber du darfst dich nicht aufregen ...«

»*Oh mein Gott*«, keuchte sie, womit sie mir verriet, dass es dafür bereits zu spät war.

Ich wandte mich ihr zu, warf ihr einen strengen Blick zu. »Nein, Mom. Nein. Nicht aufregen. Ich wollte das eigentlich auch gar nicht erzählen …«

»*Erzähl es mir*«, flüsterte sie mit kehliger Stimme, die sie klingen ließ wie ein vom Teufel besessenes Kind in einem Horrorfilm.

»Nur wenn du mir versprichst, nie wieder mit dieser Stimme zu reden.«

Meine Mom stöhnte und verwandelte sich wieder in ein Klammeräffchen und erdrückte mich fast in ihren Armen. »Meinetwegen. Ich verspreche es. Erzähl es mir.«

»Okay. Aber *bleib bitte entspannt.*«

»Das bekomme ich hin«, erwiderte sie, glaubte sich aber offensichtlich selbst nicht.

»Ich hatte eine Besprechung …«

»Ich weiß. Das hast du mir schon erzählt. Weswegen?«

Ich seufzte. »Erinnerst du dich an Trainerin Lee?«

Sie erstarrte. »Ja.«

»Sie hat mich gefragt, ob ich in der nächsten Saison Ivans Partnerin sein möchte.«

Stille.

Sie sagte nichts. Nicht ein einziges Wort. Das mochte tatsächlich das erste Mal sein, dass es ihr die Sprache verschlagen hatte.

Ich bewegte sachte die Schulter, auf die sie ihren Kopf gelehnt hatte. »Ich dachte, dass es noch ein paar Jahre dauert, bis du anfängst, mitten in einem Gespräch plötzlich einzuschlafen.«

»Ich hätte dich auf der Feuerwehrwache zurücklassen sollen«, gab sie zurück, bewegte den Kopf jedoch nicht von meiner Schulter weg.

Mehr sagte sie nicht.

Was hatte das zu bedeuten?

»Warum sagst du nichts?« Ich neigte den Kopf gerade weit genug zur Seite, um den oberen Teil ihres Kopfes sehen zu können. Ich war nicht groß, nur eins sechzig, aber meine Mom war mit ihren gut eins fünfzig sogar noch kleiner.

»Ich denke nach«, antwortete sie und klang wirklich nachdenklich.

Gott steh mir bei. »Worüber denkst du nach?«

Sie regte sich immer noch nicht. »Über das, was du gerade gesagt hast, Brummbär. Damit hast du mich kalt erwischt. Ich dachte, dass du mir endlich mitteilen würdest, dass du im LK als Trainerin anfängst.«

Ich verzog das Gesicht. Woher wusste sie von der Sache mit der Trainerinnenstelle? Und warum hatte sie bislang nichts dazu gesagt?

Als würde sie meine Verwirrung spüren, richtete sie sich auf und neigte ihren Körper so, dass sie mir ins Gesicht schauen konnte. Wir waren so ziemlich das genaue Gegenteil voneinander, abgesehen davon, dass unsere Gesichter die gleiche Form hatten, wir beide nicht groß waren und beide Sommersprossen hatten. Sie hatte langes rotes Haar, in dem gerade genug Orange-Anteil vorhanden war, um es natürlich wirken zu lassen. Ihre Haut war blass, sie war schlank, schön, herrisch, aber sympathisch, klug, liebenswert … und ich war nichts davon. Ich war nicht hässlich, aber ich war auch nicht so schön wie meine Mutter und meine Schwestern. Und der Rest … Tja, das war ich auch alles nicht, außer manchmal vielleicht herrisch.

Fakt war: Sie war angesichts dieser Gelegenheit weder aufgeregt noch übermäßig begeistert. Vor einer halben Stunde hätte ich mein Leben darauf verwettet, dass sie vor Freude ausrasten würde.

Doch das war nicht der Fall. Und ich verstand nicht, warum.

»Also?«

Meine Mom kniff ihre dunkelblauen Augen zusammen, die mich an den Saphir aus *Titanic* erinnerten, und ihre Lippen wurden zu Strichen.

»Was? Sag etwas. Ich dachte, dass du das aufregend finden würdest. Was ist los?«, fragte ich, bevor mir so unerwartet ein Gedanke in den Kopf schoss, dass es mir beinahe den Atem verschlug. Dachte sie …?

Ich konnte es nicht aussprechen. Ich konnte es nicht mal denken. Ich wollte es nicht sagen.

Aber ich musste es.

Ich ignorierte das scheußliche, unangenehme Gefühl in meinem Bauch und wappnete mich für ihre Antwort. Ich konnte damit umgehen. Dann fragte ich sie mit einer ruhigen Stimme, auf die ich stolz sein konnte, obwohl meine Hände dabei klamm wurden: »Du denkst doch nicht, dass ich es nicht mehr draufhabe, oder?«

Manchmal hasste ich regelrecht, wie brutal ehrlich meine Mutter und ich miteinander umgingen. Wenn sie mit meiner älteren Schwester Squirt sprach, achtete sie meist auf ihre Ausdrucksweise, und auch im Umgang mit meinen übrigen Geschwistern formulierte sie gewisse Dinge behutsamer, aber mir gegenüber hatte sie das nie getan. Zumindest nicht, soweit ich mich erinnern konnte.

Wenn sie jetzt Ja sagte …

Sie riss den Kopf so ruckartig hoch, dass der Schmerz, der sich angesichts der Vorstellung, dass sie denken könnte, dass ich es nicht mehr draufhatte, in meiner Brust aufgebaut hatte, sofort gelindert wurde.

Sie verdrehte die Augen. »Natürlich hast du es drauf. Niemand ist besser als du, jetzt tu nicht so, als wüsstest du das nicht.«

Mir war nicht klar gewesen, dass ich den Atem angehalten hatte.

»*Was ich denke*«, betonte sie und musterte mich immer noch mit einem Auge, »ist, dass das unter Umständen keine gute Idee ist.«

»Warum nicht?«

Sie erwiderte meinen Blick. »Du sagtest, dass er dich gebeten hat, für die nächste Saison seine Partnerin zu sein ... Was bedeutet das?«

»Es bedeutet, dass es nur für eine Saison wäre.«

Sie verzog verwirrt das Gesicht. »Warum nur für eine Saison?«

Ich zuckte mit den Schultern. »Keine Ahnung. Sie sagten, dass Mindy für eine Saison aussetzen wird.«

»Und was passiert danach?«

Natürlich musste sie das fragen. Ich schaffte es kaum, ein Seufzen zu unterdrücken, und wählte den vielversprechendsten Teil dessen, was mir diese Partnerschaft mit Ivan bringen würde. »Sie sagten, dass sie mir helfen würden, einen neuen Partner zu finden.«

Ihr Schweigen war so steif und verdammt seltsam, dass ich nicht anders konnte, als meine Mutter anzustarren, um so herauszufinden, was sie dachte.

Zum Glück ließ sie mich nicht lange warten. »Hast du mit Karina darüber geredet?«

»Nein. Ich habe seit einem Monat nicht mit ihr telefoniert.« Und ich würde sie ganz sicher nicht anrufen, um ihr Fragen über ihren Bruder zu stellen. Das wäre zu seltsam. Wir sprachen nie über Ivan. Außerdem sprachen wir generell nicht mehr so viel miteinander wie früher, bevor sie aufs College ging und ständig mit Lernen beschäftigt war. Wir mochten einander nach wie vor, aber ... Manchmal trennte das Leben zwei Menschen eben. Das hatte nichts damit zu tun, dass einem jemand weniger wichtig war. Es passierte einfach. Und dass ich in letzter Zeit nicht mehr so viel zu tun gehabt hatte wie früher, war nicht ihre Schuld. Davor war mir gar nicht aufgefallen, wie sehr wir uns voneinander entfernt hatten.

»Du findest also, dass ich es nicht tun sollte?«

Sie warf mir einen Blick zu, neigte den Kopf zur Seite und zögerte einen Moment lang. »Nein, so ist es nicht. Ich will sichergehen, dass sie dich nicht ausnutzen.«

Was?

»Ich habe das vergangene Jahr kaum überstanden, ohne verhaftet zu werden, Brummbär. Ich denke nicht, dass ich es schaffen kann, meine Hände bei mir zu behalten, wenn dich noch einmal jemand schlecht behandelt«, erklärte sie, als wäre es das Selbstverständlichste auf der Welt.

»Vor nur zwei Stunden hast du ihn noch verteidigt.«

Sie verdrehte die Augen. »Da wusste ich ja auch noch nicht, dass er vielleicht dein Partner werden könnte.«

Inwiefern ergab das Sinn?

»Mich würde interessieren, warum du nicht sofort zugestimmt hast.«

Darauf konnte ich nur mit einem Wort antworten. »Darum.«

»Warum?«

»Ich arbeite jetzt mehr Stunden für Matty, Mom. Ich habe mit Jojo ausgemacht, dass wir zweimal die Woche ins Fitnessstudio gehen, auch wenn er sich immer durch das Training schummelt. Ich habe Pläne mit Sebastian gemacht. Alle zwei Wochen will ich mit Tali in den Bergen klettern gehen. Ich will sie nicht einfach hängen lassen. Ich will nicht, dass sie denken, dass sie mir nicht genug bedeuten.« Vor allem nicht, wenn sie ohnehin schon davon ausgingen, dass ich unzuverlässig war und sie mich nicht kümmerten, obwohl das genaue Gegenteil der Fall war.

Mom runzelte die Stirn und musterte mich forschend. »Ist das alles?«

Die Lügen und die Wahrheiten verstopften meine Kehle, weil sie alle gleichzeitig versuchten, aus meinem Mund zu strömen.

»Also bereitet dir der Zeitfaktor des Ganzen Sorgen?«

Ich schluckte. »Ich will mein Wort nicht brechen. Das habe ich schon oft genug gemacht.«

Ein kleines, trauriges Lächeln huschte über ihr Gesicht, aber sie wusste, dass es keinen Zweck hatte, mich zu bemuttern oder wie ein kleines Kind zu behandeln. Doch die Worte, die als Nächstes aus ihrem Mund kamen, widersprachen dem Ausdruck auf ihrem Gesicht völlig. »Das klingt für mich nach einem Haufen Schwachsinn, Brummbär, aber meinetwegen.«

Ich starrte sie mit gerunzelter Stirn an.

»Hak eins nach dem anderen ab. Rede mit Matty über deine Arbeitszeiten. Früher hast du auch nicht so viel für ihn gearbeitet, und er kam trotzdem klar. Rede mit deinen Brüdern und deiner Schwester. Selbst wenn du wieder mit dem Training anfängst, kannst du trotzdem noch Zeit mit ihnen verbringen, Jasmine. Sie wollen nur in deiner Nähe sein, was ihr zusammen macht, spielt keine Rolle. Sie müssen dich nicht jeder sechs Stunden die Woche sehen. Nicht mal drei Stunden. Ein bisschen gemeinsame Zeit hin und wieder reicht völlig. Und ich wette, dass es auch nicht jede Woche sein muss. Du kannst ein Leben abseits des Eiskunstlaufens haben. Du kannst tun, was immer du willst, und das weißt du. Du musst es nur so drehen, dass es funktioniert.«

Wie oft hatte sie in der Vergangenheit genau diese Worte zu mir gesagt? Hundertmal? Tausendmal?

Ich schluckte, wandte meinen Blick aber nicht ab. »Was willst du damit sagen?«

»Du weißt, was ich damit sagen will. Du kannst mit deinem Leben anfangen, was immer du willst, Jasmine. Aber ich will, dass du glücklich bist. Ich will, dass du dich wertgeschätzt fühlst.«

»Also findest du, dass ich es nicht tun sollte?«

Die Frau, die mit mir zu jedem einzelnen Wettkampf gegangen war, den sie sich hatte leisten können, die mich zu jeder Trainingsstunde gefahren hatte, die ich je benötigt hatte, die mich sogar dann gelobt hatte, wenn ich schlecht gewesen war, legte den Kopf schief und zuckte mit den Schultern. »Ich finde, dass du es tun solltest, aber ich finde nicht, dass du dich unter Wert verkaufen solltest. Er könnte keine Bessere als dich fragen. Selbst wenn es nur für ein Jahr ist. Er tut dir keinen Gefallen damit, dass er dich fragt. Du tust ihm einen Gefallen, indem du das Angebot annimmst. Und wenn er dumm genug ist, das irgendwie zu verbocken …« Sie lächelte. »… dann werde ich dein Alibi sein, falls irgendetwas mit seinem schicken Auto passiert. Ich weiß, wie es aussieht.«

Ich wollte angesichts ihres Angebots nicht lächeln, aber ich konnte nicht anders.

Der Blick meiner Mom wurde weich, und sie berührte meine Wange mit den Fingerspitzen. »Ich weiß, dass du es vermisst.«

Der Schwall aus Gefühlen, der mich plötzlich überkam, schnürte mir die Kehle zu, und auf einmal war ich kurz davor zu weinen. Dabei weinte ich nie.

Ja, ich vermisste es. Das letzte Jahr über hatte ich mich gefühlt, als hätte man mir eines Nachts gegen meinen Willen einen Teil von mir entrissen. Und seitdem war es so, als würde ich jede Nacht darauf warten, dass man ihn mir zurückbringen würde. Aber bislang war das nicht passiert.

Plötzlich fingen meine Augen an zu brennen. Und meine Stimme brach. Aber wir schenkten diesen Anzeichen dafür, wie sehr mich das alles mitnahm, beide keine Beachtung. Ich sagte ihr einfach die Wahrheit, die sie nicht hören musste, weil sie sie bereits kannte. »Ich habe es so sehr vermisst.«

Sie umfasste meine Wange mit der Hand. »Ich will meine

normale, glückliche, mürrische altkluge Tochter wiederhaben«, sagte sie behutsam. »Sollte er also so etwas versuchen wie dieser Hurensohn …« Mom reckte einen Daumen hoch und fuhr damit über ihren Hals, um anzudeuten, dass sie jedem, der mir schaden wollte, die Kehle aufschlitzen würde, und ihr Lächeln dabei war so schwach wie der Kaffee, den Ben machte.

Ich lächelte sie an, während sich in meinem rechten Auge eine winzige Träne sammelte. Doch zum Glück quoll das Mistding nicht daraus hervor, um über meine Wange zu rollen, also blieb mir diese Schande erspart. Meine Stimme klang allerdings recht weinerlich, als ich krächzte: »Hast du schon wieder *Der Pate* geschaut?«

Sie zog die rotblonden Augenbrauen hoch und ließ ihr gruseliges, irres Grinsen aufblitzen, das normalerweise für ihre Ex-Männer reserviert war. »Was sage ich immer zu dir?«

»Wenn man was zu bieten hat, sollte man es auch zur Schau stellen?«

Sie verdrehte sie Augen. »Das andere: In dieser Familie tun wir immer das, was wir tun müssen. Du hast dich stets mehr abgerackert als der Rest deiner Geschwister zusammen, und das wollte ich nie für dich, aber du hast deinen eigenen Kopf. Ich sagte: ›Spring nicht auf dem Bett herum‹, und du wickeltest ein Laken um die Dachrinne und sprangst stattdessen vom Dach. Vielleicht triffst du manchmal furchtbar schlechte Entscheidungen …«

Ich schniefte. »Du bist ganz schön direkt.«

Sie sprach weiter und griff dabei nach meiner Hand. »Aber nach jedem Sturz bist du stets sofort wieder aufgestanden. Du kennst es nicht anders. Die Dinge laufen nicht immer so, wie wir es wollen, aber keine meiner Töchter, vor allem nicht du, gibt einfach so auf«, sagte sie zu mir. »Und wie immer das hier ausgehen mag, du bist mehr als dieser Sport. Verstehst du mich?«

Was konnte ich darauf noch erwidern? Nichts. Wir saßen noch eine halbe Stunde lang gemeinsam da, bis sie behauptete, dass sie ihren Schönheitsschlaf bräuchte. Sie ließ mich zurück, damit ich über all die Dinge, die wir gesagt und nicht gesagt hatten, nachdenken konnte.

Aber eins war sicher: Meine Mom hatte mich nicht dazu erzogen, einfach aufzugeben.

Ich musste eine verdammt ernste Entscheidung treffen.

Also versuchte ich, als ich im Bett lag, all die Vor- und Nachteile von Nancy Lees und Ivans Angebot gegeneinander abzuwägen.

Ich konnte folgende Vorteile aufzählen: Ich würde wieder an Wettkämpfen teilnehmen können. Offensichtlich. Mein Partner wäre jemand, der nicht nur eine realistische Chance auf den Sieg hatte, sondern auch jemand, der ebenso sehr gewinnen wollte wie ich. Selbst wenn ich nach unserem gemeinsamen Jahr keine weitere Chance darauf erhalten würde, meine Karriere fortzusetzen, würde dies die beste Chance sein, die ich je gehabt hatte. Aber falls es mir gelingen sollte, mir nach diesem Jahr einen Partner zu sichern …

Angesichts dieser Möglichkeit war mir ein Schauer über den Rücken gelaufen.

Als ich versuchte, mir Nachteile zu überlegen, fiel mir kein einziger ein, abgesehen davon, dass mein Stolz verletzt werden würde, falls wir nicht gewinnen sollten. Und dass ich am Ende vielleicht keinen Partner bekommen würde. Und dass ich mit nichts dastehen könnte.

Aber was hatte ich denn jetzt? Worauf konnte ich stolz sein? Etwa darauf, dass ich versagt hatte? Darauf, dass ich den zweiten Platz belegt hatte? Darauf, dass man sich nur deswegen an mich erinnerte, weil mich mein damaliger Partner abserviert hatte?

Ansonsten beunruhigte mich nichts an der Situation. Nicht die ganze Arbeit, die ich investieren müsste, um zu lernen, wie sich Ivan bewegte und welche Körperhaltung er hatte. Um mich an die Geschwindigkeit und die Länge seiner Schritte anzupassen, mit denen er über das Eis glitt. Auch all die Stürze, die ich vermutlich erleiden würde, während wir herausfanden, wie wir miteinander Hebefiguren und Würfe durchführen konnten, bereiteten mir keine Sorge. Dabei konnten Würfe durchaus riskant sein. Das lag in ihrer Natur. Der Partner warf seine Partnerin über das Eis und ging davon aus, dass sie ein paar Drehungen vollführen und schließlich auf den Füßen landen würde. Ich hatte auch kein Problem damit, wieder mehr auf meine Ernährung achten zu müssen. Klar, ich liebte Käse und Schokolade und fand es auch toll, nicht täglich blaue Flecken und Schmerzen zu haben. Aber das Eiskunstlaufen liebte ich eben noch mehr. Viel mehr.

Außerdem würde ich dieses Mal vielleicht – aber nur vielleicht – lernen, ein winzig kleines Privatleben mit der großen Aufgabe, die vor mir lag, in Einklang zu bringen. Alles im Leben erforderte Opfer. Wenn ich meine Nichte auch weiterhin sehen wollte, konnte ich nach dem Training oder nach der Arbeit eben nicht nach Hause gehen und mich aufs Sofa legen, sondern musste stattdessen zu ihr fahren und eine Stunde Zeit mit ihr verbringen.

Das konnte ich hinbekommen.

Wenn man etwas nur dringend genug wollte, konnte man es schaffen.

Ich stand vor Sonnenaufgang auf, zog mich an und befolgte bis ins Letzte meine übliche Morgenroutine. Ich wusste nicht, ob die Trainerin oder Ivan so früh schon in der Eishalle sein würden, aber wenn sie dort waren … dann würde ich mit ihnen reden. Ich spielte mit dem Gedanken, meiner Freundin Karina eine E-Mail zu schreiben, ließ es aber bleiben. Schließlich würde sie mir nicht davon abraten, mich mit ihrem Bruder zusammenzutun.

Ich frühstückte, bereitete mein zweites Frühstück und mein Mittagessen vor, ging meine Liste durch, um sicherzugehen, dass ich alles Nötige erledigt hatte, und suchte meine Sachen für den Tag zusammen. Dann stieg ich ins Auto und suchte mir eine gute Playlist auf meinem Handy, die ich laut stellen konnte, damit ich während der Fahrt zur Eishalle ruhig blieb und die Nerven behielt. Auf dem Parkplatz standen nur acht Autos, darunter auch ein glänzender schwarzer Tesla, der Ivan gehören musste, weil sich niemand sonst so einen Wagen leisten konnte. Den Mercedes erkannte ich als den Wagen seiner Trainerin.

Als ich die Eishalle betrat, fand ich die beiden nicht im Büro der Geschäftsführerin vor und beschloss, meine gewohnte Routine durchzuziehen. Ich ging in meine stille Ecke an der Seite der Eisfläche, die am weitesten von den Umkleideräumen entfernt lag. Nachdem ich erst vierzig Minuten mit Dehnübungen verbracht und dann noch zwanzig Minuten lang Sprünge geprobt hatte, beäugte ich die glatte, kaum benutzte Eisfläche. Und ich spürte, wie sich eine Last von meiner Brust hob. Genau diese Wirkung hatte die Eisfläche immer auf mich.

Erst mal aufs Eis. Nach Lee und Ivan konnte ich nach meiner morgendlichen Eislaufrunde immer noch schauen.

Ich war seit fünfundvierzig Minuten auf dem Eis, als ich die zwei gut gekleideten Gestalten bemerkte, die auf der Zuschauertribüne saßen und mich beobachteten.

Ihre Augen waren eindeutig auf mich gerichtet.

Sie schauten zu, wie ich immer wieder den gleichen Teil der nur kurzen Kür durchging, an die ich mich aus meinen Tagen als Einzelläuferin noch erinnern konnte. Höchstwahrscheinlich lag das daran, dass die zwei Minuten und fünfzig Sekunden lange Choreografie meine Lieblingskür gewesen war.

Meine alte Trainerin Galina hatte immer gesagt, dass diese spezielle Kür ein Sprungspektakel sei. Sie bestand aus einem schwierigen Sprung nach dem anderen. Ich hatte damals einfach alles geben wollen. Klar, ich hatte die Kür nie perfekt hinbekommen, aber wenn es mir gelungen wäre, wäre sie magisch gewesen. Ich war zu stur gewesen, um auf Galina zu hören, als sie mir erklärt hatte, dass die Kür zu schwierig und meine Leistung an den entscheidenden Stellen nicht konstant genug sei.

Aber wie meine Mom zu sagen pflegte – meist mit einem Kopfschütteln und verdrehten Augen –, musste ich die Dinge immer auf die harte Tour machen, schon bei meiner Geburt hatte ich mich offenbar dafür entschieden, mit den Füßen zuerst auf die Welt zu kommen. Und seitdem war für mich nichts leicht gewesen.

Aber ich kam zurecht. Herausforderungen waren nur dann ein Problem, wenn man Angst vorm Scheitern hatte.

Als ich also Ivan Lukov – ich erkannte ihn an seinem grauen Pullover und diesem tiefschwarzen Haar, das er vermutlich jeden Tag fünfzehn Minuten lang stylte – und die sehr viel kleinere, ebenfalls dunkelhaarige Frau neben ihm auf der Tribüne entdeckte, machte ich einfach weiter. Ich drehte meinen Körper, um rückwärts zu laufen, damit ich Anlauf für einen dreifachen Lutz nehmen konnte, einen der schwierigsten Sprünge, die ich im Repertoire hatte. Dabei musste man in die eine Richtung hochspringen und den Körper dann in die entgegengesetzte Richtung drehen. Er war mein Lieblingssprung, auch wenn mir klar war, dass er der Hauptgrund für meine Rückenschmerzen war. Der menschliche Körper wollte sich nun einmal nicht in zwei entgegengesetzte Richtungen drehen. Der Sprung war kompliziert, vor allem weil man ihn so schnell absolvieren musste.

Seit Tagen war es mir nicht mehr gelungen, nach einem Sprung auf den Füßen zu landen. Aber an diesem Tag, in diesen Augenblick gelang mir zum Glück eine beinahe perfekte Landung. Das war das Besondere am Eiskunstlauf: Es ging allein ums Muskelgedächtnis, und man konnte seinen Körper nur dazu bringen, sich die Abläufe zu merken, indem man jede Bewegung Tausende Male wiederholte. Nicht Hunderte Male. Tausende. Sobald man das geschafft hatte, musste man dafür sorgen, dass alles mühelos wirkte, obwohl es das definitiv nicht war. Und an diesem dreifachen Lutz hatte ich doppelt so hart gearbeitet wie an jedem anderen Sprung, weil ich fest entschlossen gewesen war, ihn mir zu eigen zu machen. Und das hatte ich geschafft. Früher war ich an einem guten Tag in der Lage gewesen, einen passablen dreifachen Axel hinzulegen. Auch Vierfachsprünge hatte ich beim Training schon hinbekommen, wenn ich sie versucht hatte. Aber auf den 3L – den dreifachen Lutz – hatte ich in meinen Tagen als Einzelläuferin all meine Energie ausgerichtet. Der war ein Meisterwerk.

Auch wenn mir klar war, dass es dumm war, meine Trainingszeit, für die ich viel Geld bezahlt hatte, abzukürzen, beschloss ich, das jetzt einfach durchzuziehen und diese nächste Unterhaltung hinter mich zu bringen. Ich wollte nicht zu spät zur Arbeit kommen, wenn es nicht nötig war.

Arbeit. Mist.

Ich würde erneut mit dem langjährigen Freund meiner Mutter über meine Arbeitszeiten reden müssen. Nicht dass das ein Problem darstellen würde, aber ich hasste es, ihn im Stich zu lassen, nachdem ich mich vor Monaten bereit erklärt hatte, mehr zu arbeiten. Er würde es verstehen und sich für mich freuen, aber ich kam mir deswegen trotzdem unzuverlässig vor. Außerdem brauchte ich eigentlich das Geld. Ich würde eine Lösung finden müssen. Mehr Geld und weniger Arbeitsstunden. Das würde nicht leicht werden.

Mein Herz raste nach der Abfolge aus Sprüngen, die ich beim Training vor dem 3L gemacht hatte, immer noch. Ich lief zu der Stelle, an der sich der Ausgang der Eisfläche befand und kam dabei an einigen anderen Eisläuferinnen vorbei. Doch ich behielt den Blick stur nach unten gerichtet. Erst als ich die Bande direkt neben der Öffnung erreichte, schaute ich auf und entdeckte Galina, die ein Stück entfernt über die Kante gelehnt dastand und ihren durchdringenden Blick auf mich gerichtet hatte.

Ich nickte ihr knapp zu.

Nach einem Augenblick erwiderte sie das Nicken. Sie hatte einen Ausdruck auf dem Gesicht, den ich so noch nie bei ihr gesehen hatte. Sie sah wirklich nachdenklich aus. Vielleicht sogar traurig.

Seltsam.

Ich legte meine Kufenschoner an, schnappte mir meine Wasserflasche und fragte mich, ob ich mir sicher war – wirklich, wirklich sicher –, dass ich das hier wollte. Wollte ich mit einem Partner in diese Welt zurückkehren, der höchstwahrscheinlich ebenso schlecht darin war, Fehler zu akzeptieren, wie ich? Ein Partner, mit dem ich keine drei Worte wechseln konnte, ohne mich mit ihm zu zanken? Eine Welt, in der andere Leute jede noch so winzige Kleinigkeit an mir bewerteten und beurteilten? Eine Welt, in der es keinerlei Garantien gab? Ich würde härter arbeiten müssen als je zuvor, um das innerhalb einer Saison hinzubekommen. War ich dazu bereit?

Das war ich definitiv.

Meine Mom hatte recht gehabt. Kaum etwas war schlimmer als das Bedauern über verpasste Chancen. Und ich würde es definitiv bedauern, wenn ich diese Chance nicht ergriff – selbst wenn das bedeutete, dass ich mich vollkommen verausgaben musste. Die Herausforderung anzunehmen und dann am Ende womöglich mit nichts dazustehen war ein Risiko, das ich eingehen wollte.

Früher war ich nie so unsicher gewesen. Vor zehn Jahren hätte ich nicht zweimal überlegt und mich sofort auf diese Gelegenheit gestürzt, selbst wenn sie mir am Ende nichts brachte. Jetzt ... Tja, ein gebranntes Kind scheut das Feuer, sagt man doch, und ich war definitiv ein gebranntes Kind.

Ich war immer noch ein wenig außer Atem, und das Adrenalin rauschte durch meine Adern, als ich zu dem Teil der Tribüne eilte, wo Ivan und seine Trainerin nach wie vor saßen und mir neugierig entgegenblickten.

Meine Hände zitterten nicht, und meine Knie fühlten sich nicht weich an, als ich auf sie zuging. Nur meine Atmung ging hektisch und unregelmäßig, und auch mein Bauch rumorte nervös. Derartige Reaktionen meines Körpers waren eher untypisch für mich, und ich würde ganz sicher nicht zugeben, dass ich gerade ein Nervenbündel war.

»Ich hoffe, dass es dir nichts ausmacht, dass wir hergekommen sind, um dir zuzuschauen«, sagte die Trainerin, als ich immer noch ein paar Schritte entfernt war.

Ich schüttelte den Kopf und ließ den Blick in Ivans Richtung wandern, betrachtete sein kühles, aber irgendwie trotzdem noch arrogantes Gesicht, bevor ich ebenso schnell wieder zu seiner Trainerin schaute. Ich durfte das hier nicht verbocken.

»Ganz und gar nicht«, erwiderte ich. Ich verstand, warum sie es taten. Ich hätte das Gleiche getan. »Morgen.«

Sie zog die Mundwinkel gerade weit genug nach oben, um den Hauch eines Lächelns anzudeuten. »Morgen.«

Ivan sagte nichts.

Gut. Vielleicht ging es ihm genau wie mir: Er hatte sich vorgenommen, den Mund zu halten, damit wir das hier so schmerzlos wie möglich hinter uns bringen konnten. Das beruhigte mich mehr, als mir lieb war, denn wenn er nicht mit mir stritt, wollte er womöglich wirklich mein Partner sein.

Okay, »wollte« war vielleicht das falsche Wort. Wahrscheinlich wäre es richtiger gewesen zu sagen, dass er mich als Partnerin *brauchte*. Was auch immer. Es war mir egal. Mir war nur wichtig, dass ich diese Gelegenheit erhielt. Die würde ich mir selbst nicht verbauen.

Die Trainerin stand auf. Sie war ein paar Zentimeter kleiner als ich. Sie verschränkte die Arme vor der Brust und sagte etwas, mit dem ich nicht rechnete. »Dein dreifacher Lutz ist wundervoll. Deine Höhe, dein Tempo, wie du die Eisfläche für dich nutzt und deine Technik ... Ich hatte vergessen, dass das dein Markenzeichen ist, bis du ihn vorgeführt hast. Er ist perfekt, Jasmine. Wirklich. Du solltest stolz darauf sein.« Ihr Lächeln wurde zu einem Grinsen. »Er erinnert mich an Ivans.«

Ich ignorierte den Teil über Ivan und freute mich über den Rest. Ich hatte diesen Sprung auseinandergenommen, um ihn zu perfektionieren. Ich hatte mir immer und immer wieder angeschaut, wie die besten Eiskunstläuferinnen ihn vollführten, um herauszufinden, was ihn so spektakulär machte. Zu Hause hatte ich etliche Aufnahmen von mir, wie ich ihn übte, nur damit ich sehen konnte, wie ich das, was ich tat, verbessern konnte. Meine Mom hatte mich damals umbringen wollen, weil ich sie gezwungen hatte, den Sprung über Stunden und Tage hinweg immer wieder aufzuzeichnen.

»Wann hast du diese letzte Kombination vorgeführt? Ich erinnere mich nicht, sie in irgendeinem Wettkampf gesehen zu haben«, sagte die Trainerin nachdenklich. »Ich glaube nicht, dass Paul den Lutz besonders gut beherrschte ...«

Nein, er hatte ihn nicht gut beherrscht. »Die Choreografie stammt aus einer alten Kür aus meinen Tagen als Einzelläuferin«, erklärte ich.

»Das ist eine Schande«, sagte sie. »Eines Tages wirst du mir die Geschichte erzählen müssen, warum du vom Einzel- zum Paarlauf gewechselt bist. Das hat mich schon immer gewundert.«

Ich zuckte mit den Schultern und erwiderte unbekümmert und lässig: »Das ist keine besonders interessante Geschichte, aber eines Tages.«

Das »eines Tages« nahm sie offensichtlich als Zusage zu ihrem Angebot. Sie riss die Augen auf. »Bist du sicher?«

Ich schaute sie an – nur sie, nicht Ivan – und sagte: »Ich habe ein paar Fragen und ein paar Bedingungen.«

»Bedingungen?« Ivan klang träge und versnobt, was mir verriet, dass er nicht der Ansicht war, dass ich mich in der Lage befand zu verhandeln.

Tja, falsch gedacht.

Ich schaute ihn gerade mal eine Sekunde lang an und richtete den Blick dann wieder auf seine Trainerin. »Nichts Ernstes.« Ich benutzte die gleichen Worte, die sie am Tag zuvor mir gegenüber verwendet hatte, als sie mir im Grunde genommen mitgeteilt hatte, dass ich zustimmen müsse, im Hinblick auf Veränderungen nicht störrisch zu reagieren.

Die Trainerin ließ einen Blick, den ich nicht deuten konnte, zu Ivan wandern und nickte. »Wollen wir das hier bereden, oder soll ich nachsehen gehen, ob das Büro frei ist?«

Ich musste mich nicht umschauen, um zu wissen, dass wir ausreichend Privatsphäre hatten. »Wir können es hier erledigen und Zeit sparen.«

Ich bewegte instinktiv meine linke Hand an mein rechtes Handgelenk und drehte mein Armband. Ich konnte das schaffen. Ich konnte alles schaffen.

Ich musste es versuchen.

Ivan mochte ein hervorragender Eiskunstläufer sein, aber ich hatte ebenso hart gearbeitet wie er. Vielleicht nicht ganz so lange wie er, weil ich nicht schon mit dem Eiskunstlauf angefangen hatte, bevor ich drei Jahre alt gewesen war, aber ich hatte hart gearbeitet und mein Bestes gegeben. Er tat mir keinen Gefallen. Das hier würde eine gleichberechtigte Partnerschaft sein oder gar nichts. Weniger würde ich nicht akzeptieren.

»Worum geht's?«, fragte die Trainerin schließlich.

Wieder drehte ich das Armband an meinem Handgelenk. *Ich kann alles schaffen*, rief ich mir ins Gedächtnis. Dann sagte ich es. »Ich will sichergehen, dass ihr mich nicht dazu auffordern werdet, mich einer Typveränderung zu unterziehen oder in der Öffentlichkeit Babys zu küssen, wenn ich einwillige, Ivans Partnerin zu werden.«

Na bitte.

Ich war mir ziemlich sicher, dass ihre Wange zuckte, aber ihre Miene war so neutral, dass ich mir das womöglich nur eingebildet hatte. »Keine Babys küssen und keine Typveränderung. Das ist kein Problem. Was noch?«

Ich könnte tatsächlich Gefallen an dieser Frau und ihrer Direktheit finden. Also machte ich weiter. »Ihr dürft mich nicht abservieren, bevor das Jahr vorbei ist.«

Aus dem Augenwinkel konnte ich sehen, wie Ivan auf seinem Platz auf der Bank herumrutschte, aber ich schaute ihn immer noch nicht an. Stattdessen heftete ich meinen Blick auf die Frau, die als unsere Vermittlerin fungierte. Sie wollte sichtlich ungerührt rüberkommen, aber ihre Augenbraue zuckte schneller nach oben, als sie sie unter Kontrolle bringen konnte.

»Wie kommst du darauf, dass wir die Zusammenarbeit beenden würden, bevor das Jahr vorbei ist?«, fragte sie langsam.

Nun schaute ich Ivan doch an. Absichtlich. Dann deutete ich

mit einem Daumen auf ihn, damit keinerlei Missverständnisse aufkamen. »Ich bin mir einfach nicht sicher, wie gut er und ich miteinander zurechtkommen werden.«

Er schnaubte und öffnete den Mund, als wollte er widersprechen, doch ich ließ ihn gar nicht erst zu Wort kommen.

»Ich versuche nur, mich abzusichern. Ich weiß, wie ich bin und wie er ist.« Ich sprach in der dritten Person von ihm, weil ich eigentlich mit Lee redete, obwohl ich ihn dabei anschaute. »Wenn etwas meine Schuld ist, werde ich daran arbeiten, bis ich es in Ordnung gebracht habe. Das verspreche ich. Aber wenn er was verbockt ...«

Er lehnte sich in seiner sitzenden Position vor und stützte die Ellbogen auf seine Knie. Der Blick seiner hellblauen Augen war so durchdringend, dass es sich anfühlte, als wollte er mich damit durchbohren. Er drückte seine Zungenspitze von innen gegen seine Wange. Diese Geste hatte er mir gegenüber in der Vergangenheit schon so oft gemacht, dass ich sie sofort erkannte.

Er bedachte mich mit dem Todesblick.

Gut.

Wenn er so getan hätte, als wäre alles in bester Ordnung, wäre das mehr als seltsam gewesen.

»Wenn Ivan was verbockt ...« Ich starrte ihn an. »*Du*«, sagte ich, denn er musste begreifen, dass er nicht perfekt war und er und seine Trainerin mir nicht die Schuld für alles in die Schuhe schieben konnten. »... vertraue ich darauf, dass du alles in deiner Macht Stehende tun wirst, um den gleichen Fehler nicht noch mal zu machen. Wenn etwas nicht funktioniert, werden wir beide daran arbeiten. Wir tun beide, was immer nötig ist, um das hier hinzubekommen.«

Weil ich immer noch in seine Richtung schaute, konnte ich sehen, wie er die ganze Zeit über die Zähne zusammenbiss. Und ich konnte den Streit spüren, der in der Luft lag.

»Ich will nur sichergehen, dass die Verantwortung gleichmäßig zwischen uns aufgeteilt ist. Entweder sind wir ein Team oder nicht. Ich werde mich nicht wie das ungeliebte Stiefkind behandeln lassen. Das hier kann nicht nur die Ivan-Schau sein.«

»Die Ivan-Schau?«, wiederholte er und fixierte mich nach wie vor mit seinem Todesblick.

Ich zuckte mit den Schultern und spürte, wie sich mein Gesicht wie von selbst zu einer höhnischen Grimasse verzog, die ich nur knapp unter Kontrolle bekam. Ich zwang mich, zurück zu Trainerin Lee zu schauen, aber es kostete mich große Mühe. »Und ich will euer Wort, dass ihr mir für hinterher einen neuen Partner besorgt. Ihr werdet mir nicht nur dabei helfen, einen zu finden, sondern auch dafür sorgen, dass ich ihn bekomme.« Ich schluckte und sagte: »Das ist alles, was ich will. Ich werde so gut wie alles tun, was ihr von mir verlangt, aber ich erwarte dafür diese beiden Zugeständnisse, und ich will sicher sein, dass es daran nichts zu rütteln gibt.«

Für einen Augenblick herrschte Stille.

Ich musste nicht hinsehen, um zu wissen, dass sie beide mich und nicht einander anschauten.

Warum brauchten sie so lange, um einzuwilligen? Ich verlangte doch nicht viel.

Oder?

Ich stand da, schaute von einem zum anderen und stellte die Frage, die sich wie die wichtigste meines ganzen Lebens anfühlte, weil ich es endlich hinter mich bringen wollte. Entweder zogen wir das hier jetzt durch oder nicht. Mit gespannter Erwartung konnte ich nicht gut umgehen. Ich war nicht geduldig. »Haben wir einen Deal?«

Wieder entstand eine Pause, und die Trainerin schaute endlich in Ivans Richtung. Sie starrte ihn sicher eine halbe Minute lang an, bevor sie einen amüsierten Laut von sich gab. Sie ließ sich Zeit damit, ihre Aufmerksamkeit wieder auf mich zu richten.

Und ich dachte: *Wir haben keinen Deal.* Der Mut verließ mich.

Und zum ersten Mal seit Ewigkeiten hatte ich das Gefühl, mich gleich übergeben zu müssen.

»Meinetwegen«, kam die unerwartete Antwort direkt aus Ivans Mund. Er sah kein bisschen so aus, als wäre er erfreut angesichts der Vorstellung, sich mit mir zusammenzutun.

Aber ich ließ mich von seiner fiesen Visage nicht von dem ablenken, was gerade passiert war.

Er hatte eingewilligt.

Er hatte eingewilligt.

Heilige Scheiße.

Ich würde wieder an Wettkämpfen teilnehmen.

Als ich jünger gewesen war, war ich einmal im Urlaub mit meinem Bruder an den Strand gegangen, und wir hatten beschlossen, von einer Klippe ins Meer zu springen. Ich erinnerte mich noch, dass ich von einer so hohen Stelle gesprungen war, dass mich meine Mom umgebracht hätte, wenn sie es gesehen hätte. Sogar mein Bruder hatte in letzter Minute Schiss bekommen und einen Rückzieher gemacht. Aber ich nicht.

Ich hatte nicht damit gerechnet, wie tief ich ins Wasser eintauchen würde, nachdem ich gesprungen war. Ich hatte den Atem so lange anhalten müssen, während ich immer weiter mit den Beinen gestrampelt hatte, um die Oberfläche zu erreichen. Es hatte sich angefühlt, als würde ich es niemals schaffen. Für vielleicht eine halbe Sekunde hatte ich Todesangst gehabt. Doch ich würde nie vergessen, wie es sich angefühlt hatte, an die Oberfläche zu schießen und diesen ersten Atemzug zu nehmen. Diesen ersten Atemzug zu nehmen und zu denken, dass ich es *geschafft* hatte.

Während ich dastand und abwechselnd zwischen Nancy Lee und Ivan hin und her schaute, fühlte ich mich, wie ich mich fühlen sollte: Als wäre ich wieder lebendig. Als wäre alles *richtig*.

Aber …

Da war noch eine weitere Sache, die ich nicht in Betracht gezogen hatte, während ich mir Gedanken über alles andere gemacht hatte. Etwas, das ebenso wichtig wie die anderen beiden Punkte war. Vielleicht sogar noch wichtiger.

Diese eine Sache würde darüber entscheiden, ob der Deal zustande kam oder nicht. Mein Stolz wollte diesen Punkt gar nicht erst berücksichtigen, aber das musste ich. Ich versuchte, mich wie eine Erwachsene zu verhalten. »Da ist noch eine Sache.« Ich schluckte und kämpfte gegen die Versuchung an, einfach den Mund zu halten. »Wie hoch werden die Kosten für das Training und die Choreografie sein?«

Ich würde meine Mutter nicht bitten, so viel beizusteuern wie früher. Aber ich hatte eine vage Ahnung, wie viel Ivan seinen Choreografen zahlte. Ich hatte mal einen von ihnen angerufen und war wütend geworden, als er mir sein Honorar genannt hatte.

Ich verkrampfte mich innerlich und rechnete mit dem Schlimmsten. Nancy Lee war ganz sicher auch nicht billig. Meine letzten beiden Trainer waren nicht die teuersten gewesen, aber auch nicht die günstigsten.

Als mich Ivan anblinzelte und Nancy Lee nichts sagte, machte ich mich auf das Schlimmste gefasst.

Ich würde sie bitten müssen, mir Zahlungsaufschub zu gewähren, bis die Saison vorbei war, damit ich eine meiner Nieren verkaufen konnte. Verdammt, ich könnte eine Perücke aufsetzen und strippen. Ich hatte keine auffälligen Muttermale, die mich verraten könnten.

»Ivan wird die Kosten für das Training und die Choreografie

übernehmen, du wirst für die Reisekosten und deine Garderobe aufkommen«, sagte die Trainerin.

Die Muskeln in meinen Schultern verspannten sich. Ich richtete den Blick auf Ivan und fragte ihn: »Ist das so?«

Er blinzelte träge mit seinen graublauen Augen, bevor er antwortete: »Du kannst die Hälfte zahlen, wenn du willst.«

So stolz war ich dann auch wieder nicht.

Also blinzelte ich träge zurück. »Nein.«

Er richtete sich auf seinem Platz auf, und dieses Gesicht, mit dem er mal Werbung für Lippenpflegebalsam gemacht hatte, blieb vollkommen ausdruckslos. »Bist du sicher?«, fragte er, und dieser nervige gelangweilte Tonfall machte mich fertig.

»Ich bin mir sicher.«

»Wirklich?«

Dieser Arsch. »Wirklich.«

»Ich habe kein Problem damit, die Kosten zu teilen«, beharrte er und verzog die Mundwinkel zu dem winzigen Grinsen, das ich so gut kannte.

Ich biss die Zähne zusammen. »Nein«, wiederholte ich.

»Okay«, mischte sich Nancy Lee ein und schüttelte den Kopf. »Ich denke, dass ich eine Gehaltserhöhung brauche, wenn ich mich von nun an mit euch beiden herumschlagen muss.«

Das sorgte dafür, dass wir sie beide anstarrten.

»Ich bin hier nicht das Problem. Er ist es«, sagte ich im selben Augenblick, in dem Ivan sagte: »Es ist ihre Schuld.«

Die ältere Frau schüttelte erneut den Kopf und bedachte uns beide mit einem Blick, der besagte, dass sie jetzt schon die Nase voll von unserem Getue hatte. »Ihr seid beide Profis und größtenteils erwachsen …«

Größtenteils erwachsen? Das empörte Schnauben verkniff ich mir nur, weil ich Nancy Lee noch nicht gut genug kannte.

»Das wird eine Menge Arbeit werden, und das ist euch beiden bewusst. Spart euch euer Gezanke für die Abende auf, wenn wir mit dem Training fertig sind. Wir haben keine Zeit zu verschwenden«, sagte sie in dem Tonfall, den auch meine Mutter benutzte, wenn sie die Nase voll von unseren Streitereien hatte.

Ich hielt den Mund.

Ivan nicht.

»Ich bin ein Profi«, murmelte er.

Die Trainerin blickte ihn ausdruckslos an. »Wir haben darüber geredet.«

Ich lächelte beinahe ... bis ich mitbekam, was sie sagten ... und was sie nicht sagten. Worüber hatten sie geredet?

Die Frau drehte den Kopf und schaute mich an. »Jasmine, wird das ein Problem darstellen?«

»Das Gezanke für später aufsparen? Das kann ich.« Vermutlich würde das schwerer werden als das eigentliche Training, aber ich konnte es schaffen.

»Ivan?«

Ich hatte keine Ahnung, ob er in meine Richtung schaute oder nicht. Ich hörte lediglich sein gegrummeltes »Ja«.

»Konstruktive Kritik wird auch kein Problem darstellen«, fuhr die andere Frau fort. Es war keine Frage. Sie teilte es uns einfach mit.

Das war wirklich kein Problem, mit konstruktiver Kritik konnten wir umgehen ...

»*Gegenseitige* konstruktive Kritik«, ergänzte sie.

Dieses Mal schaute ich doch zu Ivan, aber er hatte den Blick bereits auf mich gerichtet und die Augen zu schmalen Schlitzen verengt, als würde er das Gleiche wie ich denken. Wir konnten schon jetzt kaum eine normale Unterhaltung miteinander führen.

Aber ...

Ich würde mich bessern. Ich würde nicht zulassen, dass mir

meine große Klappe diese Chance vermasselte. Ganz zu schweigen von meinem Stolz. Ich hatte ihnen gesagt, dass ich hierfür alles tun würde, und das würde ich.

Selbst wenn es bedeutete, dass ich mich mit diesem Idioten abgeben musste.

Also nickte ich, denn was hätte ich sonst tun sollen? Etwas ruinieren, das mir in der Zukunft vielleicht alles ermöglichen könnte, was ich wollte? So dumm war ich nicht.

»Meinetwegen«, kam die knappe Erwiderung des einzigen männlichen Wesens in der Nähe.

»Gut, ich bin froh, dass das geklärt ist, bevor wir weitermachen.«

Ich schaute wieder zu Ivan, doch er war mir zuvorgekommen. Er schaute mich bereits an …

Und es gefiel mir nicht.

Hör auf, mich anzustarren, verlangte ich lautlos.

Nein, erwiderte er ebenso stumm.

Nancy Lee seufzte. »Ausgezeichnet. Auf diese Weise könnt ihr euch an den Kopf werfen, was immer ihr wollt, solange ich es nur nicht hören muss.«

Ich hätte schwören können, dass er daraufhin die Lippen aufeinanderpresste.

Ich wollte ihn schlagen.

Dann öffnete er den Mund, um etwas zu sagen. »Du wirst dich durchchecken lassen, bevor wir anfangen.«

Was? War das sein Ernst? Ich war verdammt noch mal kerngesund …

Halt die Klappe, Jasmine. Das ist halb so wild. Und vielleicht war ich nicht unbedingt in bester körperlicher Verfassung, aber keine meiner Verletzungen würde bei einer Untersuchung ein Problem darstellen.

Ich hielt den Mund und nickte.

»Wir müssen sichergehen, dass du keine Vorerkrankungen hast, die du uns verschweigst und die sich später als Problem erweisen könnten«, fuhr er fort und hatte dabei immer noch das Gesicht verzogen, als wäre diese ganze Unterhaltung – und Situation – eine Zumutung.

Meine innere Klugscheißerin kroch meine Kehle hoch und ließ sich nicht zurückdrängen, vor allem nicht, nachdem er seine Hand an seine Wange hob und sich mit dem Mittelfinger an der Nasenspitze kratzte. Idiot. »Ich dachte mir schon, dass du das mit Durchchecken meintest. Es geht dabei ja wohl kaum um mein Gewicht oder meine Cholesterinwerte«, murmelte ich und hielt mich zurück, bevor ich etwas Aggressiveres von mir gab.

Offensichtlich war es nun an ihm, den Klugscheißer heraushängen zu lassen. »Da wir gerade von deinem Gewicht sprechen ...«

Oh nein, das hatte er gerade nicht wirklich gesagt, oder?

Trainerin Lee räusperte sich in dem Moment, in dem ich die Hand hob, um mit dem Finger auf ihn zu zeigen. Mit dem Mittelfinger. »*In Ordnung*«, sagte sie streng. »Geredet haben wir genug. Wir werden eine schriftliche Vereinbarung aufsetzen, die du unterschreiben musst, Jasmine. Abgesehen davon wird das Training zweimal täglich an sechs Tagen pro Woche stattfinden. Wird das ein Problem darstellen?«

Ich brauchte meine ganze Selbstbeherrschung, um meinen Blick von dem Idioten wegzureißen, der gerade etwas über mein Gewicht hatte sagen wollen. Ich konnte spüren, wie sich meine Nasenflügel blähten, als ich schluckte und mich wieder auf die Frau konzentrierte. »Das ist kein Problem.« Sie musste mir nicht erklären, dass wir jede Trainingseinheit brauchen würden, die wir bekommen konnten, denn bis zum Beginn der nächsten Saison blieben uns kaum noch sechs Monate. »Zu welchen

Zeiten trainieren wir?«, fragte ich und drehte mein Armband hin und her.

Ivan war derjenige, der antwortete. »Vier Stunden ab vier Uhr morgens im Lukov-Komplex und drei Stunden Fitnesstraining ab ein Uhr nachmittags.«

Mist.

Damit würden mir nur vier Stunden für die Arbeit bleiben und das würde schon knapp werden, aber ich durfte nicht kündigen. Vielleicht konnte ich an meinem freien Tag ein oder zwei Schichten übernehmen. Das würde ich schon hinbekommen. Irgendwie.

Ich rang mir ein Nicken ab, bevor mir klar wurde, was er gesagt hatte. »Du sagtest, im Lukov-Komplex. Werden woanders noch weitere Trainingseinheiten stattfinden?«

Nancy Lee warf Ivan einen genervten Blick zu. Dieser Blick machte mich nervös. Ich hasste Geheimnisse und heimliche Blicke. Ich wollte nachfragen, beschloss aber zu warten. Geduld. Ich konnte geduldig sein. Ich gab mir wirklich große Mühe.

Zum Glück ließ sie mich nicht lange warten. »Dir ist sicher klar, dass wir uns über deine Stärken und Schwächen unterhalten haben, bevor wir dich baten, dich dem Team anzuschließen, oder?«

»Ja.« Gefiel es mir, dass sie über mich geredet hatten? Nein. Aber das gehörte dazu, und ich konnte es ihnen nicht verdenken. Bevor ich an diesen verzweifelten Punkt gelangt war, hätte ich es genauso gemacht.

»Du bist eine starke Sportlerin, Jasmine«, begann sie, und ich sorgte dafür, dass meine Rüstung richtig saß, damit ich mit den weniger erfreulichen Bemerkungen, die irgendwann aus ihrem Mund kommen würden, umgehen konnte. So waren Trainer eben. Sie nahmen all die Dinge auseinander, die man nicht gut beherrschte, und halfen einem dabei, sie zu optimieren. Zumindest war das das Ziel. »Ich bin schon immer der Ansicht gewesen, dass du ein unglaubliches Potenzial hast …«

Ich spürte, dass nun jeden Moment ein Aber kommen würde. Wenn einem jemand ein Kompliment machte, folgte immer ein Aber.

Ich erhielt meine neutrale Miene aufrecht, doch es fiel mir ein wenig schwerer, als mir lieb gewesen wäre.

»Aber es gibt Dinge, an denen du arbeiten kannst, um noch besser zu werden, vor allem deine Selbstinszenierung. Ich habe früher häufiger mit Galina gesprochen, und sie bestätigte mir, dass du keine besonders intensive Ballettausbildung genossen hast. Ich denke, dass deine Eiskunstlauffähigkeiten sehr davon profitieren würden.«

Wann zum Teufel hatte sie mit Galina gesprochen?

»Wir wollen, dass du Einzelunterricht bei der Lehrerin nimmst, die Ivan früher hatte, um ein paar schlechte Angewohnheiten unter Kontrolle zu bringen …«

Schlechte Angewohnheiten?

»… und das zu optimieren, was bereits gut ist, aber besser sein könnte. Abgesehen davon wirst du auch noch zusammen mit Ivan Unterricht erhalten.«

Sagte sie das nur, damit ich mich besser fühlte, nachdem sie mir im Grunde genommen mitgeteilt hatte, dass mir jegliche Anmut fehlte? Ich wusste, dass Ivan eine Ballettausbildung genossen hatte. Karina hatte nur bis zu ihrem vierzehnten Lebensjahr Eiskunstlaufstunden genommen. So hatten wir uns kennengelernt. Aber davor und danach hatte sie sich aufs Tanzen konzentriert. Außerdem hatten Ivans Bewegungen Eleganz und Anmut, wie man sie nur durch eine Ballettlehrerin mit dem Herzen eines Feldwebels bekam. Er hatte halt das nötige Geld gehabt. Er konnte es sich leisten, sich in Privatstunden alles beibringen zu lassen, was er wissen musste.

Meine Mutter hatte für mich zwei jeweils einstündige Gruppenstunden pro Woche bezahlen können. Ich würde mich nicht dafür entschuldigen. Und ich hatte gesagt, dass ich tun würde, was immer nötig war, um das hier hinzubekommen. Also sagte ich einfach nur: »Okay.«

Nancy Lee sah doch wirklich aus, als wollte sie lächeln. Dann wurde ihre Miene wieder normal. »Gut. Ich werde morgen dort anrufen und sehen, was machbar ist, damit du dir Zeiten aussuchen kannst, die in deinen Terminplan passen. Ivan geht montags und samstags von neun bis elf Uhr morgens hin. Wird das ein Problem darstellen?«

Ja, das würde es, aber ich würde es irgendwie hinbekommen müssen. Am Ende würde ich wohl tatsächlich noch meinen Job kündigen und als Stripperin arbeiten müssen. Aber dann war das eben so. »Nein, das ist kein Problem.« Mein Magen verkrampfte sich für einen Augenblick, aber ich konzentrierte mich auf das, was wichtig war. »Ich gehe einmal die Woche in einen Pilateskurs, um an meiner Gelenkigkeit zu arbeiten. Ich habe vor, auch weiterhin hinzugehen.«

»Gut, mach das«, erwiderte meine zukünftige Trainerin.

Ich versuchte, all meine Gedanken zu sortieren. »Wie soll die Saison aussehen?«, fragte ich.

Wieder antwortete Ivan. »Wir werden an einer Discovery-Reihe, am Major Prix, an den Landesmeisterschaften und an den Weltmeisterschaften teilnehmen.« Er blinzelte. »Den Rest können wir auslassen.«

Ich rechnete im Kopf kurz nach und wurde nervös, als mir klar wurde, dass wir damit an sieben unterschiedlichen Veranstaltungen teilnehmen würden. Mindestens. Zwei oder drei Wettkämpfe in der Discovery-Reihe. Drei beim Major Prix, falls wir es ins Finale schafften. Und dann jeweils einer für die National- und die Weltmeisterschaften.

Geld. Geld. Geld. Und noch mehr Geld.

Und jede Menge Chancen auf einen Sieg.

Oder eine richtig fette Niederlage, flüsterte diese fiese negative Stimme in meinem Kopf, bis ich sie verdrängte. Ich musste aufhören, so zu denken. Das war nicht hilfreich. Ich konnte nicht so früh schon die Nerven verlieren.

»Okay«, presste ich mit einem weiteren Nicken hervor und verspürte dieses scheußliche Engegefühl in meiner Brust.

Nancy Lee neigte ihr Kinn. »Nun, da das alles geklärt ist, stellt sich noch die Frage: Kannst du morgen anfangen?«

Morgen? Verdammt.

Ich war so besorgt, dass meine Stimme garantiert schrill und piepsig klingen und damit verraten würde, wie überwältigt ich von dem, was hier gerade passierte, war. Also beschloss ich, den Mund zu halten und einfach nur erneut zu nicken. Ich würde noch heute mit meinem Boss reden müssen. Heilige Scheiße.

»Ist das dann alles? Ich soll nicht noch einen Probelauf machen?«, hakte ich nach.

»Das ist alles«, bestätigte sie. Der Ausdruck auf ihrem Gesicht war nicht unbedingt ein Lächeln, aber sie wirkte … zufrieden. Sie streckte ihre Hand in meine Richtung aus, und ich ergriff sie. »Gut. Dann machen wir uns morgen an die Arbeit. Ich werde deinen Gesundheits-Check für heute einplanen und dich wissen lassen, wo und wann er stattfinden wird.«

Ich stieß den Atem aus und spürte, wie sich für eine ganze Sekunde diese schwere Last von meiner Brust hob, nur um sofort wieder auf mich zu krachen. Mit schwerem Herzen zog ich meine Hand zurück an meine Seite und drehte mich zu der Stelle um, an der Ivan die ganze Zeit über gesessen hatte. Er hatte sich nicht vom Fleck bewegt. Seine Ellbogen lagen immer noch auf seinen Knien, seine Hände hingen locker zwischen seinen Beinen, und er hatte seine Aufmerksamkeit immer noch auf mich gerichtet. Seinen angewiderten Gesichtsausdruck hatte ich schon oft gesehen.

Und ich hatte das Gefühl, dass ich ihn im Verlauf des kommenden Jahres noch sehr viel öfter sehen würde.

Des kommenden Jahres. Mist.

Ich hatte Nancy Lee versichert, dass wir unsere Differenzen überwinden könnten oder uns zumindest miteinander arrangieren würden, und ich hatte nicht vor, einen Rückzieher zu machen oder mein Versprechen zurückzunehmen. Ich würde mir das hier nicht versauen. Ich konnte ein besserer Mensch sein … Und dann kam mir plötzlich ein Gedanke, der mir ein Lächeln entlockte.

Ich zögerte nur einen Augenblick lang und streckte ihm dann meine Hand entgegen.

Sie verharrte dort in der Luft. Für eine Sekunde. Für zwei Sekunden. Für drei Sekunden.

Nach drei weiteren Sekunden würde ich ihm eine Ohrfeige verpassen.

Ivan betrachtete mich seinerseits, während er aufstand und sich zu seiner vollen Größe aufrichtete, womit er etwa dreißig Zentimeter größer als ich war … Und dann ließ er zum ersten Mal überhaupt seine Hand in meine gleiten.

Er schaute mir in die Augen, und ich wusste, was er dachte, weil ich es ebenfalls dachte.

Einmal – nur ein einziges Mal –, vor Jahren, war ich nach einem Sprung schlimm gestürzt. Er war zur gleichen Zeit auf der Eisfläche gewesen. Ich hatte dort auf dem Eis gelegen, zu den Dachsparren hochgeblinzelt und versucht, wieder zu Atem zu kommen, nachdem ich so heftig aufs Eis geprallt war, hatte sogar mein Hirn geschmerzt. Aus irgendeinem Grund war dieser Blödmann zu mir gelaufen gekommen. Und er hatte mir seine Hand hingestreckt und mit einem Grinsen auf dem Gesicht auf mich heruntergeschaut.

Ich hatte nicht nachgedacht. Ich hatte nur eine Hand gesehen, die in meine Richtung gestreckt war, also hatte ich versucht, nach ihr zu greifen. Wie eine Idiotin.

Meine Finger waren vermutlich nur noch ein paar Zentimeter von Ivans entfernt gewesen, als er seine Hand ohne Vorwarnung zurückgezogen, sogar noch breiter gegrinst und mich dort liegen gelassen hatte.

Blödmann.

Also hatte er es einzig und allein sich selbst zuzuschreiben, dass ich eine Minute brauchte, um meine Finger um seine zu legen. Dabei starrte ich ihn die ganze Zeit über an und rechnete mit dem Schlimmsten. Doch nichts passierte. Seine Handfläche war kalt und breit, und seine Finger waren sogar noch länger, als ich erwartet hatte. In all den Jahren, die wir einander umkreist hatten, hatten wir uns nie berührt, abgesehen von einer Gelegenheit an Thanksgiving, als ich bei seiner Familie zu Hause zum Essen eingeladen gewesen war und er neben mir gesessen und während ihres Gebets meine Hand gehalten hatte. Wir hatten ganze drei Minuten damit verbracht, gegenseitig unsere Hände, so fest wir konnten, zu drücken, bis ihm Karina schließlich unter dem Tisch einen Tritt verpasst hatte. Vermutlich hatte sie gesehen, wie meine Fingerspitzen weiß geworden waren.

Falls er von mir erwartete, dass ich etwas sagte, würde er ewig warten, denn ich hatte ihm nichts zu sagen. Offensichtlich hatte er mir ebenfalls nichts zu sagen. Das war mir nur recht.

Das war das Gute am Eiskunstlauf. Man musste dabei nicht reden.

Ivan drückt meine Finger fest.

Und ich drückte seine, so fest ich konnte.

Kapitel fünf

Ich hatte vergessen, wie weh es tat, fallen gelassen zu werden.

»Alles in Ordnung?«, kam Nancy Lees Stimme von ... irgendwo.

Ich behielt die Augen geschlossen, während ich dort lag und einfach nur dankbar für die Tatsache war, dass irgendjemand irgendwann mal beschlossen hatte, dass die Welt gepolsterte Matten bräuchte. Denn ohne gepolsterte Matten – selbst wenn sie nur ein paar Zentimeter dick waren –, hätte ich mir in meinem Leben vermutlich dreimal so viele Knochen gebrochen.

Aber trotzdem.

Verdammt.

Ich versuchte, Luft zu holen, aber ein Stechen verriet mir, dass meine Lunge immer noch unter Schock stand, nachdem Ivans Hand weggerutscht war – oder was zum Teufel auch immer sonst passiert war –, was dazu geführt hatte, dass ich aus gut zweieinhalb Metern Höhe gefallen und auf dem Rücken gelandet war.

Verdammt.

»Es geht mir gut«, brachte ich halb flüsternd, halb keuchend hervor und versuchte wieder einzuatmen. Doch ich war lediglich in der Lage, einen winzigen Atemzug zu nehmen, der bei Weitem nicht ausreichte.

Japsend versuchte ich weiterzuatmen, doch meine Wirbelsäule schrie: »Noch nicht, nein!« Ich stemmte die Füße auf den Boden und versuchte mich erneut an einem Atemzug. Dieses

Mal hatte ich ein wenig mehr Erfolg. Die gute Nachricht war, dass meine Rippen nicht gebrochen waren. Eine weitere gute Nachricht war, dass er mich hier und nicht auf dem Eis fallen gelassen hatte. Dort fühlte sich ein solcher Sturz nämlich an, als würde man auf Zement landen.

Ich holte noch einmal Luft, und als es funktionierte, rief ich mir ins Gedächtnis, dass das hier nicht weiter wild war. Zumindest nicht wirklich.

Ich öffnete die Augen und entdeckte sofort die große Hand, die mich hoch über den Boden gehoben hatte. Die große Hand, die gewackelt und mich fallen gelassen hatte. Nun war sie in meine Richtung ausgestreckt.

Für eine Sekunde spielte ich mit dem Gedanken, die Hand, die er mir hilfsbereit entgegenstreckte, zu ergreifen. Doch dann erinnerte ich mich an das andere Mal, als er genau das Gleiche gemacht hatte. Ich schüttelte den Kopf und rollte mich aus eigener Kraft in eine sitzende Position. »Geht schon«, murmelte ich.

»Brauchst du eine Minute?«, fragte Trainerin Lee von ihrem Platz neben den Matten aus, während ich mich auf die Knie aufrappelte und langsam auf die Beine kam. Ich nahm noch ein paar tiefe Atemzüge, die nur ganz leichte Schmerzen in meinem Rücken auslösten. Morgen würde ich die Auswirkungen dieser unsanften Landung definitiv spüren.

»Mir geht's gut. Versuchen wir es noch mal.« Ich winkte ab, legte den Kopf in den Nacken und atmete noch einmal tief ein. Als ich meine Atmung wieder unter Kontrolle hatte und bereit war, wandte ich mich an meinen Partner, mit dem ich nun seit gerade einmal vier Stunden zusammenarbeitete.

Vier Stunden.

Wir hatten den Morgen mit grundlegenden Übungen verbracht, die wirklich nicht besonders kompliziert waren. Gestern Nacht hatte ich nicht gut geschlafen, hauptsächlich weil ich wegen der heute anstehenden Ereignisse – unserer ersten Trainingseinheit – zu aufgeregt gewesen war. Doch als ich aufgewacht war, war ich bereit gewesen.

Als wir uns um vier Uhr morgens am Rand der Eisfläche getroffen hatten, hatte ich bereits ein schwarzes L auf meinem linken und ein rotes R auf meinem rechten Handrücken gehabt. Wir hatten uns beide unabhängig voneinander aufgewärmt. Dann hatte uns Nancy Lee auf dem Eis nebeneinander herlaufen lassen. Runde um Runde … stundenlang. Und das alles nur, damit wir einen gemeinsamen Rhythmus finden konnten. Seine Beine waren länger als meine, aber wir hörten beide auf die Korrekturen der Trainerin, hielten den Mund und bekamen es hin. Wir schauten einander die ganze Zeit über nicht ins Gesicht, weil wir so sehr damit beschäftigt waren, uns auf unsere Füße zu konzentrieren … und ein paarmal musste ich auch kurz auf meine Hände schauen.

Und als sie uns aufgetragen hatte, uns an den Händen zu halten und alles noch mal von vorne zu machen, hatten wir das getan. Dann hatten wir es immer und immer wieder wiederholt, mal mit Händchenhalten, mal ohne, bis wir es richtig hinbekommen hatten. Das waren kleine Schritte, aber sie waren wichtig. Das waren alles Dinge, die wir bereits bei einem Probelauf hätten herausfinden sollen, aber den hatte es nie gegeben.

Als wir uns am Nachmittag an der Eisfläche getroffen hatten – nachdem ich zwischendurch zur Arbeit gegangen war und meinem Boss eröffnet hatte, dass ich von jetzt an weniger Stunden würde arbeiten müssen –, hatte uns Nancy Lee erklärt, dass wir die Hebefiguren zuerst auf den Matten üben würden. Ich war ziemlich aufgeregt gewesen, weil es nun endlich ein wenig vorwärtsgehen würde.

Zumindest bis zu dem Punkt, an dem seine Hand verrutschte, als er mich gerade hochgehoben hatte. Seine Hände waren an meinem Unterbauch auf Höhe der Leiste gewesen. Seine Arme waren gerade über seinem Kopf ausgestreckt. Ich hatte die Beine aneinandergelegt und ausgestreckt, den Rücken durchgedrückt und den Kopf hoch erhoben gehabt. Diese Hebefigur hatte ich mit meinem ehemaligen Partner schon tausendmal gemacht.

Doch ebenso wie ich vergessen hatte, wie sehr ein Sturz schmerzte, hatte ich vergessen, dass jeder hebende Partner eine andere Herangehensweise für das Festhalten hatte. Zumindest hatte man mir das mal erzählt. In meiner kurzen und erfolglosen Laufbahn als Paarläuferin hatte ich nur einen einzigen Partner gehabt.

Vielleicht wog ich mehr als Ivans letzte Partnerin.

»Lass mich mal sehen, wo du deine Hände platzierst, Ivan!«, rief Nancy Lee. »Dann heb Jasmine, so langsam du kannst, hoch, damit ich auch ihre Bewegung sehen kann.«

Ich nickte und zwang mich dazu, Ivan anzuschauen, nachdem ich mich direkt vor ihm in Stellung gebracht hatte. In seiner maßgeschneiderten Trainingshose, die nach unten hin enger wurde, dem blütenweißen T-Shirt und seinem wie immer perfekt frisierten Haar, sah er eher so aus, als würde er als Trainingshosenmodel bei einem Fotoshooting antreten, als tatsächlich zu trainieren.

Er neige das Kinn nach unten und schaute mich mit diesen glasklaren graublauen Augen an. Dann nickte er, wollte mir zu verstehen geben, dass es losgehen konnte. Bislang hatten wir kein einziges Wort miteinander gewechselt. Wir hatten noch nicht mal stumme Beleidigungen ausgetauscht.

Noch nicht.

Auch ich senkte das Kinn, um ihm zu verstehen zu geben, dass ich bereit war. Also legten wir los. Er brachte die Hände an einer Stelle in Position, an der ich mich noch nicht von sehr vielen Männern hatte berühren lassen, und wir gingen in die Hebefigur über.

In der Sekunde, in der er mich über seinen Kopf hob, wusste ich, dass etwas nicht stimmte. Und ich musste herausfinden, was es war.

»Was ist los?«, fragte Nancy Lee, als hätte sie meine Gedanken gelesen.

»Seine Handfläche ist komisch«, erwiderte ich und versuchte, nicht zu viel herumzuzappeln, damit ich nicht wieder auf dem Boden landete.

»Das Problem liegt nicht bei mir«, behauptete Ivan unter mir und klang genauso beleidigt, wie zu erwarten gewesen war.

Ich verdrehte die Augen. Ich hatte versprochen, dass ich ihn nicht beschimpfen würde, aber das bedeutete nicht, dass ich nicht die Augen verdrehen durfte, vor allem dann, wenn er mich nicht sehen konnte.

»Ich weiß nicht genau, was es ist. Ich glaube, seine Hände sind größer …«, fing ich an, Nancy Lee zu erklären, bevor der Mann unter mir ein Kichern von sich gab, das dazu führte, dass ich erneut die Augen verdrehte. »Es fühlt sich seltsam an.« Er hob mich so hoch, wie es nur möglich war, und ich befand mich in der gleichen Position, in der ich gewesen war, als er mich fallen gelassen hatte. Ich zog den Bauch ein und biss die Zähne zusammen. Ich spannte die Oberarmmuskeln an und versuchte, mein Gewicht ein wenig zu verlagern. Ich konnte das schaffen.

»Ich weiß, was ich tue«, behauptete der Idiot unter mir.

»Ich werde mich daran gewöhnen«, versicherte ich Nancy Lee und tat so, als hätte ich Ivan nicht gehört.

»Setz sie ab und versuch es noch mal«, sagte sie.

Und das tat Ivan. Er ließ mich sehr viel schneller und nicht so behutsam, wie es ihm möglich gewesen wäre, auf den Boden knallen. Blödmann. Ich funkelte ihn böse an, aber er war zu sehr damit beschäftigt, die Trainerin anzuschauen, um es zu bemerken.

Wir versuchten es noch mal.

Und noch mal und noch mal und noch mal.

Die gesamten nächsten drei Stunden über übten wir nur den Anfang dieser einen Hebefigur, bis es sich nicht mehr so anders anfühlte … und meine Arme – und Ivans – vor Erschöpfung zitterten. Meine Schultern schmerzten, und ich konnte mir nicht mal vorstellen, wie sich seine anfühlen mussten. Aber keiner von uns beschwerte sich oder verlangte eine Pause.

Als es auf sechzehn Uhr zuging, waren sogar Bauchmuskeln erschöpft, von denen ich vergessen hatte, dass ich sie besaß. Außerdem war ich mir zu neunzig Prozent sicher, dass ich am nächsten Tag einen gewaltigen blauen Fleck auf dem Bauch haben würde.

»Noch ein letztes Mal, und dann machen wir für heute Schluss«, sagte Nancy Lee von der Stelle aus, an der sie im Schneidersitz auf der Matte saß. Wir waren noch nicht mal an den Punkt gekommen, an dem er sich mit mir über seinem Kopf in Bewegung setzen würde. Wir hatten lediglich den Anfang derselben Hebefigur geübt.

Ich schaute nicht auf, während ich einen Schritt zurück machte und mich dann in dem Moment vorlehnte, in dem Ivan seine Hände in Position brachte. Und er hob mich hoch, sogar ein wenig schneller, müheloser und gleichmäßiger als beim letzten Mal, obwohl ich wusste, dass er müde sein musste. Das Ganze dauerte gerade mal zwanzig Sekunden, dann stand ich wieder auf den Füßen und verkniff mir eine Grimasse, die sich auf meine Züge schleichen wollte, weil meine Bauchmuskeln so sehr schmerzten. Sobald ich aus der Dusche kam, würde ich mich mit der Arnikasalbe einreiben müssen, die ich in meiner Tasche hatte.

»Leg dir heute Abend Eis auf den Bauch, Jasmine. Wir können es uns nicht leisten, dass du Schmerzen hast«, rief Nancy Lee fast in der Sekunde, in der ich wieder mit beiden Beinen auf dem Boden stand. Ich schaute zu ihr und nickte. »Das war gute Arbeit heute.«

War es das? Ein Teil von mir war der Ansicht, dass es besser hätte laufen oder zumindest schneller hätte gehen können. Andererseits hatte ich keinerlei Vergleichswerte. Ich würde mich nicht überwältigen lassen. Ein Schritt nach dem anderen. Ich wusste, dass das so lief. Man musste erst einen kleinen Schritt machen, um dann den nächsten darauf aufbauen zu können, und dann einen weiteren, bis wir eine vollständige Choreografie hatten.

»Ruht euch aus, kühlt, was immer ihr kühlen müsst, und ich sehe euch beide dann morgen!«, rief die Trainerin. Ich sah zu, wie sie sich zur Tür wandte, und dann war sie verschwunden.

Okay.

Ich wollte hier auch nicht herumstehen und mich unterhalten und ging zu der Stelle, an der ich meine Schuhe und Socken ausgezogen hatte. Die Stille in dem riesigen Raum war seltsam. Es war einer von mehreren unterschiedlichen Trainingsbereichen im LK, die jedem Eiskunstläufer zur freien Verfügung standen. Ich beugte mich vor, schnappte mir meine Socken und zog sie an. Dabei fiel mir auf, dass mein pinker Nagellack an meinem großen Zeh an einer Stelle abgeblättert war. Falls ich mich heute Abend noch so weit runterbeugen konnte, würde ich mir die Fußnägel neu lackieren. Die Farbe hielt nie länger als ein paar Tage am Stück, und bei diesem neuen Trainingsplan würde der Lack noch viel schneller abblättern. Aber ich hatte gern lackierte Nägel. Ich mochte es, wenn jemand anders eine Pediküre bei mir machte – das war viel besser, als sie selbst zu machen –, aber das würde ich mir so bald nicht mehr leisten können.

Mindestens ein Jahr lang nicht.

Ich hatte mich gerade aufgerichtet, um in meine Schuhe zu schlüpfen, als er hinter mir seufzte.

Ich tat so, als hätte ich ihn nicht gehört.

Aber ich konnte nicht so tun, als würde ich ihn nicht hören, als er mit dieser Stimme, die irgendwo zwischen tief und Bariton lag, sagte: »Wenn du willst, dass ich dir dabei helfe, einen neuen Partner zu finden, wenn das hier nächstes Jahr vorbei ist, müssen wir an deinem Vertrauen in mich arbeiten.«

Ich hielt mit den Schnürsenkeln in den Händen inne und warf einen Blick über meine Schulter. Ivan stand barfuß in der Mitte der Matten, hatte die Hände in die Hüften gestemmt und seine Aufmerksamkeit auf mich gerichtet. »Was?«, fragte ich und runzelte die Stirn.

Der Muskel in Ivans Kiefer zuckte. »Wenn. Du. Willst. Dass. Ich. Dir. Dabei. Helfe. Einen. Neuen. Partner. Zu. Finden. Müssen. Wir. An. Deinem. Vertrauen. In. Mich. Arbeiten«, wiederholte der Klugscheißer seine eigenen Worte.

Ich blinzelte. Falls mein Auge daraufhin anfing zu zucken, geschah das nicht mit Absicht. Lee war fort, nicht wahr? Wir hatten lediglich vereinbart, uns während des Trainings nicht zu beschimpfen. Richtig? »Ich. Habe. Dich. Schon. Verstanden«, erwiderte ich. »Ich. Will. Wissen. Was. Du. Damit. Meinst.«

»Ich. Meine. Dass. Du. Mir. Vertrauen. Musst. Sonst. Wird. Das. Niemals. Funktionieren.«

Dieser Wichser. *Beruhige dich, Jasmine. Sprich normal mit ihm. Sei der bessere Mensch.*

Aber das konnte ich nicht. »Drohst du mir?«

Er zog die Augenbrauen hoch und zuckte mit den Schultern.

»Wir trainieren gerade mal einen Tag lang zusammen, und du drohst bereits damit, mir nicht zu helfen?«, fragte ich.

»Ich sage nur, dass das hier nicht gut laufen wird, wenn du mir nicht vertraust. Das musst sogar du wissen«, erwiderte er.

»Du hast mich fallen lassen.«

»Einmal. Und es wird nicht das letzte Mal gewesen sein. Das weißt du«, lautete seine Entschuldigung.

Ich blinzelte ihn an. Das wusste ich tatsächlich. Etwas anderes erwartete ich auch nicht.

Aber …

Trotzdem war er derjenige, der mich fallen gelassen hatte.

Ivan blinzelte. »Das war keine Absicht.« Tja, das kaufte ich ihm nicht so richtig ab, und damit musste er gerechnet haben, denn er schüttelte den Kopf, blähte die schmalen Nasenflügel seiner perfekt geraden Nase und untermauerte seine Worte. »Wirklich nicht.«

Ich sagte nichts.

»Ich werde es nicht riskieren, dich zu verletzen«, sagte er. »Nicht, solange du meine Partnerin bist.«

»Das ist wirklich beruhigend.«

»Ich vertraue dir durchaus«, sagte ich, obwohl mir klar war, dass das eine Lüge war. »Ich bin nur nicht an die Art gewöhnt, wie du eine Partnerin festhältst, das ist alles.« Und es fiel mir schwer, jemandem zu vertrauen, den ich jahrelang als Arschgesicht beschimpft hatte, aber …

Er kniff seine eisblauen Augen zusammen. Musste alles an ihm immer so makellos sein? »Du bist die schlechteste Lügnerin aller Zeiten, weißt du das?«, fragte er.

»Du bist ein mieser Lügner«, sagte ich, bevor ich mich davon abhalten konnte.

»Du hast gesagt, dass du tust, was immer nötig ist, um uns den Sieg zu ermöglichen, stimmt's?«

Ich nickte langsam.

Er zog eine Augenbraue hoch. »Also sage ich dir, was nicht stimmt, und du musst es in Ordnung bringen.«

Oh mein Gott. »Wir arbeiten jetzt seit gerade mal einem Tag zusammen, und ich habe dir gesagt, was nicht stimmt. Deine Handhaltung ist komisch.«

»Meine Handhaltung ist *nicht* komisch.«

»Doch, ist sie«, wiederholte ich.

»Bislang hat sich noch keine darüber beschwert.«

»Vermutlich hatte bislang noch keine den Mumm, sich zu beschweren«, meinte ich. »Ich werde mich daran gewöhnen. Ich bin mir sicher, dass du es richtig machst …«

»So ist es. Willst du dir auf dem Weg nach draußen die Pokale in der Vitrine ansehen?«, fragte der Idiot.

Ich stieß den Atem aus und schüttelte mein Handgelenk … denn es schmerzte ein wenig … und ich hätte ihm gern eine verpasst. »Bewunderst du sie jeden Tag, wenn du das Gebäude betrittst und verlässt? Polierst du sie jeden Sonntag? Gibst du jedem Pokal einen kleinen Kuss?«

Ivan öffnete den Mund und schloss ihn dann wieder.

Ich lächelte. »Ich werde mich daran gewöhnen.«

Er blinzelte. »Das Problem besteht nicht darin, dass du dich daran gewöhnen wirst. Du vertraust mir nicht. Ich kann es spüren.«

»Ich vertraue darauf, dass du mich nicht absichtlich fallen lässt«, sagte ich. Mir gefiel nicht, in welche Richtung sich diese Unterhaltung entwickelte. »Ich denke, dass du dafür schnell eine Lösung finden solltest. Schließlich willst du keine Zeit verschwenden.«

»Was du nicht sagst«, erwiderte er, und mir lief ein Schauer über den Rücken.

»Hör zu, Satan, wie soll ich dir deiner Meinung nach vertrauen, nachdem wir gerade mal sechs Stunden lang zusammen trainiert haben?«, schnauzte ich ihn an, bevor ich mich zurückhalten konnte.

Das entlockte ihm dieses irre, fröhliche Lächeln, das ich immer nur dann auf seinem Gesicht gesehen hatte, wenn wir uns zankten. »Ich wusste es.«

»Was du nicht sagst. Ich weiß, dass du mich nicht absichtlich fallen lassen wirst, aber was soll ich denn deiner Meinung nach machen? Wir können einander nicht ausstehen. Ich rechne ständig damit, dass du nicht auf mich achtgeben wirst, egal, was ich mir einrede.«

Er zog eine Augenbraue hoch, und mir entging nicht, dass er meiner Aussage, dass wir uns nicht ausstehen konnten, nicht widersprach. Idiot. »Du musst mir vertrauen. Lee glaubt, dass wir das in einem Jahr schaffen können, und ich weiß, dass ich es in einem Jahr schaffen kann …«

Ich verdrehte die Augen, weil ich mir ziemlich sicher war, dass er davon überzeugt war, innerhalb dieser Zeitspanne alles schaffen zu können.

Okay, vielleicht dachte ich das Gleiche von mir, aber das war etwas anderes. Im Gegensatz zu ihm verhielt ich mich nicht grundlos wie ein Arschloch.

»… aber wir müssen unsere Differenzen überwinden, und zwar so bald wie möglich. Du zögerst, weil du mir nicht vertraust, und das liegt allein an diesem Idioten, mit dem du vor mir zusammengearbeitet hast, also was willst du von mir? Was muss ich tun, damit wir dieses Vertrauen herstellen können?«

Warum erwähnte er plötzlich Paul?

Er musste mir angesehen haben, dass er mich damit auf dem falschen Fuß erwischt hatte, denn er seufzte. »Ich habe nicht den ganzen Tag Zeit.«

Oh *Gott*. »Ich auch nicht.« Ich fügte nicht »Arschgesicht«

hinzu, aber ich dachte es. »Hör zu, ich weiß es nicht. Ich habe dir schon erklärt, dass mein Kopf weiß, dass du mich nicht absichtlich fallen lassen wirst, aber der Rest von mir traut dir nicht. Ich weiß noch nicht, wie ich das Problem löse.«

»Du bist nicht meine erste neue Partnerin, und das hier wird nur für ein Jahr sein, also lass uns rasch eine Lösung finden, Fleischklops. Soll ich dir mein Wort geben, dass ich nicht absichtlich zulassen werde, dass du verletzt wirst?«

Ich lachte beinahe. »Dein Wort? Erinnerst du dich an all die anderen Worte, die du mir gegenüber im Laufe der Jahre von dir gegeben hast?«

Er spannte den Kiefer an.

»Das dachte ich mir.«

»Was soll ich denn deiner Meinung nach tun? Nancy wird mich fragen, was ich unternommen habe, um das in Ordnung zu bringen, und ich will ihr versichern können, dass ich alles getan habe, was nötig war. Also sag es mir.«

Es ihm sagen?

Ich wandte kurz den Blick ab und schaute dann wieder zu ihm. »Erzähl mir was, was dir peinlich ist.«

Er zögerte nicht mal. »Nein.«

»Na klar. Wer ist jetzt derjenige, der Probleme damit hat, zu vertrauen, du Idiot?« Ich schüttelte den Kopf. »Mach dir keine Gedanken. Ich komme darüber hinweg. Alles wird gut. Ich brauche das hier mehr als du. Ich werde eine Lösung finden, und alles wird funktionieren.«

Das musste es.

»Meinetwegen.«

Ich schaute wieder nach unten und band meine Schnürsenkel fertig zu. Dann richtete ich mich auf. Gott, ich würde meinen Bauch heute Abend wirklich gut kühlen müssen. Vielleicht sollte ich mich einfach direkt in eine Badewanne voller Eis legen. *Verdammt.* Die Eisbäder hatte ich wirklich nicht vermisst.

Ich dehnte meine Schultern. Mir war nicht klar gewesen, dass sie so steif waren. Dann schaute ich zu Ivan, der sich irgendwann in Bewegung gesetzt hatte und nun damit beschäftigt war, seine edlen Boots anzuziehen.

Was auch immer. Ich wollte nach Hause.

Ich machte einen Schritt auf die Tür zu und zögerte. Wir waren jetzt Partner. Für ein Jahr. Ich konnte ein besserer Mensch werden. Das würde ich. Also schaute ich noch einmal kurz über meine Schulter und rief: »Bis dann!«

Ich fügte am Ende nicht mal eine Beschimpfung hinzu. Das rechnete ich mir hoch an.

Ich wartete vielleicht zwei Sekunden lang, bis mir klar wurde, dass er nichts erwidern würde – Idiot –, und ging. Was hatte ich denn erwartet? Dass er freundlich sein würde? Ich wusste, mit wem ich es zu tun hatte und was ich erwarten konnte.

Er hatte es bereits gesagt. Ein Jahr. Länger würden wir nicht miteinander zu tun haben. Und er wollte es so sehr, dass er bereit war, mit mir über unsere Probleme zu reden, damit wir besser wurden.

Zumindest konnte ich ihm genug vertrauen, um zu wissen, dass er die beste geschäftliche Entscheidung treffen würde.

Vertraute ich ihm? Verdammt nein. Aber in Bezug auf das, was zählte, schon.

Ich zog den Bund meiner Leggings hoch, der während des Trainings verrutscht war, dehnte noch einmal die Schultern, zog den Bauch ein, um herauszufinden, ob die Schmerzen wirklich so stark waren, wie ich es befürchtete – das waren sie –, und beschloss, dass ich auf dem Heimweg ebenso gut noch schnell im Laden vorbeischauen konnte, um mir zwei Beutel Eis zu besorgen. Eisbäder waren die reinste Folter, und es gab nur sehr wenig, was ich mehr hasste, aber … den Schmerz würde ich sogar noch mehr hassen. Ich musste die Zähne zusammenbeißen und es hinter mich bringen.

Trotzdem taten meine Knochen bereits beim bloßen Gedanken daran weh.

Ich ging so schnell wie möglich in Richtung Ausgang. Je schneller ich zu Hause war, desto besser. Ich konnte immer noch einen Filmabend mit Mom und Ben einschieben.

Als wir heute Morgen zusammen übers Eis geglitten waren, hatte eigentlich niemand überrascht reagiert. Aber ich ging davon aus, dass diejenigen, die früh am Morgen herkamen, zu sehr auf ihr eigenes Training konzentriert waren, um sich um die Angelegenheiten anderer Leute zu kümmern. Diejenigen, die am Nachmittag hier gewesen waren, würden allerdings reden.

Und wenn ich meiner Mutter nicht bereits von der Situation erzählt hätte, hätte sie definitiv irgendwie davon erfahren.

Meinen Brüdern und Schwestern würde ich nicht im Voraus davon erzählen, hauptsächlich deswegen, weil ich sie ausrasten sehen wollte. Dass ihnen mein Wohlergehen etwas bedeutete, machte mich glücklich.

Im Gehen dehnte ich weiter meine Schultern. Ich bog ab und blieb stehen. Denn den Flur hinunter in der Nähe der Türen stand eine Gestalt, die ich nur zu gut kannte, und eine weitere, die mir ebenfalls vertraut war, wenn auch nicht so sehr. Es waren Galina und das Mädchen, das meinen Platz bei ihr eingenommen hatte. Ihre Körpersprache verriet mir, dass Galina aufgebracht war. Ich hatte sie im Laufe der Jahre oft genug verärgert, um genau zu wissen, wie sie dann aussah.

Und die Art, wie sich das Mädchen über die Wangen rieb, verriet mir, dass es weinte.

Ich ging weiter den Flur hinunter und wünschte mir, dass ich meine Tasche mitgebracht hätte, damit ich meine Kopfhörer herausholen, aufsetzen und so tun könnte, als könnte ich sie nicht hören. Galina redete mit gedämpfter Stimme auf das jüngere Mädchen ein, ich schnappte nur einzelnen Wortfetzen auf, die von ihrem russischen Akzent durchzogen waren. Irgendetwas über Erwartungen, Ziele und darüber, dass man nicht aufgeben solle.

Ich hatte etwa den halben Flur hinter mich gebracht, als sie sich beide umdrehten und mir entgegenblickten.

»*Yožik*«, begrüßte mich meine ehemalige Trainerin mit einem knappen Nicken.

»Galina«, erwiderte ich, ließ den Blick über das Mädchen wandern und schenkte auch ihr ein Nicken. »Latasha.«

»Hallo«, begrüßte mich das jüngere Mädchen. Sie hatte die Schultern hochgezogen und sah aus, als würde sie die Luft anhalten. Vielleicht weil sie eine Standpauke erhalten hatte oder was auch immer.

»Glückwunsch zu deinem neuen Partner«, sagte Galina. »Ich freue mich für dich. Es war nur eine Frage der Zeit, das wusste ich immer.«

Und das sorgte dafür, dass ich beinahe stolperte.

Sie freute sich für mich und hatte es immer gewusst? Was hatte sie immer gewusst?

»Euer dreifacher Lutz wird wundervoll aussehen«, fuhr sie fort, und ich starrte sie an, als würde ich sie kein bisschen kennen.

Woher zu Teufel kamen plötzlich all diese Komplimente und warum?

»Wie oft hast du am dreifachen Lutz gearbeitet?«, fragte Galina. Ihre Frage war sinnlos, denn sie wusste verdammt gut, wie intensiv ich an ihm gearbeitet hatte. Sie war dabei gewesen. Ich hatte ihr erzählt, wie ich meine Mutter gezwungen hatte, mich dabei zu filmen, damit ich mir anschauen konnte, wie meine Sprünge aussahen.

Aber ich wusste, welchen Zweck sie verfolgte. Sie wollte dem jüngeren Mädchen etwas zeigen.

»Fünftausendmal?«, erwiderte ich deshalb mit einem Schulterzucken.

»Hast du dabei geweint?«

Sie wusste verdammt gut, dass ich niemals weinte. Ich wollte dieses Mädchen nicht noch mehr verunsichern, aber ich würde auch nicht lügen. Also schüttelte ich den Kopf und wechselte das Thema, bevor mir Galina noch mehr Fragen stellen konnte, die das Mädchen runterzogen. »Galina, kann ich dich mal was unter vier Augen fragen?«

Die ältere Frau legte den Kopf schief und nickte.

Als ich ein Stück weiter den Flur hinunterging, folgte sie mir und blieb dann zusammen mit mir stehen. Ich kam sofort zum Punkt. »Was hat dich Nancy Lee über mich gefragt?«

Sie verzog keine Miene und schien nicht überrascht zu sein, dass ich sie das fragte. »Ob ich der Meinung bin, dass du bereit bist. Das wollte sie wissen.«

Ich blinzelte.

»Ob du auf sie hören würdest. Ob du hart arbeiten würdest. Ob ich dich wieder trainieren würde, wenn ich könnte«, fuhr sie fort und behielt ihren stahlharten Blick dabei auf mich gerichtet. »Ich sagte Ja. Ich sagte, dass du dazu bestimmt bist, einen Partner zu haben. Du hast die Schultern. Die Arme. Ich sagte ihr, dass du die beste Eiskunstläuferin bist, die ich je unterrichtet habe. Aber du denkst zu viel, *yožik*. Das weißt du. Auch das habe ich ihr gesagt. *Niemand hat eine Chance so sehr verdient wie Jasmine*, habe ich gesagt.« Sie schaute mir tief in die Augen, als sie zum Ende kam. »Ich habe ihr auch gesagt, dass du und Ivan euch gegenseitig umbringen werdet, wenn ihr zu viel miteinander redet.«

Ich schaute sie fassungslos an.

»Gern geschehen. Du wirst mich das nicht bereuen lassen, ja?«

Ich schluckte. Und bevor ich auch nur ein Wort hervorbringen konnte, versetzte mir Galina einen Klaps auf den Hinterkopf, wie sie es zuvor schon tausendmal gemacht hatte, und sagte: »Ich habe zu tun. Wir reden ein andermal.«

Kapitel sechs

Es dauerte drei Tage, bis es eines Nachmittags mit den Textnachrichten losging, während ich gerade dabei war, vor der Nachmittagseinheit mein Aufwärmtraining zu beenden. Ich war später als üblich im LK eingetroffen und direkt zum Trainingsraum gegangen. Zum Glück hatte ich angesichts der knappen Zeit beschlossen, mich noch im Diner umzuziehen. Der Verkehr um die Mittagszeit war furchtbar, und ich wollte mich nicht verspäten. Ich war mitten in meinen Dehnübungen, als mein Handy, das ich auf meiner Tasche liegen gelassen hatte, plötzlich piepte. Ich nahm es und kicherte sofort los.

Jojo: WAS ZUM TEUFEL SOLL DAS, JASMINE?

Ich musste nicht fragen, worüber sich mein Bruder so aufregte. Es war nur eine Frage der Zeit gewesen. In meiner Familie ein Geheimnis zu bewahren war wirklich schwer. Meine Mutter und Ben – der abgesehen von ihr die einzige andere Person war, die Bescheid wusste – hatten nur deshalb den Mund gehalten, weil sie sich einig gewesen waren, dass es mehr Spaß machen würde, meine Geschwister zu verärgern, indem sie nichts sagten, damit sie auf die harte Tour herausfinden mussten, dass ich wieder an Wettkämpfen teilnehmen würde.

Im Leben ging es immer nur um die kleinen Freuden.

Also hatte ich mein Handy zurück auf meine Tasche gelegt, mich wieder meinen Dehnübungen gewidmet und mir nicht die Mühe gemacht zu antworten, weil ihn das nur noch mehr auf die Palme bringen würde.

Zwanzig Minuten später, während ich immer noch mit Dehnen beschäftigt war, griff ich erneut nach meinem Handy und war nicht überrascht, dass in der Zwischenzeit noch mehr Nachrichten aufgeploppt waren.

Jojo: WARUM HAST DU MIR NICHTS DAVON ERZÄHLT?
Jojo: WIE KONNTEST DU MIR DAS ANTUN?
Jojo: HABT IHR ANDEREN DAS VOR MIR GEHEIM GEHALTEN?
Tali: Was ist passiert? Was hat sie dir nicht erzählt?
Tali: OH MEIN GOTT, Jasmine, hast du einen Braten in der Röhre?
Tali: Ich schwöre, wenn du einen Braten in der Röhre hast, werde ich dich verprügeln. Wir haben doch über Verhütung geredet, als du in die Pubertät kamst.
Sebastian: Jasmine ist schwanger?
Rubes: Sie ist nicht schwanger.
Rubes: Was ist passiert, Jojo?
Jojo: MOM, WUSSTEST DU DAVON?
Tali: Würdest du uns einfach mal sagen, wovon du redest?
Jojo: JASMINE LÄUFT JETZT MIT IVAN LUKOV.
Jojo: Ich weiß es über Picturegram. Jemand aus der Eishalle postete ein Foto von ihnen bei irgendwelchen Hebefiguren.
Jojo: JASMINE, DU SOLLTEST UNS DAS ALLES BESSER SOFORT ERKLÄREN.
Tali: SOLL DAS EIN WITZ SEIN? IST DAS WAHR?
Tali: JASMINE
Tali: JASMINE
Tali: JASMINE
Jojo: Ich gehe gerade auf Lukovs Internetseite, um nachzuschauen.

Rubes: Ich habe gerade Mom angerufen, aber sie geht nicht ran.
Tali: Sie wusste davon. WER WUSSTE ES NOCH?
Sebastian: Ich nicht. Ihr nervt. Sie läuft wieder. Gut gemacht, Jas. Ich freue mich für dich.
Jojo: ^^ Du bist so ein Depp.
Sebastian: Nein, ich raste nur nicht aus, bloß weil sie einen neuen Partner hat.
Jojo: ABER SIE HAT UNS NICHTS DAVON ERZÄHLT. Welchen Sinn hat es denn bitte, miteinander verwandt zu sein, wenn man die große Neuigkeit nicht vor allen anderen erfährt?
Jojo: ICH HABE ES ÜBER PICTUREGRAM ERFAHREN.
Sebastian: Sie mag dich nicht. Ich würde es dir auch nicht erzählen.
Tali: Ich kann online nichts finden.
Jojo: JASMINE
Tali: JASMINE
Jojo: JASMINE
Tali: JASMINE
Tali: Erzähl uns alles, sonst komme ich heute bei Mom vorbei.
Sebastian: Ihr nervt. Ich schalte diese Unterhaltung jetzt stumm.
Jojo: Spaßbremse
Tali: Spaßbremse
Jojo: Verhext!
Tali: Verhext!
Sebastian: Ihr nervt.

Ich lächelte in mich hinein, während ich die Nachrichten las und mir dabei über die Handrücken rieb. Ich musste nicht hinschauen, um zu wissen, dass das rote R und das schwarze L, die ich jeden Tag neu aufmalte, noch da waren. So gründlich hatte ich mir die Hände nicht gewaschen. Wahrscheinlich würde es Monate dauern, bis ich die Farbe wieder vollständig abwaschen konnte.

Ich tippte eine Antwort, weil ich meine Familie kannte und wusste, dass ansonsten nur immer wieder JASMINE in meinem Nachrichtenverlauf stehen würde, wenn ich das nächste Mal aufs Handy schaute. Sie würden keine Ruhe geben, bis ich mich bei ihnen meldete.

Das bedeutete jedoch nicht, dass ich ihnen die Antwort geben musste, die sie hören wollten.

Ich: Wer ist Ivan Lukov?

»Was ist so lustig, Fleischklops?«

Meine Schultern verspannten sich, doch dann rief ich mir ins Gedächtnis, dass dieser Blödmann es nicht wert war, dass ich mich seinetwegen aufregte. Das würde ihn nur freuen. Ich legte mein Handy ab, schaute mich um und stellte fest, dass Trainerin Lee nicht im Raum war. Seltsam. Ich lehnte mich mit gestrecktem Rücken vor und hatte dabei die Sohlen meiner in Socken steckenden Füße fest aneinandergedrückt. Ich würdigte ihn keines Blickes, als er sich aus irgendeinem Grund neben mir niederließ.

»Ich schaue mir Nacktbilder von dir an.« Ich lehnte mich noch weiter in die Dehnung und bewegte meine Handflächen immer weiter nach vorne, bis sich meine Stirn nur noch wenige Zentimeter über dem Boden befand. »Ich brauchte was zum Lachen.«

»Weißt du, was ich mir anschaue, wenn ich was zum Lachen brauche?«, fragte er. »Videos von deinen Küren mit Wie-heißt-er-noch-gleich«, beantwortete er seine eigene Frage.

Idiot. Ich drehte den Kopf ein ganz klein wenig zur Seite, damit ich einen Blick auf ihn erhaschen konnte, wie er dort neben mir saß. »Ich habe auch ein Video von dir, das echt zum Schlapplachen ist. Es zeigt dich letztes Jahr beim Turnier in Russland, wie du stürzt, als du versuchst, eine Todesspirale zu machen.«

Ich konnte nicht anders, als wieder zu grinsen.

Aber ich hätte damit rechnen müssen, dass er sofort eine Erwiderung parat hatte. »Dieses Turnier hast du dir von zu Hause aus angeschaut, was?«

Ich drehte den Kopf. Er saß ein paar Schritte von mir entfernt und hatte die Beine gerade vor sich ausgestreckt. Das Gesicht hatte er in meine Richtung gedreht. Natürlich. »Das stimmt«, sagte ich. »Hast irgendeine Trophäe dafür bekommen, dass du an diesem Tag den vierten Platz belegt hast.«

Er zögerte keine Sekunde. »Sie hatten keine Trophäe, weil ihnen die Bänder für die hinteren Plätze ausgegangen waren, nachdem du beschlossen hattest, zum Paarlauf zu wechseln.«

Sei besser. Sei besser. Sei besser.

»Immer nur die Brautjungfer, niemals die Braut«, murmelte er.

»Das nächste Jahr kann gar nicht schnell genug kommen«, flüsterte ich vor mich hin, aber auch ein bisschen in seine Richtung.

Er verzog die Mundwinkel zu einem arroganten Grinsen. »Ich werde die Tage zählen, Fleischklops. Glaub mir. Nach einem Jahr werde ich vermutlich jemanden dafür bezahlen, dass er dich mir abnimmt.«

Etwas Hässliches und vielleicht auch Verletztes kochte für etwa eine Sekunde in meiner Brust hoch, bis es mir gelang, es zu unterdrücken. Ein Jahr. Ich wusste es. Er wusste es. Das war Teil der Abmachung gewesen. Es war keine Überraschung. »In einem Jahr werde ich meine Voodoopuppe aus ihrer Kiste holen und wieder Nadeln in dein schwarzes Herz stechen.«

Er hatte die Augenlider halb gesenkt. »Meine Voodoopuppe von dir liegt immer noch auf meinem Nachttisch.«

»Ich hoffe, dass dir die Haare ausfallen.«

Er blinzelte. »Ich hoffe …«

»Was stimmt nicht mit euch beiden?«, schimpfte Nancy Lee hinter uns. Ich drehte den Kopf und sah, wie sie den Kopf schüttelte, zwischen uns trat und uns mit einem beinahe entsetzten Ausdruck betrachtete. »Da komme ich mal ein paar Minuten zu spät und ihr …« Sie schloss die Augen und schüttelte erneut den Kopf. »Wisst ihr was? Ignoriert mich einfach. Ich habe euch gesagt, dass ihr während des Trainings nicht streiten sollt, aber solange wir nicht trainieren, könnt ihr machen, was ihr wollt.«

Keiner von uns sagte ein Wort, aber unsere Blicke trafen sich.

Und ich verkündete lautlos: *Du bist ätzend.*

Und er erwiderte mit seinem hellrosa Mund flüsternd: *Du bist noch ätzender.*

Nancy Lee seufzte erneut. »Meine Augen funktionieren. Ich kann eure Lippen lesen. Das gilt für euch beide.«

Ich *ignorierte* Nancy Lee nicht, aber ich hatte lediglich versprochen, nichts zu *sagen.* Also machte ich mir keine Gedanken, als ich wieder lautlos die Lippen bewegte, um Ivan mitzuteilen: *Leck mich.*

Er tippte mit der Zunge an die Innenseite seiner Wange. Dann öffnete er den Mund. *Nein danke, mir ist schon schlecht.*

»Wir haben eine Vereinbarung, erinnert ihr euch?«, ermahnte Nancy Lee uns.

Ivan und ich starrten einander an, während wir murmelten: »Klar.«

Ich bereute nicht, mich darauf eingelassen zu haben, aber … Gottverdammt. Das würde anstrengend werden.

»Noch mal!«

»Noch mal!«

»*Noch mal!*«

»Nein! *Noch mal!*«

Falls ich in meinem ganzen Leben nie wieder die Worte »noch mal« hören sollte, wäre das für mich vollkommen in Ordnung. Denn wieder ganz von vorn anzufangen – wir fingen nicht wirklich ganz von vorn an, aber es kam mir so vor –, nervte gewaltig.

Hauptsächlich deswegen, weil ich das hier mit Ivan machen musste. Ivan, der mittlerweile offenbar ebenso genervt war wie ich.

Erst als Nancy Lee den Kopf in den Nacken legte und einen Stoßseufzer gen Decke schickte, änderten sich ihre Worte. »Okay, das reicht für heute. Euer Tempo wird seit einer halben Stunde nicht mehr besser, und euer Timing hat sich nur minimal verbessert. Momentan verschwenden wir nur noch Zeit. Besser wird es heute nicht mehr.« Sie warf uns beiden einen Blick zu, der ziemlich anklagend war, als könnte sie nicht begreifen, warum uns die Puste ausging.

Ich war dieses harte Training nicht mehr gewohnt. Mit diesen anstrengenden Grundlagen hatte ich mich nicht mehr beschäftigt, seit ich mit Paul, dem Verräter, trainiert hatte.

Verdammt.

Trotz der Eisbäder, die ich in der vergangenen Woche jeden Abend genommen hatte, schmerzte einfach alles an meinem Körper. Meine Rippen. Mein ganzer Bauch. Meine Schultern. Meine Handgelenke. Meine Quadrizepse. Mein Rücken.

Das Einzige, was nicht wehtat, war mein Hintern, aber das lag wirklich nur daran, dass meine Pobacken nach wie vor an Stürze gewöhnt waren. Das und die Tatsache, dass die Nerven auf der einen Seite meines Hinterns nicht mehr so gut funktionierten wie auf der anderen. Ich war mir ziemlich sicher, dass ich diese Nerven abgetötet hatte, während ich damals versucht hatte, meine dreifachen Lutz zu verbessern.

Zu dieser Zeit hatte ich meinen unteren Rücken mehrmals pro Tag mit Eis gekühlt. Das Gleiche galt für meine Knie, meine Hüften ... alles. Es war nur eine Frage der Zeit, bis ich mich wieder daran gewöhnte, das wusste ich. Zumindest hoffte ich das inständig. Je älter man wurde, desto länger brauchte der Körper, um sich zu erholen. Und die Tatsache, dass ich meinem Körper in sechsundzwanzig Jahren mehr Schaden zugefügt hatte, als die meisten Leute ihr Leben lang, war nicht gerade hilfreich.

Nancy Lee massierte mit den Fingerspitzen ihren Nasenrücken, seufzte und sagte leise: »Lasst uns vor heute Nachmittag noch ein paar Dinge durchgehen, da wir ja jetzt noch Zeit haben.«

Hatte sie schlechte Laune oder was?

»Wir treffen uns in fünfzehn Minuten im Büro«, verkündete sie und verließ den Raum.

Ich war nicht der Ansicht, dass das Training so schlecht gelaufen war, dass sie mies drauf sein musste. Es war bislang nicht das beste gewesen, aber auch nicht das schlimmste. Mit jedem Tag, der verging, hatte alles ein wenig besser geklappt.

Ivans Verhalten hatte sich ebenso wenig verändert wie meins. Wir redeten nur dann miteinander, wenn wir uns gerade in einem Gespräch mit unserer Trainerin befanden. Wir stritten uns nicht, wenn sie uns Anweisungen erteilte oder wenn einer von uns dem anderen einen Hinweis gab ...

Ich musste meine ganze Willenskraft aufbringen, um den Mund zu halten, und ich wettete, dass es ihn ebenso viel Mühe kostete.

Aber wir zogen das durch. Weil wir mussten.

Außerdem hatte sie uns seit der letzten Diskussion zu dem Thema nicht mehr alleingelassen.

»Also dann«, murmelte ich in mich hinein und rieb mir mit der flachen Hand über die Hüfte, um den Schmerz zu lindern. Ich hatte eine Variante der Waagepirouette geübt, bei der man seinen Körper so verrenken musste, dass er die Form einer Träne annahm, indem man die Ferse des Schlittschuhs, den man in der Luft hatte, in Richtung Hinterkopf zog. Das war mir mit sechzehn sehr viel leichter gefallen. Jetzt quälte ich mich ziemlich ab, und ich hasste das.

Ich wartete nicht auf Ivan, sondern glitt einfach auf den Ausgang der Eisfläche zu, legte meine Kufenschoner an und machte mich dann auf dem Weg zur Umkleide, damit ich mich anziehen und diese Besprechung hinter mich bringen konnte. Vielleicht würde ich sogar früher als üblich zur Arbeit kommen und noch einen weiteren Tisch einschieben können. Ich erreichte meinen Spind und ignorierte das blinkende Symbol auf meinem Handy. Darum würde ich mich später kümmern. Ich rieb mich mit einem Feuchttuch ab, so wie ich es nun jeden Tag tun musste, denn zum Duschen blieb mir keine Zeit mehr. Dann zog ich mich an und legte gerade genug Make-up auf, um einigermaßen respektabel auszusehen.

Insgesamt brauchte ich nur zehn Minuten, um mich fertig zu machen. Ich hatte keine Ahnung, worüber die Trainerin mit mir reden wollte, aber was auch immer es war, ich würde damit klarkommen.

Ich eilte durch die drei verschiedenen Flure, die man hinter sich bringen musste, um in die rechte Seite des Gebäudes zu gelangen, bis ich schließlich vor dem Büro der Geschäftsführerin stand. Ich klopfte an und wartete, bis sie »Herein« rief.

Ich betrat den Raum und stellte fest, dass sie allein war und ihr Handy am Ohr hatte. Sie hob einen Zeigefinger, und ich nickte und nahm auf dem Stuhl Platz, der sich am dichtesten an der Wand befand.

»Darum habe ich nicht gebeten«, sagte sie leise ins Telefon. Sie hob eine Hand, um ihr Gesicht zu bedecken, ihre Stimme war nur noch ein Flüstern.

Mist. Ich wusste, wann jemand Privatsphäre benötigte. Ich wühlte in meiner Tasche herum, zog mein Handy heraus und warf einen Blick auf den Bildschirm. Ich hatte neue Nachrichten im Familienchat. Sie stammten von meinem Vater, Jojo, Tali und noch zwei weiteren Teilnehmern. Ich war in zwei Familienchats. Diesen hier nutzte ich weniger, denn einer der Teilnehmer war mein Dad und nicht meine Mom. Ich hätte die Nachricht beinahe ignoriert, um sie später zu lesen, aber als Nancy Lees Stimme sogar noch leiser wurde, öffnete ich sie doch.

Die erste Nachricht war von ihm.

Dad: Ich habe mein Ticket gekauft, komme im September zu euch.

Rubes: Hurra!

Jojo: Welches Datum?

Rubes: Du kannst bei uns wohnen.

Dad: Okay.

Dad: 15–22

Rubes: Hoffentlich wird Jasmine dann da sein.

Dad: Wo will sie denn hin?

Jojo: Sie hat einen neuen Partner.

Dad: Ich dachte, sie hätte mit dem Eiskunstlauf aufgehört.

Jojo: Nein ...

Rubes: Jasmine würde niemals damit aufhören, Dad. Das weißt du. Manchmal hat sie im September Wettkämpfe. Ich frag mal.

Er dachte, dass ich mit dem Eiskunstlauf aufgehört hätte.

Ich schüttelte den Kopf und warf das Handy zurück in meine Tasche.

Er dachte wirklich, dass ich aufgehört hätte. Natürlich dachte er das. Als ich vor drei Monaten das letzte Mal mit ihm gesprochen hatte, hatte ich ihm extra gesagt, dass ich noch trainierte ... und er hatte gefragt: »Warum? Du hast doch keinen Partner mehr?«

»Alles in Ordnung?«, riss Nancy Lee mich aus meinen Gedanken.

Ich schluckte meine Frustration und ein anderes Gefühl, das ich nicht näher hinterfragen würde, von dem ich mir aber ziemlich sicher war, dass es sich dabei um Verbitterung handelte, hinunter, hob den Kopf und nickte ihr zu. »Alles bestens.« Denn das stimmte ja auch.

Sie wirkte abgespannt und müde. So müde hatte sie in all den Jahren, in denen ich heimlich in ihre Richtung geschaut hatte, nicht gewirkt.

Und ich konnte nicht anders, als sie zu fragen: »Geht es Ihnen gut?« Ich klang genauso zögerlich, wie ich mich fühlte.

Ihre dunklen Augen blitzten überrascht auf. »Ja«, log sie. Die folgenden Worte erwischten mich vollkommen unerwartet. »Privatkram. Mach dir deswegen keine Gedanken.«

Tja, ich wusste, was es normalerweise bedeutete, wenn einem jemand sagte, dass man sich keine Gedanken machen sollte.

Um ehrlich zu sein, wollte ich mir keine Gedanken machen und auch ganz sicher nicht darüber reden, aber ich war auch nicht gemein. »Wir können darüber reden.« Ich drehte mein Armband an meinem Handgelenk und beäugte sie. Insgeheim hoffte ich, dass sie nicht auf mein Angebot eingehen würde. Ich war die letzte Person auf der Welt, die irgendjemandem einen Ratschlag geben sollte oder wusste, was man in unangenehmen Situationen sagte. »Falls Sie das wollen.«

Ihr Schnauben – und ihr Lächeln – erwischten mich völlig unvorbereitet. »Oh, Jasmine, das ist süß von dir, aber es ist alles in Ordnung. Mir geht's gut.«

Ich? Süß?

»Jetzt schau nicht so, als würde ich dich beleidigen. Ich weiß dein Angebot zu schätzen. Ich hatte nur nicht damit gerechnet«, sagte sie behutsam. »Lass uns stattdessen über dich reden. In Ordnung?«

Mist.

»Nichts Schlimmes«, fügte sie hinzu.

Ich nickte unbehaglich.

Ihr Lächeln verblasste, als sie sich am Schreibtisch vorlehnte und die Ellbogen auf die Tischplatte stemmte. »Zuerst einmal würde ich gerne wissen, ob du schon neue Social-Media-Accounts für dich erstellt hast.«

Verdammt. Natürlich machte sie das zum Thema. »Nein«, antwortete ich ehrlich. In meinem Magen stieg Übelkeit auf. »Dazu hatte ich noch keine Zeit. Ich werde mich dieses Wochenende darum kümmern.«

Die Trainerin nickte und sah mich forschend an. »Warum hast du deine Accounts überhaupt gelöscht? Ich folgte dir früher auf deinem Picturegram-Account. Du hattest dort relativ viele Follower. Deine Facebook-Seite war ebenfalls beliebt, aber du hast beide gleichzeitig gelöscht«, fuhr sie mit wachsamer Miene fort.

Verdammt.

»Das war vor fast zwei Jahren, oder? Zu dem Zeitpunkt warst du noch mit Paul zusammen«, fügte sie hinzu, als wüsste ich das nicht. Als wäre ich nicht diejenige gewesen, sie sich persönlich eingeloggt und diese Accounts gelöscht hatte. Ich hatte keinen PR-Berater und auch kein Team aus Leuten, die in meinem Leben hinter den Kulissen arbeiteten. Diese Accounts hatte ich ganz allein geführt. Und manchmal hatte sich meine Schwester darüber eingeloggt.

Zumindest bis zu dem Zeitpunkt, als ich es ihr verboten hatte, weil sie sonst unweigerlich herausgefunden hätte, was vor sich ging. Sie war schon genug ausgeflippt, als ich das erste Mal eine gruselige Nachricht erhalten hatte. Wenn sie den Rest davon gesehen hätte, wäre es nur noch schlimmer geworden.

Und meiner neuen Trainerin wollte ich auch nicht davon erzählen, aber ...

Wollte ich diese Beziehung direkt mit einer Lüge beginnen?

Verdammt. Ich kannte die Antwort. Sie gefiel mir nur nicht.

»Ich hatte eine Situation mit einem ... Fan«, erzählte ich ihr und verzog dabei das Gesicht, denn ich hätte ihn eher als »gruseligen Stalker« bezeichnen sollen. »Die war echt unangenehm und führte letztendlich dazu, dass ich meine Accounts löschte.«

»Hast du die Polizei verständigt?«

»Es gab nie irgendwelche konkreten Drohungen gegen mich, also konnte die Polizei nichts tun«, antwortete ich ehrlich und kam mir dabei wie eine Idiotin vor. »Das spielte sich alles online ab.« Das war nun doch eine Lüge. Als ich das erste Mal zur Polizei gegangen war, hatte es noch gestimmt, aber dabei war es nicht geblieben.

»Wenn es ein Problem gäbe, würdest du mir das doch sagen, oder?«

»Klar.« Ich verzog das Gesicht, so gut ich konnte, zu einem Lächeln, auch wenn es nicht aufrichtig war.

»Halte mich auf dem Laufenden, falls wieder etwas in der Richtung passiert. Ich will, dass du dich wohlfühlst und in Sicherheit bist. Du solltest nicht das Gefühl haben, belästigt zu werden, verstanden?«

Ich deutete das so, dass sie der Ansicht war, dass ich lieber keinen Account haben sollte als einen, auf dem mir Leute Videos davon schickten, wie sie sich auf Fotos von mir, die ich gepostet hatte, einen runterholten.

Ich nickte Nancy Lee zu und verdrängte die Erinnerung an dieses spezielle Ereignis.

Sie sah nicht wirklich so aus, als würde sie mir glauben. »Für den Moment könntest du einfach Sachen rund um den LK posten. Einmal pro Tag vielleicht. Und achte darauf, dass es gute, qualitativ hochwertige Fotos sind. In ein paar Wochen fängst du dann damit an, andere Inhalte hinzuzufügen. Ivan und ich haben uns unterhalten ...«

Wann zum Teufel hatten sie sich unterhalten? Am Telefon? Ich hatte nie gesehen, wie sie miteinander geredet hatten oder so was.

»... und nach dem, was du gerade gesagt hast, denke ich, dass es eine gute Idee sein könnte, einen Account anzulegen, der euch beiden gewidmet ist.«

Ich blinzelte verwirrt. »Weil ...?« Wir waren doch nur dieses eine Jahr zusammen. Ich blinzelte erneut. »Warum?«

Ihre Miene sorgte dafür, dass ich mir wie eine Idiotin vorkam. »Je mehr dich die Fans mögen, desto leidenschaftlicher werden sie dich unterstützen. Und umso leichter wird es sein, genug Spenden zu erhalten, um hoffentlich den Rest deiner Ausgaben zu decken, Jasmine. Falls du die Unterstützung brauchst ...«

Ich verzog das Gesicht.

»... oder selbst wenn du sie nicht brauchst«, warf sie ein, als sie meine Miene sah. »Vielleicht solltest du darüber nachdenken, eine dieser Fundraising-Sites aufzubauen, um deine Ausgaben zu decken.«

Klar. Als würde das gut laufen. Ich konnte die Leute, die etwas für mich spenden würden, alle namentlich aufzählen, und sie waren alle mit mir verwandt. Ich war daran gewöhnt, aber für meinen Ruf wäre es wahrscheinlich nicht so gut, wenn die

Leute über mich lachten, weil sich niemand für mich interessierte.

Nein danke. Dann würde ich doch lieber strippen oder eine Niere auf dem Schwarzmarkt verkaufen.

Als ich nichts sagte, redete sie weiter. »Außerdem wäre es eine gute Idee, wenn ihr zwei in naher Zukunft ein paar gemeinsame Interviews geben würdet. Ich habe mir überlegt, dass wir ein oder zwei Reporter in die Einrichtung einladen sollten, damit sie euch beim Training zuschauen und Material sammeln können. Wie können die Story zu unseren Gunsten beeinflussen. Zwei Eiskunstlaufkollegen, die zusammenkommen. Das würde sich toll machen.«

Ich und Ivan sollten ein gemeinsames Interview geben? Ähm …

»Eine geeinte Front«, fuhr sie fort. »Ihr kennt euch schon so lange und kommt nun wieder zusammen …«

Meine Kehle schnürte sich zu.

Eine geeinte Front? Weil wir uns schon so lange kannten? Es gab ein Video von uns, das vor ein paar Jahren aufgenommen worden war. Es sollte eine andere Eiskunstläuferin beim Training zeigen, aber irgendwie hatte man mich dabei erwischt, wie ich Ivan mitteilte, dass er sich verpissen solle, nachdem er mir mitgeteilt hatte, dass ich diese Pirouette, an der ich gearbeitet hatte, nur dann besser hinbekommen könne, wenn ich wiedergeboren werden würde. Doch das Mikrofon der Kamera hatte diesen Teil nicht mitbekommen. Nur meine Worte waren auf der Aufnahme zu hören, denn ich hatte eben einfach immer Pech.

Ich war nicht unbedingt die belesenste Person der Welt, aber ich war nicht dumm. Also wusste ich, dass in ihrem Tonfall und in der Art, wie sie sich ausdrückte, etwas lag, das mir nicht gefiel. Und ich sollte recht behalten.

Ich blinzelte sie an. »Wollen Sie versuchen, es so aussehen zu lassen, als wären wir zusammen?«

Sie schürzte kurz die Lippen. »Nein. Nicht direkt zusammen …«

Nicht *direkt*?

»Eher so … als wärt ihr miteinander befreundet. Als würdet ihr euch respektieren und mögen …«

Oh Gott.

»Je geeinter ihr auftretet, desto besser …«

Was?

»Die Leute würden das lieben«, schloss sie mit ruhiger und gleichmütiger Miene.

Offenbar spiegelte mein Gesicht meine Gedanken wider, denn sie zog die Augenbrauen hoch.

»Es darf nicht so aussehen, als könntet ihr euch nicht ausstehen. Verstehst du mich?«

»Sie wollen also, dass wir so tun, als wären wir total dicke.«

Sie seufzte auf die gleiche Weise, wie früher Galina immer. »Nein, das will ich damit nicht sagen. Respekt und Bewunderung …«

»Ich bewundere ihn nicht.«

»Aber du kannst so tun als ob.«

»Er bewundert mich auch nicht.«

»Er kann ebenfalls so tun als ob. Es ist wichtig, und er weiß das. Ihr dürft euch keine finsteren Blicke zuwerfen. Wenn ihr auf dem Eis seid, spielt ihr den Leuten etwas vor, und ich bin mir sicher, dass sich diese Gefühle sehr gut in der Choreografie widerspiegeln werden, die in ein paar Monaten für euch zusammengestellt werden wird. Darum mache ich mir keine Sorgen. Wir werden die richtige Musik finden, um eurer Chemie zu schmeicheln. Außerdem habt ihr euch während des Trainings beide gut angestellt, und ich bin stolz auf euch …«

Weil wir uns nicht gegenseitig umgebracht haben? Guter Gott. War es etwa schon so weit mit mir gekommen? Dass die Leute stolz auf mich waren, weil ich es geschafft hatte, den Mund zu halten?

»Ihr beide müsst diese Fassade auch abseits der Eisfläche aufrechterhalten, zumindest dort, wo euch andere Menschen sehen können ... und eure Lippen lesen können.« Sie warf mir einen strengen Blick zu.

Ich konnte nur dasitzen und blinzeln. Im Grunde wusste ich, dass sie nichts Ungeheuerliches oder Unerhörtes von mir verlangte. Sie wollte einfach nur nicht, dass wir uns gegenseitig an die Gurgel gingen.

Aber tief in meinem Inneren fühlte sich das vollkommen anders an. Es fühlte sich an, als würde sie mich bitten, so zu tun, als würde ich ihn lieben oder so was. Und ich empfand in Bezug auf Ivan Lukov eine Menge, aber Liebe stand ganz sicher nicht auf dieser umfangreichen Liste. Oh nein.

Einmal mehr schien die Trainerin meine Körpersprache und meine Miene zu lesen. Sie seufzte und schenkte mir ein winziges Lächeln, das an den Rändern allerdings verzweifelt wirkte. »Jasmine, ich bin Atheistin. Ich glaube nicht an Wunder. Ich verlange nichts von euch, was ich für unmöglich halte.«

Ich sagte kein Wort. Ich fühlte mich wie eine Idiotin, weil ich das hier nicht kommen gesehen hatte. Warum war mir nicht in den Sinn gekommen, dass wir uns in der Öffentlichkeit von unserer besten Seite würden zeigen müssen?

Ich war eine wirklich miese Schauspielerin. Und ich hasste Lügen. Und noch mehr hasste ich die Tatsache, dass wir diese Unterhaltung überhaupt führen mussten.

Ich presste mir Zeige- und Mittelfinger fest auf die Schläfe. »Ist mein Ruf wirklich so schlimm, dass kein Weg an diesem Theater vorbeiführt?«

»Niemand leugnet, dass du eine erstklassige Eiskunstläuferin bist, Jasmine …«

Und es geht los.

»… aber es gibt da die eine oder andere kleine Sorge wegen einiger Vorkommnisse aus der Vergangenheit, die wir so gut wie möglich ausräumen wollen. Das verstehst du sicher.«

Das war das Verkorkste an der Sache. Ich verstand es tatsächlich. Voll und ganz.

Mein Ruf war so schlecht, dass die Leute dachten, er ließe sich nur dadurch retten, dass ich den Liebling der Eiskunstlaufwelt als Freund an meiner Seite hatte. Denn wenn er in der Lage war, mich zu mögen, dann würde es auch allen anderen gelingen. Mochte er mich nicht, dann stimmte mit mir etwas nicht.

Doch mit mir war alles in Ordnung. Ich stand für mich selbst ein. Ich stand für andere ein. Ich ließ mir von niemandem etwas gefallen. War das so falsch? Sogar mein Bruder Jonathan hatte mir vor Jahren mal gesagt, wenn ich ein Mann wäre, würden die Leute sagen, dass ich eine raue Schale, aber ein Herz aus Gold habe.

»Ihr müsst es nicht übertreiben.« Ihre Miene verriet mir jedoch, dass sich niemand beschweren würde, falls wir es doch übertrieben. Ich verstand, was sie meinte. »Aber geht freundlich miteinander um. Tretet als Team auf. Behaltet eure Kommentare für euch und lasst sie nicht an die Öffentlichkeit gelangen.«

Das Knarren der sich öffnenden Tür hielt mich davon ab, noch irgendetwas anderes zu sagen. Dann schob sich dieser pechschwarze Haarschopf durch den Spalt und mit ihm ein Gesicht, das mir immer vertrauter wurde. »Ich musste ein paar Autogramme geben«, entschuldige er sich, bevor er das Büro betrat und die Tür hinter sich schloss. Er hielt kurz inne und schaute ratlos zwischen uns beiden hin und her.

Natürlich gab er in der Einrichtung, in der er fast täglich trainierte, Autogramme. Nancy Lees Anwesenheit war der einzige Grund dafür, dass ich nicht sofort den Mund aufmachte und mutmaßte, dass er die Leute sicher dafür bezahlte, dass sie ihn um ein Autogramm baten.

»Wusstest du hiervon?«, fragte ich stattdessen. Meine Stimme klang seltsam und sogar ein wenig heiser.

Er schaute mit diesen durchdringenden blauen Augen von Nancy Lee zu mir und wieder zurück. »Wovon?«

»Davon, dass wir so tun sollen, als wären wir zusammen«, schnauzte ich ihn an und warf der Trainerin einen Blick zu. Ihre Miene machte deutlich, dass sie der Ansicht war, dass ich maßlos übertrieb.

»Ich habe nicht gesagt, dass ihr so tun sollt, als wärt ihr …« setzte sie zu einer Erklärung an, doch Ivan fiel ihr ins Wort.

»Wir sollen so tun, als wären wir zusammen?« Ivan schaute so fassungslos zwischen ihr und mir hin und her, dass mir klar war, dass er auf keinen Fall von dieser Sache gewusst haben konnte.

»Na schön, dann sollen wir eben so tun, als wären wir beste Freunde.« Mir war schon klar, dass ich gerade aus einer Mücke einen Elefanten machte und mich wie eine Dramaqueen aufführte … aber irgendwie war mir das egal.

»Nein. Nicht mal beste Freunde. Mir wäre es schon recht, wenn ihr einfach nur als Freunde auftreten würdet«, versuchte sie klarzustellen.

»Die einander respektieren und bewundern«, murmelte ich.

»Ihr müsst euch nicht … küssen … oder sonst irgendwas in der Art. Geht einfach nur … freundlich miteinander um, lächelt einander an und führt euch nicht auf, als … als … würdet ihr denken, dass der andere die Krätze hat«, schlug sie vor. Ich ignorierte die Tatsache, dass sie meine Abneigung gegenüber Ivan offenbar als kindisch abtat. Ich hielt ihn für den Teufel oder zumindest für ein direktes Familienmitglied des Teufels.

Und ich hatte gute Gründe dafür. Das war keine bloße Anstellerei meinerseits.

»Das wird für euch beide gut sein, und das wisst ihr.«

Ach wirklich?

Meine Gedanken rasten. Hatte er mit seinen bisherigen Partnerinnen auch immer die Freundschaftsnummer abgezogen? Ich konnte mich nicht erinnern. Paul und ich waren schon herzlich miteinander umgegangen, aber bei Weitem nicht so sehr, wie man es bei anderen Paaren sah. Zumindest hatte ich ihn nicht die Hälfte der Zeit angeschaut, als wollte ich ihn umbringen, dachte ich. Aber was Ivan und seine bisherigen Partnerinnen anging, konnte ich mir nicht wirklich sicher sein. Allerdings glaubte ich, dass ihr Umgang nicht besonders freundschaftlich gewesen war. Andererseits hatte ich nie wirklich auf seine Partnerinnen geachtet, weil mein Augenmerk immer nur darauf gelegen hatte, dass er so ein Idiot war.

»Ivan«, sagte die Trainerin bedeutungsvoll.

Ich konnte sehen, wie er einmal tief ein- und ausatmete.

Irgendetwas sagte mir, dass hier etwas nicht stimmte. Sie schauten sich so seltsam an … Ich konnte nicht erkennen, was los war, aber …

»Klar«, stieß er unerwartet aus und vermittelte eindeutig, dass ich ihn zu etwas zwang, das er lieber nicht tun würde.

»Klar?«, krächzte ich.

Er nickte und wirkte verärgert. »Das bekommen wir hin.«

»Was zum Teu…« Ich klappte den Mund zu und presste die Lippen zusammen. *Denk nach. Denk nach, Jasmine.* Ich hatte ihnen mein Wort gegeben.

»Es ist nicht die beste Idee, die ich je gehört habe, aber wir sollten es so machen«, murmelte Ivan. Dann schaute er in meine Richtung und runzelte die Stirn. »Ich muss nur ein Jahr lang durchhalten, bis ich dich endlich los bin.«

Dieser Wichser.

Nancy Lee stöhnte, doch ich hörte es kaum, weil mein Drang ihm was an den Kopf zu werfen so stark war, dass ich all meine Kraft brauchte, um ihn zu unterdrücken.

Er seufzte und hob den Blick zur Decke. »Ich kann ein falsches Lächeln aufsetzen«, fuhr er fort, während ich mich auf meinem Stuhl vorlehnte. »Sie muss mich ja nicht gleich heiraten oder ein Kind von mir bekommen ... richtig, Nancy? Oder ist mir da was entgangen?«

»Ich würde nicht mal dann ein Kind von dir bekommen, wenn du mir eine Million Dollar zahlen würdest.«

In seiner Wange zuckte ein Muskel, doch dann wurden seine Züge vollkommen glatt. »Das verlange ich auch gar nicht von dir. Halb so wild. Das bekomme ich hin.« Er zog die Augenbrauen hoch. »Du etwa nicht?« Ich hätte schwören können, dass er versuchte, mich zu provozieren.

Wenn das nicht ausreichte, um mich zu beruhigen, dann wusste ich auch nicht. Natürlich konnte ich alles, was er konnte, besser. Abgesehen von einem Quad – einem Sprung mit vier Umdrehungen –, aber das war ein anderes Thema. Ich würde diesen bösartigen Typen nicht glauben lassen, dass er besser als ich war. Also achtete ich darauf, meine Stimme freundlich und ruhig zu halten, als ich versuchte, es ihm zu erklären. »Ich bekomme das hin. Aber ich bin eben nicht so gut darin wie du, mich zu verstellen.«

Keiner der beiden sagte ein Wort.

Sie verlangten von mir, herzlich zu sein. Na gut, vielleicht nicht herzlich, doch zumindest sollte ich mich nicht so verhalten, als könnte ich ihn nicht ausstehen.

Natürlich konnte ich das hinbekommen. Ich wusste nur noch nicht, ob ich es wollte. Ich war nie eine gute Schauspielerin gewesen. Ich hatte nie verstanden, warum ich so tun sollte, als würde ich etwas Bestimmtes empfinden, wenn das gar nicht der

Fall war. Oder als würde ich jemanden mögen, den ich nicht ausstehen konnte.

»Du bist nicht gerade mein Typ, falls das hilft«, warf Ivan ein. »Aber ich kann dich anschauen, als würde ich dich nicht hassen.«

Ich blinzelte. »Gut. Du bist auch nicht mein Typ.«

»Ich bin froh, dass ihr beide nicht der Typ des jeweils anderen seid. Können wir uns dann jetzt darauf einigen, dass ihr in der Öffentlichkeit nett miteinander umgeht? Ich habe für nächste Woche ein Interview mit euch beiden geplant.«

Ivan zuckte mit den Schultern.

»Für mich ist das kein Problem. Die Frage ist, ob sie es hinbekommt.«

Noch Jahre später würde ich auf diesen Moment zurückblicken und erkennen, wie gekonnt er mich ausgetrickst hatte. Nach so langer Zeit kannte mich Ivan wirklich gut. Denn ich tappte direkt in seine Falle. Mein Stolz verleitete mich dazu. »Natürlich bekomme ich das hin.«

Nancy Lee klatschte einmal in die Hände, um die Sache abzuschließen. »Gut. Dann kommen wir jetzt zum nächsten Thema. Die Leute von *The Sports Network* wollen euch in ihrer Zeitschrift haben.« Während sie das sagte, kratzte sie sich nervös am Hals.

Eigentlich war sie nie nervös.

Ich schaute kurz zu Ivan, der mit vor der Brust verschränkten Armen dasaß und komplett unbeeindruckt wirkte, jedoch hektisch mit dem Fuß wippte.

»Okay«, sagte ich langsam und beobachtete immer noch Ivan, wie er dasaß und *beinahe* gelassen wirkte.

Aber ich kannte ihn zu gut. Er war alles andere als gelassen.

Nancy Lee setzte dieses kleine, unbeholfene Lächeln auf, das mich nervös machte. »Euch beide.«

Natürlich wollten sie uns beide haben. Warum sollten sie nur mich haben wollen, wenn dieser Lackaffe da drüben der deutlich bekanntere Eiskunstläufer von uns war? Da steckte noch mehr dahinter, das sagte mir mein Bauchgefühl.

Aus irgendeinem Grund ließ sie sich nur Zeit damit, es mir mitzuteilen.

Also wartete ich. Und ich sagte nichts, starrte sie nur an und war bereit, den Rest zu hören.

Als Nancy Lee den Blick kurz zu Ivan wandern ließ, bestätigte sie meine Vermutung damit nur. Ihre Stimme war schrill, als sie sagte: »Es ist für eine Sonderausgabe …«

Der Idiot auf dem Stuhl neben mir hustete.

»Es ist die Ausgabe, die sich jährlich am meisten verkauft …«

Oh.

Oh.

Ich wusste genau, wovon sie redete. Doch ich hielt den Mund und ließ mir nichts anmerken, denn ich wollte mir nicht den Spaß verderben. Sie war nervös und vielleicht auch ein wenig verlegen, weil sie nun versuchen musste, mich zu etwas zu überreden, für das ich mich nackt würde ausziehen müssen. Sie wusste nicht, dass ich nicht schüchtern war. Ich hätte mich auf der Stelle nackt ausgezogen, wenn es nötig gewesen wäre. Ich zog mich schon seit meiner Kindheit vor anderen Leuten um, seit ich angefangen hatte, an Wettkämpfen teilzunehmen.

»Wenn ihr diese Sache machen würdet, würde das mega Publicity einbringen …«

Ich behielt meine ausdruckslose Miene bei.

»Es würde nur einen Morgen oder einen Nachmittag in Anspruch nehmen …«

Dieses Mal nickte ich.

»Möglicherweise auch einen ganzen Tag, aber auf keinen Fall länger.«

Ich schaute so unschuldig drein, wie es mir möglich war. »Was ist das denn für eine Ausgabe?«, fragte ich locker.

Nun lief sie knallrot an und schaute hektisch zu Ivan.

»Du weißt längst, dass es für die Anatomieausgabe ist, Fleischklops, also hör auf zu nerven.« Ivan kicherte und schüttelte den Kopf.

Er hatte mich schon wieder Fleischklops genannt, verdammt noch mal. *Konzentrier dich. Sei besser.*

Ich zuckte mit den Schultern. »Ah, sorry«, sagte ich.

Die Trainerin runzelte die Stirn. »Du wusstest, worauf ich hinauswollte?«

»Ich dachte es mir, als Sie sich so schwer damit taten, es mir zu verkaufen.«

Sie sah immer noch nicht glücklich aus, aber sie wirkte nicht verärgert, nur … überrascht. »Und das ist für dich in Ordnung?«

Ich zuckte mit den Schultern. »Die müssen doch nur ein Foto von mir in Schlittschuhen machen, oder?«

Nancy Lee blinzelte. »Ja.«

»Und meinen Intimbereich kann ich tapen, richtig?«

Sie nickte. Ihr Gesicht war immer noch zu einer beklommenen Miene verzogen.

»Und bei dem Shooting sind nur die Mitarbeiter der Zeitschrift anwesend?«

Sie nickte wieder.

»Dann ist das für mich in Ordnung«, teilte ich ihr unbekümmert mit. »Ich weiß, dass das gute Publicity bringt.« Außerdem hatte ich insgeheim immer gehofft, dass man mich mal zu einem solchen Shooting einladen würde. In einer Sportart mit so vielen talentierten Leuten war das eine regelrechte Ehre.

Die Trainerin zog beinahe misstrauisch die Augen zusammen und ließ sich mit ihren nächsten Worten viel Zeit. »Versteh das nicht falsch, aber ich wundere mich, dass du in dieser Angelegenheit so verständnisvoll bist.«

»In der Umkleide ziehe ich mich vor völlig Fremden nackt aus«, sagte ich. »Die Leute, die die Fotos machen, und die Mitarbeiter der Zeitschrift haben schon bessere und schlechtere Körper als meinen gesehen. Wir alle haben Poritzen und Genitalien. Ich verstehe nicht, warum man deswegen Theater machen sollte. Und abgesehen davon wird niemand meine Brustwarzen oder Ähnliches zu sehen bekommen.« Dann blinzelte ich. »Ihr müsst dabei doch beide nicht anwesend sein, oder?«

Ivan lachte auf, und die Trainerin lief rot an. »Jasmine … Die Fotos werden nicht dich allein zeigen. Sie wollen Ivan und dich zusammen ablichten.«

Ich und Ivan zusammen.

Nackt.

»Es wäre toll, wenn ihr das zusammen machen würdet«, fügte sie hinzu und versuchte, ein wenig Begeisterung in ihren Tonfall zu legen. »Nur ein schnelles Fotoshooting. Wie ich euch beide kenne, würdet ihr das professionell hinter euch bringen.«

»Ich müsste mich vor *ihm* nackt ausziehen?« Ich deutete mit dem Daumen auf den Idioten, der auf seinem Stuhl vor sich hin grinste. Ich musste ihn nicht anschauen, um zu wissen, dass er grinste. Ich wusste es einfach.

Sie nickte.

Ich dachte nicht mal darüber nach. »Nein.«

Ivans Lachen, dieser träge, fröhliche Laut, der mir auf die Nerven ging, wann immer ich ihn hörte, erfüllte den Raum. »Vor einer Sekunde sagtest du noch, dass du dich ständig vor Fremden ausziehst.«

Ich warf dem Idioten in Fleecepulli und marineblauer Trainingshose einen finsteren Blick zu. »Ja, vor *Fremden*. Nicht vor Leuten, die ich jeden Tag sehen muss.« Ich schnaubte. »Nicht vor dir.«

Er amüsierte sich eindeutig köstlich. »Ja, du kennst mich. Du weißt, dass du mir vertrauen kannst …«

Ich lachte. »*Nein.*«

»Was sollte ich denn schon tun? Ein Foto von dir machen und es ins Internet stellen?« Er verzog das Gesicht.

Er hatte nicht ganz unrecht, aber … »Nein.«

»Ich vertraue dir, dass du kein Nacktbild von mir ins Internet stellen wirst«, bot er an, als würde das helfen.

Ich warf ihm einen weiteren bösen Blick zu. »Warum sollte ich das tun? Das will ohnehin niemand sehen.«

Er verdrehte die Augen, und tief in seiner Kehle grollte ein Knurren, das ich im Laufe der Jahre schon öfter von ihm gehört hatte, wenn er nicht wusste, was er erwidern sollte. Das bedeutete, dass ich gewonnen hatte. »Ich verstehe das ganze Theater nicht.« Er wechselte das Thema. »Nancy war besorgt, dass du dich weigern würdest, dich fotografieren zu lassen, aber ich war mir sicher, dass du mitmachst. Immerhin ist das die Ausgabe mit dem größten Absatz.«

Verdammt.

»Wir haben eine Abmachung.«

Verdammt. »Ich weiß, dass wir eine Abmachung haben«, zischte ich.

»Wir müssen es tun.«

Mist. *Mist.* Ich schaute an die Decke und stieß den Atem aus.

»Dir ist schon klar, dass ich schon mal nackte Frauen gesehen habe, oder?«, sagte er.

Ich schüttelte den Kopf. Wie zur Hölle war ich hier nur hineingeraten?

Wenn mich ein Haufen anderer Mädchen splitterfasernackt sah, war das eine Sache. Wenn mich eine komplett fremde Person im Evakostüm sah, kam ich damit auch klar.

Aber wenn es darum ging, dass mich dieser Mann, der mich

jahrelang wegen meines Körpers aufgezogen hatte, ohne Kleidung sehen sollte, dann war das eine vollkommen andere Geschichte.

Ivan war einer der letzten Menschen auf der Welt, in dessen Gegenwart ich mich angreifbar fühlen wollte. Er brauchte nicht noch mehr Munition für sein Arsenal. Gott möge uns davor bewahren, dass er einen Kommentar über die Größe meines Hinterns machte, wenn ich keine Unterwäsche anhatte. Ich würde ihm vermutlich den Schwanz abreißen.

Aber …

Ich hatte ihnen mein Wort gegeben. Ich würde tun, was immer nötig war, um diese Zeit, die wir zusammen hatten, zu meinen Gunsten zu nutzen. Und wenn das bedeutete, dass ich mir irgendwelchen Schwachsinn über meine kleinen Brüste oder die Form meines Bauchnabels oder meiner Vulvalippen anhören musste … Nun ja, er würde derjenige sein, dem der Schwanz abgerissen wurde.

»Also … ja?«, fragte Nancy Lee hoffnungsvoll.

Ich war immer noch nicht in der Lage, sie anzuschauen, als mich die Realität der Situation mitten in die Brust traf. »Ich habe keine Wahl, oder?«

»Schau nicht so mürrisch. Wir werden das so schnell wie möglich hinter uns bringen. Dich vollständig bekleidet hochzuhalten, ist schon schlimm genug. Ich will es wirklich nicht länger als nötig tun, wenn du nackt bist.«

Ich zögerte nicht, ihm den Stinkefinger zu zeigen, und warf ihm ein fieses Lächeln zu. »Dein Gehänge will ich auch nicht sehen.«

Der Idiot zwinkerte mir zu. »Ach was, das ist kein Gehänge, Fleischklops. Bei mir ist alles straff.«

Ich würgte theatralisch.

Kapitel sieben

Frühling/Sommer

»Würdest du mal damit aufhören?«, zischte mich Ivan an, als er unter dem Tisch gegen mein Bein trat.

»Hör du doch auf. Ich bin auf meiner Seite. Behalte du deine Beine bei dir.« Ich trat zurück, obwohl ich mir fest vorgenommen hatte, mich zu benehmen und diese nächste Stunde wie ein Profi durchzuziehen.

Denn das könnte ich.

Wenn er sich nicht neben mich gesetzt hätte, wäre es leichter.

Ich würde nicht diejenige sein, die dieses Interview, das Trainerin Lee für uns organisiert hatte, verbockte. Falls irgendjemand es verbocken würde, dann dieser Idiot neben mir. Wir hatten uns seit der Besprechung, in der uns Lee gebeten hatte, uns nicht gegenseitig zu hassen und unsere bösen Blicke und Worte für uns zu behalten, solange wir uns in der Öffentlichkeit befanden, ziemlich gut geschlagen. Dennoch hatte sie nicht noch mal den Fehler begangen, uns allein zu lassen.

Doch heute war der Tag, an dem wir uns wirklich vorbildlich verhalten mussten. Ich war der Ansicht, dass das kein Problem darstellen würde. Sechzig Minuten lang konnte ich alles aushalten.

Dann hatte Ivan allerdings beschlossen, sich neben mich zu setzen, und ich hatte Zweifel bekommen. Ich hatte bereits auf der Bank im Pausenraum für das Personal im LK gesessen, als er klammheimlich dazugekommen war. Wir sollten hier auf die Journalistin oder die Bloggerin, oder was auch immer sie war, warten. Sie würde uns zur Vorbereitung auf die *offizielle* Verkündung, dass Ivan und ich nun als Paar antraten, einige Fragen stellen.

Allerdings sollten wir nicht erwähnen, dass unsere Zusammenarbeit nur für eine Saison geplant war. Lee hatte mir das gestern eingebläut. *Die einzigen Menschen, die das wissen müssen, sind wir.*

Na toll.

Ich presste meine Oberschenkel fest zusammen, damit mein Körper Satans Körper nicht länger berührte, damit uns diese Frau nicht mitten in einem Streit überraschen würde. Ich schaute mich in dem leeren Küchenbereich um und versuchte die Hitze, die Ivans Körper ausstrahlte, zu ignorieren.

Dann prallte sein Oberschenkel gegen mein Knie. *Schon wieder.*

»Warum berührst du mich?«, flüsterte ich und bewegte dabei kaum die Lippen. Den Blick behielt ich auf die Tür gerichtet. Ich traute es mir nicht zu, ihn anzuschauen.

»Du berührst mich«, lautete seine komplett sinnbefreite Erwiderung, denn er war derjenige gewesen, der sich bewegt hatte.

Ich schaute ihn immer noch nicht an. »Warum sitzt du neben mir?«

»Weil ich es kann.«

»Du bist mir zu nah.«

»Ich bin dir schon näher gewesen.«

Ich warf ihm einen Seitenblick zu. »Weil du musstest. Geh und setz dich da rüber. Weg von mir.«

Er beobachtete mich mit diesen gruseligen klaren blauen Augen. »Nein.«

Blödmann. »Dann rutsch zur Seite, damit ich mich an die andere Seite des Tischs setzen kann.«

»Nein.«

Ich drehte den Kopf, um ihn richtig anzuschauen. Sein Haar war ordentlich frisiert und zurückgekämmt. Nicht eine Strähne tanzte aus der Reihe. Heute trug er einen Pullover, den ich kannte. Das Grau war so hell, dass es fast weiß wirkte. Es betonte seine Augen. »Lass mich vorbei«, verlangte ich.

»Nein.«

»Lass mich vorbei, sonst schiebe ich dich eigenhändig weg.«

Dieses Mal schüttelte er den Kopf.

»Warum nicht?«

»Weil es besser aussehen wird, wenn wir nebeneinandersitzen.«

Ich öffnete den Mund, um ihm mitzuteilen, dass er dumm war, aber … dann klappte ich ihn wieder zu. Ivan hatte recht.

Seine Mundwinkel zuckten ganz leicht. Nur ein klein wenig.

Ich zwang mich, wieder zur Tür zu schauen. Eine Minute verging. Vielleicht zwei.

Wo blieb diese Frau? Wir hatten extra das Training abgekürzt, um dieses Interview zu geben. Tatsächlich hatten wir kaum richtig mit dem Training angefangen. Wir übten gerade Paarsprünge und … es lief toll. Wir bewegten uns so ähnlich, vor allem bei den Sprüngen, dass wir kaum etwas korrigieren mussten. Ich konnte sehen, dass Nancy Lee mit uns zufrieden war. Ich war es definitiv.

Ohne Vorwarnung stieß Ivan erneut mit seinem Bein an meins und sorgte damit dafür, dass ich wieder in seine Richtung schaute. Er rollte mit den Augen. »Hör auf damit. Du bringst die ganze Bank zum Wackeln.«

Oh. Mir war nicht mal klar gewesen, dass ich mit dem Knie gewippt hatte. Ich hielt still und schob die Hände unter meine Oberschenkel.

Dann fing ich an, mit den Fersen zu wippen. Wo blieb diese Frau? Sie war eindeutig zu spät dran.

Eine Hand legte sich auf mein Knie. »Hör. Auf«, murmelte Ivan in dieser perfekt ausbalancierten Stimme, die tief, aber nicht zu tief war und einfach nur nervte. »Ich wusste gar nicht, dass du nervös sein kannst.«

Ich hörte auf, mit den Fersen zu wippen, warf ihm aus dem Augenwinkel einen Blick zu und betrachtete seine perfekte Haut. Ich konnte mich nicht erinnern, bei ihm je auch nur einen einzigen Pickel oder Mitesser gesehen zu haben. Jemals. Oh Mann. »Ich bin nicht nervös.«

Er schnaubte so laut, dass ich mich mit meinem ganzen Oberkörper zu ihm herumdrehte. Er lächelte. Dieses schmale Gesicht mit seinen mikroskopisch kleinen Poren, seinen hohen Wangenknochen und seinem kantigen, harten Kiefer strahlte regelrecht. Er lächelte, obwohl er gerade weder einen Wettkampf gewonnen hatte, noch in der Nähe seiner Familie war.

Das hatte ich noch nie zuvor gesehen.

Wer war diese Person? Sein Bein prallte gegen meinen Oberschenkel, während er fragte: »Hörst du deswegen nicht auf, mit dem Bein zu wippen?«

»Ich wippe mit dem Bein, weil wir jetzt gerade trainieren könnten, statt hier herumzusitzen und zu warten«, sagte ich und glaubte mir diesen Schwachsinn selbst nicht. »Was kümmert dich das überhaupt? Und warum bist du plötzlich so gesprächig?«

Die Wahrheit war, dass ständig irgendein Teil meines Körpers gezittert hatte, seit ich heute Morgen mit der Gewissheit aufgewacht war, dass heute dieses Interview anstand. Ich konnte nichts dagegen tun. Ich hatte kein Problem damit, mit Leuten zu reden, aber ich hatte ein Problem mit der Tatsache, dass ich Fragen beantworten musste und diese Antworten aufgezeichnet und für immer und alle Zeiten beurteilt und auseinandergenommen werden würden.

»Du redest so einen Schwachsinn«, murmelte er und rückte so nah an mich heran, dass sich seine Hüfte an meine presste.

Ich schaute wieder zur Tür und sagte: »Du redest Schwachsinn.«

Er gab einen gutturalen Laut von sich.

Eine weitere Minute verging, dann noch zwei oder drei. Und die Frau war immer noch nicht aufgetaucht. Ich gab ihr noch fünf Minuten, dann würde ich gehen. Ich würde nicht länger hier herumsitzen und warten.

»Ich kann das Reden übernehmen, falls du dir Sorgen machst, dass du etwas Falsches sagen könntest«, sagte Ivan beinahe im Flüsterton, als wollte er ebenfalls nicht, dass uns jemand belauschte.

Dieses Angebot ließ mich kurz innehalten. »Ich mache mir keine Sorgen«, sagte ich dann.

»Lügnerin«, konterte er.

Mir fiel keine einzige Retourkutsche ein, verdammt. Also begnügte ich mich mit: »Halt die Klappe.«

Das Lachen, das aus ihm herausbrach, erwischte mich unvorbereitet und machte mich nur noch wütender. Diese ganze Situation war verkorkst.

»Worüber lachst du?«, schnauzte ich.

Daraufhin lachte er nur noch lauter. »Über dich. Ich habe dich tatsächlich noch nie so angespannt gesehen.«

Ich zog die Hände unter meinen Oberschenkeln hervor, legte sie auf die Tischplatte und fing an, mit meinen Fingern darauf herumzutippen.

»*Entspann dich*, Fleischklops«, fuhr Ivan fort und klang dabei viel zu gut gelaunt.

Ich ignorierte die ungeliebte Bezeichnung. »Ich bin entspannt.«

»Hat dir schon mal jemand gesagt, dass du eine echt schlechte Lügnerin bist?« Er kicherte.

Ich verdrehte die Augen, behielt den Blick auf die Tür gerichtet und schob die Hände wieder unter meine Oberschenkel. Still zu sitzen fiel mir schwerer, als ich erwartet hatte. »Sollte diese Frau nicht um zehn hier sein?«

»Ja. Es ist sechs nach zehn. Jetzt mach mal keinen Stress«, murmelte mein neuer Partner.

»Ich habe heute noch andere Dinge zu tun«, erklärte ich. Das war nur halb gelogen. »Und warum ist unsere Trainerin nicht hier bei uns?«

»Weil das nicht nötig ist?«, erwiderte er und versuchte, mich mit seinem Tonfall dazu zu bringen, dass ich mir wie eine Idiotin vorkam.

Hm.

»Was hast du denn überhaupt so Wichtiges zu tun? Klaust du Babys zum Spaß die Schmusedecken?« Gott, er kam sich so witzig vor. Volltrottel.

»Nein, Satan. Das mache ich nicht mehr«, entgegnete ich trocken.

»Schubst du ältere Leute um, die mit Gehhilfen unterwegs sind?«

»Ha, ha«, presste ich hervor, während ich zum hundertsten Mal zur Tür schaute.

»Also? Was machst du, wenn wir hier fertig sind?«

Ich schaute ihn an. »Warum kümmert dich das?«

»Es kümmert mich nicht«, sagte er leichthin, und in meiner Brust verkrampfte sich etwas.

»Gut, das sollte es auch nicht.«

»Ich will es trotzdem wissen.«

»Ich muss zur Arbeit, du Arsch. Ist das für dich in Ordnung?«

»Du hast einen Job?«, fragte er verwirrt.

»Ja.«

»Warum?«

Ich blinzelte. »Weil Dinge Geld kosten und Geld nicht auf Bäumen wächst?«, erwiderte ich.

»Ha, ha«, lautete seine Antwort. »Wo arbeitest du?«

»Tja, ich denke nicht, dass dich das was angeht.«

Ein Anflug von etwas, das ein Lächeln oder ein Schmunzeln hätte sein können, huschte über seine Züge. »Wirst du es mir wirklich nicht verraten?«

»Warum sollte ich? Damit du bei meiner Arbeitsstelle auftauchen und dich über mich lustig machen kannst?«, schoss ich zurück.

Er versuchte nicht mal zu leugnen, dass er so etwas tun würde. Er starrte mich einfach nur an.

»Was ist überhaupt dein Problem?«, fragte er und rutschte noch näher an mich heran, sodass seine ganze Seite – Oberschenkel, Arm und Schulter – an meinen Körper geschmiegt war. »Es ist doch nur ein Interview.«

Es war nur ein Interview, genau wie er sagte. Aber mir war trotzdem übel.

»Ich werde dich nur ein bisschen auslachen, wenn du mir verrätst, warum du deswegen so ausflippst«, bot er an, als wäre das in irgendeiner Weise ein Trost. Er würde über meine Ängste lachen, aber nur ein bisschen. Oh, okay. »Also?«, drängelte er.

Ich blickte direkt in diese Augen, die einem die Seele aus dem Körper zu saugen schienen, und erwiderte nichts. Diese dämliche Mischung aus Lächeln und Schmunzeln verschwand nicht von seinem Gesicht, und das war schließlich der Grund dafür, dass ich mich nach vorn und zur Seite beugte und meinen Ellbogen warnend in seinen Oberschenkel bohrte.

Er zuckte nicht zusammen und regte sich auch nicht, als ich Druck ausübte. Stattdessen hob er sein Bein an, um es ganz bewusst gegen meinen Ellbogen zu drücken. Auf diese Weise versuchte er, mir eine Reaktion zu entlocken. »Wenn ich einen Bluterguss am Bein habe, wird es später schwerer für mich sein, dich hochzuheben«, versuchte er mir zu drohen.

»So viel schwerer.« Ich verdrehte die Augen. »Was für ein Schwachsinn. Du könntest mich auch dann hochheben, wenn deine Oberschenkel über und über mit Blutergüssen übersät wären.«

Er lachte. »Erzähl mir, was mit dir los ist, bevor diese Journalistin hier auftaucht.«

»Mit mir ist gar nichts los.«

»Du hast ein Problem.«

»Ich habe kein Problem.«

»Ich habe dich noch nie zuvor so hibbelig erlebt, und ich weiß nicht, ob es nervig oder irgendwie niedlich ist.«

Ich starrte ihn an, weil er mich gerade mehr oder weniger als *niedlich* bezeichnet hatte, aber nichts in seinem Gesicht deutete darauf hin, dass er auch nur irgendetwas in dieser Richtung gesagt hatte. Ich hätte nicht gedacht, dass er mich mal als niedlich bezeichnen würde. Mit Schimpfwörtern rechnete ich, die benutzte er ständig. Aber niedlich? Niemals.

»Ich denke, es ist eher nervig«, fuhr er fort und ließ dieses Wort einfach so zwischen uns in der Luft hängen. »Ich werde dich immer wieder fragen, bis du mir eine Antwort gibst.«

Gott. Was war nur mit all den Leuten in meinem Leben los, die einfach kein Nein als Antwort akzeptieren konnten oder wollten? Das hier war das gleiche Spiel, das meine Mom spielte, wenn sie etwas von mir wollte. Tatsächlich war es das gleiche Spiel, das jeder in meiner Familie spielte, der etwas von mir wollte, das ich nicht preisgeben wollte.

»Fleischklops.«

»Du bist der Nervige von uns beiden. Ich hoffe, dass du das weißt.« Ich schaute erneut zur Tür. »Und nenn mich vor dieser Reporterin nicht Fleischklops. Ich will nicht, dass mich sonst noch jemand so nennt.«

»Das werde ich nicht, wenn du mir verrätst, was mit dir los ist.«

»Du bist ein Idiot.«

Er stieß ein kleines Schnauben aus. »Ich werde es nicht tun. Verrate es mir.«

Ich seufzte und verdrehte die Augen. Ich hatte wirklich keine Lust, mir das noch den ganzen Tag lang anhören zu müssen – oder die kommenden Tage. »Ich mag die Medien einfach nicht. Das ist alles. Tatsächlich mag ich die meisten Menschen nicht. Sie drehen einem die Worte im Mund herum, um daraus etwas Brisantes zu machen. Und die Leute stürzen sich förmlich auf diesen Mist. Sie wollen Drama. Sie wollen Sensation.«

»Und?«

Hatte dieser Blödmann gerade etwa so getan, als wäre das halb so wild. »Tja, ich hab mal gesagt, dass ich das Bewertungssystem immer noch nicht korrekt finde. Daraufhin drehten sie meine Aussage so, dass es klang, als hätte ich behauptet, dass eine bestimmte Person den Sieg nicht verdient hätte. Danach bekam ich monatelang Hassnachrichten. Bei einer anderen Gelegenheit sagte ich, dass jemand eine schöne Pirouette gezeigt hatte, und plötzlich hieß es, dass diese Person abgesehen von dieser Pirouette nichts anderes gut könne«, erklärte ich. Die beiden Vorfälle hatten mich monatelang gequält. Und das war nur ein kleiner Bruchteil der Aussagen, die man mir im Mund herumgedreht hatte. Ich hasste die Leute dafür, dass sie das taten. Wirklich. Gott. »Und von den Videos will ich gar nicht erst anfangen.«

Ivan sagte so lange nichts, dass ich in seine Richtung schauen musste. Sein Oberschenkel lehnte immer noch an meinem, aber er hatte die Stirn gerunzelt. Ich spielte mit dem Gedanken, mein Bein wegzuziehen, entschied mich aber dagegen. Schließlich befand er sich in meinem Bereich. Ich würde nicht noch weiter zurückweichen. Seine Frage kam so unerwartet, dass sie mich überraschte. »Also hast du nie behauptet, dass du der Meinung bist, der Wettkampf um den WHK-Pokal sei manipuliert gewesen?«

Mist.

Ich drehte den Kopf, schaute ihn an und zuckte mit den Schultern. »Doch, das habe ich tatsächlich gesagt.«

Er starrte mich an und verzog das Gesicht. »Seit sie das Bewertungssystem geändert haben, ist nichts mehr manipuliert worden.«

Das wusste ich. Das Bewertungssystem war geändert worden, als ich noch ein Kind gewesen war, und zwar nachdem es tatsächlich Manipulationen gegeben hatte. Das, was einst ein subjektives Punktesystem gewesen war, bei dem man für eine vermeintlich perfekte Kür 6,0 Punkte erhalten hatte, war auseinandergenommen und reformiert worden. Nun gab es ein strengeres Punktesystem, bei dem jedes Element eine gewisse Punktzahl wert war. Wenn das Element nicht gut ausgeführt wurde, wurden Punkte abgezogen. Dieses System war nicht einwandfrei, aber es war besser.

Aber damals war ich wütend auf die Veranstalter des WHK-Pokals gewesen. Und wen konnte man schon für das verantwortlich machen, was man von sich gab, wenn man stinkwütend war? »Deine Partnerin landete mit beiden Füßen, und du hättest sie bei der dreifachen Drehung beinahe fallen gelassen. Das war manipuliert.« Der zweite Satz war eine Lüge, aber der Rest stimmte. Ich erinnerte mich noch sehr genau an dieses Ereignis.

Er schnaubte und wandte sich mir zu, um mich verächtlich anzuschauen. »Das war nicht manipuliert. Unsere Ausgangspunktzahl war sehr viel höher als eure, und sie brachte all ihre Drehungen zum Abschluss.«

Das wusste ich, aber ich konnte ums Verrecken nicht zugeben, dass seine Kür sehr viel schwierigere Elemente gehabt hatte, die eine viel höhere Punktzahl rechtfertigten, als die, die ich und mein Expartner erreicht hatten. Außerdem ... waren wir nicht perfekt gewesen. Fast, aber eben nicht ganz. Ich erinnerte mich immer noch an jeden einzelnen Fehler, den ich bei jeder Kür gemacht hatte. In manchen Nächten raubten mir diese Erinnerungen den Schlaf. Ich ging im Kopf alles noch mal durch, jede einzelne Kür von damals, als ich noch ein junges Mädchen gewesen war. Wenn ich nicht so übermütig gewesen wäre oder wenn ich einfach ein bisschen besser abgeschnitten hätte ... Wie anders mein Leben nun sein könnte, wenn ich nur mein volles Potenzial ausgeschöpft und nicht jede einzelne Sache in meinem Leben vermasselt hätte!

»Okay, der Wettkampf war nicht manipuliert«, gestand ich ein, aber auch nur deswegen, weil ich wie eine Idiotin dastehen würde, wenn ich es weiterhin behaupten würde, obwohl ich es besser wusste. »Aber jemand von deinen Leuten hat die Punktrichter bestochen. Das kannst du nennen, wie du willst. Ist mir komplett egal.«

Sein Gesicht wirkte vollkommen gelassen, als er sagte: »Ich habe fair gewonnen.«

»Ich belegte an jenem Abend den dritten Platz, obwohl alle meine Landungen fehlerfrei waren.«

»Deine Landungen waren fehlerfrei, aber deine Choreografie war entsetzlich, und bei deinen Sprungfolgen kamst du immer wieder ins Straucheln, nachdem Wie-heißt-er-noch-gleich beim vorangegangenen Wettkampf einen Rückzieher beim dreifachen Salchow gemacht hatte. Außerdem sahst du wie ein Roboter aus, und dein Partner wirkte die ganze Zeit über, als wäre er kurz davor, sich zu übergeben.«

Da hatte er nicht ganz unrecht …

Ivan zuckte so beiläufig mit den Schultern, dass ich ihm eine scheuern wollte. »Und eure Musik war auch ätzend«, fügte er hinzu.

Ich schnappte empört nach Luft. »Wie bitte? Bist du jetzt auf einmal ein musikalisches Genie?«, schnauzte ich ihn an.

»Ich habe ein besseres Gespür dafür als du. Sei nicht sauer. Entweder wird man damit geboren oder eben nicht. Deshalb werden Nancy, die Choreografin, und ich die Musik für uns beide aussuchen. Sie wird perfekt sein. Vertrau mir.«

Ich musste einfach den Kopf in den Nacken werfen und lachen. »Ha, ha!«

»Das ist schon okay, Jasmine. Ich habe die Musik immer ausgesucht. Sie ist vermutlich noch wichtiger als die Choreografie. Du willst doch gewinnen, oder etwa nicht?«

Natürlich wollte ich gewinnen, und ich musste gestehen, dass er einen hervorragenden Musikgeschmack hatte. Seine Auswahl überraschte mich immer wieder. Sie war gut, aber das würde ich nicht zugeben. »Du weißt schon, dass wir ein Team sind und du nicht alles allein entscheiden kannst, oder?«

Der Blödmann war so dreist, mir zuzuzwinkern. »Aber es geht darum zu gewinnen, und wenn du gewinnen willst, musst du auf mich hören.«

»Das ergibt keinen Sinn. Und hör auf, diese Sache mit deinen Augen zu machen, du Idiot. Das ist total gruselig.«

Er zuckte mit seinen breiten Schultern, und in der Geste lag nicht die geringste Entschuldigung. Sie dehnte lediglich die Nähte seines schönen Pullovers, den ich nicht anfassen musste, um zu wissen, dass er verdammt weich sein musste. »Für mich ergibt das Sinn.«

»Weil du ein Trottel bist. Du bist nicht mein Boss. Wir sind Partner. Das bedeutet, dass ich ebenso viel Mitspracherecht habe wie du.«

Wieder zwinkerte er mir zu. »Über die Kostüme und die Choreografie können wir diskutieren, aber die Musik wähle ich aus.«

Echt jetzt?

Das würde ich so hinnehmen müssen, aber was sollte ich jetzt tun? Einfach sagen, dass das für mich in Ordnung war? Die Musik war mir wirklich nicht wichtig. Ich würde zu jedem Lied laufen. Die Kostüme hingegen … »Erinnerst du dich an dein albtraumhaftes Bananen-Mambo-Kostüm? Ich werde dich ganz sicher keine Kostüme für uns aussuchen lassen, ohne sie mir vorher anzusehen. Und ich habe bereits jemanden, der meine schneidern wird.«

»Wer von uns ist Landesmeister, Weltmeister und Olympiasieger?«, hatte er die Dreistigkeit zu fragen.

Ich zuckte zurück. Und mir fiel nichts Cooles ein, was ich darauf hätte erwidern können. Alles, was ich ihm in diesem Moment hätte an den Kopf werfen können, wäre eine Beleidigung gewesen.

Bis sich dieses Lächeln auf seine Züge schlich.

Dann konnte ich plötzlich reagieren. »Du bist so ein nerviger *Arsch*. Gott, manchmal will ich dir einfach nur eine verpassen. *Wer von uns ist Olympiasieger?* Halt doch einfach mal kurz die Klappe, du Angeber!«

Und was machte er? Wie reagierte er darauf? Er lachte. Ivan Lukov lachte sich schlapp.

»Vermutlich hast du die Punktrichter mit deinem russischen Mafiageld bestochen«, fuhr ich fort, was mir ein weiteres Lachen einbrachte, das so laut war, dass ich selbst beinahe grinsen musste. Als Karina und ich jünger gewesen waren, hatte ich sie gefragt, wie ihre Eltern so viel Geld verdient hatten, dass sie in dieser Villa wohnen konnten. Sie hatte gesagt, dass sie glaubte, dass sie bei der Mafia seien. Das waren sie nicht, aber die Vorstellung brachte mich trotzdem zum Lachen.

»Du bist so eine schlechte Verliererin«, brachte er nach einem Moment hervor. »Ich dachte, dass ich schlimm wäre, aber in dem Punkt hast du mir einiges voraus.«

»Oh bitte.« Ich war nicht diejenige, die sich von einer Partnerin trennte, sobald sie versagte.

Aber das sagte ich nicht.

»Vermutlich sitzt du jedes Mal, wenn du versehentlich deinen Pullover zerknittert hast, weinend in deinem Tesla.«

Ivan lachte schon wieder laut los.

»Worüber lachst du? Ich versuche nicht, witzig zu sein«, sagte ich, während ich beobachtete, wie er nach über zehn Jahren, die wir einander nun schon kannten, zum ersten Mal komplett die Kontrolle verlor. Bislang hatte ich ihn höchstens mal lächeln sehen, wenn er sich in der Gesellschaft seiner Familie befand.

Aber das war alles.

Mir war nicht mal klar gewesen, dass er überhaupt wusste, wie man lachte ... Es sei denn, er tat etwas Mieses, wie anderen Leuten die Seelen zu klauen oder so was.

»Oh, das ist nett«, war eine Stimme zu hören, die jedoch in Ivans nervigem Gelächter beinahe unterging.

Er verstummte schlagartig.

Wir schauten beide erschrocken zur Tür. Und tatsächlich stand dort eine Frau. Sie hatte eine Kuriertasche in der einen und eine Handtasche in der anderen Hand. »Meinetwegen müssen Sie nicht aufhören«, sagte sie lächelnd.

Weder ich noch Ivan sagten etwas.

Sie lächelte unbeirrt weiter. »Tut mir leid, dass ich so spät dran bin.«

Falls sie von mir Nachsicht erwartete, konnte sie das vergessen. Ich konnte es nicht ausstehen, wenn Leute zu spät kamen. Ivan fand das offensichtlich auch nicht toll, aber aus dem Augenwinkel sah ich, wie er knapp nickte. »Wir sind bereit anzufangen, wann immer Sie es sind. Wir haben beide noch andere Termine und können nicht lange bleiben.«

Er hatte einen Termin? Seit wann das denn? Er hatte keinen Job. Früher hatte ich immer gedacht, dass ich auch gern einfach zu Hause bliebe. Aber die Wahrheit war, dass ich vermutlich die Wände hochgehen würde, wenn ich nichts zu tun hätte.

Aber was hatte Ivan heute noch zu tun?

Die andere Frau nickte und kam herein. »Verstehe. Ich brauche nur eine Minute, um mich vorzubereiten«, sagte sie. Sie legte ihre Kuriertasche auf dem Tisch ab, der sich zwischen ihr und der Bank befand, auf der Ivan und ich saßen. Auf der anderen Seite des Tischs standen Stühle. Die Frau musste Mitte dreißig sein, vielleicht sogar ein wenig älter. Ich war schlecht darin, das Alter anderer Leute zu schätzen, weil meine Eltern beide nicht so alt aussahen, wie sie waren. »Amanda Moore«, sagte sie und streckte mir zuerst die Hand entgegen.

»Jasmine«, erwiderte ich, ergriff ihre Hand und schüttelte sie.

Dann wiederholte sie die Prozedur bei Ivan, der sagte: »Ivan. Es ist mir eine Freude, Sie kennenzulernen.«

Es ist mir eine Freude, Sie kennenzulernen? Was für ein Schleimer. Aber ich hielt meine Aufmerksamkeit auf die Frau gerichtet.

Sie schenkte uns beiden ein knappes Lächeln und begann, in ihrer Tasche herumzuwühlen. Sie zog einen Laptop, ein kleines schwarzes Teil, bei dem es sich um ein Aufnahmegerät handeln musste, einen kleinen gelben Notizblock und einen Stift heraus. »Eine Minute«, sagte sie und klappte ihren Laptop auf.

Ivans Bein berührte meins unter dem Tisch, aber ich schaute ihn nicht an.

»Okay, ich bin jetzt so weit«, sagte die Frau.

Wieder berührte der Idiot neben mir mein Bein mit seinem. Dieses Mal schlug ich mit meinem Knie gegen seinen Oberschenkel und faltete gleichzeitig die Hände, um sie zwischen meine Schenkel zu schieben und damit außer Sichtweite zu bringen. Ich würde hier nicht diejenige sein, die einknickte. Auf keinen Fall. Nancy Lee würde mir keine Standpauke halten.

»Ich habe mich bereits bei Ms Lee dafür bedankt, dass sie sich bei *Ice News* meldete, um dieses Interview anzubieten. Aber ich wollte mich auch noch mal persönlich bei Ihnen beiden bedanken. Als Gerüchte laut wurden, dass Sie und Mindy nicht länger zusammen laufen, fragten wir uns, wer sie ersetzen würde«, begann die Frau namens Amanda und richtete den Blick auf Ivan.

Gut. Ich hatte keine Ahnung, was die Leute über Ivans Situation dachten oder wussten, abgesehen davon, dass er und Trainerin Lee die Einzelheiten offenbar unter Verschluss halten wollten. Das mussten sie für sich klären. Ich wollte nur an Wettkämpfen teilnehmen.

»Also«, fuhr sie fort und schaute für einen Moment auf ihren Notizblock. »Ich werde diese Unterhaltung aufzeichnen, wenn das für Sie beide in Ordnung ist.«

Ich nickte in dem Augenblick, in dem Ivan Ja sagte.

Die Frau strahlte. »Soweit ich weiß, haben Sie die letzten

vierzehn Tage über zusammen im Lukov-Eissportkomplex trainiert, richtig?«, fragte sie mich.

»Ja«, antworteten wir beide gleichzeitig. Warum versuchte er, für mich zu antworten?

Sie nickte. »Und Ivan, Sie trainieren bereits hier, seit die Einrichtung vor einundzwanzig Jahren erbaut wurde, nicht wahr?«

»Ja. Davor lebte und trainierte ich in Kalifornien«, erwiderte er, als hätte er diese Frage in der Vergangenheit schon zahllose Male beantwortet. Vielleicht war das auch so.

Die Reporterin richtete ihre Aufmerksamkeit wieder auf mich. »Sie kennen einander, seit Sie anfingen, hier zu trainieren, oder?«

Ich konnte das schaffen.

»Nein«, antwortete ich und gab mir große Mühe, die Frage nicht sofort als dumm abzutun. War es nicht allgemein bekannt, dass Ivan schon sehr viel länger Eiskunstläufer war als ich? »Er war fortgeschrittener als ich. Wir lernten uns etwa ein oder zwei Jahre später kennen.« Sie musste nicht wissen, dass wir uns bei ihm zu Hause kennenlernten und nicht hier im LK.

Die Frau lächelte. »Aber sie sind eng mit der Familie befreundet, nicht wahr?«

Ich blinzelte. Woher wussten die Leute das? »Ja.«

»Sie waren im selben Kurs wie ...« Sie hielt kurz inne, um auf ihren Notizblock zu schauen. »... Karina Lukov, Ivans Schwester. Korrekt?«

Ich nickte. Im Gegensatz zu Ivan hatten ihre Eltern sie erst mit dem Eiskunstlauf in Kontakt gebracht, als sie schon sehr viel älter gewesen war. Sie hatte stattdessen Tanzunterricht genommen. Sie hatte nur deshalb mit Eiskunstlauf angefangen, weil Ivan als Anfänger eine Goldmedaille gewonnen hatte und sie es ebenfalls hatte versuchen wollen. Und da ihrer Familie die Eishalle gehörte, stellte das kein Problem dar. Als sie mir diese Geschichte das erste Mal erzählt hatte, hatte ich mit dem Kopf geschüttelt.

»Wie lange haben Sie gemeinsam trainiert?«, fragte Amanda.

Zum Glück beschloss Ivan, diese Frage zu beantworten. Ich fand nicht gut, dass Karina in unserer Unterhaltung erwähnt wurde. Sie stand nicht gern im Mittelpunkt, und ich respektierte das. »Meine Schwester hörte mit vierzehn mit dem Eiskunstlauf auf. Sie entschied sich für eine andere Laufbahn.«

Klang seine Stimme seltsam oder bildete ich mir das bloß ein? Vielleicht sprach er auch nicht gerne über sie.

»Aber Sie beide waren beste Freundinnen?«, fragte sie mich.

Ich nickte erneut, und mir entging der komische Blick nicht, den mir die Frau zuwarf. Vielleicht wollte sie mehr als einsilbige Antworten und ein Nicken, aber mehr würde sie nicht bekommen, bis ich mehr zu sagen hatte.

»Also könnte man sagen, dass sich diese Partnerschaft jetzt bereits seit einem Jahrzehnt angebahnt hat, ja?«

Ich erstarrte. *Schau nicht zu Ivan. Schau nicht zu Ivan. Schau …*

Er stieß mit seinem Knie gegen meins, und nur weil mir seine Stimme vertraut war, fiel mir auf, wie untypisch sie klang, beinahe erstickt und ein wenig rau … seltsam. »Das kann man so sagen«, bestätigte er mit dieser unbeholfenen Stimme.

Ich würde nicht lachen. Vor allem würde ich nicht über diesen Idioten lachen. Also nickte ich nur.

Amanda Moore richtete den Blick auf mich, um zu sehen, wie ich zustimmte, und verzog die Lippen zu einem kleinen Lächeln. »Ich bin mir sicher, dass Sie dieses Video von sich kennen, in dem Sie Ivan ein paar *Dinge* mitteilen.« Sie deutete auf mich. »Danach mussten Sie sich von seinen Fans einiges anhören …«

Sie wollte dieses Thema also unbedingt ansprechen, was?

Toll. Nun würden alle, die noch nichts davon wussten, danach suchen.

Mist.

»... War das nur eine kleine Neckerei zwischen Ihnen beiden?«, fragte sie.

Ich verspannte mich. Ich war mir ziemlich sicher, dass mir die Augen vor Anstrengung, mich zusammenzureißen, aus den Höhlen traten. Und die Tatsache, dass ich die Lippen fest zusammenpresste, ließ mein Gesicht vermutlich noch schlimmer aussehen. *Halt den Mund. Sag nichts, Halt verdammt noch mal den Mund.*

Also nickte ich und fühlte mich dabei, als würde ich vor lauter Lügen jeden Moment platzen.

Neben mir schlug der Idiot, dieser totale Trottel, mit seinem Bein an meins und sagte mit dieser rauen Stimme, die ganz und gar nicht wie seine eigene klang: »Ja. Wir necken uns ständig.«

Verdammt. Ich würde es nicht leugnen. Das durfte ich nicht.

Ich hatte Nancy Lee versprochen, dass ich das hier schaffen konnte. Dass ich so tun könnte, als wären wir Freunde.

»Jasmine ist wundervoll«, presste Ivan hervor und ging dabei aus irgendeinem Grund nicht in Flammen auf. »Sie hat einen tollen Sinn für Humor.«

Ich musste meine Hand zur Faust ballen und meine Fingernägel in meine Handfläche bohren, um nicht darauf zu reagieren. Was für ein dilettantischer Lügner. Oh mein Gott. Und er warf *mir* vor, dass ich eine schlechte Lügnerin wäre.

Ich räusperte mich, setzte ein Lächeln auf, das sich wie geschmolzenes Gummi anfühlte, und sagte: »Ivan ist großartig.« Am Ende fügte ich noch ein dümmliches Lachen hinzu, als ich mich an unsere kürzlich geführte Unterhaltung erinnerte, die davon gehandelt hatte, dass wir beide Voodoopuppen vom jeweils anderen besaßen.

Die Lügen mussten offensichtlich gewesen sein, denn die Reporterin runzelte die Stirn und schaute zu Ivan. Ich hatte keine Ahnung, wie seine Miene gerade aussah, denn ich wäre eher gestorben, als ihn anzusehen. Dann richtete Amanda den Blick wieder auf mich. »Was ist so lustig?«

Aus dem Augenwinkel konnte ich sehen, wie Ivan den Kopf schüttelte. »Nichts. Wir respektieren und bewundern einander sehr.«

Oh mein Gott.

Meine Schultern bebten für ganze zwei Sekunden, bis es mir gelang, sie unter Kontrolle bringen.

Respektieren und bewundern. Von all den Worten, die er hätte wählen können, hatte er sich ausgerechnet für diese beiden entschieden. Ich stieß ihn unter dem Tisch mit dem Bein an.

Etwas, von dem ich mir ziemlich sicher war, dass es sich dabei um seinen Handrücken handelte, traf meinen Unterarm.

»So viel Respekt und Bewunderung«, presste ich hervor und erstickte beinahe an meinen Worten, während ich nickte.

»Ich bin schon immer ein großer Fan von Jasmine gewesen«, fuhr der Idiot fort.

»Das geht mir umgekehrt genauso«, plapperte ich und versuchte mich erneut an einem Lächeln. Höchstwahrscheinlich sah ich dadurch wie eine Serienmörderin aus. »Ivan ist ein sehr liebenswerter Mensch.«

Sie warf uns einen merkwürdigen Blick zu und beschloss dann entweder, nicht weiter darauf einzugehen, oder glaubte uns tatsächlich. Mir war egal, was sie dachte. »Welche von Jasmines Stärken beim Eiskunstlauf schätzen Sie am meisten?«, fragte die Frau.

»Oh, wissen Sie …«

Dieses Mal verpasste ich ihm einen direkten Tritt gegen das Schienbein. Nicht fest, aber fest genug.

»Sie ist eine ausgezeichnete Sportlerin«, brachte er schließlich hervor und schlug noch einmal gegen meinen Unterarm.

»Und Sie, Jasmine? Was reizte sie an einer Partnerschaft mit Ivan? Abgesehen von der Tatsache, dass er der amtierende Weltmeister ist.«

»Braucht es denn noch mehr?«, entgegnete ich mit einem Schulterzucken und wählte den leichten Weg, obwohl mir ihr Kommentar gegen den Strich ging.

»Ich weiß, dass Sie noch nicht sehr lange zusammen sind, aber wenn es eine Sache gäbe, die Sie einander mitteilen wollten, einen Kritikpunkt, was wäre das?«

Auf diese Frage stürzte ich mich sofort, weil ich Ivan nicht traute. »Ich soll diesen Mann kritisieren?«, presste ich hervor und tippte dabei behutsam mit meiner Ferse gegen seine – als Warnung und Erinnerung. »Oh, da gibt es nichts. Rein gar nichts. Was er macht, ist … perfekt.«

Diese Worte auszusprechen kostete mich so viel Mühe, dass ich beinahe würgte.

Die Reporterin strahlte. »Das ist süß. Und Sie, Ivan? Was gibt es über Jasmine zu sagen?«

»Ein Kritikpunkt? Jasmine ist … zu nett.«

Die Frau und ich blinzelten gleichzeitig. »Zu nett?«, hakte sie nach. Ich war nicht mal wirklich beleidigt, denn … *ernsthaft*? So lautete seine Antwort?

Ich schaute zu ihm, als er gerade zu einem Nicken ansetzte. »Ja. Zu nett.«

Sie gab einen Laut der Verblüffung von sich.

Miststück.

Ich war vielleicht nicht die warmherzigste, liebenswerteste Person auf der Welt, aber nett war ich wirklich.

Oder wie meine Mutter sagen würde: wenn ich es sein *wollte*.

»Was denken Sie darüber, dass Ihr ehemaliger Partner und Mary McDonald verkündet haben, dass sie in dieser Saison antreten werden?«, fragte sie aus dem Nichts heraus, und mein ganzer Körper verspannte sich.

Dann trat mich Ivan. Das holte mich zurück ins Hier und Jetzt. Ich brauchte nur sehr kurz, um meine Gedanken zu sortieren und zu sagen: »Darüber denke ich gar nichts.« Vielleicht hätte ich sagen sollen, dass ich ihnen viel Glück oder nur das Beste wünschte oder so was, aber so ein guter Mensch war ich nun auch wieder nicht.

»Stimmt es, dass Sie seit Ihrer letzten gemeinsamen Saison nicht mehr mit ihm gesprochen haben?«

Die eine Nacht, in der ich ihn betrunken und aufgebracht angerufen hatte – direkt nachdem er mich abserviert hatte –, würde ich nicht mitzählen. Er war nicht drangegangen, aber diesen Umstand hatte ich mir zunutze gemacht. Ich war mir ziemlich sicher, dass ich ihn als schwächliches Weichei bezeichnet hatte, aber beschwören konnte ich das nicht. Ich wusste nur, dass ich nichts von dem, was aus meinem Mund gekommen war, bereute. Was immer es gewesen war, er hatte es verdient.

»Stimmt.«

»Ist es wahr, dass er es Ihnen in einer Textnachricht mitteilte?« Diese Frau hatte vielleicht Nerven! Wie konnte sie es wagen, mich auf das Gerücht anzusprechen, das aus irgendeinem Grund, der sich mir entzog, die Runde gemacht hatte? Abgesehen von meiner Familie hatte ich das niemandem gegenüber erwähnt, also wusste ich, dass niemand die Information von mir hatte.

Außerdem lautete die Wahrheit, dass er es mir gar nicht mitgeteilt hatte. Ich hatte davon erfahren, als er verkündet hatte, dass Mary und er die nächste Saison aussetzen würden, um gemeinsam zu trainieren. So hatte ich es herausgefunden. Aus einem Artikel. Zwei Tage nachdem wir unsere geplante einmonatige Pause begonnen hatten.

Diese rückgratlose Amöbe.

»Können wir stattdessen über Jasmine und mich reden? Ich glaube, unsere Trainerin hat erwähnt, dass wir nicht über unsere ehemaligen Partnerinnen und Partner reden wollen«, mischte sich Ivan plötzlich mit diesem überheblichen Tonfall ein, den ich normalerweise hasste.

Bis zu diesem Moment.

Die Frau lief rot an und nickte schnell. »Ja, klar.« Doch sie entschuldigte sich nicht dafür, dass sie ein Thema zur Sprache gebracht hatte, das man ihr im Vorfeld verboten hatte. Mir war nicht klar gewesen, dass sie diese Anweisung erhalten hatte, aber ich wusste es zu schätzen. Mehr als ich dachte. »Wie sehen Ihre Erwartungen für die Saison aus?«, fuhr die Frau ohne Zögern fort.

»Wir werden gut abschneiden«, antwortete Ivan beinahe umgehend. »Besser als gut.«

»Was meinen Sie damit?«

Ich spürte die Hitze und die Muskeln seines Oberschenkels sehr deutlich an meinem Bein, bewegte mich aber nicht von ihm weg. »Dass diese Saison nicht anders als die bisherigen verlaufen wird.«

Die Frau riss die Augen auf. »Meinen Sie?«

Ich beobachtete ihn, während er langsam nickte. »Das weiß ich.«

»Also setzen Sie diese Saison nicht aus?«

Sie hatte ja keine Ahnung, dass wir nur eine Saison miteinander hatten. Ich hatte keine Zeit zu verlieren.

»Nein.«

»Sie sind also wirklich so zuversichtlich, was?«, fragte sie mit einem amüsierten Schmunzeln auf dem Gesicht, als würde sie sein Selbstvertrauen lieben. Uff.

»Ja«, antwortete Ivan sofort.

Sie neigte den Kopf und schaute zu mir. »Was denken Sie? Ist das zu schaffen?«

Normalerweise hätte ich jetzt einen Witz gemacht, aber sie hatte mich bereits mehr beleidigt, als ich verdiente. Also machte ich keinen Witz. »Ich denke, dass Ivan einer der Besten in diesem Sport ist. Ich denke, dass ich bereits eine Menge von ihm gelernt habe und im weiteren Verlauf unserer Zusammenarbeit noch sehr viel mehr von ihm lernen werde.«

Verdammt, das klang so gut. Sogar ich selbst kaufte es mir beinahe ab.

»Aber denken Sie, dass es möglich ist, eine Lernphase zu überspringen?«

»Ja.« Das konnte ich zumindest hoffen. Aber jemandem, der zögerlich klang, glaubte man nicht.

Sie zog die Augen zusammen. »Denken Sie, dass Sie in der Lage sein werden, die Nervosität zu überwinden, die Sie in der Vergangenheit beeinträchtigt hat?«

Und schon war sie wieder herablassend.

Sei besser. Sei besser. Sei besser. Du kannst das schaffen.

Ich konnte es schaffen. Ich wollte nur nicht.

»Ich denke, dass ich einen Partner habe, auf den ich mich verlassen kann, also muss ich mir nicht mehr so viele Gedanken machen«, sagte ich langsam und schaute ihr dabei tief in die Augen, damit sie wusste, dass ich nicht so tun würde, als wäre sie freundlich, wenn sie es verdammt noch mal nicht war.

»Demnach sind Sie der Ansicht, dass Ihre Probleme in der Vergangenheit mit Ihrem …«

Ivan fuhr mit einer Hand durch die Luft. »Können wir uns

stattdessen auf Jasmine und mich konzentrieren?« Er blinzelte. »Bitte.«

»Ich wollte nicht …«

»Das ist meine Schuld«, sagte ich schnell. »Das hätte ich nicht sagen sollen. Ich weiß nicht, ob ich in der Lage sein werde, meine Nervosität zu überwinden, aber ich habe nun mehr Vertrauen in meine Fähigkeiten als früher. Ich denke, dass das zum Teil an Ivans Vergangenheit und Erfolgen liegt. Ich hoffe, dass etwas davon auf mich abfärben wird.«

Die Frau verzog das Gesicht auf eine Weise, die mich vermuten ließ, dass sie mir nicht glaubte, schaute aber wieder auf ihre Fragen. »Okay. Wir können zu etwas anderem übergehen. Wie wäre es mit einer Art Spiel, bei dem ich Ihnen zwanzig schnelle Fragen stelle?« Sie schaute kurz zu Ivan. »Wäre das in Ihrem Sinne?«

Ich blinzelte, doch neben mir sagte Ivan Ja.

»Das wird Spaß machen«, fügte sie hinzu.

Vermutlich verstand sie unter Spaß etwas anderes als ich, aber meinetwegen. Solange sich die Fragen nicht um Paul und seine blöde neue Partnerin drehten oder darum, dass ich eine Versagerin war, konnte ich damit umgehen. Ich nickte.

Sie lächelte. »Sie sind noch nicht sehr lange Partner, aber da Sie sich schon eine ganze Weile kennen, dürfte das lustig werden.«

Ivan trat mich.

Und ich trat sofort zurück.

Denn so zu tun, als könnten wir die Gesellschaft des anderen ertragen, war etwas vollkommen anderes, als so zu tun, als würden wir einander »kennen«.

»Okay«, fuhr die Frau fort und schaute auf ihren Laptop.

Ich blickte heimlich zu Ivan, aber er schaute mich bereits an.

Was wird das?, fragte ich lautlos.

Der Mann, der normalerweise nie aus der Fassung geriet, zuckte mit den Schultern. *Rate einfach*, erwiderte er ebenso lautlos.

»Okay, hier habe ich eine gute Frage«, verkündete Amanda, die von unserem kleinen Austausch nichts mitbekommen hatte, denn sie hatte die Augen auf den Bildschirm gerichtet und tippte irgendetwas. »Was ist Ivans Lieblingsfarbe?«

Ich schaute kurz zu Ivan und verzog das Gesicht. »Schwarz«, antwortete ich und fügte lautlos hinzu: *wie dein Herz*.

Er verdrehte die Augen.

»Stimmt das?«, fragte die andere Frau und schaute kurz von ihrem Computer auf.

»Ich habe keine Lieblingsfarbe«, antwortete Ivan.

»Was ist Jasmines Lieblingsfarbe?«, fragte sie.

Er schaute genau in dem Moment zu mir, in dem sich die Frau von uns abwandte. »Rot.« Dann fügte er lautlos hinzu: *wie das Blut der Kinder, die du frisst*.

Ich würde nicht lachen.

Ich würde nicht lachen.

Obwohl er sich eindeutig mal wieder selbst feierte. Idiot. Arschloch. Ich verpasste ihm einen Tritt.

»Liegt er damit richtig?«, fragte sie und schaute zu mir.

Ich schüttelte den Kopf. »Nein. Meine Lieblingsfarbe ist Pink.«

»Pink?«, krächzte er neben mir.

Ich schaute ihn aus dem Augenwinkel an. »Ja. Warum ist das so komisch?«

»Es ist nur …« Er blinzelte. »Ich glaube nicht, dass ich dich je in etwas Pinkem gesehen habe.«

Achtete er darauf, was ich anhatte? »Ich trage auch kein Pink. Aber es ist trotzdem meine Lieblingsfarbe.«

Er runzelte die Stirn, sagte aber nur: »Oh.«

»Das ist eine tolle Farbe«, erklärte ich vermutlich ein wenig zu barsch.

Er wiederholte lediglich sein »Oh«.

»Was ist Ivans Lieblingssprung?«, fuhr die Frau fort.

Das war einfach. »Der dreifache Lutz.«

»Das stimmt«, bestätigte der Mann neben mir.

»Und Jasmines Lieblingssprung?«

Ivan zögerte nicht. »Das ist leicht. Der 3L.«

»Dürfen wir in Zukunft häufiger mit dem dreifachen Lutz rechnen?«, fragte Amanda.

Wir schauten einander an und sagten gleichzeitig: »Ja.«

Sie nickte und schaute wieder auf ihren Bildschirm. »Was ist Ivans Lieblingsessen?«

Arschloch, sagte ich stumm in seine Richtung. Laut sagte ich hingegen: »Escargots.« Einfach nur, weil es ausgefallen klang.

Er erhielt keine Gelegenheit, den erstickten Laut, der sich seiner Kehle entrang, zu unterdrücken. Und natürlich trat er mich auch wieder unter dem Tisch. »Nein.«

»Nein?«

»Nein«, beharrte er. »Wie kommst du darauf? *Nein.*«

Ich presste die Lippen zusammen und zuckte mit den Schultern.

»Pizza.«

Ich schaute den Körper neben meinem an. Sein Pullover war klobig, aber nicht so klobig. Der Typ verfügte über keinerlei Körperfett. Er bestand ausschließlich aus steinharten Muskeln an den langen Armen und Beinen. Dieser Körper kannte keine Pizza.

»Schau mich nicht so an«, sagte er und benutzte den gleichen Tonfall, den ich vermutlich benutzt hatte, als er mir nicht geglaubt hatte, dass ich Pink mochte.

»Was für Pizza?«, fragte ich und rechnete halb damit, dass er mit irgendeinem fettfreien Mist ankommen würde.

Er blinzelte, und ich schwor für eine Sekunde, dass er meine Gedanken lesen konnte. »Ganz normale Salamipizza.«

Nun war es an mir, »Oh« zu sagen.

Und er wusste, was das bedeutete, denn er zog die Augenbrauen hoch.

»Was ist Jasmines Lieblingsessen?«

Der Idiot neben mir zögerte keine Sekunde. »Schokoladenkuchen.«

Woher wusste er das?

»Stimmt das?«, fragte die andere Frau.

Ich versuchte, ihn nicht anzustarren, weil er das wusste. Irgendwie gelang es mir zu nicken. Er hatte es vermutlich erraten, weil Schokoladenkuchen auch Karinas Lieblingsessen war.

»Wenn Ivan nicht Eiskunstläufer wäre, was würde er dann machen?«

Ich musste innehalten. Ivan, der nicht Eiskunstläufer war? Das konnte ich mir in keinem einzigen alternativen Universum als Möglichkeit vorstellen. Nach dem, was mir Karina erzählt hatte, als wir gerade in der Pubertät gewesen waren, lief er schon seit seinem dritten Lebensjahr über das Eis. Sein Großvater hatte ihn einst in eine Eishalle mitgenommen, und es war Liebe auf den ersten Blick gewesen. Es war sein komplettes Leben geworden. Er hatte mir mal erzählt, dass er noch nie eine Freundin gehabt hatte. Er hatte ein paar Mädchen gedatet, aber das war nichts Ernstes gewesen. Denn er hatte etwas anderes, das er mehr liebte.

Ich verstand das. Wirklich.

Nicht dass ich je zugegeben hätte, wie viel wir gemeinsam hatten, aber ich verstand es. Ich hatte ein paar kurzfristige Beziehungen gehabt, aber nichts Ernstes, und das war auch schon

Jahre her. Einer war der Typ gewesen, an den ich schließlich meine Jungfräulichkeit verloren hatte – auf dem Rücksitz seines SUVs, als ich neunzehn gewesen war. Der andere war Baseballspieler gewesen und genau wie ich viel zu sehr auf seine Karriere konzentriert. Alle anderen waren nicht über das erste Date hinausgekommen.

Nichts und niemand würde je zwischen mich und meine Träume kommen.

Und die Vorstellung, dass Ivan kein erfolgreicher Eiskunstläufer war, war für mich einfach nicht realistisch, denn er war genau wie ich.

»Ich kann mir nicht vorstellen, dass er irgendetwas anderes machen könnte«, musste ich leider ehrlich antworten.

Neben mir zuckte er mit den Schultern, als hätte er ebenfalls keine Ahnung, was er außer Eiskunstlauf machen könnte.

Amanda musste das bemerkt haben, denn sie fragte: »Was ist mit Jasmine?«

Er zögerte nicht, bevor er antwortete. »Auch für sie gibt es nichts anderes.«

»Das stimmt«, bestätigte ich und ignorierte die Erinnerung daran, dass ich keinen Plan B hatte. Das stresste mich auch so schon genug. Ich musste nicht noch intensiver über diese Tatsache nachdenken, als ich es ohnehin schon tat. Ich schaute zu Ivan und stellte fest, dass er mich mit einem selbstzufriedenen Ausdruck auf seinem dummen, perfekten Gesicht ansah.

»Wenn Ivan irgendeine lebende oder tote Person treffen könnte, wer wäre das?«, fragte sie.

Ich wollte Jack the Ripper sagen, aber Amanda schaute mich an, also entschied ich mich stattdessen für: »Jesus.«

Nach einer Pause sagte er: »Korrekt.«

Ich behielt mein Schmunzeln für mich. Er war so ein elender Lügner.

»Woran hat Ivan mehr Freude, an Büchern oder an Zeitschriften?«, fragte Amanda mich.

»An Zeitschriften.«

»Was ist mit Jasmine?«

Ivan kicherte. »Bei ihr wären es Bilderbücher.«

»Warum Bilderbücher?«, fragte ich. In mir stieg ein scheußliches Gefühl auf, das immer stärker wurde, während ich mich auf das Schlimmste vorbereitete.

Er grinste. »Ich glaube nicht, dass ich dich je etwas lesen gesehen habe. Meine Schwester liest dir sogar die Speisekarte vor.«

Ich hatte das Gefühl, am ganzen Körper rot anzulaufen. Karina las mir tatsächlich alles vor. Ich musste sie nicht mal darum bitten, sie tat es einfach. Ich schämte mich nicht dafür, denn sie tat es nicht aus Mitleid, sondern weil es so schneller ging.

Aber mir war nie aufgefallen, dass jemand anders darauf geachtet, mich danach beurteilt und seine Schlussfolgerungen gezogen hatte. Er war nicht die erste Person, aber …

Das gefiel mir nicht. Ganz und gar nicht.

Ich schluckte und zwang mich, wieder zu Amanda zu schauen. »Ich mag Hörbücher«, sagte ich.

»Ich auch«, beeilte sie sich zu sagen.

Ich hatte keinen Grund, mich zu schämen, redete ich mir ungefähr zum millionsten Mal ein. Das tat ich bereits seit meinem vierten Lebensjahr. Ich hatte viel erreicht. Eine Lernschwäche zu haben war keine Schande. Kein bisschen. Dass ich heute relativ gut lesen konnte, hatte mich viel Arbeit gekostet … aber ich brauchte immer noch zu lange. Das war das Einzige, was mich daran frustrierte. Ich liebte das Lesen nicht, weil ich zu lange dafür brauchte. Ich liebte auch keine Zahlenfolgen. Ich lernte, indem ich zuhörte und Dinge ausprobierte. Ich war nicht dumm.

Und ich fand es ganz sicher nicht toll, dass ausgerechnet Ivan einen Witz darüber machte.

Tatsächlich ärgerte mich das sogar so sehr, dass ich ihn danach nicht mehr anschaute. In den nächsten zwanzig Minuten starrte ich stur geradeaus und gab einsilbige Antworten. Ich ließ Ivan die Unterhaltung führen und beinahe alle Fragen beantworten. Amanda verzichtete auf weitere Fragen über meinen Expartner und blieb bei unverfänglichen Themen.

Irgendwann stieß Ivan zweimal mit seinem Bein gegen meins, aber ich reagierte nicht darauf. Mir war nicht danach.

Als mein Handy piepte, um mir mitzuteilen, dass die Stunde, die wir uns für das Interview genommen hatten, vorbei war, stand Ivan auf und stieß mich mit dem Ellbogen an, damit ich mich ebenfalls erhob. Das tat ich auch, aber ich schaute ihn dabei nicht an. Aber ich hasste mich dafür.

»Es hat mich gefreut, Sie kennenzulernen«, sagte Ivan und schüttelte Amandas Hand.

Ich nickte nur und ergriff ebenfalls ihre Hand. »Danke«, murmelte ich und klang dabei wie ein Arschloch, aber das war mir egal.

Ich hätte niemals erwartet, dass Karina irgendjemandem erzählen würde, dass ich Probleme mit … gewissen Dingen hatte. Einmal hatte meine Mom sogar vorgeschlagen, dass ich allen Menschen, denen ich begegnete, mitteilen sollte, dass ich eine Lernschwäche hatte. Doch das hatte ich abgelehnt. Ich wollte nicht, dass mich irgendjemand bemitleidete. Das hatte ich als Kind viel zu oft erlebt, nachdem die Leute in meinem Umfeld herausgefunden hatten, warum es mir so schwergefallen war, das Alphabet und dann später Lesen und Schreiben zu lernen.

Ivan zwängte sich hinter dem Tisch hervor, und ich folgte ihm. Doch als er seitlich neben dem Tisch stehen blieb, ging ich komplett um ihn herum und auf die Tür zu, drehte dabei an meinem Armband. *Es gibt keinen Grund, sauer zu sein. Er hat dich nicht als dumm bezeichnet. Er hat nicht gesagt, dass du nicht lesen kannst.*

Er wollte dich nur aufziehen. Genauso wie du ihn aufgezogen hast. Er hat sich schließlich auch nicht darüber beschwert oder gejammert. Sei nicht albern. Es besteht kein Grund, so dünnhäutig zu sein. Du hast schon Schlimmeres gehört.

Das hatte ich tatsächlich.

Also warum war ich so verdammt sauer und vielleicht auch ein ganz kleines bisschen … verletzt?

»Fleischk… Jasmine«, hörte ich Ivans vertraute Stimme irgendwo hinter mir.

Ich blieb nur deswegen nicht stehen, weil ich mich an einen Zeitplan halten musste. Ich lief definitiv nicht vor ihm weg. »Ich muss zur Arbeit«, sagte ich über die Schulter, ohne langsamer zu werden.

»Warte mal eine Sekunde.«

Ich hob die rechte Hand, betrachtete das große rote R darauf und versuchte, mich nicht zu schämen. »Wir sehen uns heute Nachmittag«, sagte ich, bevor ich in den Flur abbog, der zu den Umkleideräumen führte. Ich rannte hinein, weil ich wirklich zur Arbeit musste, und nicht weil ich mich davor drücken wollte, Ivans Worte zu hören, wie immer sie auch lauten mochten.

Mann, ich war so feige.

Zum Glück befand sich in diesem Moment nur eine weitere Person in der Umkleide, und sie und ich warfen uns nur einen flüchtigen Blick zu. Das war alles. Ich öffnete meinen Spind, schnappte mir meine Tasche und holte meine Arbeitskleidung, Deo, Make-up und die Feuchttücher heraus. Das blinkende grüne Licht an meinem Handy ließ mich innehalten. Ich griff nach dem Telefon, entsperrte es und stellte fest, dass ich zwei ungelesene Textnachrichten hatte.

Eine war von meinem Vater.

Habe dir letzte Woche eine Nachricht geschickt. Ich komme im September. Hoffe, dass wir uns dann sehen können.

Dieses seltsame Gefühl, das mich vorhin im Pausenraum überkommen hatte, rauschte erneut durch meinen Oberkörper, aber ich drängte es zurück. Ich tippe OK und drückte auf Senden. Dabei fühlte ich mich ein wenig schuldig, weil ich mir keine längere Antwort überlegt hatte. Doch dann scrollte ich nach oben und stellte fest, dass seine letzte Nachricht an mich vier Monate alt war, und plötzlich fühlte ich mich nicht mehr ganz so schlecht.

Dann rief ich die nächste Nachricht auf und sah, dass sie von meiner Mom war.

Viel Glück bei deinem Interview. Zappele nicht herum, schneide keine Grimassen und verdreh nicht die Augen, falls eine Kamera dabei ist. Und fluch bitte nicht.

Das entlockte mir ein Lächeln, das den Schmerz überlagerte, und ich tippte: Zu spät …

Nicht mal dreißig Sekunden später, als ich gerade meine Socken und meine Arbeitsschuhe aus der Tasche fischte, vibrierte mein Handy, um eine weitere Textnachricht von meiner Mom anzukündigen.

Mom: Ich streite einfach ab, dich zu kennen.

Kapitel acht

»Nicht, dass mich das kümmern würde, aber warum bist du sauer auf mich?«

Ich hatte gerade eine Runde auf der Eisfläche gedreht, um mich nach meiner einstündigen Dehneinheit aufzuwärmen, als Ivan neben mich glitt und mir diese dämliche Frage stellte.

Ich machte mir nicht mal die Mühe, in seine Richtung zu schauen, als ich ihm antwortete. »Nein.«

»Nein, du bist nicht sauer auf mich?«, hakte er nach.

Aus dem Augenwinkel konnte ich die Umrisse des weißen Reißverschlusspullis erkennen, den er anhatte. Dazu trug er eine marineblaue Trainingshose, die er an den Knöcheln in seine schwarzen Schlittschuhe gesteckt hatte. Wieso musste er sich immer so anziehen, als wäre Außenwirkung alles? Oh Mann. Ich trug mein übliches Outfit – ausgeblichene Leggings und ein ausgeblichenes langärmeliges Oberteil mit ein paar Löchern darin. Nicht besonders groß zu sein hatte auch einen Vorteil. Ich war seit über zehn Jahren nicht mehr aus Klamotten herausgewachsen.

»Nein«, wiederholte ich.

Zuerst erwiderte er nichts, sondern lief einfach nur schweigend neben mir her, während ich die nächste Runde drehte und dieses Mal ein wenig mehr Tempo als bei der ersten aufnahm. Dann fragte er plötzlich: »Nicht mehr?«

»Nein, ich war von Anfang an nicht sauer auf dich.«

»Ich habe nichts getan, weswegen du sauer auf mich sein müsstest.«

»Okay«, gab ich knapp zurück.

Eine Pause entstand. »Du warst also nicht sauer?«

War ich sauer gewesen? Nein. Hatte er einen Witz über etwas gemacht, auf das ich empfindlich reagierte? Ja. Aber wenn ich ihm das gestand, würde er mich womöglich nur noch mehr damit aufziehen.

Denn so waren wir eben, und die Schuld dafür konnte ich nur mir selbst geben. Und ihm. Wir hatten diese Grundlage erschaffen, auf der unsere … Arbeitsbeziehung – oder wie auch immer man es nennen wollte – fußte.

»Nein«, sagte ich. Ich behielt den Blick stur nach vorn gerichtet und schleuderte ihm seine eigenen Worte entgegen. »Um sauer auf dich zu sein, müsste mich kümmern, was du denkst.«

Er schaute über seine Schulter auf mich herunter und sagte nichts, während wir eine weitere Runde beendeten. Um diese frühe Uhrzeit hatten wir die Eisfläche ganz für uns. Gestern Nachmittag hatten wir bei unserem Nachmittagstraining direkt mit den Übungen angefangen. Hatte ich ihn mehr als sonst ignoriert? Nein.

»Das hier ist nur für ein Jahr«, rief er mir plötzlich ins Gedächtnis, als hätte ich das auch nur für eine Sekunde vergessen.

Ich machte mir nicht die Mühe, die Augen zu verdrehen. »Ich habe dich schon beim ersten Mal gehört, als du das Thema angesprochen hast, Hohlbirne.«

»Ich sorge nur dafür, dass du es nicht vergisst«, fügte er in diesem nervigen Tonfall hinzu.

»Wie könnte ich das, wenn du mich jeden zweiten Tag dran erinnerst?«, schnauzte ich ihn an, bevor ich mich davon abhalten konnte. Ich musste damit aufhören. Schließlich hatte ich gewusst, worauf ich mich einließ.

»Da ist aber jemand gereizt.«

Ich verdrehte die Augen. »Du nervst mich, indem du mir etwas mitteilst, das ich weiß. Ich bin nicht gereizt.«

»Du bist sehr wohl gereizt.«

»*Du* bist gereizt.«

»Ich sorge lediglich dafür, dass du später nicht enttäuscht wirst«, sagte er mit untypisch rauer Stimme. Das sorgte dafür, dass ich anhielt, damit ich ihn genauer betrachten konnte.

»Wovon redest du da?« Ich runzelte die Stirn und sah zu, wie er ebenfalls anhielt und sich zu mir herumdrehte. Ich wünschte, dass er nicht so viel größer als ich wäre. Dass er buchstäblich auf mich herabschaute, war echt ätzend.

»Du hast mich schon verstanden«, sagte er in einem Tonfall, der dafür sorgte, dass meine Handfläche juckte.

»Weswegen sollte ich denn bitte enttäuscht sein?« Die Chancen standen gut, dass meine Augen bereits aus meinem Gesicht hervortraten oder es zumindest jeden Moment tun würden.

»Weil du nicht länger meine Partnerin sein darfst.«

Ich starrte ihn an und war für einen Moment fest davon überzeugt, dass er einen Witz machte. Doch da ich die Ausmaße seines gewaltigen Egos kannte, konnte ich davon ausgehen, dass er mir ernsthaft genau das mitteilte, was gerade in seinem verkorksten Hirn vorging. »Ich werde bestens zurechtkommen, Luzifer. Mach dir um mich keine Sorgen. *So sehr* werde ich mich nicht an dich gewöhnen. Deine Persönlichkeit ist nämlich gar nicht so toll.«

Als er aufrichtig beleidigt wirkte, war ich nicht überrascht. »Weißt du, eine Menge Leute würden diese Gelegenheit liebend gern erhalten.«

»Ja, und eine Menge Leute würden diese Gelegenheit zu schätzen wissen, aber gleichzeitig begreifen, dass du keine goldenen Eier legst, du Held.«

»Goldene Eier?«

»Ja, hast du etwa noch nie von dem Märchen gehört?«

»Hast du das aus einem Bilderbuch?«

Das ließ mir die Gesichtszüge entgleiten, zumindest kurz. »Und wenn schon! Was ist denn bitte so schlimm daran, dass ich Bilderbücher mag und mir deine Schwester die Speisekarte vorliest?«, platzte es aus mir heraus, bevor ich mir ins Gedächtnis rufen konnte, dass ich mich nicht auf diesen Mist einlassen wollte.

Ivan schien kurz zurückzuzucken und schüttelte den Kopf. »Ich wusste, dass du sauer bist. Ich *wusste* es.«

Verdammt. »Ich bin nicht sauer, Satan.«

»Du hast mich gerade angeschrien.«

Ich ballte die Hände zu Fäusten, ohne es richtig zu merken. »Weil du mir auf die Nerven gehst.«

»Weil ich davon rede, dass du Bilderbücher magst. Ich habe schon Schlimmeres zu dir gesagt, ohne dass du mit der Wimper gezuckt hättest, aber …«

Hatte er recht? Natürlich hatte er recht. Würde ich das zugeben? Teufel nein.

»Ich bin nicht sauer«, wiederholte ich und versuchte, mich zu beruhigen und gelassen zu bleiben. Ich durfte ihn nicht die Oberhand erlangen lassen.

»Du bist sauer«, beharrte er.

Ich warf ihm einen Blick zu. »Nein, bin ich nicht.«

»Doch, bist du«, machte er weiter, ohne zu erkennen, dass er mich dadurch nur noch wütender machte … Vielleicht legte er es aber auch darauf an. Immerhin redeten wir hier von Ivan, also war beides möglich. »Du bist nicht die erste Frau, die mich anlügt und behauptet, nicht sauer auf mich zu sein, obwohl du es in Wahrheit bist.«

»Vergleich mich nicht mit deinen Ex-Partnerinnen«, presste ich hervor.

Ein seltsamer Ausdruck huschte über sein Gesicht. Er war so schnell wieder verschwunden, dass ich womöglich hätte denken können, dass ich ihn mir nur eingebildet hatte. Doch das hatte ich nicht.

Bevor er mir noch weiteren Schwachsinn erzählen oder versuchen konnte, seine Ex-Freundinnen oder Ex-Partnerinnen oder wen auch immer zu erwähnen, sprach ich weiter. »Mir ist egal, was du von mir hältst, Ivan. Nichts, was du zu mir sagen könntest, würde meine Gefühle verletzen.«

Dieses Mal war sein Blinzeln anders. Langsamer. Länger. Aber es dauerte trotzdem nur etwa drei Sekunden. Dann war seine Miene wieder normal, und er sagte: »Ich kenne dich gut genug.«

»Du kennst mich kein bisschen«, beharrte ich.

Aber dieser Mann hatte noch nie nachgegeben, und ich bezweifelte, dass er es je tun würde. Er starrte mich einen Moment lang an. Dann holte er tief Luft und stieß den Atem geräuschvoll wieder aus. »Ich kenne dich besser, als du denkst.«

Was er denkt, spielt keine Rolle, redete ich mir gut zu. *Es spielt keine Rolle.* Es kümmerte mich nicht. Ich wusste, worauf ich mich eingelassen hatte. Ein Jahr. Eine Möglichkeit auf den Sieg. Eine Möglichkeit, danach einen dauerhaften Partner zu bekommen.

»Nein. Du kennst mich nicht«, sagte ich und achtete darauf, dass meine Atmung gleichmäßig und ruhig blieb und nicht hektisch wirkte.

»Da lasse ich euch beide mal für vier Minuten alleine, und schon streitet ihr euch«, hallte Nancy Lees vertraute Stimme quer über das Eis. Sie nahm gerade ihre Kufenschoner ab, um sich uns auf dem Eis anzuschließen. »Werdet ihr euch je verstehen?«

Ivan sagte genau in dem Moment »Ja«, in dem ich »Nein« sagte.

Sie seufzte und schaute dabei nicht mal auf. »Vergesst, dass ich gefragt habe. Lasst uns anfangen, ja?«

Ausgerechnet heute, dachte ich bei mir, als ich den Schlüssel im Zündschloss drehte und nichts hörte. Nicht das Keuchen des Motors, der versuchte anzuspringen. Nichts. Nur ein Klicken.

»Verdammt«, zischte ich, schlug mit den Unterarmen auf das Lenkrad und schimpfte: »Verfluchte, beschissene Mistkacke!«

Ich war kurz davor, in Tränen auszubrechen, und ich hätte jedes Recht dazu gehabt.

Ich war müde. Mein Knöchel, mein Handgelenk und meine Knie schmerzten, weil mich Ivan auf das verdammte Eis hatte fallen lassen, während wir an den Drehungen gearbeitet hatten – was bedeutete, dass er mich hoch in die Luft warf, während ich versuchte, mich auf dem Höhepunkt mindestens dreimal um mich selbst zu drehen, bevor er mich auf dem Weg nach unten wieder auffing. Immerhin hatte er mich nur dreimal fallen lassen, auf den Matten war es doppelt so oft passiert, wenn nicht sogar öfter.

Ich wollte nur noch nach Hause. Es war Samstagnachmittag und noch so früh, dass noch niemand für die frühen und späteren Abendkurse im LK eingetroffen war. Und heute war mein freier Abend, an dem ich kein Pilates hatte und auch nicht laufen gehen musste, was ich nun mehrmals die Woche tat. Normalerweise ging ich zusammen mit meinem Bruder laufen, der gerade erst angefangen hatte, mir zu vergeben, dass ich ihm nichts von der Sache mit Ivan erzählt hatte. Heute war der Abend, an dem ich ausnahmsweise mal in Ruhe zu Abend essen konnte, ohne mich hetzen zu müssen, weil ich entweder ins Bett gehen oder ein Eisbad nehmen musste oder was auch immer sonst anstand.

Ich wollte einfach nur die Lasagne und den Schokoladenkuchen essen, die meine Mutter für mich machen wollte. Seit zwei

Tagen träumte ich schon von dem Knoblauchbrot ihres Ehemanns, seit sie mich darüber informiert hatte, dass sie am Samstag für mich kochen würde, damit ich meine Schummelmahlzeit aus rotem Fleisch und Käse entsprechend einplanen konnte.

Und nun steckte ich hier fest.

Das war so typisch.

Ich holte mein Handy aus der Tasche und überlegte, wen ich anrufen konnte. Pannenhilfe war bei meiner Versicherung nicht dabei, weil es dadurch teurer geworden wäre. Ich hätte meinen ältesten Bruder anrufen können, aber unserem Gruppenchat von vorhin zufolge machte er mit der Frau, mit der er gerade zusammen war, einen Ausflug. Jonathan würde mir raten, bei YouTube nach Hilfe zu suchen, und der Mann meiner Mutter war in Bezug auf Autos vollkommen nutzlos. Meine Mutter würde mir raten, meinen Onkel anzurufen, der eine eigene Reparaturwerkstatt und einen Abschleppwagen hatte.

Also …

Ich ging meine Kontakte durch, fand die Nummer und rief ihn an. Es tutete dreimal, dann meldete sich am anderen Ende seine tiefe Stimme: »Kleines, wie läuft's?«

Ich musste einfach lächeln. Er und mein Großvater waren die einzigen beiden Familienmitglieder, die solche Kosenamen für mich hatten. »Hi, Onkel Jeff. Ich lebe noch. Und du?«

»Gesund und munter, Süße.«

»Tut mir leid, dass ich dich stören muss …«

Er kicherte gedämpft. »Wie oft habe ich dir schon gesagt, dass du mich nie störst? Was ist los?«

»Mein Auto springt nicht an«, sagte ich. »Der Motor reagiert nicht. Es klickt nur. Das Licht habe ich aber nicht angelassen.«

»Wie alt ist deine Batterie?«

»Keine Ahnung.«

Er lachte. »Höchstwahrscheinlich ist es die Batterie, aber um Genaueres zu wissen, muss ich reingucken. Vielleicht sind auch nur die Anschlussklemmen korrodiert. Dann könnte ich sie für dich reinigen. Das Problem ist, dass ich heute und morgen in Austin bin. Wo bist du gerade?«

»Auf dem Parkplatz vor dem Lukov-Komplex«, antwortete ich.

»Könntest du das Auto dort stehen lassen, bis ich morgen wieder in der Stadt bin?«

Morgen … Morgen musste ich nur laufen gehen, Dehnübungen machen und meinen Wocheneinkauf erledigen. Dafür konnte ich mir das Auto meiner Mutter ausleihen. »Ja, kann ich machen.«

»Okay. Ich schaue mir den Wagen morgen an und sag dir, was das Problem ist. Passt das so?«

Entweder das oder ich zahlte dem Abschleppwagenfahrer Hunderte von Dollar, die ich für andere Dinge brauchte, damit er mein Auto nach Hause oder in Onkel Jeffs Werkstatt brachte, die ohnehin geschlossen war. »Das ist in Ordnung. Danke. Tut mir leid, dass ich gestört habe.«

»Kleines, was habe ich gerade gesagt? Du störst mich nie. Aber wir sehen uns morgen, Schätzchen. Es wird früher Abend werden, also halte mir in deinem vollen Terminplan ein Stündchen frei. Es wurde ohnehin mal wieder Zeit, dass ich deiner Mutter einen Besuch abstatte. Das letzte Mal ist schon zu lange her, und sie braucht hin und wieder jemanden, der sie daran erinnert, dass sie wie ein Troll aussah, bevor sie in die Pubertät kam«, meinte er lachend.

Ich lächelte. »Du bist der Einzige, der sich das erlauben darf. Als ich das letzte Mal zu ihr sagte, dass ich glaubte, auf ihrem Gesicht eine Falte entdeckt zu haben, versohlte sie mir beinahe den Hintern.«

Er lachte noch lauter. »Also gut, dann reden wir morgen. Tut mir leid, dass ich dir heute nicht mehr weiterhelfen kann.«

»Ich komme klar. Mach's gut, Onkel Jeff.«

»Bis dann, kleine Jasmine«, sagte er und legte auf.

Als ich ebenfalls auflegte, fühlte ich mich besser.

Dann fiel mir wieder ein, dass ich immer noch irgendwie nach Hause kommen musste.

Verdammter Mist.

Ich schob die Tür auf, stieg aus dem Auto, ging auf die Beifahrerseite, um mir meine Tasche zu schnappen, und grübelte darüber nach, ob ich Ruby oder Tali anrufen sollte, als jemand hupte. Ich ignorierte es, griff mir meine Tasche und schlug die Tür mit meiner Hüfte zu, als das Hupen erneut ertönte. Ich warf einen Blick über meine Schulter … und bereute es.

Denn in einem schwarzen, schnittigen Wagen, auf dessen Fahrerseite das Fenster heruntergelassen war, befand sich ein Gesicht, das ich nur zu gut kannte.

»Willst du Schokolade, kleines Mädchen?«, fragte der Idiot, stützte den Unterarm ins Fenster und schob sich die Sonnenbrille mit den dunklen Gläsern ins Haar.

Ich trat einen Schritt zurück und lehnte mich an die senfgelbe Beifahrertür meines Subaru. »Nicht von dir«, erwiderte ich und betrachtete den Mann, den ich den ganzen Nachmittag nach Kräften ignoriert hatte.

Er zog die Augenbrauen hoch. »Soll ich dich mitnehmen?«

Woher wusste er, das ich ein Problem habe?

»Ich habe gesehen, wie du in dein Auto gestiegen bist und dann auf das Lenkrad eingehämmert hast«, erklärte er, als wüsste er, was mir durch den Kopf ging. »Ich habe kein Starthilfekabel dabei.«

Natürlich nicht. Sein Auto war noch nicht einmal ein Jahr alt. Das Auto, das er davor gehabt hatte, war ein mitternachtsblauer BMW gewesen, der nicht älter als drei Jahre gewesen sein konnte.

»Steig ein«, sagte er.

»Ich …«

»Ich nehme dich mit. Denk nicht zu viel darüber nach. Du musst mich nicht mal dafür bezahlen.«

Oh Gott. Ich hasste ihn. Ich hasste ihn sogar noch mehr, als er lächelte, als wüsste er, dass er saukomisch war.

Ich könnte Jojo oder Tali oder Ben oder James oder Ruby anrufen. Sie würden mich abholen kommen. Das wusste ich. Selbst wenn sie bereits bei meiner Mutter waren.

»Willst du wirklich hier warten, bis dich jemand abholt?«, fragte er und zog erneut die Augenbrauen hoch.

Er hatte recht.

Aber ich wollte auch nicht zu ihm ins Auto steigen, also …

»Steig schon ein, du Verliererin.«

Ich blinzelte. »Hast du mich gerade V …?«

»Ich habe nicht den ganzen Tag Zeit. Lass uns fahren. Du willst hier nicht blöd rumstehen und ich auch nicht«, sagte er und nickte in Richtung seines Beifahrersitzes.

Mist.

Zwei andere Autos waren auf den Parkplatz gekommen, während wir diskutiert hatten, und ich konnte die Familien sehen, die aus den Fahrzeugen stiegen. Wollte ich hier stehen und mich mit Ivan streiten, während andere Leute zuschauten? Vielleicht. Aber ich hatte versprochen, mich zu bessern und die Fassade aufrechtzuerhalten, also …

»Meinetwegen«, murmelte ich. Mir war vollkommen klar, wie undankbar ich klang, und ich fühlte mich deswegen nur ein ganz klein wenig schlecht. Ich trat auf seinen Tesla zu, hielt dann aber inne und zog die Augen zusammen. »Versprichst du, dass du mich nicht in den Wald fahren und umbringen wirst?«

Er grinste. »Ich verspreche, dass es kurz und schmerzlos sein wird, falls ich es tue.«

»Ich werde ein Foto von deinem Nummernschild machen, damit sie dein Auto auf DNA-Spuren von mir untersuchen.«

»Ich habe Bleichmittel«, schoss er zurück.

Ich schaute ihn mit gerunzelter Stirn an und ging um das Heck des Autos herum, um das Nummernschild zu fotografieren. Denn auch wenn ich wusste, dass mich Ivan nicht umbringen würde, sollte jemand wissen, wo ich mich befand. Zumindest würde ich genau das meinen Schwestern raten, wenn sie in meiner Lage wären. Man konnte niemandem vertrauen.

Ich schickte meiner Mutter das Foto von Ivans Nummernschild, denn wenn jemand Himmel und Hölle in Bewegung setzen würde, um mich zurückzubekommen, dann war sie es. Ich stieg ein, stellte meine Tasche in den Fußraum und schnallte mich an. Dann wandte ich mich Ivan zu, rang mir so etwas wie ein Lächeln ab und murmelte leise: »Danke.« Es fühlte sich an, als würde man mir das Wort mit einer Zange aus dem Mund ziehen.

»Kein Grund, so aufgeregt zu sein«, erwiderte er. »Unter welcher Brücke wohnst du, und wie kommen wir dorthin?«

»Ich kann dich nicht ausstehen.«

Er kicherte, ließ die Sonnenbrille auf seiner Nase ein Stück nach unten rutschen und richtete den Blick nach vorn. »Wohin?«

Ich nannte ihm die Adresse. Schweigend beobachtete ich, wie er den Wagen vom Parkplatz manövrierte, um schließlich auf die Schnellstraße abzubiegen. Ich schaute abwechselnd aus dem Fenster und auf den riesigen Bildschirm, der in das Armaturenbrett eingebaut war. Dann schaute ich wieder zu Ivan, als ich glaubte, dass er es nicht bemerken würde. Ich wollte auf gar keinen Fall, dass er mich dabei erwischte, wie ich seine perfekt geformte Nase betrachtete. Die älteren Mädchen im

LK schwärmten von seinem Kiefer. Seine Wangenknochen und Augenbrauenwölbungen standen in perfekter Proportion zum Rest seines Gesichts. Dieses Gesicht sah aus, als gehörte es jemandem mit königlichem Blut. Einem Prinzen oder so.

Nicht dass ich das je laut zugeben würde.

Und es spielte auch keine Rolle, wenn hinter diesem hübschen Gesicht und dieser hübschen Haut das leibhaftige Böse wohnte.

»Mach doch einfach ein Foto, dann hast du länger was davon«, sagte Ivan plötzlich.

Ich blinzelte und spielte mit dem Gedanken, mich abzuwenden, kam aber zu dem Schluss, dass das noch schlimmer wirken würde. »Das werde ich. Ich denke, dass im Lexikon ein Eintrag über Arschlöcher fehlt, und dein Bild würde sich dort gut als Beispiel machen.«

Er löste die rechte Hand vom Lenkrad und presste sie auf sein Herz. »Autsch.«

Ich schnaubte. »Gern geschehen.«

Er schaute kurz zu mir. Die dunkle Sonnenbrille verdeckte seine Augen. »Was? Denkst du etwa, dass du mich nicht verletzen kannst.«

»Um verletzt werden zu können, braucht man ein Herz.«

Seine Hand ruhte immer noch auf seiner Brust. »Autsch, Jasmine. Wirklich. Ich habe ein Herz.«

»Wenn es aus Stöcken und Steinen zusammengebastelt und rot angemalt ist, zählt es nicht.«

Sein mir zugewandter Mundwinkel zuckte ganz leicht nach oben. »Ich habe es aus Ton gemacht, Fleischklops. Trau mir doch wenigstens ein bisschen was zu.«

Ich wollte es nicht. Wirklich nicht. Aber ich kicherte und wandte mich ab, so als würde es nicht wirklich passieren, solange er es nicht sehen konnte.

»Weißt du, womöglich wären wir in der Lage, miteinander auszukommen, wenn wir es versuchen würden«, sagte er nach einem Augenblick. Ich hatte das Gesicht immer noch von ihm abgewandt.

Ich wollte ihn anschauen ... denn es gab eine Menge Dinge, die das Gesicht einer Person nicht verbergen konnte, vor allem ein Gesicht, das ich so gut kannte wie Ivans. Doch ich zwang mich dazu, weiterhin aus dem Fenster zu starren. Denn Ivan und ich als Freunde? Warum sprach er das überhaupt an und stellte es als Möglichkeit in den Raum? Ich hatte keine Ahnung, wie seine Beweggründe aussahen. »Da bin ich mir nicht so sicher«, sagte ich ehrlich.

Eine Pause entstand, und er fuhr einfach weiter. »Du magst meine Schwester.«

»Aber du bist nicht deine Schwester. Ihr seid vollkommen unterschiedliche Persönlichkeiten.« Das stimmte. Karina war die meiste Zeit über süß, verfügte aber über ein Rückgrat, das ich enorm respektierte. Sie nahm die meisten Dinge nicht allzu ernst, es sei denn, sie waren ihr wichtig. Sie brachte mich ins Gleichgewicht. Sie war warm und unbekümmert, wann immer ich es nicht war.

Er sagte: »Ich hätte nicht gedacht, dass du eine Ausrede vorschieben würdest.«

»Ich schiebe keine Ausrede vor.«

Ivan behielt den Blick nach vorn gerichtet. »Für mich klingt das aber so.«

»Nancy Lee bat uns lediglich, nett zueinander zu sein. Das ... haben wir hinbekommen.«

»Es wäre leichter, wenn du mich nicht hassen würdest«, sagte er.

Ich starrte mit gerunzelter Stirn auf die Windschutzscheibe. »Ich hasse dich nicht.«

Dieses Mal warf er einen kurzen Blick in meine Richtung.

»Ich hasse dich nicht«, wiederholte ich und schaute ihn an, obwohl er den Blick bereits wieder abgewandt hatte. »Wie kommst du darauf?«

»Du hast ›Ich hasse dich‹ gesagt.«

»Das bedeutet nicht, das ich dich *wirklich* hasse. Ich wusste nicht, dass du so zartbesaitet bist. Ich mag dich nicht, aber ich hasse dich auch nicht wirklich.«

Jetzt kicherte er blöd, na klar, und sagte: »Mir ist vollkommen egal, ob du mich hasst.«

»Ja, klar: Lass uns Freunde sein, aber mir ist egal, ob wir es sind oder nicht – merkst du selber, oder?«, höhnte ich.

»Also?«

»Also was?«

»Also ja oder nein?«

Freundeten sich Menschen im echten Leben auf diese Weise an? Ich hatte keine Ahnung. Woher sollte ich das auch wissen? Sämtliche meiner Freundschaften lagen vor der Zeit, als ich noch nicht jeder Person, der ich begegnete, misstraute.

Und Ivan?

»Ich meine …«

»Wenn du denkst, dass du es nicht schaffen kannst …« Er zuckte mit diesen breiten Schultern, auf die ich in den letzten paar Wochen fünftausendmal meine Hände gelegt hatte.

Er wusste, dass ich darauf ansprang, wenn man mich so herausforderte.

Mist.

Ich betrachtete sein Gesicht, doch seine Miene blieb unverändert. Er blickte einfach weiter stur geradeaus. Ich fühlte mich … falsch. Und seltsam.

»Was würde sich ändern, wenn wir Freude wären? Müssten wir dann irgendetwas machen oder was?«, fragte ich.

»Keine Ahnung«, lautete seine Antwort. Und tatsächlich hatte ich ihn schon Hunderte Male von Menschen umringt gesehen. Er hatte immer gelächelt, andere umarmt und so getan, als würde er die Aufmerksamkeit lieben und als wäre er dafür geboren, im Rampenlicht zu stehen. Aber hatte ich ihn schon mal länger als ein paar Minuten mit jemandem reden sehen?

Hm. Da war ich mir nicht sicher.

»Ich werde darüber nachdenken«, sagte ich, bevor ich mich davon abhalten konnte.

»Okay«, sagte er heiser.

Was hatte das alles zu bedeuten? Was sollte ich tun? Ich war nicht der Typ, der grundlos irgendwelche Leute umarmte. Und ich hatte auch keine Zeit, mit anderen abzuhängen oder was auch immer Freunde sonst so taten. Ich hatte nicht gelogen. Ich hasste ihn nicht. Ich hasste meinen Ex und ein paar andere Leute, aber Ivan mochte ich einfach nur nicht. Er war streitlustig, arrogant, unverschämt …

Ich hatte mich gerade selbst beschrieben, oder? Mist.

Das würde niemals funktionieren. Deswegen hatte ich keine Freunde oder zumindest nicht mehr als eine Handvoll, denn ich musste …

Dann fiel mir ein, dass es hier um Ivan ging, der den gleichen Terminplan wie ich und genauso wenig Zeit hatte. Oder hatte er Zeit? Ich hatte keine Ahnung, was er machte, wenn wir nicht zusammen waren.

Könnten wir … Freunde sein? Oder wenigstens versuchen, uns weniger zu zoffen? Was ich eigentlich wissen wollte, war: Würde er das überhaupt wollen?

»Das hier ist nur für ein Jahr«, erinnerte ich ihn. Die gleichen Worte hatte er mir gegenüber ja so gern benutzt, das letzte Mal heute Morgen vor dem Training und dem Ballettunterricht.

»Das weiß ich«, murmelte er.

»Welchen Sinn hätte das Ganze also?«

»Schön, vergiss es«, brummte er und bog in die Straße zu unserem Viertel ein.

»Du bist derjenige, der das Thema angesprochen hat«, erwiderte ich ebenso brummig.

»Tja, ich habe es mir anders überlegt.«

»Tja, so was macht man aber nicht.«

»Hab ich aber gemacht.«

Ich blinzelte. Mir gefiel nicht, wie gekränkt ich war. Dabei wollte ich nicht mal mit ihm befreundet sein. Das wäre das Letzte, was ich wollte, aber jetzt, wo er nicht mehr wollte …

Der Typ hatte mir gar nichts vorzuschreiben. Er kontrollierte mich ohnehin schon viel zu sehr. »Pech gehabt, Arschgesicht«, sagte ich. »Ich schätze, ich will das mal versuchen.« Wenn ich mich nicht sehr irrte, war mir bei diesen Worten der Schweiß ausgebrochen.

Er gab einen Laut von sich und drehte das Lenkrad herum. »Du *schätzt*?«

»Ja, ich schätze.«

Er verzog das Gesicht, sagte aber: »Ich werde darüber nachdenken.«

»*Du* wirst darüber *nachdenken* …« Ich verstummte, als ich sah, dass wir da waren. In der Einfahrt parkten drei Autos. Verdammt. »Hier ist es«, sagte ich und deutete auf das Haus.

Ivan steuerte den Wagen auf den freien Parkplatz, und ich sagte schnell: »Okay, danke fürs Bringen.« Dabei hatte ich eine Hand bereits am Türgriff und streckte die andere nach dem Tragegurt meiner Tasche aus.

Fassungslos schaute ich zu, wie er den Motor abstellte.

Was zur Hölle hatte er vor?

Ivan wandte sich mir zu und zog die Augenbrauen hoch. »Kann ich mal eure Toilette benutzen?«

Kapitel neun

Kein einziges der Worte, die ich im Laufe meines Lebens gelernt hatte, existierte plötzlich mehr. Weil ich in diesem Moment, in dem ich auf diesem butterweichen Ledersitz eines Autos saß, das mehr als die meisten Häuser unseres Viertels kostete, und eine Hand am Türgriff hatte, keine Ahnung hatte, was ich sagen sollte. Ich wusste nicht mal, ob ich ihn richtig verstanden hatte.

»Wie bitte?«, krächzte ich.

Er machte sich nicht die Mühe, meine Frage zu beantworten, sondern streckte die Hand nach dem Türgriff aus und sagte: »Kann ich mal eure Toilette benutzen?«

Was …?!

Er wollte, dass ich ihn *hereinbat*? Verlangte er das ernsthaft von mir? Teilte er mir auf nicht gerade besonders subtile Weise mit, dass er *mein Haus* betreten wollte? In dem sich meine Familie befand? Um zu pinkeln?

Das »Nein« lag mir bereits auf der Zunge, füllte meine Kehle aus und wurde schließlich so groß, dass es sich sogar bis in meine Speiseröhre erstreckte. Doch ich wollte *besser* sein. »Wenn … du willst.«

Ivans Erwiderung bestand darin, auszusteigen und die Tür zuzuschlagen. Ich saß unterdessen immer noch auf dem Beifahrersitz und fragte mich, was gerade passiert war. Dann stieg ich auch aus, schnappte mir meine Sachen und schloss die Tür so sanft wie möglich. Er hatte den Weg zur Haustür bereits zur Hälfte hinter sich gebracht und wartete auf mich. Er hatte die

Hände in die Taschen seiner Trainingshose gesteckt, und sein schwarzer Fleecepullover passte perfekt zu seinen schwarzen Tennisschuhen. Am meisten ärgerte mich jedoch die Tatsache, dass er genau wie ich nicht geduscht hatte, im Gegensatz zu mir aber nicht so aussah, als würde er dringend eine Dusche brauchen.

»Wer ist alles hier?«, fragte der neugierige Blödmann.

Ich antwortete nicht, sondern ging in Richtung Tür und kramte nach meinem Schlüssel. Ich hatte die Autos, die in der Einfahrt parkten, ja gesehen. Der Cadillac gehörte James, dem Mann meines Bruders. Der 4Runner war Talis, und der Yukon gehörte Squirts Mann. »Meine Mom, ihr Mann Ben, mein Bruder und sein Mann, meine beiden Schwestern, Aaron, der Mann meiner Schwester, und ihre Kinder.«

»Welche Schwester?«, hakte er nach.

Ich musterte ihn, während ich den Schlüssel ins Schloss schob und mich fragte, wie schlimm es werden würde. Bei meinem Glück würde die Sache in einer Katastrophe enden.

Gott steh mir bei.

»Der Rotschopf oder die süße Stille?«, fragte er.

»Aaron ist Rubys Mann, sie ist die Nette«, erwiderte ich. Meine Worte klangen abgehackt und gestelzt, weil ich einfach nicht begriff, wieso er meine beiden Schwestern kannte. Ruby, die Jüngere der beiden, war seit Jahren nicht mehr mit mir in der Eishalle gewesen. Nicht, seit sie mit ihrem ersten Kind schwanger gewesen war. Tali kam immer noch hin und wieder mit, aber auch sie begleitete mich nicht mehr so oft wie früher. Und ich konnte mich nicht erinnern, dass eine von ihnen je bei seinen Eltern zu Hause aufgetaucht war, um mich abzuholen, wenn ich Zeit mit Karina verbracht hatte.

»Du hast noch einen Bruder, oder?«, fragte er, als ich gerade die Klinke herunterdrücken wollte.

Woher wusste er das? Vielleicht hatte Karina es irgendwann mal erwähnt. Immerhin war sie früher mal in Seb verknallt gewesen. »Ja, Sebastian. Er ist der älteste.«

Als ich für Ivan und mich die Tür aufschob, konnte ich das leise Gelächter hören, das aus Richtung Küche kam.

Ich würde das hier bereuen. Ich wusste mit Sicherheit, dass ich es bereuen würde, ihn ins Haus gelassen zu haben. Aber wenn ich ihm sagte, dass ich nicht wollte, dass er mit hereinkam, würde mich das bloß schwach wirken lassen oder so aussehen, als wollte ich etwas vor ihm verbergen. Außerdem war es irgendwie gemein.

Ich winkte Ivan herein. »Ich zeige dir das Bad«, bot ich an.

Er verzog das Gesicht. »Solltest du nicht zuerst deiner Familie Hallo sagen?«

Vielleicht sollte ich das. Aber ich wollte nicht.

»Ich sollte deiner Mutter Hallo sagen.«

Oh Gott.

Ich hatte aus gutem Grund nie einen Freund mit nach Hause gebracht. Und jetzt … Tja, jetzt hatte ich einen der derzeit für mich wichtigsten Menschen hergebracht, damit er diese Psychos kennenlernen konnte, selbst wenn es nur kurz war.

Ich dachte an all die schrecklichen Dinge, die ich im Laufe der Jahre zu den damaligen Freunden und Freundinnen meiner Brüder und Schwestern gesagt hatte, und ahnte, dass sie mir das nun höchstwahrscheinlich heimzahlen würden.

Ich war nicht so dumm zu denken, dass sie sich von ihrer besten Seite zeigen würden, nur weil ein Goldmedaillengewinner vorbeikam, um Hallo zu sagen.

Zumindest hoffte ich inständig, dass das alles war, was er vorhatte. Der Duft, der in der Luft lag, verriet mir, dass das Abendessen so gut wie fertig war. Es roch himmlisch.

Ich winkte ihm, mir zu folgen. Ich ging am Wohnzimmer

vorbei, in dem Ben vor der Hausbar stand und drei unterschiedliche Gläser mit etwas füllte, das wie Gin Tonic aussah. »Hey, Ben«, rief ich und blieb hinter der Couch stehen.

Er drehte sich nicht um, sondern schraubte die Flasche zu. »Hey, Jas«, flüsterte er, warf schließlich doch einen Blick über seine Schulter und riss die bernsteinfarbenen Augen auf, und ich wusste, dass er genau wusste, wer da nur ein paar Zentimeter neben mir stand.

»Warum flüsterst du?«, fragte ich.

Er deutete nach oben. »Die Kinder schlafen in unserem Zimmer.«

Oh. Ich beschloss, später einen heimlichen Blick ins Schlafzimmer meiner Mutter zu werfen. »Ben, das hier ist mein Partner Ivan. Ivan, das ist der Mann meiner Mutter, Ben«, stellte ich die beiden einander vor. Ivan trat vor und sagte wie ein normaler, höflicher Mensch: »Freut mich, Sie kennenzulernen.«

Hm.

Ich bemerkte, dass Ben mir einen fassungslosen Blick zuwarf. Dann ergriff er Ivans ausgestreckte Hand. »Ganz meinerseits.« Er hielt inne. »Wollen Sie was trinken?«

»Ich muss noch fahren, aber danke«, erwiderte er unbekümmert.

»Lassen Sie es mich wissen, falls Sie es sich anders überlegen«, sagte Ben und warf mir einen weiteren fassungslosen Blick zu.

Ich winkte Ivan, mir in die Küche zu folgen. Ich erkannte das Lachen meiner Schwester und gleich darauf Jojos Stimme: »Halt die Klappe.«

Ich trat in den breiten Durchgang zur Küche und betrachtete meine Geschwister und ihre jeweiligen Partner, die alle um die Kücheninsel herum saßen und sich auf etwas in ihrer Mitte konzentrierten. Meine Mom war damit beschäftigt, im Backofen in etwas herumzustochern. Ich schaute kurz zu Ivan, zog die Augenbrauen hoch und betrat die Küche. Jonathan warf die Hände in die Luft. Einen Sekundenbruchteil später war Klappern und Scheppern zu hören.

»Nein!«, zischte mein Bruder. Gleichzeitig rief meine Schwester Tali: »Wie konntest du das nur verbocken?«

»Du weißt doch, dass er ein wirklich schlechter Jenga-Spieler ist«, sagte ich und näherte mich meiner Schwester von hinten. Sie drehte sich genau in dem Moment um, in dem ich ihren Kopf berührte.

»Jasmine«, quietschte Ruby und streckte die Hände in meine Richtung aus, nur um auf halbem Weg innezuhalten. Das tat sie immer.

Ich seufzte nicht mal. Ich schlang einfach die Arme um sie und bemerkte, dass es keine Sekunde dauerte, bis sie die Umarmung erwiderte.

»Ich komme ständig her, und mich umarmst du nie so«, beschwerte sich Jojo von seinem Platz auf der anderen Seite der Kücheninsel.

Ich umarmte Ruby immer noch, als ich einen Blick in seine Richtung warf und sagte: »Weil sie nie ins Bad kam, während ich gerade duschte, und einen Krug Eiswasser über mir ausgoss.«

»Bist du deswegen etwa immer noch sauer?«, fragte mein Bruder. Er stütze die Ellbogen auf die Kücheninsel und grinste so breit, dass seine Zahnlücke zum Vorschein kam.

»Das war letzte Woche«, rief ich ihm ins Gedächtnis. »Und zwei Wochen davor hast du es ebenfalls gemacht.«

»Ich wollte dir nur helfen, damit d …«, fing er an, als ihm James, der neben ihm saß, seinen Ellbogen gegen den Arm rammte. »Wofür war das denn?«

James hatte den Blick hinter mich gerichtet und stieß seinen Mann noch einmal mit dem Ellbogen an.

Jetzt oder nie, richtig? »Ivan hat mich nach Hause gefahren, weil mein Auto nicht anspringen wollte«, erklärte ich und sah zu, wie sie sich alle, sogar meine Mom, die immer noch am Ofen stand, umdrehten, um hinter mich zu schauen. »Leute, das ist Ivan. Ivan, das ist meine Familie.«

Mein Bruder quiekte. James stieß ihn erneut mit dem Ellbogen an. Meine Schwester Tali blinzelte. Rubys Hand an meinem unteren Rücken zuckte. Meine Mutter tat nichts, und auch der schöne blonde Mann meiner Schwester, der direkt rechts von mir saß, zeigte keinerlei Reaktion.

»Hallo«, rief Ivan, der heute offensichtlich einen besonders höflichen Tag hatte.

Meine Mutter war diejenige, die antwortete: »Hallo, Ivan.« Sie kam um die Kücheninsel herum und wischte sich die Hände an der Schürze ab. »Wie schön, dich wiederzusehen.«

Er entgegnete etwas, das ich nicht hören konnte, weil Ruby sich an mich heranlehnte, um mir ins Ohr zu flüstern. »Er ist wahnsinnig groß und attraktiv.«

Ich warf einen Blick zu dem Mann neben ihr, der sich zur Kücheninsel umgedreht hatte und damit beschäftigt war, die Holzklötzchen einzusammeln, die dort überall verteilt lagen. »Ich werde deinem Schönling verraten, dass du einen anderen Kerl begaffst.«

Sie starrte mich finster an. »Du bist furchtbar, Jasmine.«

Ich lächelte sie an. Sie war die Letzte gewesen, die ausgezogen war, und auch wenn seitdem sechs Jahre vergangen waren, vermisste ich sie immer noch, als wäre es erst gestern gewesen. Auch wenn ich Jonathan sehr nahestand, war Ruby diejenige, zu der ich immer die engste Bindung gehabt hatte. Meine Mom meinte, dass das daran läge, dass wir das komplette Gegenteil voneinander seien und uns gegenseitig ergänzten. So wie ich und Karina. Ich war hingegen immer der Ansicht gewesen, dass es einfach nur daran lag, dass sie die meiste Geduld mit mir hatte und ich ihr gegenüber immer übertrieben beschützerisch gewesen war, obwohl sie fünf Jahre älter als ich war.

Ich streckte eine Hand nach rechts aus und tippte ihrem Mann mit dem Handrücken auf die Schulter. Dabei fiel mir das Babyfon auf, das vor ihm auf dem Tisch stand. Es war eins dieser neumodischen Geräte mit Videomonitor.

Er schaute von den Jenga-Klötzchen zu mir hoch und grinste. »Jasmine.«

Ich schenkte ihm ein Lächeln. Das fiel mir nicht schwer. »Aaron.«

»Ich wollte dir noch sagen, wie sehr ich mich für dich freue, dass du einen neuen Partner hast«, sagte er mit seinem honigsüßen Louisiana-Akzent. »Ich wusste, dass es nur eine Frage der Zeit sein würde.«

Mein Lächeln wurde ein wenig breiter, und ich nickte ihm zu. Im Gegenzug lächelte mich der Mann, über den mein Bruder schon gescherzt hatte, dass er schwören könnte, ihn schon einmal auf dem Cover eines Buchs gesehen zu haben, freundlich an. Aaron hatte nur etwa fünf Minuten gebraucht, um mich davon zu überzeugen, dass er es verdiente, der erste feste Freund meiner Schwester zu sein. Ich war darauf vorbereitet gewesen, ihn aus tiefster Seele zu hassen. Aber in diesen ersten fünf Minuten, nachdem sie ihn mit nach Hause gebracht hatte, um ihn uns allen vorzustellen – sechs Monate, bevor sie miteinander durchbrannten, und sechseinhalb Monate, bevor wir es herausfanden –, hatte er sie gebeten, ihm all die Kostüme zu zeigen, die sie im Laufe der Jahre entworfen und genäht hatte. In diesem Moment hatte ich gewusst, dass sie den richtigen Mann gefunden hatte.

Wenn er nicht gut für sie gewesen wäre, hätten meine Mom und ich ihm in einer dunklen, verregneten Nacht, in der er uns nicht identifizieren könnte, eine ordentliche Abreibung verpasst.

»Was geht, Mann«, sagte mein Bruder Jonathan. Ich warf einen Blick über meine Schulter und stellte fest, dass Jojo von der Kücheninsel aufgestanden war und meine Mom an seiner Seite überragte. Er hatte bereits eine Hand ausgestreckt und schüttelte Ivans.

»Wie läuft's?«, erwiderte Ivan. »Ivan.«

Als wüsste Jojo nicht, wer er war.

»Jonathan«, sagte mein Bruder und klang vollkommen gelassen und kein bisschen so, als hätte er früher schon häufiger über Ivans »Eiskunstläuferhintern« geredet. »Das ist mein Mann James«, fuhr er fort und deutete hinter sich in Richtung Kücheninsel. James winkte.

»Du bist mein viertliebster Eiskunstläufer«, sagte James und zwinkerte mir zu.

Viertliebster?

Jojo schien sich die gleiche Frage zu stellen. »Wer sind die anderen drei?«

»Jasmine.«

»Zwei und drei?«

»Jasmine.«

Mein totes Herz erwärmte sich ein wenig, und wäre ich der Typ gewesen, der anderen Luftküsse zuwarf, hätte ich jetzt einen in James' Richtung geschickt. »Ich würde dich beiseitestoßen, wenn du in Gefahr wärst, überfahren zu werden«, versicherte ich ihm und meinte es genau so.

Er lächelte und zwinkerte mir erneut zu. »Ich weiß, dass du das tun würdest, Jas.«

Ich erwiderte das Lächeln und schaute dann zu Ivan, um

festzustellen, dass er mich beobachtete. Ich wollte ihn gerade fragen, warum er so doof glotzte, hielt dann aber inne, als mir wieder einfiel, dass ich eingewilligt hatte, versuchsweise mit ihm befreundet zu sein. Was hatte ich mir dabei denn gedacht?

»Würdest du mich auch beiseitestoßen, um mich zu retten?«, fragte Jojo.

»Nein. Aber ich würde ein paar hübsche Blumen für deine Beerdigung pflücken.«

Er streckte mir die Zunge raus. Ich streckte ihm die Zunge raus. Er hob den Mittelfinger ans Gesicht und kratzte sich damit an der Nasenspitze. Ich hob meinen und rieb mir damit quer über die Augenbrauen.

»Jasmine, ich bitte dich«, stöhnte meine Mutter. »Nicht vor den Gästen.«

»Aber er …«, fing ich an und deutete auf Jonathan, bevor ich mich zusammenriss und den Kopf schüttelte.

Das höhnische Gelächter meines Bruders war sehr leise, aber ich hörte ihn trotzdem.

»Das Abendessen ist so gut wie fertig. Willst du vorher noch duschen, Jasmine?«, fragte meine Mom in dem Moment, als Tali auf Ivan zuging und sich ihm vorstellte. Zumindest ging ich davon aus, dass das ihre Absicht war, als sie ihn umarmte.

Ich beobachtete die beiden und nickte. »Klar.«

Ivan schenkte meiner Schwester ein Lächeln, das ich noch nie zuvor bei ihm gesehen hatte … und es löste in mir seltsame Gefühle aus. Tali war die jüngere Version meiner Mom. Schön, schlank, mit rotem Haar und heller Haut und einer Knochenstruktur, die kein Schönheitschirurg auf der ganzen Welt nachahmen konnte. Wann immer ich mit ihr ausging, starrte oder baggerte sie jemand an. Sie war so sehr daran gewöhnt, dass sie es schon gar nicht mehr bemerkte. Ich ließ mir deswegen keine grauen Haare wachsen. Manche Menschen sahen eben einfach besser aus als andere. Ich mochte vielleicht nicht so schön wie meine Schwester sein, aber ich war zäh und hatte einiges drauf, und das hatte schon immer dafür gesorgt, dass ich mich gut fühlte. Doch Tali würde mir dabei helfen, eine Leiche zu vergraben … falls das je nötig sein sollte.

»Dann geh duschen«, verlangte meine Mom. »Ich will nicht, dass die Lasagne anbrennt.«

Ich nickte und schaute kurz zu Ivan, der immer noch mit meiner Schwester redete. »Ivan, ich zeige dir, wo das Bad ist …«

»Willst du die nächste Runde Jenga mitspielen?«, fragte Jonathan ihn.

Ich blinzelte.

In der Zeit, die mich das kostete, antwortete Ivan: »Klar.«

Was?

»Geh duschen, du Stinktier, damit wir essen können«, fuhr Jojo ungerührt fort.

Ivan schaute zu mir und musste den verblüfften Ausdruck auf meinem Gesicht gesehen haben, denn ein Anflug eines Schmunzelns schlicht sich auf seine Lippen. »Ja, du Stinktier. Geh duschen«, wiederholte er wie ein Idiot.

»Er hat auch noch nicht geduscht«, ließ ich sie wissen.

»Ich stinke aber nicht«, sagte Ivan.

»Ich auch nicht.«

»Darüber könnte man streiten«, sagte Tali und hustete.

Ich ignorierte sie, weil ich wusste, was passieren würde, wenn ich nicht die Kontrolle über die Situation übernahm. »Ivan, du musst nicht bleiben, wenn du nicht willst. Ich bin mir sicher, dass du Besseres zu tun hast. Ich kann dir zeigen, wo das Bad ist.«

»Ich würde gerne Jenga spielen«, lautete seine Erwiderung.

Was sollte ich tun? Es ihm verbieten? Ich würde das hier bereuen, das wusste ich jetzt schon.

»Ich zeige dir das Gästebad«, bot Jojo an.

Mist.

»Okay«, murmelte ich, beugte mich zu Ruby und flüsterte: »Bitte sorg dafür, dass nichts Schlimmes passiert.« Sie lachte. Ich berührte noch einmal ihren Kopf, schaute mich noch ein letztes Mal in der Küche um und sah, wie Ivan sich neben James setzte.

Dann ging ich raus und streifte auf dem Weg die Treppe hinauf Ben, an dem ich vorbeirannte, als stünde mir der Hintern in Flammen. Ich duschte so schnell wie noch nie zuvor in meinem Leben und stellte mir dabei all die schrecklichen Dinge vor, die sie Ivan vermutlich über mich erzählten. Genau das hatte ich verdient. Ich zog mich an und sah tatsächlich ganz okay aus.

Nachdem ich meine geschundenen Füße mit Aloe-Vera-Lotion eingerieben hatte, ging ich die Treppe hinunter und lauschte angestrengt, um zu erfahren, worüber sie in der Küche redeten. Das Problem war, dass sie ausnahmsweise einmal alle zu flüstern oder gar nicht zu reden schienen, denn ich konnte nichts verstehen.

Das änderte sich erst, als ich die Küche erreichte. Dann hörte ich sie plötzlich alle sehr, sehr leise lachen.

»Ich kapiere das nicht. Warum finden das alle lustig?«, hörte ich Aaron fragen.

Jojo war derjenige, der antwortete. »Hast du mal Bilder von ihr gesehen, bevor sie in die Pubertät kam?«

Mehr musste ich nicht hören, um zu wissen, worüber sie sprachen. Diese Arschlöcher. Doch ich rührte mich immer noch nicht vom Fleck.

»Nein«, antwortete Aaron.

Jemand schnaubte, und ich wusste, dass es Tali war. »Jas kam recht spät in die Pubertät. Wie alt war sie da? Ende sechzehn?«

Ich war wirklich sechzehn gewesen, aber das würde ich nicht bestätigen.

Meine Schwester schien in dieser Hinsicht jedoch keine Hemmungen zu haben.

»Manche Kinder tragen ihren Babyspeck noch recht lange mit sich herum«, fuhr Tali leise fort. »Und bei Jas waren es eben sechzehn Jahre. Bis sie in die Pubertät kam.« Sie kicherte.

»Nein«, versuchte Aaron, dieser gute Mensch, es zu leugnen.

»Doch«, bestätigte Tali. »Sie war ein wenig stämmig.«

Jojo schnaubte. »Ein wenig?«

»Ach, ihr seid doch alle nur gemein«, warf Ruby ein. »Sie war so niedlich.«

»Sie hatte so einen großen Hintern, dass ihr Gymnastikanzug ihr immer in die Poritze rutschte«, teilte meine Mom allen bereitwillig mit. »Je mehr wir versuchten, ihr zu erklären, dass sie lockerere Kleidung tragen sollte, desto dringender wollte sie diese verdammten Gymnastikanzüge und Ganzkörpertrikots tragen, obwohl sie sich darin unwohl fühlte.«

Ich hörte ein Kichern, von dem ich wusste, dass es zu Ivan gehörte. »Das klingt nach ihr.«

»Du hast ja keine Ahnung. Dieses Mädchen hat es sich zur Aufgabe gemacht, immer genau das Gegenteil von dem zu tun, was die Leute von ihr wollen. Das war schon immer so. Wisst ihr noch, als sie diesen einen Film schaute … wie hieß er noch gleich? Der über diese Eishockeymannschaft, von dem sie so besessen war …«

»*Mighty Ducks – Das Superteam*«, sagte Ruby.

»*Mighty Ducks – Das Superteam*, richtig. Sie flehte mich an, sie Eishockey spielen zu lassen, aber es gab keine Hockeykurse, bei denen Mädchen zugelassen waren. Ich versuchte, diesen Trainer weichzuklopfen, damit er sie trotzdem teilnehmen ließ. Und als sie zu einer Geburtstagsparty in der *Galleria* eingeladen war, konnte ich sie nur überzeugen hinzugehen, indem ich ihr erzählte, dass viele Eishockeyspieler auch Eiskunstlauf betrieben, um ihre Fähigkeiten zu verbessern.«

»Das wusste ich nicht«, sagte James.

»Oh Gott, sie schaute sich diesen Film eine Million Mal an. Ich versuchte mindestens einmal pro Woche, die Videokassette in den Müll zu werfen, aber Mom fischte sie immer wieder raus«, ächzte Tali.

»Hat sie dich nicht einmal dabei erwischt, und es gab Zoff?«, hakte Ruby nach.

Das entlockte mir ein Lächeln, denn ich konnte mich an diesen Tag erinnern, als wäre es gestern gewesen. Wir hatten uns tatsächlich gestritten. Ich war zehn gewesen, Tali etwa achtzehn. Zu meinem Glück war sie eine sehr kleine Person, und es war mir nicht besonders schwergefallen, ihr eine einzuschenken, weil sie meinen Film weggeworfen hatte.

»Ja. Sie schlug mir die verdammte Nase ein«, antwortete meine Schwester.

Meine Mom brach in Gelächter aus. »Du hast heftig geblutet.«

»Wie kannst du darüber lachen, dass ich angegriffen wurde?«, keuchte Tali und erinnerte mich damit daran, dass sie die zweitgrößte Dramaqueen in dieser Familie war.

»Deine zehnjährige Schwester verpasste dir einen Schlag ins Gesicht. Ist dir klar, wie schwer es mir damals fiel, nicht zu lachen? Du hattest es verdient. Ich hatte dich gewarnt, sie hatte dich gewarnt, aber du hast es trotzdem gemacht«, kicherte Mom und klang, als wäre sie auf verkorkste Weise stolz auf mich.

Das entlockte mir ein Lächeln.

»Das ist nichts, worauf man stolz sein muss, Mom.«

»Oh, sei still, Ivan, ein kleines Mädchen hat seiner älteren Schwester eine Ohrfeige verpasst.«

Eine Pause entstand, und dann sagte er: »Ich bin mir sicher, dass du nicht die erste Person warst, der sie eine reinhaute. Oder die letzte.«

Wieder entstand eine Pause, dann fügte Tali hinzu: »Nein, stimmt.« Dann ertönte ein Geräusch, das verdächtig nach einem Schnauben klang. »Sie ist schon immer eine rauflustige kleine Mistgöre gewesen. War sie nicht erst drei, als sie dieses Kind in der Tagesstätte schlug?«

»Ich dachte, sie hätte diesen Jungen getreten, der versuchte, ihr unter den Rock zu schauen, als sie drei war, oder stimmt das nicht?«, mischte sich Jojo ein.

»Das stimmt beides …«, begann meine Mom, und Ivan brach in Gelächter aus.

»*Was?*«

»Ihre erste Verwarnung erhielt sie, als sie einen Jungen trat, der sie so sehr geschubst hatte, dass sie hingefallen war. Dann wurde sie aus dieser Tagesstätte geworfen, als sie demselben Jungen einen Kinnhaken verpasste, weil er versucht hatte, ihr unter den Rock zu schauen.«

»Und dann wurde sie im Kindergarten zweimal in Verwahrung genommen. Ein Mädchen zog sie an den Haaren, also machte sie bei ihr das Gleiche …«

Ich erkannte James' Gelächter.

»Dann aß ein anderes Mädchen ihren Snack, und sie drohte damit, ihm ins Auge zu spucken, was leider die Erzieherin mitbekam«, fuhr Mom fort. »In der ersten Klasse wurde sie mal vorübergehend der Schule verwiesen, weil sie einem Jungen die Hose runtergezogen hatte. Jasmine behauptete, dass sie es getan habe, weil er einen anderen kleinen Jungen gehänselt habe. In der zweiten Klasse musste sie zweimal nachsitzen. Sie schüttete Milch auf …«

Das reichte jetzt aber wirklich. Ich war eine kleine Mistgöre gewesen. Na und? Das sollte niemanden überraschen.

»Okay, Ivan, Aaron und James müssen nicht alle Einzelheiten über die Schwierigkeiten hören, in denen ich so steckte, als ich klein war«, sagte ich und betrat endlich die Küche.

Meine Mom hatte sich zwischen Ivan und Ruby gesetzt und schenkte mir ein strahlendes Lächeln. »Ich wollte gerade zu den guten Geschichten kommen.«

»Ich hätte nichts dagegen, den Rest auch noch zu hören«, meldete sich James mit einem Augenzwinkern zu Wort.

Ich seufzte und blieb hinter Ruby stehen. »Mom kann euch nächsten Samstag alles über den Zeitraum zwischen meinem fünften und zehnten Lebensjahr erzählen.«

Mom schob ihren Stuhl zurück. »Lasst uns essen, Kinder.« Dann schaute sie zu Ivan. »Isst du mit uns? Es hat vielleicht keine Goldmedaille verdient, aber …« Sie zuckte mit den Schultern. »… es ist gut.«

Ich hätte wissen müssen, dass Mom ihn einladen würde, zu bleiben und mit uns zu essen. Mist.

Ivan schien einen Augenblick lang darüber nachzudenken, während ich einfach nur dastand und kurz davor war zu beten, dass er ablehnen würde. Dann schaute er plötzlich in meine Richtung und fragte: »Isst du mit?«

Verdammt. »Ja. Das ist meine Schummelmahlzeit.« Ich war mir nicht sicher, warum ich das gesagt hatte.

Diese gletscherfarbenen Augen verharrten für einen Moment auf meinem Gesicht. »Okay.« Dann wandte er sich an meine Mutter. »Wenn Sie genug haben, bleibe ich gern, aber wenn es nicht für alle reicht, verstehe ich das.«

Meine Mutter kicherte. »Wir haben genug. Keine Sorge.« Dann hielt sie plötzlich inne. »Wir essen in der Küche.«

Ivan blinzelte. »Okay.«

Und dann geschah alles genau so, wie wir es bereits seit über zwanzig Jahren machten. Alle schnappten sich Teller und reichten sie herum. Dann stellten wir uns nacheinander an, um uns Essen aus den Töpfen zu nehmen, die Mom und Tali auf der Küchentheke aufgestellt hatten. Ich wartete am Ende der Schlange auf Ivan und ließ ihn vor.

»Ich bin wirklich nicht überrascht zu erfahren, dass du schon in der Kita Probleme gemacht hast«, war das Erste, was er mir zuflüsterte.

Ich verdrehte die Augen. »Ich habe seitdem jede Menge Übung gehabt.«

Er zog auf diese nervige Weise die Augenbrauen hoch. »Falls mich mal jemand belästigt, ruf ich dich an und bitte um Support.«

Hm.

Versuchten wir gerade beide, uns anders als sonst zu verhalten? Ich war mir nicht sicher. »Okay.« Dann trat ich gegen seine Wade, allerdings halbwegs sanft. »Rück auf. Ich bin am Verhungern.«

»Dass ich hier bin, macht dir doch nichts aus, oder?«, flüsterte er.

Doch. Das machte mit definitiv etwas aus. Ich wusste nicht, wie ich damit umgehen sollte. Mit ihm. Mit Ivan Lukov, der mir erst vor einer knappen Stunde aus irgendeinem Grund mitgeteilt hatte, dass wir versuchen sollten, miteinander auszukommen.

Nach all den Dingen, die wir einander an den Kopf geworfen, und all den Dingen, die wir einander angetan hatten, wollte dieser Mann, dass wir uns um einen freundschaftlichen Umgang miteinander bemühten.

Nicht zu wissen, was ich tun sollte, fühlte sich ziemlich unbehaglich an.

Aber das sagte ich ihm nicht, hauptsächlich deswegen, weil meine neugierige Familie in nächster Nähe war und ich wusste, dass uns zumindest ein paar von ihnen belauschten. Stattdessen log ich und sagte: »Gar nicht.«

Er zog die Augen zusammen. »Bist du dir da sicher?«

Ich war wirklich eine furchtbar schlechte Lügnerin. Da es sowieso keinen Sinn hatte, ihm etwas vorzuspielen, sagte ich: »Würde das etwas ändern?«

Sein Grinsen war ein bisschen gruselig. »Nein.«

Das dachte ich mir.

»Deine Familie ist witzig«, fuhr er fort.

»Und wie.«

»Meine kennst du ja, also ist das nur fair.«

»Was hat das denn mit Fairness zu tun?«

»Wenn wir Freunde sein wollen, sollten wir die gleichen Voraussetzungen haben.«

Ich hatte nicht mal mitbekommen, wie ich die Hand an mein Armband bewegt hatte. Ich zupfte an der kleinen Plakette herum, bis sich das Metall in meinen Daumen bohrte. Ich schaute mich um, vergewisserte mich, dass alle abgelenkt waren, und flüsterte: »Ich kapiere nicht, was diese ganze Freundschaftssache bedeuten soll.«

Er blinzelte. »Was meinst du damit?«

»Das, was ich sage. Ich weiß nicht, was du von mir erwartest.«

»Sei einfach so, wie Freunde eben sind.«

Ich schüttelte ratlos den Kopf. Und weil uns niemand beobachtete, sagte ich ihm einfach die Wahrheit. Es war schließlich kein Geheimnis, und ich schämte mich nicht deswegen. Wirklich nicht. »Du weißt schon, dass deine Schwester meine einzige richtige Freundin ist, oder?« Darauf bildete ich mir was ein. Ich verschwendete keine Zeit mit dem Schwachsinn anderer Leute. Ehrlich gesagt hielt ich das für eine meiner guten Eigenschaften.

Ivan starrte mich einfach nur an.

Ich zuckte mit den Schultern.

»Hast du in letzter Zeit mal mit ihr geredet?«

Ich schüttelte den Kopf. »Du?«

»Nein.« Er drehte sich von mir weg und trat an die Küchentheke. Über seine Schulter fragte er: »Dann hast du ihr also nicht erzählt, dass wir jetzt Partner sind?«

Mist. »Nein.« Ich hielt inne. Ich war davon ausgegangen, dass er das übernehmen würde. »Dann hast du es ihr auch nicht erzählt?«

»Nein.«

»Was ist mit deinen Eltern?«

»Die sind in Russland. Ich habe seit der Weltmeisterschaft nicht mehr mit ihnen gesprochen. Mutter hat mir ein paar Nachrichten geschickt, aber das ist alles.«

Doppelmist. »Ich dachte, dass du es ihnen erzählt hast.«

»Ich dachte, dass du es Karina erzählt hast.«

»Wir haben gerade nicht viel Kontakt. Sie ist mit ihrem Medizinstudium beschäftigt.«

Ich konnte nur Ivans Hinterkopf anstarren, während er langsam und nachdenklich nickte, als würde er das Gleiche denken wie ich. Und seine nächsten Worte bestätigten es. »Sie wird uns umbringen.«

Da hatte er zweifellos recht.

»Ruf sie an und erzähl es ihr«, sagte ich in dem Versuch, es ihm aufzubürden.

»Ruf du sie doch an und erzähl es ihr«, erwiderte er schnaubend und ohne mich anzuschauen.

Ich knuffte ihn in den Rücken. »Sie ist deine Schwester.«

»Sie ist deine einzige Freundin.«

»Arschloch«, murmelte ich. »Lass uns eine Münze werfen.«

»Nein.«

Idiot.

»Ich werde es nicht machen.«

»Ich auch nicht.«

»Sei kein Feigling und mach es«, zischte ich leise.

Sein Kichern sorgte dafür, dass ich die Stirn runzelte. »Klingt so, als wäre ich hier nicht der einzige Feigling«, schoss er zurück.

Ich öffnete den Mund, schloss ihn dann aber wieder. Er hatte mich erwischt. Verdammt.

»Ich habe eine Frage. Seid ihr zwei euch je einig?«, meldete sich Jojo zu Wort, der ein paar Schritte vor Ivan an der Küchentheke stand und einen vollgepackten Teller in der Hand hielt.

Na bitte. Meine Familie war neugierig wie nichts Gutes. Er hatte uns belauscht.

»Nein«, antwortete ich in dem Moment, in dem Ivan »Ja« sagte.

Das Lächeln, das sich langsam auf dem Gesicht meines Bruders ausbreitete, verriet mir, dass er alles mitangehört hatte. Oder zumindest fast alles. »Ich habe nicht *versucht* zu lauschen, aber ich konnte nicht anders. Wenn ihr beide zu viel Angst davor habt, Karina anzurufen, könnt ihr doch einfach einen Videoanruf machen, während ihr hier seid. Dann kann sie nicht sauer werden, und falls sie es doch wird, ist sie wenigstens auf euch beide gleichzeitig sauer. Na? Das ist doch die Lösung!« Er freute sich über seinen Vorschlag, als wäre es vollkommen normal, eine Unterhaltung zu belauschen und sich dann einzumischen.

Und für ihn war es auch vollkommen normal. Von ihm und dem Rest meiner Verwandtschaft erwartete ich nichts anderes. Vielleicht war mein Vater als Einziger nicht neugierig, aber ganz sicher konnte ich mir auch bei ihm nicht sein, und ehrlich gesagt spielte das auch keine Rolle. Er war ohnehin nie da.

Allerdings hatte Jojo nicht ganz unrecht. Auch Ivan musste

das erkannt haben, denn er schaute zu mir und zog die Augenbrauen hoch. Wollte ich mir Gedanken darüber machen, dass Karina sauer werden könnte, weil keiner von uns sie über diese ziemlich wichtige Entwicklung informiert hatte? Nein.

Aber …

»Wenn ihr mich fragt, ist das eine gute Idee«, murmelte Jojo, bevor er an uns vorbeiging und zu seinem Stuhl an der Kücheninsel zurückkehrte.

Ivan rückte in der Schlange vor und nahm sich Essen. So leise, dass nur ich ihn hören konnte, sagte er: »Das ist keine schlechte Idee.«

»Das stimmt, aber lass ihn das nicht hören. Sonst wird er es in sein Tagebuch schreiben und uns die nächsten fünf Jahre lang immer wieder damit auf die Nerven gehen, was für ein Genie er ist.«

Ivan wandte sich mir zu und reichte mir das Portioniermesser für die Lasagne. Ich schnappte mir die Portion, die ich brauchte, um satt zu werden, achtete aber darauf, dass es nicht so viel war, dass ich davon zunehmen würde. In den letzten paar Wochen hatte ich verstärkt auf meine Ernährung geachtet, um mein Gewicht zu halten, und ich wollte nichts riskieren. Danach nahm ich mir noch zwei Scheiben Knoblauchbrot und ein bisschen Salat, denn auch wenn das hier eine Schummelmahlzeit war, brauchte ich trotzdem noch Gemüse.

Als ich mich umdrehte, waren nur noch zwei nicht zueinander passende Hocker frei, und sie standen direkt nebeneinander. Ivan nahm den einen und ich den anderen. Ich beäugte ihn, als er nach der Rolle Küchenpapier griff, die jemand in die Mitte der Kücheninsel gestellt hatte. Er riss sich ein Blatt ab, verharrte für einen Augenblick und riss dann ein weiteres ab. Gerade als ich mich auf meine Lasagne stürzen wollte, landete etwas Weißes auf meinem Schoß.

Es war eins der Küchenpapierblätter.

»Ich war mir nicht sicher, ob du an die Rolle rankommst«, flüsterte er auf seine klugscheißerische Art.

Ich warf ihm einen Blick aus dem Augenwinkel zu und behielt die Hände über meinem vollen Teller.

»Du weißt schon, weil du so klein bist.«

Ich murmelte: »Ja, ich weiß, was du meintest.« Aber hauptsächlich starrte ich die Serviette an und fragte mich, wieso er vollkommen grundlos etwas Nettes getan hatte. Er hatte nicht auf das Stück Küchenpapier gespuckt. Darauf hatte ich geachtet. Aber ich wusste trotzdem nicht, was ich mit der Geste anfangen oder was ich sagen sollte. »Danke.« Allein es auszusprechen tat beinahe weh.

Aus dem Augenwinkel sah ich, wie er sich mir zuwandte. Ich war mir ziemlich sicher, dass er die Augenbrauen hochzog, als könnte er nicht fassen, dass ich mich bei ihm bedankt hatte.

Ich konnte es auch nicht fassen. Damit hatte ich mich heute nun schon zum zweiten Mal bei ihm bedankt. Mein Soll war mehr als übererfüllt.

»Also, Ivan, wie kommt ihr mit dem Training voran?«, fragte meine Mom von ihrem Platz auf der anderen Seite der Kücheninsel, während ich immer noch versuchte herauszufinden, was gerade passierte und was ich hier machte und wie genau Ivans Plan für diesen »Freunde«-Quatsch aussah. »Jasmine sagt immer nur, dass es gut läuft.«

Ich schob mir eine Gabel voll Lasagne in den Mund und warf meiner Mutter einen finsteren Blick zu. Sie wollte jeden Abend einen Bericht, aber es gab nun mal nichts zu berichten.

»Es läuft gut. Wie haben noch nicht mit der Choreografie angefangen. Wir sind immer noch damit beschäftigt, unsere kleinen Fehler auszubessern. Höchstwahrscheinlich werden wir die Choreografen in der ersten Juniwoche dazuholen«, antwortete

Ivan neben mir unbekümmert. Seine Hände ruhten rechts und links neben seinem Teller, in einer hielt er das Messer, in der anderen die Gabel.

Am Tisch wurde genickt, also biss ich ein Stück Knoblauchbrot ab und beobachtete meine Familienmitglieder, um herauszufinden, wer von ihnen damit fortfahren würde, Ivan ins Kreuzverhör zu nehmen. Dass er nicht mein Freund war, spielte keine Rolle. Er war eine genauso wichtige Person in meinem Leben, wenn nicht sogar noch wichtiger. Tatsächlich war er definitiv wichtiger als irgendeiner dieser Typen, mit denen ich früher meine Zeit verschwendet hatte.

»Das ist gut«, erwiderte meine Mutter lächelnd, und ihr Gesicht wirkte ruhig und freundlich. Ich wusste, dass das, was auch immer als Nächstes aus ihrem Mund kommen würde, irgendwie komisch sein würde. Ich hätte schwören können, dass sogar Ben, der neben ihr saß, es gesehen oder gespürt haben musste, denn ich war mir ziemlich sicher, dass er leise »Oh nein« vor sich hin murmelte.

»Warum arbeitest du nur für ein Jahr mit Jasmine zusammen?«, fragte sie dann auch tatsächlich mit diesem gruselig ruhigen Lächeln.

Ich schnaubte, was dafür sorgte, dass mir das Stück Brot in meinem Mund ganz hinten in die Kehle geriet und ich zu würgen anfing, während Ruby zischte: »Mom!«

Ich würgte und hustete. Das Brot steckte in meiner Luftröhre oder wo auch immer fest, und ich war kurz davor zu ersticken. Etwas Schweres und Großes schlug mir fest auf den Rücken und lockerte das Brot. Ich schnappte mir das Stück Küchenpapier, das mir Ivan eben erst gereicht hatte, spuckte den Essensklumpen hinein, keuchte und hustete. In meinen Augen sammelten sich Tränen, und jemand hielt mir ein Glas Wasser hin. Ich nahm es blind entgegen, kippte es hinunter und hustete dann noch ein paarmal, bis ich mich wieder unter Kontrolle hatte.

Erneut schlug die große Hand auf meinen Rücken, genauso fest wie beim ersten Mal. Sie musste zu Ivan gehören. »Es geht mir gut«, keuchte ich.

Als er meinem Rücken einen weiteren harten Schlag versetzte, war ich nicht überrascht.

»Alles okay?«, fragte Ruby neben mir.

Ich trank noch einen Schluck Wasser, nickte und blinzelte die Tränen fort, die sich in meinen Augen gesammelt hatten.

»Also?«, fragte meine Mom nach.

»Aah …« Ivan wollte gerade etwas sagen, doch ich hob die Hand und schüttelte den Kopf.

Wollte ich die Antwort hören? Auch wenn mich das zu einem Feigling machte, wollte ich das nicht, zumindest nicht vor meiner Familie. »Nein, das musst du nicht beantworten.« Ich schaute zu meiner Mutter und zuckte mit den Schultern. »Vergiss es. Das geht nur ihn etwas an.«

Der Gesichtsausdruck meiner Mutter machte deutlich, dass sie mich für feige hielt. Dann entschied sie sich offenbar dafür, einen anderen Weg einzuschlagen. »Wie geht es denn deinen Eltern, Ivan? Ich habe sie seit ihrer Weihnachtsfeier vor ein paar Monaten nicht mehr gesehen.«

»Sie besuchen Verwandte in Moskau, aber es geht ihnen bestens«, antwortete er.

»Geht es deinem Großvater wieder besser? Deine Mutter erwähnte, dass er letzten Herbst einen Herzinfarkt hatte.«

Er zuckte mit den breiten Schultern. »Es geht ihm besser, aber er ist ein sturer, alter Mann, der sich weigert zu akzeptieren, dass er in den Achtzigern ist und die Leitung seiner Firmen nun anderen Leuten überlassen muss. Er sollte sich keinen stressigen Situationen mehr aussetzen, aber …« Ein warmes

Lächeln, wie ich es noch nie an ihm gesehen hatte, schlich sich auf seine Züge. »... er will sich nicht vorschreiben lassen, was er zu tun oder zu lassen hat.«

Auf der anderen Seite des Tischs hörte ich Jojo murmeln: »So ein störrisches Exemplar haben wir auch in der Familie.« Diesen Kommentar ließ ich an mir abprallen. Wir hatten mehr als einen Sturkopf in der Familie, und das wusste er verdammt gut. Angefangen bei der Frau, die all die Fragen stellte.

»Manchen Leuten fällt es schwer, sich aus der Arbeitswelt zurückzuziehen und es ruhiger angehen zu lassen. Das überrascht mich nicht«, entgegnete meine Mom.

Ivan nickte.

»Deine Eltern erzählten mir, dass er es gerne sähe, wenn du nach Russland ziehen würdest«, sagte sie.

Ich hörte auf, meine Lasagne zu schneiden, und schaute sie erschrocken an.

Ivan sollte nach Russland ziehen? Davon hatte sie mir nichts erzählt.

Andererseits, warum sollte sie? Vor dieser ganzen Sache hatte es für uns keinen Grund gegeben, Ivan zu erwähnen. Sie wusste, dass ich nicht gerade sein größter Fan war. Sie wusste auch, dass er nicht mein größter Fan war.

Aber ...

Ivan sollte nach Russland gehen? Er war in den Vereinigten Staaten geboren. Seine Schwester hatte mir vor Jahren mal die Geschichte erzählt, wie ihre Eltern hierher eingewandert waren, weil es aufgrund der Geschäfte ihres Großvaters Drohungen gegen ihre Familie gegeben hatte. Das Paar war damals noch nicht sehr lange verheiratet gewesen, aber sie wollten ihre Kinder nicht in Gefahr bringen und beschlossen, neu anzufangen, weit weg von einem der reichsten Männer Russlands.

Karina erwähnte nur ein einziges Mal, wie enttäuscht ihr

Großvater gewesen sei, dass sein Enkel, der nun Goldmedaillen gewann, nicht für das Land angetreten war, in dem der alte Mann sein ganzes Leben verbracht hatte. Sie hatte mir auch erzählt, wie ihr Großvater versucht hatte, Ivan zu bestechen, damit er nach Russland ging, doch das hatte nicht funktioniert. Karina hatte gelacht und gesagt, dass sie das Geld nehmen und nach Russland gehen würde, wenn er es ihr anböte ... doch das hatte er bislang nicht getan. Denn Karina war keine talentierte Sportlerin, die ihr Land stolz machen konnte. Sie war nur eine kluge Person mit einem großen Herzen, die Ärztin werden wollte. Das war nichts Besonderes.

»Er fragt mich alle paar Jahre aufs Neue, ob ich nicht nach Russland kommen will«, gab Ivan freundlich Auskunft. Aber ich sah, dass ihm das Thema unangenehm war.

Ganz sicher war er der letzte Mensch auf der Welt, von dem ich glaubte, dass er bemuttert und beschützt werden müsste. Doch wenn irgendjemand wusste, wie es war, dazu gezwungen zu werden, über etwas zu reden, worüber man lieber nicht reden wollte, dann war ich das. Und diese Leute waren meine Familie. Also beschloss ich, ihre Aufmerksamkeit auf mich zu lenken, auch wenn ich das höchstwahrscheinlich bereuen würde.

»Wir haben in ein paar Tagen ein Fotoshooting«, sagte ich zu niemand Bestimmtem und bereute es sofort.

»Für eine Webseite oder für die Zeitung?«, fragte James.

Ich schob mir ein Stück Lasagne in den Mund und kaute, bevor ich antwortete: »Für eine Zeitschrift.«

»Welche Zeitschrift?«, hakte er nach. »Ich werde jeden, den ich kenne, dazu bringen, ein Exemplar zu kaufen.«

Jeden, den er kannte? Verdammt. »*TSN*«, antwortete ich. »Die Zeitschrift von *The Sports Network*.«

»Rubes hat mir zu Weihnachten ein Abo von denen geschenkt«, sagte der Mann meiner Schwester.

Jeder hatte Pobacken, redete ich mir gut zu. Und niemand würde mich dazu zwingen, mich vorzubeugen und sie auseinanderzuziehen. Ich sollte nur nackt posieren.

»Tja, die Seite, auf der wir sein werden, willst du dann vielleicht lieber überspringen«, sagte ich zu meinem Schwager. Bei James war mir egal, ob er mich nackt sah, denn ihm war das Aussehen einer Person offenbar nicht so wichtig – immerhin hatte er Dumbo geheiratet. Aber bei Aaron war das etwas anderes. Er war sehr attraktiv. Und ich war mir nicht sicher, was Ruby davon halten würde.

Und natürlich fragte meine Mom sofort auf ihre misstrauische Art: »Warum denn?«

Ich stopfte mir noch mehr Lasagne in den Mund, bevor ich ihnen die ganze Wahrheit erzählte. »Weil ich auf dem Foto splitterfasernackt sein werde, und das Gleiche gilt für Ivan.«

Ich sah, wie mir Ivan einen Blick zuwarf, und glaubte, ein kleines Lächeln auf seinen Zügen zu erkennen.

»Für die Anatomieausgabe?«, hakte Aaron nach, obwohl er offensichtlich bereits sehr genau wusste, worum es ging.

Ich nickte und nahm einen Bissen Knoblauchbrot.

»Das ist toll, Jas«, meldete sich James nach einer Sekunde zu Wort. »Macht es dir etwas aus, wenn ich mir die Ausgabe besorge?«

Neben ihm schnaubte mein Bruder. »Das wird dieser Perversen vollkommen egal sein.«

Und schon ging es los. »Nur weil ich keine schüchterne kleine Schisserin bin, bedeutet das nicht, dass ich pervers bin.« Dann richtete ich meine Aufmerksamkeit auf James und fügte hinzu: »Und nein, es macht mir nichts aus. Auf dem Bild wird schlimmstenfalls mein Hintern zu sehen sein …« Zumindest ging ich davon aus. Meine Brustwarzen würden sie auf gar keinen Fall zeigen. Oder? Ich ging davon aus, dass unsere Trainerin das geregelt hatte. Ich wandte mich an Ivan und fragte: »Oder?«

»Hörst du, wie enttäuscht sie klingt, weil sie maximal ihren Hintern abbilden werden?«, fragte Jojo an James gewandt und verzog das Gesicht.

Ich ignorierte ihn. Jeder wusste, dass mein Bruder bei all seiner Großspurigkeit sehr schüchtern war. Er hatte Narben von einer Verletzung, die er sich zu seiner Zeit als Marinesoldat zugezogen hatte. Soweit ich das beurteilen konnte, war er schon immer prüde gewesen, aber ich war mir nicht sicher. Mom und ich fanden es niedlich, dass er so konservativ war, aber das würde ich ihm ganz sicher nie mitteilen.

»Willst du, dass sie mehr von dir zeigen?«, fragte der Idiot neben mir.

»Soweit ich gesehen habe, sind die Bilder ziemlich jugendfrei«, sagte ich. »Außer der Fotografin und den Mitarbeitern wird niemand … alles sehen.«

Und außer ihm.

Ich schämte mich kein bisschen für meinen Körper. Ich war jetzt vielleicht noch nicht so schlank und drahtig, wie ich in den nächsten Wochen durch das intensive Training werden würde, aber ich hatte auf meine Ernährung geachtet, seit wir damit angefangen hatten, und ich schämte mich nicht für die Gene, die ich vererbt bekommen hatte. Ich war eitel, aber nicht *so* eitel.

Trotzdem war ich mir nicht sicher, was ich davon halten sollte, dass mich Luzifer nackt sehen würde.

»Mom, würdest du bitte versuchen, ihr dieses Fotoshooting auszureden?«, fragte mein Bruder.

»Warum sollte ich?« Mom zog die Augenbrauen hoch und nahm einen Schluck aus dem riesigen Weinglas, das sie wie ein Magier aus dem Nichts herbeigezaubert hatte.

»Deine Tochter wird nackt auf einer Zeitschrift zu sehen sein, was bedeutet, dass Millionen Leute sie begaffen können.«

»Und?«, lautete ihre Antwort, die mich kein bisschen überraschte. Mom trug immer noch Bikinis. Ihre Dehnungsstreifen und ihre sechzig Jahre alte Haut kümmerten sie nicht. »Wo liegt denn das Problem?«

»Sie wird *nackt* sein!«

»Ziehst du dich etwa nie nackt aus?«, fragte meine Mutter.

Jojo stöhnte und lehnte sich auf seinem Hocker zurück. »Nicht für mehrere Millionen Leute, die sich das Foto anschauen und sich darauf einen runterholen!«

Seine Worte sorgten dafür, dass mir plötzlich wieder einfiel, warum es ein Problem darstellen könnte, dass mich mehrere Millionen Leute nackt sehen würden.

Mist.

Mist, Mist, Mist.

»Willst du damit sagen, dass mit dem Körper deiner Schwester etwas nicht stimmt?«

»Nein, das will ich damit nicht sagen.«

»Wenn Sebastian dieses Fotoshooting machen würde, würdest du mich dann auch auffordern, es ihm auszureden?«, fragte Mom und trank einen weiteren Schluck Wein – oder fünf. Doch ich war immer noch zu sehr damit beschäftigt, über Jojos Kommentar nachzudenken. Über die Leute, von denen ich nicht wollen würde, dass sie mich nackt sahen.

Du hast längst zugestimmt, rief ich mir ins Gedächtnis. Ich hatte zugestimmt. Was sollte ich tun? Wegen einiger Arschlöcher aufhören, mein Leben zu leben?

Nein. Aber es war gefährlich. Ich schob meine Sorgen beiseite. Darum würde ich mich später kümmern. Nicht dass noch jemand von ihnen bemerkte, dass ich mir Gedanken um etwas machte, von dem ich nicht wollte, dass sie davon erfuhren.

Jojo seufzte und murmelte dann: »Nein.«

Mom zwinkerte ihm zu. »Dann sei nicht so heuchlerisch oder sexistisch. Der menschliche Körper ist etwas ganz Natürliches. Diese Fotos werden nicht sexualisiert sein ... nicht wahr, Ivan?«

Ivan stieß unter dem Tisch mit seinem Bein an meins, brachte aber hervor: »Nein, Ma'am. Das ist Kunst.«

»Siehst du. Das ist Kunst. David ist nackt. Die Venus von Milo ist fast nackt. Als ich jünger war, hatte ich mal einen Freund, der Künstler war. Ich stand ihm ein- oder zweimal Modell. Nackt, wie Gott mich schuf, Jojo.« Sie lächelte. »Findest du, dass deine Schwester nicht so gut wie Ivan ist? Findest du, dass sie es nicht verdient ...«

»Oh Gott. Tut mir leid«, beeilte sich Jonathan zu sagen und schüttelte den Kopf. »Ich hätte nichts sagen sollen.«

»Deine Schwester ist eine schöne, starke Frau, die Dinge vollbracht hat, von denen Millionen andere Leute nicht mal träumen können. Ihr Körper ist nach unzähligen Trainingsstunden gestählt. Sie muss sich für nichts schämen. Wir alle haben Brustwarzen. Ich habe dich gestillt, und damals hast du dich nicht beschwert.«

Nach etwa der Hälfte ihrer Ausführungen hatte Jojo angefangen, hektisch den Kopf zu schütteln, denn er ahnte, worauf das hinauslaufen würde. Doch er konnte es nicht verhindern. Das hatte er sich selbst zuzuschreiben.

»Tut mir leid, sorry, ich habe mich doch schon entschuldigt. Tut einfach so, als hätte ich nichts gesagt ...«, flehte er.

»Es gibt keinen Grund, sich zu schämen ...«

»Mom, ich habe gesagt, dass es mir leidtut.«

Ivan stieß mich erneut mit seinem Bein an, aber ich war zu sehr mit dem Versuch beschäftigt, nicht über Jojos Gesichtsausdruck zu lachen, um darauf zu reagieren.

Meine Mom ignorierte meinen Bruder. »Brüste sind natürlich …«

»Ich weiß, Mom. Ich weiß. Ich liebe und respektiere Frauen. Brüste. Ich will sie nur nicht in meinem Gesicht haben …«

»Sie repräsentieren Weiblichkeit, Schönheit …«

Ich war mir ziemlich sicher, dass ich Jojo röcheln hörte. »Mom, bitte …«

»Zu denken, dass wir das schwächere Geschlecht sind, nur weil wir eine Vagina haben, ist engstirnig und sexistisch …«

»Ihr seid nicht schwach. Keine von euch ist schwach, das schwöre ich …«

»Weißt du, wie es ist …?«

Ivans Bein stieß gegen meins, und ich konnte nicht anders, als meinen Oberkörper so weit herumzudrehen, dass ich ihn anschauen konnte. Dabei presste ich die Lippen fest zusammen, um nicht in Gelächter auszubrechen. Er starrte mich mit seinen graublauen Augen an, die ganz glasig waren. Offensichtlich gab er ebenfalls alles, um nicht loszuprusten.

»Frauen marschierten, demonstrierten und wurden angegriffen, um deine Mutter und deine Schwester zu Menschen zu machen, die nicht das Eigentum ihrer Ehemänner sind.« Nach ein paar Minuten kam meine Mutter dann endlich wieder zum eigentlichen Thema zurück. »Wenn deine Schwester der Welt also ihren gottgegebenen Körper zeigen will, dann kann sie das tun. Und ich werde sie nicht davon abhalten, und du wirst sie nicht davon abhalten, und niemand wird sie davon abhalten.«

Dann deutete sie mit ihrer Gabel auf ihn und blinzelte. »Ich habe dich zu etwas Besserem erzogen, Jonathan Arvin.«

Als sie seinen Zweitnamen auspackte, verlor ich dann doch beinahe die Beherrschung.

Jojo hatte den Kopf schon vor einer Minute in den Nacken

gelegt und verharrte seitdem in dieser Position und stöhnte: »Das hast du. Es tut mir leid. Es tut mir so leid.«

Mom schmunzelte und zwinkerte mir zu. »Das dachte ich mir. Wir können ganz viele Ausgaben kaufen. Ich werde die Zeitschrift einrahmen und auf den Kamin stellen.«

Aaron kicherte. »Ich denke nicht, dass es mit den Verkäufen ein Problem geben wird. Normalerweise geht die Anatomieausgabe ziemlich gut.«

»Siehst du? Jeder weiß Nacktheit zu schätzen. Daran ist nichts Falsches. Schließlich hast auch du dir Pornos angeschaut, wenn du dachtest, dass ich es nicht mitbekomme.«

Das ließ uns alle aufstöhnen.

»Sag nie wieder Pornos«, bat ich sie und versuchte, die Erinnerung daran, dass dieses Wort aus dem Mund meiner Mutter gekommen war, aus meinem Gedächtnis zu löschen.

»Sei du bloß still«, erwiderte meine Mutter. »Jasmine Imelda.«

Und ich blieb still, damit sie nicht plötzlich mich zum Thema machen und etwas erwähnen würde, das ich in der Vergangenheit gesagt oder getan hatte. Tatsächlich beschloss ich, die Gelegenheit zu ergreifen und das Thema zu wechseln.

»Willst du Karina anrufen und die Katze aus dem Sack lassen?«, fragte ich Ivan völlig unvermittelt.

Jojo schnappte am anderen Ende der Kücheninsel quiekend nach Luft, wahrscheinlich, weil er endlich erlöst war.

Ivan verzog das Gesicht, als könnte er nicht verstehen, warum ich so plötzlich das Thema gewechselt hatte. »Klar.«

Wann immer er »klar« sagte, fühlte es sich eher wie ein »wenn's sein muss« an, aber das war eben typisch für ihn.

Ich schaute bedauernd auf mein Essen und redete mir gut zu, dass kalte Lasagne und hartes Knoblauchbrot für mich okay waren. Dann zog ich mein Handy aus der Tasche, legte es auf die Kücheninsel und rief meine Kontakte auf. Karinas Name stand ganz oben auf der Liste. Ich drückte auf das Anrufsymbol.

»Was machst du da?«, fragte Mom.

»Niemand hat Karina erzählt, dass Ivan und Jas jetzt Partner sind«, antwortete mein Bruder. Er legte sein Besteck ab und stützte die Ellbogen auf die Kücheninsel. Er schien wieder ganz er selbst zu sein.

Sobald der Wählvorgang startete, stellte ich das Telefon auf Lautsprecherfunktion. Die Chancen standen gut, dass sie gar nicht drangehen würde. Ich kannte ihren Stundenplan nicht mehr. Als wir das letzte Mal miteinander gesprochen hatten, hatte sie mich angerufen.

»Ruf Karina an! Ruf Karina an!«, skandierte Jojo leise.

»Ruf sie an!«, meldete sich nun auch Tali mit vollem Mund zu Wort.

»Das tue ich ja«, flüsterte ich und beobachtete das Display, das immer noch anzeigte, wie die Verbindung aufgebaut wurde. Ich konnte sehen, wie mir Ivan einen Blick zuwarf, aber er sagte nichts.

Gerade als das Telefon ein letztes Mal tutete, eine Sekunde bevor der Anruf mit dem nächsten Ton an die Mailbox weitergeleitet worden wäre …

»Hallo?«, ertönte eine keuchende Stimme.

Ivan und ich warfen uns fragende Blicke zu. Warum atmete sie so angestrengt?

»Jasmine, bist du das?«, schallte Karinas vertraute Stimme aus dem Handy.

»Ja. Passt es gerade nicht?«

»Ich war auf dem Laufband und bin so schnell runtergesprungen, wie ich konnte«, erklärte sie immer noch keuchend. »Tut mir leid. Eine Sekunde.«

Meine braunen und Ivans blaue Augen trafen sich. Ich vermutete, dass wir beide erleichtert waren, dass sie nicht irgendetwas anderes gemacht hatte, von dem Brüder und Schwestern nichts wissen sollten.

»Okay, da bin ich wieder. Tut mir leid. Ich musste nur schnell was trinken. Was ist los? Hast du dich endlich daran erinnert, dass du mal eine beste Freundin hattest, oder was?«, neckte sie mich schnaufend.

»Du hast auch meine Nummer.«

Sie schnalzte mit der Zunge. »Ich bin so beschäftigt gewesen …«

»Was auch immer. Hör zu, ich esse gerade mit meiner Familie zu Abend …«

»Bin ich auf Lautsprecher?«

Ich hielt inne. »Ja.«

»Bist du schwanger?«

Am anderen Ende der Kücheninsel schnaubte Tali, und ich warf ihr einen bösen Blick zu. »Wie kommst du denn darauf?«

»Warum solltest du mich sonst auf Lautsprecher gestellt haben?«, entgegnete sie und fügte dann hinzu: »Und hallo, meine andere Familie. Ich vermisse euch alle.«

»Hi, Karina!«, riefen Tali, meine Mom und Jojo, und auch Ruby schloss sich dem Gruß an, wenn auch deutlich leiser.

»Hi!«, rief sie fröhlich, bevor ihre Stimme wieder normal wurde. »Aber jetzt mal im Ernst, Jas, bist du schwanger?«

»Nein«, fuhr ich auf. »Natürlich nicht.«

»Oh, gelobt sei der Herr. Ich dachte schon, dass dein Leben vorbei wäre. Puh.«

»Ich habe fünf Kinder«, mischte sich meine Mutter ein.

»Das gilt doch nicht für dich, Mom«, erwiderte Karina und nannte meine Mutter so, wie sie sie schon immer genannt hatte: Mom. »Aber für Jasmine schon. Wie dem auch sei, warum rufst du dann an, wenn es dir nicht nur darum geht, deiner besten Freundin mal Hallo zu sagen und sie wissen zu lassen, dass du nicht vergessen hat, dass es sie gibt?«

Ich verdrehte die Augen und teilte Ivan lautlos mit: *Sie ist wirklich deine Schwester.* »Ich bin beschäftigt gewesen und habe darüber vergessen, dir etwas Wichtiges zu erzählen«, begann ich.

Einen Moment lang sagte sie nichts. Dann: »Red weiter.«

»Und Ivan hat es dir auch noch nicht erzählt, wie ich heute erfahren habe.«

Wieder schwieg sie einen Augenblick lang. »Ivan? Mein Bruder Ivan?«

»Der einzig wahre, du Genie«, erwiderte ich. »Im März bat er mich, mich mit ihm zusammenzutun und seine neue Partnerin zu werden.«

Sie sagte nichts. Ihr Schweigen dauerte zehn, zwanzig und schließlich dreißig Sekunden. Vielleicht herrschte sogar eine ganze Minute lang Stille. Ivan und ich wechselten in dieser Zeit einen Blick miteinander. Dann dröhnte plötzlich Karinas schallendes Gelächter aus dem Lautsprecher des Handys.

»Heilige Scheiße!«, kreischte die förmlich ins Telefon.

»Warum lacht sie?«, hörte ich Aaron Ruby fragen.

Meine Schwester zuckte mit den Schultern.

»Aaah!«, schrie Karina regelrecht vor Lachen.

»Hör auf zu lachen«, schimpfte ich, obwohl ich nur zu gut wusste, dass sie mich durch ihren Kreischanfall hindurch nicht hören konnte.

»Du und Ivan?«, kreischte sie.

»Er sitzt direkt neben mir«, ließ ich sie wissen.

»Hi, Rina«, begrüßte er sie.

Sie brach erneut in Gelächter aus.

»Ich kann das nicht glauben!« Sie johlte haltlos.

»Wer ist diese Frau, und wo ist Karina?«, fragte ich Ivan.

»Sie ist schon immer so«, antwortete er.

»Das läuft ja sogar noch besser, als ich dachte«, meinte James.

Jojo seufzte. »Ich bin enttäuscht. Ich dachte, dass sie sauer ist, weil ihr sie vergessen habt.«

»Die zwei stursten Menschen, die ich kenne, laufen zusammen über das Eis?«, kreischte Karina. »Bruhuhu!«

»Du hast Probleme«, sagte ich. »Hol dir Hilfe.«

»Bitte! Bitte! Sagt mir, dass jemand eure gemeinsamen Trainingsstunden aufgezeichnet hat. Oh! Sagt mir, dass ihr sie per Livevideo übertragt. Ich würde mir jede Minute davon anschauen. Nennt mir frühzeitig all eure Wettkampftermine. Das wird *Die Tribute von Panem* auf dem Eis. Ich werde jedem aus der Familie einen Platz in der ersten Reihe besorgen«, schrie sie unter Gelächter.

Ich verdrehte die Augen und schüttelte den Kopf. »Wir kommen …« Was? Gut miteinander zurecht? Dafür war es noch ein wenig früh. »Wir schlagen uns gut.«

»Das ist so, als wäre mein Traum mit vierzehn Jahren Verspätung wahr geworden.« Eine kurze Pause entstand. Dann grölte sie wieder los. »Du und Ivan! Bruhuhu!«

Ich war mir nicht sicher, warum mich diese Reaktion überraschte … aber so war es. Natürlich fand sie das alles zum Totlachen.

Vor zwei Jahren wäre es mir genauso gegangen.

Ich und Ivan. Beim gemeinsamen Abendessen. Mit meiner Familie. In dem Bemühen, miteinander befreundet zu sein. Was auch immer das bedeutete.

Aber hier waren wir nun.

Und offensichtlich konnte Karina gar nicht genug davon bekommen.

Kapitel zehn

»Ich weiß nicht, ob ich das machen kann«, sagte ich eine Woche später zu Nancy Lee.

Ich hatte mich so angestrengt, nicht nach Gründen dafür zu suchen, warum das alles eine dumme Idee war, darunter auch die Tatsache, dass ich mich vor Ivan nackt ausziehen sollte.

Unsere erste Freundschaftswoche war gut verlaufen. Wir hatten einander die ganze Zeit über nicht beleidigt. Er hatte mich sogar einmal angelächelt, als wir uns in einer Sache gemeinsam gegen unsere Trainerin durchgesetzt hatten.

Es lief nicht schlecht.

Und vielleicht war das teilweise der Grund, warum ich nicht nackt und verletzlich vor ihm stehen wollte. Was die Fotografin und ihre Mitarbeiter dachten, was mir egal ... aber Ivan war der Einzige, der die Macht hatte, mich wirklich zu treffen, indem er einen blöden Spruch machte, was ja nicht ganz unwahrscheinlich war.

Und nun stand ich hier und hatte mir die ganze Nacht über Gedanken wegen des Fotoshootings gemacht. Galina hätte mich als hibbelig bezeichnet, aber ich war nicht hibbelig. Nur ... gestresst. Wegen der Konsequenzen – sowohl der langfristigen als auch der kurzfristigen. Mit Ivan und ohne ihn.

Ich war von Anfang an nicht besonders wild auf dieses Shooting gewesen, und wenn mir mein Bauchgefühl sagte, dass das eine miese Idee war ... dann gab es einen Grund dafür. Wann immer ich mein Bauchgefühl ignoriert hatte, hatte ich dafür bezahlt.

Also …

Trainerin Lee, die am Rand der Eisfläche stand, wandte sich mir zu. »Gibt es da etwas, das ich wissen sollte?«, krächzte sie angespannt und böse.

Gab es etwas, das sie wissen sollte?

Nervosität, echte Nervosität, schlimme Nervosität, die dafür sorgte, dass sich alles in mir verkrampfte und mein Magen beinahe schmerzte, nahm meinen Körper in Besitz, aber ich konnte nur mit den Schultern zucken. »Ich weiß nicht, ob ich das wirklich mit Ivan machen will«, teilte ich ihr mit. »All die Hebefiguren auszuführen, während wir vollständig bekleidet sind, ist eine Sache. Aber je mehr ich darüber nachdenke, dass ich das nackt machen muss … Ich weiß nicht«, log ich.

Denn in Wahrheit wusste ich, was los war, zögerte jedoch, ihr die Wahrheit zu sagen.

Vor drei Tagen hatte ich damit anfangen müssen, Kommentare und Nachrichten von irgendwelchen Typen auf meiner Picturegram-Seite zu löschen. Sie schrieben, dass sie mich »zerstören« und »(mir) den Arsch aufreißen« würden. Und dann waren da noch die privaten Nachrichten gewesen, die aus zwei Dickpics und einer Aufforderung, ein Video von meinen nackten Füßen zu posten, bestanden hatten. Das hatte dann dazu geführt, dass ich über das nachgedacht hatte, was mein Bruder einige Tage zuvor beim Abendessen darüber gesagt hatte, dass sich Fremde auf Bilder von mir einen runterholen könnten.

Ich war nicht prüde, aber ich wollte mich nicht mit dieser Art von Kommentaren und Nachrichten herumschlagen müssen. Penisse waren mir nicht fremd. Aber ich wollte selbst entscheiden können, wann ich sie mir anschaute. Und ich fand es ganz sicher nicht toll, mich an die Zeit zu erinnern, als mir andere Leute noch sehr viel schlimmere Fotos und Videos geschickt hatten. Fotos und Videos, die mich um den Schlaf gebracht hatten, weil ich mich ihretwegen so hilflos und schmutzig gefühlt hatte.

Bis ich hier war, an diesem Punkt, und mir Gedanken darüber machte, dass das nun wieder öfter vorkommen würde. Ich wollte diesen Mist nicht sehen. Ich wollte einfach nur eislaufen. Der Rest war mir egal.

Aber so lief das heutzutage eben.

Ein seltsamer Ausdruck huschte über das Gesicht der Trainerin. »Hat Ivan irgendwas gesagt?«

Mist. Ich hatte das nicht gut genug durchdacht, oder? Ich konnte nur vage bleiben, ihr aber nicht wirklich viel mitteilen. Nur ein wenig. Gerade genug. »Er sagt immer etwas, aber das ist es nicht.«

Sie zog die Augen zusammen. »Du weißt, was ich meine. Hat er dir gegenüber irgendetwas erwähnt, das mit dem Fotoshooting zu tun hat?«

Normalerweise machten mir Ivans Kommentare nichts aus. Sie nervten mich, ja. Sie sorgten dafür, dass ich ihn umbringen wollte, ja. Aber sie trafen und verletzten mich nicht wirklich. Doch vor jemandem nackt zu sein, vor allem vor jemandem wie Ivan, der mich mit diesen klaren blauen Augen ständig beurteilte, fühlte sich wie ein Machtaustausch an, bei dem ich nichts gegen ihn in der Hand hatte. Er würde etwas über mich wissen, was sehr viele Leute nicht wussten. Und er stichelte jetzt schon wegen jeder Kleinigkeit.

»Ich weiß nicht, ob ich nackt vor ihm stehen will. Das ist alles. Wenn ich das Shooting allein machen würde, wäre das keine große Sache. Auch mit Fremden wäre es kein Problem für mich. Aber vor ihm, den ich die ganze Zeit sehen muss … Ich weiß nicht.«

Sie zwickte sich in den Nasenrücken. Sie war eindeutig verärgert, nickte aber. »Okay. In Ordnung. Ich werde mit ihm und der Fotografin reden und sehen, was wir arrangieren können.«

Für einen Moment spielte ich mit dem Gedanken, mich dafür zu entschuldigen, dass ich es mir anders überlegt hatte, aber dann ließ ich es bleiben. Ich wollte nicht ausgerechnet Ivan meinen nackten Körper zeigen. Es war meine Wahl, meine Entscheidung, mein Körper.

Ich würde mich nicht dafür entschuldigen, dass ich Umstände machte, denn so war es nicht.

Aber ich fühlte mich schon ein wenig schlecht, als Nancy Lee auf dem Absatz kehrtmachte und auf die Fotografin zuging, die mit Ivan und einer Assistentin zusammenstand und in eine Unterhaltung vertieft war. Das Team war schon früh hergekommen, um auf dem Eis ein paar Kulissen aufzubauen, eine mit einem grauen und eine mit einem weißen Hintergrund. Beide waren von jeder Menge Licht umgeben und sahen sehr schick aus.

Ich zwang mich zuzusehen, wie sich Trainerin Lees Mund bewegte, und dann sah ich, wie Ivan das Kinn vorschob und kurz in meine Richtung blickte, bevor er sich wieder auf Nancy Lee konzentrierte, um sich anzuhören, was auch immer sie sonst noch zu sagen hatte.

Und ich konnte nicht behaupten, dass ich total überrascht gewesen wäre, als Ivan etwa zwei Minuten später den Kopf schüttelte und eindeutig ignorierte, was Nancy Lee sagte. Dann kam er auf mich zu. Der Knoten im Gürtel seines Bademantels war das Einzige, was mich davor bewahrte, mehr als nur ein paar kleine Ausschnitte von Oberschenkel, Wade und Brust zu sehen, während er über das Eis in meine Richtung glitt.

»Ich werde es nicht machen«, sagte ich, bevor er auch nur ein Wort herausbringen konnte. »Wenn du es allein machen willst, dann mach. Ich kann es auch allein machen. Aber ich will es nicht mit dir zusammen machen.«

Sobald der letzte Satz meinen Mund verlassen hatte, spannte er die Schultern an. Doch so richtig sichtbar wurde seine Wut erst, als er den kantigen Kiefer anspannte, die Lippen schürzte und die Augenbrauen zusammenzog.

»Ich will es nicht machen, Ivan, und du wirst mir keine Schuldgefühle einreden, um mich dazu zu bringen, klar? Ich weiß, dass das eine große Sache ist, aber ich will es nicht mit dir machen.«

Er behielt diese hellen graublauen Augen fest auf mich gerichtet, während er an der Bande zum Stehen kam und dort am Eingang innehielt. Er starrte mich an, als hätte er keine Ahnung, wer ich war. Er beobachtete mich aufmerksam, während er langsam und betont fragte: »Warum nicht?«

Ich überlegte nicht mal. »Weil ich dir nicht meine Brüste und meine Vagina ins Gesicht halten will.« *So*. Erledigt.

Der Atemzug, den er daraufhin nahm, war so heftig, dass ich ihn in seiner Brust sehen konnte. »Noch vor ein paar Tagen hast du damit geprahlt, dass du nicht schüchtern bist, und jetzt machst du einen Rückzieher?«, fragte er böse. »Allein würdest du es machen, aber nicht mit mir zusammen?«

Wenn er es so ausdrückte …

»Ja«, stimmte ich nickend zu.

»Meinetwegen?«

»Ja, deinetwegen.« Freunde waren ehrlich miteinander. Diesbezüglich konnte er mir keinen Vorwurf machen. Vielleicht war ich nicht vollkommen ehrlich, aber es war immerhin etwas.

»Sie wollen uns zusammen, nicht einzeln.«

Ich zuckte vollkommen ungerührt mit den Schultern. »Tja, es gibt da diese Sache namens Photoshop. Vermutlich können sie die Bilder so zusammenbasteln, dass es aussieht, als stünden wir gemeinsam da«, schlug ich vor.

Er hob eine dieser großen, starken Hände, mit denen er meinen knapp fünfzig Kilo schweren Körper mühelos über seinem Kopf halten konnte, und legte sie an seinen Nacken. »Was habe ich getan, dass du das Shooting jetzt nicht mehr mit mir machen willst?«, fragte er langsam. »Ich dachte, wir hätten uns darauf geeinigt, Freunde zu sein.« Er ließ den Blick über mein Gesicht wandern, das fast eine Stunde lang von der Visagistin geschminkt worden war. »Wir haben zusammen zu Abend gegessen«, rief er mir ins Gedächtnis, als hätte ich vergessen, dass er drei Stunden in der Küche meiner Mutter verbracht, mit meiner Familie Jenga gespielt, Lasagne und ein winziges Stückchen Schokoladenkuchen gegessen hatte, während ich dreimal so viel wie er verschlungen hatte.

Er hatte mir ein Stück Küchenpapier gereicht – vielleicht weil er wirklich gedacht hatte, dass ich die Rolle nicht erreichen konnte, vielleicht auch nicht. Er hatte mich nach Hause gefahren. Er hatte mich gebeten, mit ihm befreundet zu sein, auch wenn das irgendwie seltsam war, denn je mehr ich darüber nachdachte, desto klarer wurde mir, dass er mit dem Konzept Freundschaft vermutlich ebenso wenig vertraut war wie ich.

Bleib freundlich. Sei besser.

Also versuchte ich es. »Ivan, ich muss dich jeden Tag anschauen. Ist das nicht Grund genug, um nicht nackt vor dir stehen zu wollen?«, fragte ich und bemühte mich dabei um einen möglichst wenig aggressiven Tonfall, denn ich wollte mich wie eine Erwachsene verhalten.

Er zögerte nicht. »Mir ist egal, ob du mich nackt siehst.«

Mist.

Okay. Ich würde das Problem ein wenig direkter angehen müssen. »Tja, mir ist ebenfalls egal, ob mich die ganze Welt nackt sieht, aber ich will nicht, dass du mich nackt siehst, in Ordnung? Kannst du das respektieren?«

»Aber warum nicht?«, fragte er und klang aufrichtig verwirrt.

Verzweiflung und vielleicht auch Frustration überkamen mich. Ich hatte wirklich nicht damit gerechnet, dass er eine Erklärung verlangen würde. »Das habe ich dir doch schon gesagt.«

»Nein, hast du nicht.«

Ich blinzelte. »Doch hab ich.«

»Nein. Hast. Du. Nicht.«

»Doch. Hab. Ich.«

»Nein. Ich will, dass du es mir erklärst. Was habe ich im Verlauf der letzten Woche getan, um dafür zu sorgen, dass du das Shooting jetzt nicht mehr mit mir machen willst?«

Er würde nicht nachgeben. Er wollte eine Erklärung, also gab ich sie ihm. »Ivan, glaubst du, ich will, dass du meine Brüste siehst und mich für den Rest des Jahres damit aufziehst, dass ich die Pubertät ausgelassen habe? Ich will nicht, dass du mich anstarrst und bewertest. Ich mag mich so, wie ich bin. Ich will mir nicht anhören müssen, wie du dich über Dinge lustig machst, die ich nicht ändern kann. Ich habe kleine Brüste. Okay. Das wissen wir beide. Aber was, wenn du meine Brustwarzen zu groß oder zu klein findest oder über meine Dehnungsstreifen lachst oder mir mitteilst, dass du nun verstehst, wo mein ganzes Gewicht herkommt! Von meinen Oberschenkeln!«

»Was?«

»Ich mag meinen Körper, klar? Ich will nicht, dass du mich dazu bringst, ihn nicht mehr zu mögen. Ich weiß, dass ich nicht …« Ich schüttelte den Kopf und brachte den Satz nicht zu Ende. »Ich bin zufrieden damit, wer ich bin und wie ich aussehe. Und bis Saisonbeginn werde ich noch ein wenig schlanker sein.«

Ich war mir nicht sicher, ob mir nicht aufgefallen war, dass es nach und nach passierte, oder ob es ganz plötzlich passiert war, aber irgendwann war er blass geworden, und im nächsten Augenblick hatte er das Eis verlassen und kam um die Bande herum, um zwei Schritte von mir entfernt stehen zu bleiben. Er wirkte regelrecht erschüttert. »*Jasmine.*« Er sprach meinen Namen langsam aus, beinahe wie ein Zischen. Das war einer dieser seltenen Momente, in denen er mich nicht Fleischklops nannte. »Komm schon.«

»Nein, Ivan, so läuft das nicht. Ich hasse es, dass mich kümmert, was du denkst, okay? Du musst es mir nicht noch unter die Nase reiben. Ich versuche … mit dir befreundet zu sein.« Ich hatte einen Witz machen wollen, aber es gelang mir nicht, denn er starrte mich immer noch mit diesem seltsam erschütterten Gesichtsausdruck an.

Tatsächlich wirkte Ivan irgendwie überrascht. »Jasmine«, wiederholte er meinen Namen. Seine Stimme war tief und beinahe heiser.

»Ich werde es nicht machen. Tut mir leid. Nichts, was du sagst oder tust, wird mich dazu bringen, es mir anders zu überlegen, also schwing deinen Hintern dort rüber, Tiger, und bring deinen Teil hinter dich, damit ich meinen erledigen kann. Ich bin mir sicher, dass alles gut aussehen wird, und wenn nicht … tja, dann ist das eben Pech.« Wenn ich ihm die andere Hälfte der Wahrheit erzählen könnte, würde er es verstehen. Das wusste ich.

Aber das tat ich nicht.

Ivan ging jedoch nicht zurück aufs Eis. Er rührte sich nicht vom Fleck. Er wandte den Blick nicht ab, starrte mich einfach nur an. Sein Atem ging gleichmäßig, und seine Brustmuskeln waren im Ausschnitt des Bademantels deutlich sichtbar. Er ließ seinen Blick über mein Gesicht wandern, und ich hasste das. Ich hasste die Tatsache, dass ich zugegeben hatte, dass ich mich seinetwegen nicht ausziehen würde, weil ich mir später nicht anhören wollte, wie er mich wegen der Form meiner kleinen Brüste oder der Größe meines Hinterns oder der zahllosen anderen Dinge aufziehen würde, an denen er herummäkeln konnte. Denn davon gab es eine Menge. Ich war nicht perfekt. Ich war nicht meine Mutter oder Tali oder Ruby.

»Fleischklops«, sagte er leise und regte sich nicht. Er schluckte angestrengt. Dem seltsamen Ausdruck auf seinem Gesicht nach zu urteilen rang er um Worte. »Wenn ich mich über dich lustig mache, will ich dich nur ärgern«, behauptete er, ohne mich aus den Augen zu lassen. »Das weißt du doch, oder?«

Ich wandte den Blick ab. »Ja, ich weiß, dass du mich ärgern willst. Damit kann ich umgehen. Manchmal …« Gott, das zuzugeben, tat weh, aber egal. »Manchmal bringst du mich sogar fast zum Lachen. Aber ich will mir das nicht anhören, während wir nackt sind.«

Ich hörte sein Ausatmen. Und dann spürte ich, wie er einen weiteren Schritt auf mich zukam. »Ich ärgere dich nur deswegen so oft, weil du eine Nervensäge bist. Außerdem bist du die Einzige, die mir Paroli bietet. Du weißt, dass du schön bist.«

Ich verdrehte die Augen, denn das war einfach nur lächerlich. »Wenn du denkst, dass du mich mit Schmeicheleien dazu bringen kannst, dieses Shooting zu machen, dann kennst du mich kein bisschen, Lukov.«

»Nicht Lukov. Ivan«, korrigierte er unbekümmert. Sein Tonfall war so milde, dass ich mich plötzlich unbehaglich fühlte.

»Ich bin mir sicher, dass du unter diesem Bademantel perfekt bist.«

Doch er machte weiter. »Ich bin mir sicher, dass alles, was sich unter deinem Bademantel versteckt, für jeden Mann erregend ist. Und auch für manche Frauen, darauf würde ich wetten.«

Was glaubte er, mit wem er hier redete? Ich kannte ihn seit über zehn Jahren und hatte mir in dieser Zeit immer wieder seine armseligen, gemeinen Kommentare anhören müssen. Jetzt machte er mich einfach nur noch wütend. »Würdest du mal die Klappe halten?«, schnauzte ich ihn an.

Er umfasste mein Handgelenk, und seltsamerweise zog ich meine Hand nicht weg.

»Ich sage das alles nicht einfach nur so«, sagte er so leise und so … keine Ahnung, sanft oder so was, dass ich mich ganz unwohl fühlte. Ich konnte mich nicht erinnern, dass je zuvor jemand so mit mir gesprochen hatte. Nicht einmal James, der netteste Kerl auf der Welt. Ivan fuhr fort. »Wenn ich dir sage, dass du die Pubertät ausgelassen hast, will ich dich nur ärgern. Komm schon«, beharrte er und benutzte immer diese Stimme, von der ich nicht wusste, was ich damit anfangen sollte. Was ich davon halten sollte. »Ich dachte nicht, dass du so empfindlich bist.«

Ich blinzelte. »Ich bin nicht empfindlich.«

»*Jasmine*«, hauchte er und neigte den dunklen Haarschopf, und das makellose Gesicht, das geschminkt sein mochte oder auch nicht, kam dichter an mich heran und fragte: »Was zur Hölle ist gerade mit dir los?«

»Nichts«, beharrte ich.

»Das ist doch Schwachsinn«, behauptete er. »Du weißt, wer und was du bist. Ich werde es dir nicht erklären und dein Ego damit noch stärker aufpumpen. Es ist auch so schon groß genug. Lass mir ein wenig Spielraum.« Seine Worte klangen fast barsch. »Ich will dieses Fotoshooting mit dir zusammen machen, nicht alleine. Mit dir. *Als Team.* Das wird für uns beide ein toller Start in die Saison sein.«

»Ich weiß, wer ich bin, und habe ein großes Ego, *klar. Okay.* Hör zu, geh einfach ans Set und bring das Shooting hinter dich.

Ich werde es dann nach dir machen. Ich will nicht länger darüber reden. Mir ist gerade nicht nach Streiten zumute.«

In der Sekunde, in der seine Hände auf meinen Schultern landeten, zuckte ich erschrocken zusammen. Und als er dann den Mund so weit senkte, dass seine Lippen direkt über meinen schwebten, erstarrte ich regelrecht. Wir waren uns an sieben Stunden pro Tag und an sechs Tagen pro Woche extrem nah. Zwischen uns gab es keine körperlichen Barrieren, weil es sie nicht geben durfte.

Aber das hier …

Ich wusste nicht, wie ich damit umgehen sollte. Ich konnte mich nicht erinnern, wann mir das letzte Mal jemand so nah gewesen war.

»Das ist mein verdammter Ernst«, flüsterte er mit enormer Kraft und Entschlossenheit.

Ich konnte nicht anders, als kurz zu ihm hochzuschauen, so stark und fordernd war sein Tonfall.

Er wirkte ernster, als ich ihn je zuvor gesehen hatte. Selbst unmittelbar vor einem Wettkampf war er nie so gewesen. »Ich würde mich niemals über dich lustig machen.«

Ich runzelte die Stirn.

Er schüttelte sanft mein Handgelenk und bedeckte die Stelle, an der sich normalerweise mein Armband befand. Ich hatte es abgenommen und in meinem Spind gelassen. »Schon gar nicht, wenn du nackt bist«, sagte er. »Wer würde sich denn bitte über dich lustig machen, wenn du keine Klamotten anhast? Ich wette, dass keiner der Männer da draußen schon mal solche Beine und so einen Hintern gesehen hat. Damit kannst du dich in die Luft katapultieren wie niemand sonst.«

Ich blinzelte. »Warum weißt du, wie mein Hintern aussieht?«

Seine Mundwinkel zuckten. »Weil ich ihn den ganzen Tag vor der Nase habe.«

Dem konnte ich nicht widersprechen. Außerdem warf auch ich hin und wieder einen Blick auf seinen Hintern. Weil er eben da war. »Dann lass das Glotzen in Zukunft. Freunde schauen sich nicht gegenseitig auf den Hintern.«

Er verdrehte die Augen, und mein Magen verkrampfte sich. »Jasmine, dieser Körper – diese Oberschenkel, von denen du denkst, dass ich mich über sie lustig machen werde, und dieser Hintern, von dem du das ebenfalls denkst – das alles wird uns von jetzt an den ersten Platz einbringen. Darüber würde ich mich niemals lustig machen. Ich würde mich niemals *über dich* lustig machen. Wir werden es so wie immer machen. Sobald wir uns auf dem Eis befinden, ist es Arbeit. Wir konzentrieren uns und machen keinen Quatsch.«

Ich hielt den Atem an und betrachtete sein Gesicht. »Ich glaube dir nicht.«

»Dass ich mich nicht über dich lustig machen werde?«

»Ja.«

Er hielt kurz inne und fragte dann: »Willst du mich vorher nackt sehen?«

Ich brach in Gelächter aus. Sofort. Ohne es zu wollen. Das war wirklich das Letzte, was ich wollte. »*Nein!*«

Sein Schmunzeln verriet mit, dass er das ebenfalls wusste. »Bist du dir sicher? Ich habe am Oberschenkel ein Muttermal, das wie Florida aussieht. Vielleicht wirst du etwas an mir finden, über das du dich lustig machen kannst, aber ich denke nicht.«

Ich lachte immer noch, obwohl ich nicht wollte – ich wollte es wirklich nicht. Ich schaute zu ihm hoch und schüttelte den Kopf. »Gott, du bist so ein eingebildetes Arschloch.«

»Das ist die Wahrheit. Du kannst so gründlich suchen, wie du willst, und wenn du etwas findest, dann nur zu, aber ich trainiere ständig. Ich habe das ganze Jahr über nur ungefähr …

sieben Prozent Körperfettanteil. Mich selbst im Spiegel zu betrachten fällt mir nicht schwer.«

Ich lachte sogar noch lauter, aber wie hätte ich auch nicht lachen können, wenn er sich so aufführte? Dieser Kerl, den ich kaum kannte.

»Du kannst dich über mich lustig machen, aber ehrlich gesagt wäre es mir lieber, wenn du es nicht tätest. Ich mag es nicht, wenn die Leute sagen, dass ich dürr bin, denn das bin ich nicht«, sagte er beinahe sanft.

Wer würde diesen Mann für dürr halten? Er war kein bisschen dürr. Ich hatte ihn vor Jahren mal trainieren sehen. Er hatte Gewichte gestemmt, die schätzungsweise doppelt so schwer wie er selbst gewesen waren. Selbst Schwimmer und Läufer hatten keine so guten Körper wie Ivan.

Nicht dass ich das je zugeben würde.

Er hatte immer noch mein Handgelenk umfasst und schüttelte es nun. »Komm schon, Fleischklops. Du und ich. Wir werden mit unseren prachtvollen Hintern alle da draußen neidisch machen.«

War das Freundschaft? Sollte das so laufen? Dass er mich neckte? Dass ich etwas Patziges erwiderte, dabei aber lächelte? Wenn das so war … Wenn das so war, dann konnte ich das hinbekommen. Dachte ich. Vielleicht.

»Ich hasse dich«, sagte ich seufzend und warf noch einmal einen Blick auf ihn, weil ich einfach nicht anders konnte.

Dann fuhr er die ganz großen Geschütze auf. Er schaute mit seinen unfassbar blauen Augen direkt in meine braunen und sagte: »Dann tu es für Paul. Damit er die Bilder sieht und bereut, dass er nie ein Nacktshooting mit dir machen konnte.« Wieder schüttelte er mein Handgelenk. »Oder irgendein Shooting.«

Und damit hatte er mich, was bewies, dass er mich besser kannte, als ich gedacht hatte.

Denn wenn es um meinen Ex-Partner ging … *Oh Mann.*

Ich wollte nicht, dass sich Leute auf Bilder von mir einen runterholten. Aber wenn das hier eine Gelegenheit war, diesem Arschloch meinen Erfolg unter die Nase zu reiben … dann würde es das wert sein. Definitiv.

»Du bist nämlich *mein* Fleischklops«, flüsterte er beinahe. Er löste die Finger von meinem Handgelenk und ließ sie nach unten gleiten, verschränkte sie mit meinen. Er hielt meine Hand, wie er es während des Trainings schon Tausende Male getan hatte. »Wir ziehen das durch, oder? Zusammen? Ich werde mich nicht über dich lustig machen, aber du darfst dich ein bisschen über mich lustig machen, okay?«

Ich hatte keine Ahnung, wer da gerade vor mir stand. Wer war dieser nette, witzige, sanfte Typ?

»Ja, wir ziehen das zusammen durch«, grummelte ich, denn ich wusste, dass es das Richtige war. Vielleicht würde ich es teilweise bereuen, aber nicht komplett.

»Das dachte ich mir«, sagte er und klang beinahe fröhlich, als er mich mit sich zog.

Und dann waren wir auf dem Eis. Wir trugen unsere Bademäntel und waren geschminkt und bereit – zumindest war ich es, so viel war sicher. Nancy Lee und die Fotografin unterbrachen ihre Unterhaltung, als sie bemerkten, dass wir auf sie zuliefen. Lee zog die dünnen schwarzen Augenbrauen hoch und fragte zaghaft: »Hast du es dir anders überlegt?«

Ich nickte.

»Ich werde das hier nur machen, wenn Sie sich damit wohlfühlen«, sagte die Fotografin schnell. »Wir alle haben den größten Respekt vor Ihnen und Ihrem Körper, Jasmine. Wir können die Fotos aus bestimmten Winkeln machen, wenn Sie Ihre Unterwäsche anbehalten wollen …«

Ich schüttelte den Kopf. »Das ist schon in Ordnung.« Ich

würde nicht sagen, dass ich mich wegen Ivan nicht hatte ausziehen wollen. Und schon gar nicht würde ich die fremden Arschlöcher erwähnen, die nichts Besseres zu tun hatten, als mich zu belästigen. Elende Scheißtypen.

»Sind sie sich sicher?«, hakte die Fotografin nach. Sie klang ganz und gar nicht so, als würde sie beleidigt sein, falls ich es mir doch noch einmal anders überlegen sollte.

Aber ich war mir sicher. Und das sagte ich auch. »Ja, alles gut.«

Sie zuckte mit den Schultern. »Okay. Dann fangen wir an, sobald Sie beide so weit sind.«

Ivan drückte meine Hand – er hatte sie nicht losgelassen – und sagte so leise, dass nur ich ihn hören konnte: »Ich habe unterschätzt, wie kalt es ist, also darfst du dich nicht über … gewisse Körperteile lustig machen, wenn sie versuchen, ins Innere meines Körpers zu kriechen, um sich vor der Kälte zu schützen …«

Ich schaffte es nur knapp, mir ein Grinsen zu verkneifen, während sich das Gefühl, *recht* gehabt zu haben, in meinem ganzen Oberkörper ausbreitete. »Ich werde mich nicht über Peter lustig machen, wenn du dich nicht über Mary und Maggie lustig machst. Diese zwei Miststücke verstecken sich nicht, weil es kalt ist. Sie haben sich schon immer versteckt«, sagte ich tonlos.

Er nickte. »Dir ist schon klar, dass ich jetzt davon ausgehe, dass du drei Nippel hast, oder?«

Ich verdrehte die Augen. »Und ich gehe davon aus, dass du einen Mikropenis hast. Wir sind quitt.«

Ivan verzog das Gesicht und umfasste meine Finger fester. »Vielleicht habe ich aber auch einen Makropenis.« Ich stöhnte, doch er redete einfach weiter. »Lass uns das hier hinter und bringen, ja?«

Keiner von uns sagte etwas, als wir unsere Hände voneinander lösten und in die Mitte der Eisfläche liefen, wo die beiden Hintergründe aufgebaut worden waren. Auch die Lichtschirme standen bereits und warteten auf ihren Einsatz. Nancy Lee kam mit skeptischer Miene auf uns zu. »Bereit?«

Ivan nickte, und ich sagte: »Bereit.« Denn das war ich.

Die Fotos würden gut aussehen. Ich würde den Leuten da draußen etwas beweisen. Am Ende würde es die Mühe wert sein.

Ich atmete tief durch und schaute zu, wie die Fotografin sich hinter ihre Kamera duckte. Sie nickte uns aufmunternd zu, während ihre Assistenten auf ihre Positionen gingen. »Wir können mit allem anfangen, was Ihnen recht ist. Allerdings wären Hebefiguren oder unbewegliche Haltungen am besten.«

Tja. Offensichtlich würde es mir nicht gelingen, meinen Schritt von Ivans Gesicht fernzuhalten, aber ich unterzog mich aus gutem Grund regelmäßigen Waxing-Behandlungen.

Wir standen wohl kurz davor, einander auf einer ganz anderen Ebene kennenzulernen. *Ich kann das schaffen.* Natürlich konnte ich das, verdammt noch mal. Ich war stark, klug und konnte alles schaffen, so wie meine Mom es mir immer gesagt hatte.«

»Eine Hand-auf-Hand-Hebefigur?«, schlug ich meinem Partner – meinem Ivan – vor, während ich nach dem Gürtel meines Bademantels griff und mich daranmachte, ihn aufzuknoten.

»Klar«, erwiderte er und machte sich ebenfalls an seinem Gürtel zu schaffen.

Entweder gab er sich wirklich große Mühe, nett zu mir zu sein, oder er führte etwas im Schilde. Ich war mir nicht sicher. Aber ich bezweifelte, dass er vor den Kameras etwas Gemeines versuchen würde, vor allem nach dieser Motivationsrede.

»Bereit, wenn Sie es sind!«, rief die Fotografin.

Liegt das an mir oder wirken die Scheinwerfer zu grell?, fragte ich mich. Jeder wusste, dass einen eine Kamera ein paar Kilo schwerer wirken ließ. Aber all diese Scheinwerfer gaben mir das Gefühl, dass es sich eher wie etliche Kilo anfühlen würde. Nun ja. Dann sollten die Leute eben über mich urteilen. Ich hatte niemandem was zu beweisen.

Ich stand vor Ivan und hatte die Hände immer noch an meinem Bademantel. »Können wir loslegen?«

Er war bereits im Arbeitsmodus und nickte.

Nun war es wohl an der Zeit, das hier zu rocken.

Ich löste den Gürtel, nahm mein ganzes Selbstbewusstsein und all meine Würde zusammen und rief mir ins Gedächtnis, dass kein Körper perfekt war und man mithilfe von Photoshop hoffentlich alles bearbeiten konnte, was nicht gut aussah. Andererseits ging es hier um die Anatomieausgabe, in der echte Körper abgebildet wurden. Aber zum Teufel damit. Wenn die Leute auf irgendwelche Speckröllchen hinweisen wollten, die sich bei mir bildeten, sobald ich mich vorbeugte, dann war das eben so. Ich war mit drei der schönsten Frauen auf der Welt aufgewachsen. Ich hatte schon vor langer Zeit akzeptiert, dass ich nicht zu ihnen zählte, und das war in Ordnung.

Und dann zog ich meinen Bademantel aus.

Das hatten wir nicht abgesprochen, aber ich hatte weißes Stoffklebeband auf meine Brustwarzen geklebt. Mein nackter Hintern und meine Vagina waren mir egal. Schließlich waren wir alle mal aus einer Vagina gekommen.

Ich konnte das schaffen.

Und dann nahm ich aus dem Augenwinkel eine Bewegung wahr, als ein weiterer Bademantel ausgezogen und an einen Assistenten weitergereicht wurde. Ich sah jede Menge Haut, und eine Sekunde später streckte sich mir eine Hand entgegen, damit ich sie ergreifen konnte.

Es war an der Zeit, dass wir das hier hinter uns brachten. Ich wandte mich Ivan zu. Vielleicht hielt ich dabei kurz den Atem an. Ich hoffte inständig, dass mein Körper nicht plötzlich beschlossen hatte, zum ersten Mal in meinem Leben zu erröten, denn das wäre wirklich demütigend gewesen.

»Verdammt«, hörte ich Ivan leise murmeln, als ich in sein Gesicht schaute … nur um festzustellen, dass er die Augen fest zugekniffen hatte.

»Was?«, schnauzte ich.

»Nichts«, schnauzte er zurück.

»Was ist los?« Er war blass und hatte immer noch die Augen geschlossen.

»*Nichts*«, erwiderte er und klang genau wie der Ivan, den ich kannte. Er schüttelte den Kopf und schluckte. »Lass uns das hier hinter uns bringen.«

»Du bist derjenige, der dieses Shooting machen wollte«, rief ich ihm ins Gedächtnis.

»Tja, ich habe so langsam den Eindruck, dass das eine miese Idee war, also lass es uns hinter uns bringen«, murmelte er. Er hatte die Augen immer noch geschlossen.

»Du bist ganz schön prüde«, flüsterte ich und begriff nicht, warum er mir nicht wenigstens ins Gesicht schaute.

Also schaute ich ihn an. Weil er vor mir stand.

Und plötzlich bereute ich diese Entscheidung.

Denn Ivans Körper …

Verdammt.

Vielleicht konnte ich, weil ich selbst Sportlerin war, all die unterschiedlichen Körperformen, die männliche Sportler zu bieten hatten, so sehr würdigen. Ich hatte nie besonders auf Männermodels mit ihren perfekt geformten winzigen Muskeln gestanden, an denen sie regelmäßig arbeiten mussten. Ich mochte pure Kraft in all ihren Ausdrucksformen. Ich mochte sie nicht nur, ich stand auf pure Kraft.

Ivans Körper sah aus, als wäre er von einem der großen Meister gemalt worden. Die Muskeln in seinen Schultern waren wie bei einer akkuraten anatomischen Zeichnung, die drahtigen, festen Muskeln in seinen Unter- und Oberarmen strahlten Stärke aus. Dann waren da seine festen Brustmuskeln und die flachen Bauchmuskeln, die zusammen acht kleine Rechtecke bildeten. Die definierten Muskeln an seinen Hüften verdankte er den vielen Hebeübungen. Das Gleiche galt vermutlich für die langen muskulösen Stränge in seinen Oberschenkeln und Waden.

Seinen Hintern musste ich mir gar nicht erst anschauen, um zu wissen, dass er fest und knackig war.

Und ich wäre eine verdammte Lügnerin, wenn ich behaupten würde, dass ich nicht zumindest einen kurzen Blick auf seinen Penis geworfen hätte. Doch genau wie ich hatte er offenbar beschlossen, wenigstens *etwas* zu bedecken. Dieses Etwas war unter einem Gegenstand versteckt, der wie eine hautfarbene Socke aussah.

Ich würde mich nicht vorbeugen, um zu sehen, ob ich seine Hoden entdecken konnte.

Ich ließ den Blick erneut über Ivans ganzen Körper wandern und konnte mir mein Kopfschütteln kaum verkneifen. Er war wahrhaftig die fleischgewordene Perfektion. Ehrlich. Wirklich.

Doch ich wäre eher gestorben, als ihm das mitzuteilen, also musste ich aufhören, es zu denken. Wir mussten dieses Fotoshooting hinter uns bringen.

»Na komm schon, du scheues Reh, bevor deine Eier auch noch anfangen, zurück in deinen Körper zu kriechen«, sagte ich zu ihm.

Das sorgte dafür, dass er die Augen aufriss, um mich böse anzustarren. Er verzog das Gesicht zu einer fiesen Grimasse. »Hoffentlich rutscht meine Hand nicht weg.«

»Hoffentlich verliere ich nicht das Gleichgewicht und ramme dir aus Versehen meinen Fuß in den Hintern …«

»Okay! In Ordnung! Fangen wir an«, rief Nancy Lee. Ich musste nicht in ihre Richtung schauen, um zu wissen, dass sie den Kopf schüttelte.

Splitterfasernackt stand ich da und sagte: »Komm schon, Socke, lass uns das durchziehen. Vielleicht landen wir ja auf dem Titelblatt.« Und während ich das sagte, verspürte ich definitiv weder Übelkeit noch Besorgnis.

Kapitel elf

Ich hätte wissen müssen, dass etwas im Busch war, als ich an diesem Abend nach Hause kam und meine Mutter in der Küche vorfand. Auf der Kücheninsel stand ein Teller mit Essen für mich. Sie hatte mir seit Jahren kein Abendessen mehr hingestellt. Ich konnte mich nicht mal erinnern, ob sie einem von uns überhaupt jemals einen Teller zurechtgemacht hatte … mit Ausnahme von Ruby. Normalerweise nahm sich einfach jeder, was er haben wollte. Mom sagte immer, dass sie nicht unser Dienstmädchen sei und dass wir dankbar sein sollten, dass sie überhaupt für uns kochte.

Also hätte ich wissen müssen, dass etwas im Busch war. Das Problem bestand darin, dass ich nach dem Fotoshooting, das den ganzen verdammten Morgen gedauert hatte, erschöpft war. *Nicht lächeln. Verhalten Sie sich ganz natürlich. Diese Pose bitte noch einmal. Können Sie sie ein wenig länger halten? Halten Sie Ihr Bein für über eine Minute in dieser unbequemen Position. Stehen Sie einfach da, und frieren Sie sich den Hintern ab. Neigen Sie Ihren Kopf in diese Richtung – nein in die andere Richtung – und halten Sie ihn dort. Ivan, legen Sie Ihre verdammt kalten Hände an Jasmines Körper, und lassen Sie sie zwei Minuten lang dort.*

Verdammter Obermist.

Er hatte nicht gelacht, wann immer er mich berührt hatte, aber ich wusste, dass er gern gelacht hätte.

Meine Nippel waren nach der langen Zeit in der Eiseskälte

immer noch ganz steif. Die winzigen Klebestreifen hatten sie nicht wirklich warm gehalten. Und ich war mir ziemlich sicher, dass meine Vagina nie wieder warm sein würde. Meine Klitoris war vermutlich zu einer Rosine verschrumpelt. Sobald wir angefangen hatten, hatte ich keinen einzigen Blick mehr auf Ivans Sockenbedeckung geworfen, weil es einfach so verdammt kalt gewesen war. Ich würde keinen Mann je danach beurteilen, wie sein Penis in dieser Eiseskälte aussah.

Außerdem hatte es andere Dinge gegeben, die ich mir hatte anschauen können.

Alles nördlich des Äquators und alles südlich des Äquators. Muskeln, Muskeln und noch mehr wundervoll gemeißelte Muskeln. Das Fotoshooting fiel mir nicht wirklich schwer, auch wenn ich ihm jedes Mal einen Schlag in den Magen verpassen wollte, wenn er mich mit seinen eiskalten Händen berührte.

Und einmal hatte ich versehentlich einen Blick auf seine riesigen Eier erhascht, die zwischen seinen Beinen baumelten. Das hatte dafür gesorgt, dass ich mich eine Sekunde lang gefragt hatte, wo er diese Dinger in seinen Kostümen versteckte.

Aber das ging mich nichts an, also schob ich diese Frage für später beiseite.

Wichtig war nur, dass wir es geschafft hatten. Wir hatten es geschafft und uns nicht gegenseitig umgebracht oder übereinander lustig gemacht. Es hatte nur viel zu lange gedauert. Zum Glück hatte ich vorausgeplant und mir den Tag freigenommen, auch wenn mein Bankkonto diesen Verlust nicht gebrauchen konnte. Vor allem nicht, wenn wir an so vielen Wettkämpfen teilnehmen würden.

Während unseres nachmittäglichen Trainings war unser Umgang miteinander nicht befangen gewesen, aber ich würde lügen, wenn ich behaupten würde, dass ich nicht hin und wieder einen Blick auf seinen Oberkörper geworfen hatte, weil mich die Erinnerung daran, wie er ohne Hemd aussah, überkommen hatte. Doch sobald mir dieser Gedanke in den Kopf gekommen war, hatte ich mich dazu gezwungen, ihn zu verdrängen. Zum Glück hatten wir kaum Schwierigkeiten gehabt. Tatsächlich hatte Ivan während des Nachmittagstrainings nicht mit mir gesprochen, obwohl er an diesem Morgen noch so seltsam nett gewesen war.

»Hi, Brummbär«, begrüßte mich meine Mutter, sobald sie mich in die Küche kommen hörte.

»Hi, Mom«, sagte ich und näherte mich ihr von hinten, um ihre Wange zu küssen. Meine Sachen hatte ich bereits abgestellt. »Wie war es bei der Arbeit?«

Sie zuckte mit den schmalen Schultern, während sie das Wasser am Spülbecken abstellte und nach einem Handtuch griff. »Gut. Iss, bevor es kalt wird. Ich habe es in die Mikrowelle gestellt, als ich deine Scheinwerfer in der Einfahrt sah.«

»Danke«, sagte ich, ohne richtig auf sie zu achten, und setzte mich. Dann stürzte ich mich auf das Ofenhühnchen mit Jasminreis und Süßkartoffeln und den Beilagensalat, als würde ich zusammenbrechen, wenn ich diese Mahlzeit nicht sofort aß. Ich hatte vor sechs Stunden zwischen dem Fotoshooting und der einstündigen Pause, die wir danach bis zum Nachmittagstraining eingelegt hatten, zu Mittag gegessen. Aber es fühlte sich eher so an, als wären seitdem hundert Stunden vergangen. Ivan und ich hatten drei Stunden lang an Würfen und Pirouetten gearbeitet, und danach hatte ich noch drei Stunden lang im Fitnessstudio des LK trainiert. Unter anderem hatte ich ein heftiges Intervalltraining auf dem Laufband absolviert, um mein Herz auf das Tempo vorzubereiten, dass es während unserer Kür für knapp fünf Minuten würde durchhalten müssen.

Aus dem Augenwinkel sah ich, wie meine Mutter sich ebenfalls an die Kücheninsel setzte. Wenn wir beide zur gleichen

Zeit zu Hause waren, aßen wir immer zusammen oder leisteten einander wenigstens Gesellschaft. Also dachte ich mir nicht viel dabei.

Bis sie aufschaute, eine Tasse Tee an ihren Mund hob und mir den ganzen Tag ruinierte.

Sobald ich einen Blick auf ihr Gesicht warf, klappte mir die Kinnlade runter, und ich kreischte auf. »Was ist mit deinem Gesicht passiert?«

Sie hatte ein Klammerpflaster über der Nase und zwei geschwollene rötlich-lila Kreise unter den Augen.

Und war ihre Lippe aufgeplatzt oder bildete ich mir das ein?

Sie sagte nichts, während ich ihr Gesicht musterte. Ich überlegte fieberhaft, was ihr zugestoßen sein könnte, und mir gingen eintausend Szenarien durch den Kopf. Schließlich fragte ich: »Wer hat dir das angetan?« Ich würde denjenigen umbringen. Ich würde ihn verdammt noch mal umbringen und es genießen.

»Beruhige dich«, sagte sie unbekümmert, als gäbe es nicht den geringsten Grund für mich, angesichts der Tatsache, dass ihr Gesicht so übel zugerichtet war, auszuflippen.

»Was ist mit dir passiert?«

Meine Mom schaute mich nicht einmal an, als sie einen weiteren Schluck Tee trank und sagte: »Ich hatte einen Autounfall. Bin in Ordnung.«

Sie hatte einen Autounfall und war in Ordnung.

Ich blinzelte sie an, während sie nach ihrem Handy auf der Kücheninsel griff und einen Blick auf das Display warf, als wäre das alles halb so wild. Ich hingegen saß einfach da und versuchte, ihre Worte und deren Bedeutung zu verarbeiten … und es gelang mir nicht. Denn ich begriff, was ein Unfall war. Aber ich begriff nicht, warum sie mich nicht angerufen hatte. Wenigstens eine verdammte Textnachricht hätte sie schicken können.

»Du hattest einen Autounfall?« Die Worte kamen langsam

aus meinem Mund, weil ich die Information immer noch nicht richtig verarbeitet hatte.

Sie hatte einen schweren Autounfall gehabt, und das hatte sie mir mitgeteilt, ohne auch nur in meine Richtung zu schauen.

»Das ist halb so wild«, fuhr sie fort. »Ich habe eine Gehirnerschütterung. Sie haben meine Nase gerichtet. Mein Auto hat einen Totalschaden, aber die Versicherung des anderen Fahrers wird alles übernehmen, weil er in mich reinfuhr und es Zeugen gab.« Dann schaute sie mich endlich an. Meine Mom war vollkommen gefasst und schürzte die Lippen auf diese Art, mit der ich bereits seit meiner Teenagerzeit vertraut war, denn damals hatte sie so ausgesehen, wenn ich Widerworte gegeben hatte und sie kurz davor gewesen war, die Geduld zu verlieren. »Sag deinen Brüdern und Schwestern nichts davon.«

Ich soll meinen …

Ich schnappte mir das Stück Küchenpapier, das neben meinem Teller lag, und hielt es mir unters Kinn, während ich den Reis ausspuckte. Ich verschwendete wertvolles Essen, doch das war mir egal. Mein Herz schlug so heftig, und mein Blutdruck ging durch die Decke. Vermutlich verdankte ich es allein meiner guten Gesundheit, die auf das viele Training zurückzuführen war, dass ich in diesem Moment keinen Herzinfarkt bekam. Meine Mutter bedeutete mir wirklich viel, und die Nachricht von ihrem Unfall war ein regelrechter Schock für mich. Obwohl ich ruhig dasaß und mich nicht bewegte, raste mein Herz.

Mom ächzte und setzte sich genau in dem Moment auf, in dem ich das Küchentuch neben meinen Teller legte. »Nein, *nein*. Wag es nicht, dein Essen auszuspucken.«

Ich machte mir nicht die Mühe, an das letzte Mal zu denken, als ich mein Essen ausgespuckt hatte. Ich musste nicht noch wütender werden. »Mom«, sagte ich. Meine Stimme klang hoch und schrill und kein bisschen nach mir, sondern eher wie die eines Teenagers, der kurz vor einem Wutanfall stand.

Aber das war kein Wutanfall. Hier ging es darum, dass meine Mom verletzt worden war, mich nicht informiert hatte und nicht wollte, dass ich die Familie informierte.

Die Frau, die mich praktisch allein großgezogen hatte, zischte mir entgegen: »Fang jetzt bloß keinen Streit mit mir an.«

»Ich soll keinen Streit anfangen?«, keifte ich zurück. So wach war ich nach dem Training noch nie gewesen. Noch vor einer Minute hatte ich auf die steinerne Oberfläche der Kücheninsel gestarrt und darüber nachgedacht, wie dringend ich duschen und danach ins Bett gehen wollte. Ich hatte nicht mal über das Training und das Eiskunstlaufen und die Zukunft nachgedacht, so müde war ich gewesen. Und jetzt, *jetzt* war ich kurz davor, die Beherrschung zu verlieren.

»Fang keinen Streit mit mir an«, verlangte sie erneut. Sie trank vollkommen unbekümmert einen Schluck von ihrem Tee, als hätte sie mir gerade nicht gesagt, dass ich ihren Unfall und ihre Gehirnerschütterung und ihre gebrochene Nase einfach so hinnehmen solle und dass ich meinen Geschwistern aus irgendeinem Grund, der wohl nur für sie Sinn ergab, nichts davon erzählen dürfe. »Es geht mir gut«, sagte sie. Ich lehnte mich vor und blinzelte sie an, als hätte ich die trockensten Augen der Welt. »Warum hast du mich nicht angerufen und es mir gesagt?«, fragte ich in einem Tonfall, der mir vor zehn Jahren garantiert Hausarrest eingebracht hätte. Wut brodelte in meinem Bauch. *Warum hatte sie es mir nicht gesagt?*

Meine Hände zitterten.

Meine Hände zitterten nie. Niemals. Nicht, wenn ich wütend war, weil mich Leute, denen ich einigermaßen vertraut hatte, hintergangen hatten. Nicht, während ich darauf wartete, bei einem Wettkampf über das Eis zu laufen. Nicht, nachdem ich über das Eis gelaufen war. Nicht, wenn ich verlor. Nicht, wenn ich gewann. Niemals.

Mom verdrehte die Augen und konzentrierte sich wieder auf ihr Handy. Ich wusste, was sie vorhatte. Das war nicht das erste Mal, dass sie sich so verhielt. »Beruhige dich«, sagte sie.

Ich sollte mich *beruhigen*?

Ich öffnete den Mund, und sie richtete ihre blauen Augen, die ich so gut kannte, einmal mehr auf mich. »*Es geht mir gut.* Irgendein Trottel passte nicht richtig auf, als er von der Schnellstraße abfuhr, und rammte mich von hinten. Ich krachte in das Auto vor mir«, fuhr sie fort, und ich wusste, warum sie das alles für sich hatte behalten wollen. »Das ist alles halb so wild. Du musst deswegen nicht wütend werden. Es geht mir gut. Wenn ich es vor euch allen hätte geheim halten können, dann hätte ich das getan. Ben weiß es bereits. Deine Brüder und Schwestern müssen sich auch keine Sorgen machen.« Sie schnaubte abfällig. »Reg dich meinetwegen nicht auf. Du musst dich auf wichtigere Dinge konzentrieren.«

Meine Mom wollte nicht, dass ich mich aufregte, weil ich mich auf *wichtigere Dinge* konzentrieren musste.

Ich hob beide Hände an mein Gesicht, presste mir die Fingerkuppen auf die Schläfen und versuchte, eine der Entspannungstechniken anzuwenden, die ich im Laufe der Jahre gelernt hatte, um mit Stress umzugehen und … Nein. Es funktionierte nicht.

»Ich will nicht der Grund dafür sein, dass du abgelenkt bist«, beharrte meine Mutter.

»Musstest du ins Krankenhaus gebracht werden?«

Sie gab einen genervten Laut von sich. »Ja.«

Ich presste die Finger fester auf meine Schläfen.

»Oh, nimm die Hände runter und reg dich endlich ab«, versuchte sie zu scherzen. »*Es geht mir gut.*«

Ich konnte meine Mom nicht mal anschauen, als ich sagte:

»Du hättest mich anrufen können, Mom. Wenn *ich* diesen Unfall gehabt hätte …«

»Hättest du mich auch nicht angerufen«, beendete sie den Satz.

»Ich …« Okay, vielleicht stimmte das, aber dieses Wissen dämpfte meine Wut kein bisschen. Wenn überhaupt machte es mich nur noch wütender. Meine Hände zitterten so heftig, dass ich sie auf beiden Seiten meines Gesichts in die Luft hob, um sie zu schütteln. Ich war so verdammt wütend, dass ich schreien wollte. »Darum geht es nicht!«

Sie seufzte. »Du hattest heute einen wichtigen Tag. Ich wollte dich nicht stören.«

Sie wollte mich nicht stören.

Meine Mom wollte mich nicht stören.

Und da fragte ich mich, von wem ich gelernt hatte, so viele Geheimnisse vor anderen zu haben. Heilige Scheiße.

»Es sind nur eine kleine Gehirnerschütterung und eine gebrochene Nase, Brummbär. Und schrei mich gefälligst nicht an«, sagte sie in einem vergeblichen Versuch, mich zu beschwichtigen. »Ich weiß, wie wichtig dieses Jahr für dich ist. Ich will, dass du es nutzt. Du musst dir keine Sorgen um mich machen.«

Tatsächlich war sie die stärkste Frau, die ich kannte. Die stärkste, die klügste, die hübscheste, die zähste, die loyalste, die fleißigste …

Meine Kehle schmerzte. Vor Jahren hatte sie uns allen eine Heidenangst eingejagt, indem sie uns verkündet hatte, dass man einen Knoten in ihrer Brust entdeckt hatte. Letztendlich hatte er sich als harmlos herausgestellt, doch der Schock hatte uns alle tief getroffen. Ich hatte meine Brüder und Schwestern allesamt weinen sehen. Ich war bloß wütend gewesen. Und verängstigt. Das konnte ich zugeben. Ich hatte schreckliche Angst um meine

Mom und egoistischerweise auch um mich selbst gehabt. Denn was würde ich ohne sie machen?

Am schlimmsten war jedoch gewesen, dass ich mich damals wie ein Arschloch verhalten hatte. Aber das konnte ich darauf schieben, dass ich zu diesem Zeitpunkt noch ein Teenager und meine Mom der größte Anker in meinem Leben gewesen war. Nur deswegen war ich damals so ausgeflippt und hatte versucht, ihr die Schuld für alles zu geben, als hätte sie es irgendwie verhindern können. Jetzt … tja, jetzt war ich schon wieder wütend, aber nicht auf sie.

Nun ja, vielleicht auch auf sie, aber nur weil sie mir nichts von dem Unfall gesagt hätte, wenn es ihr irgendwie möglich gewesen wäre, und … und weil sie mich nicht ablenken wollte. Weil sie mich nicht *stören* wollte. Ich ballte eine Hand zur Faust.

»Ben kam zu mir ins Krankenhaus«, erklärte sie. Ihre Stimme nahm langsam wieder einen ruhigen, gleichmäßigen Tonfall an. »Du musst dich nicht aufregen.«

Ich konnte sie einfach nur anstarren.

»Ich will, dass du konzentriert bist«, fügte sie hinzu. »Ich weiß, wie viel dir diese Sache bedeutet. Wäre der Unfall vor drei Monaten passiert, hätte ich dich angerufen, aber du hast jetzt wieder viel zu tun, Jasmine. Ich wollte dich einfach nicht belästigen.«

War ihr etwa nicht klar, dass ich alles für sie tun würde? Dass ich sie liebte und bewunderte und sie für den tollsten Menschen auf der Welt hielt? Dass ich keine Ahnung hatte, wie sie fünf Kinder großgezogen hatte, obwohl mein Dad nur bis zu meinem dritten Lebensjahr bei uns geblieben war? Dass ich nicht verstand, wie sie vor Ben schon dreimal verheiratet gewesen sein konnte, wie ihr jedes Mal das Herz gebrochen worden war und wie sie es irgendwie trotzdem geschafft hatte, nie die Hoffnung zu verlieren oder zynisch zu werden?

Ich ließ eine Menge Dinge nicht an mich heran. Ich war schon oft gestürzt und hatte mir wehgetan, aber ich machte immer weiter. Doch Menschen mied ich weitgehend, seit sie mich gequält und fertiggemacht hatten.

Meine Mom dagegen war niemandem lange böse.

Wie hätte ich nicht große Stücke auf sie halten können? Wie hätte ich sie nicht über alles lieben können, diese Frau, die mich so aufzog, dass ich mich für unbesiegbar hielt? Wie konnte sie glauben, dass sie für mich nicht oberste Priorität hatte?

»Du musst dir keine Sorgen um mich machen«, beharrte sie. »Ich komme schon zurecht. Wenn Ben und ich in ein paar Wochen nach Hawaii reisen, werde ich ihn keine Fotos von meinem Gesicht machen lassen. So habe ich eine Ausrede dafür, dass wir irgendwann noch mal hinfliegen müssen«, verkündete sie fröhlich.

Doch das beruhigte mich kein bisschen.

Das alles war meine Schuld. Sie dachte und fühlte so, weil ich ihr zahllose Male gesagt hatte, dass das Eiskunstlaufen dafür sorgte, dass ich mir wie etwas Besonderes vorkam. Dass es meinem Leben einen Sinn gegeben hatte. Dass ich mich dadurch endlich so fühlte, als wäre ich gut in etwas. Dass es mir Kraft schenkte.

Doch in Wahrheit hatte mir meine Mom – meine ganze Familie – den Weg dahin geebnet. Ich kannte all diese Gefühle nur dank ihnen. Dank ihr.

Irgendwie war ich wohl immer davon ausgegangen, dass sie das wüsste. Aber vielleicht war ich einfach zu egozentrisch gewesen.

Meine Kehle schnürte sich zusammen. »Mom«, war das Einzige, was ich hervorbringen konnte.

Genau in diesem Moment schrillte ihr Handy los. Sie sagte kein einziges Wort zu mir, als sie die Hand nach dem Gerät ausstreckte. »Kleines«, sagte sie, und ich wusste, dass es Ruby war.

Das war das Ende dieser Unterhaltung. So war meine Mom eben. Wenn sie fertig war, war sie fertig.

Der Kloß in meiner Kehle wuchs auf das Doppelte seiner Größe an, während ich sie anstarrte, wie sie mit einem Lächeln auf dem Gesicht mit meiner Schwester redete.

Etwas, das sich verdammt stark nach einer Träne anfühlte, bildete sich in meinem rechten Auge. Ich saß da, starrte meine Mutter an und fragte mich, für was für eine Art Person sie mich hielt. Ich wusste, dass sie mich liebte. Ich wusste, dass sie wollte, dass ich glücklich war. Mir war vollkommen bewusst, dass sie all meine Stärken und Schwächen kannte.

Aber …

Hielt sie mich für ein selbstsüchtiges Miststück?

»Oh, Baby, das solltest du nicht tun …« Meine Mom verstummte, schob ihren Hocker zurück, ließ ein Grinsen aufblitzen, das ihr Schmerzen bereiten musste, und verließ die Küche, um vermutlich ins Wohnzimmer zu gehen.

Wut flutete meine Adern, während ich mit einem mehr oder weniger vollen Teller dasaß. Das leise Lachen meiner Mutter war gerade so laut, dass ich es hören konnte. Es ging ihr gut, und nur das sollte wichtig sein.

Aber …

Meine Mom dachte wirklich, dass mir das Eiskunstlaufen wichtiger wäre als sie.

Ich liebte es. Natürlich liebte ich es. Ohne Eiskunstlaufen konnte ich nicht atmen. Ohne meinen Sport wusste ich nicht, wer ich war oder wer ich in Zukunft sein würde.

Aber ohne meine Mom konnte ich auch nicht atmen. Und wenn ich mich je zwischen ihr und dem Eiskunstlaufen entscheiden müsste, hätte Letzteres nicht die geringste Chance.

Es war meine Schuld. Ich war eben eine miese Tochter. Als mich Paul damals einfach abservierte, war ich so am Boden zerstört gewesen, dass ich die Bemühungen meiner Mom und meiner Geschwister, mich ins Leben zurückzuholen, nicht genug zu schätzen gewusst hatte.

Sie alle hatten immer nur gewollt, dass ich glücklich war. Dass ich gewann, denn *das* hatte ich gewollt. Immer.

Und ich hatte ihnen nicht das Geringste zurückgegeben. Ich hatte sie nicht stolz gemacht. Ich hatte nichts vorzuweisen.

Das war meine Schuld, denn ich hatte immer wieder versagt. Ich grübelte zu sehr über alles nach. Ich war zwanghaft und ein bisschen schwierig.

Der Kloß in meiner Kehle wuchs auf die dreifache Größe an, würgte und erstickte mich.

Gott.

Ich konnte hier nicht einfach sitzen und so tun, als wäre alles in Ordnung. Ich hatte doch nur zu Hause sitzen und mich entspannen wollen, während ich etwas aß und langsam runterkam, aber jetzt … jetzt würde mir das ganz sicher nicht mehr gelingen. Auf keinen Fall.

Wenn ich ein besserer Mensch wäre, eine bessere Sportlerin, vielleicht wäre dann alles anders. Aber das war ich nicht.

Ich musste etwas unternehmen.

Ich schob meinen Hocker zurück, deckte mein Essen mit Frischhaltefolie ab und stellte es in den Kühlschrank.

Dann schnappte ich mir meine Schlüssel und verließ, so schnell ich konnte, das Haus. Etwas, das nach Schuld und Verzweiflung schmeckte, erfüllte meinen Mund. Ich fühlte mich beschissen.

Ich wusste nicht, wo ich hinwollte.

Ich wusste nicht, was ich tun wollte.

Meine Kehle und meine Augen brannten, während ich fuhr.

Bevor ich wusste, wie mir geschah, steuerte ich den Wagen auf den Parkplatz des LK. Erst als ich den Motor abstellte, wurde mir wirklich klar, wo ich mich befand.

Natürlich war ich hierher zurückgekehrt.

Ich musste dafür sorgen, dass all die Opfer, die je für mich gebracht worden waren, es wert waren. Und das hier war für mich die einzige Möglichkeit, das zu tun.

In Windeseile hatte ich das Auto verlassen und ging bereits auf die Eingangstüren zu, um in die Umkleide zu eilen. Meine Tasche hatte ich zu Hause gelassen, aber ich ließ mein letztes Paar Schlittschuhe immer als Ersatz in meinem Spind. Ich trug auch nicht meine liebsten Trainingsklamotten, aber ... ich brauchte das hier. Ich brauchte diese eine Sache, die mich immer vom Grübeln abgelenkt hatte ... Selbst wenn es die eine Sache war, die meinen Körper zerstörte und meiner ganzen Familie den Eindruck vermittelte, dass sie nur an zweiter Stelle stand.

Die Erkenntnis, dass ich meine Mutter nicht einfach hätte alleinlassen sollen, vielleicht stand sie ja unter Schock, spukte mir im Kopf herum, aber ... Ich konnte jetzt nicht zurück.

Als ich die Umkleide erreichte, war sie so gut wie leer. Ich entdeckte zwei Frauen, die ein klein wenig jünger als ich waren. Sie unterhielten sich, doch ich ignorierte sie, während ich die Zahlenkombination in mein Schloss eingab und meinen Spind öffnete. In Rekordzeit hatte ich meine Schuhe ausgezogen, mir das Extrapaar Socken geschnappt, das ich immer im Spind hatte, und meine Füße in meine Schlittschuhe gezwängt. Auf die Bandagen, die ich normalerweise trug, um meine Haut vor den oberen Innenkanten der Schlittschuhe zu schützen, verzichtete ich. Womöglich würde ich das später bereuen, aber dieses Schlittschuhpaar war bereits gut eingelaufen, also würde es schon nicht so schlimm werden.

Ich musste endlich ein wenig Energie verbrennen. Ich musste

den Kopf freibekommen. Ich musste diese ganze Situation besser machen.

Zum Glück waren jetzt um acht Uhr abends nur fünf andere Leute auf dem Eis. Die Kinder waren bereits zu Hause und im Bett, und die Teenager waren auf dem Weg dorthin.

Aber die waren mir alle egal.

In der Sekunde, in der meine Kufen das Eis berührten, glitt ich davon. Ich lief dicht an der Bande entlang und wurde immer schneller. Weg mit all den Gedanken. *Weg, weg, weg.* Ich musste mich daran erinnern, warum das hier so viel wert gewesen war.

Ich wusste nicht, wie oft ich die Eisfläche mit der Geschwindigkeit eines Eisschnellläufers umrundete, und ich war mir nicht sicher, wann ich zu den Sprüngen übergegangen war. Sprünge, für die ich mich nicht aufgewärmt hatte. Sprünge, die ich nicht riskieren sollte, nachdem mein Körper heute schon jede Menge Training durchgemacht und seitdem kaum Erholung gehabt hatte. Ich vollführte einen dreifachen Salchow – einen sogenannten Kantensprung, weil man dafür nicht die gezackten Spitzen der Kufen zu Hilfe nehmen musste, sondern direkt von der hinteren Einwärtskante der einen Kufe absprang und auf der hinteren Auswärtskante des entgegengesetzten Fußes landete. Dann wiederholte ich den Sprung. Als Nächstes folgte ein vierfacher Toeloop, an dessen Ende ich ins Stolpern geriet, woraufhin ich ihn immer wieder wiederholte, bis ich die Landung sauber hinbekam. Und dann versuchte ich mich an einem dreifachen Lutz, für den ich zu erschöpft war, sodass ich jedes Mal mit dem Hintern hart auf das Eis prallte. Ich fiel immer wieder hin, bis der Schmerz in meiner Pobacke so heftig war, dass er bis in meinem Hinterkopf hochzog, aber ich ignorierte ihn.

Ich musste die Landung hinbekommen.

Ich musste.

Meine Hüfte schmerzte. Mein Handgelenk war verstaucht, weil ich immer wieder versucht hatte, meine Stürze abzufangen wie eine Idiotin. Die Haut über meinem Knöchel war bereits aufgescheuert.

Und ich fiel immer wieder hin. Ein Sturz nach dem anderen. Und je öfter ich versagte, desto wütender wurde ich auf mich.

Zum Teufel damit. Zum Teufel mit allem. Zum Teufel mit *mir*.

Nach einem weiteren Sturz, der so heftig war, dass mein Hinterkopf das Eis streifte, blieb ich schließlich mit geschlossenen Augen liegen. Ich atmete schwer und fühlte mich einfach nur elend. Ich ballte die Hände zu Fäusten und biss die Zähne so fest zusammen, dass mein Kiefer schmerzte.

Ich würde nicht weinen. Ich würde nicht weinen. *Ich würde nicht weinen.*

Ich liebte meine Familie. Ich liebte das Eiskunstlaufen. Und ich war wirklich schlecht darin, beides zu lieben.

»Steh auf, Fleischklops.«

Ich riss die Augen auf und blickte in ein vertrautes Gesicht, das über mir schwebte und mit hochgezogenen Augenbrauen auf mich herunterschaute. Eine Hand bewegte sich in mein Gesichtsfeld. Ich griff nicht danach.

»Na los«, sagte Ivan und musterte mich mit einem unergründlichen Blick.

Ich stand nicht auf.

Ivan blinzelte.

Ich blinzelte ebenfalls und schluckte dabei heftig. Meine Kehle brannte wie Feuer.

Mit einem Seufzen griff Ivan in seine Tasche und streckte mir dann wieder die Hand entgegen. Er hielt ein abgepacktes Stück

Schokolade zwischen Zeigefinger und Daumen und wackelte damit vor meiner Nase herum. Warum er Schokolade mit sich herumtrug, war mir schleierhaft.

Aber ich nahm sie, packte sie aus und steckte sie mir in den Mund. Nach drei Sekunden hatte die Süße den Schmerz in meiner Kehle ein wenig gelindert. Das war ein Anfang.

»Bist du jetzt bereit aufzustehen?«, fragte er.

Ich schüttelte den Kopf und traute meinen Lippen nicht zu, die richtigen Worte zu bilden. Außerdem war mir nicht danach, das kleine bisschen Freude und Trost, das meine Zunge bedeckte, zu opfern. Zumindest noch nicht. Meine Schläfen pochten, was mir bislang nicht aufgefallen war.

Ivan blickte weiter auf mich herab.

Ich sagte immer noch nichts, während die Schokolade in meinem Mund schmolz.

»Wenn dir übel wird und du dich übergeben musst, werde ich mich nicht um dich kümmern«, fuhr er nach einer weiteren Minute fort und verschränkte dabei die Arme vor der Brust, während er mich weiterhin beobachtete. Er erwartete irgendetwas von mir. Zumindest vermutete ich das.

Trotzdem sagte ich kein Wort. Ich lutschte einfach weiter an der Schokolade und ignorierte die Kälte an meinem Rücken, die nun langsam zu stechen anfing.

»Du hast drei Sekunden, um aufzustehen, sonst schleife ich dich vom Eis«, presste er hervor.

»Ich würde gern sehen, wie du das versuchst.« Doch ich wusste, dass er seine Drohung vermutlich wahr machen würde, wenn ich mich nicht bald aufrappelte.

»In Ordnung. Ich werde dich nicht vom Eis schleifen.« Ich betrachtete sein Gesicht, das einen Bartschatten aufwies. Etwas in seiner Miene beunruhigte mich und gab mir das Gefühl, dass ich ihm nicht vertrauen konnte. Es war wie eine Erinnerung an die Zeit vor unserer Partnerschaft. »Aber von jetzt an hast du genau zwei Sekunden, um aufzustehen.«

Das »sonst« hing in der Luft.

Das Stechen in meinem Rücken nahm zu und tat nun richtig weh. Und wenn ich ehrlich war, wollte ich aufstehen. Wäre ich allein gewesen, wäre ich schon längst aufgestanden. Tatsächlich wäre ich dann sogar höchstwahrscheinlich schon auf dem Weg in die Umkleide gewesen.

Aber nun musste ich mir Erfrierungen zuziehen, weil ich ganz sicher nicht aufstehen würde, nur weil er es verlangte.

Und Ivan schien das zu spüren. »Zwei«, sagte er, ohne mich vorgewarnt zu haben.

Ich regte mich nicht.

»Eins.«

Ich regte mich immer noch nicht.

Er schüttelte den Kopf, als er sagte: »Letzte Chance.«

Ich starrte zu ihm hoch.

Er starrte auf mich runter und zuckte schließlich mit den Schultern. »Du hast es nicht anders gewollt. Vergiss das nicht.«

Würde mich Luzifer tatsächlich vom Eis schleifen?

Ivan beugte sich vor und ließ mich dabei nicht aus den Augen. Er streckte einen Arm nach meinem Kopf aus, und ich drehte vorsorglich den Mund zur Seite, um ihn zu beißen, falls er beschließen sollte, mich an den Haaren vom Eis zu ziehen. Doch er schob seine Hand flach zwischen meine Schultern und das Eis. Den anderen Arm brachte er unter meine Knie, und mit einer Bewegung, die so schnell war, dass mir wieder einfiel, dass dieser Mann sein Leben und seine Erfolge darauf aufgebaut hatte, Frauen hochzuheben, hatte er mich über seine Schulter geschwungen. Mein Hintern ragte in die Luft, und mein Kopf und meine Arme baumelten über seinem Rücken.

Dieser Idiot.

Sei besser. Sei besser. Sei besser. Verpass ihm keinen Tritt gegen die Eier. Zumindest noch nicht.

»Ivan«, sagte ich und klang deutlich ruhiger, als ich mich fühlte. Ich registrierte nur am Rande, dass er seine Schlittschuhe angezogen hatte, bevor er aufs Eis gekommen war, um mich zu holen. Er lief auf die Bande zu, und ich wusste nicht, wo er mit mir hinwollte. »Ivan, lass mich sofort runter, sonst werde ich dir ins Gesicht treten und deswegen nicht mal ein schlechtes Gewissen haben.«

»Mach das, Fleischklops«, erwiderte er und presste mit seinem Unterarm meine Waden gegen seine Brust, damit ich meine Drohung nicht wahr machen konnte.

Das war klug von ihm, denn ich hätte ihn definitiv getreten.

»Ivan«, sagte ich erneut. Ich wollte schreien und versuchen, ihn zu beißen, damit er mich absetzte. Aber ich hatte versprochen, mich in der Öffentlichkeit zu benehmen. Also war meine Stimme immer noch nett und ruhig, als ich sagte: »Lass mich sofort runter.«

»Nein«, erwiderte er sanft.

»Ivan.«

»Nein«, wiederholte er. Er verließ das Eis, schnappte sich etwas außerhalb meines Sichtfelds und ging weiter … irgendwohin. Ich konnte die Richtung nicht erkennen. Ich konnte jedoch sehen, dass er seine Kufenschoner nicht angelegt hatte.

»Ich meine es ernst.« Langsam wurde ich echt wütend.

»Ich auch«, entgegnete er und presste meine Waden ein wenig fester an sich. »Ich hab dich mehrmals gebeten aufzustehen, also sei jetzt nicht sauer auf mich, weil du stur bist.«

Ich ballte meine baumelnden Hände zu Fäusten und spielte ernsthaft mit dem Gedanken, ihm in den Hintern zu beißen, falls ich ihn erreichen konnte. Verdammt. Das hatte er sich selbst zuzuschreiben.

»Ich weiß nicht, was gerade mit dir los ist, aber ich bin extra den ganzen Weg hergefahren, also wirst du dich mir gegenüber jetzt nicht wie eine verzogene Göre aufführen«, informierte er mich, bevor er mich auf seiner Schulter verlagerte und schnaufte. »Mann, du bist echt schwer.«

»Halt die Klappe«, keifte ich.

»Halt selber die Klappe«, erwiderte er, klang aber kein bisschen wütend oder frustriert, was mich nur noch mehr ärgerte.

»Lass mich runter.«

»Nein.«

»Ich werde dir ins Gesicht treten.«

»Wenn ich blute, müssen wir das Training für eine Weile unterbrechen, und wir beide wissen, dass du das nicht willst.«

»Sobald die Saison vorbei ist, werde ich dich bei erster Gelegenheit verprügeln«, zischte ich und richtete den Oberkörper kurz auf, weil mir durch das Baumeln so viel Blut in den Kopf gerauscht war, dass meine Nase kribbelte.

»Du kannst es versuchen«, meinte er.

»Du kannst von Glück reden, dass ich keine Szene machen will«, knurrte ich.

Sein »Ich weiß« machte mich nur noch wütender.

Er bog in einen Flur ab. Wo wollte er mit mir hin?

»Warum bist du überhaupt hier?«, fragte ich und versuchte erneut, meinen Oberkörper anzuheben, um mich in dem Flur umzuschauen, in dem wir uns befanden.

Ivan erwiderte nichts, sondern ging einfach nur weiter durch den Flur und bog dann in einen weiteren ab, in dem ich noch nie gewesen war.

»Ivan.« Ich streckte die Arme nach seinem Hintern aus, der in einer anderen Trainingshose steckte als heute Nachmittag, und griff nach der Wölbung seiner Pobacken … Und dann kniff ich hinein, und zwar fest.

Keine Reaktion.

Also kniff ich ihn noch mal, wieder keine Reaktion.

War der Typ etwa ein verdammter Roboter? Meinen Bruder hatte ich halb so fest gekniffen, und er hatte sich aufgeführt, als hätte ich auf ihn geschossen.

Bevor ich herausfinden konnte, ob Blut durch seine Adern floss, drehte er uns nach links und blieb stehen. Ich lugte um sein Bein herum und stellte fest, dass er vor einer Tür stand und Zahlen in ein Eingabefeld über der Türklinke eintippte. Wo zum Teufel waren wir?

»Was ist das hier?«, fragte ich.

Er drückte eine letzte Taste, und ich ging davon aus, dass er damit die Eingabe des Zahlencodes bestätigte. Dann sagte er: »Mein Zimmer.«

Sein Zimmer?

Mit der freien Hand drückte er die Klinke herunter, schob die Tür auf und trat einen Schritt vor. Die freie Hand streckte er in eine Richtung aus, in der sich der Lichtschalter befinden musste, denn einen Sekundenbruchteil später war der Raum hell erleuchtet: etwa sechsunddreißig Quadratmeter mit einer kleinen Küchenzeile an der Stirnseite. In der Mitte stand eine Couch mit einem kleinen Wohnzimmertisch davor. Was sich auf der anderen Seite befand, konnte ich nicht sagen, denn ich baumelte immer noch über Ivans Schulter und musste den Hals recken, um überhaupt irgendetwas erkennen zu können.

»Seit wann hast du hier dein eigenes ... *Aua! Wofür war das denn?*«, schrie ich, als ein plötzlicher heftiger Schmerz durch meine rechte Pobacke schoss. »Hast du mich gerade gekniffen?«, schimpfte ich und griff nach hinten, um über die Stelle zu reiben, die höllisch wehtat.

»Das war dafür, dass du mich gekniffen hast.« Dann kniff er mich noch mal. Ich versuchte, mit den Beinen zu strampeln.

»Und das war dafür, dass du nicht aufpasst«, sagte er unbekümmert und stand immer noch mit mir über seiner Schulter da.

»Dass ich nicht aufpasse?«, rief ich und rieb mir einmal mehr den Hintern. »Das hat verdammt wehgetan, Ivan.« Das hatte es *wirklich*. Der Typ war echt stark.

»Du hast auch versucht, mir wehzutun. Ich mache nur das Gleiche.« Da hatte er nicht ganz unrecht, aber trotzdem. »Wenn du besser aufpassen würdest, wüsstest du, dass ich immer auf meine rechte Pobacke falle. Ich weiß, dass du immer auf deine linke fällst.«

Mist.

In meiner linken Pobacke hatte ich nach den vielen Stürzen weniger Gefühl als in meiner rechten. Vermutlich war die Hälfte der Nerven in meinem Hintern bereits abgestorben.

Und dass er das wusste und gegen mich verwendete, war ärgerlich.

Noch ärgerlicher war allerdings, dass ich ihn in die Pobacke gekniffen hatte, auf die er fiel, weswegen es mir nicht gelungen war, ihm eine Reaktion zu entlocken.

»Wir sind quitt«, sagte er, ging in die Hocke, beugte sich vor und ließ mich mit dem Hintern und dem Rücken voran auf den Teppichboden purzeln wie einen Sack Kartoffeln.

Ich funkelte ihn böse an.

Er zog die Augenbrauen hoch. »Du hast Glück, dass ich gute Laune habe«, ließ er mich wissen und kniete sich vor mich hin. Er betrachtete mich einen Moment lang mit diesen durchdringenden Augen, dann schaute er nach unten und bewegte die Hände in Richtung meines rechten Schlittschuhs. Ich zog mein Bein zu mir heran, doch davon ließ er sich nicht abhalten. Er legte die Finger an die Schnürsenkel und machte sich daran, den festen Doppelknoten, den ich immer band, zu lösen.

Ein Teil von mir wollte ihn fragen, was zur Hölle er da

machte … aber ich tat es nicht. Ich saß einfach mit schmerzendem Hintern da und schaute zu, wie er die Schnürsenkel aufknotete und den Schlittschuh von meinem Fuß zog. Dann machte er das Gleiche mit dem anderen. Wir sagten beide kein Wort. Als er fertig war, setzte er sich hin und zog seine eigenen Schlittschuhe aus, um sie neben meine zu stellen. Ivan schaute kurz zu mir, als er aufstand und in Richtung des Küchenbereichs ging, der eine komplette Wand des Zimmers einnahm.

Ich saß da, rieb mir die Pobacke und fragte mich, was hier vorging. Dann rappelte ich mich auf die Knie auf und schaute mich im Zimmer um. Wusste irgendjemand sonst, dass Ivan hier ein geheimes Zimmer hatte?

Mir gingen so viele Fragen durch den Kopf, doch letztendlich stellte ich ihm die wichtigste. »Was machst du hier?«

Er beugte sich vor und wühlte in einem Einbaukühlschrank herum. »Ich bin hergekommen, um nach dir zu sehen.«

Was?

Ivan richtete sich auf, schaute mich aber nicht an. Er hielt eine Packung Mandelmilch in der Hand und trat die Tür des Kühlschranks mit einem Fuß zu. »Galina rief Nancy an, die daraufhin mich anrief«, fuhr er fort, als hätte er meine Gedanken gelesen.

Galina? Wo war Galina gewesen? Und warum sollte sie Nancy Lee anrufen?

»Du hättest nicht herkommen müssen«, platzte es aus mir heraus. Als mir klar wurde, wie fies ich geklungen hatte, bereute ich meine Worte. Zumindest ein bisschen.

Mein Partner sagte nichts. Er öffnete einfach ein paar weitere Schränke und holte allerlei Dinge heraus.

Ich rieb erneut über die Stelle, an der er mich gekniffen hatte. »Sie hätte nicht anrufen müssen, alles war bestens«, schnauzte ich ihn an.

Er kicherte.

»Was?«

Er stand mit dem Rücken zu mir, während er sagte: »›Alles war bestens.‹ Klar, Jasmine. Rede dir das nur weiter ein.«

Ich richtete mich auf meinem Platz auf dem Boden auf und versuchte, mein Temperament im Zaum zu halten. *Sei besser.* Ich konnte besser sein. »Doch, das stimmt. Alles war bestens.«

Vielleicht auch nicht.

Ich konnte sehen, wie er den Kopf schüttelte. »Also kommst du noch mal hierher, nachdem du bereits stundenlang trainiert hast, und übst deine Sprünge. Und obwohl du immer wieder hinfällst, machst du weiter wie eine Besessene. Und dann behauptest du, dass alles bestens ist?« konterte er.

»Ja«, log ich.

Er schnaubte. »Du bist die schlechteste Lügnerin, der ich je begegnet bin.«

»Ich habe keine Ahnung, wovon zu redest«, erwiderte ich, sortierte meine Beine und stand auf.

Ivan seufzte, während sich etwas öffnete, schloss und piepte.

»Mir geht's gut«, beharrte ich. Ich stellte mich gerade hin und rieb noch einmal über meine Pobacke, schaute mich in dem Zimmer um.

Er wandte sich mir zu, lehnte sich mit dem Rücken an die Küchentheke und schaute mich an. »Was ist passiert?«, fragte er.

Ich wich seinem forschenden Blick aus und beschloss, mir den Rest des Zimmers anzusehen. An der Wand rechts von mir befanden sich reihenweise Kostüme an Kleiderstangen. Einige waren mir vage vertraut. Ich hatte mich schon immer gefragt, was er mit ihnen machte. Meine waren im Haus meiner Mutter in allen Schränken verteilt.

»Jasmine.«

Mir fiel auf, wie aufgeräumt und sauber es hier war. Das überraschte mich nicht. Ivan war in Bezug auf alles gründlich und penibel. Seine Klamotten, sein Haar, seine Technik, sein Auto. Natürlich hatte er kein chaotisches Zimmer.

Bei mir war es ähnlich. Eine Ordnungsfanatikerin war ich nur beinahe, aber ich war definitiv eine Zeitfanatikerin.

»Jasmine, erzähl mir, was los ist.«

Ich behielt den Blick fest auf die Reihe aus Kostümen gerichtet und hätte mich ohrfeigen können, weil ich nicht darauf geachtet hatte, ob Nancy Lee oder Galina in der Nähe waren, als ich aufs Eis gegangen war. Ich hatte auch nicht nachgesehen, ob ihre Autos auf dem Parkplatz standen. Ein Anfängerfehler.

»Du kannst mir alles sagen. Dir ist doch sicher klar, dass ich weiß, wie dieses Leben ist«, murmelte er.

Er hatte recht. Wenn es irgendjemand wusste, dann er. Natürlich wusste er es. Er mochte es sogar noch besser wissen als ich, denn er war schon länger dabei.

Allerdings hatte er immer gemacht, was er wollte, und damit Erfolg gehabt.

Für mich galt das nicht.

Es gab einen Grund dafür, dass sein Name auf all den Bannern im LK stand und meiner nicht.

Die Mikrowelle piepte, und plötzlich fühlte ich mich vollkommen erledigt und … traurig. Einfach so verdammt traurig, dass es mir fast den Atem verschlug. Er stand an die Küchentheke gelehnt da, hielt eine Tasse in der einen und einen Löffel in der anderen Hand und rührte etwas um. Aber er schaute mich dabei erwartungsvoll an.

Und das machte mich nur noch trauriger, denn auf einmal wurde mir klar, dass ausgerechnet ich die Person war, von der er wegen jeder Kleinigkeit Widerstand bekam.

Sei besser. Es war nie zu spät, oder?

Ich presste für einen Moment die Lippen zusammen und versuchte, all diese Gefühle unter Kontrolle zu bekommen: meine Wut, diese verdammte Traurigkeit, meine Enttäuschung. Und ich fand, dass ich es ganz gut hinbekam, als ich mit beinahe schwacher und definitiv seltsamer Stimme sagte: »Ich wusste nicht, dass du dein eigenes Zimmer hast.« Ich schluckte. »Das muss schön sein.«

»Ich nehme normalerweise keine Leute mit hierher.«

Der Laut, der aus meinem Mund kam, klang so leer, wie ich mich fühlte.

Er rührte weiter in der Tasse herum und starrte dabei ins Leere. »Dieses Zimmer ist mein Ruheraum.«

Das sorgte dafür, dass ich ihn überrascht anschaute.

»Früher war das hier mal ein Konferenzraum, aber ich ließ den Bereich vor ein paar Jahren renovieren, nachdem sich ein paar Fans in die Einrichtung geschlichen hatten und in die Umkleide gekommen waren, während ich geduscht hatte.«

Was?

»Sie machten Fotos von mir. Georgina musste die Polizei rufen«, erzählte er. »Damals war ich an manchen Abenden zu müde, um noch nach Hause zu fahren, also blieb ich hier«, erklärte er und überraschte mich damit noch mehr. »Heute mache ich das nicht mehr.«

Ich fragte mich, warum.

Dann fiel mir wieder ein, dass mich das nichts anging. Ob wir nun Freude – oder was auch immer – waren oder nicht.

Er kam mit der Tasse in der einen und dem Löffel in der anderen Hand auf mich zu und hielt sie mir hin.

Ich spielte mit dem Gedanken, ihn zu fragen, ob er den Inhalt vergiftet hätte, aber ich war nicht in der Stimmung, mich wie eine Nervensäge aufzuführen. Wirklich nicht. Nicht mehr.

Und das war der Moment, in dem ich erkannte, dass mit mir etwas nicht stimmte.

Ich warf einen Blick in die Tasse und betrachtete die milchig-braune Flüssigkeit darin … und dann roch ich daran. Und schaute gleich darauf wieder Ivan an.

»Das ist das fertige Zeug aus der Packung«, sagte er leise. »Und ich habe keine Marshmallows.«

Er …

Er …

Oh verdammt.

»Ich habe ihn mit Mandel-Kokos-Milch gemacht. Du brauchst nicht noch zusätzliche Milchprodukte«, fuhr er fort und hielt mir immer noch diese verdammte Tasse hin, während ich einfach nur dastand wie vom Donner gerührt.

Er hatte mir einen Kakao gemacht.

Ivan hatte mir einen verdammten Kakao gemacht. Woher er wusste, dass ich Kakao mochte – und warum er das Fertigpulver überhaupt hier in seiner Küche hatte –, war eine ganz andere Frage, und ich war mir nicht sicher, ob ich klarkam. Das hier war wie der Moment, in dem er und Lee mich gefragt hatten, ob ich seine neue Partnerin werden wollte – als wäre ich auf Drogen, ohne es zu wissen.

Ivan Lukov, mein größter Freundfeind nach meinen Geschwistern, hatte mir Kakao gemacht.

Und plötzlich kam ich mir aus irgendeinem dämlichen Grund, den ich niemals – selbst Jahre später nicht – begreifen würde, wie das größte Stück Dreck auf dem Planeten vor. Das hier brach alle Rekorde.

Meine Augen fingen sofort an zu brennen.

Er war hergekommen, weil ihn Nancy Lee angerufen hatte.

Ivan hatte mir ein Stück Schokolade gegeben.

Er hatte mich in sein Zimmer geschleppt.

Und dann hatte er mir einen Kakao gemacht.

Ich hob die Hand und legte die Finger um den warmen Becher. Dabei schaute ich immer wieder zwischen dem Getränk und seinem Gesicht hin und her, das so schön war, so nervig perfekt, dass ich mir daneben ganz schäbig vorkam. Ich hob den Becher an meinen Mund und trank einen Schluck. Meine Augen brannten nun noch schlimmer als zuvor. Es war köstlich.

Und er stand immer noch da und beobachtete mich.

Und ich verspürte ... Scham. Ich schämte mich, weil er mir diese kleine Freundlichkeit erwiesen hatte, von der ich mir nicht sicher war, ob ich sie ihm erwiesen hätte, wenn unsere Rollen vertauscht gewesen wären. Und das sorgte nur dafür, dass ich mich noch schlimmer fühlte.

»Was ist passiert?«, fragte er erneut.

Ich wandte den Blick ab und schaute ihn dann mit zusammengepressten Lippen an. *Du bist ein Stück Dreck, Jasmine*, flüsterte ein Teil meines Hirns, und meine Augen brannten noch heftiger.

Ich wollte es ihm nicht erzählen. Wirklich nicht. Ich wollte nichts sagen.

Aber ...

Ich wandte mich von ihm ab, trank einen Schluck und ließ zu, dass die heiße Flüssigkeit die Enge in meiner Kehle lockerte und meine Stimmbänder löste. Und dann sagte ich heiser: »Fühlst du dich je schuldig dafür, dass du *das hier* zu einer Priorität gemacht hast?«

»Manchmal.«

Du interessierst dich für nichts und niemanden. Dich kümmert allein das Eiskunstlaufen, hatte mein Ex-Partner eines Tages zu mir gesagt, nur wenige Wochen bevor er mich im Stich gelassen hatte. Ich hatte ihn ordentlich zusammengestaucht, als er mir am Abend davor eine Textnachricht geschickt hatte, um mir mitzuteilen, dass er glaubte, sich erkältet zu haben, und das eine Woche vor der Landesmeisterschaft. *Du bist so kalt.*

Aber ich war nicht kalt. Ich wollte einfach nur gewinnen. Wenn ich mich nicht gut fühlte, dann riss ich mich zusammen und trat trotzdem zum Wettkampf an. War das so falsch?

War es so falsch, sich ganz einer Sache zu verschreiben? War es so falsch, die Beste sein zu wollen? Als ich noch Teenager gewesen war, war Galina einmal sehr wütend auf mich gewesen und hatte zu mir gesagt: *Natürliche Begabung ist nicht alles, yožik, du musst arbeiten.* Und wie so oft hatte sie recht gehabt.

Ich hatte einfach nur ein paar wirklich dumme Entscheidungen getroffen, die mir alles verdorben hatten.

»Und du?«, fragte Ivan, als ich nicht auf seine Antwort reagierte.

Mist.

Ich trank einen weiteren Schluck von dem warmen Getränk und genoss den Geschmack. Ich wollte ihn anlügen, sagte aber dann doch die Wahrheit, auch wenn sie sich in meiner Kehle rau wie Schmirgelpapier anfühlte. »Ich nicht. Zumindest sehr lange nicht. Aber jetzt …«

Eine Pause entstand. Dann fragte er: »Weil du gerade angefangen hattest, dein Leben neu zu ordnen und dir für eine Saison eine Auszeit genommen hast?«

Eine Auszeit – das war die hübscheste Art, es zu umschreiben.

»Damit fing es an«, sagte ich und behielt den Blick auf die Tasse gerichtet, weil meine Augen wieder zu brennen begannen. »Vielleicht kann ich deswegen jetzt alles klarer sehen als je zuvor. Ich sehe, wie viel ich verpasst habe.«

»Was denn zum Beispiel?«, fragte er sanft.

»Alles. Highschoolkram. Den Abschlussball. Feste Freunde.« Liebe. »Auf der Collegeabschlussfeier meiner Schwester war ich nur, weil mich meine Mutter gezwungen hatte, weißt du? An diesem Tag hätte ich eigentlich Training gehabt. Ich bekam einen Wutanfall, weil ich es ausfallen lassen musste. Manchmal vergesse ich, wie besessen ich vom Eiskunstlaufen bin.«

Ich konnte hören, wie er leise den Atem ausstieß. »Da bist du nicht die Einzige. In dieser Sportart sind wir alle besessen«, erwiderte Ivan sanft. »Ich habe mein ganzes Leben aufgegeben.«

Ich zuckte mit den Schultern und schluckte heftig, doch das machte es nicht leichter, die Wahrheit zu schlucken.

Ich war besessen. Nichts und niemand war mir so wichtig gewesen wie das Eiskunstlaufen ... Nichts hatte mir so viel bedeutet wie die Chance darauf, *irgendetwas* zu gewinnen. Jemand zu sein. Meine Familie stolz zu machen. Dafür zu sorgen, dass das alles die Mühe wert war.

Doch wenn ich ehrlich war, war es immer nur um mich gegangen und darum, wie ich mich dadurch fühlte. Gut, stark, mächtig. Talentiert. Besonders. Es hatte all die anderen Dinge wettgemacht, die ich nicht hatte und in denen ich nicht gut war.

Zumindest bis ich das Ende meiner Teenagerzeit erreicht hatte. Dann war alles vor die Hunde gegangen, und ich war zu meiner schlimmsten Feindin geworden. Zu meiner strengsten Kritikerin. Ich war die einzige Person, die die Schuld dafür trug, dass ich mich selbst sabotierte.

Ich drehte das Armband an meinem Handgelenk und rieb mit der Fingerkuppe über die Inschrift.

»Früher bedauerte ich es, dass ich nicht wie alle anderen zur Schule gehen konnte«, gestand Ivan. »Ich verbrachte nur dann Zeit mit anderen Kindern, wenn ich den Sommer über meinen Großvater besuchte. Meine Partnerin war für eine lange Zeit meine einzige Freundin, und selbst das war keine richtige Freundschaft. Abschlussbälle kannte ich nur aus dem Fernsehen. Ich schaute mir Realityshows an, um zu lernen, wie man mit Leuten redete. *Jeder* erfolgreiche Sportler musste für seine Karriere eine Menge aufgeben, Jasmine. Manche von uns mehr als andere. Du bist nicht die erste und auch nicht die letzte Person, die das erkennt und sich deswegen schlecht fühlt.« Seine Stimme klang ruhig und gleichmäßig. »Man wird in nichts richtig gut, wenn man nicht irgendetwas opfert, um die nötige Zeit fürs Training zu haben.«

Ich spürte, wie sich meiner Kehle ein Schluchzen entringen wollte, und presste die Lippen fest zusammen. Ich würde nicht vor Ivan weinen. Auf keinen Fall. »Erfolgreiche Leute, Ivan. Das alles ist es nur dann wert, wenn man erfolgreich ist, nicht wenn man es nicht ist.«

Und wir beide wussten, dass ich nicht erfolgreich war. Jeder wusste, dass ich es nicht war. Nicht mal ein bisschen.

Tränen sammelten sich in meinen Augenwinkeln, aber ich würde jetzt nicht weinen.

Alles war umsonst gewesen. Das hatte ich mir vor einem Jahr eingestanden, nachdem mich Paul verlassen hatte. Und das hatte mich am Boden zerstört. Und jetzt gerade zerstörte es mich erneut.

Alles war umsonst gewesen, und ich konnte all meine Opfer nicht mehr rechtfertigen.

Das Schniefen, das ich von mir gab, war mir peinlich. Aber ich schniefte trotzdem.

»Ich habe noch nie etwas gewonnen«, sagte ich. Mir war vollkommen klar, dass meine Stimme verwässert und lahm klang, aber was sollte ich dagegen tun? Ich hatte keinen Grund, mich an meinen Stolz zu klammern. Keinen einzigen. Und Ivan wusste das. Ihm war vollkommen klar, was für eine unfassbare Verliererin ich war. Deswegen würde unsere Partnerschaft auch nur ein Jahr lang andauern. Warum sollte er sich länger als nötig mit *mir* abgeben? Natürliche Begabung war nicht alles. Ich war das verdammte Aushängeschild für diesen Satz. Ich war auf ganzer Linie eine Enttäuschung – als Mensch, als Tochter, als Schwester und als Freundin.

Und das quälte mich. Oh verdammt, das quälte mich so sehr, dass ich die Worte einfach nicht für mich behalten konnte. Sie fühlten sich an wie kleine scharfkantige Glasscherben. »Wofür habe ich denn bitte alles geopfert? Für den zweiten Platz? Für den sechsten Platz?« Ich schüttelte den Kopf, während die Verbitterung in mir anwuchs und alles andere verdrängte. Meinen Stolz, mein Talent, meine Liebe, einfach alles, verdammt noch mal. »Das scheint es mir kein bisschen wert zu sein, oder?«

Er erwiderte nichts. Stattdessen legte er seine großen Hände auf meine Schultern und umfasste sie sanft. Er drückte meine Schultern, und ich versuchte, seine Hände abzuschütteln, aber sie blieben, wo sie waren. Wenn überhaupt, umfasste er mich nur noch fester.

»Hör auf.« Ivans Forderung drang als barsches Flüstern an mein Ohr. Gleichzeitig spürte ich, wie sich mir sein warmer, großer Körper von hinten näherte.

Ich trat einen Schritt nach vorn. Doch ich kam nicht weit, denn er hielt mich mit seinen Händen an Ort und Stelle. »Ich bin eine Verliererin, und ich habe einen so großen Teil meines Lebens und so viel von meiner Zeit mit den einzigen Leuten, die mich je geliebt haben, aufgegeben – und das alles umsonst.«

»Jasmine …«, begann er, doch ich schüttelte den Kopf und versuchte erneut, seine Hände loszuwerden. Meine Brust schmerzte immer heftiger, als ich daran zurückdachte, wie meine Mutter ihren Unfall heruntergespielt hatte. Als wäre es für sie in Ordnung, dass sie für mich keine Priorität hatte.

Als würde meine eigenen Mutter denken, dass sie mir nichts bedeutete.

Ich erkannte meine eigene Stimme kaum wieder, als ich weiterredete. »Meine eigene Familie denkt, dass sie mir nichts bedeutet, und wofür? Für nichts! Ich habe nicht das Geringste erreicht! Ich bin sechsundzwanzig. Ich habe keinen Collegeabschluss. Ich habe zweihundert Dollar auf meinem Bankkonto. Ich wohne immer noch bei meiner Mutter. Ich arbeite als Kellnerin. Ich bin weder Landes- noch Weltmeisterin und schon gar nicht Olympiasiegerin. Meine Mutter ist für *nichts* fast pleite gegangen. Meine Familie hat Tausende von Dollar bezahlt, um mich zu Wettkämpfen zu schicken, bei denen ich nur den zweiten, dritten, vierten oder sechsten Platz belegt habe. Ich besitze nichts. Ich bin nichts …«

Starb ich gerade?

Es fühlte sich an, als würden meine Organe in mir verrotten.

Du kannst so viel Talent haben, wie du willst, und musst trotzdem nichts damit anfangen, hatte mein Dad vor Jahren mal zu mir gesagt, als er versucht hatte, mich davon zu überzeugen, aufs College zu gehen, statt eine professionelle Eiskunstlaufkarriere anzustreben.

Ich kniff die Augen zu und hielt den Atem an, während der Schmerz in meiner Brust so schlimm wurde, dass ich mir nicht sicher war, ob ich noch atmen konnte, wenn ich es versuchte. Und ich schniefte. Es war ein winziges, leises Schniefen, das ich kaum hörte.

»Komm her«, flüsterte seine sanfte Stimme direkt neben meinem Ohr, während er meine Schultern fester umfasste.

»Nein«, protestierte ich. Es klang wie zwei Felsbrocken, die sich aneinander rieben.

»Lass dich von mir umarmen.« Seine Stimme war nun sogar noch näher, und sein Körper war noch wärmer.

Scham verbrannte mich von innen heraus, und ich versuchte, einen weiteren Schritt nach vorn zu machen, doch er ließ mich nicht gehen.

»Lass es zu«, verlangte er.

»Ich will keine verdammte Umarmung, Ivan. Okay?«

Warum? Warum tat ich mir das an?

»Tja, Pech gehabt«, erwiderte Ivan, verschränkte seine Hände oberhalb meiner Brust, direkt unter meinen Schlüsselbeinen, und zog mich so ruckartig nach hinten, dass mein oberer Rücken auf seine Brust traf.

Und dann umarmte er mich. Er umarmte mich so fest, dass ich nicht atmen konnte, und ich hasste mich. Ich hasste mich dafür, dass ich so heuchlerisch war. Dass ich nicht netter war. Dass ich immer mit dem Schlimmsten rechnete. Ich hasste mich für so viele Dinge, dass ich mir nicht sicher war, ob ich, wenn jedes einzelne davon benannt würde, überleben könnte.

Und dann zogen sich die Arme um mich herum noch enger zusammen, bis jeder Knochen in meiner Wirbelsäule an jeden Knochen in seinem Oberkörper geschmiegt war.

»Du bist die beste Eiskunstläuferin, die ich je gesehen habe«, flüsterte mir dieser Mann direkt ins Ohr und hielt mich dabei mit einer Kraft fest, wie ich sie noch nie zuvor gespürt hatte. »Das bist du. Die sportlichste. Die stärkste. Die zäheste. Die fleißigste …«

Ich lehnte mich vor, um ihm zu entkommen, weil ich diesen Mist nicht hören wollte … aber ich konnte mich nicht befreien. »Du weißt, dass das alles nicht die geringste Rolle spielt, Ivan. Nichts davon bedeutet etwas, wenn man nicht *gewinnt.*«

»Jasmine …«

»Du begreifst das nicht, Ivan. Wie könntest du? Du verlierst nicht. Jeder weiß, dass *du* der Beste bist. Alle lieben dich«, brachte ich krächzend hervor und brach dann abrupt ab, weil ich nicht in der Lage war, den Gedanken zu Ende zu bringen und zu sagen: *Und niemand liebt mich auf diese Weise, abgesehen von den Leuten, die ich immer wieder enttäuscht habe.*

Wärme traf genau in dem Moment auf meine Wange, in dem er mich mit seinem Armen umfing und vollkommen umhüllte. Mit den Lippen an meinem Ohrläppchen flüsterte Ivan: »Du wirst gewinnen. Wir werden gewinnen …«

Ich schluchzte.

»… und selbst wenn nicht, bist du alles andere als eine Verliererin, also halt den Mund. Ich bin mir sicher, dass deine Mutter nicht das Gefühl hat, dass das alles umsonst war. Ich habe gesehen, wie sie dich anschaut, wenn du über das Eis läufst. Ich habe dich gesehen. Niemand könnte dich auf dem Eis sehen und denken, dass all die harte Arbeit und die hohen Kosten umsonst gewesen wären«, flüsterte er.

»Ivan …«, flüsterte ich unter Tränen.

»Komm mir nicht mit ›Ivan‹. Wir werden gewinnen«, flüsterte er mir ins Ohr. »Und komm mir auch nicht mit diesem Schwachsinn, dass du eine Verliererin bist. Ich gewinne nicht jedes Mal. Das schafft niemand. Ein Verlierer ist man nur, wenn man aufgibt. Willst du jetzt aufgeben? Nach allem, was du durchgemacht hast? Nach all den gebrochenen Knochen und Stürzen willst du jetzt aufgeben?«

Ich sagte nichts.

»Gibst du auf, Fleischklops?«, fragte er und wiegte mich an seiner Brust.

Ich sagte immer noch nichts.

»All diese jungen Mädchen hören auf, sobald sie Goldmedaillen gewonnen haben, weil sie danach Angst haben zu verlieren. Du sagst, dass sich niemand an den Zweitplatzierten erinnert, aber an die Mädchen, die einmal gewinnen und danach verschwinden, erinnert sich auch niemand. Die Frau, die ich kenne, die Jasmine, die ich kenne, hat vor nichts Angst. Sie gibt nicht auf, und das ist die Frau, an die sich die Leute immer erinnern werden. Diejenige, die immer wieder auftaucht. Du würdest gewinnen und danach versuchen, erneut zu gewinnen. Das ist die Frau, die ich kenne. Die Frau, mit der ich mich zusammengetan habe. Diejenige, die ich für die Beste halte – und du solltest mich lieber nicht bitten, das zu wiederholen, denn das werde ich nicht tun. Ich weiß nicht, was vorhin mit dir passiert ist, aber was auch immer es war, du musst darüber hinwegkommen. Du musst dich daran erinnern, wozu du fähig bist. Was du bist. Du musst dafür sorgen, dass jedes Opfer es wert ist. Dass jeder Penny es wert ist. Verstehst du mich?«

Ich senkte das Kinn und hielt den Mund, während meine Organe in mir verbrannten und schmolzen.

Ivans Seufzen kitzelte mein Ohr, und er hielt mich ganz fest in dieser Umarmung, die ich nicht gewollt hatte, aber jetzt nicht mehr verlassen wollte. »Jasmine, du bist keine Verliererin.« Seine Bartstoppeln kitzelten mein Ohr. »Du warst vor Jahren keine, du warst letzte Woche keine, du bist heute keine, und du wirst morgen keine sein. Niemals. Gewinnen ist nicht alles.«

Das Schnauben, das sich meiner Kehle entrang, brannte. Er hatte leicht reden.

»Deine Familie liebt dich. Sie alle wollen nur, dass du glücklich bist.«

»Das weiß ich«, flüsterte ich. Meine Stimme klang schwach, und ich hasste mich dafür, aber ich konnte nichts dagegen unternehmen.

Mir war hundeelend zumute. So elend hatte ich mich nicht einmal gefühlt, nachdem mich Paul im Stich gelassen hatte. Oder nachdem mir klar geworden war, dass mein Vater uns verlassen würde.

»Du und ich werden ihnen diesen Wunsch erfüllen. Verstehst du mich?«

Ein Schluchzen wollte sich meiner Kehle entringen, doch ich hielt es zurück.

»An dem Abend bei euch zu Hause war das Zweite, was deine Mutter zu mir sagte: ›Ich kann es wie einen Unfall aussehen lassen, wenn das nötig ist‹«, murmelte er, und ich erstarrte. »Und als ich an diesem Abend ging, teilte mir der Ehemann deines Bruders mit, dass du wie eine kleine Schwester für ihn bist, und dass er hofft, dass ich dich mit dem gleichen Respekt behandele, den ich auch meiner kleinen Schwester entgegenbringe. Und deine Schwester Ruby flüsterte mir beiläufig zu, dass ihr Ehemann zehn Jahre lang beim Militär gewesen ist. Ich glaube, sie meinte das als Drohung.

Und sowohl dein Bruder als auch deine Schwester sagten, dass du Erfahrung damit hättest, Löcher zu graben, um Leichen darin verschwinden zu lassen«, beendete er seine Ausführungen mit nach wie vor sanfter Stimme. Ja, so kannte ich meine Familie.

Und Ivans nächste Worte holten mich noch ein wenig mehr aus meiner Dunkelheit.

»Sie verstehen es, Jasmine«, fuhr er fort. »Wie kannst du denken, dass du nichts erreicht hast, wenn du ihnen so viel bedeutest? Sie bewundern dich. Sie prahlten damit, wie zäh du bist. Wie widerstandsfähig. In der Eishalle gibt es Mädchen, die jedes Mal strahlen, wenn du an ihnen vorbeigehst. Vermutlich veränderst du ihr Leben allein dadurch, dass du hier Tag für Tag auftauchst, dir selbst treu bleibst und dir von niemandem etwas ausreden lässt. Nicht mal von mir. Ich weiß nicht, was du unter einer Verliererin verstehst, aber das sind nicht die Eigenschaften, die mir dabei in den Sinn kommen.«

Ich fand keine Worte, und mein Verstand brauchte zu lange, um das alles zu verarbeiten.

Und dann gab er mir den Rest.

»Du und ich, Fleischklops. Wir werden gewinnen, wenn es das ist, was du brauchst. Verstehst du mich?«

Kapitel zwölf

»Ich denke, für heute sind wir fertig«, rief die Trainerin, die ein paar Schritte von der Stelle entfernt stand, an der ich nach einem Wurf gelandet war.

Ich atmete durch die Nase ein und durch den Mund wieder aus und versuchte, nach einer Trainingseinheit, die mich so ins Schwitzen gebracht hatte, dass das L und das R auf meinen Handrücken verwischt waren, nicht zu schnaufen. Ich nickte. Es war höchste Zeit. Ich war müde und wusste, dass Ivan ebenfalls erschöpft war. Ich hatte gespürt, wie sehr er auf seine Reserven hatte zurückgreifen müssen, um mich dieses letzte Mal zu werfen.

Außerdem war es nicht besonders hilfreich, dass ich schlecht geschlafen hatte, und dass heute Morgen im Diner so viel los gewesen war, dass ich keine einzige Gelegenheit für eine Pause gehabt hatte. Ich hatte es am Abend zuvor übertrieben. Körperlich wie emotional. Mein Körper hatte mir nicht vergeben, dass ich ihn nicht so gut wie sonst behandelt hatte.

Selbst als ich schon im Bett lag, hatte ich mit den Grübeleien über meine Entscheidungen nicht aufhören können. Und wenn ich ehrlich mit mir war, hatte ich mehr über Ivans Freundlichkeit nachgedacht, als ich erwartet hätte. Er hatte mich schätzungsweise zehn Minuten lang einfach nur im Arm gehalten, während ich mich beruhigt und wieder in den Griff bekommen hatte.

Er hatte nicht gefragt, was mich so aufgewühlt hatte. Er hatte mich nicht damit aufgezogen. Irgendwann hatte er mich einfach losgelassen. Ich hatte den Kakao ausgetrunken, und dann hatte er mir den Becher abgenommen, um ihn zu spülen und neben das Becken zu stellen. Danach war er mir in die leere Umkleide gefolgt und hatte gewartet, bis ich meine Sachen geholt hatte …

Und dann war er mir in seinem Wagen nach Hause gefolgt, damit ich sicher ankam.

Jetzt konnte ich Verwunderung auf seinem Gesicht sehen. Wann immer wir voreinander waren, ließ er diese kristallklaren, beinahe himmelblauen Augen über mein Gesicht wandern. Als ich ihn zum ersten Mal dabei erwischte, spielte ich für eine winzige Millisekunde mit dem Gedanken, den Blick abzuwenden.

Doch das tat ich nicht. Ich weigerte mich.

Denn das hätte bedeutet, dass ich mich schämte, weil er mich so vorgefunden hatte. Eine der besten Lektionen, die ich beim Eiskunstlauf je gelernt hatte, lautete, dass man nach einem Sturz direkt wieder aufstand und so tat, als wäre nichts passiert. Man machte entweder Theater oder eben nicht. Und wenn man einfach wieder aufstand und mit hocherhobenem Kopf lächelte … dann hatte man immer noch seine Würde.

Und ich hatte meine Würde und wollte sie bis zum letzten Tropfen melken.

Zumindest das, was noch davon übrig war.

Wir waren Freunde. Und manchmal brachen Freunde in der Gegenwart des anderen zusammen. Zumindest vermutete ich das.

»Lass es langsam angehen und ruh dich aus, Jasmine«, sagte Nancy Lee und bedachte mich mit einem ernsten, ausgiebigen Blick.

Ich hatte vergessen, dass sie diejenige gewesen war, die Galina am Abend zuvor angerufen hatte. Ich brachte lediglich ein Nicken zustande. Was hätte ich sonst sagen oder tun können?

»Wir sehen uns morgen in alter Frische«, sagte sie und legte ihre Fingerspitzen kurz auf meine Schulter, ließ dann die Hand sinken und eilte über das Eis zum Ausgang.

Ich stemmte die Hände in die Hüften und versuchte immer noch, zu Atem zu kommen, während ich mich auf dem Eis umschaute. Ich entdeckte sechs andere Leute, die noch mit ihrem Training beschäftigt waren. Sie nutzten die letzten paar Minuten, bevor die private Zeit auf dem Eis vorbei war und der Gruppenunterricht losging. Ich erblickte Galina beinahe sofort. Das Kinn auf ihre auf der Bande ruhenden Hände gestützt, saß sie genau dort, wo sie auch immer gesessen hatte, als sie mich noch trainiert hatte. Ihr Blick war auf das Mädchen gerichtet, das ein paar Meter entfernt eine Abfolge von Armbewegungen absolvierte.

»Bin ich heute Abend zum Essen eingeladen?«, ertönte Ivans Frage hinter mir.

Ich blinzelte und drehte mich halb herum, um ihn über meine Schulter hinweg anzuschauen. Zu Beginn des Trainings hatte er einen dunkelgrünen Fleecepullover getragen, doch vor etwa einer Stunde hatte er ihn ausgezogen, sodass er nun in einer maßgeschneiderten schwarzen Hose und einem hellgrauen Langarmshirt dastand, auf dem sich entlang seiner Brust- und Bauchmuskeln dunkle Schweißflecken abzeichneten. Ich mochte nicht gut geschlafen haben, aber der Mangel an dunklen Ringen unter seinen Augen ließ mich vermuten, dass er dieses Problem nicht gehabt hatte. Sein Gesicht war so klar und wach wie immer.

Elender Glückspilz.

Ich atmete tief ein. Wenigstens das schuldete ich ihm. »Wenn du nichts anderes vorhast«, sagte ich und achtete darauf, dass meine Stimme freundlich und entspannt klang.

Ivan nickte. »Ich bin erst später beschäftigt.«

Womit würde er später beschäftigt sein?

»Dann fahre ich dir hinterher«, sagte er und klang genau wie immer ... nur absolut nicht sarkastisch. »Vorausgesetzt, du bekommst es hin, nicht wie eine Irre zu fahren. Das wäre wirklich nett.«

Und schon ging es wieder los.

»Ich halte mich an die Geschwindigkeitsbegrenzung.«

Er klimperte mit seinen dichten schwarzen Wimpern. »So nennst du das also, wenn du fünfzehn km/h zu schnell fährst, ja?«

Ich verzog das Gesicht. »Ich habe noch nie einen Strafzettel bekommen.«

»Klar.«

Ich verdrehte die Augen und schaffte es gerade so, ihm keinen bösen Blick zuzuwerfen. »Ich warte am Haupteingang auf dich, Socke.«

Ein fieses Grinsen im Gesicht, lief er auf seinen Schlittschuhen rückwärts weg. »Wir treffen uns in zehn Minuten.«

Ich rümpfte die Nase und lief zum Ausgang der Eisfläche. Ich erreichte ihn direkt nach Ivan. Ich legte meine Kufenschoner an und beobachtete ihn dabei, wie er mich beobachtete, während ich damit beschäftigt war. Aus dem Augenwinkel bemerkte ich, wie immer mehr Familien eintrafen und auf die Tribünen gingen.

Aber wir stritten uns nicht. Ich machte mich auf den Weg in die Umkleide, denn ich wollte nicht die Letzte am Haupteingang sein. Ich wollte lieber auf ihn warten als umgekehrt. Vermutlich wäre es eine gute Idee, meiner Mom eine Textnachricht zu schicken, damit sie wusste, dass Ivan mitkam.

Ich erreichte die Ecke, wo Ivan abbiegen würde, um in sein privates Zimmer zu gehen. Mein Weg führte mich allerdings weiter geradeaus. Vor der Umkleide standen die beiden Mädchen, die immer nett zu mir waren. Als ich mich der Tür näherte, drehten sie sich zu mir herum und lächelten schüchtern.

»Hi, Jasmine«, sagte die eine, während die andere nur »Hi« quiekte.

Ich dachte über Ivans Worte von gestern Abend nach und schenkte den beiden ein Lächeln. »Hi.« Ich griff nach der Klinke, um die Tür zu öffnen, hielt dann aber noch mal inne und fügte hinzu: »Ich wünsche euch ein gutes Training.«

»Danke!«, schrie die Mutigere regelrecht hinter mir her, während ich die Umkleide betrat.

So wie jeden Samstagabend war die Umkleide voller Mädchen im Alter zwischen dreizehn und achtzehn. Sie redeten so laut, dass meine Ohren schmerzten. Ich ging zu meinem Spind und ließ den Blick kurz durch den Raum wandern, um festzustellen, dass ich die Gesichter um mich herum allesamt kannte, ihnen aber keine Namen zuordnen konnte. Dann wandte ich ihnen den Rücken zu. Ich brauchte nicht lange, um meinen Spind zu öffnen, meine Schlittschuhe auszuziehen, meine Tasche herauszuholen und die Schlittschuhe in ihrem Schutzkoffer zu verstauen. Dann zückte ich mein Handy, wackelte mit den Zehen und ließ meine schmerzenden Knöchel kreisen, während ich den Bildschirm entsperrte.

Ich rief den Nachrichtenverlauf mit meiner Mutter auf und tippte rasch eine Nachricht an sie. Dabei achtete ich darauf, alle Wörter richtig zu schreiben, während ich mein Bestes tat, um die Stimmen der Mädchen um mich herum zu ignorieren.

Bringe Lukov zum Abendessen mit. Ich schickte die Nachricht ab und legte mein Handy dann neben mir auf der Bank ab.

Ich zog zuerst meine Socken aus und wickelte dann meine Bandagen ab. Als mein Handy vibrierte, griff ich sofort danach. Die Antwort meiner Mutter lautete lediglich: *OK;)*

Auf diesen Zwinkersmiley würde ich gar nicht erst eingehen.

Ich legte mein Handy wieder ab und beugte mich vor, um in meiner Tasche nach meinen Sandalen zu suchen. Offenbar hörte ich dabei unbewusst damit auf, die Mädchen um mich herum auszublenden, denn aus irgendeinem Grund hörte ich plötzlich eine von ihnen sagen: »... große Hände und große Füße.«

»Woher weißt du, dass das stimmt? Es gibt eine Menge Jungs mit großen Händen und großen Füßen, die keine dicke Beule in der Hose haben.«

Was dachten sich diese Kinder nur dabei, von Beulen zu reden, die irgendwer in der Hose hatte?

»Wen denn zum Beispiel?«

»Zum Beispiel ...« Das Mädchen senkte die Stimme zu einem Flüstern. »Ivan Lukov. Ich habe unter seinen Kostümen noch nie was gesehen, wenn ihr wisst, was ich meine.«

Warum redeten sie jetzt ausgerechnet von Ivan? Und was hatten diese Zwerginnen bitte mit seinem Schritt zu schaffen? Ich hatte ihn zu 99,99 Prozent nackt gesehen und ihm nicht länger als eine Sekunde zwischen die Beine geschaut, und auch das bloß, um mich davon zu überzeugen, dass dort alles bedeckt war.

Und warum in aller Welt sagten sie, dass er dort nichts hatte? Die meisten Typen klebten ihre Genitalien ab, damit sie sich unter den Kostümen nicht abzeichneten. Ich hatte Paul einmal darauf angesprochen, und er war rot angelaufen und hatte irgendetwas gestammelt und gleichzeitig gelacht.

»Seine Hände und Füße sind riesig«, flüsterte ein anderes Mädchen sogar noch lauter.

»Hat eine von euch überhaupt mal was gesehen?«, fragte eine andere und kicherte dann los.

Ich wirbelte auf der Bank herum und wählte meine Worte so sorgfältig, wie es mir unter den Umständen möglich war. »Würdet ihr mal damit aufhören? Wie fändet ihr es, wenn irgendwelche Jungs hinter euren Rücken über eure … Muschis reden würden?«

Sie liefen so rot an, wie ich es bislang nur bei Ruby gesehen hatte.

Das dachte ich mir.

Ich warf ihnen allen nacheinander einen strengen Blick zu. Dann schüttelte ich den Kopf und wandte mich meinem Spind zu. Keine von ihnen sagte etwas.

Ich schlüpfte in meine Sandalen, wackelte mit den Zehen und streckte die Füße. Dann schnappte ich mir meine Schlüssel und meine Handtasche, stand auf und beugte mich vor, um nach dem Gurt meiner Tasche zu greifen. Aus dem Augenwinkel blickte ich zu den Mädchen am anderen Ende des Raums hinüber, die allesamt aussahen, als hätte ich ihren Welpen getreten. Was kümmerte es mich. Ich schloss meinen Spind ab und marschierte zum Ausgang, wo ich die Tür ein wenig heftiger als nötig aufriss.

Gott, was stimmte nicht mit diesen Girls? Ich konnte mich nicht daran erinnern, in ihrem Alter über Penisse geredet zu haben. Okay, mit siebzehn vielleicht. Aber doch nicht mit vierzehn!

»… bist in diesem Gymnastikdress hässlich und fett.«

Vor der Tür standen zwei vielleicht dreizehn- oder vierzehnjährige Mädchen, hatten sich vor den beiden, die mich immer grüßten, aufgebaut und blickten auf sie herab. Die beiden süßen kleinen Mädchen, die mich vor etwa fünf Minuten noch angegrinst hatten, aktuell aber mit den Rücken zur Wand standen und ganz glasige Augen hatten, als wären sie kurz davor, in Tränen auszubrechen.

Verdammt. Warum musste das ausgerechnet mir passieren?

Ich wollte einfach weitergehen. Wirklich. Ich wollte keinen Ärger riskieren.

Aber …

Meine mutige kleine Freundin hatte Tränen in den Augen, und eine dieser Gören hatte sie oder ihre Freundin gerade als fett und hässlich bezeichnet. Und ich hatte wirklich nichts für Leute übrig, die andere schikanierten.

Also blieb ich stehen, stellte mit meinen zwei kleinen Freundinnen Blickkontakt her und zog eine Augenbraue hoch. »Ist bei euch beiden alles in Ordnung?«

Die Mutigere blinzelte ihre Tränen weg, was in mir sofort einen seltsamen Beschützerinstinkt auslöste. Ich kniff die Augen zusammen und schaute zu den zwei fiesen Mädchen, die beide aussahen, als würden sie die Entscheidung, die sie getroffen hatte, als ich noch in der Umkleide gewesen war und die sie zu diesem Moment geführt hatte, bereuen.

»Haben die euch gehänselt?«, fragte ich meine beiden Mädchen.

»Wir haben nichts gemacht«, versuchte eine der anderen zu protestieren.

Ich richtete meinen Blick auf sie und sagte: »Dich habe ich nicht gefragt.« Dann wandte ich mich wieder an das Mädchen, das Tränen in den Augen hatte, und fragte erneut: »Haben sie euch gehänselt?«

Sie musste schlucken, brachte dann aber ein Nicken zustande. Auch ihre Freundin nickte. Und mein Beschützerinstinkt wuchs ins Unermessliche an.

Ich richtete meine ganze Aufmerksamkeit auf die zwei kleinen Mistmaden, setzte meine fieseste Miene auf und sagte ganz langsam und mit diesem Lächeln, das Jojo schon mehr als einmal als erschreckend bezeichnet hatte: »Sollte ich je wieder hören oder sehen, wie ihr – oder irgendjemand hier – die beiden hänselt, werde ich dafür sorgen, dass ihr zwei den Tag bereut, an dem ihr euch dafür entschieden habt, hier Eiskunstlaufunterricht zu nehmen. Habt ihr mich verstanden?«

Keine von ihnen nickte oder bejahte meine Frage. Das machte mich nur noch wütender. Ein besserer Mensch hätte an dieser Stelle noch irgendeinen inspirierenden Mist hinzugefügt. Aber so war ich nicht.

Ich wandte mich den zwei netten Mädchen zu. »Wenn euch noch mal jemand hänselt, gebt ihr mir Bescheid, okay?«

Ich hatte keine Ahnung, ob die Mädchen einfach zu erschrocken waren, um zu reagieren, oder ob sie mich nicht verstanden hatten. Doch dann nickten sie plötzlich hektisch.

Und ich lächelte sie an, um ihnen mitzuteilen, dass alles in Ordnung war. Ich würde ihnen Rückendeckung geben. Nicht jeder war schrecklich, aber die Fieslinge ließen einen das manchmal vergessen. Das wusste ich nur zu gut.

Dann richtete ich den Blick wieder auf die zwei kleinen Tussen. »Und was euch beide angeht: Wenn ich euch noch mal dabei erwische, wie ihr andere schikaniert, werde ich euch ordentlich den Hintern …«

»Jasmine!«, hörte ich eine vertraute männliche Stimme rufen.

Als ich aufschaute, stand Ivan am anderen Ende des Flurs an die Wand gelehnt.

»Lass uns gehen, ich habe Hunger«, rief er, und ich wusste, warum.

Er hatte mich gehört. Deswegen hatte er nach mir gerufen und mich so davon abgehalten, diese Mädchen zu beschimpfen, was ja auch wirklich keine gute Idee gewesen wäre. Aber verdient hatten sie es.

»Seid nicht gemein«, sagte ich also bloß und deutete auf die beiden fiesen Gören. Dann ging ich den Flur hinunter auf Ivan zu. Schon aus ein paar Metern Entfernung konnte ich sehen, dass er den Kopf schüttelte. Sobald ich ihn erreicht hatte, wurde mir klar, dass er grinste.

»Ist heute der Tag, an dem du kleine Kinder schikanierst?«

Ich verdrehte die Augen und trat vor ihn. Ich musste den Kopf in den Nacken legen, um ihm ins Gesicht schauen zu können. »Das sind keine Kinder, das sind Monster.«

Er schaute mir tief in die Augen und grinste noch breiter. »Eigentlich will ich nur eins wissen …«

Ich blinzelte, denn ich hatte keine Ahnung, was er mich fragen wollte.

»Hättest du den beiden wirklich den Hintern versohlt?«

Ich wollte nicht lächeln. Ehrlich nicht.

Aber ich konnte nicht anders.

»Du bist ein Idiot.«

Eine Stunde später kam ich bei uns zu Hause die Treppe runter und rubbelte mir die Haare mit einem Handtuch trocken, damit ich das leichte, ärmellose Kleid, das ich angezogen hatte, nicht vollkommen durchnässte. Ich hasste es, mir jeden Tag die Haare zu waschen – und mein Haar hasste es. Aber da ich bei den zwei Trainingseinheiten pro Tag nun einmal viel schwitzte, musste ich es waschen und verbrauchte jede Menge Pflegespülung.

Als ich den Fuß der Treppe erreicht hatte, konnte ich bereits die Stimmen aus der Küche hören. Als wir vor einer halben Stunde vor meinem Haus geparkt hatten, hatten Jonathans und Aarons Autos in der Einfahrt gestanden. Kaum hatte ich meiner Mutter einen behutsamen Kuss auf eine intakte Stelle ihres verletzten und geschwollenen Gesichts gegeben, war Jojo vollkommen ausgerastet: *Jas, wieso hast du mich nicht angerufen und mir von Moms Unfall erzählt?* Beinahe hätte ich ihm gesagt, dass sie das nicht gewollt hatte, aber ich war keine Petze. Also erklärte ich ihm, dass ich zu müde gewesen sei. Das war erwartungsgemäß nicht gut angekommen, also war ich fünf

Minuten später nach oben gelaufen, um zu duschen. Ivan hatte mir einen neugierigen Blick nachgeworfen, der mich vermuten ließ, dass er bereits seine eigenen Schlüsse zog und sich anhand des verletzten Gesichts meiner Mutter ausmalen konnte, was gestern Abend passiert war.

Als ich durchs Wohnzimmer in Richtung Küche ging, hörte ich das Gelächter meiner Schwester und auch das meiner Mutter … und ich bildete mir ein, dass auch Ivan leise kicherte. Ich dachte an das Zusammentreffen mit den Mädchen im Flur zurück und musste erneut lächeln. Doch ich riss mich zusammen. Er war wirklich ein Idiot.

»… solltest du wirklich *alles* abkleben?«, hörte ich Jojo fragen.

Oh Gott.

»Jonathan«, zischte sein Mann. »Spielt das denn eine Rolle?«

»Ähm, ich bin halt neugierig. Ich habe mir diese Woche die Vorschau für die Zeitschrift angesehen. Ich habe nicht mal einen Anflug von Hoden oder sonst irgendwas auf den Bildern gesehen, und das erscheint mir angesichts der Winkel, aus denen die Bilder aufgenommen wurden, unmöglich. Und wenn jemandes Hodensäcke noch so straff sind, es ist anatomisch unmöglich, dass nicht wenigstens irgendwo ein winziges Bisschen davon zu sehen ist.«

Sie redeten über das Fotoshooting für die Anatomieausgabe, und natürlich war Jojo derjenige, der diese Frage stellte.

»Vielleicht sollte ich mir diese Zeitschrift besorgen, wenn sie erscheint …«, sagte meine Mutter. Ruby und Jojo jaulten auf: »Hör auf«! und »Das will niemand wissen!«

»Ihr zwei seid so empfindlich«, sagte Mom. »Ich habe Augen. Ihr habt Augen. Der menschliche Körper ist etwas Wunderbares, nicht wahr, Ivan?«

Ivan zögerte nicht, sondern antwortete: »Das ist er.«

»Ich bin mir sicher, dass Brummbär auf diesen Fotos wunderschön aussieht.«

Eine Pause entstand. Dann fragte Ivan: »Wer ist Brummbär? Jasmine?«

»Ja.«

Eine Sekunde lang sagte niemand etwas. Dann ergriff Jojo das Wort. »Als sie noch klein war, hat sie Schneewittchen gehasst.«

»Warum?«

Meine Mom übernahm die Antwort. »Weil sie … Wie drückte sie sich noch mal aus? Eine faule Trine ist, die Zwerge ausnutzt?«

Jojo brach in Gelächter aus, was mir ein Lächeln entlockte. »Sie wurde immer total wütend, wenn sie den Film schaute. Erinnert ihr euch? Sie saß vor dem Fernseher und schimpfte vor sich hin. Sie hasste den Film, schaute ihn sich aber trotzdem immer wieder an.«

»Sie behauptete, dass Schneewittchen gar nicht so hübsch sei«, erzählte Ruby kichernd, »und selbst wenn, sollte sie ein wenig mehr Selbstwertgefühl haben. Sie wusste nicht mal, was das bedeutete, aber sie hatte das Wort irgendwann mal bei dir gehört, Mom, und es war hängen geblieben.«

Nun lachte auch meine Mutter. »Deswegen fingen wir an, sie Brummbär zu nennen. Weil sie fand, dass er der einzig kluge unter den Zwergen sei, weil er nämlich weiß, dass es einen Grund für seine schlechte Laune gibt. Er muss den ganzen Tag lang im Bergwerk schuften und sich dann auch noch um irgendein Mädchen kümmern, das keinen Finger rührt.« Ihr Lachen wurde schrill. »Oh, dieses Kind. Ihr könnt auch alle selbst die Schuld dafür geben, dass sie so geworden ist. Sie hat sich das bei euch allen abgeschaut. Ivan, das ist deren Schuld.« Sie zeigte in die Runde.

Wieder entstand eine Pause. Dann verkündete Ruby: »Sie ist mein Vorbild.« Das brachte ihr ein heiseres Lachen ein, das nach Aaron klang.

Meine Nase juckte, und vielleicht brannten auch meine Augen ein wenig.

Okay, möglicherweise mehr als nur ein wenig.

Ich musste blinzeln und lauschte ihnen, während ich spürte, wie dieses angenehme, warme Gefühl in meiner Brust anwuchs. Seltsamerweise sorgte es dafür, dass ich mich besser fühlte. Sogar noch besser als ich mich am Abend zuvor gefühlt hatte, nachdem Ivan so nett zu mir gewesen war.

Ich schluckte und blinzelte noch ein paarmal, bis ich mich wieder im Griff hatte. Dann betrat ich die Küche und fand alle bis auf den Mann meiner Mutter an der Kücheninsel vor. Ben stand am Herd und hatte der Gruppe den Rücken zugewandt. Er war damit beschäftigt, den Inhalt eines riesigen Topfs umzurühren. Ich wusste, dass es sich dabei um sein fantastisches Chili handelte. Zwischen Ivan und meiner Schwester war noch ein Platz frei, und auch zwischen Aaron und Jonathan stand ein leerer Hocker.

Ich entschied mich für den Platz neben Ivan.

Und aus irgendeinem Grund, über den ich nicht genauer nachdenken würde, legte ich heimlich meine Hand auf seinen Oberschenkel und drückte ihn kurz. Es war kein gemeines Drücken, nur ein ganz normales, das weder zu fest noch zu sanft war. So was machten Freunde doch, oder?

»Jas …« Ruby lehnte sich über die Kücheninsel in meine Richtung, um mir ein Lächeln zuzuwerfen, das mich misstrauisch machte. »Ich weiß, dass du wirklich viel zu tun hast …«

Warum drehte sich mir plötzlich der Magen um?

»… aber weißt du noch, wie wir vor ein paar Wochen darüber geredet haben, dass du mal babysitten könntest? Denkst du, dass du das jetzt immer noch hinbekommst?« Sie lächelte. »Wenn es nicht geht, ist das kein Problem.«

Mein Magen verkrampfte sich. Das ging zu schnell. Viel zu schnell. Aber ich konnte damit umgehen. Ich würde damit umgehen. *Ich konnte besser sein.*

»Das habe ich nicht vergessen«, sagte ich und versuchte, die Anspannung in der Mitte meines Körpers zu ignorieren. »Können wir machen.«

»Bist du dir sicher? Denn ...«

Ich versuchte mich an einem Lächeln und sagte so sanft, wie es mir möglich war: »Ja. Ich bin mir sicher.«

»Wir können auch babysitten«, meldete sich Jojo zu Wort.

Ich warf ihm einen Blick zu. »Nein. Ich mach das. Such dir deine eigenen Nichten und Neffen.«

Jojo verdrehte die Augen. »Ich kann auf sie aufpassen, wann immer du willst, Rubes. Sie sollten wirklich nicht unbedingt Zeit mit *Rosemaries Baby* verbringen. Sie wird nur einen schlechten Einfluss auf sie haben.«

»Willst du ernsthaft, dass *Shrek Junior* das Erste ist, was Benny sieht, wenn er aufwacht?«, fragte ich meine Schwester und warf meinem Bruder einen Blick zu.

»Ich bin durchschnittlich groß«, behauptete Jojo.

»Klar bist du das, du Heulsuse«, schoss ich zurück und schenkte ihm nun ein richtiges Lächeln. »Aber du siehst trotzdem wie Shrek aus, also ...«

Jonathan kratzte sich an der Stirn. Mit seinem Mittelfinger.

»Würdet ihr zwei mal damit aufhören?«, verlangte Mom schließlich seufzend.

»Du siehst nicht wirklich wie Shrek aus, Jojo«, sagte Ruby nachdenklich. »Eher wie der Esel, finde ich.«

Jonathan blinzelte sie nur an, bevor er wieder mich anschaute und schimpfte: »Du hast einen wirklich schlechten Einfluss auf Leute.«

»Heul doch.«

Mein Bruder richtete den Blick direkt auf Ivan neben mir, hob den Mittelfinger – der natürlich mir galt – erneut an seine Stirn und sagte: »Ivan, falls du während einer Hebefigur mit ihr versehentlich stolperst und hinfällst, würde dir keiner von uns einen Vorwurf machen. Wirklich nicht.«

Die Außenseite eines Oberschenkels berührte mein Knie. Eine Sekunde später gesellte sich eine Handfläche dazu, die ich sehr gut kannte. »Das werde ich im Hinterkopf behalten. Vielleicht während eines Schaulaufens nach der Weltmeisterschaft«, bot mein Partner an.

Und ich konnte nicht mal sauer oder beleidigt sein.

Kapitel dreizehn

»Du musst mich nicht begleiten«, sagte ich zu Ivan, als wir aus seinem Wagen stiegen. Ich rieb mir die Kehle, weil ich schon den ganzen Tag über ein seltsames, nerviges Kitzeln darin verspürte. Ich schob es darauf, dass ich meine Wasserflasche im Auto vergessen und keine Gelegenheit gehabt hatte, kurz nach draußen zu laufen, um sie zu holen, weil ich ansonsten Nancy Lees Zorn auf mich gezogen hätte.

Er schnaubte und verdrehte die Augen. »Ich habe doch bereits zugesagt.«

»Ich weiß, Klugscheißer, aber du kannst immer noch einen Rückzieher machen. Meine Schwester und ihr Mann können mich später nach Hause fahren, wenn du lieber wegwillst«, schlug ich vor, während ich vor dem Haus meiner Schwester darauf wartete, dass er aus dem Auto stieg.

Ivan zuckte mit den Schultern und schüttelte den Kopf. »Ich werde keinen Rückzieher machen. Es ist nur ... wie lange, hast du gesagt, wird das dauern? Drei Stunden?«

»Vier Stunden«, korrigierte ich ihn.

Er schien darüber nachzudenken, während er neben mich trat. Dann neigte er den Kopf und schien eine Entscheidung getroffen zu haben. »Ich habe dich schon vier Stunden am Stück ertragen. Das hier sind nur zwei Kinder, so schwer kann das ja wohl nicht sein.«

Wenn er dachte, dass das hier leicht werden würde, hatte dieser Mann offensichtlich noch nie zuvor auf Kinder aufgepasst, aber darauf würde ich ihn nicht hinweisen. Irgendwie war ich gespannt darauf zu sehen, wie er mit einem Kleinkind und einem Baby zurechtkommen würde. »Also gut, aber sag nachher nicht, dass ich dir keinen Ausweg gelassen hätte.«

Ivan verzog dieses perfekte, symmetrische Gesicht, als wir vor der Haustür stehen blieben. »Trau mir doch mal was zu. Wir sollen hier nur auf Kinder aufpassen. Das ist keine Raketenwissenschaft.«

Ich stieß ihn mit dem Ellbogen an und klopfte an die Tür.

Sofort versetzte er mir seinerseits einen Hieb mit dem Ellbogen.

Wie waren wir nur in diese Lage geraten?

Mein verdammtes Auto war nicht angesprungen. *Schon wieder.* Und mein Onkel war nicht ans Telefon gegangen, als ich ihn angerufen hatte, und einen Abschleppdienst konnte ich mir nicht wirklich leisten. Ich versuchte, mein Geld für Flugtickets und Hotelzimmer zu sparen. Außerdem musste ich Lebensmittel, Versicherungen und die Stromrechnung für das Haus meiner Mutter bezahlen. Darauf hatten wir uns geeinigt, damit ich einen Beitrag leisten konnte, weil ich dort mietfrei wohnte. Ganz zu schweigen von den diversen anderen Ausgaben, die ich jeden Monat hatte. Als ich gerade darüber nachgrübelte, wen ich anrufen sollte, um mich abholen zu lassen, ertönte dieses unerträgliche Hupen, das vielleicht zehn Sekunden lang andauerte und so laut war, dass ich mir die Ohren zuhielt. Gleich darauf wurde auf der Fahrerseite des edlen schwarzen Wagens die Scheibe heruntergelassen, und ein sehr vertrautes Gesicht blickte mich an.

»Hast du schon wieder Probleme mit deinem Auto?«, fragte Ivan, der hinter dem Steuer saß und eine Sonnenbrille auf der Nase hatte.

Ich seufzte und nickte dann.

»Du brauchst ein neues.«

»Okay, ich kauf mir morgen eins.«

Er verzog das Gesicht. »Steig ein.«

»Ich bin nicht auf dem Weg nach Hause«, teilte ich ihm mit.

In seinem Kiefer zuckte ein Muskel. »Was denn? Hast du etwa ein heißes Date?«

»Nein, Hohlbirne. Ich spiele heute Abend die Babysitterin. Ich muss zu meiner Schwester«, erinnerte ich ihn an das, was Ruby und ich vor einer Woche ausgemacht hatten, während er buchstäblich danebengesessen hatte.

Ivan schob die Sonnenbrille mit einer Fingerspitze hoch, sodass sie direkt oberhalb seiner Augen saß. »Dann steig ein.«

»Das ist weiter weg als das Haus meiner Mutter.«

»Wie viel weiter?«

Ich nannte ihm den Stadtteil und sah zu, wie er das Gesicht verzog.

»Wie lange sollst du dort babysitten?«

»Etwa vier Stunden«, sagte ich und hörte das Zögern in meiner Stimme, hauptsächlich weil ich mich fragte, wo zum Teufel er hinwollte, wenn er sich Gedanken darum machte, wie lange dieser Abstecher dauern würde.

Dann setzte er eine nachdenkliche Miene auf und sagte: »Okay. Eine Sekunde.« Er musste nach seinem Handy gegriffen haben, denn kurz darauf hatte er den Blick konzentriert auf seinen Schoß gerichtet und sagte: »Einen Moment noch.«

Wem schrieb er da? Und was schrieb er?

Ich hatte mir diese Fragen kaum gestellt, als er auch schon aufschaute und sagte: »Okay. Wenn es nur vier Stunden dauert, kann ich dich hinfahren und dich danach noch zu Hause absetzen.«

Moment. Danach?

»Willst du wirklich noch mal da hinfahren und mich abholen?«, fragte ich mit gerunzelter Stirn.

Er verzog den Mund auf diese Weise, die mich früher immer in den Wahnsinn getrieben hatte, weil es so aussah, als würde er mich für eine Idiotin halten. »Nein. Ich wohne auf der anderen Seite der Stadt, Schlaumeier. Ich werde mit dir auf die Kinder aufpassen und dich danach nach Hause fahren ... solange das Ganze nur vier Stunden dauert. Danach muss ich zu Hause sein.«

Warum musste er zu Hause sein? Wartete dort jemand auf ihn? Hatte er ... eine Freundin?

»Steigst du jetzt ein?«, drängelte er.

Das ging mich nichts an.

Nein, das ging mich nicht das Geringste an.

Als ich schluckte, fühlte sich meine Kehle zu eng an, aber darüber würde ich nicht nachdenken. »Du kannst mich einfach dort absetzen, und meine Schwester oder ihr Mann können mich später nach Hause fahren.«

Ich musste seine Augen nicht sehen, um zu wissen, dass er sie verdrehte. »Halt die Klappe und steig ein. Ich kann dich fahren, solange es nicht zu spät wird.«

Er hatte eine Freundin, oder?

»Du musst nicht bleiben ...« begann ich, doch er fiel mir ins Wort.

»Steig ein, Fleischklops«, verlangte er und ließ bereits das Fenster wieder hoch.

Ich stieg ein, und er fuhr zum Haus meiner Schwester, wo wir nun standen und diskutierten, während wir darauf warteten, hereingelassen zu werden. Wir hatten uns die ganze Fahrt über gestritten, ob er langsam oder ich schnell fuhr.

Er fuhr langsam.

»Komme!«, hörte ich meine Schwester von innen rufen. Eine

Sekunde später öffnete sie die Tür und strahlte mich mit diesem breiten Lächeln an, das ich so liebte. »Jas.« Sie zögerte eine Sekunde. Dann trat sie vor und umarmte mich.

Ich erwiderte die Umarmung und beschloss, bezüglich ihres Zögerns vor der Umarmung den Mund zu halten. Hatte ich je gewollt, dass sie mich nicht umarmte? Ich konnte mich nicht erinnern, doch allein dass ich ihr irgendwann einmal das Gefühl gegeben haben könnte, dass ich nicht von ihr berührt werden wollte, sorgte dafür, dass sich mein Magen verkrampfte.

Ich konnte das in Ordnung bringen. Ich konnte daran arbeiten.

Ich nickte in Ivans Richtung. »Ich habe Verstärkung mitgebracht, um deine kleinen Gangster zu bändigen.«

Das Gesicht meiner Schwester lief sofort rot an, doch sie nickte knapp und schaute zwischen mir und ihm hin und her. »Hi, Ivan«, presste sie schließlich hervor.

Ivan lächelte freundlich, ergriff ihre Hand und schüttelte sie sanft. »Schön dich wiederzusehen, Squirt.« Er schenkte ihr ein charmantes Lächeln, das mir aus irgendeinem Grund unangenehm war. »Es macht dir doch nichts aus, wenn ich dich so nenne, oder?«

Meine Schwester blinzelte, und ich blinzelte ebenfalls. Aber ich wusste, dass ihre Reaktion nichts damit zu tun hatte, dass Ivan attraktiv war oder so was. Ihr Ehemann war mindestens genauso heiß wie Ivan, wenn auch auf vollkommen andere Weise. Und sie liebte ihn abgöttisch.

Sie war einfach nur schüchtern.

Und niemand außerhalb unserer Familie nannte sie Squirt. Soweit mir bekannt war, benutzte nicht mal Aaron diesen Spitznamen.

»Nein, das macht mir nichts aus«, flüsterte sie regelrecht.

Sie schaute kurz zu mir und dann wieder zu ihm. »Du gehörst doch jetzt fast schon zur Familie, nicht wahr?«

Hatte ich mich verhört? Als Ivan mich jetzt anstieß, rammte ich ihm sofort meinen Ellbogen in die Seite.

»Kommt rein.« Ruby trat einen Schritt zurück. »Wir sind startklar. Wir gehen nur etwas essen und danach noch in einen ... ähm ... Laden.« Ich hätte eine meiner Nieren darauf verwettet, dass sie damit einen Comicladen meinte, was sie in Ivans Anwesenheit aber offenbar nicht zugeben wollte. »Wir sollten nicht allzu lange weg sein.«

Ich zuckte mit den Schultern und betrat das Haus, in dem ich schon oft gewesen war, seit sie vor einem Jahr zurück nach Houston gezogen war. Vorher hatte sie vier Jahre mit ihrem Mann in Washington gelebt, während er beim Militär gewesen war. Er hatte in den letzten paar Jahren schnell noch ein Studium absolviert und eine Stelle in einem Veteranenkrankenhaus bekommen, wo er irgendwas mit ehemaligen Soldaten machte. Ich war eine miese Schwägerin, weil ich nicht genau wusste, was er machte. Ich musste Ruby wirklich mal danach fragen. »Das ist schon in Ordnung. Lasst euch Zeit, außer Schlafen habe ich heute nichts mehr vor«, versicherte ich ihr und erwähnte absichtlich nicht, dass Ivan in spätestens vier Stunden losmusste, um zu tun, was immer er tun musste.

»Hey, Jasmine«, rief Aaron aus dem Flur, und gleich darauf kam der große blonde Mann auf uns zu.

»Hi, Aaron. Du erinnerst dich doch an Ivan, oder?«

Der blonde Muskelprotz, der definitiv eine erfolgreiche Karriere als Gigolo hätte haben können, wenn er sich nicht fürs Militär entschieden hätte, hielt mir seine Hand hin, und ich klatschte zum Gruß gegen seine Handfläche. Dann wandte er sich Ivan zu und hielt auch ihm die Hand hin. Ivan schüttelte sie. »Schön dich wiederzusehen«, sagte mein Schwager und trat einen Schritt zurück, um sich neben meine Schwester zu stellen. »Danke fürs Babysitten.«

Ich zuckte mit den Schultern, und Ivan sagte: »Keine Ursache.«

»Wir sollten uns langsam auf den Weg machen.« Aaron lehnte sich zu meiner Schwester, um ihr einen Kuss auf die Schläfe zu geben.

Ruby nickte. »Du weißt ja, wo alles ist. Die Kinder sind oben. Sie haben gegessen. Benny schläft in unserem Bett. Ich wollte ihn nicht aufwecken, um ihn woanders hinzulegen. Wir arbeiten immer noch daran, dass er trocken wird …«

Ich winkte ab. »Mach dir deswegen keine Gedanken. Damit kann ich umgehen.« Ich schaute kurz zu Ivan und versuchte, mir vorzustellen, wie er eine Windel wechselte … Es gelang mir nicht. »Wir schaffen das schon.«

Zumindest galt das für mich.

Aaron gab Ruby einen weiteren Kuss auf die Schläfe, und sie gingen. Das Schloss war kaum eingerastet, als von oben auch schon ein Heulen ertönte.

»Dann wollen wir mal«, sagte ich.

Ivan nickte und folgte mir dann die Treppe des hübschen geräumigen Vorstadthauses hinauf.

Die Kinder meiner Schwester teilten sich ein Zimmer. Auf jeder Seite stand ein Bettchen, das eine war weiß, das andere holzfarben. Ich hielt direkt auf das weiße zu und sah, dass der sich windende winzige Körper darin mit dem Gesicht nach unten lag. Jessie schrie so laut, dass ich zusammenzuckte, als ich sie hochnahm und an meine Brust schmiegte, um sie zu wiegen. Sie war so klein … und so verdammt laut.

Ich schuckelte sie, gab dabei beruhigende Laute von mir und ließ sie auf diese Weise, die sie so mochte, sanft auf und ab wippen. Dann drehte ich mich zu Ivan um, der in der Tür stand und grinste wie ein Idiot. Ich blinzelte. »Was?«

Jessie brüllte weiter.

»Du hast sie einfach so hochgehoben«, sagte er und schaute zwischen mir und dem Baby hin und her, als wäre das ein Wunder oder so was.

»Sie ist bloß ein Baby, keine Granate«, teilte ich ihm mit. Dabei gurrte ich immer noch beruhigend vor mich hin und schuckelte mein Lieblingsbaby in dem Versuch, es zu beruhigen. Das klappte immer. Ich schaute lächelnd in das niedliche, wutverzerrte Gesicht.

»Ich wusste nicht, dass du Kinder magst«, murmelte Ivan und trat neben mich. Er reckte den Hals, um einen Blick auf das Kind in meinen Armen zu werfen.

Ich lächelte Jess an. »Ich liebe Kinder.«

Seine Reaktion überraschte mich kein bisschen. »Wirklich?«

Ich wiegte das Baby noch ein wenig, bis das Geschrei leiser wurde und schließlich zu einem Wimmern versiegte. *Bingo. Jasmine die Babyflüsterin.* »Oh ja«, sagte ich leise. »Ich liebe Kinder. Ich mag nur keine Erwachsenen.«

»Du magst keine Erwachsenen? Das glaube ich dir nicht.« Ivan schnaubte und drehte den Hals, um mir ein Lächeln zuzuwerfen, bevor er seine Aufmerksamkeit wieder auf das Baby richtete. Er hob einen Finger und berührte behutsam Jessies Wange. Es wirkte so, als würde er zum ersten Mal einen winzigen Menschen aus der Nähe sehen.

»Halt die Klappe.«

Ich konnte ihn leise atmen hören. »Sie ist so weich und winzig. Sind sie immer so klein?«

Ich betrachtete ihr Gesichtchen. Ich wusste, dass die Augen unter ihren geschlossenen Lidern strahlend blau waren und eines Tages womöglich die Farbe der Augen meiner Mutter annehmen würden. »Bei ihrer Geburt wog sie gute dreitausend Gramm. Das ist ziemlich schwer, zumal meine Schwester so klein ist«, erklärte ich. »Benny war auch groß, das haben sie von ihrem Vater.« Ich senkte den Kopf, um Jessies Stirn zu küssen, als sie wieder zu jammern anfing. »Kinder sind unschuldig. Sie sind süß und ehrlich. Sie sind niedlich. Sie wissen besser als die meisten Erwachsenen, was richtig und was falsch ist. Wie könnte man sie nicht mögen?«

»Sie sind laut.«

Ich warf ihm aus dem Augenwinkel einen Blick zu und räusperte mich in dem Versuch, das Kitzeln in meinem Hals zu ignorieren. »Du bist laut.«

Er schaute bereits mich an, als er hinzufügte: »Manchmal bekommen sie Wutanfälle.«

Ich richtete den Blick gen Decke. »Es klingt immer noch so, als würdest du dich selbst beschreiben.«

Ivan lachte leise. »Sie weinen.«

Ich verzog das Gesicht, was ihm ein Grinsen entlockte.

»Halt bloß die Klappe. Ich weine nie«, flüsterte er.

»Jammern ... weinen ... alles das Gleiche.«

»Du bist so mies.«

Ich schüttelte den Kopf und schaute auf meine kleine Nichte Jessie hinunter. »Ich liebe Babys, vor allem diese Babys. Meine Babys«, flüsterte ich und verlagerte sie auf meinem Arm ein Stück weiter nach oben. Jessie wimmerte, und ich hob sie kurz hoch, um an ihrer Windel zu schnuppern. Sie roch in Ordnung. Diesbezüglich kam Jessie ganz nach meiner Schwester, ihre Hinterlassenschaften stanken fürchterlich.

»Sind diese beiden die einzigen Kinder in deiner Familie?«, fragte Ivan völlig unvermittelt.

»Nein, ich habe noch eine Nichte von meinem ältesten Bruder. Sie ist mittlerweile ein Teenager.«

»Stehst du ihr nah?«

Ich schaute wieder Jessie an und dachte an all die Arten, auf die ich meine andere Nichte enttäuscht hatte. Ich war kein großer Teil ihres Lebens gewesen. Sie hatte eine Lieblingstante, und das war nicht ich. Doch die Schuld dafür konnte ich nur mir selbst geben. »Mittlerweile schon, aber nicht nah genug. Als sie geboren wurde, war ich noch zu jung, und als sie dann älter war ... Ich nahm mir nicht genug Zeit für sie. Verstehst du, was ich meine? Sie war ein Baby, und dann war sie plötzlich fast erwachsen.«

Natürlich wusste er, was ich damit meinte, dass einem die Zeit davonlief.

»Ja, ich verstehe«, bestätigte er. »Das bringt unser Leben eben mit sich.« Aus dem Augenwinkel konnte ich sehen, wie er mich anschaute. »Mach dir deswegen keine Vorwürfe. Das ist zwecklos, und das weißt du.«

Ich zuckte mit den Schultern. »Du sagst das, als ob es so leicht wäre. Dass meine älteste Schwester ihre Lieblingstante ist, sollte mir nichts ausmachen, aber es ärgert mich«, verriet ich ihm aus irgendeinem Grund. »Ich bin eine schlechte Verliererin, daran liegt es vermutlich.«

Ivan legte eine Hand auf meine Schulter. »Du bist tatsächlich eine schlechte Verliererin«, stimmte er zu.

Ich rang mir ein schwaches Lächeln ab, obwohl mir nicht danach zumute war.

»Vermutlich wirst du die Lieblingstante dieses Babys sein.« Er berührte erneut Jessies Wange.

»Ich arbeite daran«, versicherte ich ihm. »Das ist mein Ziel. Ausnahmsweise kann ich mal jemandes Liebling sein.«

Er drehte den Kopf so langsam in meine Richtung, dass ich misstrauisch wurde. Dann flüsterte er: »Was soll das bedeuten?«

Ich zuckte erneut mit den Schultern und verdrängte dieses schwere Gefühl, das mich wie aus dem Nichts überkommen hatte. Ich würde das alles in Ordnung bringen. Ich würde besser sein. »Nichts. Nur dass ich die Chance darauf habe, die Lieblingsperson eines Mitglieds meiner Familie zu werden, also habe ich mir Jessie ausgesucht, weil sie ein unbeschriebenes Blatt ist und ich mit ihr bei null anfangen kann.«

Seine Miene hätte mir etwas mitteilen sollen, doch das war nicht der Fall. »Ich verstehe immer noch nicht, was du damit meinst. Erklär es mir.«

Ich verdrehte die Augen. »Ich meine das, was ich gesagt habe. Jonathan ist der Liebling meiner Mom. Ruby ist der Liebling meines Dads.«

»Was?«

Ich zuckte mit den Schultern. »Sie haben Lieblingskinder. Das ist bei allen Eltern so. Rubys Liebling ist meine Schwester Tali. Talis Liebling ist Ruby. Sebastian ist Jojos und auch Rubys Liebling. Das ist in Ordnung.«

Es war nicht so, dass Ivan groß das Gesicht verzog. Aber genau das war ja das Problem. Ich bemerkte das Zucken seiner Kiefermuskeln. Nur ein kurzes Zucken, die vermutlich kürzeste und unscheinbarste Bewegung, die ich je gesehen hatte.

Aber ich hatte sie gesehen.

»Was?«, fragte ich.

Er wirkte nicht überrascht, dass ich ihn erwischt hatte, und auf diese für ihn typische Art log er mich nicht an und tischte mir auch keinen Schwachsinn auf. »Wer ist dein Liebling?«, fragte er mich, ohne diesen durchdringenden graublauen Blick von mir abzuwenden.

Ich schaute auf das Baby in meinen Armen und lächelte das winzige Gesicht an. »Beide Babys.«

Ivan schluckte so heftig, dass ich es bemerkte. Außerdem

bemerkte ich, wie heiser seine Stimme klang, als er mir eine weitere Frage stellte. »Ich meine, in deiner Familie, Fleischklops. In deiner Kernfamilie. Wen hast du am liebsten?«

Ich musste nicht darüber nachdenken. Nicht für eine Sekunde. Niemals. Und ich musste ihn auch ganz sicher nicht anschauen, als ich ihm antwortete. »Alle.«

Er klang nicht wirklich ungläubig, als er meine Worte wiederholte. »Alle?«

Ich gab dem Baby einen Kuss auf die Stirn und sagte: »Ja, alle. Ich habe keinen Liebling.«

Er hielt inne. Dann fragte er: »Warum nicht?«

Das Stechen in meiner Brust kam so plötzlich, dass es mir beinahe den Atem verschlug.

Also schaute ich diesen Mann, mit dem ich fast jeden Tag einen Großteil meiner Zeit verbrachte, nicht an, als ich antwortete. »Weil ich sie alle gleich liebe.«

Doch dieser Blödmann ließ nicht locker. »Warum?«

»Was meinst du mit, warum? So ist das eben.« Noch immer vermied ich jeglichen Blickkontakt.

Das Problem mit Sportlern oder allgemein mit Menschen, die immer und überall gewinnen mussten, bestand darin, dass sie nicht aufgeben konnten. Dieser Mann war ein sogar noch schlechterer Verlierer als ich, also hätte ich nicht überrascht sein sollen, als er weitermachte und mir die eine Frage stellte, die ich wirklich nicht beantworten wollte.

»Aber warum, Jasmine? Warum liebst du sie alle gleich?«

Ich wusste, er würde nicht lockerlassen, und sagte ihm die Wahrheit. »Weil sie alle gute und schlechte Eigenschaften haben. Das werfe ich ihnen nicht vor«, erklärte ich ihm. »Sie sollen wissen, dass ich sie genau so liebe, wie sie sind. Ich will nicht, dass sich einer von ihnen schlecht fühlt, weil er denkt, dass ich einen mehr liebe als den anderen.«

Nun war es raus. Ich konnte die Worte nicht mehr zurücknehmen.

Sie hingen zwischen Ivan und mir in der Luft.

Er sagte nichts.

Er schwieg sehr lange, stand mit seinem perfekten Körper einfach nur da und starrte mich mit diesen blauen Augen an. Die Stille machte mich nervös. Ich verdrehte die Augen und sagte: »Wie wäre es, wenn du jetzt mal was anderes anstarrst. Dein Blick ist mir unangenehm.«

Was erwiderte dieser Idiot darauf? »Nein.«

Ich ignorierte ihn.

Zum Glück kam genau in diesem Moment Benny ins Zimmer getapst. Sein Pyjama war ganz zerknittert, und sein Gesicht war vom Schlaf zerknautscht und niedlich. »Ich hab Hunger, Jazzy.«

Ich stürzte mich sofort auf diese Gelegenheit, bevor sie sich verflüchtigen konnte und ich über Dinge reden musste, über die ich noch nicht mal nachdenken wollte. »Okay, Benny.« Dann schaute ich zu Ivan und fragte: »Willst du das Baby oder das Kleinkind übernehmen?«

Er guckte so erschrocken, dass ich kicherte. »Ich muss eins übernehmen?«

»Warum habe ich dich wohl mitgebracht? Na klar.«

Ivan blinzelte und schaute dann von Benny, der immer noch im Halbschlaf im Türrahmen stand, zu Jessies schlafendem Gesicht. »Sie sind beide Babys«, sagte er, als wäre das etwas Neues. Er biss sich auf die Lippe und starrte den kleinen Jungen an, der dastand und vermutlich noch nicht mal richtig begriff, dass wir nicht seine Eltern waren. Dann traf er eine Entscheidung. »Ich übernehme das Baby.«

Ich ließ mir meine Überraschung nicht anmerken. Ich war mir sicher gewesen, dass er sich für Benny entscheiden würde.

»Okay. Hier«, sagte ich, trat vor ihn und hielt ihm das Baby hin.

»Ich habe noch nie zuvor ein Baby gehalten«, murmelte er, und sein ganzer Körper verspannte sich.

»Du schaffst das schon.«

Er versuchte, die Arme so halten, wie ich meine hielt. »Natürlich schaffe ich das.«

Ich kicherte, und das entlockte ihm ein Lächeln. Das Baby von meinen Armen in seine zu verfrachten war ziemlich einfach. Er war ein Naturtalent. Er schob sofort seinen Ellbogen unter ihren Kopf und schmiegte sie dann dicht an seinen Körper.

»Sie ist so leicht«, kommentierte er in der Sekunde, in der sie vollständig in seinen Armen lag.

»Sie ist halt noch klein«, sagte ich und ging vor Benny in die Hocke.

Ivan kicherte. »Das hat nichts zu sagen. Du bist auch klein, aber du bist verdammt schwer.«

»Ach, halt die Klappe. Ich bin nicht schwer.« Ich warf ihm einen Blick über die Schulter zu, während ich die Arme nach meinem Neffen ausstreckte.

»Doch, bist du. Du bist die schwerste Partnerin, die ich je hatte.«

»Das sind alles Muskeln.«

»Nennen wir das jetzt so?«

Ich lachte, als Benny auf mich zukam. »Okay, aber du bist auch nicht gerade ein Elf«, schoss ich zurück, bevor ich meinen liebsten Dreijährigen in die Arme schloss und hochhob.

Ivan lachte ebenfalls leise, als er das Baby an sein Gesicht hob, so wie ich es vorhin auch gemacht hatte. »Ich muss ja auch nicht leicht sein. Mich hebt keiner hoch.«

»Ich weiß nicht, warum Eltern dauernd jammern. Das hier ist doch einfach«, sagte Ivan, der die Flasche an Jessies Mund hielt, während sie gierig saugte.

Ich gab es nur ungern zu, aber das Babysitten mit Ivan war wirklich einfach. Vermutlich hätte es das nicht sein sollen. Aber das war es.

Als Jessie das zweite Mal zu weinen anfing – dieses Mal in seinen Armen –, hatte er mir einen panischen Blick zugeworfen. Doch bevor ich ihm sagen konnte, was er machen sollte, hatte er von ganz allein angefangen zu summen und sie hin und her zu wiegen. Diese beruhigenden Laute aus seinem Mund zu hören war seltsam gewesen. Ich hatte die Zeit nicht gestoppt oder so was, aber gefühlt eine knappe Minute später war ihr Geschrei zu einem leisen Wimmern geworden, und nach einer weiteren Minute war sie schließlich komplett verstummt. Ich hätte ihm beinahe mitgeteilt, dass ich ihn für ein Naturtalent hielt, aber ich wollte nicht, dass ihm dieser Quatsch zu Kopf stieg. Er fand sich sowieso schon mega.

Und dann verblüffte er mich noch mehr.

Als Jessie kurz darauf erneut geschrien hatte und ich ihm mitgeteilt hatte, dass sie vermutlich eine neue Windel bräuchte, hatte er nur »okay« gesagt. Als ich dann angeboten hatte, sie zu wechseln, während er sich um Benny kümmerte, hatte er gesagt: »Ich schaffe das schon. Sag mir einfach, was ich machen muss.« Und damit war die Sache erledigt gewesen. Er hatte Jessie die Windel gewechselt und dabei nur zweimal so getan, als müsste er würgen.

Er war unendlich geduldig. Er wurde nicht müde. Er beschwerte sich nicht.

Und das hätte mich nicht überraschen sollen. Wirklich nicht. Ich erlebte ihn seit Wochen jeden Tag als geduldig und unermüdlich, und er beschwerte sich nie. Das verdankte er dem

Eiskunstlauf und der Disziplin, die dieser Sport verlangte. Aber ich konnte nicht umhin zu denken, dass ich ihn vielleicht nicht so gut kannte, wie ich dachte.

»Ich habe schon mal eine Nacht mit ihnen verbracht. Probier das mal aus und sag mir dann, dass es einfach ist. Ich weiß nicht, warum meine Schwester noch unter den Lebenden ist.« Ich lag neben Benny auf dem Boden und reichte ihm Bauklötze an, mit denen er eine Burg oder was auch immer baute.

»Sie wachen nachts oft auf, was?«

»Ja, vor allem wenn sie noch so klein sind. Ruby und Aaron sind beide unfassbar geduldig. Sie sind gute Eltern.«

»Ich könnte ein guter Vater sein«, flüsterte Ivan, der immer noch Jess fütterte.

Ich hätte ihm sagen könne, dass er in allem gut wäre, worin er gut sein wollte, ließ es aber bleiben.

»Willst du mal Kinder haben?«, fragte er unvermittelt.

Ich hielt Benny einen weiteren Bauklotz hin. »Später irgendwann vielleicht.«

»Später … Wann denn?«

Ich warf Ivan einen Blick über meine Schulter zu. Er war voll und ganz auf Jessie konzentriert. Hm. »So mit Anfang dreißig vielleicht? Keine Ahnung. Vielleicht kann ich auch gut damit leben, keine Kinder zu haben. Ich habe nicht wirklich viel darüber nachgedacht. Ich weiß nur, dass ich auf absehbare Zeit keine Kinder bekommen möchte. Verstehst du, was ich meine?«

»Wegen des Eiskunstlaufens?«

»Ich habe ja jetzt schon kaum Zeit für irgendwas. Ich könnte mir niemals vorstellen, neben dem Training auch noch Kinder großzuziehen. Der Vater meiner Kinder müsste ein sehr reicher Hausmann sein, damit das funktionieren könnte.«

Ivan schaute meine Nichte verliebt an. »Ich kenne mindestens zehn Eiskunstläuferinnen, die Kinder haben.«

Ich verdrehte die Augen und piekte Benny in die Seite, als er mir seine kleine Hand entgegenstreckte, um einen weiteren Bauklotz zu erhalten. Das brachte mir ein Grinsen ein. »Ich sage ja nicht, dass es unmöglich ist. Ich würde mich nur nicht allzu bald darauf einlassen wollen. Eine solche Entscheidung sollte man nicht halbherzig treffen, und ich will es später nicht bereuen. Falls ich je Kinder haben sollte, sollen sie für mich das Allerwichtigste im Leben sein. Ich würde ihnen nicht das Gefühl geben wollen, dass sie nur an zweiter Stelle stehen.«

Erwachsenen, die ich liebte, hatte ich den Eindruck vermittelt, dass sie mir nicht wichtig wären. Mit Kindern wollte ich das nicht wiederholen.

Dann kam mir plötzlich ein Gedanke, bei dem sich mir der Magen umdrehte: »Warum? Willst du in absehbarer Zukunft Kinder haben?«

»Nein«, antwortete er ohne zu zögern. »Aber ich mag dieses Baby und den Kleinen da auch. Vielleicht muss ich mal darüber nachdenken.«

Ich runzelte die Stirn, und das mulmige Gefühl in meinem Magen nahm zu.

Er plapperte weiter. »Ich könnte schon ganz früh anfangen, meine Kinder zu trainieren … Ich könnte ihr Trainer sein.«

Nun war es an mir, die Nase zu rümpfen. »Du hast gerade mal drei Stunden mit zwei Kindern verbracht, und jetzt willst du selber welche haben? Noch dazu gleich mehrere?«

Ivan schaute mit einem Schmunzeln zu mir herunter. »Mit der richtigen Person. Ich werde nicht einfach mit einer x-beliebigen Frau Kinder in die Welt setzen und so mein Blut verwässern.«

Ich verdrehte die Augen, weil er sich so idiotisch aufführte. Das seltsame Gefühl in meinem Bauch ignorierte ich nach wie vor. »Gott bewahre. Allein die Vorstellung, dass du Kinder mit jemandem haben könntest, der nicht perfekt ist. Du bist so ein Trottel, Satan.«

»Stimmt doch!« Er kicherte. »Am Ende wären sie klein und hätten eine große Klappe, schwere Knochen und ständig schlechte Laune.«

Ich blinzelte. »Ich hoffe, dass du von Außerirdischen entführt wirst.«

Ivan lachte, und der Klang entlockte mir ein Lächeln. »Du würdest mich vermissen.«

Ich zuckte nur mit den Schultern und sagte: »Ach was. Ich wüsste, dass ich dich eines Tages wiedersehen würde …«

Er lächelte.

»… in der Hölle.«

Das wischte ihm das Lächeln vom Gesicht. »Ich bin ein guter Mensch. Die Leute mögen mich.«

»Weil sie dich nicht kennen. Ansonsten hätte dir schon längst mal jemand in den Hintern getreten.«

»Jemand hat es versucht«, konterte er, und ich lachte mich schlapp.

Mit uns stimmte was nicht.

Und ich hatte nichts dagegen. Nicht mal ein bisschen.

Kapitel vierzehn

»Was ist los mit dir?«, maulte Ivan etwa fünf Sekunden nach dem Beenden einer Sitzpirouette. Wir hatten diese Pirouette nun schon einige Male geprobt, und die letzten sechs Male hatte ich immer wieder das Gleichgewicht verloren und war auf den Hintern geknallt. Normalerweise konnte ich diese Pirouette in all ihren Varianten im Schlaf ...

Doch momentan brannte mein ganzer Körper. Jeder einzelne Muskel zwischen meinen Knien und meinem Kinn schmerzte, und mein Kopf würde jeden Moment explodieren.

Dazu kam, dass sich meine Kehle anfühlte, als hätte ich Schmirgelpapier verschluckt, und ich musste meine ganze Kraft aufbringen, um einfach nur aufrecht dazustehen.

Ich fühlte mich *elend*.

Das ging schon den ganzen Morgen so, nachdem ich mitten in der Nacht aufgewacht war – was mir nie passierte –, weil mein Kopf geschmerzt und meine Kehle gebrannt hatten, als hätte ich nur so zum Spaß ein Glas Lava getrunken.

Aber Ivan und Nancy hatte ich nichts davon gesagt.

Uns blieb nur noch ein ganzer Trainingstag, bevor wir anfangen würden, an der Choreografie zu arbeiten. Ich konnte jetzt nicht krank werden, für so was hatten wir keine Zeit. Seit dem Morgen des Tages, an dem Ivan und ich auf Rubys Kinder aufgepasst hatten, war eins zum anderen gekommen. Meine Kehle hatte gekitzelt, erst nur ganz leicht und dann immer stärker. Am nächsten Tag hatten die Kopfschmerzen angefangen. Dann war ich müde gewonnen. Dann hatte mir alles wehgetan und, zack, hatte ich Fieber. Offensichtlich hatte mein Körper beschlossen, einfach mal so richtig krank zu sein.

Uff.

Ich ließ mich stöhnend auf den Rücken sinken. Ich konnte mich nicht erinnern, wann ich zuletzt einen so schlechten Gleichgewichtssinn gehabt hatte. Noch nie?

»Bist du verkatert?«, fragte Ivan von irgendwo. Ich hatte keine Ahnung, wo er war.

Ich schüttelte den Kopf, bereute es aber sofort, weil mir kotzübel wurde. »Nein.«

»Hast gestern Nacht gefeiert, oder was?« Das leise Zischen seiner Kufen auf dem Eis verriet mir, dass er sich mir näherte. »Du kannst nicht völlig erschöpft zum Training auftauchen.«

Ich rollte mich herum und schob mich auf die Knie hoch. Ich hatte gerade noch genug Energie übrig, um mit den Fingern einer Hand zu wackeln. »Ich hab nicht gefeiert, Luzifer.«

Er schnaubte, und seine schwarzen Schlittschuhe schoben sich in mein Sichtfeld. Zu spät bemerkte ich, dass er mit einer Hand nach meinem Oberarm griff. Und da ich mich so elend fühlte, hatte ich nicht die geringste Chance, ihm auszuweichen, bevor er mich zu fassen bekam. Er packte mich direkt über den Ellbogen und ließ mich ebenso schnell wieder los.

Mir war so heiß gewesen, dass ich den Pullover, den ich über meinem Tanktop getragen hatte, vor einer Stunde ausgezogen hatte, sodass meine Arme nun nackt waren. Wenn ich auch noch das Tanktop hätte ausziehen können, hätte ich es getan,

Ivan griff nach meinen Unterarmen, umfasste sie für eine Sekunde und ließ sie dann ebenfalls los.

»Jasmine, was zum Teufel soll das?«, zischte er. Ich blieb einfach auf Händen und Knien vor ihm hocken und wartete ab, weil mir für alles andere die Energie fehlte. Am liebsten hätte ich mich einfach in Embryohaltung auf dem Eis zusammengekauert. Er umfasste mein Gesicht und legte eine Hand auf meine Stirn. Dann fluchte er leise auf Russisch in sich hinein und war dabei so kreativ, dass ich an jedem anderen Tag beeindruckt gewesen wäre. »Du glühst ja förmlich.«

Seine kühlen Hände fühlten sich so gut an, dass ich stöhnte. »Was du nicht sagst«, flüsterte ich.

Er ignorierte meinen klugscheißerischen Kommentar und umfasste mit der flachen Hand meinen Nacken, was ihm ein weiteres Stöhnen von mir einbrachte. Scheiße, das fühlte sich wirklich gut an. Vielleicht konnte ich mich einfach für eine Minute aufs Eis legen.

»Hat sie Fieber?«, hörte ich unsere Trainerin leise fragen, während ich mich langsam nach unten sinken ließ und meine Arme und Beine von mir streckte, bis ich flach auf dem Eis lag und die Kälte an meiner Wange, meinen Armen und meinen Handflächen spürte.

Es war verflucht kalt, aber es fühlte sich toll an.

Ich konnte hören, wie Ivan mit Nancy sprach, aber ihre Worte wurden mit jeder Sekunde schwächer.

»Gebt mir eine Minute«, sagte ich, so laut ich konnte. Ich spürte die Kälte an meinen Lippen und war ernsthaft versucht, am Eis zu lecken.

Doch das tat ich nicht. Ich war nicht so krank, dass ich vergessen hatte, wie schmutzig die Kufen mancher Leute waren.

Über mir hörte ich etwas, das wie »stur« klang.

Ich drehte mein Gesicht auf die andere Seite, ließ zu, dass die Kälte meine Wange küsste, und seufzte. Ein Nickerchen wäre gut. Gleich hier. Jetzt sofort.

»Vergesst, was ich gesagt habe. Fünf Minuten bitte«, flüsterte ich benommen und versuchte, mit einer Hand nach meinem Nacken zu greifen, doch sogar dafür war ich zu müde.

»Okay, in Ordnung, dreh dich um, Jasmine«, sagte eine weibliche Stimme irgendwo über meinem Kopf. Ich war mir ziemlich sicher, dass sie Nancy gehörte.

»Nein.«

Drei Minuten. Wenn ich nur für drei Minuten die Augen schließen könnte …

Ein Seufzen ertönte, und dann spürte ich Finger an meiner Schulter, die an mir zerrten und rissen. Ich half ihnen nicht, aber irgendwie schafften sie es, mich herumzurollen, und ich ließ es geschehen. Schließlich lag ich auf dem Rücken, und die grellen Lichter an der Hallendecke zwangen mich, die Augen zu schließen.

»Zwei Minuten bitte«, flüsterte ich und leckte mir über die Lippen.

»Von wegen zwei Minuten«, erwiderte Ivan und schob offenbar einen Arm unter meine Schultern, und gleichzeitig spürte ich, wie sich auch etwas – womöglich sein anderer Arm? – unter meine Knie schob.

»Nur eine Minute. Ich werde aufstehen, versprochen«, brachte ich hervor, während ich spürte, wie er mich hochhob. Sehen konnte ich es nicht. Ich hatte immer noch die Augen geschlossen und würde sie vermutlich erst wieder öffnen, wenn mich die Lichter nicht mehr blendeten.

»Im Personalraum ist ein Thermometer«, sagte eine Stimme, die nach Nancy klang. »Ich gehe es holen.«

»Wir treffen uns in meinem Zimmer«, hörte ich Ivan erwidern, während er mich vom Eis und an seine Brust zog.

Oh Gott. Er trug mich.

»Lass mich runter. Es geht mir gut«, krächzte ich. Dabei fühlte ich mich alles andere als gut. Ein Schauer lief durch meinen ganzen Körper, und ich zitterte heftig.

»Nein«, war das Einzige, was aus seinem Mund kam.

»Aber es geht mir gut. Ich kann das Training durchstehen …« Ich verstummte und kniff die Augen noch fester zu, während sowohl meine Kopfschmerzen als auch der Drang, mich zu übergeben, schlimmer wurden. »Verdammt, Ivan. Lass mich runter. Ich muss brechen.«

»Du musst nicht brechen«, widersprach er und trug mich über das Eis. Seine gleitenden Bewegungen verrieten mir, dass er immer noch seine Schlittschuhe trug.

»Doch, muss ich.«

»Nein, musst du nicht.«

»Ich will dich nicht vollkotzen«, keuchte ich und war wirklich kurz davor zu würgen. Ich spürte förmlich, wie die Säure in meinem Magen hin und her schwappte.

»Das ist mir egal, ich lass dich nicht runter. Reiß dich zusammen oder schluck es runter, Fleischklops«, sagte er. Diese Mischung aus Pragmatismus und Fürsorge erinnerte mich an meine Mutter.

Mein Kopf *pochte.* »Ich muss …«

»Musst du nicht. Reiß dich zusammen«, verlangte mein Partner und wiegte mich an seinem Körper. Er lief nun nicht mehr über das Eis, sondern hatte offenbar festen Boden unter den Füßen, denn seine Bewegungen waren abrupter als vorhin.

»Wenn ich mich übergebe, werde ich mich danach besser fühlen«, flüsterte ich. Der Klang meiner eigenen Stimme ging mir auf die Nerven. Meine Kehle ging mir sogar noch mehr auf die Nerven. Aber ich durfte jetzt nicht krank sein. Dafür hatten wir keine Zeit. »Lass mich runter, damit ich es hinter mich bringen kann. Danach können wir weiter trainieren. Ich nehme eine Schmerztablette …«

»Wir trainieren heute nicht mehr«, ließ er mich mit dieser bescheuert arroganten Stimme wissen. »Und morgen auch nicht.«

Ich stöhnte und versuchte, den Kopf zu heben, der an seiner

Schulter lag, doch nicht einmal dazu war ich in der Lage. Ich war erledigt. »Aber wir müssen.«

»Gar nichts müssen wir.«

Ich schluckte und leckte mir über die trockenen Lippen, aber das half nicht. »Wir können das Training nicht ausfallen lassen.«

»Doch, das können wir.«

»Ivan.«

»Jasmine.«

»Ivan«, stöhnte ich förmlich. Ich war wirklich nicht in der Stimmung für diesen Quatsch.

»Wir werden nicht weiter trainieren, also erspar uns die Diskussion.«

Uns blieb nur noch ein Tag. Das Training für die Choreografie sollte *morgen* losgehen. Ich wollte mich aufrichten, doch meine Bauchmuskeln spielten nicht mit. Oh mein Gott, ich konnte wirklich gar nichts mehr.

Ivan seufzte. »Ich setz dich gleich ab. Hör auf zu zappeln«, befahl er, während er mich mühelos durch die Flure trug. Er hielt mich fest in den Armen, und seine Atmung ging gleichmäßig und ruhig.

Ich war mir nicht sicher, warum ich gehorchte. Vermutlich lag das an meiner Benommenheit. Und meine Erschöpfung war der Grund, warum ich meinen Kopf an die Wölbung zwischen seiner Schulter und seinem Hals schmiegte. Ich musste die Arme nicht um seinen Nacken schlingen. Er würde mich auch so nicht fallen lassen. Das hier war ein Kinderspiel für ihn.

»Ist deine Mutter bei der Arbeit?«, fragte mich Ivan einen Augenblick später ruhig.

»Nein, sie ... sie macht mit Ben Urlaub auf Hawaii«, antwortete ich schwach. Mir war nur vage bewusst, wie schnell es schlimmer wurde. Ein weiterer Schauer jagte durch meinen ganzen Körper, und ich zitterte sogar noch heftiger als vorhin. *Verdammt.* »Tut mir leid, Ivan.«

»Was tut dir leid?«, hakte er nach und senkte offenbar den Kopf, um mich anzuschauen, denn ich spürte seinen Atem auf meiner Wange.

Ich presste meine Stirn an seinen kühlen Hals. Ich zitterte nun unablässig und war mir sicher, dass er verärgert sein musste. »Dass ich krank geworden bin. Das ist meine Schuld. Ich werde sonst nie krank.« Wieder bebte mein Körper heftig.

»Das ist nicht schlimm.«

»Doch ist es. Wir können das Training nicht ausfallen lassen. Vielleicht kann ich ein paar Medikamente nehmen, ein Nickerchen machen und dann können wir das Training heute Abend fortsetzen«, bot ich an. Jedes meiner Worte klang träger und undeutlicher als das letzte. »Ich bleibe, solange du willst.«

Ich spürte, wie der den Kopf schüttelte. »Nein.«

»Tut mir leid«, flüsterte ich. »Es tut mir wirklich leid.«

Er sagte kein Wort. Er versuchte nicht, mich zu beschwichtigen. Er befahl mir nicht, den Mund zu halten. Und ich war zu erschöpft, um noch weiter mit ihm zu diskutieren.

Bald darauf erreichten wir sein Zimmer im Lukov-Komplex, und er legte mich behutsam auf die Couch. Ich zitterte, und mir war gleichzeitig heiß und kalt. Mein Rücken schmerzte nun sogar noch mehr als vorhin. Ich bedeckte mein Gesicht mit meinen Händen und sagte unter stöhnen: »Ich sterbe.«

»Du stirbst nicht, Dummerchen«, sagte Ivan, bevor er etwas über meinen Körper zog und etwas Feuchtes auf meine Stirn legte.

Hatte er gerade …?

Ja, er hatte mich zugedeckt und mir einen feuchten Lappen auf die Stirn gelegt.

»Danke«, brachte ich hervor.

Ivan erwiderte nichts, aber ich hörte im Hintergrund Geräusche, und kurz darauf – vielleicht Sekunden, vielleicht aber auch Minuten später – bewegte sich etwas an meinen Füßen. Ivan zog mir die Schlittschuhe aus, erst einen und dann den anderen. Ich bat ihn nicht, vorsichtig mit ihnen umzugehen. Ich sagte gar nichts.

Dann sagte er: »Setz dich auf, Fleischklops.«

Offensichtlich war sein Mitleid mit mir nicht so groß, dass er bereit war, auf diesen dämlichen Spitznamen zu verzichten.

Ich setzte mich auf – oder versuchte es zumindest. Doch mein Körper funktionierte nicht. Ich brauchte Ruhe, Schlaf. Ich wollte mich übergeben, damit es mir besser ginge. Ich sehnte mich nach ein paar Schmerztabletten und einem kalten und danach einem heißen Bad. All das brauchte ich, wenn auch nicht unbedingt in dieser Reihenfolge.

Er legte eine Hand in meinen Nacken und hob meinen Kopf an. Und dann rutschte er zu mir auf die Couch, und ich legte meinen Kopf wieder ab … auf seinem Oberschenkel.

»Trink das hier«, befahl er, als etwas Glattes und Hartes meine Unterlippe berührte.

Ich öffnete ein Auge und sah, wie er ein Glas an meinen Mund hielt. Ich griff danach, obwohl ich so verdammt schwach war, und nahm es ihm ab. Denn meinen Kopf in seinen Schoß zu legen war eine Sache, aber ihn ein Glas Wasser an meinen Mund halten zu lassen, damit ich daraus trinken konnte, kam für mich nicht infrage. Ich nahm einen Schluck und dann noch einen. Meine Kehle protestierte jedes Mal heftig, weil sie so wund war.

»Schluck auch die hier«, sagte er und hielt mir zwei weiße Tabletten hin.

Ich blickte auf, in sein schönes Satansgesicht.

Er verdrehte die Augen. »Das ist kein Arsen.«

Ich starrte weiter zu ihm hoch.

»Ich werde dich nicht *vor* der Weltmeisterschaft vergiften, klar?«, fügte er hinzu, klang aber längst nicht so klugscheißerisch wie sonst.

Ich schloss beide Augen, öffnete den Mund und ließ zu, dass er die Tabletten auf meine Zunge legte, damit ich sie mit drei schmerzhaften Schlucken Wasser hinunterspülen konnte. Ich ließ den Kopf zurück auf Ivans Oberschenkel sinken. »Danke«, murmelte ich.

Er erwiderte irgendetwas Unverständliches, schob seine Finger in mein Haar und drehte sanft meinen Kopf seitlich. Bis er plötzlich an meinem Haar zog.

»Au!«, zischte ich und öffnete ein Auge, um festzustellen, dass er über mich gebeugt war und mich mit frustrierter Miene betrachtete, während er erneut an meinem Haar zog.

»Was ist das?«, zischte er und zog weiter.

Ich zuckte zusammen. »Ein Haargummi?«

Er zog daran, riss mir dabei aber nicht allzu viele Haare aus. Nur etwa hundert. »Es sitzt so straff.«

»Was du nicht sagst«, krächzte ich und war mir nicht sicher, ob er mich überhaupt gehört hatte.

Er verzog das Gesicht und zerrte ein letztes Mal, bis das Haargummi nachgab und sich zusammen mit den ausgerissenen Haaren aus meiner Mähne löste. Er hielt es siegreich hoch. »Wie kannst du von diesem Ding keine Kopfschmerzen bekommen?«, fragte er und schaute das schwarze Haargummi an, als wäre es irgendein verrückter Gegenstand, den er noch nie gesehen hatte.

Wie konnte er noch nie ein Haargummi gesehen haben, wenn er im Laufe der Jahre zahlreiche Partnerinnen gehabt hatte? Uff. Darüber würde ich mir später Gedanken machen. »Manchmal bekomme ich davon Kopfschmerzen«, flüsterte ich. »Aber mir bleibt wohl kaum was anderes übrig.«

Er runzelte angesichts meiner Erklärung die Stirn und ließ die Hand mit dem Gummi sinken. Ich schloss wieder die Augen und spürte, wie er die Finger in meinem Haar vergrub, es mir aus dem Gesicht strich und auf seinem Schoß ausbreitete. Seinen Oberschenkel unter meinem Kopf und seine Finger in meinem Haar zu haben fühlte sich gut an, und ich konnte mir ein Seufzen nicht verkneifen.

Möglicherweise nickte ich für einen Moment ein, denn plötzlich drückte sich etwas gegen meine Lippen. Ich öffnete die Augen und stellte fest, dass mein Kopf immer noch auf Ivan ruhte. Eine große Hand fuchtelte mit einem Thermometer direkt vor meinem Gesicht herum. Er zog erwartungsvoll die Augenbrauen hoch, also öffnete ich den Mund.

»Sie braucht einen Arzt«, sagte Ivan und schaute zu Nancy, die mit besorgter Miene auf dem Wohnzimmertisch saß. Ich hatte sie nicht reinkommen hören.

Dann drangen Ivans Worte zu meinem Verstand durch. Er wollte mich zu einem Arzt bringen.

»Das sehe ich auch so«, erwiderte unsere Trainerin und fischte ihr Handy aus ihrer Tasche. »Ich werde Dr. Deng anrufen und dann mit den Simmons' einen neuen Termin vereinbaren.«

Ivan warf mir einen strengen Blick zu. »Entschuldige dich ja nicht.« Bevor ich auch nur ein Wort herausbringen konnte, wandte er sich an Nancy. »Sag ihr, dass es dringend ist. Ich bringe sie hin. Und sag den Simmons', dass sie ihren Terminplan freihalten sollen. Ich werde dafür sorgen, dass sie für ihre Zeit bezahlt werden.«

Sie nickte und tippte bereits auf dem Handy herum.

Ich schüttelte unterdessen den Kopf und wartete darauf, dass das Thermometer piepste, damit ich wieder sprechen konnte. Trainerin Lee hing in der Warteschleife, als das Thermometer endlich so weit war. Es zeigte 39,8 an. Toll.

»Kein Arzt«, sagte ich zu ihnen beiden, als mir Ivan das Thermometer abnahm, um sich das Ergebnis anzusehen.

Sein Blick zuckte für zwei Sekunden zu mir und dann zurück zum Thermometer.

»Ivan, kein Arzt.«

»Du musst zum Arzt«, sagte er und wandte sich an Nancy Lee: »Sag ihnen, dass sie fast vierzig Grad Fieber hat.«

Ich leckte mir über die Lippen, was nichts brachte, und schaute zu ihm hoch. Mir war immer noch gleichzeitig heiß und kalt, was dazu führte, dass ich die Decke wegstrampeln und sie mir gleichzeitig bis ans Kinn hochziehen wollte. »Kein Arzt.« Ich schluckte, schloss für einen Moment die Augen und fügte dann hinzu: »Bitte.«

Ivan strich mit einer Hand über mein offenes Haar und schaute mich an. »Willst du dich besser fühlen oder nicht?«

Ich versuchte, ihm einen bösen Blick zuzuwerfen, aber mein Gesicht wollte nicht mitspielen. »Nein, ich fühle mich gerne elend und liebe es, das Training zu verpassen und alles zu verbocken.«

»Vergiss es. Du musst zum Arzt. Wenn du Medikamente benötigst, solltest du sie besser so früh wie möglich bekommen. Damit wir an der Choreografie arbeiten können, sobald du so weit bist.«

Dieser Depp. Er wusste genau, wie er mich kriegen konnte.

»Hör zu, ich brauche heute, morgen …«

»Wir setzen das Training aus.« Er blinzelte. »Warum willst du nicht zum Arzt?« Er zog die Augen zusammen. »Ich schwöre, wenn du Angst vor Spritzen hast …«

Ich stöhnte und wollte den Kopf schütteln, hielt dann aber inne, als der Schmerz erneut Übelkeit in mir auslöste. »Ich habe keine Angst vor Spritzen, für wen hältst du mich? Für dich?«, flüsterte ich.

Nancy Lee sprach leise am Telefon, aber wir achteten beide nicht auf sie.

Ich schloss die Augen und sagte ihm die Wahrheit, weil er sie mir ohnehin irgendwann aus der Nase ziehen würde. »Ich bin nicht krankenversichert. Einen Arztbesuch kann ich mir gerade nicht leisen. Ernsthaft, das wird schon wieder. Gib mir einfach einen Tag. Das geht vorbei. Normalerweise ist mein Immunsystem wirklich top.«

Ivans Lippen bewegten sich. Er blinzelte. Er schaute nach oben, dann wieder nach unten und schüttelte schließlich den Kopf. Seine Stimme wurde lauter. »Du sture Idiotin …«

»Lass mich in Ruhe«, flüsterte ich.

»Ich werde dich *nicht* in Ruhe lassen«, zischte Ivan. »Ich werde für deinen Arztbesuch und für die Medikamente bezahlen. Stell dich nicht so dämlich an.«

Ich schloss den Mund und schluckte trotz meiner schmerzenden Kehle, denn seine Worte hatten ein unangenehmes Stechen in meiner Brust ausgelöst. »Ich stelle mich nicht dämlich an, und ich bin auch keine Idiotin. Nenn mich, wie du willst, aber benutze nicht dieses Wort.«

»Du bist eine Idiotin, und wir gehen zum Arzt. Ich lasse nicht zu, dass dein Stolz deine Genesung gefährdet.«

Ich widersprach ihm nicht einmal, so schlecht ging es mir mittlerweile. Und leider hatte er recht. Ich schloss einfach die Augen und sagte: »Meinetwegen. Aber ich werde dir das Geld zurückzahlen.« Ich schluckte. »Auch wenn es möglicherweise ein Jahr dauern wird.«

Ivan murmelte etwas in sich hinein, das nicht sehr nett klang, streichelte aber weiterhin mein Haar und ging dabei so sanft vor, als wollte er mir auf gar keinen Fall wehtun. Ausnahmsweise mal. Das war schön.

»Wir haben einen Termin für heute Mittag«, sagte Nancy.

»Bis dahin müssen wir ihr Fieber runterbekommen. Hast du ihr schon ein Schmerzmittel gegeben?«

»Ja«, bestätigte er.

Sie redeten miteinander, die Stimmen so leise, dass ich nichts verstehen konnte, aber das kümmerte mich nicht. Ich überlegte unterdessen, ob ich anbieten könnte, Ivan dafür zu bezahlen, dass er weiterhin mit den Fingern durch mein Haar strich. Dann tippte jemand auf meine Wange. »Hm?«

»Zeit zum Aufstehen«, flüsterte Ivan. »Du musst duschen.«

Aufstehen? »Nein danke.«

Eine Pause entstand. Dann sagte er: »Das war keine Bitte. Steh auf.«

»Ich will nicht aufstehen«, jammerte ich.

»Okay. Dann trage ich dich in die Dusche.«

»Nein danke.«

Er strich mit einer Hand über meinen Kopf, zupfte dann an einer Ecke des Lappens, der auf meiner Stirn lag, und nahm ihn weg. Gleich darauf strich er mit diesen Händen, die ich so gut kannte und die noch nie zuvor so sanft gewesen waren, über die feuchte Haut meiner Stirn. Seine Stimme war leise, als er sagte: »Ich weiß, dass du nicht aufstehen willst, und ich weiß auch, dass es dir schlecht geht, aber du musst aufstehen, kleiner Igel. Du musst dich abkühlen.«

Woher kannte er Galinas Spitznamen für mich, yožik?

Ivan seufzte. »Komm schon. Steh für mich auf.«

»Nein.«

Er kicherte und streichelte mich weiter. »Ich hätte nicht gedacht, dass du sich so anstellen würdest, wenn du krank bist, du Heulsuse«, sagte er. Ich fand, dass er irgendwie amüsiert klang, war mir aber nicht sicher, weil ich zu sehr damit beschäftigt war, mein Elend auszublenden.

»Klar«, stimmte ich zu, weil meine Mutter immer das Gleiche gesagt hatte. *Was für eine Heulsuse.* Ich war nicht oft krank. Und wenn wir mal Husten oder eine Erkältung gehabt hatten, war meine Mutter immer mehr um meine Schwestern als um mich besorgt gewesen, aber das hatte mir nie etwas ausgemacht.

»Wirst du jetzt aufstehen?«, fragte er. Er legte eine Hand auf meine Stirn und zischte. Ich war nicht so krank, dass mir nicht klar gewesen wäre, dass das bedeutete, dass meine Haut glühend heiß war.

»Nein«, sagte ich erneut und rollte mich auf die Seite, sodass meine Wange auf seinem Oberschenkel und meine Nase an seiner Hüfte ruhte. Mein Gesicht befand sich quasi direkt in seinem Schritt, aber selbst wenn ich in diesem Moment seinen nackten Schwanz vor der Nase gehabt hätte, hätte mich das nicht gekümmert.

»Du wirst also nicht von allein aufstehen?«

»Nein.«

Nach einer kurzen Pause gab er einen eindeutig belustigten Laut von sich und presste schließlich hervor: »Wenn du darauf bestehst.«

Ich bestand darauf. Wirklich. Vor allem als erneut ein Schauer durch meinen ganzen Körper lief. Meine Wirbelsäule schmerzte, wie es sonst nur nach einer schlechten Saison oder nach einer richtigen Krankheit der Fall war. Ich würde nicht aufstehen.

Doch Ivan hatte andere Pläne.

Pläne, die beinhalteten, dass er unter mir wegrutschte, während ich protestierend stöhnte, weil er mir das unbequemste Kissen wegnahm, auf dem mein Kopf je gelegen hatte. Aber in der Not fraß der Teufel Fliegen, dieser harte Oberschenkel war alles, was ich hatte. Der nächste Schritt seines Plans sah vor, dass er mir erneut die Arme unter die Achseln schob, mich aufsetzte und mich dann so hochhob, wie er es vorhin auf dem Eis gemacht hatte. Dann stand er auf und marschierte mit mir in seinen Armen los.

Und ich machte kein Theater. Nicht mal ein bisschen.

Später würde ich mich vielleicht dafür schämen, dass ich nicht mal versucht hatte, ihn zu unterstützen, indem ich mein Gewicht ein wenig besser verteilte und die Last für ihn leichter machte. Stattdessen hing ich einfach in seinen Armen wie ein Kind, das man nach einer langen Autofahrt ins Bett tragen musste, und schmiegte den Kopf an seine Schulter, während mein Körper heftig zitterte. Natürlich hätte ich laufen können. Aber ich wollte nicht. Nicht wenn er so sehr bereit war, mir zu helfen.

Und allein das Gefühl seines warmen, festen Körpers an meinem sorgte dafür, dass ich mich ein wenig besser fühlte.

Er öffnete eine Tür, die mir zuvor nicht aufgefallen war. Sie führte in ein Bad. Es war nichts Besonderes, einfach nur eine Duschkabine, ein Waschbecken und eine Toilette. Ivan ging in die Hocke und setzte mich vorsichtig ab. Sofort wurde mir schwindelig.

»Du brauchst eine kalte Dusche«, sagte er und stützte mich mit einem Arm, den er um meine Schultern legte.

»Uff«, murmelte ich und schloss die Augen. Er hatte recht. Ich hatte noch nicht oft miterlebt, wie Leute sehr hohes Fieber gehabt hatten, aber ich wusste, dass es gefährlich werden konnte. Ich konnte es mir nicht leisten, noch mehr Gehirnzellen zu verlieren. Wieder ging ein Zittern durch meinen Körper. Das veranlasste Ivan dazu, mich loszulassen und um mich herumzugehen, um das Wasser in der Dusche anzustellen.

»Komm schon«, drängte er.

Ich versuchte, die Arme zu heben, ließ sie aber zurück nach unten sacken, als ich sie nicht mehr als ein paar Zentimeter von meinem Körper wegbewegen konnte. Verdammt. Ich konnte mich nicht erinnern, jemals so erschöpft gewesen zu sein.

Ich schluckte, öffnete die Augen und dachte: *Scheiß drauf, dann dusche ich eben mit Klamotten.* Ich hatte Sachen zum Wechseln in meiner Tasche. Nancy oder Ivan konnte sie für mich holen. Ich taumelte vorwärts und kniff die Augen zusammen, weil mich das grelle Licht in diesem verdammten Badezimmer blendete.

Doch bevor ich die Duschkabine mit Socken an den Füßen betreten konnte, hob Ivan einen Arm und versperrte mir damit den Weg. »Was hast du vor?«, fragte er.

Ich starrte ihn an. »Duschen gehen?«

»Du bist noch angezogen.«

»Mir fehlt die Energie, um mich auszuziehen«, erwiderte ich heiser.

Mir entging nicht, wie er die Augen verdrehte. »Ich helfe dir.«

»Okay«, flüsterte ich und dachte nicht weiter darüber nach. Warum sollte ich auch? Er berührte mich jeden Tag am ganzen Körper und hatte mich schon praktisch nackt, halb nackt und in hautengen Klamotten gesehen. Jegliche Befangenheit hatten wir längst hinter uns gelassen.

Dennoch zögerte er und lächelte dann leicht. Er trat einen Schritt zur Seite, um sich direkt vor mich zu stellen. Dieses merkwürdige kleine Lächeln wich nicht von seinem Gesicht, als er nach dem unteren Saum meines Tanktops griff und es mir über den Kopf zog.

Im Gegensatz zu ein paar anderen Frauen mit wenig Oberweite, die ich vom Eiskunstlaufen kannte, trug ich immer Sport-BHs. Ich mochte das Gefühl von Sicherheit, das sie mir gaben.

Falls Ivan überrascht war, dass ich unter meiner Kleidung nicht nackt war, ließ er es sich nicht anmerken.

Andererseits hatte ich die Augen kaum auf, also entgingen mir die Hinweise darauf womöglich.

Er bewegte die Hände weiter nach unten, bis er meine Strumpfhose erreichte. Er kniete sich hin und zog sie an meinen Beinen nach unten. Gerade als ich versuchen wollte, meine Socken abzustreifen, umfasste er einen meiner Füße mit einer Hand und zog mit der anderen die dünnen Socken und die Bandagen ab. Dann strich er mit dem flachen Daumen über die Wölbung meines Fußes, bevor er ihn abstellte und nach dem anderen griff, um die ganze Prozedur zu wiederholen. Falls ich das richtig sah, verweilte sein Blick auf meinen Zehen. Meine Zehennägel waren mit pinkfarbenem Glitzerlack lackiert. Hätte ich die Kraft gehabt, hätte ich meine Zehen weggezogen. Die Tatsache, dass er aufschaute und lächelte, brachte mich irgendwie aus dem Konzept. Mein Magen rebellierte, und ich schaffte es gerade so, das Frühstück, das ich mir an diesem Morgen reingezwungen hatte, nicht zu erbrechen.

Ivan kicherte, drückte kurz meine Ferse und stellte meinen Fuß wieder ab. »Ab unter die Dusche mit dir, Champion.«

Ich schlief tief und fest, als mir jemand auf die Stirn schlug, dann noch drei weitere Male, direkt hintereinander und mit rhythmischer Genauigkeit. Ich riss die Augen auf.

Jemand klopfte auf meine Stirn.

Und dieser Jemand war Ivan.

Er lehnte über mir, hielt seine Faust nur wenige Zentimeter von meinem Gesicht entfernt und grinste mich an.

»Aufwachen, Virenschleuder. Zeit für deine nächste Schmerztablette.«

Ich blinzelte und versuchte zu verstehen, was zum Teufel hier vor sich ging. Mein Kopf rief mir ins Gedächtnis, dass er immer noch wehtat. Und zwar *heftig*. Ich zitterte, was mich daran erinnerte, dass ich Fieber gehabt hatte. Vermutlich hatte ich immer noch Fieber, das würde das Zittern erklären, das meinen Körper nach wie vor erschütterte.

Ich war krank. Die Ärztin hatte gesagt, dass es ein Virus sei. Ivan hatte mich zur Praxis gefahren und danach einen Abstecher zur Apotheke gemacht, um eine Packung Schmerztabletten zu kaufen, weil ich mich nicht erinnern konnte, wie viele ich noch zu Hause hatte. Ich hatte unterdessen zitternd im Auto gesessen, während mir gleichzeitig heiß und kalt gewesen war. Dann hatte er mich nach Hause gebracht, in ein leeres Haus, weil meine Mom und Ben im Urlaub waren.

Ich lag in meinem Zimmer unter der Bettdecke, während meine Stirn von jemandem, der sichtlich Spaß daran hatte, als Trommel benutzt wurde.

»Wie spät ist es?«, fragte ich und versuchte, zum Kopfende des Betts hochzurutschen. Meine Stimme klang heiser und rau. Es war sogar noch schlimmer als zuvor.

»So spät, dass du jetzt deine nächste Schmerztablette nehmen musst«, erwiderte er und schüttelte die Faust, mit der er auf meine Stirn geklopft hatte.

Ich stöhnte und versuchte, mich auf die Seite zu rollen, damit ich weiterschlafen konnte. Doch er packte meine Schulter und drehte mich zurück.

»Nur die zwei Tabletten, dann kannst du weiterschlafen«, versuchte er mich zu überreden.

»Nein.«

Der Blick aus seinen Gletscheraugen war fest auf mich gerichtet, und seine Miene fröhlich, seine Stimme hingegen klang nicht so verspielt. »Nimm die Tabletten, Jasmine.«

Ich schloss die Augen und stöhnte, weil mein Rücken und meine Schultern so sehr schmerzten. »Nein.«

Ich konnte das Seufzen, das er ausstieß, in der Bewegung

seiner Schultern sehen. »Nimm die verdammten Tabletten. Du hast immer noch Fieber«, befahl er. Er hielt nach wie vor meine Schulter fest, weil er verdammt gut wusste, dass ich erneut versuchen würde, mich herumzurollen, sobald ich Gelegenheit dazu erhielt. Oh Mann. War ich wirklich so durchschaubar?

»Mein Hals tut weh«, flüsterte ich in der Hoffnung, dass er dann endlich Ruhe geben würde.

Er schüttelte die Faust. »Ich werde dir keinen Fiebersaft für Kinder kaufen. Nimm die Tabletten.«

Ich kniff ein Auge zu und flüsterte: »Ich will aber nicht.«

Ich hätte schwören können, dass in diesem Moment ein Lächeln auf Ivans Zügen aufblitzte, doch nach einer Sekunde war er wieder ganz der Alte und versuchte, mich zu meinem eigenen Wohl herumzukommandieren. »Du brauchst sie«, rief er mir ins Gedächtnis.

»Nein«, sagte ich gerade so laut, dass er es hören konnte.

Sein Kiefer zuckte, und er verengte die Augen zu Schlitzen. »Deine Mutter hat mich gewarnt, dass du eine Nervensäge bist, wenn du krank bist.«

Dass sie das gesagt hatte, überraschte mich kein bisschen. Allerdings fragte ich mich ... wann zum Teufel er mit meiner Mutter geredet hatte.

Dann traf es mich wie ein Schlag. »Ich habe vergessen ...«

»Deine Mutter hat deinen Boss für dich angerufen«, fiel er mir ins Wort. »Jetzt nimm die Tabletten.«

»Nein.«

»Ich kann dieses Spiel noch ewig spielen, wenn du das unbedingt willst«, erwiderte er unbekümmert, was dafür sorgte, dass ich mich plötzlich fragte, ob ich es gerade verbockte. Er sprach weiter. »Du *wirst* sie nehmen.«

Ich schluckte und verzog das Gesicht, weil mein Hals sofort wieder schmerzte.

»Du nimmst sie, sonst zwinge ich dich dazu.«

Oh Mann.

»Satan«, flüsterte ich.

Er *strahlte* mich regelrecht an. »Bist du jetzt bereit?«

Ich öffnete den Mund und warf ihm dabei den fiesesten Blick zu, den ich hinkriegte, während ich hilflos wie ein Vogeljunges war. Ich schaute zu, wie er seine Hand über mein Gesicht bewegte und die Tabletten in meinem Mund fallen ließ und mir ein Glas Wasser reichte. Drei kleine Schlucke später spülte ich das Medikament herunter und gab ihm das Glas zurück. Er nahm es und stellte es auf den Nachttisch, wandte sich auf der Bettkante, wo er die ganze Zeit über gesessen hatte, mir zu.

»Fühlst du dich schon besser?«, fragte er.

»Ein bisschen«, flüsterte ich, denn das stimmte. Es ging mir ein bisschen besser. Meine Kopfschmerzen waren nicht ganz so schlimm, und auch wenn ich wusste, dass ich noch Fieber hatte, war ich mir ziemlich sicher, dass es mittlerweile gesunken war. Zumindest hoffte ich das. Ich musste so schnell wie möglich wieder gesund werden. Das hatte ich nicht vergessen.

Ivan schenkte mir ein winziges Lächeln und berührte mit der Rückseite seiner Finger ganz sanft meine Stirn. »Dein Fieber ist gesunken. Als ich vor einer Stunde noch mal gemessen habe, war es bei 38,8.«

Er hatte vor einer Stunde bei mir Fieber gemessen? Gott, ich stand wirklich völlig neben mir.

Ivan drehte seine Hand herum und berührte meine Wange mit seinen kalten Fingerspitzen. »Soll ich dir noch mal einen kalten Lappen für deine Stirn bringen?«

»Nein«, antwortete ich und fügte dann noch »danke« hinzu.

Das brachte mir ein weiteres kleines Lächeln ein. »Brauchst du irgendwas?«

»Ich würde mich gern besser fühlen.«

»Morgen geht es dir besser«, versprach er.

»Das muss es.«

Er verdrehte die strahlend blauen Augen. »Nein, aber das wird es«, versprach er und rutschte ein Stück näher zu mir. »Unten ist Suppe für dich.«

Ich konnte mir das Stirnrunzeln nicht verkneifen. »Hast du die gekocht?«

»Schau mich nicht an, als würde ich versuchen, dich zu vergiften. Wenn ich das wollte, hätte ich es längst getan.« Er streifte meine Stirn mit einer Fingerspitze. »Der Mann deines Bruders hat sie vorbeigebracht.«

Der Gedanke an den süßem, wundervollen James entlockte mir tatsächlich ein Lächeln. »Er macht die beste Suppe.«

»Sie roch gut. Er wollte dich sehen, aber du schliefst gerade.«

Ich zog die Decke ein Stück nach oben, und meine Muskeln protestierten sofort, aber irgendwie schaffte ich es, sie bis an mein Kinn heranzuziehen. »Er ist der Beste.«

Er blinzelte überrascht. »Du hältst jemanden für den Besten?«

»Weil er es ist«, sagte ich. »Meine Mutter ist ebenfalls die Beste. Und meine Schwester Ruby. Meine Schwester Tali auch, wenn sie nicht gerade Mädchenprobleme hat.« Ich dachte darüber nach und schluckte erneut. »Lee ist ziemlich cool. Meine Brüder sind es auch, schätze ich. Aaron ist toll. Er kann auch mit auf die Liste.«

Ivan rutschte noch ein Stück zu mir aufs Bett. Ich rutschte zur Seite, um ihm Platz zu machen. Seine Hand landete auf der Bettdecke, da, wo mein Ellbogen lag, und er fragte beinahe zögerlich: »Und dein Dad?«

»Nicht für mich.« Mein Dad war der letzte Mensch, über den ich reden wollte. Nun ja, vielleicht nicht der letzte, aber er war definitiv unter den letzten drei. Ganz sicher unter den letzten vier.

»Steht sonst noch jemand auf der Liste der Leute, die du für die Besten hältst?«, fragte Ivan nach einer unbehaglichen Sekunde, in der ich über meinen Dad nachgedacht hatte.

»Nein.«

Der beiläufige Blick, den er mir zuwarf, bevor er weitersprach, entging mir nicht. »Ich habe zwei Goldmedaillen gewonnen.«

»Was du nicht sagst«, murmelte ich sarkastisch und beobachtete, wie er weiterhin auf meiner Matratze herumrutschte.

»Ja«, erwiderte er. »Nicht eine. Zwei. Und auch ein paar Weltmeisterschaften.«

»Was hat das mit irgendwas zu tun?«, krächzte ich. Er lehnte sich mit dem Rücken an das Kopfteil des Bettes, hob die Beine hoch und streifte nacheinander seine schwarzen Lederstiefel ab, um sie auf den Boden fallen zu lassen. »Manche Leute halten mich für den Besten.«

»Wer?« Ich schnaubte schwach, während ich zuschaute, wie er seine Beine aufs Bett legte und die Knöchel miteinander verschränkte. Er trug lila und pink geringelte Socken.

Er neigte seinen Oberkörper zu mir runter. »Eine Menge Leute.«

Ich lachte, bereute es jedoch sofort, weil mein Hals davon schmerzte. »Ich meine … ich schätze, du bist auch ziemlich cool.«

Er zog die dunklen Augenbrauen hoch. »Schätzt du?«

»Schätze ich. Du bist ein recht guter Eiskunstläufer. Und du bist heute wirklich nett zu mir gewesen. Gestern. Ich weiß nicht mal mehr, welchen Tag wir haben«, murmelte ich. »Du kannst auch auf die Liste, wenn du unbedingt willst.«

»Kein Grund, so aufgeregt zu klingen.«

Ich lachte und ließ den Blick über den langen Körper neben meinem wandern. Ich betrachtete seine Finger, mit denen er mein Haar gestreichelt hatte, als es mir unglaublich schlecht gegangen war. Und ohne darüber nachzudenken, rückte ich näher an ihn heran, denn ich wollte seine Berührung. Ich wollte seine Zuneigung spüren. Ich schmiegte mich mit meiner Hüfte an seine und spürte sogar durch die Bettdecke, wie mein Bein an seinem ruhte. Ich schluckte und wusste tief im Inneren, dass er mich damit aufziehen würde, dass ich ihm näher sein wollte. Dann neigte ich den Kopf und lehnte ihn an seine Schulter. Die letzten zwei Monate über waren wir uns körperlich fast jeden Tag deutlich näher gewesen als jetzt. Das hier hatte nichts zu bedeuten, beschwichtigte ich mich. Nicht das Geringste.

»Du bist der Beste«, sagte ich und klang in etwa so schwach, wie ich mich fühlte. »Beim Paarlauf.«

Er kicherte, und ich spürte, dass er den Kopf geneigt hatte und seine Wange an mich schmiegte. »Danke, dass du das noch klargestellt hast.«

Ich lachte ein wenig lauter, und der Schmerz war es definitiv wert. »Bislang bist du mir ein guter Freund gewesen, aber tatsächlich habe ich nur deine Schwester als Vergleich.«

»Hm«, seufzte er und legte einen Arm um meine Schulter, der warm und schwer war und bewirkte, dass ich mich beschützt und sicher fühlte. Das mochte ich wirklich sehr.

»Früher durfte ich mir immer ihre Klamotten ausleihen, doch dann bekam sie einen Wachstumsschub und war auf einmal zwanzig Zentimeter größer als ich. Aber im Gegensatz zu dir kann sie mich nicht hochheben.«

Er lachte leise. »Da hast du recht, Fleischklops. Aber ich sehe auch besser aus als sie.«

»Du bist so nervig«, sagte ich mit einem Schnauben.

»Das sagst du ständig.«

Ich lächelte an seiner Schulter. »Du musst nicht bleiben, weißt du?«

»Ja, das weiß ich. Deine Mutter sagte, dass deine Schwester oder deine Brüder herkommen könnten, um nach der mürrischen Kranken zu sehen, bis sie aus dem Urlaub zurück ist«, ließ er mich wissen.

Ich verzog das Gesicht. »In ihrer Vorstellung reicht es aus, wenn Tali kurz vorbeikommt und Salzstangen und Cola in mein Zimmer wirft. Das versteht sie unter Krankenpflege. Da bin ich lieber allein.«

»Du bekommst weder Cola noch Salzstangen. Das ist das Letzte, was du jetzt brauchst«, sagte er. »Zucker und sinnlose Kohlenhydrate werden gar nichts bewirken.«

Es war so typisch für Ivan, jedes Nahrungsmittel zu bewerten.

»Wenn die Gefahr besteht, dass das passiert, kann ich dich definitiv nicht alleinlassen«, flüsterte er.

Ich kicherte.

»Es macht mir nichts aus, noch ein wenig länger zu bleiben, aber ich muss später noch nach Hause, wenigstens für eine Stunde.«

Mein Verstand registrierte die Tatsache, dass er gehen musste, weil er irgendetwas zu tun hatte. Genau wie an dem Tag, an dem er mit mir auf Jessie und Benny aufgepasst hatte, und an dem Abend, an dem wir zum Essen bei meiner Mutter gewesen waren. Doch ich grübelte nicht darüber nach, was genau dahinterstecken könnte. Ich war zu müde.

»Du kannst auch jetzt schon gehen, wenn du willst.«

»Nein, es ist erst fünf Uhr, Fleischklops«, erwiderte er. »Ich habe noch ein paar Stunden. Das ist in Ordnung.«

»Ich bin mir sicher, dass du Besseres zu tun hast.«

Ivan nahm den Arm von meiner Schulter und legte stattdessen seine Hand darauf. Er umfasste sie kurz und streichelte dann meinen Oberarm. »Sei still und schlaf noch ein bisschen, okay?«

Schlafen? Das klang wundervoll. Einfach unfassbar toll.

Ohne zu widersprechen, schloss ich die Augen. Ich nahm einen Hauch des dezenten Rasierwassers wahr, das er jeden Tag benutzte, stieß den Atem aus und fragte: »Machst du das für all deine Partnerinnen? Oder nur für die, mit denen du ein Jahr lang arbeiten musst?«

Sein Körper verspannte sich unter meiner Wange, als er antwortete. »Hör auf zu plappern und schlaf jetzt, ja?«

Ich bewegte meine Hand ein kleines Stück, bis sie flach auf seinen festen Bauchmuskeln lag. Ich hatte sie schon zahllose Mal aufblitzen sehen, wenn er seinen Pullover ausgezogen oder sich nach oben gereckt oder sich am Bauch gekratzt hatte … Doch ich hatte sie noch nie berührt. Ich hatte sie maximal gestreift. Aber sie waren genauso hart, wie sie aussahen.

»Du musst wirklich nicht bleiben«, wiederholte ich mit geschlossenen Augen.

Er seufzte, und ich spürte, wie er den Kopf schüttelte. »Keiner kann sich so gut um dich kümmern wie ich.« Da hatte er recht, nicht wahr? Je schneller ich wieder gesund wurde, desto besser wäre es für ihn. Für uns beide.

Falls das, was ich in meinem Bauch verspürte, Enttäuschung war, ignorierte ich sie. Er war bei mir und tat etwas, das niemand sonst würde tun wollen.

»Sag mir noch, wo deine Fernbedienung ist, bevor du wieder einschläfst«, bat er.

Ich griff blind hinter mich, nahm die Fernbedienung vom anderen Nachttisch und ließ sie auf seinen Bauch fallen.

Und dann war ich weg.

Später berührte etwas Warmes meinen Mund, und ich hätte schwören können, dass ich die geflüsterten Worte »Trink das, Baby« hörte.

Und ich trank alles aus. Was auch immer es war.

Einmal wachte ich auf, weil ich unter meinem Kopf etwas Hartes spürte. Ich öffnete die Augen und stellte fest, dass mein Kopf auf seinem Schoß lag und mein Arm um seine Knie geschlungen war. Der Fernseher lief leise, und die Decke, unter der ich gelegen hatte, befand sich weggestrampelt am Fußende des Betts.

Ich schwitzte. Mir war heiß. Aber irgendwie gelang es mir, wieder einzuschlafen.

»Jasmine«, flüsterte mir eine vertraute Stimme ins Ohr. Eine Hand streichelte erst mein Haar und dann meinen Arm. »Ich muss jetzt nach Hause.«

Ich fühlte mich elend. Ich konnte nur »Okay« murmeln.

Ivans vertraute Hand streichelte mein Haar, meinen Arm und mein Handgelenk und verweilte dort. »Dein Handy liegt direkt neben dir. Deine Mutter sagt, dass jemand vorbeikommt, um nach dir zu sehen. Aber ruf mich an, wenn du irgendwas brauchst, ja?«

»Klar«, brachte ich hervor, bevor er seine Hand wegzog.

»Ich bin morgen früh wieder hier«, versprach er. Etwas Warmes und Feuchtes berührte meine Stirn so leicht und schnell, dass ich glaubte, ich hätte es mir nur eingebildet.

»Danke«, flüsterte ich. Meine Kehle war vollkommen ausgetrocknet.

»Auf dem Nachttisch steht Wasser für dich. Trink was.«

Etwas anderes berührte meine Stirn, und ich seufzte: »Okay, Vanya.« Dann drehte ich mich um und schlief wieder ein.

Kapitel fünfzehn

Ich wachte davon auf, dass jemand an meine Stirn tippte und »Zeit zum Aufstehen« sagte. Ich öffnete die Augen und blinzelte den Finger an, der über meinem Gesicht schwebte. Dann spürte ich, wie trocken meine Kehle war und wie sehr mein Kopf pochte, und schob das Laken weg, das ich bis zum Kinn hochgezogen hatte. Ich hatte keine Ahnung, wohin die Bettdecke verschwunden war.

Ivan saß auf der Bettkante und ließ seine Hand über meinem Gesicht schweben. Er wirkte sauber und frisch und trug ein blaues T-Shirt, das seine Augen aussehen ließ, als trüge er farbige Kontaktlinsen.

»Was willst du?«, stöhnte ich und rutschte nach oben, bis ich mich mit den Schultern gegen das Kopfteil lehnen konnte.

Er ignorierte meine unhöflichen Worte und lächelte. »Zieh dich an. Du musst duschen und dann für eine Weile aus diesem Zimmer raus.«

Ich gähnte, verzog das Gesicht, weil meine Kehle so sehr schmerzte, und griff nach dem fast leeren Glas Wasser auf dem Nachttisch, das Ivan gestern Abend dort für mich bereitgestellt hatte. Ich trank den Rest des Wassers aus, blinzelte ihn an und fragte: »Und deswegen musstest du mich aufwecken? Um mir zu sagen, dass ich duschen soll?«

»Und um dich aus dem Haus zu kriegen. Komm in die Gänge. Lacey ist nicht gerade geduldig.«

»Wer ist Lacey?«

»Du wirst sie in Kürze kennenlernen. Beeil dich. Ich hole dir in der Zwischenzeit ein frisches Glas Wasser.« Ivan stand auf und verzog das Gesicht. »Und putz dir auch die Zähne.«

Für eine Sekunde spielte ich mit dem Gedanken, ihn für diesen Kommentar anzuhauchen, aber dafür fehlte mir die Energie ... und er war nett zu mir gewesen. Zumindest hatte er sich seit gestern die größte Mühe gegeben.

Ich konnte meinen Krankheitsatem dieses eine Mal für mich behalten, auch wenn Ivan sich wie ein Idiot aufführte.

Aber die eigentliche Frage war: Wer zum Teufel war Lacey, und warum musste ich sie kennenlernen? Zumal ich krank war.

Als ich das Laken zur Seite schlug und meine Beine über die Bettkante schwang, schrie mein ganzer Körper protestierend auf. Schmerzen und körperliche Beschwerden waren für mich nichts Neues, aber Kranksein war irgendwie was anderes. Alles tat mir weh – von meinen Augäpfeln bis hinunter zu meinen Zehen. Und schon diese einfachen Bewegungen sorgten dafür, dass alles knackte und knirschte. Ich schaffte es gerade so, mir ein Ächzen zu verkneifen, während ich langsam aufstand.

Ivan stieß einen Laut der Verwunderung aus. Womöglich hatte er meinen Gesichtsausdruck oder die Steifheit meiner Bewegungen bemerkt. Doch er sagte nichts weiter dazu.

Allein das Aufstehen erschöpfte mich über alle Maßen. »Ich fühle mich nicht in der Lage, irgendwas zu machen.«

»Ich werde dich nicht dazu zwingen, irgendwas zu machen«, erwiderte Ivan. »Ich habe dir doch gesagt, dass du Ruhe brauchst.«

Ich beäugte die Jeans, die er trug. »Wo ... wollen wir denn dann hin?«

Seine Miene verriet mir nicht das Geringste. »Keine Sorge, es ist nichts Schlimmes.«

Ich blinzelte.

»Vertraust du …?« Er verzog das Gesicht. »Vergiss es. Zieh dich einfach an.«

Dass ich nicht widersprach und auch keine weiteren Fragen stellte, bewies nur, wie müde und mitgenommen ich war. Ich schleppte mich zu meiner Kommode und zog einen Slip und einen BH heraus. Danach war ich sogar noch müder. Ich schaute zu Ivan, der immer noch auf meinem Bett saß und mir zuschaute.

»Ich bin in zehn Minuten zurück«, quäkte ich und schlurfte zur Tür. »Ruf mich, wenn du Hilfe brauchst.« Nach einer kurzen Pause fügte er hinzu: »Ich habe dich schon zweimal so gut wie nackt gesehen. Das ist halb so wild.«

Hätte ich die nötige Energie gehabt, hätte ich in diesem Moment Würgelaute von mir gegeben, doch das war mir zu anstrengend. Ich hätte ihm auch gerne den Stinkefinger gezeigt, aber das schaffte ich ebenfalls nicht. Mir gelang es ja kaum, meinen Bademantel vom Haken an der Innenseite der Tür zu nehmen. Dann ging ich schnaufend und keuchend ins Bad auf der anderen Seite des Flurs, das ich mir früher mit Ruby geteilt hatte, als sie noch hier gewohnt hatte. Das Duschen dauerte länger als normalerweise. Meine Beine fühlten sich stoppelig an, also zwang ich mich dazu, sie zu rasieren. Zum Eincremen fehlte mir dann allerdings die Energie. Ich schaffte es gerade so, meinen Slip und meinen bequemsten BH anzuziehen.

Ich schlüpfte in meinen Bademantel und wollte gerade den Gürtel zubinden, als meine Arme versagten. Mir blieb nichts anderes übrig, als den Bademantel an der Taille zusammenzuhalten, während ich mich zurück in mein Schlafzimmer schleppte und mich einmal mehr fragte, wer zum Teufel Lacey war und wo zum Teufel Ivan mit mir hinwollte.

Ich hatte es kaum zwei Schritte weit ins Zimmer geschafft … kaum gesehen, dass Ivan direkt neben meinem Nachttisch auf der Bettkante saß … kaum die Tatsache registriert, dass die obere Schublade offen stand … kaum begriffen, dass Ivan weiße Blätter Papier in der Hand hielt, die er *nicht* hätte sehen und von deren Existenz er *nichts* hätte wissen sollen, als er ruckartig den Kopf hob und ich sah, dass sein Gesicht eine Farbe angenommen hatte, die es nicht hätte haben sollen.

Und dann rastete er komplett aus.

»Was ist das?«, fragte er und schüttelte so wütend die Papiere in seiner Hand, dass ich mich richtig schlecht fühlte.

Nur für eine Sekunde. »Warum wühlst du in meinen Sachen herum?«

Dass er nicht sofort zum Gegenschlag ausholte, bewies nur, wie wütend er war.

Das war meine Schuld. Ich wusste, dass er neugierig war. Ich wusste, dass er neugierig war, weil ich neugierig war. Aber *verdammt*! Diese Papiere hatten jahrelang sicher versteckt in dieser Schublade gelegen.

Ivan ignorierte meine Frage und ballte die Hand zu Faust, zerknitterte die Blätter dabei beinahe komplett. »Wer … Wer …?«, stotterte er – ein weiterer Beweis für seinen Zorn. Ivan stotterte nie. Jetzt lief sogar sein Hals rot an.

Er schüttelte die Papiere erneut. »Wer war das?«

Ich schluckte.

»Wer hat dir diesen Mist geschickt?«

»Ivan …«

Er schüttelte den Kopf und ließ die Hand mit den Papieren sinken, bis seine Faust auf seinen Oberschenkel traf. Er war so aufgebracht, dass ich seinen Zorn beinahe schmecken konnte. »Wo sind die her?«

Mist, Mist, *Mist*.

Ich versuchte gar nicht erst, mich dumm zu stellen und so zu tun, als wären die Nachrichten, die ich in der Schublade aufbewahrt hatte, ein blöder Scherz. Ich war mir sicher gewesen, dass niemals jemand sie entdecken würde, denn meine Mutter durchwühlte meine Sachen nicht – diese Phase hatten wir hinter uns gelassen. Ich kannte Ivan zu gut. Ich wusste, dass er diese Sache nicht einfach auf sich beruhen lassen würde. Und ich machte ihm deswegen keinen Vorwurf.

Wenn ich Bilder von nackten Männern bei ihm vorfinden würde, auf die sein Gesicht und jede Menge Herzchen geklebt waren und auf deren Genitalien Pfeile zeigten und die mit Worten wie LECKER und JA versehen waren, würde ich vielleicht kurz kichern … und mir dann große Sorgen machen.

»Jasmine.« Ich hatte ihn noch nie so wütend erlebt. Ich wusste nicht mal, dass er in der Lage war, so wütend zu werden, es sei denn, er befand sich auf dem Eis und während eines Wettkampfs war irgendetwas schiefgegangen.

Ich unterdrückte ein Seufzen. Ich hätte die Bilder besser in meiner Unterwäscheschublade verstauen sollen … oder an einem anderen Ort, an dem sie schwerer zu finden gewesen wären. Ich hätte sie ja weggeworfen, aber ich war nicht doof, denn wenn je etwas passieren sollte, brauchte ich Beweise.

Ich wedelte beschwichtigend mit den Händen und bemühte mich um einen sanften Tonfall. »Beruhige dich.«

Ja, das war das Schlimmste, was ich sagen konnte. Erneut schüttelte er die verdammten Papiere. »Sag mir nicht, dass ich mich beruhigen soll!«

Oh Mann.

»Du hast einen verdammten Stalker, Jasmine!«, brüllte er. Ich war dankbar, dass meine Mom und Ben nicht zu Hause waren.

Ich zuckte zusammen, überlegte, was ich sagen konnte, und entschied mich schließlich für: »Er hat mich nicht bedroht …«

Ivan legte den Kopf in den Nacken und stieß ein Knurren aus. »Was zur Hölle redest du da?«

Ich wurde ganz zittrig und hatte das Gefühl, mich zur Wehr setzen zu müssen. »Schrei mich nicht an, verdammt noch mal!«

Wenn Blick töten könnten, wäre ich in diesem Moment mit Sicherheit tot gewesen. »Ich werde dich anschreien, so viel ich will! Warum hast du mir nichts davon gesagt?«

Oh. Mein. Gott. »Ich habe dir nichts davon gesagt, weil dich das nichts angeht.«

»Du gehst mich aber was an! Also geht mich auch was an, wenn du belästigt wirst!«

»Nein!«

»Doch!«

»Nein! Das alles fing schon an, bevor wir uns zu einem Paar zusammentaten.«

Und damit hatte ich es verbockt. Einmal mehr rächte sich mein ungestümes Temperament, das mich in einer Auseinandersetzung nicht diplomatisch agieren ließ.

Ivans Gesicht wurde buchstäblich rot wie eine Tomate. So rot, dass ich mir ernsthafte Sorgen um seine Gesundheit machte. »Ich murks dich ab«, sagte er gefährlich leise und starrte mich mit weit aufgerissenen Augen an.

»Hör einfach auf damit, okay? Ich bin gerade wirklich nicht in der Stimmung für so was.«

Ivan schüttelte den Kopf, hob seine Faust und ließ die Papiere auf mein perfekt gemachtes Bett fallen. »Mir ist gerade vollkommen egal, ob du in der Stimmung für so was bist, Jasmine«, verkündete er. Bevor ich etwas erwidern konnte, fügte er in einem Tonfall, den ich noch nie von ihm gehört hatte, hinzu: »Wie lange geht das schon?«

»Drei Jahre«, murmelte ich.

Er schloss die Augen und schüttelte den Kopf. »Drei Jahre«, wiederholte er bebend vor Zorn. »Wie viele von diesen dreckigen Nachrichten hast du bekommen?«

»Ich will nicht darüber reden.«

»Pech für dich. Wie viele von diesen Nachrichten hast du bekommen?«

Ich stöhnte, ächzte und warf nun meinerseits frustriert den Kopf in den Nacken. Es gab kein Entkommen. Oder? Mist. »Keine Ahnung …« Er wollte mir ins Wort fallen, doch ich ließ es nicht zu. »Nein, ernsthaft. Ich weiß es nicht. Die ersten paar warf ich in den Müll. Daher kann ich nur schätzen … Zwanzig? Vielleicht?« Es waren eher dreißig, aber das würde ich ganz sicher nicht zugeben.

»Weiß deine Familie davon?«, fragte er mit dieser unheimlichen, ruhigen Stimme.

Hätte ich lügen können? Nein. Ivan kannte mich zu gut und hätte mich sofort durchschaut. »Von ein paar der früheren«, presste ich hervor.

»Was bedeutet das?«, verlangte er zu wissen.

»Als ich meine Social-Media-Profile löschte, bekam ich keine mehr geschickt«, erklärte ich. »Meine Familie weiß von ein paar Bildern, die davor kamen.«

»Bekommst du immer noch welche?«

Ich wandte den Blick von ihm ab und zuckte mit den Schultern. »Keine Ahnung. Ich öffne meine Post nicht mehr.«

Das tat ich wirklich nicht. Ich wollte mich nicht ablenken lassen. Ich wollte nicht zu intensiv über meine Situation nachdenken.

»Was ist mit deinen Profilen bei Picturegram und Facebook? Hast du da auch irgendwas geschickt bekommen?«

Verdammt.

Mein Gesichtsausdruck musste mich verraten haben, denn er legte erneut den Kopf in den Nacken und bewegte ihn hin und her, während er die ganze Zeit über lautstark atmete.

»Das ist nicht …«

»Wo ist dein Handy?«

Ich blinzelte. »Warum?«

»Ich will sehen, was man dir geschickt hat.«

»Das geht dich n …«

Er senkte den Kopf wieder und blinzelte mich an. »Beende diesen Satz nicht«, sagte er langsam. »Lass mich dein Handy sehen. Wenn sich darauf nichts Schlimmes befindet, sollte das kein Problem sein«, sagte Ivan in einem Tonfall, der mir vollkommen neu war.

Verdammt. Er würde keine Ruhe geben, das stand außer Frage. »Es liegt da drüben«, murmelte ich und war in erster Linie wütend auf mich selbst. »Aber dann lass du mich auch dein Handy sehen.« Ich hatte keine Ahnung, warum dieser Satz aus meinem Mund kam, aber so war es eben.

Er bedachte mich mit einem weiteren tödlichen Blick, stand dann auf und warf mir sein Handy zu. Dann kroch er über mein Bett. »Ich habe es bereits entsperrt«, ließ er mich wütend wissen.

Ich bedachte ihn mit einem ähnlich finsteren Blick, auch wenn er es nicht sehen konnte. »Mein Passwort lautet …«

»Ich kenne dein Passwort. Ich habe schon mal gesehen, wie du es eingegeben hast«, murmelte er, während er sich mein Handy schnappte.

»Verdammter Stalker.«

Er warf mir *schon wieder* diesen Blick zu, der aussagte, dass er mich am liebsten umbringen würde, hielt aber den Mund und setzte sich auf die Bettkante, wo er sich sofort daranmachte, auf dem Bildschirm des Handys herumzutippen.

Obwohl ich sein Handy in der Hand hatte, betrachtete ich stattdessen ihn. Zweimal runzelte er die Stirn. Dann hob er die linke Hand an seinen Hinterkopf und ließ sie dort. Schließlich atmete er schwer.

Mist.

»Was ist das hier für eine Scheiße?«, schimpfte er mit Blick auf mein Handy.

»Penisbilder, Nachrichten von Arschlöchern …«

»Dieser Kerl holt sich einen runter.«

»Ich habe mir das verdammte Video nicht angeschaut, Ivan. Bist du jetzt fertig?«, zischte ich ihn an.

Er starrte mich einen Moment lang an und sagte dann: »Ja, ich bin fertig.« Er öffnete den Mund, schloss ihn dann aber wieder. Ivan geriet ins Stocken, er, der sonst nie unsicher oder um eine Antwort verlegen war, ich konnte es kaum glauben. Schließlich sagte er: »Pack deine Sachen. Du bleibst heute Nacht nicht hier.«

»Was?«

»Du bleibst heute Nacht nicht hier. Entweder packst du jetzt deine Sachen oder ich übernehme das. Entscheide dich.«

»Du spinnst wohl. Ich bleibe hier«, verkündete ich.

Er blinzelte so langsam, dass es irgendwie gruselig war, weil es ihn total psychotisch wirken ließ. In diesem Moment erinnerte er mich an Hannibal Lecter in *Das Schweigen der Lämmer*, als er diese Maske aufgehabt hatte, die Ruby monatelang Albträume beschert hatte. Sebastian hatte mir für Halloween mal eine ähnliche Maske gekauft, nachdem ich ihn darum angebettelt hatte.

»Du wirst nicht alleine hierbleiben«, riss Ivan mich aus meiner Erinnerung. »Entweder kommst du mit mir oder du übernachtest bei einem deiner Brüder. Du kannst es dir aussuchen. Aber den Tag hättest du heute ohnehin bei mir zu Hause verbracht.«

»Du bist nicht mein Boss. Du hast mir gar nichts zu …«

Das Arschloch fiel mir ins Wort. »Entweder kommst du mit mir oder ich rufe jetzt sofort deine Brüder an und erzähle ihnen, warum du nicht in diesem Haus bleiben wirst, so lange deine Mutter nicht da ist.«

Was redete er da? Mom würde erst in zwei Wochen aus dem Urlaub zurückkommen. Und genau das teilte ich Ivan auch mit.

Und was machte er? Er zuckte mit den Schultern. Sein ganzer Körper war angespannt. »Entscheide dich, Baby. Ich oder deine Brüder.«

Was bildete er sich ein? »Nein!«

»Doch!«, brüllte er zurück.

Hatte er den Verstand verloren? »Nein!«

Er beobachtete mich und wirkte dabei auf unheimliche Weise vollkommen gelassen. Dann zuckte er plötzlich mit den Schultern. »Meinetwegen.«

Er hielt mein Handy hoch. Als mir klar wurde, was er vorhatte, war es zu spät, es mir zurückzuholen. Trotzdem stürmte ich auf ihn zu.

»Ivan!«, schrie ich und stellte mich auf die Zehenspitzen, denn er hob das Handy mit ausgestrecktem Arm über seinen Kopf. Er war so groß, dass ich es nicht mal ansatzweise erreichen konnte.

»Du hast drei Sekunden, du elender Sturkopf. Drei Sekunden, dann rufe ich sie an. Und wenn du mir in die Eier trittst, werde ich *sie alle* anrufen.«

Das würde er. Das würde er definitiv.

Idiot. Idiot. Idiot. *Verdammt.*

»Okay. *Meinetwegen*«, zischte ich. Satan.

»Wie lautet deine Entscheidung?«, bellte er und klang sogar noch wütender als ich selbst.

Ich verkniff es mir, ihm den Stinkefinger zu zeigen, und ächzte: »Du, Arschloch. Ich werde bei dir bleiben.« Ich würde auf keinen Fall bei einem meiner Brüder übernachten, wenn ich es verhindern konnte. Und sofort wurde ich wieder wütend. »Das ist Schwachsinn.«

Er schnaubte verärgert. »Ja, dass mich dein Wohlergehen kümmert, ist wirklich richtiger Schwachsinn. Reiß dich zusammen und pack deine Sachen. Du hast mir eine Menge zu erklären. Ich bin gerade so wütend auf dich, dass ich dich nicht mal ansehen will.«

Ich hätte mich deswegen mit ihm anlegen können, aber wenn ich in den letzten paar Monaten eins gelernt hatte, dann, dass Ivan nicht der Typ Mann war, der leere Drohungen aussprach.

Und zu seinem Glück – und meinem Pech – hatte ich bei den beiden Gelegenheiten, bei denen ich bei Jonathan und James übernachtet hatte, herausgefunden, dass ihre Wände sehr dünn waren. Zu dünn. Und offensichtlich hatte James einen riesigen Schwanz.

Also verzichtete ich dankend darauf, diese Erfahrung erneut machen zu müssen. Ich liebte meinen Bruder und James, aber es gab Dinge auf dieser Welt, die ich einfach nicht wissen musste.

Die Angelegenheit mit Ivan zu klären war eine Sache, aber keinesfalls wollte ich meine Familie im Genick haben, die mich beschimpfte, weil ich diese Sache geheim gehalten hatte.

Nein danke.

Ich hatte mich für das kleinere Übel entschieden … Ivan, der vermutlich übler war als meine beiden Brüder zusammen, aber definitiv nicht so übel wie eine Kombination aus meinen beiden Brüdern und Tali.

Verdammt.

»Das ist echt bescheuert«, brummte ich.

Mein Partner zuckte mit den Schultern und wirkte vollkommen ungerührt. »Bescheuert ist, dass du niemandem davon erzählt hast. Und jetzt fang an zu packen, Fleischklops.«

»Satan«, flüsterte ich laut genug, dass er es hören konnte.

Er ließ sich nichts anmerken. Wahrscheinlicher war jedoch, dass es ihm einfach egal war.

Ich wandte ihm den Rücken zu und öffnete meinen Schrank, um eine meiner Taschen herauszuholen. Ich stellte mich auf die Zehenspitzen und versuchte, sie zu erreichen, schaffte es aber nicht.

Ohne noch einmal zu Ivan zu schauen, verließ ich mein Zimmer und ging zu dem Schrank im Flur, um mir daraus einen Hocker zu holen.

Doch als ich in mein Zimmer zurückkehrte, lag die Tasche, nach der ich gegriffen hatte, auf meinem Bett.

Und Ivan saß wieder auf der Matratze und starrte mit verkniffener Miene an die Wand.

Meinetwegen. Wenn er nicht mit mir reden wollte, würde mir das nicht das Geringste ausmachen. Ich wollte schließlich auch nicht mit ihm reden.

Klar, ich war von Anfang an nicht wild darauf gewesen, allein zu Hause zu sein, solange ich noch krank war – so dumm war ich nicht –, aber musste er mich unbedingt herumkommandieren?

Keiner von uns sagte ein Wort, während ich mir so ziemlich alles schnappte, was schwarz oder weiß war und es in meine Tasche stopfte. Ich achtete darauf, auch Arbeitskleidung mitzunehmen, nur für alle Fälle. Denn mit der Arbeit war es genau wie mit dem Training – ich konnte mir keine Auszeit leisten. Ich brauchte keine zehn Minuten, um meine Klamotten zusammenzusuchen und meinen Kulturbeutel zu packen. Ich stopfte alles in die Tasche. Dann schnappte ich mir einen weiteren Satz Klamotten, zog sie an und schlüpfte in ein Paar Flip-Flops.

»Fertig«, murmelte ich und beäugte Ivan, der sich nicht von seinem Platz auf meinem Bett wegbewegt hatte.

Er stand auf, schaute mich aber immer noch nicht an. Dann marschierte er einfach aus dem Zimmer.

Blödmann.

Ich folgte ihm und schaltete mit einem frustrierten Seufzen das Licht aus. Ivan ging schon zur Straße hinunter, während ich noch die Alarmanlage einschaltete und die Haustür abschloss. Wie hatte ich nur so dumm sein und diesen Mist in meiner Nachttischschublade aufbewahren können? Und warum musste er unbedingt meine Sachen durchwühlen?

Verdammt.

Verdammt.

Mein Kopf pochte schon wieder, und mir war übel. Ich hielt nach Ivans Auto Ausschau. Ivan entdeckte ich sofort.

Von seinem Auto fehlte jedoch jede Spur.

Stattdessen stand er neben einem weißen Kleinbus.

Ich blinzelte.

»Kommst du jetzt oder willst du schon wieder Theater machen?«, fragte er in diesem widerlich herablassenden Tonfall.

Ich war nur zu müde, um ihm den Stinkefinger zu zeigen, und ich hoffte, dass er das wusste. »Wo ist dein Wagen?«

Er deutete auf den Kleinbus und zog dabei die Augenbrauen hoch.

»Ich meine das ernst.«

»Ich auch. Das ist mein Wagen. Steig ein.«

Das ... war ... seiner?

Ich hatte nichts gegen Kleinbusse. Meine Mutter hatte früher einen gehabt, bevor alle bis auf Ruby und ich ausgezogen waren, aber ... Ivan? Warum zum Teufel hatte Ivan einen Kleinbus?

Er konnte kein Kind haben. Als wir zusammen auf Rubys Babys aufgepasst hatten, hatte er unmissverständlich klargemacht, dass er keine Ahnung von Kindern hatte. Und seine

Eltern kannte ich schon seit einer ganzen Weile. Keiner von ihnen besaß einen Kleinbus.

»Heute noch.«

Ich blinzelte, bewegte mich aber immer noch nicht von der Stelle. »Was ist das?«, fragte ich.

Er verdrehte die Augen und öffnete die Tür. »Das ist ein Auto.«

»Wessen Auto?«

Er stieg ein und antwortete: »Meins.«

»Warum?«

Er hielt die Tür auf und sagte: »Es hat einen geringen Benzinverbrauch, ist nah am Boden, was das Einsteigen erleichtert, und bietet eine Menge Platz.« Der Anflug eines Lächelns huschte über sein Gesicht, doch dann schien er sich daran zu erinnern, dass er wütend auf mich war, und es verschwand wieder. »Und es ist ein Honda. Steig ein.«

Er war nicht der Einzige, der vergessen hatte, dass er wütend war. »Das ist … deins?«

»Ja, das ist meins. Steig ein«, verlangte er, bevor er die Tür *laut* zuschlug.

Der Kleinbus brummte leise, als der Motor ansprang. Bevor ich auch nur blinzeln konnte, ließ er das Fenster auf der Fahrerseite herunter und wiederholte: »Heute noch.«

Ich rümpfte die Nase und warf ihm einen fiesen Blick zu. Als ich gerade den Mund öffnete, um auch etwas Fieses zu sagen, bewegte sich hinter dem hinteren Fenster des Minibusses etwas. Dann lag plötzlich ein brauner Kopf auf Ivans Schulter. Zwei große Augen blinzelten mich an. Und ich war einmal mehr vollkommen sprachlos.

Ivan zuckte angesichts des Kopfes auf seiner Schulter nicht mal mit der Wimper. Er gestikulierte einfach nur mit den Fingern, um mir zu bedeuten, dass ich endlich einsteigen sollte.

»Wir werden nicht in den Wald fahren, und ich werde deine Leiche nirgendwo abladen. Zumindest noch nicht. Steig ein. Sogar Russell verliert irgendwann die Geduld, wenn er ewig warten muss. Sie sind jetzt schon eine halbe Stunde hier draußen im Auto, weil du nicht in die Gänge kommst.«

Ich öffnete den Mund, schloss ihn wieder und öffnete ihn dann erneut, um ungläubig zu fragen: »Du hast einen Hund?«

Er nickte, und der Kopf des Hundes wackelte mit der Bewegung auf und ab. »Russell. Komm schon. Ich bin nicht in der Stimmung.«

Wer zum Teufel war dieser Mensch? *Was* zum Teufel war dieser Mensch? Ivan hatte nicht nur einen Hund, sondern auch einen gottverdammten Kleinbus? Bislang hatte ich ihn immer nur in seinem Tesla gesehen. Nicht in … *so was*.

Ich war mir nicht mal sicher, ob ich je zuvor Hundehaare auf seiner Kleidung gesehen hatte.

»Wir haben nicht den ganzen Tag Zeit. Steig ein, bevor ich dich in den Wagen zerre und jemand die Polizei ruft, weil er denkt, dass ich dich entführe«, rief er mir zu und setzte mit einer ruckartigen, verärgerten Bewegung seine Sonnenbrille auf. »Wenn du jetzt sofort einsteigst, vergebe ich dir.«

Als wäre dem Hund vollkommen klar, was Ivan sagte, leckte er seine Wange und starrte mich mit seinen grünbraunen Augen an.

Und dann hörte ich eine schrille Mischung aus Bellen und Fiepen. Ivan drehte seinen Oberkörper, um einen Blick auf den Rücksitz zu werfen. »Nicht jetzt, Lacey. Wir haben das doch besprochen.« Dann drehte er sich wieder zu mir herum, als hätte er nicht gerade eine Unterhaltung mit einem kleinen Hund geführt – zumindest ließ das schrille Bellen darauf schließen, dass es sich um einen kleinen Hund handelte –, und zog die Augenbrauen hoch. »*Dramaqueen*. Bist du so weit?«

Ob ich so weit war?

War ich so weit, zu ihm und zwei Hunden in einen Kleinbus zu steigen? Ich hatte nicht mal gewusst, dass er zwei Hunde hatte. Und mit einem dieser Hunde redete er, als würde er mit einem Kind diskutieren. Und sie hatten beide Menschennamen.

Lacey. Die hatte er vorhin schon erwähnt.

Ich hatte keine Ahnung, was es über mich aussagte, dass ich in diesen Kleinbus steigen wollte, obwohl meine Energie immer weiter schwand und meine Wut nach wie vor unterschwellig in mir brodelte.

»Ich zähle jetzt bis vier, dann steige ich aus diesem Auto aus und schleife dich an deinem Slip auf den Sitz«, rief Ivan.

»Das kannst du versuchen, aber ich trage keinen.« Einen Augenblick später ging ich um die Motorhaube herum und öffnete die Beifahrertür. Das Erste, was mir entgegenschlug, war die kalte Luft der Klimaanlage. Das Zweite war die Tatsache, dass die braune Schnauze, die eben noch auf Ivans Schulter gelegen hatte, nun über der Kopflehne des Sitzes schwebte, auf dem ich Platz nahm.

Der Hund hatte wirklich grünbraune Augen. Seltsam. Und er wirkte … sehr interessiert und neugierig. In Bezug auf mich.

»Hi«, flüsterte ich, hauptsächlich deswegen, weil meine Kehle schmerzte, nachdem ich mit Ivan gestritten hatte.

»Er beißt nicht, aber er sabbert«, informierte mich Ivan. »Du kannst ihn streicheln, wenn du willst.«

Der Hund starrte mich immer noch aus wenigen Zentimetern Entfernung an. Er sah aus, als wollte er gestreichelt werden, und sein heftig wedelnder Schwanz untermauerte diesen Eindruck.

Ich ballte eine Hand zur Faust und hielt sie ihm entgegen, damit er daran schnüffeln konnte. Und als das gut lief, löste ich die Faust und streichelte sanft seinen Kopf. Als das ebenfalls gut lief, strich ich mit der Hand über das enorm weiche Fell seiner Ohren.

Dann leckte er mich ab.

Und ich konnte nicht umhin zu lächeln, obwohl mein Kopf und mein Hals schmerzten und ich mir total dämlich vorkam, weil ich einfach nicht mehr wütend sein konnte.

Ivan sagte nichts mehr, während ich seinen Hund mit dem vermutlich breitesten und dümmsten Grinsen anstarrte, das man haben konnte.

»Schnall dich an. Ich werde deinetwegen keinen Strafzettel riskieren.«

Ich schaute noch einmal nach hinten zu Russell, streichelte sein Ohr und lehnte mich dann auf dem Sitz zurück, um mich anzuschnallen. Sobald das metallische Klicken des einrastenden Gurtes ertönte, erklang wieder das schrille Bellen. Ivan stöhnte und legte den Gang ein.

»Lacey, mach jetzt kein Theater«, rief er über seine Schulter.

Er fuhr bereits, als ich mich umdrehte, um einen Blick auf den Rücksitz zu werfen. Russell hockte in der Lücke zwischen den Sitzen, und ganz in der Ecke kauerte ein kleiner weißer Hund mit spitzen Ohren und einer platten Schnauze. Sein pinkfarbenes Geschirr war mit dem Sicherheitsgurt verflochten.

»Ist das …?« Ich fühlte mich wie in einem Traum, denn wenn es kein Traum war, dann wusste ich nicht das Geringste über Ivan. Alles, was ich zu wissen geglaubt hatte, war eine gottverdammte Lüge, und ich war mir nicht sicher, was ich davon halten sollte. »Ist das eine Französische Bulldogge?«

Ivan nickte. Den Blick hatte er auf den Rückspiegel gerichtet. »Ja. Die Diva auf dem Rücksitz ist Lacey. Sie hat gerade Stubenarrest. Ich hätte sie zu Hause lassen sollen, aber heute ist Russ' Ausflugstag, da haben wir eine Ausnahme gemacht.«

Hatte er gerade gesagt, dass ein Hund Stubenarrest hatte?

Oh mein Gott.

Ich kriegte die Frage kaum über die Lippen, weil ich so sehr mit diesem zweiten Leben und dieser zweiten Persönlichkeit beschäftigt war, die dieser Mensch, mit dem ich an sechs Tagen die Woche trainierte, plötzlich hatte. Aber irgendwie gelang es mir. »Warum hat sie Stubenarrest?«, flüsterte ich regelrecht.

»Sie war heute Morgen ziemlich frech. Sie ärgerte ihre Schwestern, versuchte, Essen zu stehlen, und pinkelte, weil sie wütend war, auf eins der Betten«, erklärte er.

Ich wusste nicht, was ich sagen sollte. Die Hündin war frech zu ihm gewesen, hatte ihre Schwestern geärgert, hatte versucht, Essen zu stehlen, und hatte aus Rache gepinkelt. Aha.

Ich kannte diesen Mann nicht. Ich kannte diesen Mann kein bisschen, und das sorgte dafür, dass ich mich schrecklich fühlte. Wie hatte ich nicht wissen können, dass er Hunde hatte? Offenbar hatte er sogar noch mehr Hunde als diese beiden, denn wie sonst sollte Lacey *Schwestern* haben?

Verdammt. Ich wusste wirklich gar nichts über Ivan.

Aber vielleicht wusste niemand etwas über ihn. Denn die Mädchen in der Umkleide hätten definitiv schon mal über seinen zickigen weißen Frenchie geredet, wenn sie von dem Tier wüssten.

Verdammt, seine Fans würden ihm nach seinen Küren vermutlich Hundespielzeuge zuwerfen, wenn sie davon wüssten.

Niemand wusste davon. Auf keinen Fall.

Und trotzdem war es so.

Ein leises Knurren ertönte. Ich schaute über meine Schulter, um den kleinen weißen Körper zu beäugen. Sie schaute mich nicht mal an. Tatsächlich sah es so aus, als würde sie die Rückseite von Ivans Sitz böse anstarren. Ich war immer noch nicht über das pinkfarbene Geschirr hinweg, das sie trug.

Ich war mir beinahe sicher, dass sie außerdem ein hellrosa Halsband trug, das mit Strasssteinen besetzt war.

Ich starrte Ivan an. Damit würde ich ihn nicht so einfach davonkommen lassen. »Dein kleiner Hund ist angeschnallt«, sagte ich, als wüsste er das nicht.

Er senkte nur ganz leicht das Kinn und konzentrierte sich auf die Straße vor ihm. »Sie wuselt im Auto zu viel herum. Sie kann nicht still sitzen.« Er schaute mich an. »Das erinnert mich an jemanden, den ich kenne.«

Ich ignorierte seinen Kommentar und beäugte erneut den Hund. Sie starrte Ivans Sitz immer noch böse an. Ich konnte regelrecht spüren, wie angespannt und verärgert sie war.

Seltsam.

»Außerdem will ich nicht, dass sie durch die Windschutzscheibe fliegt, falls wir einen Unfall haben«, fuhr er fort. »Russ steht erst auf, wenn wir anhalten«, erklärte Ivan unbekümmert. »Er ist ein braver Junge.«

Das sorgte dafür, dass ich einen Blick zu Russ warf, der wahrscheinlich ein brauner Labrador war, aber ich war mir nicht ganz sicher. Mittlerweile lag er zwischen den Sitzen auf dem Boden und hatte den Kopf auf seine Pfoten gelegt. Er wedelte unablässig mit dem Schwanz.

»Ihr habt keine Hunde?«, fragte Ivan.

Ich drehte mich wieder nach vorne. »Nein. Meine Mom ist allergisch.« Dann fügte ich, ohne es wirklich zu wollen, hinzu: »Meine Schwester hatte mal einen.«

»Welche? Die rothaarige oder Ruby?«

Ich schaute kurz zu ihm. »Ruby«, antwortete ich. »Es war Aarons Hund. Er starb vor ein paar Jahren.« Ich hatte geweint, aber das hatte ich nie jemandem erzählt.

Ivan nickte langsam, als würde das alles sagen. »Ist sie die Jüngste?«, fragte er. Er klang immer noch hochnäsig.

»In meiner Familie?«

»Ja.« Er steuerte uns durch den Verkehr.

»Nein.« War das nicht offensichtlich? »Ich bin die Jüngste. Sie ist fünf Jahre älter als ich.«

Er drehte den Kopf und starrte mich ungläubig an. »Tatsächlich?«

Ich war nicht mal beleidigt. »Ja.«

»*Du* bist das Nesthäkchen?«, fragte er und klang total überrascht.

»Warum sagst du das so?«

»Es ist nur …« Er rümpfte die Nase und schüttelte sogar den Kopf. »Keine Ahnung.« Er schaute mich an und schüttelte erneut den Kopf.

Ich wusste, was er meinte. Meine Mutter und alle anderen hatten schon immer über mich gesagt, dass ich die Seele einer mürrischen alten Frau hatte. »Ich verstehe, was du sagen willst.«

»Du bist echt so viel jünger als sie?«

Ich schob die Hände unter meine Oberschenkel, verkniff mir ein Seufzen und lehnte den Kopf nach hinten gegen den Sitz. »Ja. Sie war lange Zeit herzkrank. Deswegen waren wir ihr gegenüber immer übertrieben fürsorglich.«

»Das wusste ich nicht. Sie ist süß«, sagte er plötzlich, und ich wandte ihm ruckartig das Gesicht zu und starrte ihn böse an.

»Halte dich von meiner Schwester fern. Sie ist verheiratet.«

Ivan kicherte. »Ich weiß. Ich bin ihrem Mann schon mehrere Male begegnet. Ich habe ja nur gesagt, dass sie süß ist, nicht, dass ich sie daten will.«

»Toll, denn sie ist zu gut für dich«, schoss ich zurück, ohne ihn aus den Augen zu lassen.

Das entlockte ihm ein Lachen.

»Das stimmt«, beharrte ich.

»Weißt du, es gibt eine Menge Leute auf der Welt, die denken würden, dass ich zu gut für *sie* bin«, sagte er. Sein Tonfall klang irgendwie … seltsam.

Ich verdrehte die Augen, lehnte mich wieder auf dem Sitz zurück und verschränkte die Arme vor der Brust. »Vermutlich. Aber für meine Schwester bist du nicht gut genug, du Traumtyp. Also zügele dein Ego ein bisschen.«

»Ich habe lediglich gesagt, dass sie süß ist, aber es gibt eine Menge süße Mädchen auf der Welt …«

»Meine Schwester ist die Hübscheste. Das gilt für meine beiden Schwestern. Vergleich sie nicht mit den restlichen Frauen auf der Welt.«

Ivan kicherte. »Wenn ich an einer deiner Schwestern interessiert wäre – und das bin ich *nicht* –, würdest du dann wirklich nicht zulassen, dass ich mit ihr ausgehe?«

Mir wurde ganz mulmig zumute, doch ich ignorierte es. »Auf keinen Fall.«

»Ist das dein Ernst?«

»Ja«, betonte ich.

»Warum nicht?«

»Wo soll ich anfangen?«

»Ich bin ein guter Fang.«

»Ein Fang, den man besser wieder zurück ins Wasser wirft.«

Er stöhnte. »Eine Menge Frauen würden gerne mit mir ausgehen. Hast du eine Ahnung, wie viele Nachrichten ich pro Woche bei Picturegram bekomme?«

»Kleine Mädchen, die dich anhimmeln, zählen nicht. Das Gleiche gilt für ältere Frauen mit schlechtem Sehvermögen«, ließ ich ihn wissen.

»Ich bin reich.«

»Und?«

»Ich bin nicht hässlich.«

»In deinen Augen.«

Ivan schnaubte, und ich ignorierte die Tatsache, dass er die Lippen zumindest teilweise zu einem Lächeln verzog. »Ich habe zwei Goldmedaillen.«

Ich gab einen abfälligen Laut von mir und drehte meinen Oberkörper so, dass ich Ivan anschauen konnte. »Eine davon ist eine Teammedaille, und Wie-heißt-er-noch-gleich hat ungefähr zwanzig.«

Er öffnete den Mund und schien kurz davor zu sein, etwas zu sagen. Doch dann schloss er ihn wieder und zuckte mit den breiten Schultern. Ich wusste, wie stark und muskulös seine Schultern waren – so viel stärker, als die meisten vermuteten. Ich war nicht gerade ein Leichtgewicht. Für meine Größe war ich recht schwer, aber er hob mich hoch, als würde das keine Rolle spielen.

Er legte den Kopf schräg und schmunzelte, behielt jedoch den Blick geradeaus gerichtet. »Da hast du recht«, räumte er ein. »Aber wie viele hast du?«

Was als Nächstes passiere, hätte ich niemals voraussehen können. Aber es passierte.

Wir beide riefen laut: »Keeeiiine!« Es war, als wären wir in der fünften Klasse und hätten gerade einen echt blöden Witz gemacht. Mein Kopf protestierte gegen die Bewegung, und mein Rücken schmerzte, aber ich lachte trotzdem.

War es fies von ihm, darauf hinzuweisen, dass ich keinerlei Goldmedaillen gewonnen hatte, obwohl er wusste, wie sehr mich das wurmte? Na klar. Aber er war eben Ivan. Was hätte ich sonst von ihm erwarten sollen?

Außerdem hätte ich genau das Gleiche gesagt, wenn es umgekehrt gewesen wäre.

Und trotzdem murmelte ich: »Arschloch«, während ich in mich hineinlachte und mein Kopf pochte und mir schwindelig war. Aber ich konnte einfach nicht aufhören zu grinsen. »Leck mich.«

»Erwischt«, erwiderte er kichernd und grinste breit.

»Halt die Klappe«, hielt ich dagegen und schüttelte den Kopf. »Du bist eine Nervensäge.«

Er lachte. »Das wird nie langweilig werden.«

»Verpiss dich.«

»Nein danke.«

Ich konnte nicht anders. Ich brach erneut in Gelächter aus, und Ivan lachte ebenfalls. Aber ich ertappte ihn dabei, wie er zweimal heimlich in meine Richtung schaute und dabei lächelte – erst einmal und dann noch einmal.

»Was gibt es da zu glotzen?«, fragte ich ihn. Ich war mir nicht sicher, warum er mich immer wieder anschaute, und es gefielt mir nicht.

Er lächelte einfach weiter, während er antwortete: »Ich schaue dich an.«

»Warum?« Er schaute mich jeden Tag an.

»Darum.«

Stimmte etwas mit meinem Gesicht nicht. »Jetzt mal ernsthaft. Warum?«

»Weil du nur selten lachst.«

Falls noch der Anflug eines Lächelns auf meinem Gesicht zurückgeblieben war, erlosch er nun. »Ich lache durchaus häufiger.«

»Ich habe es nur ein paarmal erlebt.«

Er war nicht der Erste, der das zu mir sagte. »Ich lache nur dann, wenn ich etwas lustig finde, aber dann lache ich. Mit meiner Familie lache ich ständig. Ich habe auch schon eine Million Mal mit Karina gelacht. Aber ich würde niemals so tun, als fände ich es lustig, wenn jemand einen schlechten Witz macht oder etwas Dummes sagt. Ich bin nicht falsch.« Klang das defensiv oder bildete ich mir das nur ein?

»Du bist vermutlich die am wenigsten falsche Person, die ich kenne, Fleischklops. Und dein Lachen mag ich, auch wenn es ein bisschen beängstigend klingt.«

Ich blinzelte. »Beängstigend?«

»Du klingst wie eine Psychopathin, wenn du lachst.« Er kicherte übertrieben schrill und wollte mich damit wohl nachmachen.

Meine Wirbelsäule versteifte sich, und das hatte nichts mit dem Fieber zu tun, das immer noch in meinem Körper wütete. »So soll ich klingen? Ernsthaft?«

»Ja. Das ist unheimlich. Womöglich werde ich heute Nacht deswegen Albträume haben. Du klingst wie eine vom Teufel besessene Puppe oder irgendein anderes gruseliges Geschöpf, das in einer dunklen Ecke hockt und lachend darauf wartet, dass ich einschlafe.«

Ich lachte schon wieder, auch wenn mir fürchterlich der Kopf wehtat.

Dann ruinierte er den Moment. »Ich bin übrigens immer noch sauer auf dich. Denk ja nicht, dass ich das vergessen hätte.«

Ich hatte es vergessen.

Ich hatte vergessen, dass ich wütend auf ihn war und dass sein Verhalten absolut inakzeptabel gewesen war.

Doch nun, da er mich daran erinnert hatte, rückte ich von ihm weg und hielt den Mund. Und als ich meine Stirn an das Glas der Fensterscheibe lehnte und darüber nachdachte, wie sehr ich es verbockt hatte, hatte ich nicht vor einzuschlafen. Es passierte einfach.

Als wir sein Haus erreicht hatten – das komplett anders aussah, als ich es mir vorgestellt hatte –, hatte er mich geweckt.

Anschließend war ich so sehr damit beschäftigt gewesen, das Haus im Ranchstil zu betrachten, dass mir sein Schweigen nichts ausgemacht hatte. Es war in einem kräftigen Blau gestrichen und hatte weiße Fensterläden. Es sah kein bisschen wie das loftartige oder mediterrane Zuhause aus, das ich bei ihm vermutet hätte. Es lag auch nicht in irgendeiner schicken Gegend. *Nein.* Als ich mich auf dem Grundstück umschaute, sah ich nur grünes Gras und in der Ferne einige Bäume. Ivan hatte jede Menge Platz. So viel Platz, dass ich kein anderes Haus entdecken und in der Ferne auch keine Stimmen hören konnte.

»Flipp nicht aus, wenn ich die Tür öffne«, murmelte er und klang genervt oder frustriert. So wie ich ihn kannte, war er vermutlich beides. Und die Leute hielten *mich* für mürrisch.

Ich fragte nicht, welchen Grund ich haben sollte auszuflippen. Er stieg aus dem Kleinbus und ging zu der Schiebetür auf der Beifahrerseite, die sich von allein öffnete. »Komm, Russ«, hörte ich ihn murmeln. Dann flüsterte er etwas, das wie »Lacey, sei brav«, klang, und machte den kleinen weißen Hund vom Sicherheitsgurt los. Sobald sie frei war, sprang sie vom Sitz und aus dem Auto und rannte mit Vollgas auf die Haustür zu.

Ich stieg ebenfalls aus, schnappte mir meine Tasche und stöhnte, weil sie so schwer war.

Das Anwesen war wunderschön.

Nicht dass ich das ihm gegenüber zugegeben hätte, schon gar nicht in diesem Moment.

»Flipp nicht aus«, sagte er noch einmal. Den Bruchteil einer Sekunde später hörte ich, wie er die Tür aufschloss. Ich hatte dem Eingangsbereich den Rücken zugekehrt und schaute in Richtung der Garage, die Platz für drei Autos bot.

Und dann brach das totale Chaos aus.

Eine Minute später sollte ich erfahren, dass fünf Tiere – drei Hunde, ein Minischwein und ein riesiges Kaninchen – aus dem Haus gestürmt gekommen waren, als wären sie aus dem Gefängnis ausgebrochen. Zwei Hunde waren aneinandergebunden, und der andere hatte nur drei Beine, rannte aber wie der Teufel. Sie kamen alle direkt auf mich zu und umringten mich. Sie wedelten mit den Schwänzen, waren unfassbar aufgeregt und schnüffelten wie wild an mir herum, als könnten sie nicht fassen, dass ich endlich da war.

Das kleine rosafarbene Schwein trat mir auf die Zehen, und mein Herz machte einen Satz.

Ich hatte keine Ahnung, wo zum Teufel das Kaninchen abgeblieben war, das ich gesehen hatte, aber ich war zu sehr damit beschäftigt, all die aufgeregten Gesichter und wedelnden Schwänze zu betrachten, um mir Gedanken darum zu machen.

Letztendlich überraschte es mich selbst mehr, als es jeden anderen überrascht hätte, dass ich zwei Stunden draußen vor dem Haus verbrachte und mit fünf Hunden und einem Ferkel spielte. Denn nicht mal zehn Sekunden zuvor hatte ich mich noch total elend gefühlt, doch meine Erschöpfung war wie weggeblasen, als sie alle mit ihren Schnauzen gegen meine Beine und Hände stießen.

Also hatte ich mich nicht beschwert, dass es lange dauerte, ehe Ivan herausgekommen war und uns alle hereingepfiffen hatte, zumal er immer noch schlechte Laune hatte.

Er hatte immer noch schlechte Laune und hielt das Kaninchen, das ich gesehen hatte, im Arm.

Und ich beschwerte mich ganz sicher nicht darüber, dass seine schlechte Laune anhielt, als er in die Küche ging, die meine Mom als rustikal bezeichnet hätte.

Ivan hatte ein Whiteboard an seinem Kühlschrank, auf dem seine Pläne fürs Mittag- und fürs Abendessen geschrieben standen. Da heute Samstag war, er eine Packung Hühnerbrust aus dem Kühlschrank geholt hatte und auf dem Plan HÜHNCHEN, JASMINREIS, ROTE BETE stand, ging ich davon aus, dass es das zum Abendessen geben würde. Ich hatte immer gedacht, dass er einen Koch oder so was hatte, aber einmal mehr musste ich feststellen, dass ich ihn kein bisschen kannte.

Also holte ich den Jasminreis aus dem Schrank, nachdem ich mich durch seine Vorräte gewühlt hatte – und einen Glasbehälter auf der Küchentheke beäugt hatte, der mit Schokoladenkonfekt gefüllt war. Danach suchte ich einen passenden Topf, während er mich weiterhin ignorierte. Und wir fingen an zu kochen. Ich ließ ihn die rote Bete zubereiten, weil ich mir nicht sicher war, was ich damit anstellen sollte. Außerdem war ich ohnehin keine besonders gute Köchin, hauptsächlich deswegen, weil ich mich für den Rest meines Lebens von gebackenem Fleisch mit Salz und Pfeffer, irgendwelchem Getreide, das man im Reiskocher zubereiten konnte, und gedünstetem oder gebackenem Gemüse hätte ernähren können, wenn es nach mir gegangen wäre.

Als ich gerade anderthalb Tassen Reis auf jeden Teller füllte – denn Ivan hatte genaue Mengenangaben auf seinem Whiteboard stehen und exakt vermerkt, wie viel von allem er auf seinem Teller haben wollte –, klingelte sein Handy. Er eilte an mir vorbei, um es von der Küchentheke zu greifen, und meldete sich sofort mit: »Hallo.«

Ich hatte den Reis gerade fertig verteilt und hörte ihn reden: »Ja, sie ist hier ... Besser, aber sie ist immer noch krank ...« Offensichtlich sprach er über mich. Die Frage war, mit wem zum Teufel er da redete. »Morgen? ... Kommt drauf an, was es gibt ... Das wird funktionieren ... Okay. Klingt gut. Dann sehen wir uns morgen ... Ich hab dich auch lieb. Tschüss.«

Ich redete mir ein, dass es mich nichts anging, mit wem er telefonierte.

Aber sobald er sein Handy irgendwo herumliegen ließ und ich das Passwort herausfinden konnte, würde ich einen Blick darauf werfen.

Ivan teilte mir nicht mit, wohin wir morgen gehen und was wir dort machen würden, und ich würde ihn ganz sicher nicht danach fragen, also hielt ich den Mund und trat zurück, während Ivan das restliche Essen auf den Tellern verteilte. Auch später, während wir aßen, sagte ich nichts.

Ich hatte gerade den letzten Bissen von dem Limettenhähnchen gegessen, als Ivan seinen Teller von sich wegschob und sich mir endlich zuwandte. Er wirkte noch genauso wütend wie vor zwei Stunden. Sogar seine Schultern waren immer noch steif und angespannt.

Ich warf ihm einen Blick zu und rechnete mit dem Schlimmsten.

Und weil ich erwartete, dass er mir die Hölle heißmachen würde, sah ich das, was tatsächlich aus seinem Mund kam, nicht voraus.

»Ich will, dass du deine Profile wieder löschst.«

»Was?«

»Ich will, dass du deine Profile wieder löschst. Die paar Follower sind es nicht wert, dass du solchen Dreck mit der Post bekommst.«

Was zum Teufel passierte hier gerade? »Ivan«, begann ich verwirrt. »Ich weiß nicht, ob ich so was noch per Post bekomme oder nicht, aber die privaten Nachrichten und Kommentare sind nicht …«

»Wir können auch das Teamprofil löschen. Nancy wird das verstehen«, sagte er.

»Sie weiß davon. Oder zumindest hat sie eine Ahnung. Wir haben schon vor Wochen darüber gesprochen.«

»Was?!«

»Als ich einwilligte, deine Partnerin zu werden, sprachen wir darüber. Ich erzählte ihr nicht viel, deutete lediglich an, warum ich meine Profile gelöscht hatte.«

»Moment mal …«

Ich ignorierte ihn. »Sie sagte mir, dass ich ihr Bescheid geben solle, falls wieder Probleme aufträten, aber das tat ich nicht. Ich hörte einfach auf, meine Nachrichten zu lesen.«

Er blinzelte. »Du hast es ihr erzählt. Aber mir hast du es nicht erzählt.« Warum zum Teufel klangen seine Worte so steif und roboterhaft?

»Ja.« Denn das stimmte. »Ich war nicht der Ansicht, dass du das wissen müsstest.«

Tja, jetzt wurde er wieder wütend. »Du warst nicht der Ansicht, dass ich das wissen müsste?«

»Damals sprachen wir so gut wie gar nicht miteinander. Es erschien mir sinnlos. Warum hätte dich das kümmern sollen?«, fragte ich mit einem Schulterzucken. Ich würde mich wegen meiner Entscheidung von damals nicht schlecht fühlen.

»Warum mich das hätte kümmern sollen?«, murmelte er vor sich hin und versuchte immer noch, mich allein mit seinen Augen zu töten.

»Ich verstehe, warum es dich jetzt kümmert. Wir sind Freunde. Wie sind Partner. Aber entspann dich. Alles ist in Ordnung. Ich habe nie aggressive Nachrichten oder Drohungen erhalten. Es sind immer nur … die Fotos oder diese Videos. Vielleicht bekomme ich sie mittlerweile schon gar nicht mehr.«

»Wolltest du deswegen das Fotoshooting nicht machen?«

Ich wollte es nicht zugeben, tat es dann aber doch. »Ja. Allerdings wollte ich auch nicht, dass du dich über mich lustig machst. Das war nicht gelogen.«

Sein Stöhnen war im Grunde genommen ein Grummeln. Er starrte an die Decke und seufzte, schüttelte den Kopf.

Nun war ich mit Seufzen an der Reihe. »Komm wieder runter. Es ist alles in Ordnung. Ich wusste, was ich tat.«

Das sorgte dafür, dass er das Kinn senkte. »Ja, du warst stur wie ein Esel, und es ist verdammt noch mal nicht in Ordnung.«

Ich schnaubte.

Er starrte mich an.

Okay, vielleicht hatte er recht. »Hör zu, ich will niemanden beunruhigen. Alle haben schon genug Stress, da muss ich es nicht noch schlimmer machen. Ich kann nicht ... Ich werde nicht aufhören, mein Leben zu leben und zu machen, was immer ich machen oder eben nicht machen will, nur weil sich andere Leute wie Arschlöcher verhalten. Ich hasse es, dass ich das überhaupt erst so nah an mich herangelassen habe.«

Er starrte mich weiter an.

»Wenn ich Hilfe brauche, werde ich darum bitten.«

Das Lachen, das er ausstieß, klang scharf und böse.

»Du könntest eine Spenderniere brauchen und würdest niemanden darum bitten, Jasmine.« Er schüttelte den Kopf und runzelte die Stirn. »Denkst du, ich kenne dich nicht?«

Tja. Mist.

»Du bist so verdammt stur, dass du mich in den *Wahnsinn* treibst. Hast du eine Ahnung, wie oft ich dich schon erwürgen wollte?«, fragte er und schüttelte in offensichtlicher Verzweiflung den Kopf.

Ich blinzelte. »Vermutlich nur halb so oft, wie ich dich erwürgen wollte.«

Er ging nicht auf meinen Witz ein. »Das, was wir miteinander haben, ist wichtiger als eine Ehe.«

Ich verdrehte die Augen und ging über diese merkwürdige Äußerung hinweg.

»Das stimmt, und das weißt du. Du musst gesund und konzentriert sein, sonst kann ich dich nicht brauchen.«

Unbehagen brannte in meinem Bauch. »Das verstehe ich, Ivan. Ohne mich kannst du nicht an Wettkämpfen teilnehmen.

Glaub mir, das verstehe ich. Das weiß ich. Ich habe nicht vor, dir in den Rücken zu fallen. Ich bin nicht absichtlich krank geworden, um den Starttermin für unser Choreografie-Training zu verzögern. Du weißt, dass mir das leidtut.«

Der Blick, den er mit daraufhin zuwarf …

»Du bist meine Freundin, Jasmine. Nicht nur meine verdammte Partnerin. Komm mir nicht mit diesem Schwachsinn.«

Ich wich erschrocken zurück, weil er so wütend aussah.

»Ich will, dass du in Sicherheit bist, weil du mir wichtig bist. Denkst du, dass ich meine Partnerinnen mit zu mir nach Hause nehme? Denkst du, dass ich sie in mein Leben lasse? Denkst du, dass ich Zeit mit ihren Familien verbringe? Das tue ich nicht, und das habe ich nie getan. Ich lernte meine Lektion, als ich noch ein Teenager war und meine Partnerin versuchte, meine Familie zu erpressen. Deswegen arbeite ich heute nur noch auf Vertragsbasis, um es professionell zu halten. Ich will nie wieder so unglücklich sein wie damals, als meine erste Partnerin mir und meiner Familie so etwas antat. Aber du …«

Tja, das hatte ich nicht gewusst.

Ich verspürte plötzlich den Drang, diesem Miststück von ehemaliger Partnerin ordentlich den Hintern zu versohlen. Ich würde später darüber nachdenken, was das zu bedeuten hatte.

»Du. Bist. Mir. Wichtig. *Du.* Wenn dir meinetwegen etwas zustoßen sollte, könnte ich mir das nie verzeihen«, fuhr er fort. Seine Stimme wurde immer lauter. »Ich kenne dich schon, seit du ein kleines Kind warst und meiner Schwester vom Eis halfst, nachdem sie gestürzt war. Anders als alle anderen hast du dich nicht für ihren Nachnamen interessiert. Du hast sie auch nicht nach mir gefragt. Du und Karina habt euch einfach gegenseitig gesucht und gefunden. Ich weiß, was du für sie getan hast. Sie hat es mir erzählt. Sie hat uns allen von Jasmine Santos erzählt, die vor niemandem Angst hat. Von Jasmine, die keine

Einhörner mag, aber Pegasus, weil er fliegen kann. Ich wollte dich schon *seit Jahren* als meine Partnerin haben, Dummerchen. Als mir Karina erzählte, dass du mit dem Gedanken spieltest, zum Paarlauf zu wechseln, dachte ich, dass du mich deswegen ansprechen würdest, wenn auch nur im Vorbeigehen und im Scherz. Ich dachte, dass du sagst, dass du mich fertigmachst, und ich hatte vorgehabt, mit dir darüber zu reden. Aber du kamst damit nie auf mich zu. Und dann *hattest* du plötzlich einen Partner. Irgend so einen Volltrottel, der nicht mal halb so gut war wie du.«

Stand ich schon wieder unter dem Einfluss bewusstseinsverändernder Drogen?

»Erinnerst du dich daran? Erinnerst du dich, dass ich danach ewig nicht mit dir geredet habe?«, fragte er eindringlich.

Ich nickte, denn ich erinnerte mich tatsächlich, dass er in jener Zeit so viel Schwachsinn geredet hatte, dass mir beinahe die Ohren geblutet hatten und ich kurz davor gewesen war, sein Auto mit einem Schlüssel zu zerkratzen.

»Du bist jetzt seit dreizehn Jahren ein Teil meines Lebens. Wie konntest du denken, dass du mir nichts bedeutest? Wir ziehen uns gegenseitig auf, weil wir beide Spaß daran haben. Weil es niemand anders gibt, der so gut damit umgehen könnte.«

Nun ja … er hatte recht. Er trieb mich in den Wahnsinn, das war schon immer so gewesen, aber er war der Einzige, mit dem ich mich auf dieser Ebene unterhalten konnte. Er war mir jahrelang unfassbar auf die Nerven gegangen.

Aber …

Aber …

Ich schwieg.

Ich …

Er …

Tja …

Er griff nach meiner Hand, die schlaff auf dem Tisch lag, denn ich war geschockt. Überrascht. Komplett überrumpelt. »Ich will nicht, dass dir etwas zustößt, du sture, großmäulige, gemeine Nervensäge. Ob du nun meine Partnerin bist oder nicht. Ist das klar?«

Was sollte das heißen?

»Ich will, dass du in Sicherheit bist. Ich will, dass du glücklich bist. Aber ich werde mich nicht mit deiner Heimlichtuerei oder deinem Schwachsinn abfinden. Du hättest mir vom Unfall deiner Mom erzählen können. Von den Briefen und den Kommentaren. Du hättest mir sagen können, dass du dich nicht gut fühltest, Jasmine. Und ab jetzt wirst du das auch machen. Schluss mit der Heimlichtuerei. Okay?«

In Sicherheit. Glücklich. Schluss mit der Heimlichtuerei.

Ich sagte kein Wort, doch er musste das als Zustimmung gewertet haben, denn er ließ meine Hand los, setzte sich aufrecht hin und beendete die Unterhaltung mit einem Blick, den ich nicht ganz deuten konnte.

»Nun, da wir das geklärt haben, werde ich mit den Hunden Gassi gehen. Willst du mitkommen? Wenn du unterwegs müde wirst, können wir dich zurückschleifen.«

Kapitel sechzehn

»Ich weiß nicht, ob das eine gute Idee ist.«

Ivan, der heute mal wieder recht wortkarg gewesen war und noch nicht mehr als einen Satz zu mir gesagt hatte, zuckte hinter dem Steuer seines Tesla mit den Schultern. »Du bist nicht mehr ansteckend.«

Na, wenn er das sagte …

Ich hatte den Großteil des Tages schlafend in einem der Gästezimmer verbracht, in dem Ivan am Tag zuvor meine Sachen abgestellt hatte.

Nach dem Abendessen hatten wir mit den Hunden einen langen Spaziergang gemacht. Offensichtlich besaß er ein gut vierzig Hektar großes Grundstück, das sich vierzig Autominuten außerhalb der Stadt befand, und wann immer es ihm möglich war, ging er dort mit den Hunden – und dem Schweinchen – spazieren. Zweimal pro Tag kam eine Frau namens Ellie vorbei, um alle Tiere zu füttern, ihnen ihre Medikamente zu verabreichen und sie draußen herumrennen zu lassen, während er beim Training war. Mit mir.

Ich wollte ihn fragen, warum er sich so viele Tiere angeschafft hatte, aber ich wusste nicht, wie ich nach dem gestrigen Abend mit ihm umgehen sollte. Niemand hatte je zuvor so mit mir gesprochen. Zumindest niemand, der nicht meine Mutter war.

Er hatte gesagt, dass er mich in Sicherheit und glücklich wissen wolle. Und dass das nichts damit zu tun habe, dass wir Partner seien.

Womit hatte es dann zu tun? Ich traute mich nicht, ihn zu fragen, denn was würde passieren, wenn seine Antwort das ruinierte, was wir aufgebaut hatten?

Ich war nicht der Ansicht, dass die Wahrheit das wert war.

Also war ich ihm nach einem Spaziergang, der über mindestens anderthalb Kilometer gegangen war, schweigend ins Wohnzimmer gefolgt und hatte am gegenüberliegenden Ende der Couch Platz genommen. Russ und eine achtjährige dreibeinige Huskyhündin namens Queen Victoria, die beschlossen hatte, dass sie mich sehr mochte, hatten sich zu mir gesellt. Nach zehn Minuten auf der Couch mit einem Hund auf meinem Schoß und einem zweiten an meiner Seite, schlief ich tief und fest und wachte erst Stunden später wieder auf, als Ivan mit dem Finger gegen meine Stirn tippte und mich im Halbschlaf in mein Zimmer bugsierte.

Trotz meines schlaftrunkenen Zustands erinnerte ich mich noch daran, dass er mich sorgfältig zugedeckt und mir eine Hand auf die Stirn gelegt hatte, bevor er das Licht ausgeschaltet und das Zimmer verlassen hatte.

Am nächsten Morgen stand ich erst gegen Mittag auf, was ein Beweis dafür war, wie elend ich mich fühlte. Ivan war nicht im Haus gewesen, aber er hatte mir eine Nachricht am Kühlschrank hinterlassen, dass er im LK sei und gegen eins zurück sein werde und dass ich mir keine Sorgen machen solle, falls eine Frau ins Haus komme, denn das sei Ellie, die sich um die Tiere kümmere und normalerweise gegen sieben Uhr früh auftauche. Um diese Uhrzeit hatte ich offensichtlich noch geschlafen.

Im Verlauf der nächsten Stunde spazierte ich in seinem Haus herum und fand noch mehr Dinge über Ivan heraus, die mich überraschten.

Das Kaninchen hatte einen großen, schicken Spielbereich und ein Häuschen in einem der fünf Schlafzimmer. Tatsächlich war dieses Zimmer hübscher eingerichtet als meins daheim bei meiner Mutter.

In seinem großen Schlafzimmer standen fünf Hundekörbe – vier große und ein kleiner –, und ich war mir ziemlich sicher, dass sie mit maßgefertigten orthopädischen Matratzen ausgestattet waren. Ich hatte mich gemeinsam mit Russ, der zusammen mit Queen Victoria draußen vor dem Zimmer gelegen hatte, in dem ich geschlafen hatte, probeweise auf eins der Hundebetten gesetzt und festgestellt, dass es wahnsinnig bequem war.

Im Nachttisch bewahrte Ivan eine Tube Gleitgel auf. Mein Magen hatte sich kurz verkrampft, doch ich hatte so getan, als hätte ich es nicht gesehen.

Sein Haus war makellos.

Im Bad gab es keinerlei Pflegeprodukte, was bedeutete, dass seine Haut von Natur aus perfekt war – was natürlich totaler Schwachsinn war. Immerhin fand ich in einer der Schubladen eine Blechdose mit irgendeinem Bio-Haarpflegezeug.

Kondome entdeckte ich nirgendwo.

Aber ich fand ein Zimmer, das mit Pokalen, Plaketten und zwei Goldmedaillen gefüllt war.

Er hatte einen Computer mit einem Passwort, das ich nicht knacken konnte.

Die einzigen Fotos im Haus zeigten entweder ihn mit seiner Familie, Schnappschüsse von seinen Haustieren oder seine Familie im Allgemeinen. Auf zwei von ihnen war auch ich mit drauf.

Das Einzige, was mich nicht komplett überraschte, war die Tatsache, dass ich mir zu 99,9 Prozent sicher war, dass mich Lacey, der weiße Frenchie, nicht mochte. Sie beobachtete mich misstrauisch, wann immer wir Blickkontakt miteinander herstellten, und starrte ansonsten die ganze Zeit über böse vor sich hin. Ich mochte sie. Aber es war klug von ihr, sich nicht sicher zu sein, was sie von mir halten sollte.

Als er zurückkam, hatte ich mir sein komplettes Haus angeschaut. Ich hatte Schubladen und Schränke geöffnet, in denen ich nichts zu suchen hatte, fühlte mich deswegen aber kein bisschen schlecht. Er kannte mich gut genug. Er musste damit gerechnet haben.

Während ich sein Haus besichtigt hatte, war mein Fieber zurückgekehrt, und ich ging ins Gästezimmer, um ein Nickerchen zu machen, während er mit den Hunden – und dem Schwein – spazieren ging. Erst gegen sechs Uhr abends stupste etwas Feuchtes an mein Gesicht und weckte mich. Es war das rosa Schweinchen, das auf meiner Brust saß. Ivan stand mit dem riesigen Kaninchen im Arm neben dem Bett und betrachtete mich.

»Was?«, krächzte ich und streckte eine Hand aus, um das Ferkel zu streicheln, als hätte ich das schon tausendmal gemacht und als wäre es nichts Besonderes für mich.

Er behielt die graublauen Augen auf mein Gesicht gerichtet, während er sagte: »Du siehst beinahe süß aus, wenn du schläfst.«

Ich blinzelte.

»Ich sagte ›beinahe‹.«

Ich streichelte weiter das Schwein, obwohl ich mir nicht sicher war, ob ich es richtig machte, und warf Ivan einen misstrauischen Blick zu, während er mit einer Hand über das Fell seines Kaninchens strich. »Warum stehst du da und beobachtest mich? Das ist gruselig.«

Ivan hatte den Blick auf das Schweinchen gerichtet, als er antwortete: »Ich bin gekommen, um dich zu wecken. Wir sind zum Abendessen bei meinen Eltern eingeladen. Zieh dich an.«

»Ich fühle mich nicht besonders.«

»Wir werden dort nur essen. Du kannst doch wohl eine

Stunde lang sitzen. Meine Mutter hat sich Sorgen um dich gemacht.«

Mist.

»Ich will sie nicht anstecken.« Das stimmte. Das wollte ich nicht. Die Lukovs waren immer ganz wundervoll zu mir gewesen. Aufrichtig. Sie waren reich, und ihre Ahnen hatten Karina zufolge irgendwann mal in die russische Monarchie eingeheiratet, aber sie zählten zu den freundlichsten und höflichsten Menschen, denen ich je begegnet war.

Außerdem gewährten sie mir einen gewaltigen Rabatt auf die Gebühren, die ich an den Lukov-Komplex zahlen musste. Einen Rabatt von neunzig Prozent, um genau zu sein. In den vergangenen zehn Jahren hatte ich im Grunde genommen fast nur die Gebühren für mein Training und meine Choreografen zahlen müssen. Sie hatten darauf bestanden, mir den Rest zu erlassen.

»Du bist nicht mehr ansteckend«, sagte er und stand immer noch mit dem Kaninchen auf dem Arm da, als wäre das ganz normal. »Und heute ist Vatertag. Ich will meinen Dad sehen.«

Heute war Vatertag?

»Was? Das wusstest du nicht?«, fragte Ivan und las damit meine Gedanken.

»Nein. Das wusste ich nicht.«

Er runzelte die Stirn. »Willst du zuerst noch deinen Dad anrufen?«

Ich schüttelte den Kopf.

»Bist du dir sicher?«

»Ich bin mir sicher.« Schließlich kümmerte ihn nicht, ob ich ihn kontaktierte oder nicht. Vermutlich würde er es nicht mal merken.

Aber …

Sei besser.

Vielleicht ging es genau darum. Ich konnte ihm wenigstens

eine Textnachricht schicken. Besser sein. Ihn daran erinnern, dass ich seine Tochter war, ob ihn das nun enttäuschte oder nicht.

»Ich schicke ihm von unterwegs eine Textnachricht«, sagte ich und zuckte mit den Schultern. Vermutlich war er mit seinen Stiefkindern unterwegs und unternahm irgendwas Tolles. Dieses verdammte komische Gefühl flackerte für eine Sekunde in meinem Bauch auf, aber ich verdrängte es und schob es weit weg. »Meinem Bruder und Aaron werde ich auch eine schicken.«

»Also kommst du mit?«

Ich würde es für Mr Lukov tun.

Er lächelte auf mich und das Schweinchen, das inzwischen an meinen Hals geschmiegt dalag, herunter. »Sie wird mit dir duschen gehen, wenn du es erlaubst.«

Das kleine Wesen grunzte zweimal sanft an meiner Haut, und ich spürte, wie mein Herz ein kleines bisschen kribbelte. »Wirklich?«

Er brummte bestätigend.

Obwohl ich nach wie vor Kopfschmerzen hatte und mich fühlte, als wäre mir die Hälfte meiner Energie aus dem Körper gesaugt worden, setzte ich mich auf, strampelte die Decke von meinen Beinen weg und setzte Charlotte zurück aufs Laken, bevor ich die Beine über die Kante schwang und aufstand.

»Falls du noch Kopfschmerzen hast, findest du auf dem Tisch neben deinem Bett ein paar Schmerztabletten«, ließ mich Ivan wissen.

Ich nickte, schnappte mir die zwei Tabletten, schob sie mir in den Mund und spülte sie mit dem restlichen Wasser aus dem Glas neben meinem Bett herunter. Erst als ich sie schluckte, wurde mir klar, dass er sie mir gebracht hatte.

Ich schaute Ivan an, der sich nicht von der Stelle gerührt

hatte und immer noch mit seinem Kaninchen neben dem Bett stand, keine zwei Schritte von mir entfernt. Das Wort kam mir leichter über die Lippen als je zuvor. »Danke.«

Er wirkte nicht überrascht … Er blickte mich einfach nur an. Und hielt dabei dieses verdammte riesige Kaninchen auf dem Arm.

Ich duschte ohne Charlotte und verbrachte danach drei lustlose Minuten damit, mich anzuziehen. Dann trank ich ein weiteres Glas Wasser, und nach einer kurzen Autofahrt hielten wir vor dem Haus seiner Eltern. Im Grunde war ich bereit für ein weiteres Nickerchen, aber eine Stunde konnte ich schon mal sitzen.

Das Haus befand sich in einer edlen Wohnanlage im Süden von Houston. Das Gelände war so groß, dass zwischen den einzelnen Villen mehrere Hektar lagen. Die Lukovs wohnten in einer gut fünfhundertfünfzig Quadratmeter großen Monstrosität mit Stuck und Zierrat und einem Infinitypool, in dem Karina und ich während unserer Teenagerjahre eine Menge Zeit verbracht hatten. Nun ja, nicht wirklich eine Menge, aber abgesehen von der Schule, dem LK und meinem Zuhause hatte ich dort mehr Zeit verbracht als irgendwo anders.

Ivan bog in die gewundene Einfahrt ein, die zum hinteren Bereich des Hauses führte, und parkte direkt vor der gewaltigen Garage, die Platz für vier Autos bot. Als wir ausstiegen, stieß ich erschöpft den Atem aus. Wir gingen auf die Hintertür zu, die ich früher auch immer benutzt hatte. Ivan schloss auf, und ich nahm mir endlich die Zeit, ihn zu betrachten. Er trug ein Hemd und eine zweifellos maßgeschneiderte graue Stoffhose, die seinen knackigen Po perfekt zur Geltung brachte. Dazu trug er schwarze Lederboots. In meinem engen T-Shirt und den Leggings kam ich mir underdressed vor, aber die Lukovs hatten mich schon in schlimmeren Outfits gesehen. Außerdem wussten sie, dass es mir nicht gut ging. Und es war schließlich nicht so, als würde ich die Eltern meines neuen Freunds kennenlernen.

Nicht dass das je vorgekommen wäre. Vor meinem Wechsel zum Paarlauf hatte ich ein paar Typen gedatet, doch jeder Einzelne von ihnen hatte sich schon beim zweiten Date als Langweiler erwiesen. Es hatte nur einen einzigen Mann gegeben, mit dem ich ein paar Monate lang zusammen gewesen war. Aber ich konnte mich nicht mal mehr daran erinnern, wie er ausgesehen hatte.

»Hallo?«, rief Ivan und betrat die Küche.

Ich schloss die Haustür und lehnte mich für einen Augenblick dagegen, als mich einmal mehr heftige Erschöpfung überkam. Die Küche sah noch genauso aus wie bei meinem letzten Besuch hier, der beinahe ein Jahr her war. Das letzte Mal war ich zu Karinas Geburtstag hier gewesen. Kurz davor hatte mich Paul abserviert. Dann war Karina zurück zum Studium gegangen. Und jetzt war ich plötzlich wieder hier.

»Im Wohnzimmer!«, ertönte Mrs Lukovs Stimme.

Ivan warf mir einen Blick über die Schulter zu und runzelte die Stirn. »Ist alles in Ordnung?«

Ich nickte schwach.

Meine Erschöpfung musste mir anzusehen sein, denn Ivan setzte eine besorgte Miene auf. »Wir hätten zu Hause bleiben sollen.«

»Ich komme schon klar«, sagte ich und stieß mich von der Tür ab.

Er sah nicht so aus, als würde er mir glauben, streckte mir aber eine Hand entgegen, und ich dachte nicht weiter darüber nach, ergriff sie und lehnte mich an seine Seite, ohne mit der Wimper zu zucken. Ich war daran gewöhnt, zumindest konnte ich mir das einreden. Ich war daran gewöhnt, dicht an seinen

Körper geschmiegt zu sein. Das fühlte sich natürlicher an, als es der Fall hätte sein sollen.

»Geht es dir schon wieder so schlecht?«, fragte er sanft und stützte mich.

Ich schüttelte den Kopf an seiner Schulter. »Ich bin nur müde.«

Er drückte meine Hand. »Willst du ein Glas Wasser?«

»Nein, schon gut.«

»Was genau tut dir weh?«

Ich schluckte und schloss für einen Moment die Augen. »Alles.«

Ivan zögerte nicht, sondern fragte sofort: »Willst du eine Umarmung? Das gefiel dir beim letzten Mal.«

Ich nickte.

Ivan wandte sich mir zu, schlang seine langen, muskulösen Arme um mich und zog mich an seinen Körper. Ich seufzte. Er legte eine Hand flach auf meinen Rücken und streichelte ihn mit gleichmäßigen Auf- und Abbewegungen. Dann hielt er ganz oben an meinem Rücken inne und rieb erst über ein Schulterblatt und dann über das andere. Er massierte mich mit kreisenden Bewegungen und linderte den Schmerz wie durch Magie.

»Das fühlt sich schön an«, flüsterte ich und versuchte, mich noch dichter an ihn zu schmiegen.

Ich fühlte mich so krank, dass ich einfach nur festgehalten werden wollte. Von Ivan. Er war so groß, dass er mich komplett umfangen konnte, und er war offensichtlich in Bezug auf Zuneigung und Körperkontakt nicht zimperlich oder befangen. Er war wohl einfach daran gewöhnt.

Er schob eine seiner großen Hände in meinen Nacken und massierte die Muskeln dort, und ich stöhnte wohlig.

Ivan kicherte leise an meinem Kopf. »So gut, ja?«

»So gut«, flüsterte ich und lehnte mich mit meinem vollen Körpergewicht gegen ihn. »Ich könnte so einschlafen.«

»Wenn wir wieder zu Hause sind, massiere ich dir den Rücken«, bot er an. Er behielt eine Hand an meinem Nacken und rieb mit der anderen an beiden Seiten meiner Wirbelsäule entlang.

»Versprochen?«

Er kicherte erneut. »Versprochen. Aber du wirst den Gefallen erwidern müssen, wenn ich mal krank werde.«

»Klar.«

»Versprochen?«, fragte diese Nervensäge leise und klang dabei ziemlich amüsiert.

»Versprochen.«

Ich seufzte an seiner Brust und erhaschte einen Hauch dieses subtilen, süßlichen Rasierwassers, das er benutzte.

»Meine arme, arme Jasmine«, erklang eine vertraute Stimme von irgendwo in der Nähe.

Ich erstarrte, als mir wieder einfiel, wo ich mich befand und was Mrs Lukov sehen und denken würde, wenn sie uns entdeckte. Ich wollte einen Schritt zurücktreten, doch Ivan hielt mich fest. So fest, dass ich keine Chance hatte zurückzuspringen, als hätte man uns beim Rummachen erwischt, obwohl er mich doch nur umarmt und ein wenig meinen Rücken massiert hatte. Das hier war gar nichts, wenn man bedachte, dass ich noch vor wenigen Wochen splitterfasernackt vor ihm gestanden und er seine Hände *überall* an meinem Körper gehabt hatte. Doch irgendwie fühlte es sich noch verletzlicher und persönlicher an, dabei erwischt zu werden, wie mich Ivan umarmte. Hätten wir uns geküsst, wäre mir das womöglich nur halb so unangenehm gewesen.

»Sie fühlt sich nicht gut«, murmelte Ivan in mein Haar.

»Nimmst du deinen Fiebersenker?«, fragte Mrs Lukov irgendwo hinter mir.

Ich rührte mich immer noch nicht vom Fleck, während ich

sagte: »Hi und ja. Ivan sorgt dafür, dass ich die Tabletten regelmäßig nehme.«

Woher wusste sie, dass ich Fieber gehabt hatte?

»Sei nicht so gierig, Vanya, und lass mich sie auch mal umarmen«, verlangte Mrs Lukov.

Er drückte meinen Körper noch ein letztes Mal mit seinen warmen Armen und ließ mich dann los. Sofort spürte ich, wie mir die Hitze ins Gesicht stieg, und ich betete, dass es eher so wirkte, als wäre ich vom Fieber überhitzt – falls ich überhaupt noch Fieber hatte –, und nicht weil ich dabei erwischt worden war, wie ich vom Sohn dieser Frau Zuneigung empfangen hatte. Sobald ich mich nicht mehr in seinen Armen befand, drehte ich mich langsam herum und fand mich unmittelbar Mrs Lukov gegenüber, die offensichtlich direkt hinter mir gestanden hatte.

Sie strahlte mich an. Mrs Lukov war ein wenig älter als meine Mutter und sah wie eine perfekte Mischung ihrer beiden Kinder aus … nur älter. Sie hatte pechschwarzes Haar, das sie schon in ihrer ursprünglichen natürlichen Haarfarbe färbte, seit ich sie kannte. Sie war groß, schlank, hatte helle Haut und strahlende blaue Augen, die sie eindeutig Ivan vererbt hatte. Sie war fast so schön wie meine Mutter.

Sie war nur nicht durchgeknallt.

»Du siehst furchtbar aus, Jasmine«, behauptete Mrs Lukov und schloss mich sofort in ihre Arme, um mich fest an sich zu drücken. Sie war so groß, dass ich neben ihr beinahe wie ein Zwerg wirkte.

»Ich fühle mich auch furchtbar«, entgegnete ich ehrlich und erwiderte die Umarmung. »Danke für die Einladung. Ich hoffe, ich stecke Sie nicht an.«

»Ach was. Ich sage Vanya schon, dass er dich mal mitbringen soll, seit er mir erzählt hat, dass er mit dir und deiner Familie gegessen hat. Aber er tut immer so, als würde er mich nicht hören«, behauptete sie und wiegte mich hin und her. »Ich war so aufgeregt, als er mir mitteilte, dass du seine neue Partnerin sein würdest. Pëtr und ich dachten schon immer, dass es nur eine Frage der Zeit ist.«

Ja, seine Eltern waren süß. Und ein wenig naiv. Aber ich mochte sie sehr.

»Vor vielen Jahren träumte ich mal, dass ihr beide auf dem Siegerpodest standet und Olympisches Gold gewonnen hattet«, sagte sie und wiegte mich immer noch, als wäre ich ein Baby. Ich genoss diese Fürsorglichkeit. »Vielleicht war das ein Zeichen, was?«

Ich konnte nur hoffen, dass wir es gemeinsam auf ein Siegerpodest schaffen würden, auch wenn es dabei nicht um eine olympische Medaille gehen würde.

Das würde genügen müssen.

»Das wäre schön«, versicherte ich ihr. Meine Stimme klang seltsam, und das hatte nichts mit meiner Krankheit zu tun. »Ich bin mir sicher, dass Ivan neben seiner Partnerin gut aussehen wird – wer immer sie dann auch sein mag.«

Nun verspannte sie sich. Ich spürte, wie sie den Kopf bewegte, hörte aber nicht mehr, was sie sagte.

Und so sehr ich mir auch gut zuredete, mich zu entspannen, gelang es mir einfach nicht.

Denn ich würde nicht diejenige sein, die neben Ivan stand, wenn er in zwei Jahren bei den Olympischen Spielen antreten würde, und damit würde ich klarkommen.

Doch in diesem Moment konnte ich das einfach noch nicht.

Und ich konnte nicht einschätzen, was Mrs Lukov gerade durch den Kopf ging, aber irgendwie hatte sie sich seltsam verhalten.

Als sie mich ungefähr eine Minute später losließ, tätschelte sie meinen Rücken und rieb kreisförmig darüber, ganz ähnlich wie Ivan es vorhin gemacht hatte. Dann sagte sie: »Ich weiß genau, was du jetzt brauchst, um dieses Virus gut zu überstehen.«

Ich hatte vor Jahren schon mal einen von Mrs Lukovs Tees gekostet, der damals war gegen Regelschmerzen gewesen, und ich hatte mich beinahe übergeben. Sie hatte geschworen, dass er die Krämpfe lindern würde. Stattdessen hatte er mir den Appetit verdorben.

»Frisch gepressten Orangensaft mit viel Vitamin C …«

Oh, dem Himmel sei Dank. Ich entspannte mich sofort in ihren Armen.

»Und Wodka. Der wird die bösen Bazillen in dir abtöten.«

Ich verspannte mich wieder. »Ähm …«

»Vanya sagt, du musst kein Antibiotikum nehmen«, sagte sie zu mir, als wüsste ich das nicht. »Und du hast morgen kein Training. Wodka wird dir guttun, Jasmine.«

Wo zum Teufel war Ivan, und warum machte er ihr nicht klar, dass ich keinen Alkohol trinken konnte? Ich *wollte* nichts trinken. Ich mochte den Geschmack von Wodka nicht …

»Willst du etwa ablehnen?«, fragte sie.

Hatte ich dazu den Mumm?

Wäre sie meine Mutter, hätte ich kein Problem damit, Nein zu sagen.

Aber sie war nicht meine Mutter.

Ihr Tonfall ließ mich vermuten, dass ich wahrscheinlich ihre Gefühle verletzen würde, wenn ich etwas ablehnte, von dem sie glaubte, dass es mir helfen würde.

Verdammt.

»Nein, Mrs Lukov«, sagte ich. Eine Sekunde später trat Ivan mir gegen die Wade.

Ich hob mein Bein an und versuchte, ihm ebenfalls einen Tritt zu verpassen, aber er befand sich außerhalb meiner Reichweite.

»Ausgezeichnet«, erwiderte die Frau. »Vanya?« Sie schaute

zu Boden, als hätte sie sich plötzlich an etwas erinnert, und wirkte verwirrt. »Keine Babys heute?«

Babys?

»Ich habe sie zu Hause gelassen«, antwortete Ivan.

Oh. *Oh.*

»Du hast meine kleine Lacey nicht mitgebracht?«, hakte Mrs Lukov nach. Ihre Enttäuschung war mit Händen zu greifen.

»Nein, vor allem nicht Lacey.«

Sie ließ betrübt die Schultern nach unten sacken und runzelte sogar die Stirn, bevor sie zu mir schaute und den Kopf schüttelte. »Er bringt immer mindestens zwei seiner Babys mit. Immer. Sie hinterlassen Unordnung und verteilen überall ihre Haare, aber jetzt vermisse ich sie. Ganz schön albern, nicht wahr, Jasmine?« Sie warf Ivan einen zärtlichen Blick zu. »Vanya und seine geretteten Tiere. Ständig übernimmt er die Sachen, die andere Leute nicht mehr haben wollen. Das macht er schon, seit er ein kleiner Junge war.«

Ich konnte nicht anders, als Ivan einen Blick zuzuwerfen. Er lehnte an der Küchentheke und hatte die Arme vor der Brust verschränkt. Unsere Blicke trafen sich. Und er wandte sich nicht ab.

»Dann eben beim nächsten Mal. Die Suppe ist fertig. Ich werde euch noch Drinks mixen, und dann können wir essen«, verkündete Mrs Lukov.

Als ich aufwachte, wusste ich sofort, dass ich nicht in meinem eigenen Bett war.

Hauptsächlich wusste ich das, weil mir klar war, dass ich auf keinen Fall nackt in meinem eigenen Bett liegen würde.

Und mein Zimmer war auch nicht königsblau gestrichen.

Ich schlief niemals oben ohne. Dafür vertraute ich meiner

Familie nicht genug. Sie konnten jederzeit in mein Zimmer kommen. Und ich wollte sie nicht traumatisieren, indem ich sie Teile von mir sehen ließ, die ich umgekehrt von ihnen auch nicht hätte sehen wollen.

Und als ich in das Halbdunkel des Zimmers hineinblinzelte, bestätigte sich noch etwas anderes, dass ich mich weder in meinem eigenen Zimmer noch in meinem eigenen Haus befand.

Denn unter gar keinen Umständen wäre ich jemals nur mit einem Slip bekleidet und *mit einem verdammten Arm um die Taille* in meinem eigenen Bett aufgewacht.

In dem Moment, in dem mir klar wurde, dass der schwere Arm, der auf meiner Hüfte lag und teilweise um meinen Bauch geschlungen war, behaart war, hätte ich ausrasten können. Als ich den ersten warmen Atemstoß in meinem Nacken spürte, hätte ich schreien können.

Aber ich tat nichts davon.

Hauptsächlich deswegen, weil ich dieses verdammte Königsblau kannte. Ich hatte es gesehen, als ich am Tag zuvor in Ivans Haus herumspaziert war. Und als ich nach unten schaute und den Arm betrachtete, der an meinem Bauch ruhte, sah ich, dass er heller war als mein eigener, muskulös und von dunklem Haar bedeckt. Und wenn das noch nicht reichte, hätte ich die Finger auf meinem Bauch sogar mit verbundenen Augen erkannt.

Doch obwohl ich das alles wusste, erstarrte ich trotzdem zur Salzsäule, weil ich dort ohne Oberteil oder BH lag und mich im Grunde genommen in den Armen des einzigen Mannes auf der Welt befand, von dem ich mich auf diese Weise berühren lassen würde, weil ich ihm vertraute, auch wenn ich das ihm gegenüber niemals zugeben würde. Denn ich war mir nicht mal sicher, wann ich angefangen hatte, ihm zu vertrauen, aber nun war es so.

Aber was zum Teufel war passiert?

»Morgen, Fleischklops«, flüsterte die vertraute Stimme leise und rau. Sein Atem waberte über meinen Nacken … zusammen mit etwas, bei dem es sich um seine feuchten, weichen Lippen handeln musste, während sie jeden Buchstaben formten, der aus seinem Mund kam.

»Morgen?«, hakte ich nach und runzelte entsetzt die Stirn.

Was zum Teufel war passiert? Ich versuchte nachzudenken … Aber mein Körper konnte lediglich die Tatsache anerkennen, dass ich mich elend fühlte. Ich erinnerte mich an nichts mehr, seit wir das Haus seiner Eltern erreicht hatten und seine Mutter angefangen hatte, mir immer wieder Borschtsch und etwas, von dem sie sich weigerte, es als Screwdriver zu bezeichnen, obwohl es in Wahrheit ein Screwdriver war, hinzustellen. Nach dem zweiten Drink hatte ihr Ivan gesagt, dass sie damit aufhören solle, doch sie hatte nicht auf ihn hören wollen.

Da war sie genau wie meine Mutter – niemand sagte Mrs Lukov, was sie zu tun oder zu lassen hatte. Vor allem nicht ihr Sohn.

Und danach war alles irgendwie verschwommen.

»Reg dich nicht auf.« Ivan seufzte in meinen Nacken. »Du hast gestern Abend deinen Sportdrink auf deinen Klamotten verschüttet, als du aus dem Auto gestiegen bist. Und dann bist du mitten in der Nacht in mein Bett gekrochen gekommen.«

Oh Gott. Ich stöhnte entsetzt auf. Woher zum Teufel war der Sportdrink gekommen? Und war ich so betrunken gewesen, dass ich mich komplett damit eingesaut hatte? Ich trank aus gutem Grund nur selten Alkohol, abgesehen von den vielen Kalorien, die manche Drinks hatten.

Und Ivan musste das gewusst haben, denn er lachte, und sein Mund landete in meinem Nacken. »Ich habe dir gesagt, dass du zurück in dein eigenes Bett gehen sollst, aber du hast immer wieder behauptet, dass du stirbst …«

Ich wollte überrascht sein. Doch das war ich nicht.

»Dann hast du immer wieder gesagt: ›Ich habe sie kaputt gemacht.‹ Und ich habe dich gefragt, was du kaputt gemacht hast.« Er verstummte, und sein Atem ging schneller und flacher.

Blödmann.

Er kicherte im Halbschlaf und versuchte, es zu unterdrücken.

»Und du hast gesagt, dass du deine ... deine ...«, brachte er erstickt hervor. Sein Atem ging immer schneller, und ich wusste, dass er lachte. Sein ganzer Oberkörper bebte immer heftiger.

Ich stöhnte. »Halt die Klappe.«

Er bebte immer noch. »Du hast darauf bestanden, dass du deine Leber kaputt gemacht hast«, stieß er schnaufend hervor.

Na toll. Es fühlte sich tatsächlich an, als hätte ich etwas in mir kaputt gemacht. Und zwar so richtig. Ich konnte mich an *nichts* erinnern. So viel wie gestern Abend hatte ich noch nie zuvor getrunken. Und vermutlich würde ich auch nie wieder so viel trinken. Aber wie viel Wodka hatte mir Mrs Lukov mit diesen Drinks überhaupt untergejubelt? Sie hatten nicht besonders stark nach Alkohol geschmeckt, aber ...

Verdammt.

Doch Ivan redete einfach weiter. »Und du wolltest, dass ich dich ins Krankenhaus bringe.«

Ich ächzte.

»Du sagtest, dass ich deine Leber zusammenhalten solle ...«

Oh Gott.

»Nur für eine kleine Weile, Vanya, nur für eine kleine Weile«, stieß er lachend hervor. »Ich habe sie kaputt gemacht.«

Ich hatte ihn Vanya genannt? Hm. Ich verdrängte diesen Gedanken und konzentrierte mich auf den wichtigsten Teil. »Also hast du mich in deinem Bett schlafen lassen? Ohne Oberteil? Damit du meine Leber zusammenhalten konntest?«

Er legte den Arm fester um mich. »Du hast darauf bestanden.«

»Ohne BH.«

»Du bist so zu mir gekommen. Was hätte ich denn machen sollen? Dich zwingen, dir was anzuziehen? Du weißt doch selbst, wie stur du schon bist, wenn du nicht betrunken bist.«

»Du hättest dir was anziehen können.«

»Ich lag gemütlich in meinem Bett und schlief. Du warst diejenige, die hier einfach so auftauchte.«

Ich wollte gerade den Kopf drehen, um ihn über eine Schulter hinweg anzuschauen, doch dann fiel mir ein, dass ich mir vermutlich nicht die Zähne geputzt hatte. »Hast du wenigstens eine Hose an?«

»Nein.«

»Hättest du dir nicht schnell eine anziehen können?«

»Dafür hätte ich unter der warmen Decke rauskriechen müssen.«

»Du hättest mir ein Oberteil anziehen können.«

»Dafür hätte ich dich ohne deine Erlaubnis anfassen müssen.«

Ich hielt den Atem an. Dann verdrehte ich die Augen, als sich die blasse Hand auf meinem Bauch ganz leicht bewegte. »Du Idiot, du fasst mich doch jetzt gerade an.«

Sein Lachen klang genüsslich, reuelos und durch und durch nach Ivan.

»Du hättest dir wenigstens ein Oberteil anziehen können.«

Er hielt inne und sagte dann: »Nö.«

Ich würde ihn umbringen.

»Also bist du einfach davon ausgegangen, dass es schon in Ordnung sein würde, dass wir beide hier so nebeneinanderliegen?«

Ich spürte, wie er mit den Schultern zuckte.

»Warum hast du nicht einfach das Bett verlassen?«

Er schnaubte. »Warum sollte ich? Das ist mein Bett.« Sein leises Lachen waberte über meinen Nacken. »Und ich habe dich schließlich schon mal nackt gesehen …«

Ich stöhnte.

»Und meine Aufgabe besteht darin, dafür zu sorgen, dass es dir gut geht.«

So konnte man es auch sehen.

»Lässt du all deine Partnerinnen betrunken und nackt in dein Bett, du Perversling?«

»Nein. Zeigst du dich all deinen Partnern nackt?«

»Nein.« Ich hätte dem Wort gerne mehr Nachdruck verliehen, aber mein Kopf schmerzte so sehr, dass es mir nicht gelang.

Einen Moment lang schwiegen wir beide, bis Ivan beschloss, eine Frage zu stellen, die ich nicht erwartet hatte.

»Vermisst du ihn?« Etwas berührte meinen Rücken. Ich vermutete, dass es sein Schwanz war, also gab ich mein Bestes, so zu tun, als wäre das halb so wild, obwohl das definitiv nicht der Fall war. Freunde berührten sich nicht auf so intime Weise, oder?

Freunde mit gewissen Vorzügen schon, flüsterte eine kleine Stimme in meinem Kopf, bevor ich sie zum Schweigen brachte und stattdessen fragte: »Wen?«

Wieder entstand eine Pause. Dann antwortete er: »Paul.«

Dieses Mal verlieh ich meinen Worten problemlos Nachdruck. »Igitt, nein.«

Das, was möglicherweise sein Schwanz war, berührte mich immer noch, als er fragte: »Bist du sicher?«

»Absolut.« Dann konnte ich nicht anders, als über meine Schulter zu schauen und ihn *direkt* hinter mir zu sehen. Scheiß auf morgendlichen Mundgeruch. Er war mir so nah. »Vermisst du deine ehemaligen Partnerinnen?«

»Nicht mal ein bisschen«, sagte er.

Hm.

»Bedauerst du es, dass Mindy ein Jahr aussetzen wollte und du jetzt mit mir vorliebnehmen musst?«, stellte ich eine weitere dumme Frage, die ich sofort bereute.

Er starrte mich an. Er war nur wenige Zentimeter von meinem Gesicht entfernt, und wir hatten beide nichts an. Er blickte mir lange in die Augen, als er schließlich doch antwortete, fühlte sich seine einsilbige Antwort nach sehr viel mehr an. »Nein.«

Nein.

Okay.

Wie schwiegen beide. Erst eine und dann fünf Minuten lang, wie mir die Digitaluhr auf seinem Nachttisch, die ich über seiner Schulter sehen konnte, verriet.

Das weiche und doch harte Organ, das sich höchstwahrscheinlich gegen mich presste, schien sich zu bewegen, und ich hätte schwören können, dass ich diese Bewegung in meiner Klit spürte. So wie es sich anfühlte, war es an der Zeit, dass ich mich mal wieder um mich kümmerte. Ich hatte seit dem Morgen, bevor ich krank geworden war, nicht mehr masturbiert, und das war für mich beinahe ein Weltrekord.

»Ivan?«, fragte ich sanft.

»Hm?« Er klang wieder schläfrig und träge.

»Wirst du deinen Schwanz jetzt mal wegnehmen oder wird das diese Art von Freundschaft?«, scherzte ich.

Sein Lachen war leise, als er erwiderte: »Es wird diese Art von Freundschaft.«

Kapitel siebzehn

Sommer/Herbst

Squirt: Abendessen im *Margot's* um 19 Uhr mit Dad.
Seb: OK
Jojo: Das klappt. James und ich sind dabei.
Tali: Klingt gut.
Mom: Ich bringe Ben mit.
Squirt: Okay, Mom.
Mom: Ich weiß, dass du gerade das Gesicht verziehst, Rubella. Lass das.
Mom: Ich bin verheiratet. Er weiß das. Er ist verheiratet. Ich weiß das.
Squirt: Ich habe doch gar nichts gesagt!
Mom: Aber ich weiß, dass du das nicht gutheißt.
Squirt: -_-
Mom: Ich werde mich vorbildlich benehmen.
Squirt: Versprochen?
Mom: Ich verspreche es. Ich werde kein Wort sagen.
Squirt: Du hast es versprochen.
Squirt: Jas, du kommst doch auch, oder?

Ich seufzte und rieb mir mit dem Handrücken über die Stirn. Ich wusste, dass mein Vater seit ein paar Tagen da war. Ich hatte es nicht vergessen.

Ich hatte mich lediglich dafür entschieden, nicht bei Ruby

vorbeizugehen, wo er wohnte, solange er hier zu Besuch war, um Hallo zu sagen.

Nach unseren täglichen Trainingseinheiten, dem Ballett, dem Pilates, dem Fitnesstraining, dem Laufen und der Arbeit war ich müde gewesen. Bis zu unserem ersten Wettkampf blieben uns nur noch zwei Wochen, und wir mussten uns richtig anstrengen. Die Zeit lief uns davon, und ich war total gestresst. Das ging schon die letzten zwei Monate so. Denn nachdem ich meine Krankheit überstanden hatte und mir Ivan endlich »erlaubt« hatte, nach Hause zu gehen, hatten wir uns direkt in die Choreografie gestürzt, die wir für unsere kurze Kür lernen mussten. Wir hatten beschlossen, uns gar nicht erst mit dem üblichen Schaulaufen aufzuhalten, das die meisten Paare für die Galas einübten, die nach den großen Wettkämpfen stattfanden. Ivan und ich hatten entschieden, dass wir uns dafür zu dritt – also zusammen mit Nancy Lee – später irgendwas ausdenken könnten.

Und auch wenn das Einstudieren einer Choreografie an sich schon wirklich anstrengend war, war es für mich noch schwerer gewesen als für Ivan. Nicht dass ich ihm das mitgeteilt hätte oder mir etwas hätte anmerken lassen. Denn ich musste genau das machen, was ich von Anfang an gemacht hatte. Ich musste die Choreografie noch fünfhundertmal durchgehen, wenn meine Trainerin oder meine Choreografen *nicht* dabei waren.

Möglicherweise fanden sie es seltsam, dass ich meine eigene Kamera samt Stativ mitgebracht hatte, um das Training aufzuzeichnen, aber keiner von ihnen hatte deswegen irgendetwas gesagt. Nancy hatte ihre Kamera bereits aufgestellt, damit sie all die kleinen Fehler analysieren konnte, die ihr beim ersten Zuschauen nicht aufgefallen waren. Ich brauchte meine Kamera, um die Bewegungen und Elemente später noch einmal im Wohnzimmer üben zu können. Und unter der Woche bat ich meine Mutter oder Tali oder Jojo mit mir zum LK zu fahren und mir von zehn bis Mitternacht zuzuschauen und mich zu korrigieren, während ich die Kür so oft durchging, dass meine Muskeln gezwungen waren, sie sich einzuprägen.

Fast einen Monat lang schlief ich in sechs Nächten pro Woche nur drei Stunden.

Das war die Hölle gewesen. Das war ätzend gewesen. Das hatte mir schlechte Laune gemacht.

Doch ich wollte mich nicht beklagen, auch wenn ich mich nun vor dem Training schminkte, damit die dunklen Augenringe nicht so auffielen.

Aber ich hatte den Juni überlebt und es in den Juli geschafft.

Und ich hatte auch den heftigen Juli überlebt und dann den August und den September, während unsere Bewegungsabläufe immer wieder auseinandergenommen und neu zusammengesetzt worden waren. Perfektion war harte Arbeit. Aber keiner von uns erwartete oder wollte weniger.

Also …

Machten wir weiter.

Die Samstagabende hielt ich mir für meine Familie frei. Normalerweise schloss sich Ivan mir dann an, sofern nicht eins seiner »Kinder« krank war. Und an diesen seltenen Tagen, an denen sich eins seiner Haustiere nicht gut fühlte, fuhr ich sonntags zu ihm raus, und wir verbrachten den Tag in seinem Haus und gingen mit den Hunden spazieren oder sahen auf seiner großen, gemütlichen Couch fern. Zweimal hatte ich sogar Jessie und Benny mitgenommen, und das war sehr lustig gewesen, denn auch wenn Lacey eine verwöhnte kleine Prinzessin sein mochte, die einem beeindruckend fiese Blicke zuwerfen konnte, liebte sie Kinder.

Ich arbeitete. Ich trainierte. Ich übte. Ich machte mit und ohne Ivan Ballett. Ich machte ohne ihn Pilates, manchmal sogar zusammen mit meiner Mutter. Ich ging laufen, manchmal mit Jojo. Ein paarmal war ich mit Tali klettern. Ruby und Aaron kamen gelegentlich zum Abendessen vorbei.

Jede einzelne Minute meines Lebens zählte plötzlich. Sie war bemessen, gebucht und verplant, bevor der Tag überhaupt angefangen hatte.

Aber ich liebte es. Ich schätzte es. Ich würdigte all diese dem Training abgerungenen Momente und wusste, dass sie notwendig für mich waren.

Ich bekam das alles hin. Ich war glücklich. So glücklich wie nie zuvor.

Also wollte ich ganz sicher nicht meinen Vater treffen.

»Warum machst du so ein Gesicht?«, fragte Ivan, der seine Tasche gerade neben mir abgestellt hatte. Heute würden wir in der Sporthalle an einem Viererwurf arbeiten – denn warum auch *nicht*? Ich hatte vorgeschlagen, es zu probieren, nachdem unsere Trainerin erwähnt hatte, wie leicht uns mittlerweile Dreifachwürfe fallen würden, und dass sie sich vorstellen könne, dass wir *problemlos* noch eine weitere Drehung hinzufügen könnten. Und in der Sporthalle konnten wir das ausprobieren, ohne befürchten zu müssen, dass ich mir auf dem Eis den Kopf aufschlug.

Offensichtlich hatten die Ärzte bei der Routineuntersuchung herausgefunden, dass ich in meinem Leben bereits fünf Gehirnerschütterungen erlitten hatte, also sollte ich nach Möglichkeit vermeiden, mir eine weitere zuzuziehen. Ich hatte angeboten, einen Helm zu tragen, aber das hatte mir nur leere Blicke eingebracht.

Den Stinkefinger hatte ich daraufhin jedoch nur Ivan gezeigt.

Meinen Scherz darüber, dass wir uns auch noch am Pamchenko aus dem Film *Liebe und Eis* versuchen könnten, wenn wir schon dabei wären, hatten sie ebenfalls nicht zu schätzen gewusst.

Also waren wir jetzt hier.

Ich behielt mein Handy vorerst in der Hand und schaute ihn an. Er trug ein dünnes weißes T-Shirt, das so fadenscheinig war, dass es uralt sein musste, und eine ausgeblichene schwarze Trainingshose, die ich noch nie zuvor gesehen hatte, nicht mal bei ihm zu Hause, wo er nicht so sehr auf sein Aussehen achtete und oft dieselbe Kleidung trug, in der er auch trainierte. Und er sah toll aus. Ich hatte keine Ahnung, warum mich das überraschte. »Mein Vater ist in der Stadt.«

Er blinzelte. »Ich dachte, dass dein Dad ein Versager ist.«

Das Kichern, das über meine Lippen kam, klang eher traurig als belustigt. »Nein.« Ich rümpfte die Nase und wandte den Blick ab. Das war er nicht.

»Ich glaube nicht, dass du ihn je erwähnt hast, abgesehen von dieser einen Unterhaltung am Vatertag, als du ihn nicht anrufen wolltest. Ich dachte mir …«

Ich warf einen Blick auf mein Handy. Vor ein paar Monaten hätte ich in einer solchen Situation wahrscheinlich das Thema gewechselt. Aber Ivan war zu jemandem geworden, den ich nicht anlog. Niemals. Dennoch erzählte ich ihm nur einen Teil der Wahrheit. Ihm *alles* zu erzählen wäre zu viel gewesen. Ich war glücklich. Ich wollte das nicht ruinieren. »Wir stehen uns nicht nah. Er lebt in Kalifornien«, erklärte ich.

»Also? Ist er ein Arsch? Hat er nicht jeden Monat Alimente gezahlt?«, fragte er unverblümt.

Ich schüttelte den Kopf und stellte fest, dass ehrlich sein gar nicht so schwer war wie erwartet. »Nein. Er zahlte Alimente und kam damals auch oft zu Besuch, als Rubes, Seb und Tali noch klein waren. Heute kommt er einmal pro Jahr her. Er ruft an Geburtstagen an. Er schickt Geschenkgutscheine zu Weihnachten …« Aber seine Zeit verbrachte er mit seinen Stiefkindern. Doch das sagte ich nicht. Was hätte das gebracht?

Ein seltsamer Ausdruck huschte über sein Gesicht, ich konnte sehen, wie er versuchte herauszufinden, was mein Problem war. Und entweder sagte ich es ihm jetzt, oder er würde mich immer wieder piesacken, bis er die Wahrheit kannte, egal wie lange es dauerte.

»Er hält nichts von meiner Eiskunstlaufkarriere, das ist alles.« Ich zuckte mit den Schultern. »Du kannst dir sicher denken, wie ich mich deswegen fühle. Wie dem auch sei, er ist gerade zu Besuch da, und meine Familie trifft sich heute Abend mit ihm zum Essen. Alle werden da sein, aber ich will nicht hingehen.«

Er lehnte sich vor und tippte mit den Fingern gegen meine Stirn. »Dann lass es. Sag einfach, dass wir trainieren müssen.«

Ich warf ihm einen Seitenblick zu. »Das mache ich schon seit Jahren so, wenn er zu Besuch kommt.«

»Und?«

»Ich will versuchen, es nicht mehr zu machen«, sagte ich. »Ist es nicht blöd, dass ich vor einem Treffen mit meinem Dad davonlaufe, nur weil ich nicht hören will, wie er mich als Enttäuschung bezeichnet?«

Ivan blinzelte. In seinem Kiefer zuckte ein Muskel. Dann senkte er die Stimme und klang plötzlich genau wie an diesem Morgen vor über zwei Monaten, als er neben mir gesessen hatte, während ich mein persönliches Picturegram-Profil gelöscht hatte, nachdem ich immer wieder unangenehme Kommentare und Nachrichten erhalten hatte. Als er darum gebeten hatte, mich ab sofort begleiten zu dürfen, wenn ich zu meinem Postfach ging, hatte ich gar nicht erst widersprochen. Doch seitdem hatte ich offenbar keine gruseligen Briefe mehr bekommen, denn Ivan hatte nie welche gefunden, wenn er für mich meine Post durchgegangen war. »Hat er dich schon mal als Enttäuschung bezeichnet?«

Mist.

»Nein, aber manche Leute sind wirklich gut darin, durchblicken zu lassen, was sie von einem halten.« Sollte ich hingehen? Sollte ich lügen und zu Hause bleiben oder stattdessen etwas mit Ivan unternehmen? »Ich komme schon klar. Ich bin erwachsen geworden. Ich kann inzwischen zwei Stunden lang den Mund halten und mich nicht mit ihm anlegen.«

Zumindest konnte ich es mir ja mal vornehmen.

Ivan stieß mich mit dem Arm an, mit dem er mich mehrmals pro Woche umarmte, normalerweise völlig ohne Grund, aber auch immer dann, wenn wir etwas besonders gut hinbekommen oder einfach ein tolles Training gehabt hatten. »Ich habe heute Abend Zeit.«

Ich schnaubte. »Du hast jeden Abend Zeit.«

Das stimmte. Abgesehen von seiner Familie und mir verbrachte er seine Zeit zu Hause mit seinen Tieren. Er hatte mir mal erzählt, dass er in seiner Kindheit und Jugend so oft unterwegs gewesen sei, dass er nun so viel Zeit wie möglich zu Hause verbringen wolle.

»Ich kann dich zwicken, wenn du Streit anfängst«, bot er an.

Ich konnte mir das Grinsen nicht verkneifen. »Ich bin mir sicher, dass du mich auch dann zwicken würdest, wenn ich keinen Streit anfinge.«

Das Lächeln, das sich auf seine Züge schlich, sorgte dafür, dass mir ganz warm uns Herz wurde, und ich speicherte es ab und legte es in meinem Gedächtnis für später beiseite, so wie ich es immer tat.

»Also, wie ist die Lage, willst du, dass ich von meiner Zeit mit Lacey ein paar Stunden für dich abknapse?«

Oh, Lacey. Dieses misstrauische, nachtragende, niedliche Monster hatte gerade erst angefangen, sich widerwillig von mir streicheln zu lassen. Und auch nur dann, wenn sie es wollte.

Und nur für eine Sekunde. Und nicht auf ihrem Kopf. »Du musst das nicht tun. Ich weiß, dass du lieber zu Hause mit deiner Gang abhängst.«

»Ja, denn das ist der einzige Zeitraum, in dem mich die Leute nicht anstarren und über mich reden«, erwiderte er. Die Ehrlichkeit seiner Aussage überrumpelte mich. »Aber mir gefällt nicht, dass es dir davor graut, deinen Vater zu treffen.« Er schenkte mir ein strahlendes Lächeln. »Du weißt, dass ich dich im Zaum halten werde.«

Ich schnaubte und verdrehte die Augen. »Du kannst es zumindest versuchen.«

»Fleischklops, du weißt, dass ich das kann. Ich habe keine Angst vor dir. Du hast mein Gesicht zu gern, um mir die Nase einzuschlagen.«

»Eines Tages werde ich dir so dermaßen in den Hintern treten, dass du gar nichts mehr im Zaum halten kannst.«

»Du kannst es zumindest versuchen.«

Ich verdrehte erneut die Augen und tat so, als hätte ich kein Schmunzeln auf dem Gesicht.

»Hast du dir schon die Anatomieausgabe besorgt?«, fragte er plötzlich.

Ich blinzelte. »Ist die schon draußen?«

Ivan nickte. »Seit gestern.« Er griff bereits nach seiner Tasche, holte eine glänzende schwarze Zeitschrift mit einem vertraut wirkenden Footballspieler auf der Titelseite hervor und warf sie mir auf den Schoß. »Seite 208.«

Ich blätterte die Zeitschrift durch und entdeckte überall Ausschnitte von Oberschenkeln, Bizepsen und muskulösen Rücken. Schließlich fand ich die entsprechende Seite und starrte das Foto an. Ich war mir sicher gewesen, dass sie eins der Bilder benutzen würden, das die Fotografin geschossen hatte, als wir eine komplizierte Hebefigur gemacht hatten. Die

Fotografin hatte sie uns gezeigt, nachdem wir mit dem Shooting fertig gewesen waren.

Doch die Macher der Zeitschrift hatten sich für keines dieser Bilder entschieden.

Stattdessen hatten sie ein absolut perfektes Foto gewählt, auf dem wir uns mitten in einer Todesspirale befanden. Nun ja, in einer abgewandelten Todesspirale, denn in diesem Fall hatte ich meinen Arm nicht an meiner Seite und beinahe parallel zum Eis gehalten, sondern damit meine Brüste bedeckt, um meine Nippel zu schützen. Ivan hatte sich in diesem Moment in der Drehposition befunden, was im Grunde genommen so aussah, als säße er auf einem imaginären Stuhl, wobei er ein Bein leicht nach hinten gebogen hatte, sodass er sich mit der Fußspitze im Eis verankern konnte. Mit einer Hand hielt er meine ausgestreckte Hand. Er hatte mich im Kreis um sich herumgewirbelt. Mein Körper hatte sich dabei parallel zum Eis befunden und es beinahe gestreift.

Das war eine meiner liebsten Figuren.

Aber als ich mir das Foto von uns in dieser Zeitschrift anschaute … war da noch etwas anderes.

Die Muskelstränge in Ivans Oberschenkeln und Waden waren unglaublich. Der Arm, mit dem er mich festhielt, war lang und stark, seine sichtbare Schulter und sein Hals wirkten verflucht anmutig. Ivan sah umwerfend aus. Er war ein perfektes körperliches Beispiel für all die Dinge, die den Eiskunstlauf ausmachten: elegant, kraftvoll und gelenkig.

Und ich sah auch ziemlich gut aus. Jojo würde sich nicht allzu sehr beschweren können. Der Winkel, aus dem das Foto aufgenommen worden war, zeigte hauptsächlich eine Menge von meinem Oberschenkel, eine Pobacke und die Haut an meiner Hüfte, ein paar Bauchmuskeln, Rippen und meinen Arm bis hinauf zu der Hand, die Ivans hielt.

Es war ein Kunstwerk. Ein Kunstwerk, das jeden Mist, den ich vielleicht mit der Post bekommen würde, die Ivan seit einiger Zeit für mich durchging, wert sein würde. Es war wunderschön.

Ich würde mir eine Ausgabe besorgen und das Foto rahmen lassen.

»Was denkst du?«, fragte der Mann neben mir.

Ich betrachtete den Muskelstrang, der von seinen Rippen um die Seite herum zu seinem Rücken verlief und antwortete: »Es ist ganz gut geworden.«

Ich hatte einen furchtbaren Fehler gemacht.

Einen furchtbaren, furchtbaren Fehler.

Ich hätte zu Hause bleiben sollen. Ich hätte zu Ivan gehen sollen. Ich hätte im LK bleiben sollen.

Alles wäre besser gewesen, als zu dem Abendessen mit meiner Familie zu gehen und meinem Vater zu begegnen.

Denn man vergaß leicht, dass Liebe kompliziert war. Dass einen jemand lieben und das Beste für einen wollen, einen aber gleichzeitig zerstören konnte. Man konnte jemanden auf die falsche Art lieben. Man konnte jemanden zu sehr lieben.

Und in meinem Fall hatte mein Vater diese Art der Liebe perfektioniert.

Ich hatte ganz am anderen Ende des Tischs gesessen und mein Bestes getan, um keine Aufmerksamkeit auf mich zu ziehen, nachdem ich meinen Vater zum ersten Mal seit über einem Jahr umarmt hatte. Das war unangenehm gewesen, zumindest für mich. Aber all meine Geschwister und sogar meine Mom hatten ihn umarmt, also hatte ich es auch getan.

Mein Ziel hatte darin bestanden, den Großteil der Zeit über den Mund zu halten, um zu verhindern, dass ich irgendetwas sagte, das die Situation eskalieren lassen könnte, was viel zu oft passierte, wenn wir uns im selben Raum befanden.

Aber irgendwann war die Situation dann doch eskaliert, so wie es immer passierte, egal wie sehr ich es vermeiden wollte.

Und das hatte ich Ruby zu verdanken.

Ruby, die meinen »tollen neuen Partner« erwähnte – der zwischen mir und Ben Platz genommen hatte – und erzählte, dass wir in den kommenden sieben Monaten an mehreren Wettkämpfen teilnehmen würden.

Mein Dad hatte mir nicht gratuliert und sich auch nicht auf die Seite des Mannes geschlagen, von dem er vermutlich gar nicht wusste, dass er *Goldmedaillen* gewonnen hatte und *Weltmeister* war, der im Internet Fanseiten hatte und dessen Biografie jemand veröffentlicht hatte. Stattdessen hatte er sich über den Tisch gelehnt – er war ein gut aussehender Mann, dessen Haut- und Haarfarbe exakt mit meiner übereinstimmten – und hatte mit einem herablassenden Lächeln gesagt: »Ich freue mich für dich, Jasmine. Aber was wirst du danach machen?«

Später würde ich mir einreden, dass ich es versucht hatte. Ich hatte versucht, die Dumme zu spielen und ihm einen Ausweg zu ermöglichen.

»Nach der Saison?«, zwang ich mich nachzuhaken und hoffte inständig, dass er mich nicht in Verlegenheit bringen oder Ivan beleidigen würde, indem er klarmachte, dass es ihn nicht interessierte, dass Ivan praktisch die Verkörperung von Eiskunstlauf war.

Doch wie bei jeder anderen Gelegenheit war ihm das alles entweder vollkommen egal oder er ignorierte die Tatsache, dass ihm alle anderen am Tisch deutliche Hinweise gaben, dass er verdammt noch mal den Mund halten sollte. »Nein, nachdem du deine Karriere beendet hast«, antwortete er lächelnd. »Deine Mutter hat mir erzählt, dass du immer noch in dem Diner arbeitest. Es ist wirklich wundervoll, dass du nun dein eigenes Geld verdienst, nachdem du all die Jahre über behauptet hast, dass du nicht arbeiten gehen kannst, weil du *trainieren* musst«, sagte er kichernd.

Das hatte ich vor langer Zeit gesagt, mit sechzehn, siebzehn, achtzehn. Damals hatte ich aufgrund der vielen Trainingseinheiten Probleme in der Schule gehabt und trotzdem versucht, jede freie Minute meines Lebens mit Eiskunstlauf zu füllen, weil ich in diesem Alter unfassbar gut gewesen war. Ich hatte die Jugendszene beherrscht. Und zu diesem Zeitpunkt hatte ich ganz sicher nicht in irgendeinem Halbtagsjob arbeiten wollen, weil das das Ende meines Traums bedeutet hätte.

Meine Mutter hatte das immer gewusst und verstanden.

Aber er nicht.

Und mit achtzehn hatte ich es dann verbockt, indem ich ihn gegen besseres Wissen um Geld gebeten hatte.

Du bist ein bisschen zu alt für diesen Eiskunstlaufquatsch, Jasmine, findest du nicht? Konzentrier dich auf die Schule. Konzentrier dich auf etwas, in dem du immer gut sein wirst. Diese Träume sind Zeitverschwendung.

Ich war kein abergläubischer Mensch. Kein bisschen. Aber die darauffolgende Saison war die schlechteste gewesen, die ich je gehabt hatte. Und jede weitere danach war nicht viel besser gewesen.

Das Training lief gut. Alle Vorbereitungen auf den eigentlichen Wettkampf klappten super. Aber in dem Moment, in dem es wirklich drauf ankam … versagte ich. Ich verbockte es. Ich verlor mein Selbstvertrauen. Jedes Mal. Manche Wettkämpfe waren besser als andere gelaufen, aber ein Sieg gelang mir nie.

Und ich hatte nie jemandem erzählt, dass ich insgeheim meinem Dad die Schuld dafür gab. *Konzentrier dich auf etwas, in dem du immer gut sein wirst*. Denn ihm zufolge würde ich nicht immer gut in der einen Sache auf der Welt sein, in der ich tatsächlich großartig war.

Und seine Worte dort im Restaurant, in Anwesenheit meiner gesamten Familie, waren ein verdammter Schlag in die Magengrube gewesen, dem ich nicht ausweichen und mit dem ich auch nicht hatte umgehen können.

Und er hatte einfach weitergemacht.

»Aber du kannst nicht für immer als Kellnerin in diesem Diner arbeiten, und du kannst auch nicht für den Rest deines Lebens Eiskunstlauf betreiben, weißt du?«, hatte mein Vater gesagt und dabei immer noch gelächelt, als wäre nicht jedes einzelne seiner Worte eine Ohrfeige.

Ich biss die Zähne zusammen, senkte den Blick und zwang mich dazu, den Mund zu halten, meinem Vater nicht zu sagen, dass er sich verpissen solle, ihm nicht die Schuld für all den Schaden zu geben, den seine Worte und seine Taten bei mir angerichtet hatten.

Ich zwang mich, meinem Dad nicht mitzuteilen, dass ich keine Ahnung hatte, was ich nach dem Eiskunstlauf machen würde, und diese Tatsache mich in Panik versetzte. Ich wusste nicht mal, was ich in einem Jahr machen würde, wenn meine Zeit mit Ivan vorbei sein würde, aber das würde ich jetzt auf gar keinen Fall ansprechen. Sogar Ivan hatte das Thema seit Monaten nicht mehr zur Sprache gebracht. Und mein Dad musste auf gar keinen Fall erfahren, dass mich Ivan nicht länger als ein Jahr als seine Partnerin haben wollte, selbst wenn er mein bester Freund war und noch dazu eine Person, mit der ich gern meine Zeit verbrachte.

»Ich denke, dass du vielleicht besser aufs College gegangen wärst, so wie Ruby. Sie studierte und machte trotzdem noch das, was sie wollte«, fuhr mein Dad fort und merkte gar nicht, dass er mich quälte und dass meine Mom, die neben mir saß, ihr Messer fest umklammert hatte. »Es ist nie zu spät, um noch mal neu anzufangen und etwas aus dir zu machen. Sogar ich habe darüber nachgedacht, noch mal zu studieren und einen Abschluss zu machen, verstehst du?«

Ich sollte *etwas aus mir machen*?

Ich schluckte, umfasste meine Gabel mit der Faust und spießte mit Nachdruck meine Ravioli auf, um sie mir in den Mund zu stopfen, bevor ich etwas sagen konnte, das ich vielleicht bereuen würde.

Aber vielleicht auch nicht.

Unterm Tisch berührte mich etwas, strich über mein Knie und umfasste es. Mir war nicht klar gewesen, dass ich nervös mit dem Bein gewippt hatte, bis er es zum Stillstand brachte. Aus dem Augenwinkel sah ich, dass Ivans Arm teilweise unter dem Tisch verborgen war. Aber vor allem sah ich, dass er mir einen Seitenblick zuwarf und seine Wangen gerötet waren.

Warum war er rot angelaufen?

»Du musst dich auf etwas konzentrieren, mit dem du Geld verdienen kannst, wenn du älter bist und nicht mehr aufs Eis kannst«, sprach mein Vater nichts ahnend weiter.

Ich umklammerte meine Gabel so fest, dass meine Knöchel weiß hervortraten. Die Hand auf meinem Knie umfasste es fester und rutschte dann weiter nach oben, sodass sie direkt oberhalb meiner Kniescheibe ruhte. Musste er diesen Schwachsinn vor jemandem sagen, der sein ganzes Leben dem Eiskunstlauf gewidmet hatte? Mich zu beleidigen war eine Sache, aber all die harte Arbeit ins Lächerliche zu ziehen, die Ivan in seine Karriere gesteckt hatte, war etwas völlig anderes.

»Du warst in der Schule nicht so gut, aber ich weiß, dass du es schaffen kannst«, fuhr mein Dad fort und klang von seiner Idee, dass ich aufs College gehen sollte, so begeistert, dass ausgerechnet das das Fass zum Überlaufen brachte.

Jasmine hat keine Lernschwäche, hatte er meiner Mom eines Tages bei einem seiner Besuche in der Küche an den Kopf geworfen, als ich vielleicht acht Jahre alt gewesen war und längst im Bett hätte sein sollen. Aber ich hatte mich nach unten geschlichen und den Streit mitbekommen. *Sie muss sich einfach nur konzentrieren.*

Ich schaute diesen Mann an, den ich geliebt hatte und dessen Liebe ich mir so lange gewünscht hatte, und empfand nur jene Wut, die ich in den mehr als zwanzig Jahren, die seit seiner Scheidung von meiner Mutter und seinem Auszug vergangen waren, nicht in den Griff bekommen hatte. Er hatte mich verlassen. Er hatte uns verlassen. Er war einfach *weggegangen.* Und ich schluckte vorsichtig und akzeptierte, dass er mich kein bisschen kannte und mich nie gekannt hatte. Vielleicht war das meine Schuld. Vielleicht war es seine.

Aber das bedeutete nicht, dass ich den Mund halten würde, so wie ich es allen versprochen hatte.

»Nein, ich war nicht besonders gut in der Schule. Ich hasste die Schule«, sagte ich langsam und achtete auf jedes Wort, das über meine Lippen kam. »Und ich hasste mich dafür, dass ich die Schule hasste.«

Mein Dad richtete überrascht die dunklen Augen auf mich. »Oh …«

»Ich habe eine Lernschwäche, Dad. Es war schwer für mich, und ich mochte die Schule nicht«, fuhr ich fort und ließ ihn dabei nicht aus den Augen. Die Blicke, die sich meine Brüder und Schwestern zweifellos zuwarfen, ignorierte ich. »Mir gefiel nicht, dass ich … Wie nanntest du das? … eine ›Sonderbehandlung‹ bekommen musste, um das Alphabet zu lernen, während alle anderen bereits lesen konnten. Mir gefiel nicht, dass ich andere Herangehensweisen finden musste, um zu lernen, wie man Wörter buchstabierte, weil mein Gehirn Schwierigkeiten damit hatte, sich die Abfolgen der Buchstaben zu merken. Mir gefiel nicht, dass ich mich nie an die Zahlenkombination für meinen Spind erinnern und sie mir an jedem einzelnen Tag auf die Hand schreiben musste. Und ich hasste es, dass mich die Leute für dumm hielten.«

Sogar am anderen Ende des Tischs konnte ich hören, wie er schluckte. Aber das hatte er sich selbst zuzuschreiben. Er hatte ein Thema angesprochen, über das alle bis auf Ivan und vielleicht Aaron Bescheid wussten. »Aber es gibt doch Kurse, die du besuchen kannst. Du kannst dir Hilfe suchen.«

»Ich kann lesen und schreiben. Das ist nicht das Problem. Ich habe es *gelernt*. Aber ich werde keinen Collegeabschluss machen. Weder morgen noch in fünf Jahren noch in fünfzig Jahren.«

Mein Vater schaute sich suchend am Tisch um. Ich hatte keine Ahnung, was er zu sehen glaubte oder warum er sich dafür entschied, die Worte zu sagen, die einen Moment später über seine Lippen kamen, aber er tat es. »Jasmine, das sind die Worte einer Versagerin.«

Ich hörte, wie mein Bruder Jojo nach Luft schnappte und Ivans Gabel klirrend gegen den Rand seines Tellers stieß. Hauptsächlich hörte ich jedoch die Wut in mir, die angesichts seiner Worte brodelte. »Du hältst mich für eine Versagerin?«, fragte ich drohend.

»Jas, wir alle wissen, dass du keine Versagerin bist«, meldete sich Jojo endlich schnell zu Wort.

Wir ignorierten ihn beide.

»Du willst nicht studieren, weil es schwer für dich ist. Das sind die Worte einer Versagerin«, behauptete mein Vater und zerschnitt mein Herz damit in zwei Hälften.

Hatte er nicht ein einziges verdammtes Wort von dem, was ich gesagt hatte, gehört?

Neben mir räusperte sich Ivan. Seine Finger auf meinem Oberschenkel wanderten weiter nach oben und drückten zu.

Und bevor ich den Mund öffnen konnte, um mich zu verteidigen, um meinen Vater anzuschreien, dass es darum gar nicht ging, kam er mir zuvor. »Ich weiß, dass ich kein Mitglied dieser Familie bin, aber hierzu muss ich etwas sagen«, verkündete mein Partner ruhig.

Ich schaute ihn nicht an. Das konnte ich nicht. Mir war speiübel vor Wut und Enttäuschung.

»Mr Santos, Ihre Tochter ist die fleißigste Person, der ich je begegnet bin. Sie ist überaus beharrlich. Wenn ihr jemand sagt, dass sie etwas nicht kann, wird sie es garantiert hinbekommen. Ich glaube nicht, dass es auf dieser Welt irgendjemanden gibt, der öfter gestürzt ist als sie, nur um dann direkt wieder aufzustehen. Sie beklagt sich nie, sie weint nie, sie gibt nie auf. Sie ist streng mit sich, wenn ihr etwas nicht gelingt, gibt sie dafür immer nur *sich selbst* die Schuld. Sie ist klug und sie ist unermüdlich«, sagte er ruhig und drückte meinen Oberschenkel.

»Sie kommt von Montag bis Freitag um vier Uhr früh in die Eishalle und trainiert bis acht mit mir. Dann geht sie zur Arbeit. Sie isst im Auto, während der Fahrt, weil sie ansonsten immer trainiert oder arbeitet. Dann kommt sie wieder in die Eishalle und trainiert bis sechzehn Uhr mit mir. An drei Tagen in der Woche geht sie allein zum Ballettunterricht und übt jeweils zwei Stunden. Bei der vierten Balletteinheit in der Woche schließe ich mich ihr an. Einmal die Woche geht sie von achtzehn bis neunzehn Uhr zum Pilates. An vier Tagen in der Woche geht sie laufen und arbeitet nach unserem Training noch allein an ihrer Fitness. Dann geht sie nach Hause, isst, verbringt Zeit mit ihrer Familie und um neun geht sie schlafen. Dann steht sie um drei wieder auf und stellt sich der ganzen Prozedur von Neuem. Und monatelang war sie von zweiundzwanzig Uhr bis um Mitternacht noch mal allein in der Eishalle, um ohne mich zu trainieren. Weil sie zu stolz war, mir gegenüber zuzugeben, dass sie Hilfe brauchte. Danach fuhr sie nach Hause, schlief drei Stunden und fing wieder von vorne an. An sechs Tagen in der Woche.« Er umklammerte meinen Oberschenkel mit aller Macht, aber sein Griff war nicht fest, sondern ... verzweifelt. Und Ivan war noch nicht fertig. »Wenn Jasmine aufs College gehen wollte, würde sie ihren Abschluss mit Auszeichnung machen. Wenn sie Ärztin werden wollte, würde sie Ärztin werden. Aber sie wollte Eiskunstläuferin werden, und sie ist die beste Partnerin, die ich je hatte. Wenn man sich etwas vornimmt, sollte man darin meiner Meinung nach der oder die Beste sein. Und genau das ist Jasmine. Mir ist klar, dass Bildung wichtig ist, aber sie hat eine Gabe. Sie sollten stolz auf sie sein, weil sie ihre Träume nie aufgegeben hat. Sie sollten stolz auf sie sein, weil sie sich selbst treu geblieben ist.«

Ivan hielt inne und sagte dann drei Worte, die mir den Rest gaben. »Ich wäre es.«

Verdammt. *Verdammt.*

Ich hatte nicht mal gemerkt, dass ich meinen Stuhl zurückgeschoben hatte, bis ich plötzlich stand. Ich ließ meine Serviette, meine Gabel und mein Messer neben meinen Teller fallen. In meiner Brust brannte etwas. Heftig. Es häutete mich von innen nach außen.

Wie konnte mich Ivan so gut kennen und mein eigener Dad nicht?

Wie konnte Ivan all diese Dinge über mich wissen und mein eigener Dad enttäuscht davon sein, wer ich war? Wie sollte ich damit umgehen?

Dieses brennende Gefühl erreichte mein Gesicht, und ich hatte plötzlich den Eindruck, nicht mehr atmen zu können. Es fühlte sich beinahe so an, als würde ich ertrinken. Ich drängte mich an den Leuten vorbei, die am Eingang des Restaurants darauf warteten, einen Tisch zugewiesen zu bekommen, schob die Tür auf und rang nach Luft. Ich bedeckte meine Augen mit den Handflächen, schnappte immer verzweifelter nach Luft und versuchte so sehr, nicht zu weinen. Ich und weinen? Wegen meines Vaters? Wegen Ivan? Wegen der Erinnerung daran, dass ich dumm und eine Versagerin war, egal wie ich es betrachtete und wie glücklich ich zurzeit war? Das war alles zu schnell gegangen. Vielleicht gestand ich mir aber auch nur endlich ein, wie sehr mich die Überzeugungen, Wünsche und Handlungen meines Vaters beeinflusst hatten.

Es tat verflucht weh. Es war ätzend.

Ich könnte in dieser Saison jeden Wettkampf gewinnen und würde für meinen Vater immer noch die dumme, nutzlose Jasmine sein. Die enttäuschende, großmäulige Jasmine. Die kalte, wütende Jasmine mit Träumen, die Zeit- und Geldverschwendung waren.

Ich war nicht gut genug für ihn.

Aber ich wollte es sein. Das war das Einzige, was ich immer gewollt hatte. Ich hatte gut genug für meinen verdammten Vater sein wollen. Sogar jetzt, nach diesem ganzen Mist, wollte ich immer noch, dass er *mich sah*. Dass er *mich liebte*. So wie meine Geschwister.

Ich wollte einfach so, wie ich war, gut genug für ihn sein, ohne dass Ivan ihm all die Dinge über mich erklären musste, die er eigentlich hätte wissen sollen.

Die Tür neben mir öffnete sich, und ich hörte ein »Du solltest ihr vermutlich eine Minute geben« von meinem Bruder. Gleich darauf war das Geräusch der sich schließenden Tür zu hören.

Ich spürte, wie jemand sich mir näherte. Zwei Arme legten sich um meine Schultern. Ich musste nur einmal kurz einatmen, um am Geruch zu erkennen, um wen es sich handelte.

Mein Schluchzen sorgte dafür, dass sich mir die ganze Brust in einer Art Beinaheschluckauf verkrampfte. Die Arme, die mich umfangen hatten, zogen mich an eine Brust heran, mit der ich viel zu vertraut war. Ich ließ die Arme sinken und schlaff an meinen Seiten nach unten hängen. Und ich ließ es einfach geschehen. Ich senkte den Kopf, bis er an diesen Brustmuskeln ruhte, die ich schon zahllose Male gesehen, berührt und bewundert hatte. Dann biss ich die Zähne zusammen, um mich davon abzuhalten, erneut zu schluchzen.

Aber es gelang mir nicht.

Er murmelte »verdammt« und legte seine Wange von oben auf meinen Kopf. Ivans Stimme war so leise, dass ich ihn kaum hörte. »Warum tust du dir das an? Hm?«, fragte er.

Ein stockendes, zittriges Schluchzen entrang sich meiner Brust und bereitete mir noch mehr Schmerzen, als ich ohnehin schon hatte.

»Du weißt, wie gut du bist. Ist dir klar, wie selten das vorkommt. Du weißt, wie viel Arbeit du in alles steckst. Du weißt, wie stark du bist«, flüsterte er und verschränkte die Arme hinter meinen Schulterblättern. »Dein Dad weiß nicht das Geringste über Eiskunstlauf, Jasmine. Und so wie es klingt, kennt er dich kein bisschen. Du solltest das, was er denkt, nicht an dich heranlassen. Das weißt du doch, oder?«

»Ja, das weiß ich«, flüsterte ich an seiner Brust und kniff die Augen fest zu, damit ich mich nicht noch mehr blamieren würde, indem ich sein Hemd vollheulte.

»Du hast mich gewarnt, aber ich habe dir nicht geglaubt«, fuhr er fort. Seine Wange ruhte immer noch auf meinem Kopf.

»Ich habe es dir ja gesagt«, sagte ich kläglich. »Ich wollte gar nicht herkommen. Ich wusste, was passieren würde. Aber ich hatte gehofft, dass es dieses Mal vielleicht anders sein würde. Dass ich vielleicht einfach den Mund halten und er dann so tun könnte, als wäre ich gar nicht da, so wie er es früher immer machte. Dass er mich dieses Mal vielleicht nicht kritisieren und mir nicht all die Vorschlage um die Ohren hauen würde, was ich mit meinem Leben anfangen könnte. Aber nein. Ich weiß nicht mal, warum ich mir überhaupt noch die Mühe mache. Ich werde nicht als Ingenieurin arbeiten. Ich werde nicht studieren. Ich werde keine Projektmanagerin wie Tali werden und ich werde noch nicht mal einfach nur wie Ruby sein. Ich werde meinen Brüdern und Schwestern niemals gerecht werden. Ich *bin* ihnen nie …«

Meine Stimme brach.

Und das war der Moment, in dem mir der erste Tränenschwall in die Augen schoss. Ich hielt die Luft an, um ihn zurückzuhalten. Denn ich würde nicht weinen. Ich würde verdammt noch mal nicht weinen, vor allem nicht wegen der Kommentare meines Vaters.

Doch der eigene Körper hörte nicht immer auf das, was man ihm sagte. Wer hätte das besser gewusst als ich. Aber es fühlte sich trotzdem wie Verrat an, als die Tränen zu fließen begannen.

Ivan umarmte mich fester und zog mich so dicht an sich heran, dass wir beinahe miteinander verschmolzen.

»Ich war ein Unfall, weißt du? Die Beziehung meiner Eltern war bereits in die Brüche gegangen, doch dann wurde meine Mutter schwanger, und mein Vater blieb noch ein paar Jahre in der Hoffnung, dass sich die Situation bessern würde, doch das funktionierte nicht. Und ich war nicht gut genug, um ihm einen Grund zum Bleiben zu geben, also ging er fort. Er ging einfach fort und kam einmal im Jahr wieder, und meine Brüder und Schwestern liebten ihn, und er liebte sie und …«

»Du bist kein verdammter Unfall, Jasmine«, raunte Ivans Stimme dicht an meinem Ohr, und meine Schultern verspannten sich so sehr, dass ich zitterte und weinte. Weil mich mein Dad verlassen hatte, als ich drei Jahre alt gewesen war. Und anstatt dabei zuzusehen, wie ich aufwuchs, anstatt da zu sein und mir das Fahrradfahren beizubringen, so wie er es all meinen Brüdern und Schwestern beigebracht hatte, war er einfach fort gewesen, und meine Mom hatte diese Aufgaben übernommen.

»Die Trennung deiner Eltern hatte nichts mit dir zu tun, es war nicht deine Aufgabe, die Familie zusammenzuhalten«, fuhr er gleichzeitig sanft und wütend fort.

Und ich weinte einfach weiter.

Seine Arme um mich herum waren fest. Sein Gesicht, sein Mund und sein ganzer Kopf waren über mir, und er hatte mich mit seinem Körper umfangen, als könnte er mich auf diese Weise vor allem abschirmen und beschützen.

»Du bist gut genug. Du wirst immer gut genug sein. Hörst du?«

Doch ich weinte weiter. Sein Hemd unter meinem Gesicht wurde nass, aber ich konnte nicht aufhören. Ich konnte nichts dagegen ausrichten. Ich weinte, als hätte ich … noch nie geweint.

Denn mit mir stimmten eine Million Dinge nicht, und die eine Sache, die völlig in Ordnung war, die eine Sache, die ich konnte, war eine der größten Enttäuschungen für meinen Vater … und alle anderen, die ich liebte.

Ivan fluchte. Dann umarmte er mich fester und fluchte noch einmal.

»Jasmine«, sagte er. »Jasmine, hör auf. Du zitterst«, ließ er mich wissen, als könnte ich das nicht selbst spüren. »In einem Interview sagtest du mal, dass eislaufen dir das Gefühl gibt, etwas Besonderes zu sein. Aber du wirst immer etwas Besonderes sein. Ob du nun Eiskunstlauf betreibst oder nicht. Ob du nun Medaillen gewinnst oder nicht. Deine Familie liebt dich. Galina liebt dich. Denkst du, dass Galina ihre Liebe an Leute verschwendet, die sie nicht verdienen? Nancy bewundert dich so sehr, dass sie mir aus ihrem Auto heraus Textnachrichten schickt, wie gut sie dich findet. Denkst du, dass sie das bei jedem macht? Du hast mehr Leidenschaft in dir als jeder andere, dem ich je begegnet bin. Und dein Vater liebt dich auch, auf seine eigene verkorkste Art.«

Er senkte den Kopf zu meinem Ohr und flüsterte: »Und wenn wir eine verdammte Goldmedaille gewinnen, wird er dir zuschauen und denken, dass er nicht stolzer auf dich sein könnte. Er wird allen erzählen, dass *seine Tochter* eine Goldmedaille gewonnen hat, und du wirst wissen, dass du es ohne ihn geschafft hast. Dass du es geschafft hast, obwohl so viele Leute nicht an dich geglaubt haben. Diejenigen, die für dich eine Rolle spielen sollten, sind diejenigen, die schon immer gewusst haben, wozu du fähig bist.« Er schluckte so laut, dass ich es hörte. »Ich glaube an dich. An uns. Egal was passiert, du wirst immer die beste Partnerin sein, die ich je hatte. Du wirst immer die fleißigste Person sein, der ich je begegnet bin. Es wird immer nur dich geben.«

Ich schluchzte an seiner Brust. Diese verdammten Tränen flossen einfach ungehemmt aus mir heraus. Seine Zuneigung, seine Worte, sein Vertrauen in mich … Das war einfach alles zu viel.

»Ich würde dir jedes Band, jeden Pokal, jede Medaille und alles andere in meinem Haus oder im LK geben, wenn es etwas bedeuten würde«, versicherte er mir. »Ich werde dir geben, was immer du willst, wenn du nur aufhörst zu weinen.«

Aber ich konnte nicht aufhören. Und ich hörte nicht auf. Nicht für jede Medaille auf der Welt hätte ich aufhören können. Nicht für jede Ehrung, die man als Eiskunstläufer erhalten konnte und von denen ich mein halbes Leben lang geträumt hatte.

Ich weinte einfach weiter.

Weil ich mir nicht gut genug vorkam. Weil ich das Gefühl hatte, nicht zu genügen. Weil ich trotz all der negativen Kommentare und all der verdrehten Augen und all der Dinge, die ich auf meinem Weg hatte aufgeben müssen, durchhalten musste. Aber hauptsächlich weinte ich, weil mein Vater mir nichts zutraute.

Ivan hielt mich fest und umarmte mich die ganze Zeit über, während ich dastand und Schmerz herausweinte, von dem ich nicht mal gewusst hatte, dass er in mir gewesen war. Es mochten nur ein paar Minuten gewesen sein, aber wenn man bedachte, dass ich in den letzten zehn Jahren nur zweimal geweint hatte, war es vermutlich eher eine halbe Stunde, die wir dort vor dem Restaurant standen und die Leute ignorierten, die es betraten und verließen. Möglicherweise starrten sie uns an oder auch nicht. Wer konnte das schon sagen?

Doch Ivan ging nirgendwohin.

Als meine Schluchzer langsam versiegten und ich endlich anfing, mich zu beruhigen, und das Gefühl hatte, wieder atmen zu können, bewegte er einen seiner Unterarme, der quer um meinen Rücken geschlungen war. Ivan legte die Hand flach auf mein Kreuz, ließ sie von dort aus nach oben gleiten und beschrieb kleine Kreise auf meinem Rücken, um dann wieder nach unten zu streichen.

Ich hasste es zu weinen. Aber mir war nicht klar gewesen, dass ich es noch mehr hasste, allein zu sein.

Und ich würde nicht zu sehr darüber nachdenken, dass Ivan derjenige war, der mir Trost spendete, dass er derjenige war, der mich besser als jeder andere in diesem Restaurant verstand.

Langsam und sehr viel zaghafter als nötig – denn zwischen Ivan und mir gab es nichts mehr, was uns noch trennte – schlang ich die Arme um seine Taille und erwiderte die Umarmung. Er hatte mehr von mir gesehen als jeder andere Mann, mich öfter berührt, als es jeder andere vermutlich je tun würde, und mich häufiger umarmt als jeder andere vor ihm.

Ich bedankte mich nicht bei ihm. Ich ging davon aus, dass

er meine Umarmung als das verstehen würde, was sie war. Ein Dankeschön.

»Du bist in Ordnung«, sagte er.

Es war keine Frage gewesen, doch ich nickte trotzdem. Meine Nasenspitze stupste gegen einen kräftigen Brustmuskel. Denn ich war in Ordnung. Denn er hatte mit allem, was er gesagt hatte, recht gehabt. Und ich wusste, dass mit mir alles in Ordnung kommen würde, weil er an mich glaubte. Ivan. Jemand. Endlich.

Ich holte erstickt Luft. Ich fühlte mich elend, aber nicht mehr vollkommen armselig. Irgendein Teil meines Gehirns versuchte, meinem Nervensystem mitzuteilen, dass ich mich schämen sollte, aber das konnte ich nicht. Nicht mal ein bisschen. Ich hatte auch niemals meine Schwester für schwach gehalten, nur weil sie wegen der verrücktesten Kleinigkeiten weinte.

Mein Vater hatte mich verletzt.

Und sowohl das Kind als auch die Erwachsene Jasmine hatten nie gewusst, wie sie damit umgehen sollten.

»Willst du von hier verschwinden oder wieder reingehen?«, flüsterte er und rieb dabei immer noch meinen Rücken.

Ich musste nicht mal darüber nachdenken, während ich dort stand und nicht einen Muskel bewegte, abgesehen von denen, die ich brauchte, um seine schmale Taille umklammert zu halten. Und als meine Stimme dann schließlich heiser und erstickt über meine Lippen kam, ließ ich ganz sicher nicht zu, dass ich auf irgendeine Weise Scham empfand.

»Lass uns wieder reingehen.«

Ivan gab einen amüsierten Laut von sich. Sein Gesicht ruhte immer noch an meinem Kopf. »Das dachte ich mir.«

»Es ist ohnehin schon total unangenehm da drinnen. Da kann ich es ebenso gut noch unangenehmer machen«, sagte ich heiser, war jedoch nicht so ganz überzeugt.

Seine Brust bebte unter meiner Wange, und gleich darauf lehnte sich Ivan zurück, legte seine starken Handflächen an meine Schläfen und umschloss meinen Kopf mit seinen langen Fingern. Er blinzelte nicht. Er lächelte nicht. Er schaute mir einfach direkt und mit todernster Miene in die Augen und sagte: »Mag sein, dass ich dir manchmal in den Hintern treten will, und mag sein, dass ich dir an den Kopf werfe, dass du ätzend bist, wenn du was verbockst und auch wenn nicht. Aber du weißt, dass ich das nur mache, weil dich irgendjemand im Zaum halten muss. Das, was ich vorhin sagte, war mein Ernst. Du bist die beste Partnerin, die ich je hatte.«

Der winzige Anflug eines Lächelns zupfte an meinen Mundwinkeln.

Zumindest bis er weitersprach. »Aber das werde ich nie wieder laut zugeben, also solltest du es besser für schlechte Zeiten in deinem Gedächtnis abspeichern, Fleischklops. Und falls dein Vater noch mal so mit dir redet oder behauptet, dass wir keine richtigen Sportler sind, dann kriegt er ein Problem mit mir. Ich bin nur höflich geblieben, weil er dein Vater ist.«

Ich nickte, denn es war in diesem Moment das Einzige, was ich tun konnte.

Er ließ die Hände sinken, unterbrach den Blickkontakt jedoch für keine Sekunde. Auch ich ließ die Arme sinken und ließ ein klein wenig Abstand zwischen uns.

»Ich werde dir immer den Rücken freihalten, darauf kannst du dich verlassen«, verkündete er ernst.

Ich nickte, weil ich das wusste, aber auch weil ich ihm ebenfalls den Rücken freihalten würde. Immer. Sogar in einem Jahr noch, wenn er eine neue Partnerin haben würde. Immer.

Dieser Mann kannte meine Körpersprache bereits besser als jeder andere. Daher überraschte es mich nicht, als wir uns beide gleichzeitig zur Tür des Restaurants umdrehten. Während er die erste und dann die zweite Tür für mich öffnete, wischte ich mir über die Augen. War mir klar, dass ich aussah, als hätte ich fast eine halbe Stunde lang geweint? Ja.

Und es war mir vollkommen egal.

Als die Empfangsdame Ivan und mich anstrahlte und dann plötzlich erstarrte, wich ich ihrem Blick nicht aus. Ich schaute sie einfach an. Mein Make-up war wahrscheinlich verschmiert, meine Augen mussten verquollen und rot sein, und mein Gesicht war zweifellos ebenfalls angeschwollen. Aber ich ging einfach weiter.

Und als Ivan dann seine Hand in meine gleiten ließ und einmal kurz zudrückte, bevor er mich wieder losließ, als wäre nichts gewesen, schluckte ich und behielt den Kopf hocherhoben.

Wie erwartet war die Verlegenheit am Tisch schon von Weitem ersichtlich. Die Einzige, deren Mund sich bewegte, war meine Schwester Ruby, doch der Ausdruck auf ihrem Gesicht ließ mich vermuten, dass sie keine Ahnung hatte, wovon sie redete. Aber alle anderen, darunter auch mein Vater, starrten stur auf ihre Teller. Das Wissen, dass ich ihnen das Abendessen ruiniert hatte, löste in mir keine Genugtuung aus, und das überraschte mich nicht.

Denn das hatte ich nicht gewollt.

»Da bin ich wieder, ihr Schnarchnasen«, sagte ich mit meiner vom Weinen heiseren Stimme und zog meinen Stuhl zurück.

Alle starrten mich überrascht an, als ich mich an den Tisch setzte. »Ich habe dafür gesorgt, dass sie den Kindern nur die Süßigkeiten klaut und sie nicht auch noch verprügelt«, kommentierte Ivan trocken, während er sich setzte und dann nach seiner Serviette griff. »Nur eins von ihnen hat geweint.«

Ein Lächeln zupfte an meinen Lippen. Meine Augen fühlten sich trocken an, und mein Gesicht war ganz heiß.

Keiner aus meiner Familie sagte etwas. Eine ganze Minute lang herrschte Schweigen. Vielleicht sogar zwei Minuten lang.

Bis …

»Außerdem hat dich noch eine Wespe in beide Augen gestochen, während du draußen warst, was?«, meldete sich mein Bruder Jonathan zu Wort und warf mir einen Blick zu, der nicht so ganz zufrieden wirkte.

Ich blinzelte ihn an, ignorierte die Anspannung in meiner Brust und sagte: »Nachdem sie dir das ganze Gesicht zerstochen hat, so wie es aussieht.«

Jonathan kicherte, aber es klang halbherzig. »Du siehst wie ein Waschbär aus.«

Ich schniefte, griff nach meinem Besteck und ignorierte den Blick meines Vaters, den ich auf mir spüren konnte. »Wenigstens hat Mom *mich* nicht im Müll gefunden.«

Mein Bruder gab einen erstickten Laut von sich. Im selben Augenblick landete zum zweiten Mal an diesem Abend eine Hand auf meinem Oberschenkel und drückte zu.

Eine Sekunde später erklang ein Räuspern, und mein Vater sagte: »Jasmine …«

Doch Ruby schnitt ihm regelrecht das Wort ab, indem sie rief: »Ich bin schwanger!«

»Soll ich dich nach Hause fahren«, fragte Ivan, während wir darauf warteten, dass der Rest meiner Familie aus dem Restaurant kam.

Mein Gesicht war immer noch verquollen und angespannt, und ich war mir sicher, dass ich richtig übel aussah. Doch ich schaute in sein attraktives Gesicht und schüttelte den Kopf. »Nein, das ist albern. Ich weiß, dass du schon längst im Bett sein müsstest und deinen Schönheitsschlaf brauchst. Ich kann mit meiner Mutter nach Hause fahren.«

Der Mann, der den Rest des Abendessens über geschwiegen hatte, nickte. Er wirkte irgendwie sauer, aber ich hatte keine Ahnung, ob ich oder mein Vater der Grund dafür war. Vielleicht bildete ich mir das aber auch nur ein, weil ich immer alles auf mich bezog.

Ohne darüber nachzudenken, ergriff ich seine Hand, schüttelte sie und drückte sie fest. »Danke, dass du mitgekommen bist und für alles, was du gesagt und getan hast.« Ich drückte erneut seine sehr viel größere Hand. »Das hättest du nicht tun müssen …«

Er hatte den Blick fest auf mich gerichtet. »Doch.«

»Nein, hättest du nicht.«

»Doch.« Nun drückte er auch meine Hand. »Ich musste es tun.«

Ich starrte direkt in seine himmelblauen Augen. »Wenn du mal irgendwelche Probleme mit deiner Familie hast und meine Hilfe brauchst, werde ich da sein.«

Etwas, das man als Lächeln betrachten konnte, lockte seine Grübchen hervor, und er schüttelte den Kopf. »Nein. Mit meiner Familie wird es keine Probleme geben. Sie unterstützen mich alle. Mein Großvater würde dich übrigens lieben, weißt du.« Er hielt inne, und die Grübchen wurden ein wenig tiefer. »Meine Ex-Partnerinnen hingegen … Ich kann von Glück reden, dass sie alle Vertraulichkeitsvereinbarungen unterschrieben haben. Da könnte ich vielleicht irgendwann Hilfe brauchen.«

Ich blinzelte ihn an, während ich diese seltsame Aussage zu verstehen versuchte. Dann schob ich das Thema beiseite und versuchte, die Unbeschwertheit dieser Unterhaltung beizubehalten. »Ich passe auf dich auf«, versicherte ich ihm mit einem Nicken.

Er drückte erneut meine Hand.

In diesem Moment ging die Tür hinter ihm auf, und ich

konnte meinen Bruder und James hören, die miteinander diskutierten. Dahinter folgte meine Mutter, die auf meine Schwester schimpfte, dass es ja wohl unmöglich gewesen war, die Schwangerschaft vor ihr zu verheimlichen. Diese Heuchlerin.

»Dann werde ich mich mal auf den Weg machen«, sagte mein Partner – mein Freund – und ließ seine Hand sanft aus meiner gleiten. »Wir sehen uns morgen. Ruh dich ein bisschen aus. Und ruf mich an, wenn du mich brauchst.«

Ich nickte und ... etwas ... zupfte an meinem Herzen.

Und bevor ich darüber nachdenken konnte, was ich tat, stellte ich mich auf die Zehenspitzen und küsste das, was ich von Ivan erreichen konnte – sein Kinn.

Er schaute mich mit einem Ausdruck an, den ich bei ihm noch nie zuvor gesehen hatte.

Das freute mich. Also versetzte ich ihm einen Klaps auf die Hüfte und sagte: »Fahr vorsichtig, Satan.«

Er blinzelte. Einmal. Zweimal. Und dann nickte er. Seine Augen sahen für einen Moment ganz glasig aus, bevor er sich wieder im Griff hatte. Dann machte er einfach so auf dem Absatz kehrt, ging auf seinen Wagen zu und ließ mich dort stehen. Ich schaute ihm hinterher ... bis etwas Vertrautes auf meinen Hintern prallte ...

Mein Bruder.

Er schlang einen Arm um meine Taille und zog mich an sich heran. Jonathan drückte mich linkisch und flüsterte mir dann heiser und als wären ihm seine Worte peinlich ins Ohr: »Ich hab dich lieb, Brummbär.«

Ich schlang ebenfalls einen Arm um ihn und sagte: »Ich hab dich auch lieb, Blödmann.«

Er schnaubte, ließ mich aber nicht los. Wenn überhaupt, drückte er mich nur noch fester an sich und flüsterte: »Ich mag es nicht, wenn meine kleine Schwester in Tränen aufgelöst ist.«

Ich stöhnte und versuchte, mich von ihm zu befreien.

Er ließ es nicht zu. »Meine klitzekleine Schwester.«

»Wenn du noch einmal ›klitzeklein‹ sagst …«

Er lachte lahm. »Ich hab dich lieb, Brummbär. Und ich bin stolz auf dich. Wenn ich Kinder hätte und sie nur halb so engagiert und fleißig wie du wären, wäre ich selig.«

Ich seufzte und umarmte ihn fester. »Ich hab dich auch lieb.«

»Nimm dir Dads Gerede nicht zu Herzen, okay?« Mein großer Bruder drehte den Kopf und gab mir einen Schmatzer aufs Haar. Dann ließ er mich einfach so los. So plötzlich, dass ich beinahe umkippte.

Aus dem Augenwinkel konnte ich sehen, wie sich mein Vater mit James und Sebastian unterhielt. Ich verspürte zwar nicht den Drang davonzulaufen, aber ich wollte auch definitiv nicht mit ihm reden.

»Lass uns fahren, Brummbär«, sagte meine Mutter, hakte sich bei mir unter und zog mich mit sich. Ihr Mann Ben folgte uns. Er hatte einen Arm auf meine Schulter gelegt und schob mich in Richtung Parkplatz.

Was sollte ich sagen? Nein? Bitte stehen bleiben?

Mein Bruder und meine Schwestern würden sich zwar darüber beschweren, dass ich gegangen war, ohne mich von ihnen zu verabschieden, aber sie würden es verstehen. Ich joggte förmlich neben meiner Mutter her, und so erreichten wir zu dritt Bens BMW und stiegen in Rekordzeit ein. Ich ließ mich auf den Rücksitz gleiten, während Ben auf der Fahrerseite einstieg und Mom sich auf den Beifahrersitz setzte.

Sobald alle drei Türen geschlossen waren, schrie meine Mutter los.

Sie schrie so laut und so lange, dass Ben und ich uns die Ohren zuhielten und sie anstarrten, als hätte sie den Verstand verloren.

»Ich kann deinen Vater nicht ausstehen!«, rief sie, nachdem ihr zweiter Schrei verklungen war. »Was *stimmt nicht* mit ihm?«

Ich schaute im gleichen Moment in den Rückspiegel wie Ben, und wir zogen beide die Augenbrauen hoch. Dann steuerte er das Auto im Rückwärtsgang vom Parkplatz.

»Es tut mir leid, Jasmine, es tut mir so leid«, entschuldigte sich meine Mutter und drehte sich auf ihrem Sitz zu mir herum.

Ich hatte immer noch die Augenbrauen hochgezogen. »Ist schon gut, Mom. Schnall dich an.«

Sie ignorierte mich. »*Gott*, ich will ihn umbringen!«

Das hatte ganz schön schnell eine düstere Wendung genommen.

»Bist du sicher, dass es dir gut geht?«, fragte sie, ohne sich von mir abzuwenden. Auf ihrem Gesicht spiegelte sich eine Mischung aus Bestürzung und Zorn.

»Ja, es geht mir gut. Schnall dich an.«

»Ist der immer so?«, fragte Ben, während er das Auto über den Parkplatz steuerte.

»Ein Arschloch?«, warf meine Mom ein. »Ja, vor allem im Umgang mit den Kindern.«

Ich liebte es, wie sie uns gegenüber einem Mann, der nur ein paar Jahre älter als mein Bruder war, als ihre Kinder bezeichnete.

»Aber dir vorzuwerfen, dass du eine Versagerin wärst? Er kann von Glück reden, dass ich Squirt versprochen habe, mich zu benehmen, sonst hätte ich ihm den Arsch aufgerissen und noch mal mit der Faust draufgehauen.«

Ich hätte angesichts dieser Äußerung vermutlich nicht grinsen sollen, aber ich konnte es mir einfach nicht verkneifen.

»Sie hat mich die ganze Zeit unter dem Tisch ins Bein gekniffen«, ließ mich Ben wissen. Das überraschte mich nicht.

So war meine Mutter eben. Sie würde mich bis in alle Ewigkeit verteidigen.

»Die Sache tut mir wirklich leid, Jas«, murmelte der vierte Ehemann meiner Mom.

»Ist schon gut.«

»Es ist nicht gut.« Mom drehte sich erneut zu mir herum. »Du bist eine Weltklassesportlerin, und er lässt es so aussehen, als wärst du … irgendein kleines Mädchen, das an den Wochenenden aus Spaß ins Eisstadion geht. Und ich saß einfach nur da und starb innerlich, während mein Brummbär aufgewühlt nach draußen lief.«

»Mom …«

»Ich will ihn nicht mehr sehen. Es wäre besser, wenn ich ihn nicht wiedersehe, solange er hier ist. Am besten sehe ich ihn ein ganzes Jahrzehnt lang nicht wieder. Nach dieser Aktion kann Ruby Zeit mit ihm verbringen. Er sollte lieber nicht erwarten, dass du dich noch mal mit ihm triffst.«

»Er will ohnehin nie Zeit mit mir verbringen, Mom. Das ist halb so wild. Sogar das Abendessen wäre nicht nötig gewesen, und ich bereue es, überhaupt dazugekommen zu sein.«

Sie blinzelte mich mit diesen großen blauen Augen an, die Männer schwach werden ließen.

»Ich bin gestresst«, fuhr ich fort. »Ich weiß nicht, warum ich ausgerastet bin. Es ist in Ordnung. Ich habe es so lange geschafft, ihn nur einmal pro Jahr für einen Tag zu sehen. Ich kann für den Rest meines Lebens so weitermachen. Er ist ohnehin nie da gewesen. Und es ist ja nicht so, als würde ihn das ernsthaft kümmern. Ihm wird dieser Abend keine schlaflosen Nächte bereiten. Das wird nur mir so gehen.«

Sie reagierte nicht. Dann sagte sie: »Jas … du weißt, dass dich dein Dad liebt, oder?«

Wo zum Teufel war das denn jetzt hergekommen?

»Er liebt niemanden mehr als dich«, fuhr sie fort.

Ich kicherte *beinahe*.

Aber ich schaffte es, sie einfach nur anzustarren und ihr weder zuzustimmen noch zu widersprechen, denn ich wollte nicht mehr darüber reden. Ich wollte nicht mehr über ihn reden.

Und ich wollte kein Mitleid. Zumindest nicht noch mehr.

Meine Mom streckte eine Hand aus und tippte an mein Kinn. »Er hat sich heute Abend wie ein Arschloch aufgeführt, aber er liebt dich auf seine Weise. Er ist nur ... kompliziert. Dumm. Engstirnig.«

Dieses Mal konnte ich es mir nicht verkneifen, die Augen zu verdrehen, während ich mich auf meinem Sitz zurücklehnte. »Jeder weiß, dass Ruby sein Liebling ist, Mom. Das ist halb so wild. Das wusste ich schon immer.«

Ihr Stirnrunzeln war echt. »Wie kommst du darauf?«

Ich kicherte. »Wann hat er mir das letzte Mal ein Flugticket gekauft, damit ich ihn besuchen konnte? Ruby besorgt er jedes Jahr Tickets. Und auch für Tali und Jojo hat er schon ein paarmal Tickets gekauft. Aber für mich? Wann?«

Sie öffnete den Mund, als wollte sie widersprechen, doch ich schüttelte nur den Kopf.

»Das ist in Ordnung. Wirklich. Ich will nicht mehr darüber reden. Ich komme damit klar. Ich weiß, dass er engstirnig ist, und ich weiß, dass er glaubt, mich auf seine Weise zu lieben. Aber ich bin mit ihm fertig. Wenn er mich nicht so akzeptieren kann, wie ich bin, dann kann ich ihn nicht dazu zwingen, und ich werde meine Träume nicht für ihn aufgeben.«

Ihr Mund klappte ein klein wenig auf, und sie schüttelte den Kopf. »Oh, Jas ...«

»Ich will nicht darüber reden. Das ist alles nicht deine Schuld. Das ist eine Sache zwischen ihm und mir. Wir müssen das nicht länger erörtern«, sagte ich. Dann schloss ich die Augen und lehnte mich zurück.

Und damit war die Unterhaltung beendet.

Doch während ich dasaß, konnte ich nichts gegen diese Traurigkeit ausrichten, die mich überkam und irgendwie mit Entschlossenheit vermischt war.

Kapitel achtzehn

»Können wir reden?«, hörte ich die Stimme meines Vaters hinter mir.

Ich erstarrte. Ich lehnte gerade an der Bande und wartete auf Ivan und unsere Trainerin, die darüber diskutierten, ob wir einen Sprung ändern sollten oder nicht. Mir war egal gewesen, ob wir ihn änderten oder es bei der ursprünglichen Variante beließen. Also ließ ich sie das ausdiskutieren. Ich war müde und emotional ausgelaugt – der gestrige Abend hatte mich erschöpft. Also wartete ich an der Bande, schaute ihnen zu und trank Wasser.

Meinen Vater hatte ich nicht bemerkt.

»Jasmine, bitte«, flehte er leise, als ich mich umdrehte, um ihn über meine Schulter hinweg anzublinzeln. Er war maximal eins siebzig groß und hatte einen schlanken, kräftigen Körperbau, den ich von ihm geerbt hatte. Das Gleiche galt für das dunkle Haar, die dunklen Augen und die Haut, die einen Olivton aufwies, der mindestens aus einem Dutzend Regionen auf der Welt hätte stammen können.

Ich schaute meinen Vater an. Wir sahen uns äußerlich sehr ähnlich und waren auch ähnlich gebaut.

Aber alles andere hatte ich von meiner Mutter … denn er war nicht da gewesen.

»Fünf Minuten«, bat er leise.

Ich wusste, dass seine Zeit in Houston bald zu Ende sein würde. Dann würde es wieder ein Jahr dauern, bis ich ihn erneut sah. Vermutlich sogar länger. Er war zuvor schon öfter nach Houston gekommen, ohne sich mit mir zu treffen.

Ihm hatte das nie etwas ausgemacht und mir irgendwann auch nicht mehr.

Ich wollte ihm mitteilen, dass ich Besseres zu tun hatte. Ich wollte ihm sagen, dass er mich in Ruhe lassen sollte. Vor ein paar Jahren hätte ich nach dem Mist, den er im Restaurant vor Ivan und dem Rest meiner Familie abgezogen hatte, vielleicht genau das getan.

Aber im Verlauf der letzten anderthalb Jahre hatte ich gelernt, dass es wirklich schwer war, mit seinen eigenen Fehlern zu leben. Ich hatte gelernt, wie schwer es war, sich ihnen zu stellen, und wie viel schwerer es war, sie sich einzugestehen. Wir alle taten Dinge, die wir später bereuten. Wir alle sagten Dinge, die wir später bereuten. Schuld konnte eine erdrückende Last auf der Seele einer Person sein.

Und ich wollte besser sein. Für mich. Für niemanden sonst.

Also nickte ich, sagte jedoch nichts.

Er stieß erleichtert den Atem aus, doch seltsamerweise befriedigte mich seine Unsicherheit nicht.

Ich bewegte mich auf die Öffnung in der Bande zu, legte meine Kufenschoner an und warf in dem Versuch, Ivans Aufmerksamkeit zu erlangen, einen Blick über meine Schulter. Doch er war immer noch zu sehr in das Gespräch mit Trainerin Lee vertieft. Also ging ich auf die Tribüne hinter der Bande zu. Ich setzte mich mitten auf die Bank, streckte die Beine vor mir aus und blickte auf die Eisfläche. Mein Dad setzte sich in einigem Abstand neben mich.

Auf dem Eis hatte sich Ivan zu uns umgedreht und schaute uns mit gerunzelter Stirn an.

Er hatte heute Morgen während des Trainings kein Wort zum gestrigen Abend gesagt, und ich war dankbar dafür. Immerhin hatte ich sein Hemd vollgeheult. Ivan hatte sich so verhalten, als wäre nichts Ungewöhnliches passiert, als wäre alles ganz normal.

Damit kam ich klar.

»Jasmine«, sagte mein Dad und stieß erneut den Atem aus.

Ich blickte weiter aufs Eis.

»Du weißt, dass ich dich liebe, oder?«

Liebe war ein seltsames Wort. Was zum Teufel *war* Liebe? Jeder Mensch verstand etwas anderes darunter. Es gab Liebe unter Familienmitgliedern, freundschaftliche Liebe, romantische Liebe …

Meine Mutter wirkte nicht auf den ersten Blick wie die herzlichste Person auf der Welt und konnte ganz schön kaltschnäuzig sein, aber sie würde alles für mich tun. Meine Eislauflehrerin Galina genauso. Sie lehrte mich Verantwortung. Sie ließ Widerworte nicht gelten. Sie versetzte mir sogar hin und wieder einen Klaps.

Aber ich hatte nie daran gezweifelt, dass sowohl sie als auch meine Mom das Beste für mich wollten. Ich wollte Ehrlichkeit.

Ich hatte nie gewollt, dass mich jemand bemutterte. Das brauchte ich nicht, und es bereitete mir Unbehagen. Es gab mir das Gefühl, schwach zu sein.

Für mich war Liebe Ehrlichkeit. Aufrichtigkeit. Liebe bedeutete, dass man die besten und die schlimmsten Eigenschaften einer Person kannte. Liebe bedeutete, dass jemand an einen glaubte, wenn man es selbst nicht konnte.

Liebe kostete Mühe und Zeit. Und als ich in der vergangenen Nacht in meinem Bett gelegen hatte, war mir plötzlich klar geworden, dass das womöglich der Grund dafür war, dass ich vor Monaten so geschockt reagiert hatte, als meine Mom es hatte aussehen lassen, als würde ich den Eiskunstlauf mehr lieben als sie. Denn ich wusste, wie es sich anfühlte, wenn man jemandem nicht wichtig war.

Ich hegte diesen verdammten Groll in meinem Herzen und klammerte mich mit aller Kraft daran fest. Dabei war ich die ganze Zeit über eine üble Heuchlerin gewesen.

»Oh, Jasmine«, flüsterte mein Dad. Er klang gequält, weil ich seine Frage nicht beantwortet hatte. Aus dem Augenwinkel sah ich, wie er eine Hand nach mir ausstreckte und sie auf meine legte.

Ich konnte nicht anders, als mich zu versteifen. Und natürlich entging mir nicht, dass mein Dad das bemerkte und sich ebenfalls anspannte.

»Ich liebe dich wirklich. Ich liebe dich sogar sehr«, sagte er leise. »Du bist mein Baby ...«

Ich schnaubte.

»Du *bist* mein Baby«, beharrte mein Dad, dessen Hand immer noch auf meiner ruhte.

Technisch gesehen stimmte das.

Aber ich war nicht sein Baby. Und das wussten alle. Er wollte es sich nur nicht eingestehen, weil er auf diese Weise versuchen wollte, sich selbst ein besseres Gefühl zu verschaffen.

»Ich will nur dein Bestes, Jasmine. Dafür werde ich mich nicht entschuldigen«, sagte er, nachdem ich nichts erwidert hatte.

Ich weigerte mich immer noch, ihn anzuschauen, als ich sagte: »Ich weiß, dass du mein Bestes willst. Das verstehe ich. Das ist nicht das Problem.«

»Was ist denn dann das Problem?«

Auf dem Eis drehte Ivan ein paar träge Runden. Dabei ließ er meinen Dad und mich für keine Sekunden aus den Augen. Ich bezweifelte nicht, dass er sofort zu uns gelaufen kommen und sich einmischen würde, falls ich seine Hilfe brauchen sollte.

Aber so war ich nicht. Ich hatte mich lange genug vor diesem Thema gedrückt. Jetzt war es an der Zeit, das ein für alle Mal zu klären.

»Das Problem ist, dass du mich nicht kennst, Dad.«

Er schnaubte, und ich drehte den Kopf weit genug, um ihn schließlich doch anzuschauen.

»So ist es. Ich liebe dich, aber du kennst mich nicht und verstehst mich auch nicht. Nicht mal ein bisschen. Ich weiß nicht, ob es daran liegt, dass ich eine Nervensäge bin, oder ob du mich einfach nur nicht magst.«

»Wie kommst du darauf, dass ich dich nicht mag?«

Ich blinzelte und versuchte, die Enttäuschung zu verdrängen, die sich in meinem Bauch ausbreitete. »Weil es so ist. Wie oft haben wir Zeit miteinander verbracht, nur wir zwei?«

Meinem Dad stand für einen Augenblick der Mund offen. »Du warst immer beschäftigt«, redete er sich heraus. »Und jetzt bist du auch immer beschäftigt.«

Die Antwort lautet: nie. Wir hatten nie allein Zeit miteinander verbracht. Er verbrachte mit jedem meiner Brüder und jeder meiner Schwestern Zeit, aber nie mit mir.

Ja, ich war beschäftigt. Aber er hatte es nie auch nur *versucht*. Er war nie in die Eishalle gekommen, um auf der Tribüne zu sitzen und mir beim Training zuzuschauen, so wie es alle anderen Mitglieder meiner Familie schon zahlreiche Male gemacht hatten. Und wenn ich ihm auch nur das Geringste bedeuten würde, dann hätte er das irgendwann mal getan.

Ich brachte meine Atmung, meine Gesichtszüge und meinen Mund unter Kontrolle, damit ich ihm ruhig antworten konnte und nicht ausrasten würde. »Bei wie vielen meiner Wettkämpfe bist du in den vergangenen ... sechs Jahren gewesen?«

Aus irgendeinem Grund genoss ich den unbehaglichen Ausdruck, der sich auf sein Gesicht schlich, nicht. »Du hast mich nicht eingeladen«, behauptete er.

Eine Traurigkeit, die jede andere Traurigkeit, die ich je empfunden hatte, in den Schatten stellte, erfüllte mich.

»Ich habe dich nicht mehr eingeladen, nachdem du mir ein schlechtes Gefühl gegeben hattest, weil ich dich um Geld gebeten hatte. Ich erinnere mich noch daran. Du kamst schon nicht mehr zu meinen Wettkämpfen, bevor ich neunzehn war. Ich weiß noch, dass du mir beim letzten, bei dem du dabei warst, sagtest: ›Vielleicht solltest du dich lieber auf die Schule konzentrieren, oder?‹ Erinnerst du dich noch daran, wie du das zu mir sagtest, unmittelbar nachdem ich den ersten Platz errungen hatte? Denn ich erinnere mich.« Ich richtete den Blick wieder nach vorn und beobachtete, wie Ivan eine Pirouette drehte, jedoch nur mit halber Geschwindigkeit. Die Traurigkeit in mir verfestigte sich zu Resignation. Resignation, weil sich die Dinge in diese Richtung entwickelt hatten und ich nichts dagegen tun konnte.

Mein Vater sagte nichts.

»Weißt du, warum ich damals mit dem Eiskunstlauf anfing?«

Eine Pause entstand. Dann sagte er: »Du warst zu einer Geburtstagsfeier eingeladen. Deine Mom zwang dich hinzugehen, und du warst sauer, weil du nicht hinwolltest.«

Ich blinzelte, denn genau das war damals passiert. Ich kannte das Mädchen, das seinen Geburtstag feierte, kaum, aber es war die Tochter einer Freundin meiner Mutter gewesen. Ich hatte erst eingewilligt hinzugehen, als sie mir mitgeteilt hatte, dass die Feier in der Eishalle stattfinden würde, so wie in *Mighty Ducks*. Aber ich hatte trotzdem noch die ganze Zeit über Theater gemacht.

Zumindest bis ich auf dem Eis gestanden und mein Körper einfach *gewusst* hatte, was zu tun war. »Wie eine Ente auf dem Wasser«, hatte meine Mom vom Rand aus gerufen.

»Ich fing damit an, weil ich es liebte. Von der ersten Sekunde an, in der ich auf dem Eis stand, fühlte es sich richtig an. Und sobald ich mich nicht mehr an der Bande festhalten musste, fühlte ich mich … frei. Ich fühlte mich wie etwas Besonderes. Alle anderen konnten sich an diesem Tag kaum auf den Beinen halten, aber ich hatte den Dreh sofort raus. Einfach so«, erklärte ich und schnippte mit den Fingern. »Und je besser ich wurde, desto mehr liebte ich es. Nichts hatte mich je glücklicher gemacht als Eiskunstlaufen. Ich kam mir vor, als würde ich aufs Eis gehören. Als hätte ich meine Bestimmung gefunden. Verstehst du das?«

»Ja … aber du hättest jeden Sport machen können.«

»Aber das wollte ich nicht. Mom versuchte, mich fürs Schwimmen, fürs Turnen, für Fußball und für Karate zu begeistern, aber ich wollte immer nur das hier. Das ist das Einzige, worin ich gut bin, und das erkennst und verstehst du nicht. Ich arbeite so hart. Ich verausgabe mich jeden Tag hierfür. Ich muss Abläufe tausendmal wiederholen, um sie einigermaßen gut hinzubekommen, und selbst dann ist das Ergebnis immer noch nicht gut genug, also mache ich weiter. Denn ich gebe niemals auf. Ich bin keine Versagerin. Ich bin nie eine Versagerin gewesen, und ich werde nie eine Versagerin sein. Aber das erkennst du nicht. Du verstehst es einfach nicht.«

Der Mann neben mir stieß einen verzweifelten Seufzer aus, zog seine Hand von meiner weg und schlug sich mit der flachen Hand auf die Stirn. »Ich habe immer nur das Beste für meine Kinder gewollt, Jasmine. Dich eingeschlossen.«

»Das weiß ich. Aber ich wünsche mir lediglich, dass du mich unterstützt. Das, was ich kann, kann längst nicht jeder, Dad! Es ist schwer. Es ist so schwer …«

»Ich habe nie behauptet, dass es nicht schwer wäre.«

Ich ballte eine Hand zur Faust und schüttelte sie dann wieder aus. Geduld. *Sei besser.* »Ja, aber im Grunde genommen sagst du, dass du nicht stolz auf mich bist …«

»Das habe ich nie gesagt!«

»Du musst es nicht sagen, wenn du mir immer nur die unterschiedlichen Dinge aufzählst, die ich tun könnte, um … besser zu sein. Um erfolgreicher zu sein. Ich weiß, dass ich mein Potenzial noch nicht ausgeschöpft habe. Das vergesse ich niemals. Nicht für eine Minute. Ich setze mich jeden Tag unter Druck. Hast du eine Ahnung, wie schwer es für mich ist, zu wissen, dass du mich für eine Enttäuschung hältst?«

Dad fluchte und schüttelte den Kopf. »Ich halte dich nicht für eine Enttäuschung!«

»Ja, aber du hältst mich auch nicht für gut genug. Du willst keine Zeit mit mir verbringen. Du willst nicht zu meinen Wettkämpfen kommen. Ich rufe dich nicht an, aber du rufst mich auch nicht an! Und wenn du mit mir redest, hältst du mir nur immer wieder Vorträge darüber, was ich alles anders machen könnte. Zum Beispiel die Sache mit dem College. Wenn ich nicht studieren gehe, bin ich eine Versagerin. Aber das tut mir nicht leid, Dad. Dass ich das hier liebe, tut mir nicht leid. Leid tut mir nur, dass ich nicht erfolgreicher gewesen bin. Vielleicht wärst du stolzer auf mich, wenn ich einen bedeutenden Titel gewonnen hätte. Vielleicht würdest du dann verstehen, warum ich das hier so sehr liebe, und dann wäre es für dich in Ordnung.«

Mein Dad fluchte erneut. Dieses Mal hob er beide Hände an sein Gesicht und rieb es.

Doch er leugnete nicht, dass er stolzer auf mich gewesen wäre, wenn ich mehr Titel gewonnen hätte. Dass er sich dann vielleicht mit meiner Leidenschaft fürs Eiskunstlaufen hätte abfinden können.

Ich stand auf. Ich wusste, dass ich mit dieser Unterhaltung fertig war und es nichts mehr zu sagen gab. Ich schaute ihn nicht wirklich an, sondern stellte mich so hin, dass ich ihm eine Seite zugewandt hatte. Meine Aufmerksamkeit war nach vorn auf eine der Banden gerichtet, auf der die Aufschrift LUKOV-KOMPLEX prangte. »Ich liebe dich, Dad, aber ich kann nicht ändern, wer ich bin und was ich mit meinem Leben anfangen will. Ja, ich habe keine Ahnung, was zum Teufel ich machen werde, wenn ich nicht mehr an Wettkämpfen teilnehmen kann, aber das werde ich mir dann schon überlegen. Ich werde das, was ich liebe, nicht aufgeben, nur weil ich es vielleicht nicht für immer haben werde«, teilte ich ihm traurig und enttäuscht, aber auch ein wenig erleichtert mit.

Mittlerweile hatte mein Dad die Hände vors Gesicht geschlagen.

Ich wollte ihn berühren, ihm sagen, dass alles in Ordnung war, aber das konnte ich nicht. Nicht in diesem Moment.

»Komm gut zurück nach Kalifornien. Und grüß Anise und die Kinder von mir«, sagte ich und ballte die Hand an meiner Seite zur Faust.

Er schaute nicht auf, und das überraschte mich kein bisschen. Meine Mutter hatte immer gesagt, dass ich mein Ego von ihm hatte. Ich kannte ihn nicht gut genug, um mir sicher zu sein, ob das stimmte. Aber es sah danach aus.

Als ich zurück aufs Eis ging, war mir ein klein wenig übel. Ich überlegte, ob ich meiner Mutter erzählen sollte, dass mein Vater hier aufgetaucht war und versucht hatte, mit mir zu reden.

Als ich die Bande erreicht hatte, hörte ich das Geräusch von Kufen, die übers Eis glitten. Es wurde langsam lauter, und dann ertönte das scharfe Bremsgeräusch. So klang nur ein einziger Mensch. Also war ich nicht überrascht, als ich sein »Buh!« hörte.

Ich drehte mich gerade noch rechtzeitig um, um etwas auf mich zufliegen zu sehen. Instinktiv fing ich den glänzenden Gegenstand auf und öffnete die Hand, um ein verpacktes Stück Schokoladenkonfekt vorzufinden. Ich schaute Ivan nicht an, während ich die Süßigkeit auspackte und sie mir in den Mund schob. »Danke«, murmelte ich.

»Gern geschehen«, erwiderte er und fügte dann hinzu: »Sollen wir vorm Ballettunterricht noch was essen gehen? Ich lade dich ein, denn du bist ja ohnehin pleite.«

Ich konnte nicht anders, als Ivan ein dankbares Lächeln zu schenken. Doch dann riss ich mich zusammen und nickte knapp.

»Lass uns das hier fertig machen und dann können wir gehen.«

»Okay.«

Er nickte. »Okay.«

Ich würde mit alldem klarkommen.

Das *würde* ich.

Aber ich hatte keine Ahnung, wie falsch ich damit lag.

Als ich wieder auf dem Eis war, konnte ich dieses ungute Gefühl in meinem Bauch, das mein Dad verursacht hatte, einfach nicht abschütteln. Wenn mir in dieser Saison ein Sieg gelang, würde er seine Meinung vielleicht ändern.

Aber was, wenn nicht?

»Lasst uns noch einmal diesen einen Teil mit der Seite an Seite ausgeführten Dreifachkombination durchgehen«, sagte die Trainerin, als ich mit Ivan vor ihr zum Stehen kann.

Er schlug mir mit dem Handrücken gegen das Bein, und ich schlug sofort zurück.

Ich brauchte die Liebe meines Vaters nicht, sagte ich mir. Ich hatte sie nie gebraucht. Ich würde das tun, was ich schon immer hatte tun wollen – *für mich*. Für meine Mom. Für Sebastian, Tali, Jojo und Rubes.

»Bist du sicher, dass alles in Ordnung ist?«, fragte Ivan, während wir unsere Positionen einnahmen.

Ich nickte und beschloss, auch für Ivan eine gute Leistung abzuliefern.

»Wirklich?«, hakte er nach.

Ich nickte erneut.

Ivan sah nicht wirklich so aus, als würde er mir glauben, aber er erwiderte das Nicken. Ich dachte nicht über die Kombination nach, die wir machen würden – zwei unmittelbar aufeinanderfolgende Sprünge mit jeweils drei Umdrehungen.

Ich würde klarkommen. Ich würde mich von diesem Bullshit nicht ablenken lassen, vor allen nicht jetzt, so kurz vor Saisonbeginn.

Die Musik setzte ein paar Takte vor der Stelle ein, an der wir in den Sprung übergehen sollten. Ich konnte das schaffen. Alles würde in Ordnung kommen.

Ivan und ich würden großartig abschneiden. Gut sein. Toll sein.

Wir liefen los, um Anlauf für die Sprünge zu nehmen. Die Musik ließ uns gerade genug Zeit dafür.

Der erste dreifache Toeloop lief bestens. Die Balance stimmte, das Tempo stimmte, und aus dem Augenwinkel konnte ich sehen, dass sich Ivan genau dort befand, wo er sein sollte. Alles würde gut werden. Das hier war genau das, wofür ich geboren worden war. Ich bohrte die vordere Spitze meiner Kufe ins Eis, um zum zweiten dreifachen Toeloop unserer Sprungkombination anzusetzen. Die entgegengesetzte Kufe hatte ich fest auf dem Eis, und dann sprang ich *hoch*.

Doch ich hatte mich nicht konzentriert. Nicht genug. Ich hatte den Sprung als selbstverständlich angesehen, weil ich wusste, dass ich ihn sogar mit verbundenen Augen hinbekommen hätte.

Und das war der Moment, in dem alles schiefging. Mein Gewicht war falsch verteilt … Auf meiner linken Seite schwankte ich zu sehr … Ich hatte nicht genug Tempo aufgenommen. Ich hatte mich für stark genug gehalten, um den Sprung problemlos hinzubekommen. Doch es klappte nicht. Und in der Sekunde, in der mir klar wurde, dass etwas nicht stimmte, versuchte ich, einen Rückzieher zu machen.

Doch ich hatte zu lange gewartet. Ich versuchte, mich abzufangen und auf dem Fuß zu landen, anstatt aufs Eis zu prallen.

Ich spürte es.

In dem Augenblick, in dem meine Kufe den Boden streifte, wusste ich, dass ich es verbockt hatte.

Ich wusste, dass die Landung übel werden würde.

Aber ich konnte nicht einschätzen, wie übel genau. Erst als der Rest meines Gewichts nach unten sackte, wurde mir klar, wie verkorkst dieser Sprung war, wie verdreht der Rest meines Körpers war. Später konnte ich mir die Videoaufnahme anschauen und sehen, dass es einfach nur eine gewaltige Katastrophe war. Mein Fuß befand sich in der falschen Position, mein Gewicht sackte in die entgegengesetzte Richtung, und mein Knöchel tat sein Bestes, konnte das Unmögliche aber nicht schaffen.

Ich spürte, wie mein Fuß unter mir nachgab. Ich spürte, wie mein Körper versuchte, den Sturz abzufedern. Doch ich prallte mit voller Wucht aufs Eis. Heilige Scheiße. Heilige *verdammte* Scheiße.

Es tat erst weh, als ich bereits mit dem Hintern auf dem Eis saß und die Stelle direkt oberhalb meines Knöchels, genau dort, wo der Schlittschuh endete, umklammerte. Durch meinen Körper rauschte so viel Adrenalin, dass ich unter Schock stand. Aber ich wusste ohne jeden Zweifel, dass etwas nicht stimmte, während die Musik für unsere Kür im Hintergrund weiterlief und ich dasaß und heftiger Schmerz durch meinen Knöchel schoss.

Aus dem Augenwinkel konnte ich Ivan sehen, der direkt nach seiner Landung angehalten hatte. Vermutlich war er in die nächste Schrittfolge übergegangen, bevor er bemerkt hatte, dass ich nicht mehr direkt neben ihm war, wo ich eigentlich hätte sein sollen.

Ich konnte mir sein Gesicht vorstellen, als ihm klar geworden war, dass ich nicht mehr neben ihm war, obwohl wir diesen Sprung schon zahllose Male geübt hatten. Ich konnte mir sein Gesicht vorstellen, als ihm klar geworden war, dass ich es verbockt hatte. Ich konnte mir sein Gesicht vorstellen, als er verwirrt in meine Richtung geschaut und sich gefragt hatte, warum zum Teufel ich nicht aufstand, um hinter ihm herzulaufen, wie ich es normalerweise tat, wenn ich einen Sprung verpatzte und die Landung nicht hinbekam.

Aber ich war gestürzt.

Ich hatte keine unerträglichen Schmerzen, aber ich wusste, dass etwas nicht stimmte.

Ich wusste, dass etwas nicht stimmte, und ich wusste, dass ich aufstehen musste, weil wir noch eine Menge Arbeit vor uns hatten. Wir sollten daran arbeiten, diesen Sprung fehlerfrei hinzubekommen. Wir sollten diese ganze Kür perfektionieren.

Ich musste aufstehen.

Steh auf, Jasmine. Steh auf. *Steh auf, steh auf, steh auf. Reiß dich zusammen und steh auf. Bring das hier zu Ende.*

Ich hatte immer noch meinen Knöchel umfasst, als mich diese Stimme zu dem Versuch antrieb, mich auf mein anderes Knie zu schieben und aufzustehen. Ich musste aufstehen. Wir hatten Macken auszubügeln. Fingerpositionen zu perfektionieren.

Ich konnte das schaffen. Ich konnte aufstehen. Ich war schon mit Knochenprellungen, Haarfrakturen und geringfügigen Verstauchungen weitergelaufen.

Also schob ich mich auf mein Knie und versuchte, mich auf die Musik zu konzentrieren und herauszufinden, an welcher Stelle der Kür wir uns befanden, damit ich aufholen konnte.

Doch sobald ich das Bein, auf dem ich so übel gelandet war, nach oben ziehen wollte, durchfuhr mich ein Schmerz, wie ich ihn nur selten zuvor im Leben verspürt hatte.

Ich öffnete den Mund … und nichts kam heraus.

Mir war nicht klar, dass meine Arme nachgegeben hatten, bis ich mit dem Gesicht auf dem Eis lag und um mich herum entsetzte Rufe ertönten. Dann berührte etwas meine Schulter und rollte mich herum, sodass ich auf dem Rücken lag. Als Nächstes sah ich Ivan, der neben mir kniete. Sein Gesicht war blass und irgendwie gleichzeitig rot. Er hatte die Augen weit aufgerissen. Ich war mir sicher, dass ich mich bis in alle Ewigkeit an diesen Anblick erinnern würde.

Ich konnte nicht aufstehen. *Ich konnte nicht aufstehen.*

Und mein Knöchel …

»Herrgott, Jasmine, bleib verdammt noch mal *liegen*!«, brüllte mir Ivan ins Gesicht. Er legte etwas um meine Schultern und hatte seine Brust fest an eine meiner Schultern gedrückt. Etwas verspätet fiel mir auf, dass unsere Musik immer noch lief. Wir hatten uns für *Van Helsing* entschieden. Ich war so aufgeregt gewesen, auch wenn ich versucht hatte, es mir nicht anmerken zu lassen. Ich war so erleichtert gewesen, dass das die Musik war, die Ivan ausgewählt hatte. Ich hatte ihn deswegen aufgezogen, aber nur weil ich das immer machte.

»Versuch nicht dauernd aufzustehen!«, brüllte er wieder. Seine Stimme brach, und sein Gesicht war … panisch.

»Lass es mich versuchen«, murmelte ich angestrengt. Ich hatte das Gefühl, als würde mein Hirn mit dreißig Sekunden Verzögerung auf das reagieren, was ich sagen wollte, sodass letztendlich ganz andere Worte aus meinem Mund kamen. Ich versuchte, mich herumzurollen, ich versuchte, mein Bein zu bewegen, aber der Schmerz …

»Hör auf, hör verdammt noch mal auf«, schrie er mich an. Er legte die linke Hand auf meine Kniescheibe und strich an meinem Oberschenkel entlang.

Seine Hand zitterte. Warum zitterte seine Hand?

Ich kann nicht aufstehen.

»Jasmine, um Himmels willen, versuch nicht ständig aufzustehen«, sagte Ivan panisch. Seine Hände waren überall und nirgends, während der Schmerz unterhalb meines Knies immer schlimmer wurde.

»Ist schon gut. Gib mir eine Minute«, plapperte ich und versuchte, mein verletztes Bein zu heben, nur um festzustellen, dass er es nach unten presste und schmerzhaft meinen Oberschenkel drückte.

»Hör auf, Jasmine, lass es einfach, verdammt noch mal«, verlangte er mit der Hand auf meinem Knie. »Nancy!«, brüllte mein Partner irgendwo, aber ich war mir nicht sicher, denn ich hatte angefangen, mein Bein anzustarren …

Ich hatte irgendwas mit meinem *gottverdammten Knöchel* angestellt.

Nein. Nein, nein, nein, nein, *nein.*

Mir war nicht mal klar, dass ich den Mund geöffnet hatte, bis mir Ivan heiser ins Ohr flüsterte: »Nicht weinen. Wag es ja nicht, jetzt zu weinen, verdammt. Hörst du mich? Du wirst nicht auf dem Eis und in aller Öffentlichkeit weinen. Verkneif es dir. Schluck es runter. Nicht eine Träne, Jasmine. Nicht eine einzige Träne. Hörst du mich?«

Ich holte tief Luft. Meine Augen wurden glasig, und alles verschwamm.

Zitterte ich?

Warum hatte ich das Gefühl, mich jeden Moment übergeben zu müssen?

»Wag es ja nicht«, zischte er erneut und legte den Arm fester um meine Schultern. »Du willst nicht, dass dich irgendjemand so sieht. Verkneif es dir, Baby, verkneif es dir einfach …«

Ich hatte keine Ahnung, was er da sagte oder warum er es sagte, aber aus irgendeinem Grund hielt ich einfach die Luft an. Ich hielt auch dann noch die Luft an, als Nancy auf meiner anderen Seite über das Eis geglitten kam. Schnell gesellten sich zwei weitere Gestalten dazu. In der einen erkannte ich Galina. Die andere war eine Trainerin.

Sie stellten Fragen. Ich versuchte zu antworten, hörte aber, wie Ivan für mich antwortete.

Denn ich konnte nicht atmen. Ich konnte nicht sprechen. Ich konnte nicht weinen.

Ich konnte nur in die allgemeine Richtung starren, in der sich mein weißer Schlittschuh befand. Ich war kaum in der Lage, irgendetwas zu erkennen, geschweige denn zu denken.

Ich habe es verbockt.

Ich hatte es verbockt.

Ich hatte es *verdammt noch mal* verbockt.

Kapitel neunzehn

»Was soll das werden?«

Ich hielt mitten in Crunch Nummer hundertacht inne. Ich brauchte nicht neben mich zu schauen, um zu wissen, wer dort stand. Diese nervige, herablassende, herrische Stimme hätte ich unter Tausenden erkannt. Nur eine Person konnte mich so leicht mit einer einfachen Frage auf die Palme bringen.

»Ich kümmere mich um meine eigenen Angelegenheiten. Was offenbar das Einzige ist, von dem du nicht weißt, wie es geht«, murmelte ich und vollendete die Bewegung, in der ich innegehalten hatte, um weiterhin meine Bauchmuskeln zu trainieren.

»Jasmine«, erklang Ivans strenge Stimme erneut.

Ich ignorierte ihn. Ich stemmte meinen Oberkörper in einem weiteren Crunch nach oben und beobachtete aus dem Augenwinkel, wie er die Tür hinter sich schloss.

Beim nächsten Crunch kam er auf mich zu. Seine großen Füße steckten in tiefblauen Laufschuhen und blieben nur wenige Zentimeter von mir entfernt stehen.

Ich schaute nicht zu ihm auf und hatte auch nicht vor, das in absehbarer Zeit zu tun. Ich wusste, warum er mich so anstarrte. Er beäugte nicht meinen schweißgebadeten Körper und ganz sicher nicht die locker sitzende Basketballshorts, die meinem Bruder gehörte und an meinen Oberschenkeln hochgerutscht war. Auch die Tatsache, dass ich obenrum lediglich einen Sport-BH trug, hatte nichts damit zu tun, dass er mich so aufmerksam betrachtete.

Er blickte auf den orthopädischen Schuh an meinem linken Fuß. Ich hatte besagten Fuß direkt neben meinen rechten Fuß, der mit angewinkeltem Knie flach auf dem Boden stand, ein wenig erhöht auf ein Kissen gebettet. Der schwarze Schuh erinnerte mich unablässig daran, dass ich es gewaltig verbockt hatte.

Ich machte noch vier weitere Crunches und starrte dabei an die Decke.

Ich schluckte so heftig, dass meine Kehle schmerzte.

Das Gleiche hatte ich in den letzten zwei Wochen so oft gemacht, dass es mich überraschte, dass ich überhaupt noch sprechen konnte. Nicht dass ich besonders viel gesprochen hätte, seit man mich aus der Notfallklinik entlassen hatte. Tatsächlich hatte ich seitdem generell nicht viel gemacht, außer in meinem Zimmer zu trainieren, mir Videoaufnahmen von Ivan und mir beim Training *vor* dem Unfall anzuschauen und zu schlafen.

Ivan stieß mit der Spitze seines Schuhs gegen meine Rippen. Ich ignorierte es.

»Jasmine.«

»Ivan«, sagte ich und ließ meine Stimme ebenso unnachgiebig klingen wie er seine.

Er stieß mich erneut mit dem Fuß an. Und dann noch einmal. Ich reagierte nicht.

Er seufzte. »Wirst du mit den Crunches aufhören, damit wir uns unterhalten können, oder was?«

»Das würde ich lieber nicht«, erwiderte ich und zwang mich dazu, den Blick von ihm abgewandt zu halten.

Ich hätte nicht überrascht sein sollen, als er schnell in die Hocke ging und sich so dicht neben mich kauerte, dass ich ihn nicht mehr ignorieren konnte. Leider. Denn als ich mich nach oben stemmte, um einen weiteren Crunch zu absolvieren, legte er seine Hand flach auf meine Stirn und drückte meinen Kopf sanft zurück nach unten, sodass ich wehrlos auf dem Rücken lag.

Ich schaute an ihm vorbei und konzentrierte mich auf dem Deckenventilator.

»Fleischklops, das reicht«, sagte er, ohne die Hand von meinem Gesicht zu nehmen.

Ich wartete eine Sekunde lang und versuchte dann erneut, mich hochzustemmen, doch er musste damit gerechnet haben, denn ich kam nicht mal einen Zentimeter weit vom Boden hoch.

»Es *reicht*«, wiederholte er. »Hör auf. Rede mit mir.«

Ich sollte mit ihm reden?

Das sorgte dafür, dass ich schließlich doch in seine Richtung schaute und dieses Gesicht betrachtete, das ich seit über zwei Wochen nicht mehr gesehen hatte. Dieses Gesicht, das ich zuvor an sechs Tagen pro Woche gesehen hatte, die irgendwann eher zu sieben Tagen geworden waren, weil wir einen so großen Teil unserer Freizeit miteinander verbracht hatten. Dieses Gesicht, das ich das letzte Mal neben mir gesehen hatte, als ich auf einer Untersuchungsliege gelegen und zugehört hatte, wie mir die Ärztin den bestmöglichen Ausgang meiner Situation geschildert hatte. In sechs Wochen könnte ich wieder auf den Beinen sein. *Aber ich kann nichts versprechen. Verstauchungen zweiten Grades am ATFL und am CFL sind problematisch*, hatte mich die Ärztin gewarnt, bevor sie mich mit der Zeitspanne konfrontiert hatte, die für die Genesung nötig sein würde.

Acht Wochen waren mir noch nie zuvor so lang vorgekommen.

Vor allem, da ich es mir nicht verzeihen konnte, dass ich mich wie eine leichtsinnige Idiotin aufgeführt hatte.

Ich musste mich enorm zusammenreißen, um meine Stimme ruhig zu halten, als ich Ivan fragte: »Worüber willst du reden?«

Er blickte mich an. Seine blauen Augen waren so durchdringend wie immer, und ich sah zu, wie sich seine Brust weitete, als er einatmete, um sich unter Kontrolle zu bringen. Er war wütend.

Pech für ihn, denn ich war noch wütender als er.

»Ich habe versucht, dich anzurufen«, sagte er, als wüsste ich nicht, dass er mich in den letzten zwölf Tagen mindestens sechsmal pro Tag angerufen hatte. Allein heute hatte er es schon zweimal versucht. Und wann immer das Telefon geklingelt hatte, war ich nicht drangegangen. Nicht ein einziges Mal. Für niemanden. Nicht für meine Geschwister, nicht für meinen Dad, der die Eishalle nur wenige Augenblicke vor meinem Sturz verlassen hatte, nicht für Nancy, nicht für Galina. Für niemanden.

»Mir ist nicht nach Reden zumute gewesen. Nichts hat sich verändert. Der Gips bleibt noch weitere zwei Tage dran.«

Und wenn ich dann die Erlaubnis der Ärztin erhielt, den Gips abzunehmen, würde ich ihn durch eine Knöchelorthese ersetzen müssen. Die Physiotherapeutin, bei der ich seit neun Tagen in Behandlung war, hatte optimistisch festgestellt, dass die Verletzung »ordentlich« verheilte.

Aber »ordentlich« war noch nie gut genug für mich gewesen.

Vor allem nicht, wenn es meine eigene verdammte Schuld war, dass ich mich in dieser Lage befand.

Ivan blinzelte und seufzte dann erneut. Ich wusste, dass er ganz kurz davor war, die Beherrschung zu verlieren. Aber das war mir egal. Was sollte er schon machen? Mich anschreien? »Ich weiß, dass sich nichts verändert hat, du Depp.«

»Pack deine Sachen. Du kommst mit.«

»Was?!«

Er tippte mit dem Zeigefinger an meine Stirn. »Pack deine Sachen. Du kommst mit«, wiederholte er. »Du hast dir den Knöchel verletzt, nicht die Ohren.«

»Ich gehe nirgendwohin.«

»Doch.«

»Nein.«

Das Lächeln, das über seine Lippen huschte, war regelrecht gruselig und machte mich misstrauisch. »Doch.«

Ich blickte ihn unverwandt an und ignorierte das komische Gefühl in meinem Bauch.

Dieses gruselige Lächeln verschwand nicht. »Du hast dein Zimmer seit zwei Wochen nicht verlassen, außer, um zur Physiotherapie zu gehen.«

Ich sagte nichts.

»Und dem Geruch nach zu urteilen, hast du auch seit zwei Wochen nicht geduscht.«

Doch, das hatte ich. Vor zwei Tagen.

»Hast du überhaupt geschlafen?« Wieder tippte er mit dem Finger an meine Stirn. »Du siehst echt übel aus.«

Das brachte mich schließlich dazu hervorzupressen: »Ja, ich habe geschlafen.« Er musste nicht wissen, dass mein Schlaf nicht sehr erholsam gewesen war.

»Du musst hier raus.«

»Warum?«, fragte ich ärgerlich.

»Weil es nichts bringt, sich selbst runterzuziehen und willkürlich irgendwelche Fitnessübungen zu machen.«

Das sorgte dafür, dass ich seine Hand von meinem Gesicht wegschlug und mich aufsetzte. Dabei drehte ich meinen Oberkörper gerade weit genug, um ihm in die Augen schauen zu können. »Ich ziehe mich nicht runter, du Idiot. Ich habe trainiert. Ich kann nicht einfach dasitzen und Däumchen drehen und mich total gehen lassen.«

»Du trainierst nicht, damit du dich nicht gehen lässt. Du trainierst, weil du sauer bist und schlechte Laune hast. Denkst du etwa, ich durchschaue dich nicht?«

Ich öffnete den Mund, um zu widersprechen. Doch er hatte mich tatsächlich durchschaut. Stattdessen sagte ich: »Ich habe keine schlechte Laune. Und ich habe auch nichts an irgendwem ausgelassen. Du kannst nicht behaupten, dass ich schlechte Laune hab, wenn ich nicht mal gemein zu anderen Leuten bin.«

»Also gut, wie nennst du es denn, wenn du zu dir selbst gemein bist? Deine Mom hat gefragt, ob du was mit ihr unternimmst, aber du hast sie ignoriert.«

»Ich habe sie nicht ignoriert. Ich habe Nein gesagt.« Ärger kochte in mir hoch. »Hat sie mich etwa bei dir verpetzt?«

»Es ist trotzdem unhöflich und gemein«, erklärte er. »Und deine Brüder und Schwestern haben dich angerufen, aber die ignorierst du genauso. Ich wette, dass auch Galina angerufen hat und du ebenfalls nicht drangegangen bist.«

Das stimmte. Alles davon stimmte.

»Du wirst dir das nicht antun, Jasmine«, ließ er mich wissen.

Der konnte mich mal.

In mir braute sich etwas zusammen, das mir beinahe den Atem verschlug. »Ich tue mir nicht das Geringste an, Ivan. Ich kümmere mich um meine eigenen Angelegenheiten. Ich bleibe einfach für mich. Ich verstehe nicht, was daran so falsch sein soll. Ich *heile*. *Ruhe mich aus*. So wie es mir jeder geraten hat.«

»Werd jetzt bloß nicht frech. Wir beide wissen, dass du dich versteckst, und ich werde das nicht länger zulassen. Ich habe gewartet und gehofft, dass du dich von selbst wieder berappeln würdest, sobald dir klar war, dass deine Bänder nicht komplett gerissen sind und auch nichts gebrochen ist, wie wir befürchtet hatten ... Aber das ist dir offensichtlich nicht gelungen, also werde ich dich aus deinem Selbstmitleid zerren, wenn es sein muss. Ich habe keine Lust mehr, darauf zu warten, dass du endlich aufhörst, dich wie ein Kleinkind aufzuführen, und auch wenn das hier das erste Mal ist, dass du so einen Mist abgezogen hast, hat meine Geduld ein Ende.«

Es war nicht das erste Mal, dass ich so einen Mist abgezogen hatte. Er hatte mich damals nicht gesehen, nachdem mich Paul verlassen hatte.

»Nein.«

Ivan blinzelte mit seinen strahlend blauen Augen. Er hatte die Lider halb geschlossen, als er hervorpresste: »Jasmine, du wirst jetzt in die Gänge kommen, dieses Haus verlassen und mit in mein Haus kommen. Entweder machst du das eigenständig oder ich übernehme das für dich. Du hast die Wahl.«

»Ich werde das Haus nicht verlassen.«

Er schüttelte den Kopf. »Doch, das wirst du.«

»Ich werde das Haus nicht verlassen.«

»Doch, das wirst du. Du hast die Wahl. Entweder setzt du dich selbst in Bewegung oder ich zwinge dich.«

»Nein.«

Er blähte die Nasenflügel. »Ich zähle bis fünf.«

»Ivan, ich will nicht mit dir gehen.«

»Das ist mir egal. Du hättest mit jedem aus deiner Familie gehen können. Aber das hast du nicht getan, also kommst du jetzt mit mir.«

Wut kochte in mir hoch, und ich zischte: »Nein, das werde ich verdammt noch mal nicht!«

Offenbar war ich nicht die Einzige, die wütend wurde, denn er zischte zurück: »Doch, das wirst du, verdammt noch mal!«

»Ich will nicht mit dir gehen. Fällt es dir wirklich so schwer, das zu verstehen? Ich will gerade oder in absehbarer Zeit *niemanden* um mich haben«, schnauzte ich.

»Warum? Bist du jetzt über mich hinweg?«

Ich zuckte zurück. »Über dich hinweg? Wovon redest du da?«

Er spannte den kantigen Kiefer an. »Bist du sauer auf mich und willst deswegen jetzt nicht mehr meine Partnerin sein?«

Wovon zum Teufel redete er? Ich starrte ihn mit offenem Mund an. Blinzelte. »Ich verstehe nicht, was du damit sagen willst, Ivan.«

Er blähte erneut die Nasenflügel, hatte die Augen immer noch zu Schlitzen zusammengezogen und fragte: »Willst du nicht mehr meine Partnerin sein?«

»Warum sollte ich nicht mehr deine Partnerin sein wollen?«, hakte ich wütend nach.

»Wegen dem, was passiert ist!«, brüllte er.

»Warum sollte ich nicht mehr deine Partnerin sein wollen? Weil ich wie ein Depp gestürzt bin? Inwiefern ist das deine Schuld, du Idiot?«

»Weil ich sehen konnte, dass du abgelenkt warst, dir aber keine Gelegenheit gab, dich zu sammeln. Ich landete zu dicht neben dir.«

Gab er sich ernsthaft die Schuld für meinen Sturz? »So nah bist du gar nicht neben mir gelandet, Dummkopf.«

»Doch, Jasmine. Ich war viel zu dicht neben dir.«

»Ach, halt die Klappe. Das war nicht deine Schuld.«

Wie kam er nur auf so eine dumme Idee? Warum gab er sich selbst die Schuld? Das ergab doch gar keinen Sinn?

»Dachtest du wirklich, dass ich dich nicht sehen wollte, weil ich dir die Schuld für meinen Sturz gab?«, keifte ich und schaute ihn an, als wäre er ein Volltrottel, was ja auch stimmte.

Er starrte mich immer noch an und verriet mir damit, dass die Antwort Ja lautete.

»Du bist so dumm.«

»Ich bin dumm? Warum bist du dann nicht an dein Telefon gegangen?«

Ich zuckte mit den Schultern.

»Nein. Du speist mich jetzt nicht mit einem Schulterzucken ab. Ich habe dich immer wieder angerufen. Ich dachte, du wärst sauer auf mich.«

Ich verdrehte die Augen und wandte mich kopfschüttelnd ab. »Das ist nicht wichtig.«

»Das ist sehr wohl wichtig. Sehr sogar.«

Ich zuckte erneut mit den Schultern.

»Jasmine.«

Warum konnte er mich nicht einfach in Ruhe lassen?

»Jasmine.«

Wie kam er nur auf so etwas Dummes?

»*Jasmine.*«

Ich knurrte, wandte mich ihm zu und zischte: »Was zum Teufel hätte ich denn zu dir sagen sollen? Dass es mir leidtut? Dass es mir so verdammt leidtut? Dass ich nicht vorhatte, mir den Knöchel zu verstauchen und *alles* zu ruinieren?« Ich schrie ihn regelrecht an. Entsetzen erfüllte mich von der Zungenspitze bis tief in die Magengrube. Warum schrie ich ihn an? Und warum zum Teufel erzählte ich ihm das? Warum wusste er das nicht längst?

Er öffnete den Mund und schaute mich an, als hätte ich ihm einen Schlag in den Magen verpasst. »Jasmine …«

»Es tut mir leid, Ivan«, krächzte ich, während Entsetzen und Hilflosigkeit durch meinen Körper peitschten. »Ich habe es verbockt. Ich verbocke es immer wieder. Ich weiß nicht, warum ich dich anschreie. Du hast nichts falsch gemacht. Das war ich.« Meine Stimme brach, und ich spürte, wie ich die Hand zur Faust ballte. »Ich habe es verbockt. Das war meine Schuld. Nicht deine.«

Ich spürte, wie in mir ein Schrei aufstieg und mir die Kehle zuschnürte.

»Hör auf.« Ivan ließ den Blick über mein Gesicht wandern.

In seinen Augen lag immer noch etwas, das an Schock erinnerte. »Pack deine Sachen. Du kommst mit.«

Ich schaute ihm in die Augen und holte tief Luft. »Nein.«

»Nein. Willst du es wiedergutmachen? Dann pack deine Sachen und komm mit. Ich werde nicht ohne dich gehen, und ich werde dich schreiend und um dich tretend hinter mir her schleifen, wenn es sein muss. Wenn du dann irgendwas von Entführung brüllst, werde ich allen sagen, dass du auf Drogen bist.«

Ich starrte ihn an.

»Du schuldest mir die nächsten sechs Wochen, Jasmine. Pack jetzt endlich deine Sachen. Wir gehen.«

»Ivan ...« Wut und Schmerz sorgten dafür, dass ich mich innerlich verkrampfte. »Es tut mir wirklich leid.«

Seine Antwort kam zögerlich. »Ich weiß.«

Ich hatte es verbockt. Diese Gewissheit ließ meine Brust schmerzen. »Das wollte ich nicht.«

Wieder hüpfte sein Adamsapfel. »Ich weiß.«

»Ich habe diese Landung schon tausendmal hinbekommen.«

Und wieder: »Ich weiß, Jasmine.«

»Ich habe keine Ahnung, was passiert ist.«

Hätte ich seinen Atem nicht auf meiner Haut gespürt, hätte ich nicht gewusst, dass er langsam und leise die Luft ausgestoßen hatte. »Das ist mir klar«, flüsterte er. Obwohl er eben noch so barsch mit mir gesprochen hatte, wirkte er jetzt vollkommen entspannt.

Ich schluchzte beinahe. *Beinahe.* »Ich verspreche, dass ich tun werde, was immer nötig ist, um wieder fit zu werden.«

Nun war Ivan derjenige, der schlucken musste. Er blinzelte ein paarmal hintereinander hektisch, sodass seine Lider regelrecht flatterten.

»Wirklich alles. Ich schwöre. Ich weiß, dass wir den Großteil der Discovery-Reihe und den WHK werden auslassen müssen, aber vielleicht schaffen wir es noch, an Skate North America teilzunehmen …«

Er hob die Hände, um mich zum Schweigen zu bringen. Diese Hände waren mir so vertraut und hatten mich schon öfter gehalten, als ich zählen konnte.

Aber sie hatten noch nie zuvor mein Gesicht gehalten. Zumindest nicht so wie in diesem Moment. Denn er legte die Hände flach an meine Wangen und umfasste sie.

Und dann brachte er mich erst recht zum Schweigen.

Mit seinem Mund.

Er presste seine Lippen auf meine. Nachdrücklich. Er bedeckte meine Lippen. Fest.

Und dann küsste er mich, während ich immer noch versuchte herauszufinden, was *zum Teufel* hier gerade passierte.

Ivan küsste mich.

Küsste *mich*.

Ohne Vorwarnung hob er den Mund an meine Augen und legte seine Lippen nacheinander auf meine Augenlider – schnell sachte und so leicht, dass ich es kaum spürte. Dann küsste er erst eine Augenbraue und dann die andere. Ich saß einfach nur da.

Ich saß da und regte mich nicht. Ich zog mich nicht zurück und schob ihn auch nicht von mir weg oder sagte ihm, dass er das lassen solle.

Sein Mund wanderte warm und wundervoll über meine Wangen. »Du hast versucht aufzustehen«, sagte er so leise, dass ich seine Worte kaum verstand. »Du hast versucht, aufzustehen und weiterzulaufen, und ich schwöre, dass ich in diesem Moment beinahe angefangen hätte zu weinen.«

Er küsste erst eine und dann die andere Wange. Sein Mund strich ganz sanft über meinen Nasenrücken.

»Nur du würdest versuchen, aufzustehen und weiterzumachen, nachdem du dir so heftig den Knöchel verstaucht hast«, sagte er stockend. »Du hast dich immer wieder bei mir entschuldigt und mir versichert, wie leid es dir tut, und ich habe dir gesagt, dass du den Mund halten sollst, denn wenn du damit weitergemacht hättest, wäre ich derjenige gewesen, der gew…« Sein Atem huschte stockend und abgehackt über mein Gesicht, und er bewegte die Hände nach oben, um meine Ohren zu umfassen.

Sein Mund glitt über meine Lippen und streifte sie so leicht und süß, dass sich etwas in mir verkrampfte.

Es kam schon mal vor, dass Freunde sich vor Erleichterung küssten. Er schob mir nicht seine Zunge in den Mund und begrabschte mich auch nicht. Er war einfach nur froh, dass es mir nach dem Sturz wieder gut ging. Er küsste mich nur weil … warum nicht?

Ich war ihm wichtig.

Leute hatten einander schon aus geringfügigeren Gründen geküsst.

Ich ließ Ivan all die Stellen küssen, die er küssen wollte, redete mir ein, dass das in Ordnung war, dass er Angst um mich gehabt hatte, denn das stimmte schließlich. Er hatte Angst um mich gehabt. Und mit diesem einen Gedanken im Kopf konnte ich mich in diesem Moment nur noch auf seine Worte konzentrieren. Auf seinen Schmerz. Für den ich verantwortlich war.

»Es tut mir leid. Es tut mir so leid«, wiederholte ich. Denn es tat mir leid. Mich schmerzte unendlich, dass wir nun hier waren, weil ich ihn enttäuscht hatte. »Bevor ich deine Partnerin wurde, musstest du nur hin und wieder ein paar Veranstaltungen absagen, und nun fällst du meinetwegen längerfristig aus. Es tut mir leid, Ivan. Ich wollte nicht stürzen.«

Ivan schüttelte direkt vor mir den Kopf. »Hör auf, das zu sagen.«

»Aber es *tut* mir leid«, flüsterte ich. »Es ist meine Schuld.«

»Es war ein Unfall«, korrigierte er mich streng. »Du hast keinen Grund, dich zu entschuldigen.«

»Aber ich habe alles ruiniert …«

»Du hast gar nichts ruiniert. Halt verdammt noch mal die Klappe«, sagte er.

»Wir fallen noch für weitere sechs Wochen aus, und das auch nur, wenn alles gut geht.«

»Für zwei Monate insgesamt, Jasmine. Nicht für die ganze Saison. Nicht für immer«, sagte er.

»Aber wir haben so hart gearbeitet …«

»Fleischklops, das spielt keine Rolle.«

Ich holte tief Luft. Wir verloren so viel Zeit von dem einen und einzigen Jahr, das wir zusammen hatten. Nun würde ich acht Wochen weniger in der Gesellschaft des Mannes verbringen, der mir alles bedeutete. Bevor er mich für jemand anders verlassen und ich wieder allein dastehen würde – als Schmiedin meines eigenen Glückes oder wie auch immer man das nannte.

Und ich blinzelte.

»Fang nicht schon wieder an. Es sind nur zwei Monate, und wir waren in Topform. Das Training war für uns leicht. Zu leicht.« Er presste seine warmen, rosigen Lippen auf meine, als hätte er es schon Tausende Male zuvor getan und als würde er es noch Tausende Male tun. »Wenn sich jemand innerhalb von sechs Wochen von diesem Rückschlag erholen kann, dann bist du das.«

Das stimmte. Ich würde es schaffen. Natürlich würde ich es schaffen. Doch in diesem Moment, in dem ich in seine Augen blickte, während unsere Gesichter nur wenige Zentimeter voneinander entfernt waren, konnte ich die Worte nicht aussprechen. Ich konnte lediglich nicken. Und nach ein paar Sekunden sagte ich: »Wir werden gewinnen.«

Sein Blick wurde sogar noch durchdringender, als er ohne

Zögern sagte: »Da hast du verdammt noch mal recht, das werden wir.« Er legte seinen Mund auf meinen, zog sich dann zurück. Er schob die Finger in das feuchte Haar in meinem Nacken und fügte heiser hinzu: »Ich werde dich zurück aufs Eis schleifen, wenn es sein muss, Jasmine. Das schwöre ich bei meinem Leben.«

Etwas in seinen Worten sorgte dafür, dass ich innerlich loderte. Vielleicht war es sein Glaube an uns. Vielleicht war es seine Leidenschaft. Die Tatsache, dass er mir keinerlei Möglichkeit ließ, nicht genau das zu tun, was er sagte.

Doch hauptsächlich war es etwas vollkommen anderes.

Ich liebte ihn.

Ich liebte diesen Mann so sehr, dass mir sein Verlust mein kaltes, totes Herz brechen würde.

Ich wollte niemanden, der mir die Wange tätschelte und mir versicherte, dass alles gut werden würde. Ich wollte diesen Mann, der sich von mir niemals Schwachsinn erzählen lassen würde, der mich niemals aufgeben lassen würde und bei dem ich das Gefühl hatte, dass er mich nie aufgeben würde. Niemals. Nicht wenn ich schrie, nicht wenn ich um mich trat, nicht wenn ich ihn immer wieder zum Teufel jagte.

Dieser Mann war mein Partner. Dieser Mann war mehr als mein Partner. Er war meine andere Hälfte.

Und für dieses Geschenk, das er mir gemacht hatte, für diese Gewissheit, dass er mich für unbesiegbar hielt, konnte ich ihm nur danken, indem ich dafür sorgte, dass wir gewannen.

Ich würde ihm genau das geben, was er von Anfang an für mich gewollt hatte.

Ich würde ihm verdammt noch mal alles geben.

Kapitel zwanzig

Herbst

Die nächsten vier Wochen meines Lebens lassen sich wohl am besten durch folgendes Gespräch repräsentieren:

Ivan: »Bleib doch mal sitzen.«

Ich: »Nein.«

Ivan: »Willst du gesund werden oder was? Hör auf, so viel herumzulaufen.«

Ich, bei dem Versuch, mit Krücken quer durchs Wohnzimmer zu humpeln, was mir nicht gelingt: »Lass mich in Ruhe.«

Ivan: »Ich werde dich niemals in Ruhe lassen. Und jetzt komm her und setz dich wieder hin, du Sturkopf. Ich bringe dir, was du haben willst.«

Kapitel einundzwanzig

Ich war mir ziemlich sicher, dass ich mir die Worte, die aus dem Mund der wundervollen Ärztin gekommen waren, nicht eingebildet hatte, aber ich musste mir sicher sein.

»Also ... darf ich wieder eislaufen?«, hakte ich nach. Denn ich musste mir sicher sein. Es durfte nicht der geringste Zweifel bestehen.

Die Ärztin nickte, lächelte und schaute mich an, als wäre ihr klar, wie viel für mich auf dem Spiel stand und wie viel mir ihre Worte bedeuten würden. »Sie sind so geheilt, wie Sie es nur sein können.«

Aufregung, Erleichterung und Nervosität prasselten gleichzeitig auf mich ein. Aber ich musste nachfragen. Nur noch ein letztes Mal. »Ganz sicher?«

Das Lächeln der Ärztin wurde noch breiter. »Ja.«

Eine Hand landete grob auf meiner Schulter und schüttelte sie so heftig, dass ich es bis tief in mein Innerstes spüren konnte. Ich konnte nicht anders, als Ivan anzustrahlen. Er hatte die andere Hand bereits seitlich an mir vorbeigestreckt, und ich ergriff sie, verschränkte meine Finger mit seinen und schüttelte sie. Er neigte den Kopf nach vorn, legte sein Kinn auf meine Schulter und schmiegte seine Wange an meine. Seine Brust ruhte teilweise an meinem Rücken.

»Wir schaffen das, Fleischklops«, sagte er, während er mich umarmte und mir mit seinem Körper mitteilte, dass wir in der Lage sein würden, am Skate North America teilzunehmen, dem nächsten Wettkampf, zu dem wir – er – eingeladen worden waren.

Wir würden in der Lage sein, daran teilzunehmen.

Wir würden eine weitere Chance erhalten.

Kapitel zweiundzwanzig

Nur gut, dass mir niemand gesagt hatte, dass es leicht sein würde, nach acht Wochen Pause nahtlos weiterzumachen, denn das stimmte nicht.

Es war alles andere als leicht gewesen.

Die letzten zwei Wochen waren die anstrengendsten zwei Wochen meines Lebens gewesen. Und das schloss die zwei Monate ein, die ich vor Saisonbeginn im LK verbracht hatte, um bis Mitternacht zu trainieren. Doch dieses Mal war ich nicht allein gewesen. Ich hatte die ganze Zeit über meinen besten Freund an meiner Seite gehabt.

Und ich hatte jeden schweißtreibenden, auslaugenden, frustrierenden, schmerzhaften Augenblick genossen.

Vor allem jetzt gerade, als ich aus dem Fenster des Transporters starrte, der mich, Ivan und sechs andere Paare mit ihren Trainerinnen und Trainern abgeholt hatte, um uns zu der Einrichtung zu bringen, in der wir morgen gegeneinander antreten würden. Erleichterung, von der ich gar nicht gewusst hatte, dass ich sie in diesem Maße empfinden konnte, durchströmte meine Brust, während ich das riesige Gebäude betrachtete, das rundherum von Bannern umgeben war. SKATE NORTH AMERICA, 23.–26. NOVEMBER. Auf einem von ihnen prangte sogar ein Bild von Ivan – allerdings ohne mich an seiner Seite. Es war schon ein paar Jahre alt und zeigte ihn direkt nach einem Sprung.

Wir waren hier. Wir waren bereit.

Ivan war in den letzten paar Tagen stiller als normalerweise gewesen, während wir im LK so viele Korrekturen in letzter Minute vorgenommen hatten wie möglich. Dann hatten wir vor zwei Tagen einen Flug nach Lake Placid genommen, nur für den Fall, dass sich das winterliche Wetter verschlimmerte, doch dazu war es nicht gekommen. Skate North America bot nur einen Tag die Eishalle für ein offizielles Training an, also hatten wir in den letzten zwei Tagen einfach den riesigen Konferenzraum genutzt, den die Internationale Eislaufunion gebucht hatte.

Und wenn wir nicht im Konferenzraum gewesen waren, hatten Ivan, die Trainerin und ich sowie das Ehepaar Simmons – unsere Choreografen – kleine Rundfahrten mit dem Taxi gemacht, wir hatten die Innenstadt und das Olympiamuseum besucht und Kaffee getrunken. Dann war jeder in sein Zimmer zurückgekehrt. Zumindest bis Ivan in meinem Zimmer aufgetaucht war, um zu sehen, wie bei mir die Aussicht war. Und dann hatten wir irgendwann Essen bestellt und zusammen in meinem Zimmer gegessen, während wir im Fernsehen was über Katzen geschaut hatten und er mir von den drei Katzen erzählt hatte, die er bis vor einem Jahr gehabt hatte, als die letzte von ihnen an Altersschwäche gestorben war.

Ich musste Ivan nicht sagen, dass diese Reise anders als all die anderen war, die ich bisher unternommen hatte, entweder allein oder zusammen mit Paul. Ich ging davon aus, dass er es wusste. Ich war freudig aufgeregt – und zum ersten Mal überhaupt auch nervös –, aber die Aufregung überlagerte alles andere.

Und nun waren wir *hier*. Einen Schritt näher an unserem Ziel. Nur noch eine dreißigminütige Probeeinheit vom Anfang des Endes entfernt, an das ich auf gar keinen Fall denken wollte.

Wir waren gerade aus dem Bus gestiegen, als Ivan ohne jede Vorwarnung meine Hand nahm.

Ich schaute ihn an und fragte mich, was das sollte. Ich hatte nichts dagegen. Wirklich nicht. Hin und wieder griff auch ich ohne bestimmten Grund nach seiner Hand.

»Was ist los?«, fragte ich, sobald ich den Ausdruck auf seinem Gesicht bemerkte, als er sich mir zuwandte.

Er zog mich dicht an seine Seite und wartete, bis die anderen Paare, mit denen wir hergefahren waren, an uns vorbeigegangen waren. Wir waren für unsere Probezeiten alle in Gruppe B eingeteilt. Ivans Atem bildete Wölkchen in der Kälte. Ich erschauderte und versuchte herauszufinden, was hier passierte und warum es hier draußen passieren musste. Der Mann, der mich zu jedem einzelnen Physiotherapietermin gefahren hatte, nachdem er vor so vielen Wochen in mein Zimmer geplatzt war und mich zu sich geholt hatte, hatte die strahlend blauen Augen auf mein Gesicht gerichtet und sagte: »Du musst mir etwas versprechen.«

Das würde übel werden, oder?

»Kommt drauf an, was es ist«, erwiderte ich besorgt und überlegte fieberhaft, was in aller Welt so wichtig sein könnte, dass ich ihm ein Blankoversprechen geben sollte.

Er seufzte nicht und setzte auch keine genervte Miene auf, wie er es normalerweise getan hätte. Sein perfektes Gesicht mit der perfekten Haut und der perfekten Knochenstruktur war vollkommen ruhig. »Versprich es mir, Jasmine.«

Mist.

»Erst musst du mir verraten, worum es geht. Ich will mein Versprechen nicht brechen müssen.« Ich runzelte die Stirn, während sich in meiner Magengrube schnell große Angst ausbreitete.

Wahrscheinlich würde ich tun, was immer er verlangte, aber … was, wenn er mich bat, es nicht zu verbocken. Oder keine Szene zu machen, wenn er mich der nächsten Partnerin vorstellte, die er für sich auserkoren hatte, sofern er sich nicht wieder mit Mindy zusammentat. Wir hatten noch gar nicht über die Zukunft geredet. Kein einziges Mal.

Mist.

Er schluckte so heftig, dass sein Adamsapfel auf und ab hüpfte. »Bitte, versprich es mir. Ich verlange nichts von dir, wozu du nicht in der Lage bist.«

Ich musste das Gesicht verzogen haben, denn er zog an der Hand, die er immer noch hielt.

»Versprich es mir, Fleischklops. Du weißt, dass du mir vertrauen kannst«, sagte er.

Und er hatte ja recht.

Trotzdem hasste ich es, dass er versuchte, das gegen mich einzusetzen. Ich wollte kein Versprechen brechen, das ich ihm gegeben hatte. Aber ich wollte auch nichts tun, wozu ich womöglich nicht in der Lage sein würde ... zum Beispiel die Person anlächeln, die mich in ein paar Monaten ersetzen würde. Ich wandte den Blick ab, und vermutlich bildete ich mir nur ein, dass die Luft mit jeder Sekunde kälter wurde. Ich zitterte. »Meinetwegen, ich verspreche es. Worum geht es?«, wollte ich wissen und hörte den Trotz in meiner Stimme.

Das Lächeln, das er mir daraufhin schenkte, beruhigte mich ein wenig, aber nur ein wenig. »Versprich mir, dass du keinen Streit vom Zaun brechen wirst, falls wir Paul und Mary sehen ...«

Darum ging es hier? Um Paul und Mary?

So ein Schwachsinn. An diese beiden Arschlöcher hatte ich seit Monaten keinen Gedanken mehr verschwendet. Nicht, seit mich Ivan zu dem Fotoshooting überredet hatte.

Ich schnaubte. »Ach komm schon, *das* soll ich dir versprechen? Denkst du ernsthaft, dass ich alles in meiner Macht Stehende tun werde, um mit Paul zu streiten und damit das Risiko einzugehen, in Schwierigkeiten zu geraten?«

Er blinzelte und drückte meine Hand. »Du hast mich nicht ausreden lassen. Ich wollte noch sagen, dass du es dir für nach dem Wettkampf aufsparen sollst. Danach kannst du dann so richtig loslegen. Wir werden sie mit unseren Punkten erledigen, und dann kannst du ihnen den Rest geben.«

Ich öffnete den Mund und schloss ihn dann wieder.

Er behielt die graublauen Augen fest auf mein Gesicht gerichtet, während er die Augenbrauen hochzog und meine Hand mit seiner bedeckte. »Können wir uns darauf einigen?«

»Was denkst du denn?«

Sein Lächeln war einfach ... unfassbar. »Ich denke, dass der See gegenüber vom Hotel ziemlich praktisch ist.«

»Wirst du mein Alibi sein?«

Ivan rümpfte die Nase. »Ich weiß, dass deine Schwestern hier sind, aber ich dachte mir schon, dass du meine Hilfe willst. Ich bin stärker als sie. Wir würden keine Spuren hinterlassen.«

Ich wollte ihn für immer an meiner Seite haben, aber ich würde nehmen, was ich kriegen konnte.

»Abgemacht«, sagte ich.

Er grinste. »Eine Sache noch.«

Verdammt.

»Du hast es mir nicht gesagt, aber ich will es wissen. Was hast du gegen Mary McDonald?«, fragte er. »Ich will wissen, warum wir sie hassen.«

Warum wir sie hassen. Ivan. Dieser verdammte Ivan. Ich konnte nur mit den Schultern zucken. Ich wollte nicht zu viel ausplaudern, also wählte ich meine Worte mit Bedacht. »Als wir jünger waren, noch bevor ich überhaupt als Paarläuferin aktiv war, lästerte sie öfter hinter meinem Rücken über mich. Du kannst Karina fragen. Mary wusste nicht, dass Karina meine Freundin war. Sie lästerte über mein Gewicht, ließ irgendwelche wirklich rassistischen, fiesen Kommentare darüber fallen, dass ich zur Hälfte Philippinerin bin, und verhielt sich ganz allgemein wie ein ziemliches Miststück.«

Ivan blinzelte. »Hast du sie irgendwann mal darauf angesprochen?« Die Frage hatte gerade erst seinen Mund verlassen, als er bereits hinzufügte: »Das ist eine dumme Frage. Natürlich hast du das.«

Ich zog an seiner Hand. »Du kennst die Antwort bereits. Ich teilte ihr mit, dass ich ihr einen ordentlichen Tritt in den Hintern verpasse, wenn sie das nächste Mal so über mich redet.«

»Verdammter Mist!«, zischte ich, als ich mir *schon wieder* die Kopfhaut verbrannte, während ich versuchte, mit dem Glätteisen so nah wie möglich an die Haarwurzeln zu gelangen. Skate North America war nicht die wichtigste Veranstaltung der Saison und wurde nicht komplett im Fernsehen übertragen, aber …

Das spielte für mich keine Rolle.

Mir war nur wichtig, dass ich mein Haar so glatt wie möglich bekam, auch wenn es bereits sehr glatt war. Allerdings kam ich nicht so gut an meinen Hinterkopf heran. Wir hatten noch drei Stunden, bevor die Veranstaltung überhaupt losgehen würde, und Ivan und ich waren mit unserer Kür erst gegen Ende dran. Aber ich war geschminkt und trug bereits das schwarze langärmelige Spitzenkleid, das Ruby schon vor Monaten fertiggestellt hatte, noch vor meiner Verletzung.

Ivan hatte beschlossen, sich in der Herrentoilette umzuziehen, weil er nicht wollte, dass es zu irgendwelchen »Ausschreitungen« kam, falls ihn die Leute in seiner Unterwäsche sahen.

Dieser Idiot.

Und jetzt brauchte ich seine Hilfe. Er würde mir dabei helfen, den Rest meiner Haare zu glätten. Das wusste ich.

Aber ich würde versuchen, so viel wie möglich selbst hinzubekommen, hoffentlich ohne mich noch ein sechstes Mal zu verbrennen. Ich drehte mich wieder zu einem der drei beleuchteten Spiegel um, die sich in der Umkleide befanden, die wir uns mit zwei der anderen Paare teilten, mit denen wir am Tag zuvor auch gleichzeitig trainiert hatten. Dann lehnte ich mich vor und versuchte, meinen Kopf so zu halten, dass ich erkennen konnte, was ich machte. Ich hatte die anderen vier Leute, gegen die wir antreten würden – zwei Teams, die Ivan kannte und von denen er mir bereits versichert hatte, dass sie nett seien –, schon gesehen, aber sie hatten sich noch nicht mal umgezogen.

Ich hatte gerade zwei weitere Haarbüschel geglättet, als sich die Tür hinter mir öffnete, aber ich dachte mir nichts dabei.

Bis ich eine Stimme hörte, die ich kannte.

Und es war nicht Ivans.

»Jasmine, ich will mit dir reden«, verlangte die halb vertraute Stimme, während ich mich zu ihrem Besitzer herumdrehte und mich sofort fragte, wo verdammt noch mal Ivan blieb.

Ich hatte es ihm *versprochen.*

Ich werde keinen Streit mit Paul anfangen. Ich werde keinen Streit mit Paul anfangen. Ich werde keinen Streit mit Paul anfangen. Am Tag zuvor hatte er mich dieses Versprechen insgesamt siebenmal wiederholen lassen, als ich geschworen hatte, dass ich ihn gesehen hatte, während wir auf den Bus gewartet hatten, der uns nach unserer Trainingseinheit wieder hatte abholen sollen. Denn angeblich konnte man etwas nicht mehr vergessen, nachdem man es siebenmal gemacht hatte.

Ich hatte ihm versprochen, dass ich keinen Streit anfangen und auch sonst nichts unternehmen würde. Ich war eine Menge Dinge und die Hälfte davon war nichts Gutes, aber Ivan war es definitiv.

Und ich würde mein Wort nicht brechen. Vor allem nicht ihm gegenüber. Nicht nach allem, was er für mich getan hatte.

Aber ...

Keiner von uns hätte vorausahnen können, dass Paul dumm genug sein würde, zu mir zu kommen, um vor unserem ersten Lauf – unserer kurzen Kür – den Versuch zu unternehmen, mit mir zu reden. Ich hatte immer gedacht, dass ich diejenige wäre, die nicht so klug wie andere Leute war, aber offensichtlich war dieser Typ, mit dem ich drei Jahre meines Lebens als Team verbracht hatte, der wahre Idiot.

Ich behielt den Blick auf mein Spiegelbild gerichtet, legte mein Glätteisen ab und ballte die Hand zur Faust.

»Jasmine, bitte«, sagte Paul. Er war abgesehen von Ivan der einzige andere Mann in meinem Leben, den ich mal in mein Herz gelassen hatte. Ich starrte einfach nur weiter in den Spiegel.

Ich fand nicht, dass ich jetzt sehr viel anders aussah als damals mit neunzehn. Mein Haar war länger, und ich war muskulöser. Aber innerlich ... tja, innerlich hatte ich mich definitiv verändert.

Denn die neunzehnjährige Jasmine hätte bereits ihr Glätteisen nach Paul geworfen und dabei gehofft, dass es ihm auf magische Weise durch den Stoff seines Kostüms die Eier verbrennen würde.

»Ja, nur ... fünf Minuten, bitte«, flehte mein ehemaliger Partner förmlich. Ich hörte nur seine Stimme, denn er stand so, dass ich ihn im Spiegel nicht sehen konnte.

Ich ballte die Hand noch fester zur Faust und hielt den Atem an. Was bildete er sich ein? Ich hatte so lange keinen einzigen Gedanken mehr an Paul verschwendet, dass ich ernsthaft vergessen hatte, wie sehr ich ihn hasste.

Aber die Erinnerung kam schnell wieder zurück. Wirklich verdammt schnell.

Du hast es Vanya versprochen, rief mir dieser ruhige Teil meines Gehirns ins Gedächtnis.

Und so bekam ich mich problemlos unter Kontrolle … und atmete aus.

»Wirst du einfach so tun, als wäre ich nicht hier?«, fragte mein Ex und trat so dicht an mich heran, dass ich ihn schließlich doch im Spiegel sehen konnte. Er war mir so nah, dass ich mir sicher war, dass ich ihm locker in die Eier treten könnte, wenn ich nach hinten ausholte.

Man sollte meinen, dass er nach unserer dreijährigen Partnerschaft wissen sollte, in was für eine gefährliche Lage er sich gerade gebracht hatte.

Verdammter Idiot.

Gott, Ivan wüsste es besser.

Der große, schlanke, braunhaarige Mann sah immer noch genauso aus wie vor fast zwei Jahren, als er den LK verlassen hatte und nie wieder zurückgekehrt war.

Paul sah im Licht und im Spiegel blass aus. Er hatte die Hände vor dem Körper, und ich konnte sehen, dass er nervös war.

Gut.

»Hör zu, ich will nur reden.«

Ich wollte nicht schnauben, aber es passierte ganz automatisch, als ich aufstand. Ich war immer noch klein genug, um meinen kompletten Oberkörper im Spiegel sehen zu können. Die Vorderseite meines Kostüms hatte einen herzförmigen Ausschnitt, der in der Mitte zwischen meinen Brüsten zusammenlief. Der dunkle Stoff bedeckte alles Wichtige. Weder an meinem noch an Ivans Kostüm befanden sich irgendwelche dekorativen Perlen, denn die blieben an allem hängen. Stattdessen war mein Körper mit Spitzenstoff bedeckt, der sich hier und da überlappte, aber ein paar Zentimeter oberhalb meiner Handgelenke endete, sodass ich die Hände zum Greifen frei hatte und nichts im Weg sein würde. Ich liebte es. Als mir Ruby von ihrer

Dracula-Idee erzählt hatte, hätte ich mir kein besseres Kostüm aussuchen können. Ivan war ebenfalls einverstanden gewesen.

Der idiotische Paul interpretierte den Laut offenbar als das genaue Gegenteil dessen, was er war, nämlich als eine Einladung, denn er redete einfach weiter. »Nach all der Zeit, die wir zusammen waren, schuldest du mir was, Jasmine.«

Das brachte das Fass zum Überlaufen. Er hatte keinerlei Recht, so etwas zu behaupten. Dass er es trotzdem tat, sorgte schließlich dafür, dass ich rot sah und hoffte, dass mir Ivan dafür vergeben würde, dass ich mein Versprechen gebrochen hatte.

Langsam drehte ich mich auf den Fußballen herum und schaute zu dem Mann hoch, mit dem ich so viel Zeit verschwendet hatte. Er war groß, aber nicht so groß wie Ivan, und auch seine Schultern waren nicht so breit. Mit seinem hellbraunen Haar und seiner gebräunten Haut sah er schon gut aus, klar … Er hatte sich so gut wie gar nicht verändert, dabei war unsere letzte Begegnung fast zwei Jahre her.

Dieser Blödmann.

»Ich schulde dir gar nichts«, sagte ich zu ihm und klang dabei so ruhig, dass ich ehrlich stolz auf mich war.

Dieser Arsch seufzte, fuhr mit einer Hand durch sein kurzes Haar und sagte: »Jetzt mach mal halblang, Jas. Wir haben eine gemeinsame Vergangenheit …«

Schlagartig sah ich nicht mehr einfach nur rot, sondern blutrot. »Tja, diese Vergangenheit endete an dem Tag, an dem ich von jemandem, der es in einem Onlineartikel gelesen hatte, erfuhr, dass du dich mit Mary zusammengetan hattest.«

Paul zuckte zusammen und zögerte. »Was hätte ich denn tun sollen?« Er schüttelte den Kopf, schluckte heftig und straffte die Schultern.

Doch das war sinnlos, denn er hatte mich bereits verärgert.

Er würde es nicht schaffen, mir Schuldgefühle einzureden oder mich einzuschüchtern. »Du hättest es mir wie ein normaler Mensch mitteilen können, der die Person, mit der er drei Jahre lang an einem Strang gezogen hatte, respektierte«, schnauzte ich. Ich schaffte es kaum, nicht zu schreien, als die Erinnerung an das, was er mir angetan hatte, wieder hochkochte. »Ich versuchte, dich anzurufen, Paul. Ich rief dich immer wieder an, und du gingst kein einziges Mal ans Telefon«, sagte ich. »Du hattest einfach nicht die Eier, mich vorzuwarnen oder mir irgendetwas zu erklären.«

»Das ist nicht …«

Ich warf ihm einen Blick zu, von dem ich wusste, dass es mein irrer Blick war. »Wenn du jetzt verdammt noch mal behaupten willst, dass das nicht wahr ist, werde ich dir hier und jetzt so fest ich kann in den Schritt boxen.«

Er klappte den Mund zu, weil er wusste, dass ich es ernst meinte.

Aber er hatte dieses Fass aufgemacht, also würde er jetzt auch damit leben müssen.

»Ich habe dir drei Jahre meines Lebens gewidmet, Paul. Drei. Du warst mein Partner. Ich hätte so gut wie alles für dich getan. Und du behandeltest mich wie ein Stück Dreck. Also erzähl mir nicht, dass ich dir irgendetwas schulde. Denn das ist nicht so. Ich schulde dir nicht das Geringste«, zischte ich ihn an und deutete dabei mit dem Finger auf ihn, denn ich musste meine Hand *irgendwie* beschäftigen, damit ich sie nicht zur Faust ballte und ihm entweder die Nase oder den Schwanz brach.

»Du lässt es so klingen, als hätte ich es dir einfach … mitteilen können. Als wäre das so leicht gewesen«, entgegnete er. Er hatte die Hand immer noch in seinem Haar und eine verzerrte Miene auf dem Gesicht.

Ich blinzelte. »Ja, es wäre so leicht gewesen. *Hey, Jasmine, ich bin raus. Ich werde mich mit jemandem zusammentun, den du nicht ausstehen kannst. Viel Glück*«, höhnte ich und schüttelte den Kopf. »Erledigt.«

Sein Lachen klang barsch. »So wäre es nicht gelaufen, und das weißt du. Du hättest mich angeschrien, mich als Versager, als Blödmann und als Weichei beschimpft und mir vermutlich noch Schlimmeres an den Kopf geworfen. Du weißt, dass es so gekommen wäre. Du hättest mich nicht einfach so gehen lassen.«

Du hast es Ivan versprochen.

Das hatte ich.

Und genau deswegen behielt ich meine Hand brav an meiner Seite.

»Ja, das stimmt. Ich hätte all diese Dinge getan. Das wissen wir beide. Aber wenn du den Grund dafür nicht verstehst, bist du ein Idiot. Ich hätte dir das Leben schwer gemacht, weil wir ein Team waren und ich dich nicht einfach so aufgegeben hätte, als würde das nichts bedeuten. Aber letztendlich bist du ein erwachsener Mann, der seine eigenen Entscheidungen fällt. Ich hätte dich schon nicht gefesselt und zum Bleiben gezwungen. Komm mal wieder runter.«

Sobald die Worte meinen Mund verlassen hatten, überraschten sie mich tatsächlich. Diese Art zu denken und zu fühlen war vollkommen neu für mich. Und doch war es gerade passiert.

Er hatte mich verletzt, und ich wollte, dass er das wusste. Ich wollte ihm klarmachen, dass er mir damals etwas bedeutet hatte. Und ich war mir auch nicht zu schade dafür, zuzugeben, dass ich um ihn gekämpft hätte.

Aber das war zwei Jahre her.

Vor einem Jahr hätte ich ihn deswegen noch verprügeln wollen. Ich wäre zu stolz gewesen, um je irgendetwas davon zuzugeben. Aber nun war ich das nicht mehr. Jetzt wollte ich einfach nur noch diese schrecklichen Schuldgefühle und die Wut loswerden, unter denen ich gelitten hatte. Ich wollte diese Angelegenheit aus meinem Leben raushaben. Aus mir.

Ich wollte das alles hinter mir lassen und weitermachen. Vielleicht hatte ich das bereits getan. Größtenteils.

Ich wollte ihm immer noch eine Tracht Prügel verpassen, aber ich würde mich damit zufriedengeben, ihn den Tag bereuen zu lassen, an dem er mir zum ersten Mal begegnet war. Und die einzige Möglichkeit, das zu bewerkstelligen, bestand darin, ihn und Mary auf dem Eis zu schlagen. Und das würde ich tun. Das würden Ivan und ich tun.

»Du warst mir auch wichtig, Jasmine«, sagte er, was dafür sorgte, dass ich die Augen verdrehte. »Du bist mir immer noch wichtig. Als ich von deiner Verletzung hörte, war ich besorgt. Ich wollte dich anrufen, aber ... ich konnte es nicht.«

Tja, diese miese Lüge brachte ihm ein weiteres Augenverdrehen ein. »Okay.«

»Du verstehst das nicht ...«

»Okay, Paul. Raus damit. Hier und jetzt. Was willst du mir so dringend mitteilen, hm? Dass du mich verlassen hast, weil du bessere Chancen auf einen Sieg haben wolltest?«

Er schluckte erneut und rieb mit einer Hand über sein Gesicht und dann über den weiß-blauen elastischen Ganzkörperanzug, der sein Kostüm darstellte. »Warum drehst du einem immer die Worte im Mund herum? Ich vermisse dich, Jas. Ich habe mindestens ein Dutzend Mal nach dem Telefon gegriffen, um dich anzurufen ...«

Ich wollte einfach nur, dass er verdammt noch mal den Mund hielt.

»Ganz ehrlich, ich will jetzt nicht länger mit dir reden. Oder überhaupt je wieder. Was auch immer du zu fühlen glaubtest, welche Ausreden du dir auch immer ausgedacht hast, um die

Art, wie du mich behandelt hast, zu rechtfertigen ... Leb damit. Komm damit klar. Wenn du mich nur halb so gut kennen würdest, wie du mich zu kennen glaubst, wüsstest du, dass ich dir niemals vergeben werde.«

»Jasmine, ich ...«

»Nein. Spar dir die Mühe. Wenn du meine Mutter siehst, dann geh in die andere Richtung. Wenn du mich siehst, dann mach kehrt und tu so, als hättest du mich nicht bemerkt«, forderte ich ihn seltsam ruhig auf. »Wenn du damals zuerst mit mir geredet hättest, hätte ich dir vergeben. Ich hätte dir all den Unsinn vergeben, den du von dir gabst, als du meintest, dass du eine Partnerin finden müsstest, mit der du ›anständig arbeiten‹ könntest. Und irgendwann hätte ich dir sogar vergeben können, dass du mich einfach so aus deinem Leben gestoßen hast. Aber nun werde ich das nicht mehr tun. Ein so guter Mensch bin ich nicht.« Ich schaute zur Seite, schenkte ihm meine beste ausdruckslose Miene und sagte: »Du solltest jetzt besser gehen. Ich habe noch einiges zu erledigen und will dich nicht als Publikum dabeihaben.«

Paul Jones blinzelte. Ich hätte schwören können, dass vielleicht sogar sein Kinn ein bisschen zitterte. Doch dann wandte er sich auf diese für ihn typische Art ab, seufzte und presste die Lippen zusammen. »Jasmine, also wirklich ...«

»Geh einfach.«

»Ich will dir nur sagen ...«

»Das ist mir egal«, fiel ich ihm ins Wort und wandte ihm wieder den Rücken zu.

»Hast du überhaupt eine Ahnung, warum ich dich nie zurückrief, nachdem du mir nach meiner Entscheidung, dich zu verlassen, all diese wütenden Nachrichten hinterlassen hattest? Oder das andere Mal, als du mich Monate später betrunken anriefst, um mich anzuschreien?«

»Nein ich habe keine Ahnung, und es ist mir auch egal«, teilte ich ihm mit. Meine Stimme klang gleichmäßig, beinahe roboterhaft, während ich an ihm vorbei zur Tür schaute und inständig hoffte, dass Ivan endlich kommen würde.

Er runzelte die Stirn, wandte die braunen Augen kurz von mir ab und richtete sie dann schlagartig wieder auf mich. »Jasmine, ich habe dich nicht zurückgerufen, weil mich Ivan eine Woche später anrief, um mir mitzuteilen, dass er mich fertigmachen würde, wenn ich dich je wieder kontaktieren sollte.«

Was hatte er gerade gesagt?

»Jetzt schau mich nicht an wie den letzten Lügner. Ich lüge nicht. Er rief mich an und drohte, dass ich dich in Ruhe lassen soll, wenn ich weiß, was gut für mich ist. Und wenn ich es nicht tue, macht er mich so fertig, dass ich den Tag, an dem ich mich dafür entschied, zum Paarlauf zu wechseln, für immer bereue.«

Ivan.

Ivan hatte das gesagt? Das getan? Aber das war ein Jahr vor unserer Partnerschaft gewesen, nur Wochen nachdem wir einander im Gang im Vorbeigehen den Stinkefinger gezeigt hatten, da war ich mir ziemlich sicher.

Ivan hatte *das* getan?

»Ich sagte außerdem, dass ich dich zerstören würde. Den Teil hast du vergessen«, meldete sich eine vertraute Stimme zu Wort und sorgte dafür, dass wir uns beide umdrehten. Ivan hatte den Kopf in den Raum gesteckt. Die Tür stand gerade mal einen Spaltbreit offen. Sein Haar war perfekt mit Gel gestylt, er war frisch rasiert, und alles an ihm strahlte und funkelte. Und er lächelte. Und hatte einen Strauß rote Rosen in der Hand.

Ich liebte ihn.

Heilige Scheiße, ich hatte keine Ahnung, was da passiert war oder warum es passiert war, aber in diesem Augenblick liebte ich ihn so sehr, dass mein Herz hätte platzen können.

»Aber das kann Jasmine selbst übernehmen. Sie ist so klein und niedlich, dass man ihre Kraft leicht unterschätzt. Und es ist wirklich verrückt, wie wütend sie werden kann. Sie ist wie ein kleiner Gremlin«, fuhr er fort und lächelte mich voller Zuneigung an, während er den Raum betrat und uns sein zu meinem passendes schwarzes Kostüm präsentierte.

Paul schaute einen Moment lang zwischen Ivan und mir hin und her und trat dann einen Schritt zur Seite und von mir weg.

»Ich …«

»Sie ist jetzt meine Partnerin, Paulie, und sie wird auch weiterhin meine Partnerin sein. Und weißt du was? Ich bin nicht wirklich gut im Teilen, also wäre es vielleicht eine gute Idee, wenn du von hier verschwindest, bevor ich mich vergesse«, fiel Ivan ihm ins Wort, während er neben mich trat, um sich an meine Seite zu stellen.

Ivan berührte mich nicht. Das war nicht nötig. Ich wusste, dass er da war, und er wusste, dass ich das wusste.

So war das mit uns eben. Wir verstanden einander. Wir kannten das Ausmaß und die Tiefe unseres gegenseitigen Vertrauens und unserer Loyalität.

»Hast du nicht irgendwas Wichtiges zu tun?«, fragte Ivan und blinzelte trügerisch träge.

Paul seufzte und trat dann einen Schritt zurück. Er warf mir noch einen langen Blick über seine Schulter zu, der mir früher vielleicht ein schlechtes Gewissen gemacht hätte. Dann ging er auf die Tür zu. Er hatte sie kaum geöffnet, als Ivan seine Finger auch schon mit meinen verschränkte.

»Das hast du besser hinbekommen, als ich es erwartet hätte«, sagte er und senkte noch nicht einmal die Stimme, obwohl Paul den Raum noch nicht verlassen hatte.

Ich schaute zu ihm hoch. »Findest du?«

Er nickte so begeistert, dass ich beinahe lachen musste. »Ja.

Nancy und ich dachten, dass du ihm zumindest eine Ohrfeige verpassen würdest.«

»Du hast mir gesagt, dass ich das nicht tun soll.« Verdammt.

»Nein, ich habe dir gesagt, dass du damit bis nach dem Wettkampf warten sollst. Ich hätte nicht gedacht, dass er tatsächlich herkommen und versuchen würde, mit dir zu reden. Er kennt dich kein bisschen, oder?« Ivan kicherte.

»Dieser Blödmann. Ich wette, dass er keine Ahnung hat, wie knapp er dem Tod entronnen ist. Ich konnte es in deiner Stimme hören, und sobald ich es auf deinem Gesicht sah, befürchtete ich ernsthaft, dass du mit dem Kamm, den ich auf dem Frisiertisch liegen gelassen hatte, irgendeine *John-Wick*-Nummer abziehen würdest.«

Ich kicherte los. Ich konnte mich nicht erinnern, dass ich je vor einem Wettkampf gelacht hatte.

Er zog an meiner Hand, und ich schaute lachend zu ihm hoch.

»Alles gut?«, fragte er und presste unsere verschränkten Hände an seine Hüfte.

Ich nickte, und sobald ich meinen Lachanfall überwunden hatte, kniff ich die Augen zusammen und sah ihn mit gespielter Strenge an. »Hast du ihn wirklich angerufen und ihm gesagt, dass er mich nie wieder kontaktieren soll?«

So war das mit Ivan. Er verstellte sich nicht. Niemals. In seiner Stimme lag nicht das geringste Zögern, als er antwortete. »Ja.«

»Warum?«

Er bewegte sich nicht von mir weg und ließ auch meine Hand nicht los, als er erklärte: »Karina hat mich angerufen und mir erzählt, was passiert war. Sie hat gefragt, ob ich irgendetwas tun kann, ob ich irgendjemand anders kenne, mit dem du dich als Paar zusammentun könntest.«

Ich hatte ein leises Summen in meinen Ohren, zwang mich aber zu fragen: »Und was passierte dann?«

»Ich sagte ihr, dass ich nichts machen kann. Dann rief ich ihn an und erklärte ihm, wie die Sache laufen würde. Ich war echt sauer«, erzählte er unbekümmert.

Ich kam mir dumm vor, weil ich mich vergewissern wollte, dass ich ihn richtig verstanden hatte, fragte aber dennoch: »Warst du meinetwegen sauer?«

»Worauf du dich verlassen kannst. Die Vorstellung, dass du wegen dieses Verlierers aufgewühlt warst, machte mich sauer. Du hattest etwas Besseres verdient.« Er lächelte und presste erneut unsere Hände fest an seine Seite. »Wenn du schon weinen musstest, dann solltest du es wenigstens meinetwegen tun.«

»Du bist ein Idiot.«

»Ich weiß.«

Doch dann bewegte Ivan seinen Körper. Er wandte sich mir zu, sodass er direkt vor mir stand. Ich musste den Kopf in den Nacken legen, damit ich ihm in die Augen schauen konnte. Der Blumenstrauß befand sich zwischen uns. Dann ließ er seine Stirn ganz langsam auf meine herabsinken. »Tut dir leid, dass es so gekommen ist?«

Ich schaute direkt in seine klaren blauen Augen und sagte: »Das war das Beste, was mir je hätte passieren können.«

»Das geht mir genauso, Jas.«

Und dann sprudelte dieses ... dieses Gefühl, von dem ich wusste, dass es Liebe war, in mir hoch, und ich wusste, dass es eine dumme Idee war. Ich wusste, dass ich den Mund halten musste. Aber während ich in diese schönen Augen schaute und diese Hand hielt, die so oft da gewesen war, um mich zu halten und zu stützen, rief ich mir ins Gedächtnis, dass ich niemandem Rechenschaft schuldig war.

Nicht einmal mir selbst.

»Vanya«, begann ich und war seltsam nervös. Ich war ihm so nah, dass ich seinen Atem an meinen Lippen spürte. »Ich erwarte nichts von dir und will die Situation nicht unangenehm machen, aber du sollst wissen …«

Sein »Halt die Klappe« erwischte mich völlig unvorbereitet.

Ich blinzelte. »Sag mir nicht, dass ich die Klappe halten soll. Ich will dir was sagen.«

Unvermittelt ließ er unsere verschränkten Hände sinken, lächelte und trat einen Schritt zurück. »Ich habe etwas für dich.«

»Du hast mir Blumen mitgebracht«, sagte ich.

Er schüttelte den Kopf und legte den Strauß auf den Frisiertisch neben mir. »Nein, die sind von Karina.«

Die Vorstellung, dass sie mir Blumen schickte, entlockte mir ein Lächeln. Ich würde ihr später eine Textnachricht senden, um mich zu bedanken.

»Aber ich habe etwas für dich, und jemand anders hat ebenfalls etwas für dich geschickt.«

Ich zog die Augen zusammen. »Wer?«

Ivan lächelte. »Patty.«

»Wer ist Patty?«

Sein Lächeln verblasste. »Dieses Mädchen im LK, für das du dich eingesetzt hast. Die, die dir so ähnlich sieht und sehr kontaktfreudig ist.«

»Oh.« Die. Mir war nicht klar gewesen, dass sie mir ähnlich sah. »Sie hat mir etwas geschickt?« Warum?

»Eine Karte.«

Seltsam. »Das hätte sie nicht tun müssen.«

»Nein, aber am Tag vor unserer Abreise kam sie vorbei und bat mich, sie dir zu geben«, sagte er. »Doch ich habe auch etwas für dich. Es sind zwar nicht die Seelen aller Menschen, die dich je verärgert haben, aber …«

Das sorgte dafür, dass ich den Mund hielt. Für eine ganze Sekunde.

»Ich wollte es dir eigentlich erst nach dem Wettkampf geben, aber ich denke, dass ich es dir jetzt geben sollte.«

Ich presste die Lippen zusammen und fragte dann langsam: »Was ist es?« Er drehte sich zu seinem riesigen Rollkoffer um und schob eine Hand in die große Außentasche.

»Ich dachte, dass wir mittlerweile darüber hinaus wären, dass du ständig denkst, dass ich dich umbringen will.«

»Ich glaube nicht, dass wir jemals darüber hinaus sein werden.«

Ivan lachte mit dem Rücken zu mir. »Mein Plan ist, dich erst nach der Weltmeisterschaft umzubringen. Das sollte dir klar sein.«

»Dann werde ich es mir in meinem Kalender eintragen. Danke für die Warnung.«

Er schüttelte den Kopf und zog seine Hand aus der Tasche. Darin hielt er etwas, das in Seidenpapier eingepackt war, und außerdem noch etwas in einem weißen Umschlag.

»Irgendwie hatte ich mit einem Skorpion gerechnet, aber ich gehe nicht davon aus, dass du dein Leben aufs Spiel setzen würdest, um mich umzubringen.«

»Halt die Klappe. Die Karte lege ich dir hierhin, damit du sie später lesen kannst.« Er klang amüsiert, als er sich mir wieder zuwandte. »Streck deine Hand aus.«

Ich hielt ihm meine rechte Hand hin, doch er schlug sie sanft nach unten. Also hob ich die andere. Ich schaute zu, wie er das in Seidenpapier verpackte Etwas ablegte und mit seinen großen Händen mein Handgelenk umfasst. Er schob den Ärmel meines Kostüms ein Stück nach oben und legte das Armband frei, das ich immer trug. Ich hatte die Lederschnüre an diesem Morgen enger gezogen, damit ich es unter meinem Kostüm tragen konnte.

Ich dachte mir nicht viel dabei, bis er mit dem Daumen die schmale Metallplakette streifte, die von den Lederschnüren an Ort und Stelle gehalten wurde. Die Schnüre hatte ich einmal pro Jahr erneuern müssen, seit ich mir das Armband auf einem Jahrmarkt hatte anfertigen lassen, als ich zwölf gewesen war. *Für Jasmine. Von deiner besten Freundin Jasmine* war in die Metallplakette eingraviert. Meine Mom hatte die Augen verdreht, als sie dafür bezahlt hatte. Ich hatte ihr die Dokumentation über eine andere Eiskunstläuferin gezeigt, die ich bewunderte. Sie hatte genauso ein Armband getragen. Sie war für ihre Zeit einfach toll gewesen. Sie hatte großen Ehrgeiz gehabt und sich nicht im Geringsten darum geschert, was andere Leute von ihr hielten. Ich hatte sie einfach nur großartig gefunden, aber hauptsächlich hatte sie sich selbst großartig gefunden.

Das Armband war für mich immer eine Erinnerung daran gewesen, dass ich an mich selbst glauben musste.

Und seitdem hatte ich es mit Stolz getragen.

Doch Ivan bewegte die Hände an die Schnüre, die ich gerade erst neu gebunden hatte, und machte sich daran, den kleinen Knoten mit seinen langen, eleganten Fingern zu lösen. Ich wollte ihn fragen, was er da machte und warum er mir das Armband abnahm, aber … ich vertraute ihm. Also hielt ich den Mund, während er das Armband von meinem Handgelenk zog und es neben das in Seidenpapier eingewickelte Etwas legte.

Okay.

Mit derselben Bewegung wickelte er das Seidenpapier ab und holte ein Armband hervor, das mit meinem so gut wie identisch war. Es handelte sich um eine silberne Metallplakette mit einem Lederband. Nur dass das Leder knallig pink war.

»Ich will nicht, dass du heute Abend nervös wirst«, sagte er, während er das Armband in der Hand hielt und mich anschaute.

Ich schaute abwechselnd ihn und das Armband an. »Ich bin nicht nervös.«

Er kicherte. »Meinetwegen, du bist nicht nervös. Aber du sollst wissen, dass alles, was heute und morgen passiert – egal was –, nicht wichtig ist, Fleischklops.«

Das sorgte dafür, dass ich ruckartig den Kopf hob und ihm in die Augen schaute. Wovon redete er da? »Natürlich ist es wichtig.«

»Nein, ist es nicht«, beharrte er. »Es ist nur ein Wettkampf. Ob wir gewinnen oder verlieren, ändert nichts.«

Was sollte das heißen?

Ivan griff mit seiner freien Hand nach meiner und rieb mit dem Daumen über die Oberseite meines Handgelenks. »Ich werde nicht wütend sein. Ich werde nicht enttäuscht sein. Und ich hoffe, dass du es auch nicht sein wirst.«

Ich beäugte ihn misstrauisch, sagte aber nichts.

Er senkte den Blick, als er fragte: »Wirst du enttäuscht sein?«

Würde ich enttäuscht sein, wenn ich es verbockte oder wenn er es verbockte und alles den Bach runterging und wir heute Abend und morgen nur den sechsten Platz belegten? Würde ich fuchsteufelswild werden, so wie es früher immer der Fall gewesen war?

»Nein.« Das würde ich nicht. »Denn du wärst mit mir auf dem sechsten Platz. Ich würde nicht allein sein. Wenn ich versage, dann wenigstens mit dir zusammen«, flüsterte ich, während dieses komische Gefühl durch meinen ganzen Körper strömte.

Es fühlte sich an wie … Erleichterung. Wie Akzeptanz. Und es war das zweitschönste Gefühl, das ich in meinem ganzen Leben je empfunden hatte.

Gleich nach der Liebe für diesen Idioten und meine Familie.

Und das musste verdammt noch mal die Antwort sein, die

er hatte hören wollen, denn das Lächeln, das sich auf seinem Gesicht ausbreitete, war das Beste, das er bislang mit mir geteilt hatte. »Gib mir dein Handgelenk zurück, du kleine Göre«, befahl er und strahlte mich mit diesem Lächeln an, von dem ich mir von ganzem Herzen wünschte, dass es mir und nur mir gehörte.

Und seinen Hunden und seinem Schwein und seinem Kaninchen, aber das war okay.

Also hielt ich ihm mein Handgelenk hin.

Und ich schaute zu, wie er die pinkfarbenen Lederschnüre zusammenband, fest, aber nicht zu fest, und das Armband an meinem Arm befestigte, wo bis eben noch mein altes gewesen war. Das war die perfekte Stelle, um es unter dem Ärmel meines Kostüms zu verbergen. Er hatte den Knoten kaum fertig gebunden, als ich auch schon den Arm hob und die winzige Inschrift auf dem Metall las.

Für Fleischklops

Von deinem besten Freund Ivan

Und in der Zeit, die ich brauchte, um die Inschrift auf der Metallplakette etwa viermal zu lesen, hatte sich Ivan mein altes Armband bereits um sein eigenes Handgelenk gebunden.

Doch es passte nicht unter seinen Ärmel.

Und als er lächelte, wusste ich, dass ihm das nichts ausmachte.

Kapitel dreiundzwanzig

»Normalerweise halte ich Ivan vor seinen Küren keine Motivationsreden, Jasmine, aber ich kann dir eine halten, falls du eine brauchst«, bot Nancy an, als wir in dem Tunnel neben der Eisfläche standen und das Paar auf dem Eis mit seiner kurzen Kür anfing.

Ich drehte mich nicht zu ihr um. Ich stand vor Ivan, schaute auf die Menge auf der Tribüne hinaus und war seltsam ruhig. Ruhiger als je zuvor. »Ich komme klar.«

Denn auf die eine oder andere Weise würde alles gut werden. Es war, wie Ivan gesagt hatte. Wenn alles den Bach runterging, war das nicht das Ende der Welt.

Aber ich hoffte trotzdem, dass alles gut laufen würde.

»Bist du sicher?«, hakte Nancy nach.

Ich schaute unsere Trainerin immer noch nicht an, wusste aber, dass sie ebenfalls das Paar auf dem Eis beobachtete. Ich schüttelte den Kopf und sagte: »Absolut. Motivationsreden machen mich nur nervös.« Dieses Mal schaute ich doch zu ihr. »Aber danke für das Angebot.«

Ivan, der die Hände auf meinen Schultern hatte, seit wir hier auf unseren Auftritt warteten, massierte sanft meine Trapezmuskeln. Er stand so dicht hinter mir, dass ich die Hitze spüren konnte, die sein Körper ausstrahlte. Wir hatten die letzten drei Stunden mit Dehnübungen verbracht und waren dann auf dem Flur noch einmal mit Kopfhörern unsere Kür durchgegangen. Obwohl wir die Hebefiguren in den vergangenen acht Monaten schon Tausende Male geprobt hatten, hatten wir noch mal ein paar von ihnen gemacht, um unser Selbstvertrauen zu stärken.

Wir waren so gut, wie wir nach allem, was vor dem heutigen Tag geschehen war, nur sein konnten.

Wir würden unser Bestes geben.

»Deine Mutter hat mir gerade zugewunken«, flüsterte mir Ivan ins Ohr, bevor er eine Hand von meiner Schulter nahm, um zurückzuwinken.

Ich hatte vor einer Kür noch nie Ausschau nach meiner Familie gehalten. Zu wissen, dass sie da waren, hatte mich immer nur noch mehr unter Druck gesetzt. Vor einem Wettkampf schaute ich sogar mehrere Stunden lang nicht auf mein Handy. Ich wollte konzentriert sein.

Doch die Erwähnung meiner Mom, die ich seit ihrer Ankunft in Lake Placid am vergangenen Abend nicht gesehen hatte, sorgte dafür, dass ich den Kopf hob und mich umschaute.

Ivan hob eine Hand neben meinen Kopf und deutete nach rechts. Und tatsächlich entdeckte ich sofort die roten Haare meiner Mutter. Sie schwenkte die Arme wie wild über dem Kopf umher. Ich erkannte auch den dunkelhäutigen Mann an ihrer einen Seite, den Rotschopf auf ihrer anderen Seite, Sebastians kastanienbraunes Haar und …

Neben ihm stand ein Mann, der genauso groß war wie er. Er hatte dunkleres Haar und nicht ganz so helle Haut. Auf der anderen Seite des Mannes entdeckte ich Jojos unverwechselbaren Dickschädel mit den großen Ohren und James' mittelbraunes Haar sowie ein schwarzhaariges Paar, bei dem es sich um die Lukovs handeln musste.

Der Mann war mein Vater.

Mein verdammter Vater war dort auf der Tribüne.

»Deine Mutter und Jonathan haben erst versucht, es ihm auszureden, und ihn dann schwören lassen, dass er dich nicht belästigen wird«, flüsterte mir Ivan ins Ohr.

Ich schluckte, weil ich keine Ahnung hatte, wie ich mit seiner Anwesenheit umgehen sollte.

»Alles gut?«, fragte er leise.

Unbewusst tastete ich nach der Stelle an meinem Unterarm, an der mein Armband befestigt war. Mein *neues* Armband. Ich berührte es durch den dehnbaren Spitzenstoff, der es bedeckte.

»Alles gut«, bestätigte ich und schaute wieder zu meiner Mom, die nun endlich nicht mehr wie verrückt winkte. Sie betrachtete mich und Ivan, und sogar aus der Ferne konnte ich erkennen, dass sie grinste.

Ich hob meine Hand, die mit dem Armband, und winkte ihr zu. Nur ganz flüchtig, nur für eine Sekunde.

Und sie öffnete den Mund, als würde sie schreien. So wie ich sie kannte, schrie sie vermutlich tatsächlich. Sie wirkte verdammt aufgeregt …

Ivan ließ die Hände von meiner Schulter gleiten und auf meinen Oberarmen ruhen. Dann bewegte er sie sanft auf und ab und strich immer wieder über meine Arme.

Eine Minute später endete die Musik, und wir schauten zu, wie die beiden Eiskunstläufer die Eisfläche verließen und dabei der ganzen Arena zuwinkten. Dann gingen sie beiseite und warteten darauf, dass ihre Punkte verkündet wurden.

Trainerin Lee wandte sich uns zu und zog die Augenbrauen hoch. »Ihr seid bereit.«

Es war keine Frage, sondern eine Feststellung.

Denn das waren wir.

»Ihr habt meine Erwartungen in dieser Saison bereits beide übertroffen. Ivan, vergiss nicht, nach dem Dreifachsprung dein Tempo anzupassen. Und Jasmine …« Sie schenkte mir ein kleines Lächeln, das ich bis tief in mein Innerstes spürte. »Sei einfach du selbst, okay?«

Ich selbst.

Ich hatte keine Ahnung, was sie damit meinte, nickte aber trotzdem.

Ich selbst.

»Zeigen wir es ihnen, Baby«, flüsterte mir Ivan ins Ohr und drückte meine Oberarme.

Ich nickte knapp. Dann blendete ich die Menge aus, die jubelte, während die Punkte verkündet wurden. Wir begaben uns zu der Öffnung, die aufs Eis führte. Die einzige Person, gegen die ich an diesem Abend antrat, war ... ich selbst. Die Person, die ich mit Paul gewesen war. Solange ich besser als diese Version von mir sein konnte ... konnte ich nicht mehr verlangen.

Plötzlich fühlte sich alles wie eine ferne Erinnerung an, auf die ich später zurückschauen könnte. Ich nahm meine Kufenschoner ab und reichte sie Nancy Lee. Dann trat ich aufs Eis und wartete an der Bande darauf, dass Ivan sich mir anschloss. Unsere Trainerin hatte recht gehabt. Sie war nicht der Typ für Motivationsreden oder Vorschläge in letzter Minute, abgesehen von denen, die sie uns gerade gegeben hatte, und denen, die sie uns während des monatelangen Trainings eingebläut hatte.

An diesem Abend auf dem Eis war alles surreal. Ich lauschte dem Jubel der Leute, die Ivan anfeuerten und seinen Namen riefen, als wären wir bei einem verdammten Basketballspiel oder so was.

Ivan! Ivan! Ivan!

Lukov! Lukov! Lukov!

Ich hatte das alles zuvor schon aus der Ferne erlebt – vom Rand der Eisfläche aus oder als Teil des Publikums auf der Tribüne –, aber noch nie, während ich neben diesem Mann, der der Grund dafür war, dass die Leute komplett ausrasteten, auf dem Eis stand.

Doch als ich dort stand und lauschte, konnte ich in der Menge ein winzig kleines, leises Summen hören.

Jasmine! Jasmine! Jasmine!

Es bestand aus sämtlichen Stimmen aller Mitglieder meiner Familie … und das war mehr als genug für mich.

Es war so viel mehr, als ich verdiente, aber diese Sicherheit, die mich vorhin überkommen hatte, als mir Ivan das Armband geschenkt hatte, und dann noch einmal vor wenigen Minuten, als mir Nancy gesagt hatte, dass ich ich selbst sein solle, fühlte sich wie ein Zuhause an, wie Liebe.

Ivan drückte meinen Nacken, und ich schaute auf und stellte fest, dass er mich angrinste.

Und ich erwiderte das Grinsen.

Wir drehten uns gleichzeitig um, wandten uns der Mitte der Eisfläche zu, und genau wie wir es während des Trainings jedes Mal ohne Stichwort gemacht hatten, streckte Ivan auch jetzt seine Hand neben sich aus, sodass sie zwischen uns schwebte, und schaute mich an. Und ich schaute ihn an und legte meine Hand in seine. Zusammen liefen wir in die Mitte und hielten uns an den Händen, während die anfeuernden Rufe der Menge zu Jubelschreien wurden.

»Was auch immer passiert, ja?«, fragte ich ihn, während wir uns auf unsere Startposition begaben und dort anhielten.

Ivan ließ meine Hand nicht los, nickte und trat einen Schritt zurück, um sich in Position zu bringen. *Was auch immer passiert*, versicherte er mir stumm. Doch dann bildeten seine Lippen Worte. Genau drei Worte. *Ich liebe dich.*

Hätte ich irgendetwas anderes als Schlittschuhe an den Füßen gehabt, wäre ich gestolpert oder gestürzt oder so.

Ich hätte mir meinen gottverdammten Hintern geprellt und mir vermutlich das Kinn aufgeschlagen.

Doch zum Glück trug ich das Einzige, in das ich mehr Vertrauen hatte als in Tennisschuhe oder Flip-Flops. Das hielt meinen Körper jedoch nicht davon ab, sich komplett zu verspannen, während ich dastand und wusste, dass ich meine Position einnehmen musste, aber zu überwältigt war, um irgendetwas zu tun. »Was?«, zischte ich schließlich, denn ich war mir sicher, dass ich die Bewegungen seiner Lippen falsch gelesen hatte.

Ivan blieb vor mir stehen. Er hatte ein kleines Lächeln auf dem Gesicht, als er Arme, Beine und Finger in die Startposition brachte. *Ich liebe dich*, wiederholte er stumm, als hätte er das in der Vergangenheit schon tausendmal gesagt. Als stünden wir nicht auf dem Eis und würden jeden Moment vor einem riesigen Publikum mit unserer ersten Kür beginnen.

Ich blinzelte ihn an und versuchte, meine Hände in Position zu bringen. Doch ich konnte über nichts anderes als die Tatsache nachdenken, dass er gerade »Ich liebe dich« zu mir gesagt hatte. Ich schluckte heftig und schaute ihm in die Augen, während ich meine Hände und Knie in die Stellung brachte, die wir so oft geprobt hatten. Ich musste meine Position einnehmen.

Wieder schlich sich dieses langsame und … süße Lächeln auf sein Gesicht.

Das war beunruhigend.

»Du bist ätzend, Fleischklops«, rief er in der Sekunde, bevor die Musik einsetzte. *Aber ich liebe dich*, fügten seine Lippen stumm hinzu.

Mein Herz hämmerte wie wild.

Meine Welt kippte nicht zur Seite, meine Beine gaben nicht unter mir nach, aber dieses Gefühl wuchs und wuchs und wuchs, bis es jeden Zentimeter von mir auszufüllen schien.

Ivan liebte mich.

Ivan liebte mich, verdammt noch mal.

Und ihm war egal, ob wir gewannen oder verloren.

»Hättest du nicht einen besseren Augenblick wählen können, um mir das mitzuteilen?«, fragte ich laut, versuchte aber gleichzeitig krampfhaft, meine Lippen nicht zu sehr zu bewegen.

Dieser Idiot spitzte doch tatsächlich die Lippen zum Kussmund, so subtil immerhin, dass es keine der Kameras im ganzen Gebäude aufgezeichnet haben konnte. *Nö*, antwortete er stumm.

Und dann setzte die Musik ein.

Er konnte verdammt noch mal von Glück reden, dass ich unsere Kür im Schlaf konnte. Hätten wir sie nicht tausendmal zusammen geprobt und hätte ich sie nicht noch weitere fünfhundert Male für mich allein durchgespielt, hätte ich es in diesem Moment so richtig verbockt.

Und sein Glück war außerdem, dass er sofort vollkommen professionell wurde, sobald die Musik einsetze. Während der gesamten zwei Minuten und vierzig Sekunden schenkte er mir lediglich jeweils einmal ein Augenzwinkern und ein Lächeln.

Wie durch ein Wunder schaffte ich es, mich auf das zu konzentrieren, was wir tun mussten, statt auf die Worte, die völlig aus dem Nichts gekommen waren … zumindest bis zu der Sekunde, in der wir unsere Endposen einnahmen und die Musik verstummte.

Und dann erinnerte ich mich.

Ich erinnerte mich an sein »Ich liebe dich«, und es entfachte Wut in mir.

»Musstest du mir das unmittelbar vor der Kür mitteilen?«, flüsterte ich keuchend und außer Atem.

Seine Brust hob und senkte sich angestrengt, und er keuchte: »Hm-hm.«

Echt jetzt?!

»Du …«

Bevor ich ihn aufhalten konnte, bevor mir klar werden konnte, was er vorhatte, während wir beide keuchend dastanden, unsere Gesichter nur wenige Zentimeter voneinander entfernt waren und Adrenalin und Kraft und etwas, von dem ich mir zu neunundneunzig Prozent sicher war, dass es Liebe war, durch unsere Körper rauschte, lächelte er mich auf diese sanfte Art an.

Dann lehnte er sich vor und gab mir einen flüchtigen Schmatzer auf die Nase.

Ivan Lukov küsste mich nach dem Ende unserer kurzen Kür auf die Nasenspitze.

Und dass das ganze Publikum daraufhin verzückt seufzte, was unter normalen Umständen großes Unbehagen in mir ausgelöst hätte, fiel mir gar nicht auf.

Es fiel mir nicht auf, weil ich zu sehr darauf konzentriert war, dass er es überhaupt getan hatte. Ganz zu schweigen davon, dass es im Fernsehen übertragen wurde. Ganz zu schweigen davon, dass er mir erst vor drei Minuten mitgeteilt hatte, dass er mich liebte.

»Was ist dein Problem?«, flüsterte ich eine Sekunde, bevor ich mich aus unserer Endpose löste, um mich zu verbeugen.

Mein Tonfall hielt ihn nicht davon ab, mir ein langsames, verschlagenes Grinsen zuzuwerfen, während er sich neben mich stellte, um sich ebenfalls zu verbeugen. »Du.«

»Luzifer«, flüsterte ich und verbeugte mich. Knickse hatte ich noch nie gemocht. Sie fühlten sich für mich falsch an.

»Dickschädel«, erwiderte er, als wir wieder nach oben kamen.

»Warum hast du das gemacht?«, fragte ich und schaffte es kaum, die Frage ganz auszusprechen, bevor wir uns umdrehen mussten, um uns auch vor der anderen Seite der Arena zu verbeugen.

Er ließ seine Hand in meine gleiten und verschränkte unsere Finger miteinander, während wir uns nach unten neigten. »Weil ich es wollte, Fleischklops.« Er drückte meine Hand, als wir uns erhoben und den Leuten zuwinkten, die Stofftiere und Blumen aufs Eis warfen. Ich hatte noch nie so viele dieser Aufmerksamkeiten erhalten. Niemals. »Lächle. Wir haben es geschafft«, sagte er. Sein Atem ging immer noch keuchend. »Und hör auf, mich anzuschauen, als wolltest du mich umbringen. Wir können später darüber reden. Mach nicht so ein Theater«, murmelte er und zog an meiner Hand, sobald wir wieder aufrecht standen. »Wir wissen beide, dass du mich liebst.«

Ich wollte es leugnen. Wirklich. Hauptsächlich deswegen, weil ich es hasste, dass er so selbstzufrieden klang.

Aber wir beide wussten, dass das eine Lüge gewesen wäre.

Ich mochte die Worte nie ausgesprochen haben, aber er wusste es. So wie er auch von meiner Lernschwäche gewusst, aber nie etwas gesagt hatte. So wie er wusste, dass ich eine Schwäche für Schokolade hatte, weshalb er mir immer dann welche gab, wenn ich sie am nötigsten hatte.

Als er mich vom Eis führte, zog ich an seiner Hand und flüsterte wütend: »Du musst deswegen nicht gleich so selbstzufrieden klingen.«

»Pech gehabt«, flüsterte er zurück.

Squirt: JASMINE, DU WARST UNGLAUBLICH!
Squirt: Omg! Omg! Omg!
Squirt: Du sahst dort draußen wie eine Königin aus.
Squirt: Du bist geflogen!
Squirt: Du warst eine vollkommen andere Eiskunstläuferin.
Squirt: OMG.
Squirt: Ich habe geweint.
Squirt: Ich wünschte, ich hätte dabei sein können.

Squirt: Ich werde zu den Landesmeisterschaften gehen. Aaron kann bei den Kindern bleiben. Das lasse ich mir nicht entgehen.

Vier Stunden später war ich frisch geduscht und immer noch vollkommen euphorisch. Ich saß auf meinem Bett und ging lächelnd die Nachrichten durch, die mir meine Schwester geschickt hatte. Ich lehnte mich zurück, ließ mich aufs Bett sinken und rief sie an.

Nach dem dritten Klingeln ging meine Schwester dran. »JASMINE! DAS WAR DAS BESTE, WAS ICH JE GESEHEN HABE!«

»Danke, Rubes«, erwiderte ich. Irgendwie war es mir unangenehm, mich bei ihr zu bedanken, aber was hätte ich sonst sagen sollen?

»Aaron und ich sind komplett ausgerastet! Sogar Benny hat zugeschaut und gefragt, ob das Tante Jazzy im Fernsehen ist«, fuhr sie fort. »Ich bin so stolz auf dich, Jas. Ich bin so verdammt stolz auf dich. Ich weiß nicht, was du gemacht hast, aber ich habe dich noch nie so eislaufen sehen. Mir kommen schon wieder die Tränen, wenn ich nur daran denke.«

Das sorgte dafür, dass ich ein Stöhnen unterdrückte. »Nicht weinen.«

»Aber ich bin so glücklich«, quiekte sie und klang wirklich so, als stünde sie kurz davor, in Tränen auszubrechen.

»Ich auch«, gestand ich. »Ich glaube, so glücklich bin ich noch nie über einen zweiten Platz für die kurze Kür gewesen.«

Denn Ivan und ich waren nur Zweite geworden. Aber für den ersten Platz hatte uns weniger als ein Punkt gefehlt. Das war … nichts.

Vor allem war es nichts, weil unsere lange Kür unsere stärkste war. Zumindest dachte ich das. Düstere Filme als unser Thema zu wählen war die beste Entscheidung überhaupt gewesen, denn andere Paare liefen meist zu Liebesliedern und so Zeug. Paul und ich hatten das früher auch immer gemacht, aber meine Darbietung war vermutlich nicht besonders glaubhaft gewesen, weil ich eine miese Lügnerin war und es in unserer Beziehung definitiv keine Liebe gegeben hatte – und langfristig betrachtet auch keinen Respekt.

Also würden Ivan und ich höchstwahrscheinlich alle überraschen, wenn wir unser Schaulaufen zu *Ein Traum wird wahr* aus dem Soundtrack zu *Aladdin* machen würden, denn ... warum nicht?

»Tja, du sahst jedenfalls wunderschön aus und Ivan auch, und ich könnte nicht *glücklicher* sein«, schluchzte sie.

»Hör auf zu weinen«, verlangte ich lachend.

»Ich kann nicht. Ich habe mir eure Kür bereits fünfmal hintereinander angeschaut. Wir haben sie aufgenommen. Sogar Aarons Vater hat angerufen, um mir zu sagen, dass du die Beste bist.«

Woher wusste Aarons Vater von unserem Auftritt? Ich stellte die Frage nicht laut, wunderte mich aber.

»Konntest du die Familie nach der Veranstaltung sehen?«, wechselte sie das Thema.

Nun verzog ich doch das Gesicht, behielt mein Unbehagen aber für mich. »Ja. Wir haben zusammen in dem Hotel gesessen, in dem wir untergebracht sind.« Wir *alle*.

Ruby zögerte und stellte dann die Frage, von der ich wusste, dass sie sie gequält hatte. Ihr musste klar sein, dass unser Vater mit zu der Veranstaltung gekommen war. »Wie lief es mit Dad?«, fragte sie, und ich konnte ihre Anspannung hören.

Ich schloss die Augen und stieß den Atem aus. »Gut.«

»Gut wie in: Du hast dich nicht mit ihm gestritten, obwohl du es wolltest? Oder gut wie in: Ihr habt euch umarmt, und alles war wieder okay?«

Mist. »Gut wie in … Wir haben einander umarmt, und danach saß er ganz am anderen Ende des Tischs und sagte kein Wort mehr zu mir.« Für mich war das in Ordnung gewesen. Wirklich. Tatsächlich war ich sogar erleichtert gewesen. Ich hatte mich so sehr über unsere Punkte gefreut, dass ich mir den Erfolg nicht von ihm hatte vermiesen lassen wollen.

Und war es nicht einfach ätzend, dass ich fest damit rechnete, dass mir mein Dad etwas vermiesen würde, für das ich so hart gearbeitet hatte?

»Oh, Jas.« Ruby seufzte leise.

»Es war in Ordnung.«

»Ich will mich nicht mir dir streiten, okay?«

Oh Gott. Und schon ging es los.

»Dad liebt dich. Er will nur dein Bestes.«

Ich sagte nichts.

»Er ist … altmodisch.«

Würden wir das nun etwa so nennen?

»Du solltest ihm verzeihen. Er gibt sich Mühe. Er weiß, dass er es verbockt hat, aber niemand ist perfekt«, fuhr Ruby fort und löste damit bei mir nur leichte Schuldgefühle aus, aber trotzdem hatte ich das Gefühl, mich rechtfertigen zu müssen.

»Das weiß ich, Rubes. Ich verstehe das. Aber weißt du, wie schwer es ist, ihm dabei zuzuhören, wie er übers Eiskunstlaufen redet, als wäre es ein Freizeitsport, den ich nur so zum Spaß an den Wochenenden ausübe? Weißt du, wie es sich anfühlt, wenn er … Wie nennt man das? … wenn er meine Träume kleinredet? Ihn sagen zu hören, dass ich besser etwas machen sollte, das ich hasse?« Ich stellte ihr all diese Fragen ganz ruhig und unaufgeregt. Tatsächlich empfand ich dabei nichts.

Ich konnte sie am anderen Ende der Verbindung atmen hören. Dann sagte sie: »Ja, Jas. Das weiß ich. Ich weiß genau, wie das ist, und ich verstehe es. Ich weiß, dass es keinen Spaß macht.«

Sofort war mein ganzer Körper in Alarmbereitschaft. »Wer hat *dir* das angetan?«

»Mom. Dad. Sie beide.«

Ich dachte angestrengt nach, konnte mich aber an keinen derartigen Vorfall erinnern. »Wann?«

»Nach meinem Highschoolabschluss. Du warst damals noch zu jung und erinnerst dich vermutlich nicht mehr daran.«

Heilige Scheiße.

»Ich wollte Kostümdesign studieren, und sie beide – auch Mom – lagen mir drei Monate lang damit in den Ohren, dass ich lieber etwas studieren solle, mit dem ich später etwas anfangen könne.«

Sie klang resigniert, und das machte mich traurig, denn soweit ich mich erinnern konnte, hatte Ruby es immer geliebt, Kostüme zu entwerfen und zu schneidern. Immer. Das war ihre Leidenschaft. Ihre Version dessen, was für mich das Eiskunstlaufen war.

Ich konnte mir nicht vorstellen, dass sie irgendetwas anderes machte.

Und ich hatte mich immer gefragt, warum sie Buchhaltung studiert und darin einen Abschluss gemacht, aber dann nie etwas damit angefangen hatte.

»Aber ich bin nicht du«, sagte sie und klang immer noch resigniert. »Mom glaubte nicht so an meinem Traum, wie sie an deinen glaubte.«

»Rubes«, begann ich und fühlte mich plötzlich schrecklich. Wie musste es für sie gewesen sein, zu sehen, wie mich meine Mom nach Kräften unterstützte, während sie ihr verbot, das zu tun, was sie liebte? Ich hatte nicht die geringste Ahnung gehabt, dass es ihr so ergangen war.

»Ist schon gut, Jas. Am Ende hat sich alles zum Besten gewendet. Ich sage dir das nur, weil du wissen sollst, dass Mom und Dad nicht perfekt sind, dass du nicht die Einzige bist, die sich anhören musste, dass ihre Träume sinnlos sind. Der Unterschied ist nur, dass du dir deine Träume von niemanden hast ausreden lassen. Ich wünschte, dass ich ebenfalls dazu in der Lage gewesen wäre«, beendete Ruby ihr Geständnis.

Ich war fassungslos. Wirklich vollkommen verblüfft.

»Ich habe nur deswegen Buchhaltung studiert, weil ich sie glücklich machen wollte. Bis vor ein paar Jahren versuchte Mom sogar immer wieder, mich dazu zu überreden, eine Stelle in der Firma anzunehmen, in der sie arbeitet. Wie dem auch sei, ich versuche dir lediglich klarzumachen, dass du Dad verzeihen solltest. Das muss nicht heute oder morgen passieren, aber gib ihm eine Chance. Ich denke nicht, dass er überhaupt wusste, was er mit dir anfangen sollte, als du noch klein warst. Du warst so eigensinnig, und ich glaube, du erinnertest ihn zu sehr an Mom, aber da bin ich mir nicht sicher.«

»Hm«, war das Einzige, was ich hervorbringen konnte, während ich über ihre Worte nachdachte.

War ich als Kind so schrecklich gewesen, dass er wirklich nicht gewusst hatte, was er mit mir anfangen sollte? Ich erinnerte mich vage daran, dass ich mal zu ihm gesagt hatte, dass ich ihn hasste. Dass ich ihm gegen das Schienbein getreten hatte. Dass ich geweint hatte. Dass ich keine Zeit mit ihm hatte verbringen wollen, wenn er zu Besuch gekommen war. Aber da musste ich wirklich noch sehr jung gewesen sein. Vielleicht vier. Höchstens fünf. Kurz nachdem er uns verlassen hatte.

Hm.

»Ich will nicht mehr darüber reden. Ich will dir die Freude über deinen Erfolg nicht vermiesen. Also, erzähl mir alles über diesen niedlichen Kuss, den dir Ivan gegeben hat. Werdet ihr zwei heiraten, alle Auszeichnungen abräumen und ein paar Sportskanonen zeugen?«

Ich verschluckte mich vor Schreck. »Wovon redest du da, Rubes? Trinkst du etwa *Alkohol*, während du mit meiner nächsten Nichte schwanger bist?«

Ruby lachte. »Nein! Das würde ich niemals tun!«

»Es kommt mir aber gerade so vor.«

»Nein! Ich stelle dir eine ernst gemeinte Frage. Ihr zwei seid so perfekt füreinander, dass ich Zahnschmerzen bekomme, wenn ich euch zusammen sehe, weil ihr so ein süßes Paar seid. Das ist nicht gelogen. Frag Aaron.«

Ich verdrehte die Augen, schüttelte den Kopf und dachte *endlich* noch einmal über die Worte nach, die Ivan auf dem Eis zu mir gesagt hatte. *Ich liebe dich*. Er liebte mich. Und er wusste, dass ich ihn ebenfalls liebte.

Und wir hatten nicht weiter darüber geredet, seit wir das Eis verlassen und Umarmungen und lobende Schulterklopfer von Nancy entgegengenommen hatten. Als wir auf die Verkündung unserer Punkte gewartet hatten, hatte ich Galina auf der Tribüne entdeckt. Ich hatte ihr zugenickt und im Gegenzug ein Nicken von ihr erhalten, was in ihrem Fall im Grunde genommen einem »Ich liebe dich« gleichkam.

Danach war alles ein verrücktes Durcheinander gewesen. Wir hatten uns umgezogen, Interviews gegeben und waren schließlich zu einem späten Abendessen geeilt, weil wir alle halb verhungert gewesen waren.

Ivan hatte mich nach dem Essen nicht mal bis zu meinem Hotelzimmer begleitet. Er war zu sehr damit beschäftigt gewesen, in der Lobby mit einem Eiskunstlaufpaar aus Kanada zu reden, mit dem er befreundet zu sein schien. Also …

»*Verflixt!* Jessie schreit. Ich muss Schluss machen. Viel Glück für morgen, aber ich weiß, dass du es nicht brauchen wirst! Ich hab dich lieb.«

»Ich hab dich auch lieb«, sagte ich ins Telefon.

»Tschüss! Du warst toll!«, rief meine Schwester noch. Dann legte sie auf, bevor ich mich ebenfalls verabschieden konnte.

Ich hatte mein Handy kaum aufs Bett fallen lassen, als es an der Tür klopfte.

»Wer ist da?«, rief ich und setzte mich aufrecht auf die Bettkante.

»Wer sollte es schon sein?«, entgegnete Ivans Stimme von der anderen Seite der Tür aus.

Ich verdrehte die Augen, stand auf und ging zur Tür. Ich ließ mir beim Öffnen der Tür Zeit. Als ich sie schließlich aufzog, stand Ivan mit hochgezogenen Augenbrauen im Flur. Er trug die Klamotten, in denen er zum Abendessen gegangen war. Ein dunkelgraues Hemd, eine schwarze Anzughose, von der er bestätigt hatte, dass sie extra für ihn maßgeschneidert worden war, weil seine muskulösen Pobacken und Oberschenkel im Verhältnis zu seiner schmalen Taille zu üppig waren, und diese coolen schwarzen Boots, die ich mittlerweile schon öfter an ihm gesehen hatte.

»Willst du mich reinlassen?«, fragte er.

Ich schüttelte den Kopf und trat zur Seite, was mir ein Lächeln einbrachte. Ich sah zu, wie er ins Zimmer kam und sofort zum Bett ging, um sich auf die Kante zu setzen. Er beugte sich vor und machte sich an seinen Schnürsenkeln zu schaffen. Ich schloss die Tür wieder ab und ging zu ihm, setzte mich neben ihn und betrachtete ihn, während er mit einem Seufzen erst den einen und dann den anderen Stiefel abschüttelte.

»Ich bin erledigt«, seufzte er und streckte die Beine aus.

»Ich auch«, erwiderte ich und beäugte seine schwarz-lila gestreiften Socken. »Ich habe gerade mit Ruby telefoniert und überlegt, ob ich müde genug bin, um zu schlafen, oder nicht. Irgendwie kann ich noch nicht so richtig runterkommen.«

Er legte den Kopf schief und wandte sich mir lächelnd zu, legte einen Arm um meine Schultern und zog mich an sich. »Wie lief das Gespräch?«

»Gut. Sie sagte, dass sie mich noch nie zuvor so gut hat eislaufen sehen. Dann hielt sie mir einen Vortrag über Dad, aber das war in Ordnung«, erzählte ich ihm knapp. Ich war nicht in der Stimmung, diese Einzelheiten noch mal durchzugehen.

Ivan nickte. »Du warst tatsächlich noch nie so gut. Mindestens zwanzig Leute sind auf mich zugekommen, um mir mitzuteilen, wie gut du warst.« Er blinzelte. »Ich bin nicht neidisch. Keine Sorge.«

»Ich war nicht besorgt«, erwiderte ich trocken.

Er zog mich noch dichter an sich und rieb mit der Hand über meinen Oberarm. »Du warst umwerfend, Fleischklops. Das warst du wirklich ... Aber erwarte nicht, dass ich das dir gegenüber so bald noch mal zugebe.«

Ich schmiegte meinen Kopf an seine Schulter und lächelte, war aber froh, dass er es nicht sehen konnte. »Du warst auch ziemlich umwerfend.«

»Ich weiß. Bei mir ist das nichts Neues. Alle sind daran gewöhnt.«

Ich schnaubte. »Du eingebildeter Idiot.«

»Das ist die Wahrheit.«

Wie zur Hölle hatte ich mich in dieses arrogante Arschloch verlieben können? Von all den Milliarden Menschen auf dem Planeten musste es ausgerechnet *dieser* Typ sein?

»Aber jetzt will jeder ein Stück vom Jasmine-Kuchen abhaben, und ich muss ihnen allen sagen, dass sie sich umdrehen und verschwinden sollen«, ließ er mich wissen und erinnerte mich damit an das eine Thema, über das wir seit Monaten nicht geredet hatten.

Das eine Thema, das ich absichtlich ausgeblendet hatte.

»Ivan …« begann ich. Ich wollte diesen Augenblick auf gar keinen Fall ruinieren, aber ich brauchte Antworten. Ich musste planen, auch wenn die Trennung noch Monate entfernt war. Ich wollte nicht mehr davor weglaufen. Ich würde kein Feigling sein.

»Hm?«, machte er und rieb immer noch meinen Arm.

Ich hielt den Atem an und sortierte meine Worte, bevor ich sie aussprach. »Wenn du und Nancy Lee irgendwann einen neuen Partner für mich sucht …«

Seine Hand erstarrte, und ich spürte, wie er den Oberkörper drehte, um mich anzuschauen. »Was?«

Es war feige von mir, aber ich ließ den Kopf auf seiner Schulter liegen, obwohl ich wusste, dass er seine ganze Aufmerksamkeit auf mich gerichtet hatte. »Wenn die Weltmeisterschaft vorbei ist und ihr versucht, jemand anders für mich zu finden …«

»*Jasmine.*«

Sein Tonfall sorgte dafür, dass ich schließlich doch aufschaute, um ihm einen irren Blick zuzuwerfen, und die Miene, die er aufgesetzt hatte, war auf ihre ganz eigene Art irre. »Was?«

Er blinzelte. »Denkst du ernsthaft, dass ich dir einen neuen Partner besorgen werde?«

Nun war es an mir zu blinzeln. »Na ja, schon. Das war doch so abgemacht, oder?«

»Ich werde dir keinen neuen Partner besorgen«, sagte er. Seine Miene und seine Stimme verrieten mir, dass er beleidigt war. Aber ich verstand nicht, warum. »Warum sollte ich das tun?«

»Ähm, weil das so abgemacht war. Weil du derjenige warst, der etwa hundertmal sagte, dass wir uns lediglich für ein Jahr zusammentun würden.« Ich fügte beinahe noch »Satan« hinzu, schaffte es aber, es mir zu verkneifen.

»Lass uns mal darüber nachdenken, du Genie. Sag mir, ob ich mit irgendetwas unrecht habe.«

Ich schaute ihn mutlos an.

»Du bist die beste Partnerin, die ich je hatte«, begann er. »Niemand ist mit dir vergleichbar. Habe ich recht?«

Ich nickte, denn das stimmte. Ich war verdammt noch mal die Beste.

»Du bist meine beste Freundin.«

So hatte er mich noch nie zuvor genannt, aber ich nickte erneut.

»Du bist die Freundin meiner Schwester.«

Ich zuckte mit den Schultern, weil er recht hatte.

»Wenn ich mir irgendjemanden suchen müssen, der mir dabei hilft, eine Leiche zu vergraben, der mit mir zu Abend isst oder mit mir fernsieht, dann wärst du das.«

Mein Herz verkrampfte sich.

»Dass Mindy die Saison aussetzen würde, habe ich nur erfunden. In Wahrheit war unser Vertrag ausgelaufen, und ich hatte nicht vor, weiter mit ihr zu laufen. Denn obwohl du mich in den Wahnsinn triebst, wollte ich mit dir laufen.«

Was? Ich begriff überhaupt nichts mehr.

»Meine Familie liebt dich.«

Ich wusste ... gar nichts.

Ich schaute ihn an und sah zu, wie er den Kopf näher an meinen neigte und sagte: »Und ich liebe dich.«

Er hatte es schon wieder gesagt.

»Ich liebe dich so sehr, dass ich den ganzen Tag mit dir verbringe und immer noch nicht genug habe«, fuhr er fort.

Ich hörte auf zu atmen.

»Ich liebe dich so sehr, dass ich nur noch mit dir eislaufen will, und wenn ich das nicht kann, dann will ich mit niemandem sonst eislaufen.«

Heilige. Scheiße.

»Ich liebe dich so sehr, Jasmine, dass ich eine Kür auch dann bis zum Ende laufen würde, wenn ich mir mittendrin den Knöchel brechen würde. Ich würde aufstehen und weiterlaufen, um dir das zu verschaffen, was du dir immer gewünscht hast.«

Das war Liebe. Ich konnte nur noch Liebe spüren.

Ich würde weinen. Ich würde verdammt noch mal weinen. Hier und jetzt.

»Du bedeutest mir so viel, dass mir vollkommen egal ist, ob wir gewinnen oder nicht. Es spielt keine Rolle mehr für mich. Nicht so wie früher. Und es wird nie wieder eine Rolle spielen«, schloss er und legte seine Stirn an meine. Sein Blick war durchdringend und herzzerreißend. »Du wirst niemals jemand anderes Partnerin sein. Nicht, solange ich lebe, Fleischklops. Egal wie stur du bist, egal wie sehr du zeterst und um dich trittst, ich werde dich immer wieder zu mir zurückschleifen, weil niemand sonst je gut genug für dich sein wird.«

Mein Blick flackerte, und ich wusste, dass ich ganz kurz davor war, komplett auszurasten.

Und dann gab mir Ivan den Rest. Er tat es, indem er meine Nasenspitze mit seiner berührte und auch seine Stirn an meine legte. »Denn ich habe kein Problem damit, dass du noch zehn andere Personen in deinem Leben hast, die deine Lieblingsmenschen sind. Aber du wirst immer mein Lieblingsmensch sein«, sagte er. »Immer. Egal was passiert.«

Ich konnte nicht verhindern, dass sich meine Augen mit Tränen füllten. »Ich … Ich bin nicht gut …«

»Ich weiß«, flüsterte er und legte mit einem sanften, süßen Lächeln die Arme um mich und drückte mich an sich. Er zog mich ganz dicht an sich heran und ließ sein Kinn auf meinem Kopf ruhen.

Und er ließ mich nicht mehr los, selbst dann nicht, als Tränen aus meinen Augen rannen und sein Hemd durchnässten.

Und als ich mich mit meinem ganzen Gewicht gegen ihn lehnte, ließ er uns seitlich aufs Bett sinken. Dabei hielt er mich die ganze Zeit über fest und zog mich so an sich, dass ich halb auf ihm lag. Mein Kopf ruhte auf seiner Brust, und eins meiner Beine lag über seinen Beinen. So verharrten wir, bis meine Tränen versiegten und ich wieder tief einatmen konnte.

Gedankenverloren strich er mir übers Haar.

Ich hatte gedacht, dass ich früher an diesem Abend einen der besten Momente in meinem Leben erfahren hatte, aber in Wahrheit war *das hier* der beste Moment in meinem Leben. Ich liebte Ivan so sehr. Alles, was er zu mir gesagt hatte, konnte ich nachvollziehen, denn ich empfand genau das Gleiche, abgesehen davon, dass ich mit jemand anders gelaufen wäre, wenn er wirklich zu seiner ehemaligen Partnerin hätte zurückkehren wollen. Aber ich hätte es getan, um ihm Tribut zu zollen, weil er mich und mein Leben in vielerlei Hinsicht verändert hatte.

Ich wollte ihm alles von mir geben, für immer und alle Zeit, weil er mir alles von sich gegeben hatte.

Wir schwiegen beide sehr lange, während wir so dalagen.

Er streichelte mein Haar und ließ die Hand dann zu meiner Schulter sinken, um sie zu drücken. Ich sagte immer noch nichts, auch dann nicht, als er mit der flachen Hand ganz sanft über meinen Arm strich und mich seine Fingerspitzen beinahe kitzelten, als er schließlich meinen Oberschenkel erreichte, der auf seinem ruhte.

Für kein Geld der Welt hätte ich mich von ihm wegbewegt. Auch nicht für sämtliche Auszeichnungen und Medaillen. Für nichts.

Ivan strich mit den Fingerspitzen über meinen Oberschenkel und dann über mein Knie. Ich musste mich enorm zusammenreißen, um nicht zu reagieren, als er mit einer Fingerkuppe Kreise in meiner Kniekehle beschrieb. So leicht, so sanft, dass es sich wie die Berührung einer Feder anfühlte.

Ich hielt vollkommen still.

Die Kreise wurden immer größer, er wanderte nach oben zu meinen Oberschenkelmuskeln und beschrieb erneut diese Kreise, als wollte er sich jeden Zentimeter von mir einprägen. Schließlich strich er mit der Fingerspitze über mein nacktes Schienbein und meine Wade und zog einen Kreis um den Muskel, den ich so häufig überbeanspruchte. Dann folgte ein weiterer Kreis.

Ich war noch nie froher gewesen, dass mir meine Mutter, als sie mir erlaubt hatte, mich zu rasieren – direkt nachdem ich in die Pubertät gekommen war und mir *überall* Haare gewachsen waren –, geraten hatte, es jeden Tag zu machen. Und Feuchtigkeitspflege zu verwenden. Denn wenn man meine Mutter fragte, war Feuchtigkeitspflege ein Grundbaustein der Hygiene. So wie Zähneputzen. Oder sich den Hintern abwischen, nachdem man auf der Toilette war. Ich war so verdammt dankbar, dass ich mich vorhin rasiert hatte.

Aus einer Fingerspitze wurden vier. Dann folgte die Länge der gesamten vier Finger. Und schließlich die ganze Handfläche. Sie bedeckte meine Wade, dann mein Schienbein und strich auf und ab.

»Warum ist deine Haut so weich?« Seine Frage war leise, und wenn ich es nicht besser gewusst hätte, hätte ich gedacht, dass er abgelenkt war.

»Kokosöl«, antwortete ich.

»Kokosöl?« Er spreizte die Finger, um meinen kompletten Unterschenkel zu umfassen.

»Hm-hm«, murmelte ich und schluckte heftig, als seine warme Haut auf meine traf.

Falls ihm aufgefallen war, dass ich mich dichter an ihn heranbewegt hatte, kommentierte er es nicht.

»Weißt du, Jasmine«, sagte er und klang nun tatsächlich beinahe abgelenkt, »diese Dinger sind so stark …«

»Dinger?« keuchte ich fast.

»Beine«, stellte er klar und berührte erneut meine Haut. »Beine«, betonte er. »Sie bestehen fast nur aus Muskeln. Ich hätte nicht gedacht …« Er gab tief in seiner Kehle einen Laut von sich, während er mit der flachen Hand über mein Knie strich, um sie dann auf meinen Oberschenkel zu legen. »… dass sie so weich sein würden.«

»Du weißt doch, wie viele Blutergüsse ich mir zuziehe«, presste ich hervor. »Wie viele Schnittwunden und Narben … Das Kokosöl hilft … beim Heilen.«

Ich schluckte heftig.

Ivan ließ die Hand an meinem Oberschenkel weiter nach oben wandern, so weit, dass er die Finger unter den Saum meiner Shorts schieben konnte. Seine Hand war so groß, dass sie fast meinen gesamten Oberschenkel bedeckte. Ich hatte keine besonders langen Beine, und plötzlich war ich dankbar dafür. Denn so konnte er mehr von mir berühren. Er konnte *alles* berühren.

Und genau das wollte ich.

»Gott!«, flüsterte er. Er drehte die Hand und seine Fingerspitzen streiften meinen Hintern. Er streichelte die Rundung. »Du trägst keine Unterwäsche?«

Ich hatte keine Ahnung, was mich dazu brachte, den Kopf zu heben und meine Nase an seine Kehle zu pressen, während ich flüsterte: »Ein bisschen Unterwäsche trage ich schon.«

Er seufzte und schob die Finger noch ein paar Zentimeter tiefer in meine Shorts. Ich hatte noch nie blöd gefunden, dass er so große Hände hatte. Er bewegte die Finger zur Seite ... und dann wieder zurück ... tiefer ... bis sie meine Mitte erreichten ... und dann ging es wieder zur Seite ...

Ich schnappte nach Luft, als er meine Unterwäsche fand, genauer gesagt den schmalen Stoffstreifen, der zwischen meinen Pobacken klemmte.

Als seine Finger meinen Tanga berührten, schlang er den anderen Arm um meine Taille und zog mich mit seiner Kraft, die ich so gut kannte, auf seinen Schoß, sodass ich rittlings auf ihm saß. Mit dem Arm, den er um meinen unteren Rücken geschlungen hatte, presste er meinen Unterleib gegen seinen.

Und ich spürte ihn. Lang und dick und hart.

»Ivan ...«

Er brachte mich mit seinem Mund zum Schweigen. Er legte seine Lippen auf meine, küsste mich feucht und gierig, nahm mich in Besitz. Seine Zunge stieß an meine. Er presste unsere Münder aufeinander und strich mit den Fingern an dem dünnen Stoffstreifen zwischen meinen Pobacken entlang und berührte dabei meine intimsten Körperstellen, sodass ich beinahe ein wenig verlegen wurde. Doch das wäre jedem so gegangen.

Fast jedem.

Seine Fingerspitzen wanderten zu meiner Vorderseite, bis sie das Stoffdreieck am oberen Ende meines Tangas streiften. Ich berührte seine Zunge mit meiner, während er an dem Dreieck zerrte und es wieder losließ, sodass es gegen meine Haut schnellte. Er stöhnte so tief, dass es in meinem ganzen Körper vibrierte. »Nur du würdest derartige Unterwäsche unter diesen Shorts tragen«, knurrte er. Dann packte er meine Pobacke und drückte so fest zu, dass es beinahe wehtat.

Ich bewegte den Mund weit genug von seinem weg, um seinen Hals erreichen zu können, wo ich zubiss.

Und Ivan, dieser verdammte Ivan, stöhnte und legte den

Kopf in den Nacken, um mir besseren Zugang zu verschaffen. Also öffnete ich den Mund weiter. Seine Haut war weich und ein klein wenig salzig und roch nach dem teuren Rasierwasser, von dem ich wusste, dass er es täglich benutzte.

»Himmel, Jas«, knurrte er, als ich meine Zähne durch meine Zunge und meine Lippen ersetzte und sehr viel heftiger an seiner Haut saugte, als ich sollte.

Er ließ die Hüften unter mir kreisen und presste sich fest an mich. Sein Unterleib zuckte, als ich mit der Zunge über seine Kehle fuhr.

»Du schmeckst so verdammt gut«, stöhnte ich und saugte an ihm.

Er stieß ein wildes Knurren aus, bewegte die Hüften unter mir und schlang die Arme um meinen unteren Rücken, meine Brüste wurden an seine harte, muskulöse Brust gedrückt.

»Verdammt«, zischte Ivan. Er hatte den Kopf immer noch in den Nacken gelegt und gewährte mir nach wie vor Zugang zu seiner schönen, langen Kehle, während er den unteren Teil seines Körpers bewegte und zwischen dem Stoff seiner Hose und dem dünnen, dehnbaren Material meiner Shorts immer mehr Reibung entstehen ließ. Ich wusste, was sich dort unter dem Stoff zwischen seinen Beinen befand, auch wenn ich es immer noch nicht so ganz fassen konnte. Das Verlangen in mir, ihn zu spüren, mich von ihm ausfüllen zu lassen, war so stark, dass ich es kaum noch unterdrücken konnte.

Ein weiterer Fluch aus seinem wundervollen Mund brachte meinen ganzen Körper zum Kribbeln.

Ich zog mich zurück, ließ meinen Hintern direkt oberhalb seiner Knie auf seine Oberschenkel sinken und richtete mich kerzengerade auf. Dann riss ich mir mit einer Geste, die selbst die beste Stripperin in Vegas beeindruckt hätte, das Oberteil vom Leib, sodass ich nur noch einen dieser Spitzen-BHs ohne Bügel trug.

Ivan lehnte sich auf dem Bett zurück und stieß einen Laut aus, den ich noch nie zuvor von ihm gehört hatte. Er lockerte den Griff an meiner Taille und schob die Hände nach oben, über jede einzelne Rippe, bis sich die Lücke zwischen Daumen und Zeigefinger direkt unterhalb der sanften Wölbungen an den Unterseiten meiner Brüste befanden. Und dann hob er mich hoch.

»Verdammt«, murmelte er und hielt mich über sich in der Luft. »Jasmine.« Er lehnte sich schnell vor und senkte den Kopf. Ich wusste noch vor ihm, was er vorhatte. Ich hätte ihm ausweichen können ... wenn ich verrückt gewesen wäre.

Ich ließ zu, dass er sich in meine Richtung lehnte und erst einen meiner Nippel und dann fast die ganze Brust samt schwarzer Spitze in den Mund nahm.

Ich bewegte mich, ließ die Hüften kreisen und sorgte so dafür, dass sein harter Schwanz über meine Klitoris glitt.

Er ließ eine seiner großen Hände an meinem Brustkorb entlang nach unten wandern, um erst meine Hüfte und dann erneut meinen Hintern zu umfassen. Er drückte fest zu und hatte fast die gesamte Pobacke in der Hand. Dann verminderte der den Druck und hielt sie stattdessen einfach nur locker fest. Es war eher eine Liebkosung als Inbesitznahme. Sein Stöhnen war tief, und ich musste einfach den Mund an seine Lippen bewegen, um an seiner Oberlippe zu saugen.

Die Hand unter meiner Brust bewegte sich, und Ivan zog den Stoff des BHs ruckartig nach unten und entblößte die Brust. Entblößte mich.

Ich schnappte nach Luft und erinnerte mich ...

»So schön, so verdammt ... schön«, flüsterte er heiser. Seine Lippen schwebten knapp oberhalb meiner Brust.

»Früher hast du immer ...«

»Halt die Klappe«, schnaufte er und machte sich erneut über meinen Nippel her.

Ich stieß einen kehligen Schrei aus, ein Stöhnen. Ich reckte mich seinem Mund entgegen und wünschte mir, dass er nie wieder von mir ablassen würde. Dass er sich nie wieder von mir wegbewegen würde. Dass er für immer damit weitermachen würde.

Und das tat er.

Er zog das andere Körbchen nach unten und nahm nun auch meinen zweiten Nippel in den Mund. Mit der einen Hand hatte er immer noch meinen Hintern umfasst und knetete meine Pobacke kräftig mit den Fingern …

»Dieser verdammte Hintern«, zischte er. »Ich träume schon so lange von diesem Hintern«, behauptete er. »Perfekt, perfekt …«

Ich mochte nicht allzu viel Oberweite haben, aber mein Hintern war dafür umso üppiger. Und durch das ganze Training hatte ich ihn zusätzlich so sehr gestählt, dass ich ziemlich stolz auf ihn sein konnte. Ich mochte nicht schön sein. Ich mochte nicht sexy sein. Wann immer ich ins Internet ging, musste ich mir genug Schwachsinn zu diesem Thema anhören. Aber ich hatte mich für diesen verdammten Körper abgerackert und schämte mich nicht für ihn. Nicht mal für meine unscheinbaren Brüste.

Ivan schmiegte seine Wange an meine Brust. Dann drehte er den Kopf und schmiegte die andere Wange an meine andere Brust. Er kratzte mit seiner stoppeligen Wange hin und her, nach unten und nach oben, und seine Nase streifte den Spitzenstoff des BHs, der mich immer noch teilweise bedeckte. Schließlich schob er mich mit den Händen ein kleines Stück nach hinten, hielt mich aber immer noch halb schwebend vor sich. Dann rieb er mit der Wange mitten über meinen Bauch. Seine Lippen streiften meinen Bauchnabel, und sein Haar kitzelte meine Nippel.

Er ließ die Zunge hervorschnellen und schob sie in meinen Bauchnabel.

»Ivan«, wimmerte ich.

»Schh«, flüsterte er und zog die Lippen direkt über mein Brustbein, während er mich zurück auf seinen Schoß sinken ließ. Sein Mund bewegte sich immer noch, bis er die Einbuchtung an meiner Kehle erreichte. Diese langen Finger, die mich so gut kannten, wanderten zur Mitte meines Rückens und dann nach oben und zogen den BH mit sich.

Ich küsste ihn, und er erwiderte meine Küsse. Ich legte die Hände um seine Schultern und packte fest zu. Wir bewegten uns aneinander. Irgendwann ließ er die Hände nach unten sinken, um mir die Shorts und den Tanga über die Hüften zu ziehen, bis ich schließlich aufstehen musste, um sie ganz nach unten zu befördern und von meinen Knöcheln zu schütteln.

Erst dann wurde mir klar, dass ich nackt war. Ich stand vor ihm. Vollkommen nackt und entblößt.

Aber als ich in sein Gesicht schaute, hatte er die kühlen blaugrauen Augen zu Schlitzen verengt, und seine Wangen waren gerötet.

Er setzte sich auf und knöpfte sein Hemd auf. Dann streifte er es mit ruckartigen und unsicheren Bewegungen ab. Und dann stand er auf. Er war nur einen Schritt von mir entfernt und öffnete mit einer Bewegung, die mir vertraut war, seinen Gürtel, um gleich darauf seine Hose und seine Boxershorts nach unten zu streifen und beides mit den Füßen beiseitezuschleudern.

Heilige Mutter Gottes.

Herr im Himmel.

Ich hatte Ivan schon mal ohne Klamotten gesehen. Nicht nur für eine Sekunde, sondern minutenlang. Stundenlang. Ich hatte ihn gesehen.

Aber nichts hätte mich auf den Anblick vorbereiten können,

der sich mir nun bot: Ivan, nackt und ohne Socke. Er war hart. So ziemlich überall. Die Sehnen an seiner Kehle waren straff gespannt, und seine Brustmuskeln wirkten steinhart. Das Gleiche galt für seine Bauchmuskeln, und über seine Oberschenkel hätte man Lieder schreiben können …

Was mir jedoch den Atem verschlug, war das harte, lange, dicke Ding zwischen seinen Beinen, das direkt auf mich gerichtet war.

Wie konnte jemand so verdammt perfekt sein, verdammt? Was sollte der Schwachsinn, dass jemand, der so drahtig und schlank gebaut war, ein solches Monstrum zwischen den Beinen hatte?

»Ich hasse dich«, flüsterte ich.

Ivan lachte. »Ich liebe dich.«

Ich schaute ihm nicht ins Gesicht. Das würde ich nicht tun.

Ich sah jedoch, wie er eine Hand hob und sie um seinen Schaft legte. Er schob die Hand bis an die Wurzel, die von dichtem, krausem schwarzem Haar umgeben war, und dann nach oben in Richtung der breiten, rosigen Eichel, die so feucht war, dass sie tropfte …

»Ich verhüte«, teilte ich ihm mit und schluckte. »Und meinen Eisprung habe ich erst in einer Woche.«

Er war so sehr damit beschäftigt, mich einfach nur anzuschauen, dass ich mir erst sicher war, dass er mich gehört hatte, als er das Kinn senkte.

Ja, er hatte mich gehört.

Denn er machte einen Schritt auf mich zu, legte seine Hände um meine Oberschenkel und hob mich hoch. Instinktiv schlang ich die Oberschenkel um seine Taille. Ich leckte über meine Hand, schob sie zwischen uns und legte meine Finger um seinen Schwanz. Als ich ihn berührte, lief mir regelrecht das Wasser im Mund zusammen. Dann bewegte ich meine Hand auf und ab und genoss das Gefühl der weichen Haut und des Muskels, der womöglich der härteste in seinem ganzen Körper war. Dann positionierte ich die rosige Spitze direkt zwischen meinen Beinen. Wie so oft schien er meine Gedanken zu lesen und ließ mich langsam nach unten sinken.

Immer weiter nach unten, Zentimeter für Zentimeter, bis ich komplett auf ihm saß.

Ich war vollkommen von ihm ausgefüllt. Ich hätte es Ivan niemals verraten, aber es tat weh. Zumindest am Anfang.

Ich holte tief Luft.

Er atmete ebenfalls ein und stöhnte gleich darauf.

Dann gab ich einen Laut von mir, den ich nicht als Wimmern bezeichnet hätte, aber jemand anders hätte ihn womöglich so genannt.

Er bewegte meinen Körper mit seinen großen Händen langsam auf sich auf und ab. Ein paar Zentimeter nach oben, dann wieder nach unten. Dann ein Stückchen höher und wieder bis ganz nach unten an die Wurzel. Immer und immer wieder. Bis es kein Kampf mehr war, sondern ganz mühelos vonstattenging.

»Gott«, stieß Ivan immer und immer wieder hervor. Sein ganzer Körper war straff und angespannt. Seine Schultern und seine Oberarmmuskeln, die diese Bewegung hundertmal machen konnten, wenn sie nicht sexuell war, bebten. Er zitterte. Seine Atmung, die Atmung eines Sportlers, war abgehackt. Er bewegte die Hände und schob einen Unterarm unter meinen Hintern, während er den anderen um meinen Rücken legte und mich auf und ab führte. Meine Nippel streiften seine Brust. »Ich liebe dich, Jasmine«, keuchte er. Seine Bewegungen wurden schneller. »Ich liebe dich, ich liebe dich, ich liebe dich«, wiederholte er.

Und ich konnte nur die Augen schließen, die Arme um seinen Hals schlingen und mich mit aller Kraft festhalten, während die

Worte zwischen uns in der Luft hingen. Mein Mund fand seinen, und wir küssten uns, während er mich weiter auf und ab bewegte. Mal nahm er sich mehr, mal weniger, aber letztendlich nahm er sich alles.

»Ich liebe dich«, flüsterte ich und zitterte auf seinem Schwanz, als der erste Anflug eines Orgasmus kribbelnd durch meinen Unterleib huschte.

Er lächelte. Nein, es war mehr als ein Lächeln. Er strahlte förmlich. Und dann ließ er die Hüften vorschnellen und hämmerte in mich hinein. Er packte mich fester. Näher. Er schob eine Hand zwischen uns und umkreiste meine Klitoris. Unsere Körper waren schweißgebadet, und es brauchte lediglich ein paar kreisende Bewegungen seines Daumens, bis ich kam. Ich schrie an seiner Schulter, kam um ihn herum und klammerte mich mit aller Kraft an ihm fest.

Sein Stöhnen war so heiser und rau, dass ich sein ersticktes Ächzen beinahe nicht hörte, als er wenige Augenblick später ebenfalls kam. Er pochte in mir und keuchte. Ich klammerte mich an ihn, und er hielt mich ganz fest.

Wir waren beide schweißnass und außer Atem.

Ich zitterte. Ich keuchte. Ich hätte sterben können, aber es wäre jede Sekunde wert gewesen.

Ivan hielt mich immer noch in seinen Armen und trug mich zum Bett, wo er mich langsam ablegte. Dann senkte er sich über mich und bedeckte mich mit seinem Körper. Er stemmte sich mit den Armen hoch, hatte die Beine von außen um meine gelegt und lächelte mich schief an, während er keuchte: »Übung macht den Meister, Jas.«

Verdammt.

»War das etwa noch nicht perfekt?«

»Doch, das war es«, sagte er. »Aber ich will trotzdem weiterüben.«

Ich lachte so laut, dass es mich irgendwie erschreckte.

Das breite Lächeln, das mir Ivan von oben zuwarf, erschreckte mich jedoch nicht. »Immer und immer weiter.«

»Wer hat gesagt, dass ich es noch mal machen will?«

Er legte die Finger seitlich an mein Gesicht und strich über meine Schläfe. »Du bist so heftig gekommen«, sagte er, als wüsste ich das nicht. »Alles, was wir zusammen machen, wird gut. Das weißt du.«

Ja, das wusste ich, aber das musste er nicht erfahren.

»Wir sind das beste Team. Wir tun, was nötig ist, um die Besten zu sein«, sagte er und ließ sich mit seinem ganzen Gewicht auf mich sinken, um mich wirklich zu bedecken. Seine gespreizten Oberschenkel lagen auf meinen, und die Oberseiten seiner Füße berührten die Innenseiten meiner Waden. Seine Unterarme ruhten rechts und links von meinem Gesicht.

»Und das hier wird unsere Eiskunstlauffähigkeiten verbessern?«, hakte ich nach.

Er küsste meine Wangen, erst die eine und dann die andere. »Es wird zumindest nicht schaden.«

Ich lachte erneut und reckte mich nach oben, um sein Kinn zu küssen. Er blinzelte.

»Ich liebe dein Lächeln«, sagte er mit verträumter, schläfriger Miene. »Ich würde dir gerne sagen, dass du öfter lächeln solltest, aber das werde ich nicht tun.«

Ich betrachtete jeden Zentimeter seines makellosen Gesichts. »Warum nicht?«

Er hatte nicht mal die Augen offen, als er antwortete. »Weil du dein Lächeln nicht jedem schenkst.« Seine Wange ruhte an meiner, und seine verschwitzte Brust lag warm und angenehm schwer auf mir, als er hinzufügte: »Und ich habe nicht vor, dich mit anderen zu teilen.«

Kapitel vierundzwanzig

»Eine Minute.«

Ich lockerte meine Schultern, holte tief Luft, atmete wieder aus und dann alles von vorn. Das Publikum auszublenden, das einem Paar auf dem Eis zujubelte, das seine Kür buchstäblich erst vor wenigen Sekunden beendet hatte, war leicht. Die Blumen und die Stofftiere zu ignorieren, die aus der Menge herabregneten, war sogar noch leichter.

Ich war stark. Ich war klug. Ich konnte alles schaffen.

Ich war nicht schwach oder unvorbereitet.

Die Welt würde nicht untergehen, wenn ich es vermasselte.

Ich konnte das hier schaffen.

Ich würde immer in der Lage sein, das hier zu schaffen. Ich mochte nicht unbedingt dafür geboren sein, aber ich hatte es mir zu eigen gemacht. Ich hatte es mir erobert, und es würde für immer mir gehören.

Mir blieben noch vier Minuten und ein paar Sekunden, um das Ergebnis eines ganzen Lebens voller harter Arbeit zu präsentieren. Keine große Sache.

»Es ist so weit«, hörte ich Nancy Lees Stimme ganz dicht an meinem Ohr. Sie legte ihre Hand sanft auf meine Schulter.

Ich nickte und warf ihr aus dem Augenwinkel einen Blick zu. Sie ließ mich los und trat einen Schritt zur Seite. Dann legte sie auch Ivan eine Hand auf die Schulter, der einen Schritt von mir entfernt stand und seine Hände und Oberschenkel ausschüttelte. Ich bemerkte, wie er ihr einen Blick zuwarf, genau wie ich es getan hatte, und ebenfalls nickte.

Und dann schaute er über seine Schulter zu mir.

Seine strahlenden blaugrauen Augen trafen direkt auf meine, und wir lächelten einander einfach nur an. Unser eigenes kleines Geheimnis. Unser eigenes Ding.

An diesem Morgen waren wir in meinem Zimmer aufgewacht. Ich hatte auf seine Hand gesabbert, und sein Bein hatte quer über mir gelegen, und es war der beste Morgen überhaupt gewesen. Er hatte es mir gesagt, aber ich hatte es sowieso gewusst. Dann hatte er mir heftig in die Pobacke gekniffen, und es war genauso gewesen, wie es zwischen uns sein sollte. Perfekt.

Wir würden das hinbekommen.

Wir hatten die Sache im Griff.

Das Lächeln, das sich auf seine Züge schlich, war träge … beinahe schmutzig … ein Versprechen auf das, was heute Abend mit Sicherheit passieren würde, egal was sonst noch geschah.

Es war sein vertrauensvolles Lächeln. Es gehörte allein mir.

Und sofort wallte dieses warme, beruhigende Gefühl in mir auf, das mir verriet, dass er ebenso zuversichtlich wie ich war. Dass wir das hier im Griff hatten. Weil wir zusammen waren.

Also konnte ich nicht anders, als das Lächeln zu erwidern. Es war kein breites Lächeln, aber es gehörte allein ihm.

Und das wusste er, denn jetzt grinste er siegessicher.

Ich verdrehte die Augen, wandte mich ab und trat aufs Eis zu. Mein Herz schlug ruhig und gleichmäßig, mein Kopf war besonnen und konzentriert. An der Bande stellte ich mich nach links, um den letzten Läufer vom Eis zu lassen. Dann schaute ich auf. Ich hatte meine Familie bereits entdeckt, als wir den Tunnel betreten hatten, und sie waren immer noch da und hielten Schilder hoch, sogar mein Vater hatte eins.

DAS IST MEINE SCHWESTER.
LOS, JASMINE!
JASMINE!
WIR LIEBEN DICH, JASMINE
JASMINE SANTOS FÜR IMMER
HAU REIN, KLEINES
DU BIST DER HAMMER, JASMINE

Was mich jedoch stutzen ließ, war das Schild mit der Aufschrift GIB NIEMALS AUF, JASMINE. Denn mein Vater war derjenige, der es hochhielt. Er sprang nicht auf und ab wie der Rest meiner Familie, aber er lächelte. Er schämte sich nicht für mich. Er war nicht gelangweilt.

Er war hier. Das war mehr, als ich mir je hätte wünschen können. Und es war genau das, was ich brauchte. Ein weiterer kleiner Tropfen Klebstoff für meine Seele und mein Herz.

Ich gestattete es mir, für eine Sekunde an die Karte zu denken, die ich an diesem Morgen gelesen hatte, während ich neben Ivan im Bett gelegen hatte. Die Karte von dem netten Mädchen aus dem LK.

Viel Glück, Jasmine! Du machst das alles irre toll. Danke, dass du so cool bist. Ich hoffe, dass ich eines Tages wie du sein kann. Alles Liebe. Patty

Und ich wusste, dass ich das hier schaffen konnte.

Einmal, als ich vielleicht fünfzehn oder sechzehn gewesen war, hatte mir Galina erklärt, dass ich bereit sein müsse zu versagen, wenn ich gewinnen wolle. Dass ich mit der Vorstellung einer Niederlage klarkommen müsse. Und damals hatte ich nie so richtig verstanden, was sie damit meinte, denn wer wollte schon verlieren? Nun begriff ich ihre Botschaft. Es hatte nur eben zehn Jahre gedauert.

Ich trat aufs Eis und glitt ein paar Meter zur Seite, um Ivan

Platz zu machen. Er folgte mir, hielt zwei Schritte von mir entfernt inne, als der Stadionsprecher unsere Namen verkündete.

Das war der Moment, in dem ich über meine Schulter schaute und den Mann in dem braun-goldenen Kostüm sah, das meine Schwester entworfen und genäht hatte.

Er wirkte glücklich.

Und zum ersten Mal war auch ich so kurz vor einem Wettkampf glücklich. Ich war nicht nervös, nicht überwältigt. Ich war einfach nur glücklich. Und bereit.

Also erwiderte ich sein Lächeln.

Wir beide schienen gleichzeitig den Atem auszustoßen.

Und dann streckte Ivan einfach so seine Hand nach mir aus. Er betrachtete mein Gesicht, während ich ihm meine Hand reichte, damit er sie mit seiner bedecken und unsere Finger miteinander verschränken konnte.

Er schenkte mir ein stummes *Ich liebe dich*, und ich zwinkerte ihm zu. Dann liefen wir Hand in Hand in die Mitte der Eisfläche und nahmen unsere Positionen ein. Dabei schauten wir einander die ganze Zeit an und achteten auf nichts anderes. Ich vermutete, dass die Menge verstummte, hatte aber keine Ahnung, ob das stimmte, denn ich blendete sie in dem Moment aus, in dem Ivans Gesicht wenige Zentimeter vor meinem verharrte.

»Du bist ätzend«, flüsterte er. Ich spürte seinen Atem an meiner Wange.

Ich schaffte es gerade so, mir ein Grinsen zu verkneifen. »Du bist noch viel ätzender.«

Eine Sekunde bevor die Musik einsetzte, flüsterte er: »Legen wir los.«

Und das taten wir.

Epilog

»Sehen Sie nur, wie hoch das ist!«

»Eine solche Drehung habe ich seit dem Lukov-Team von 2018 nicht mehr gesehen!«, schwärmte der Kommentator im Fernsehen.

Ivan und ich schnaubten gleichzeitig.

Ich musste ihn nicht anschauen, um zu wissen, dass er die Augen verdrehte.

Denn ich tat es ebenfalls.

»Der Sprung war eindeutig fünfzehn Zentimeter niedriger als unserer damals«, murmelte Ivan neben mir.

»Ich glaube, er war eher dreißig Zentimeter niedriger«, meinte meine Mom, die am anderen Ende der Couch saß. Sie kam so gern zu Besuch, dass sie nun regelmäßig Allergietabletten nahm.

»Mark sollte seine Karriere als Sportkommentator an den Nagel hängen. Ich bin schon seit mindestens drei Saisons der Ansicht, dass er eine Brille braucht«, verkündete Jojo, der auf dem Boden lag und den Kopf auf eine Hand gestützt hatte, während er mit der anderen Hand die Flasche an Elenas Mund hielt.

»Jonathan, das ist nicht nett«, tadelte ihn James. Ich musste nicht hinsehen, um zu wissen, dass er den Kopf schüttelte.

Wir alle hatten die Augen auf den Fernseher gerichtet, während das kanadische Team auf dem Bildschirm mühelos über das Eis glitt. Ihre Bewegungen waren eine perfekte Mischung aus Kraft, Anmut und Schönheit. Ich hasste sie nicht. Sie *waren* gut.

Aber nicht so gut, wie wir damals gewesen waren.

»*Das war unglaublich!*«, krähte der Kommentator aufgeregt.

»Jetzt ruft er einfach nur noch Worte durch die Gegend, um seine eigene Stimme zu hören«, murmelte ich und schüttelte den Kopf.

Der Mann neben mir gab einen Laut von sich, der dafür sorgte, dass ich ihm aus dem Augenwinkel einen Blick zuwarf. Er hatte den Kopf schiefgelegt, um mich anzusehen. Ein Schmunzeln, das ich nur zu gut kannte, umspielte seine Lippen, die im Laufe der Jahre ebenso nervig wie wundervoll geblieben waren. »Deine Pirouetten waren sauberer und schneller als ihre.«

Ich nickte, schaute ihn immer noch an und ignorierte den riesigen Fernseher, der an der Wand hing und auf dem die Olympischen Spiele liefen. »Bei dir wirkte das alles müheloser. Und du bist eindeutig stärker als er.«

Er schnaubte und lehnte sich näher an mich heran, um mir ins Ohr zu flüstern: »Eindeutig. Und dein Hintern sieht heute immer noch besser aus als ihrer.«

Ich kicherte, und er lächelte. Wir saßen eng aneinandergeschmiegt da. Ivan hob den Arm, um ihn um meine Schulter zu legen und mich sogar noch enger an sich heranzuziehen. Ich hob die Beine an und legte sie auf seinen Schoß, was mir einen Kuss auf die Wange einbrachte. Dann wandten wir uns beide gerade noch rechtzeitig dem Bildschirm zu, um mitzubekommen, wie der Kommentator andächtig flüsterte: »*Unglaublich!*«

So gut wie alle im Zimmer stöhnten auf.

»Ich wette, dass ihr zwei immer noch gewinnen könntet, wenn ihr noch mal an einem Wettkampf teilnehmen würdet«, murmelte Jojo.

Ich nickte und schaute zu, wie das Paar eine Todesspirale vollführte, die Ivan und ich wahrscheinlich auch immer noch schneller hinbekommen hätten. Wir trainierten zwar nicht mehr, aber morgens gingen wir oft ganz früh in die Eishalle, bevor sie sich mit jungen, hoffnungsvollen Eiskunstläufern und Eiskunstläuferinnen füllte, und dann nahm er meine Hand, und wir gingen ein paar abgespeckte Varianten unserer alten Küren durch. Die Hälfte der Zeit lachten wir uns kaputt, und an den meisten Tagen ersetzten wir die Dreifachsprünge durch Zweifachsprünge, aber hin und wieder trafen sich unsere Blicke, und dann wussten wir, dass wir genau das Gleiche dachten. Und dann vollführten wir einen dreifachen Toe oder einen dreifachen Toeloop. Und ganz selten, an wirklich guten Tagen, wagten wir uns an einen dreifachen Lutz. Nur um uns zu vergewissern, dass wir es noch draufhatten.

Und dann trudelten die Kinder ein, und wir machten uns an die Arbeit. Wir trainierten sie. Ivan hatte mehrere Jungs und ich ein paar Mädchen.

Wir hatten darüber gesprochen, zusammen ein Paarlaufteam zu trainieren ... aber das würden wir erst dann machen, wenn wir das richtige Team gefunden hatten, und das war einfach noch nicht passiert.

Vor vier Jahren hatten wir unsere aktiven Karrieren beendet, und es fühlte sich immer noch nicht so als, als wäre seitdem genug Zeit vergangen.

Vier Jahre seit sich Ivan einer Spondylodese unterzogen hatte, um seine Wirbelsäule versteifen zu lassen. Die Operation war so gefährlich gewesen, dass ich mich im Wartezimmer zweimal übergeben hatte. Vier Jahre, seit der Arzt gesagt hatte, dass es leichtsinnig von ihm wäre, weiterhin Paarlauf zu betreiben.

Und vier Jahre, seit mich Ivan angeschaut und gesagt hatte:

»Such dir einen anderen Partner. Du musst deine Karriere nicht aufgeben, nur weil ich aufhöre.«

Was für ein Idiot. Manche Dinge änderten sich nie. Als gäbe es irgendjemand anders für mich.

Vor fünf Jahren hatten wir unsere letzte – und dritte – Weltmeisterschaft gewonnen.

Vor acht Jahren hatten wir unsere zweite Weltmeisterschaft gewonnen.

Ebenfalls vor acht Jahren hatten wir *zwei* Goldmedaillen gewonnen. Eine im Paarlauf und die andere als Team. Damit hatte Ivan den Rekord geholt, denn das machte ihn zu dem US-Sportler mit den meisten Auszeichnungen in der Geschichte des Eiskunstlaufs.

Vor neun Jahren hatten wir unsere erste Weltmeisterschaft gewonnen und auch die erste von drei Landesmeisterschaften.

Am wichtigsten war jedoch, dass wir vor neun Jahren geheiratet hatten. Heute war es genau neun Jahre und drei Monate her, dass er am Ende unserer langen Kür, die das Publikum komplett zum Ausrasten gebracht hatte, keuchend und mit gerötetem Gesicht vor mir auf dem Eis gestanden und gesagt hatte: »Ich finde, du solltest mich heiraten, Fleischklops.«

Ich hatte ihn mich nur noch drei weitere Male fragen lassen. Und als wir dann in derselben Kirche geheiratet hatten, in der sich auch Jojo und James das Jawort gegeben hatten, war das der großartigste Moment meines ganzen Lebens gewesen.

Und dann waren Danny, Tati und Elena gekommen.

»Daddy«, meldete sich eine Stimme vom Boden aus. »Dieser doppelte Axel war schlampig, oder?«

»Sehr schlampig«, log Ivan und drückte meine Schulter.

»Du würdest es mir doch sagen, wenn ich schlampig wäre, oder?«

Ich schaute mit hochgezogenen Augenbrauen zu Ivan und beobachtete, wie er das Gesicht verzog, weil wir beide die Wahrheit kannten. Er sollte seinem kleinen Liebling sagen, dass sie etwas falsch machte? Nie im Leben.

»*Ich* werde dir sagen, wenn du schlampig bist«, mischte sich unser Siebenjähriger ein, der ebenfalls auf dem Fußboden saß. »Gestern warst du schlampig.«

»Nein, war ich nicht!«, rief die Sechsjährige und setzte sich so auf, dass ich zum ersten Mal ihren dunklen Haarschopf sehen konnte, seit wir uns alle – einschließlich der drei Hunde und der beiden Schweine – ins Wohnzimmer begeben hatten, um uns die Übertragung der kurzen Küren an diesem Abend anzusehen.

»Doch, warst du!«, behauptete Danny, den ich von meinem Platz aus immer noch nicht sehen konnte. »Ich habe dich beobachtet!«

Und dann schrie plötzlich Elena los, die bei meinem Bruder auf dem Boden lag. Entweder wollte sie bei dem Streit mitmischen oder irgendwann als Vermittlerin zwischen ihrem Bruder und ihrer Schwester fungieren.

Und schlagartig war der Streit vorbei. Ein langes, gedehntes Seufzen ertönte, dicht gefolgt von einem zweiten. Dann legte sich die Sechsjährige wieder neben ihren älteren Bruder.

Die Stille dauerte vielleicht zehn Sekunden an. Dann hörte ich, wie sie schon wieder zu zanken anfingen.

Gott, sie waren ein Albtraum. Sie waren genau die Art von streitlustigen, herrischen, sturen, willensstarken Kindern, die ich früher immer entzückend fand, bis ich feststellte, dass sie in Wahrheit furchtbare Nervensägen waren.

Aber ich liebte sie so sehr. Sie waren die zwei Saisons wert, die Ivan und ich ausgesetzt hatte, um sie zu bekommen. Danny würde niemals erfahren, dass er an dem Abend, an dem wir unsere zweite Weltmeisterschaft gewonnen hatten, als Unfall entstanden war … Aber er wusste definitiv, dass ich mich riesig über die Neuigkeit gefreut hatte, als ich erfahren hatte, dass ich schwanger war. Ivan und ich hatten ein Leben erschaffen. Etwas, das aus uns beiden bestand und an einem der besten Abende unseres Lebens entstanden war.

Und zwölf Monate später, als ich erneut schwanger wurde, hatten wir es mit Absicht gemacht.

Ich hatte Jahre gebraucht, um herauszufinden, dass ich mit der richtigen Person an meiner Seite alles schaffen konnte, aber nun wusste ich es endlich. Und dieser Idiot neben mir, der mich tagsüber im LK mindestens ein Dutzend Mal umarmte und mir mindestens genauso oft beiläufig an den Hintern fasste, der sich um mich kümmerte und mich motivierte und an jedem einzelnen Tag meines Lebens das Beste für mich wollte, war diese Person.

Und als wüsste er genau, was ich dachte, lehnte sich Ivan zu mir herüber, küsste meine Schläfe und drückte mich noch fester an sich.

»*Mom*, Danny hat mir gerade an die Stirn geflitscht!«, jammerte Tati und machte mal wieder aus einer Mücke einen Elefanten. »Ich werde ihm in die Eier treten!«

»Du hast ja keine, sonst würde ich zurücktreten«, sagte Danny einen Augenblick später.

Meine Mutter drehte sich auf ihrem Platz neben Ben um und warf mir einen selbstgefälligen Blick zu. Und ich wusste genau, was sie dachte.

Ich würde mit diesen drei Kindern für all meine Sünden bezahlen.

Und mir graute nicht mal davor.

Danksagung

Ein Buch zu schreiben erfordert eine Menge Liebe und Aufmerksamkeit von einer ganzen Armee aus Leuten.

Zuallererst geht ein riesiges Dankeschön an all meine Leser:innen. Ohne eure Unterstützung würde ich das hier jetzt nicht schreiben. Ich sage es jedes Mal, aber ihr seid wirklich die Allerbesten. Danke, dass ihr mir die Treue haltet und einfach ganz allgemein toll seid.

Ich danke der großartigsten Lesegruppe in der Geschichte des Internets, meinen Slow Burners, für eure Geduld und eure Liebe. Außerdem danke ich meinen Testleser:innen/Freund:innen dafür, dass ihr die schrecklichen Entwürfe ertragt, die ich euch schicke. Ryn, ich kann dir gar nicht genug dafür danken, dass du mir eine so gute Freundin bist und mir auch noch mit dem verflixten Klappentext geholfen hast. Des Weiteren danke ich meiner neuen Freundin Amy dafür, dass sie mir an so vielen Abenden, an denen ich geschrieben habe, Gesellschaft geleistet hat. Ohne sie hätte es viel länger gedauert, dieses Buch fertig zu schreiben (und es hätte auch deutlich weniger Spaß gemacht).

Eva, Eva, Eva. Die Liste mit all dem Quatsch, den du für mich erledigst, ist endlos. Du bist eine wundervolle Freundin, und jedes Buch ist dank deiner Adleraugen, deiner Ehrlichkeit und deiner ständigen Zusicherungen, dass du es liebst, so viel besonderer. Ich kann dir gar nicht genug für alles danken. (Vor allem nicht dafür, dass du dich mit mir abgibst.)

Ich danke Letitia Hasser von RBA Designs dafür, dass sie

meine vagen Vorstellungen für Buchcover zum Leben erweckt. Außerdem danke ich Jeff Senter von Indie Formatting Services dafür, dass er immer so toll ist. Virginia und Jenny von Hot Tree Editing, danke für euer freundliches Lektorat. Lauren Abramo und Kemi Faderin von Dystel & Goderich, danke für all die Auslandslizenzen, die wir verkauft haben.

Ein riesengroßes Dankeschön geht an die tollste Familie, die ich mir je wünschen könnte: Mom, Dad, Ale, Raul, Eddie, Isaac, Kaitlyn, meine Letchford-Familie und den Rest meiner Zapata/Navarro-Familie.

Und zu guter Letzt danke ich Chris, Dor und Kai. Jedes Buch ist für euch, meine Liebsten.